Werner Sonne
Mort Ehudin
Die Rache des Falken

Das Buch

Washington, 2018. Als der US-Präsident nach alarmierenden Nachrichten über den Ausbau des iranischen Atomprogramms von den Israelis zu einem Militärschlag gegen Teheran herausgefordert wird, zieht er die Notbremse: Um die nukleare Bedrohung zu verringern, will er einen Abrüstungsvertrag mit seinem russischen Amtskollegen unterschreiben. Zu diesem Zeitpunkt ahnt er jedoch nicht, dass er selbst der ultimativen Krise gegenübersteht: Der palästinensische Top-Terrorist »Der Falke« hat es geschafft, einen Atomsprengkopf in das US-Holocaust-Museum zu schmuggeln. Wird es gelingen, diese tödliche Gefahr abzuwehren? Die gesamte Weltordnung gerät ins Wanken …

Die Autoren

Werner Sonne arbeitete über 40 Jahre für die ARD. Als Radio- und Fernsehkorrespondent berichtete er aus Bonn, Washington und Warschau, begleitete US-Präsidenten, Kanzler und Minister rund um den Globus und bereiste immer wieder die großen Krisenherde des Nahen und Mittleren Ostens. Von 2004 bis 2012 leitete er das Hauptstadtstudio des ARD-Morgenmagazins in Berlin. Seither schreibt er für Tageszeitungen und Zeitschriften über Außen- und Sicherheitspolitik und Sachbücher zu diesen Themen. Er ist der Autor mehrerer Polit-Thriller und Geschichtsromane.

Mort Ehudin stammt aus den USA (Baltimore, Maryland). Im Jahr 1960 machte er seinen Abschluss an der University of Maryland School of Dentistry. Von 1961 bis 1965 diente er als Mannschaftszahnarzt in der US Army in Mannheim und praktizierte anschließend bis zum Jahre 2000 Zahnmedizin in der Gegend von Washington DC. Gemeinsam mit Werner Sonne schrieb er drei politische Thriller, die alle auf Deutsch veröffentlicht wurden. Seit 2000 lebt er in Berlin und führt in Stadtrundgängen durch die Geschichte des Dritten Reiches.

WERNER SONNE
MORT EHUDIN

DIE RACHE DES FALKEN

THRILLER

Die Originalausgabe erschien 1999 unter dem Titel »Allahs Rache«
im Ullstein Verlag, Berlin.

Veröffentlicht bei
Edition M, Amazon Media EU S.à r.l.
5 Rue Plaetis, L-2338 Luxembourg
März 2018
Copyright © der Originalausgabe 1999
By Werner Sonne & Mort Ehudin
All rights reserved.

Umschlaggestaltung: bürosüd⁰ München, www.buerosued.de
Umschlagmotiv: © Rob Blakers / Getty; © Maxger / Shutterstock;
© Sabphoto / Shutterstock;
© Yongcharoen_kittiyaporn / Shutterstock; © Miloje / Shutterstock;
© Zhao jian kang / Shutterstock;
© Alex Emanuel Koch / Shutterstock;
Lektorat und Korrektorat: Verlag Lutz Garnies, Haar bei München,
www.vlg.de
Printed in Germany
By Amazon Distribution GmbH
Amazonstraße 1
04347 Leipzig, Germany

ISBN 978-1-919-80011-7

www.edition-m-verlag.de

PROLOG

Washington, D.C., USA
3. Februar 2018

Nicht schon wieder dieser hartnäckige Idiot, dachte er. Für einen Moment überlegte er, das Telefon einfach klingeln zu lassen. Er war versucht, am frühen Morgen einen neuen Tweet zu schreiben: »Ein Arschloch hat gerade angerufen, und wisst ihr was? Ich habe ihn ignoriert.«

Aber dann legte er sein Smartphone beiseite, ohne den »Senden«-Knopf zu drücken.

Bill Webster schaute aus dem Fenster des Oval Office und sah die dicken Schneeflocken fallen, still, scheinbar ohne Ende. Er hasste die Wintermonate, aber er musste zugeben, dass der Schnee dem Garten des Weißen Hauses eine bestimmte ästhetische Qualität gab. Trotzdem: noch zwei Tage, dann ab ins sonnige Florida, ein langes Wochenende auf dem Golfplatz, das war der Plan.

Er blickte auf seine Uhr und versuchte sich vorzustellen, wie spät es in Jerusalem war. 7.00 Uhr in Washington, 2.00 Uhr am Nachmittag in Israel. Er hatte es ihm immer wieder gesagt: Nicht angreifen, keinen Krieg riskieren, der wie ein wildes

Feuer die gesamte Region entzünden und eine Explosion der Ölpreise auslösen würde, die Weltwirtschaft mit unbekannten Folgen für die Finanzmärkte rund um den Globus zerrütten und die Aktien fallen lassen würde. Wie konnte er das seinen Wall-Street-Freunden erklären? Er brauchte dringend eine Erfolgsgeschichte. Mehr Arbeitsplätze, das war es, was er versprochen hatte. Er würde sich um die Iraner ein anderes Mal kümmern. Aber nicht jetzt.

»Herr Präsident ...« Die vertraute Stimme riss ihn aus seinen Gedanken. »Sie nehmen besser den Anruf an.« Webster drehte den Kopf zur Tür, wo er die knochige Figur von Tony Blake, seinem nationalen Sicherheitsberater, wahrnahm, Stift und Notizblock in der Hand, bereit, sich Notizen zu dem Anruf aus Jerusalem zu machen.

Webster seufzte und nahm den Hörer auf. »Guten Morgen, Moshe, wie ist das Wetter? Ist der Frühling schon in der Luft?«

Moshe Ben Nathan ignorierte das Geplänkel. Er machte sich gar nicht erst die Mühe, die Frage zu beantworten, der israelische Premierminister kam gleich auf den Punkt. »Wir haben neue Informationen«, sagte er. »Die Iraner haben ihrem Arsenal tausend weitere Zentrifugen hinzugefügt, und sie planen, weitere zweitausend im nächsten Monat laufen zu lassen.«

»Was bedeutet das?«, unterbrach ihn Webster.

»Das bedeutet, sie werden ihre Kapazitäten zur Urananreicherung deutlich erhöhen. Unsere Geheimdienstleute sagen mir, sie haben genug waffenfähiges Material, um zwei nukleare Sprengköpfe in etwa drei Monaten zu produzieren«, sagte Ben Nathan.

»Aber sie haben zugesichert, ihre nuklearen Ambitionen zu stoppen«, sagte Webster, »wir haben es schriftlich.«

»Und ich sage, dass sie uns zum Narren halten. Und den Rest der Welt auch. Sie haben alle ihre Bemühungen verstärkt«, sagte der Israeli. »Diese Unterschrift ist nicht das Papier wert, auf dem sie geschrieben wurde.«

Webster schwieg und schaute Blake an, der zustimmend nickte.

»Drei Monate, nur drei Monate«, sagte Ben Nathan scharf, mit diesem unverwechselbaren verächtlich-arroganten Tonfall, der Websters Hass auf den Mann noch steigerte.

»Ich frage Sie, Mr Präsident«, fuhr Ben Nathan fort, »was wollen Sie in dieser Situation tun?«

»Ich bezweifle ja nicht den Ernst der Situation«, sagte Webster, »aber …«

»Ernst der Situation?«, schnitt Ben Nathan seinen Satz ab. »Das nennen Sie bloß ernst? Ich nenne es eine Katastrophe. Israel kann nicht mit dieser Art von ›ernster Situation‹ leben. Herr Präsident, es ist endlich Zeit zum Handeln.«

Webster biss sich auf die Unterlippe, eine Gewohnheit, die er seit Jahren zu unterdrücken versuchte. Er dachte an die letzten Berichte auf seinem Schreibtisch mit der Vorhersage einer nur geringen Chance für eine langsame Erholung der US-Wirtschaft. Der ganze Nahe Osten war ein einziges Chaos. Ein totaler Krieg in der Region könnte diese fragile Chance über Nacht zerstören.

Eine heftige Reaktion erwartend, sagte er schließlich: »Wie Sie wissen, haben unsere europäischen Verbündeten und meine Regierung schwere Sanktionen gegen den Iran verhängt, und wir sind bereit, sie noch zu verstärken. Sie haben bereits erhebliche Auswirkungen auf die Iraner.«

»Sanktionen? Sie wissen ganz genau, sie haben die nuklearen Ambitionen der Mullahs nicht verhindert«, sagte Ben Nathan. »Sie denken, immer mehr vom Gleichen, das macht keinen Unterschied. Die Iraner glauben, die USA sind lediglich auf dem Papier stark. Und, Herr Präsident, ich fange langsam an, das genauso zu sehen.«

Blake hatte inzwischen ihm am Schreibtisch gegenüber Platz genommen. Er machte sich Notizen, sein Gesicht eine emotionslose Maske.

»Israel wird tun, was es für richtig hält, damit unser Land überlebt«, sagte Ben Nathan in einem festen und entschlossenen Ton. »Ich werde nicht der jüdische Anführer sein, der Israels Feinden einen neuen Holocaust möglich macht – diesmal einen nuklearen Holocaust.«

Webster wollte antworten, aber er hörte nur ein Klicken in der Leitung. Ben Nathan hatte aufgehängt.

Der Präsident starrte auf den Hörer, den er noch in seiner rechten Hand hielt. Es dauerte einen Moment, bis er realisierte, was gerade geschehen war. Der israelische Ministerpräsident hatte ihn abgehängt, einfach so. Kein »Auf Wiedersehen«, kein »Schalom«. Endlich legte er den Hörer auf. Die ganze Gefühlsskala lief bei ihm ab, von Schock über Empörung bis zu kalter Wut. Er atmete tief aus und ein, um sich zu beruhigen, bis er merkte, dass Blake ihn anstarrte.

»Dieses Arschloch«, sagte Webster, um Zeit zu gewinnen. Er rückte einige Unterlagen auf dem Schreibtisch hin und her und blickte schließlich auf: »Was denken Sie, Tony?«

»Tut mir leid, Herr Präsident, ich fürchte, Ben Nathan meint, was er sagt. Er lässt Ihnen nicht viel Spielraum.«

Webster stand auf, drehte sich zum Fenster und verschränkte seine Hände hinter dem Rücken. Eine Zeit lang beobachtete er den Schnee, der noch stärker aus den tief hängenden Wolken rieselte. In der Ferne sah er Leute auf Skiern entlang der Mall gleiten, die zu einer weißen Winterlandschaft geworden war. Während sie ihren Spaß hatten, prognostizierte die Wettervorhersage einen weiteren Schneesturm aus Kanada. Einige Teile von New Jersey und Pennsylvania waren schon ohne Strom, und er wusste, dass die Gouverneure bald den Notstand ausrufen würden.

Der verheerende Hurrikan, der im Herbst die Ostküste verwüstete, hatte schon Milliarden gekostet, und eine erneute Naturkatastrophe würde diese Kosten noch deutlich erhöhen. Eine weitere Belastung, ein totaler Krieg im Nahen Osten, war für den fragilen Wirtschaftsaufschwung einfach nicht hinnehmbar.

Er drehte sich zu Blake um, einen energischen Ausdruck auf seinem Gesicht, den Tony als Alarmzeichen zu deuten gelernt hatte, bei dem Widerspruch nicht mehr möglich war.

»Kommt nicht infrage«, sagte Webster, mehr zu sich selbst als zu seinem Sicherheitsberater. »Die Ayatollahs sollen sich doch selber ficken! Aber ich werde keinen weiteren Krieg anzetteln. Punkt.«

Webster stützte seine Finger vor sich auf den Schreibtisch. »Okay«, sagte er, »wen haben wir, der Einfluss in Teheran hat? Mit dem die Mullahs sprechen würden? Wer kann mit diesen Verrückten verhandeln?«

»Vielleicht die Russen«, schlug Blake vor und hob eine Augenbraue. »Sie helfen denen bei ihrem zivilen Atomprogramm. Wenn Sie Tschernow überreden könnten, das als Druckmittel zu verwenden ... Tschernow wird in diesem Frühjahr ja wahrscheinlich hier sein ... vielleicht ...«

Vielleicht, dachte Webster, vielleicht.

Laut sagte er: »Ja, der Mann steht in meiner Schuld. Ich habe mit ihm einen klaren Deal vereinbart: Wir gehen bei der Reduzierung der strategischen Nuklearsprengköpfe eine Runde weiter, und er ...« Webster merkte, wie Blake ihn mit angespanntem Gesicht anstarrte. »Und er macht für uns die russischen Märkte auf, baut die Zolltarife ab, macht für uns Sonderkonditionen. Für amerikanische Produkte – Autos, Flugzeuge, Hollywoodfilme, Weizen aus dem Mittleren Westen – was für ein riesiger Markt.«

Webster kam nun richtig in Fahrt. »Stellen Sie sich vor: wie viele Jobs das bei uns sichert! Jobs, Jobs, Jobs, Tony. Tschernow hat es mir versprochen, als wir uns das letzte Mal am Rande des Gipfeltreffens in London gesehen haben. Der Deal war klar: Er spart bei den Rüstungsausgaben, richtig dick, er braucht das dringend, und dafür kriegen wir Zugang zu seinen Märkten. Was für ein Superdeal!«

»Und die Europäer? Wir graben ihnen mit dieser Sonderbehandlung doch ihre Exportchancen ab«, warf Blake ein.

»Die sollen sich ins Knie ficken«, sagte Webster. »Die machen sich doch ständig irgendwie in die Hose, was immer wir machen, es passt ihnen nicht. Ich bin meinen Wählern verpflichtet, in Ohio und in Illinois, nicht denen in Paris oder Berlin.«

Blake zog es vor zu schweigen. Natürlich kannte er den Deal, den Webster mit dem Russen geschlossen hatte, hinter verschlossenen Türen und streng geheim, ohne dass die Medien davon bisher Wind bekommen hatten. Es war ihm klar, dass es so erst einmal bleiben musste. Tschernow hatte dringend darum gebeten. Er konnte bei seinen eigenen Militärs zu Hause in Moskau nicht als Weichei dastehen, der bei der nuklearen Rüstung vor den Amerikanern kuschte. Erst mussten die Vereinbarungen endgültig ausgehandelt sein, dann würde Webster den Coup bekanntgeben. Das würde bei den Wählern bestimmt mächtig Eindruck machen.

»Und was sagen wir unseren eigenen Generälen?«, warf Blake ein.

»Wir sind doch den Russen konventionell immer noch haushoch überlegen, auch wenn wir nuklear weiter abrüsten«, sagte Webster, »und außerdem schmeißt der Kongress ihnen doch gerade das Geld hinterher, für viele neue Spielzeuge, neue U-Boote, einen neuen Bomber, Modernisierung der Interkontinentalraketen. Die können doch mehr als zufrieden sein.«

Er machte eine Pause, um die Wirkung seiner Worte abzuwarten. Inzwischen fiel der Schnee in dichter werdenden großen Flocken. Blake zog es weiterhin vor zu schweigen und starrte auf seine Notizen.

»Die Israelis können mich mal«, kehrte der Präsident zu dem Anruf aus Jerusalem zurück. »Kein Krieg jetzt, das könnte alles über den Haufen werfen. Und wenn Ben Nathan das nächste Mal anruft: Ich bin nicht da, ich bin auf dem verdammten Golfplatz.«

Beirut, Libanon
5. Februar 2018

Er starrte an die Decke. Ohne hinzusehen, griff er die Packung Zigaretten und schüttelte eine weitere heraus. Er zündete sie mit dem Rest derjenigen an, die er gerade geraucht hatte, inhalierte und blies den Rauch aus seiner Nase. Sein blasses Gesicht war unrasiert und hager, aber seine Augen funkelten lebhaft.

Wandel, dachte er, das ist es, was er versprochen hatte. Du kannst mich nicht täuschen. Amerika wird immer der Feind sein, egal, wer im Weißen Haus sitzt.

Er starrte auf die weiße Decke, die mit braunen Flecken übersät war, und beobachtete, wie eine Spinne geduldig wartete, um eine Fliege anzugreifen, die sich bemühte, ihrem Netz zu entkommen. Im Hintergrund spuckte der Lautsprecher eines kleinen Fernsehers endlose Nachrichten aus, für die er keine Verwendung hatte. Der neue Mann im Weißen Haus, der wieder einmal vorgab, einen besseren Mittleren Osten zu wollen, sich bei den Saudis anbiederte, der nach Jerusalem ging, vom

Frieden redete. Was für ein Frieden? Ali Ben Nasar fühlte, wie die Wut erneut in ihm aufstieg. Dieser Präsident, der noch mehr Luftangriffe gegen seine muslimischen Brüder in Syrien befahl? Und in Afghanistan mit der riesigen »Mutter aller Bomben« gegen die IS-Kämpfer vorging? Der noch mehr Flugzeuge und Bomben nach Israel zu liefern versprach, die teuersten, die effektivsten, modernsten? Und wofür? Um die Israelis noch stärker zu machen, damit sie noch härter jeder Friedensregelung widerstehen konnten! Was für ein Betrug, dachte er.

Die Fliege in dem Spinnennetz hatte ihren Kampf fast aufgegeben. Ali Ben Nasar erwartete, dass sich die Spinne nun in Bewegung setzen würde, aber sie wartete weiter ab. Warten, warten, warten, das war es, was er getan hatte, viel zu lange, dachte er. Die Nachrichten im Fernseher wurden durch einen Werbespot für Rolex-Uhren unterbrochen. Er ließ seine Gedanken wieder wandern.

Der alte Präsident war, wie so viele vor ihm, bei der Suche nach einer Friedenslösung kläglich gescheitert, aber jetzt müssen die Amerikaner absolut verrückt geworden sein. Sie hatten diesen Webster gewählt, ein Großmaul, einen Mann, der große Sprüche machte und keine Ahnung hatte. Der leere Versprechungen machte, vor allem gegenüber den Arabern, seinen Schoßhunden in Riad und am arabischen Golf. Wie tief konnte er noch sinken? Er hatte fast Mitleid mit ihm. Er würde ihn bald auf die Probe stellen. Er würde ihn bald einen hohen Preis für Amerikas Unterstützung für Israel bezahlen lassen.

Die Rolex-Werbung war vorbei, und ein CNN-Korrespondent berichtete aus Washington. Ali Ben Nasar schenkte ihm nicht viel Aufmerksamkeit. Aber dann setzte er sich auf und hörte zu.

Das Weiße Haus hatte ein Gipfeltreffen zwischen Präsident Bill Webster und seinem russischen Amtskollegen,

Präsident Boris Tschernow, angekündigt, um ein neues Abrüstungsabkommen abzuschließen und damit eine Verringerung des nuklearen Arsenals auf beiden Seiten zu erreichen. Es sollte in zwei Monaten stattfinden.

Ali Ben Nasar sank zurück auf die alte Liege und schloss die Augen, um seine Wut zu beruhigen. Nach einer Weile gelang es ihm, sich darauf zu konzentrieren, was er gerade gehört hatte. Bot sich hier die perfekte Gelegenheit, bei der die ganze Welt zuschauen würde? Das wäre in zwei Monaten, also im Frühjahr. Eine schöne Zeit in Washington, dachte er.

Der Husten fing wieder an, stärker noch als am Morgen. Als sich der Reiz gelegt hatte, griff Ali nach einer Zigarette und saugte den Rauch tief ein. Sechs Monate, hatte der Arzt gesagt, vielleicht ein Jahr, wenn er das Rauchen aufgab.

Mit dreizehn hatte er begonnen, als der Marineinfanterist ihm eine Camel-Packung gegeben hatte. Ali Ben Nasar fragte sich, ob der junge Amerikaner die verheerende Explosion überlebt hatte. Manchmal wünschte er sich, dass es so gewesen wäre. Es waren die Augen des GI, an die er sich erinnerte, freundliche Augen, zu freundlich, um sie zu vergessen.

Er beugte sich zur Seite, bis er den wackeligen Nachttisch erreichen konnte, um die Schublade aufzuziehen. Dann nahm er das kleine Paket heraus, in dem sich seine wertvollsten Besitztümer befanden, das Foto und die alte Camel-Packung des Amerikaners, die er seit mehr als fünfunddreißig Jahren aufgehoben hatte. Er entfernte das Gummiband und das braune Papier und packte die zum Vorschein kommende Tüte sorgfältig aus. Ali schaute auf die kleine Schwarz-Weiß-Fotografie. Leila, seine kleine Leila. Ich habe damals dabei geholfen, den Amerikanern eine Lektion zu erteilen, sagte er zu dem Mädchen auf dem Foto. »Mehr als zweihundert von ihnen kamen an diesem einen Tag um. Jetzt werde ich die anderen bestrafen. Lasst mich dem Mann im Weißen Haus zeigen, dass Allah mit den Tapferen ist.«

Noch sechs Monate. Er lächelte. Es war ihm fast egal. Es ist nicht das Nikotin, das mich töten wird, dachte er, das ist sicher. Allah wird sich darum kümmern. Ich werde sein *Shahid*, sein Märtyrer, werden. Was ihm Sorge bereitete, war seine Körperkraft. Er musste lange genug durchhalten, bis er es geschafft haben würde. April in Washington, das war das Zieldatum, das er erreichen musste.

Er geriet jetzt schon außer Atem, wenn es nur ums Treppensteigen ging. Das würde sicherlich nicht besser werden bis zum April in Washington, und das war der schwache Punkt in seinem Plan. Allah würde ihn die nächsten sechs Monate am Leben erhalten, aber wäre er stark genug, um die Aktion auszuführen? Er hasste es, das zuzugeben, aber er brauchte Hilfe, jemanden, dem er vertrauen konnte, es zu übernehmen, wenn die Situation ein Maß an Kraft und Beweglichkeit erforderte, das er nicht mehr aufbringen konnte. Aber wer? Keiner seiner Zeitgenossen, keiner von den Männern, die er selber ausgebildet und mit denen er zusammen gekämpft hatte, als er noch besser in Form war, kam infrage.

Ben Nasar schloss die Augen. Ein mentales Bild begann langsam Gestalt anzunehmen: Ein kleiner Junge sitzt in der Ecke des Raumes, in dem sich Ali zu Diskussionen mit gleichgesinnten Freunden trifft. Mit weit aufgerissenen Augen saugt er jedes Detail auf. Abdullah, der Junge seiner Cousine Fatima. Schon als Kind hatte er ihn, seinen Onkel, vergöttert und in seiner bescheidenen Art Ben Nasars Glauben und seinen Hass absorbiert. Der dürre kleine Abdullah von einst hatte sich inzwischen zu einem jungen Mann entwickelt, voller Engagement, voller Leidenschaft für die Sache und, wenn es darauf ankam, ein rücksichtsloser Kämpfer. Ein Telefonanruf, und er wäre an Alis Seite, bereit, zu tun, was von ihm verlangt wurde, und sicherlich könnte seine Hisbollah-Einheit eines seiner Mitglieder für die gute Sache im Namen Allahs ausleihen.

Ben Nasar legte das Foto und die Camel-Packung zurück in die braune Papiertüte und wickelte sie wieder ein. Da die israelischen Bombenangriffe das Stromnetz im südlichen Beirut getroffen hatten, wurde dieser Teil der Stadt nur zeitweise mit Elektrizität versorgt. Er durchquerte den Raum dorthin, wo der Fernseher stand, und schaltete den alten Videorekorder ein. Er funktionierte. Er schob die Videokassette in das Gerät und drückte den Knopf. Ein Freund von ihm hatte die CNN-live-Berichterstattung in New York aufgenommen. Ali Ben Nasar musste das Band schon an die hundert Mal gesehen haben. In der rechten Ecke der Bilder, die auf dem Bildschirm angezeigt wurden, befand sich eine weiße Inschrift mit dem Datum der Aufnahme. 11. September 2001.

Gute Arbeit, sagte er, als er sah, wie das zweite Flugzeug in den zweiten der Twin Towers hineinraste. Und er lächelte, als er zusah, wie die Flammen sich verbreiteten. Dann schloss er wieder die Augen. Gute Arbeit, wirklich, aber ein Kinderspiel im Vergleich zu dem, was er im Sinn hatte.

Sein Herz pochte. Er wusste, dass die Iraner immer noch versuchten, die Atombombe zu bauen. Aber er hatte keine Zeit, darauf zu warten, bis sie fertig waren, mit all der Mühe, die sie hatten, den Verzögerungen, die sie immer wieder erlebten, all dem politischen Druck, dem sie sich nach außen gebeugt hatten. Bald würde er seinen eigenen nuklearen Sprengkopf haben, und er würde ihn dort einsetzen, wo der Schaden am größten sein würde.

Er blickte an die Decke. Die Spinne hatte zugeschlagen. Ihre Beute war auf eine leblose Hülle reduziert.

Ali Ben Nasar erhob sich abrupt. Er schaute aus dem Fenster in die Ruinen. Die Israelis hatten keine Mühen gescheut. Das Gebäude mit seiner Wohnung war das einzige in der Gegend, das weitgehend unbeschädigt geblieben war. Der Teil von Beirut, der die Heimat der Anhänger des Scheichs war, lag in Trümmern.

Er griff in die Tasche seiner alten Bluejeans und holte sein Handy heraus. Nervös wählte er eine Nummer in Teheran. Er presste die Lippen zusammen, während das Telefon klingelte. Lass ihn zu Hause sein, flehte er. Es ist Zeit, es ist höchste Zeit, es kann nicht mehr warten. Er kannte den Mullah seit ihrer Zeit im Bekaatal. Ali Ben Nasar könnte noch die Zeilen aus dem Koran rezitieren, die von den bösen Juden handelten und die der Mullah seinen jungen Rekruten eingeflößt hatte. Komm, bitte, komm schon, dachte er wieder. Er wollte fast aufgeben, als er seine Stimme hörte. Ali Ben Nasar verschwendete keine Zeit. Er wollte den Amerikanern keine Chance geben, das abzuhören, was er zu sagen hatte.

»Ich bin auf dem Weg«, sagte er ins Telefon. »Ich werde da sein, in Zürich.«

»Allah wird mit dir sein, gesegnet sei sein Name«, sagte der Mullah.

Ali Ben Nasar hatte das Gespräch beendet und steckte das Telefon wieder in seine Tasche. Er dachte an den Tipp, den er aus den Emiraten erhalten hatte. Das Geld würde in der Schweiz ankommen. Viel Geld. Genug, um die Dinge in Gang zu bringen. Er nahm das noch ungenutzte zweite Handy und schob es in die andere Tasche. Wegen der Stromausfälle würde der Versuch, den Aufzug zu benutzen, nur bedingt etwas bringen, daher nahm er von vornherein die Treppe. Draußen war der Blick auf die Straße fast skurril, ein Bild völliger Zerstörung. Statt seines Cafés von früher gab es nur ein ausgebranntes schwarzes Loch. Eine unheimliche Stille hing über dem kleinen Platz, der früher einmal zu dieser Tagesstunde sehr lebendig gewesen war. Fast nichts hatte sich seit den Angriffen vor Jahren in diesem Teil von Beirut verändert. Auf dem Weg zum Strand bemühte er sich die ganze Zeit, sich die lange Telefonnummer in Washington zu merken, die er sich aus dem Internet besorgt hatte. Ein einsamer Schwimmer trotzte den hohen Wellen an diesem Tag. Die Wolken eines Frühjahrssturmes bewegten sich über das Mittelmeer. Als er das Ufer erreicht hatte, nahm er das Handy wieder aus der Tasche und wählte sorgfältig die Nummer. Ali Ben Nasar wartete, bis er die Stimme der Frau am anderen Ende sagen hörte: »Das Weiße Haus.« Als er zu sprechen ansetzte, bemerkte er, dass seine Kehle zu verkrampfen drohte, und er zwang sich, nicht zu husten. Er musste sich kurz räuspern, dann stieß er hervor: »Sagen Sie Ihrem Präsidenten, er ist ein Arschloch.«

Er schaltete das Telefon aus und warf es in die Wellen. Wenn die NSA diesen Anruf rückverfolgen wollte, sollten sie ihren Spaß dabei haben, dachte er.

Er sah auf seine Uhr. Es war Zeit für das Abendgebet. Er ging auf die Knie und richtete sich nach Süden aus, gegen Mekka. »*Allahu akbar* – Gott ist groß«, betete er.

Zürich, Schweiz
7. Februar 2018

Geld, dachte er, immer nur Geld. Das war das Einzige, was für sie zählte. Das Geld hatte ihre Seelen zerfressen, und alles, was sie umtrieb, war, immer noch mehr aufzuhäufen – mehr Dollar, US-Dollar. Sie waren die Hüter der heiligsten Städte des Islam, und doch waren ausgerechnet sie es, die sich von Allah abgewandt hatten – mit ihrer Gier drehten sie dem Allmächtigen und Erhabenen den Rücken zu.

Der Falke fühlte, wie sich eine weitere Hustenattacke aufbaute. Er umklammerte mit beiden Händen das Holz der Rezeption, um den Angriff zu unterdrücken. Der livrierte junge Mann hinter der Theke des Hotels Baur au Lac sah von seinem Computer-Bildschirm auf, deutlich irritiert wegen der Unterbrechung, und fragte: »Ist bei Ihnen alles in Ordnung, Sir?«

Ali Ben Nasar schloss die Augen, atmete tief durch und schluckte hart, um die schmerzliche Kontraktion in seiner Brust zu unterdrücken. »Danke«, sagte er, »es geht schon.«

Er kramte in seiner Hosentasche nach der Packung Zigaretten, holte eine heraus und steckte sie in den Mund. Er grub in seinen Taschen nach den Zündhölzern, stellte aber fest, dass er keine dabei hatte. Der junge Rezeptionist wirkte erneut irritiert, stockte einen Moment, sagte dann aber: »Sorry, Sir. Dies ist leider ein Nichtraucher-Bereich.« Sein Schulenglisch hatte einen starken Schweizer Akzent und klang deutlich herablassend. Ali Ben Nasars Gesicht verzog sich zu einer schmallippigen Grimasse. Für einen Moment war er versucht, diesem unverschämten Snob ins Gesicht zu schlagen, aber er schaffte es, sich zu beherrschen. Stattdessen nahm er die Zigarette, warf sie zu Boden und zertrat sie mit dem Fuß. Der Mann hinter dem Tresen, der es vorzog, die Geste zu ignorieren, hielt den Pass des Falken in den Fingern und blätterte durch die Seiten. Offensichtlich beeindruckt, gab er das grüne Dokument mit dem halbrunden Siegel der saudi-arabischen Monarchie – die zwei gekreuzten Schwerter unter einer Palme – dem Inhaber zurück. Der Pass war keine Fälschung. Ein junger saudischer radikaler Islamist, angetrieben von seinem Hass auf die Verbindungen zwischen der königlichen Familie und der verhassten amerikanischen Regierung, hatte ihn für den Falken besorgt – obwohl er selbst ein Mitglied der Familie war. Er war der Cousin von einem saudischen Prinzen und damit eines der fünftausend Mitglieder der herrschenden Klasse in dem

Königreich. Der Pass, den Ali Ben Nasar von dem Mann an der Rezeption des Hotels in Zürich zurückbekam und in seine Jackentasche steckte, trug den Namen eines imaginären Bruders des jungen Saudis.

Dem Falken wurde plötzlich bewusst, wie schwach er sich fühlte. Trotz der Kälte des Winters war er schweißgebadet, seine Beine zitterten. Im Laufe der vergangenen Wochen hatte er förmlich gespürt, wie der Tumor in seiner Lunge gewachsen war, und die lange, komplizierte Reise hatte seine Kraft weiter geschwächt. Er hatte einen frühen Flug aus Beirut genommen, dann seine Route geändert und war über Rom und Madrid geflogen. In Casablanca hatte er Glück, den letzten Flug nach Zürich zu erwischen, und war nun endlich am Ziel seiner Reise angekommen.

Er hatte entschieden, sich unauffällig zu kleiden und einen dunkelblauen Anzug mit weißem Hemd und gestreifter Krawatte zu tragen. Sein Bart war sorgfältig getrimmt, und seine Haare waren zurückgekämmt. Er hatte seine Erscheinung so gestylt, um ihn auch in den eleganten Hotels Europas fast unsichtbar auftreten zu können.

Auf dem Weg vom Flughafen zu seinem Hotel am Ufer des Zürichsees war er durch das Bankenzentrum gefahren, wo viele saudische Prinzen ihr Vermögen angelegt hatten. Allah sollte ihre Gier bestrafen, dachte er – ihren unmoralischen Lebensstil, ihre Orgien mit den Huren aus Osteuropa in den Luxushotels der Schweiz. Morgen, hatte er gedacht und sich in seinem Sitz zurückgelehnt, morgen wird Allah mindestens einen von ihnen bestrafen – und es *ihm* erlauben, den Willen Gottes umzusetzen. Er, Ali Ben Nasar, würde ihr Geld nehmen – fünf Millionen US-Dollar –, und er würde es verwenden, um Allahs Größe zu demonstrieren. Sein Kontaktmann in Riad hatte ihn mit den Informationen versehen, die er brauchte, und er hatte gerade genug Zeit, um seinen Plan in die Tat umzusetzen. Wie praktisch, dass einer der Saudi-Prinzen sich für den Kauf eines Chalets in Luzern interessierte und der Verkäufer, eindeutig eine Person mit fragwürdigem Hintergrund, auf einer Barzahlung bestand – also einem Transport von saudischen Dollar von Zürich nach Luzern.

Der Angestellte an der Rezeption sah auf und streckte ihm die Chipkarte entgegen. »Ihr Schlüssel, Sir. Apartment Nummer 212 – mit Blick auf den See – und im Zimmer ist Rauchen erlaubt. Ich hoffe, dass es zu Ihrer Zufriedenheit ausfällt. Wenn Sie irgendetwas brauchen, lassen Sie es uns wissen.« Der Falke nickte schweigend, immer noch damit beschäftigt, seinen Hustenanfall unter Kontrolle zu halten. »Gestatten Sie mir, Eurer Hoheit einen angenehmen Aufenthalt in unserem Hotel zu wünschen«, sagte der junge Mann.

Zürich, Schweiz
8. Februar 2018

Vorschrift ist Vorschrift, dachte Albert Brenner und öffnete missmutig die Lederschleife, die den Revolver in seinem Gürtelholster sicherte, sodass er die Waffe schnell ziehen konnte.

Er begann, durch die Scheibe des Führerhauses die Umgebung abzusuchen. Viel war freilich nicht zu sehen, denn der gepanzerte Geldtransporter stand auf dem von hohen Mauern umgebenen Hof der Unionsbank, mit der Rückseite des Wagens zum Hintereingang. Brenner schaute nach links aus dem Seitenfenster und sah, wie sein Beifahrer mit unbewegtem Gesicht ebenfalls umherschaute und, die rechte Hand auf seinen Dienstrevolver gestützt, den Geldtransporter absicherte. Albert Brenner tastete, während er weiter Ausschau hielt, auf dem Sitz neben ihm nach der alten Ledertasche, fand sie schließlich und zog die Schachtel mit den Butterbroten hervor. Er öffnete sie, nahm ein Brot heraus und biss lustlos hinein. Käse und Salami, das war die Reihenfolge, wie er die Brote belegte, jetzt, da er sie täglich selber machen musste. Käse und Salami, und heute war Käse dran.

Was waren das noch für Zeiten, als Margrit sein Lunchpaket gepackt hatte, wie hatte sie nur diese schmackhaften Brote Tag für Tag für ihn gezaubert, wunderte er sich jetzt manchmal. Doch dann kam der Schlaganfall, der sie fast völlig gelähmt hatte, und nun hatte er zwei Jobs: Tagsüber fuhr er den Geldtransporter, abends übernahm er von der Krankenschwester ihre Pflege und erledigte den Haushalt.

Er schob die Uniformmütze zurück und schloss für einen kurzen Moment die übermüdeten Augen. Er wusste, dass ihm Schlaf fehlte, aber er konnte es nicht ändern. Brenner konnte den Tag kaum abwarten, an dem er in Rente gehen würde.

Er riss sich zusammen, öffnete die Augen wieder und schaute in den Rückspiegel. Endlich sah er Henri mit einem schweren Metallcontainer aus der Bank kommen. Der Beifahrer, ein junger, stiller Mann aus dem Berner Oberland, ging auf ihn zu und fasste mit an.

Albert Brenner hörte, wie der schwere Container auf der Ladefläche aufgesetzt und die Tür geschlossen wurde. Er seufzte, wickelte den Rest seines Brotes wieder ins Papier und legte es in die Dose zurück, als sich die Beifahrertür öffnete und sein Partner einstieg.

»Hinten bei Henri alles in Ordnung?«, fragte er.

»Alles okay«, antwortete sein Beifahrer einsilbig, legte das Schreibbrett an seinen Platz unter dem Armaturenbrett und knöpfte seinen grauen Uniformmantel auf.

Brenner startete den Motor und steuerte den Transporter durch die Gasse auf der Rückseite der Züricher Unionsbank in Richtung Bahnhofstraße. Er fuhr die wenigen Hundert Meter, bis er den See vor sich liegen sah, und bog dann nach rechts auf die Uferstraße ein. Er schaute auf seine Uhr, bevor er sich in den dichten Feierabendverkehr einreihte. Noch eine Stunde und sie würden in Luzern sein. Dann noch die Rückfahrt nach Hause, wo er die Tagschwester ablösen würde. Er hörte sich erneut seufzen. Wenigstens kein Neuschnee, dachte er mit Blick auf die Schneereste, die am Straßenrand lagen.

Die untergehende Sonne warf bereits lange Schatten auf die Landstraße. Sie waren jetzt schon fünf Kilometer außerhalb von Zürich, fuhren immer noch am Ufer des Sees entlang. Albert nahm kaum noch die vor ihm liegende Strecke wahr. Er fuhr mit der Routine eines Fahrers, der diese Strecke auswendig kannte. Daher nahm er den Lastzug mit Anhänger in der Seitenstraße nur unterbewusst wahr, denn in Gedanken war er bereits bei den nächtlichen Pflichten, die es zu Hause zu erledigen galt.

Hätte er sich konzentriert, statt an diese Pflichten zu denken, so wäre ihm mit Sicherheit dieser große Lastwagen aufgefallen, der hinter seinem Transporter aus der Seitenstraße herausgefahren war. Er blockierte mit dem Anhänger beide Fahrspuren. Der Fahrer des Lkw, ein gedrungener, dunkelhäutiger Mann mit schwarzem Schnauzbart, stellte den Motor ab, sprang aus dem Führerhaus, steckte den Zündschlüssel in die Tasche und ging seelenruhig wieder zurück zu der Querstraße, aus der er gekommen war, begleitet vom wütenden Hupkonzert der entnervten Fahrer in dem Verkehrsstau, der sich sofort gebildet hatte.

Alberts Beifahrer rief erschrocken: »Verdammt, Vorsicht!« In diesem Augenblick sah er die beiden Personenwagen, einen Mercedes älterer Bauart und einen Volvo, die die Kreuzung hundert Meter weiter vorn blockierten. Albert trat reflexartig mit Gewalt auf die Bremse.

Der junge Mann mit der dunklen Hautfarbe richtete oben auf dem nahe gelegenen Hügel die Panzerfaust auf seiner

Schulter aus und starrte mit zusammengekniffenen Augen durch die Zielvorrichtung. Kurz bevor der Geldtransporter zum Stillstand kam, drückte er ab.

Das Geschoss schlug auf der Beifahrerseite ein und riss die rechte Seite des Führerhauses auf. Die Explosion war so gewaltig, dass der schwere gepanzerte Wagen zur Seite kippte.

Albert Brenner konnte nicht mehr wahrnehmen, was ihn da getroffen hatte. Ein Gemisch aus Blut, Fleisch- und Hautfetzen spritzte in sein Gesicht. Albert Brenner lag seitwärts gegen die Fahrertür gekrümmt und registrierte noch das klaffende Loch, wo einmal sein Brustkorb gewesen war. Ihm blieb gerade noch Zeit für die Frage, wer sich nun um Margrit kümmern sollte, dann atmete er ein letztes Mal. Seine Hände umklammerten das Lenkrad noch im Augenblick des Todes.

Henri Boiselle rappelte sich mühsam im Laderaum des Transporters auf und versuchte zu begreifen, was gerade geschehen war. Es hatte eine Explosion gegeben, und offensichtlich war der Transporter umgekippt, aber wie und warum? Einer der Metallcontainer hatte dabei sein Schienbein zerschmettert, aber er fühlte den Schmerz kaum, als er sich zur hinteren Ladetür schleppte. Sein Adrenalinspiegel stieg rapide an, und für Momente verlor er die Orientierung. Dies war auch der Grund, warum er das eherne Grundprinzip seiner Ausbildung verletzte: Er rutschte an der Laderaumwand zur Tür hin und griff nach dem Riegel. Da er sich schräg zur Tür befand, musste er all seine Kraft aufwenden, um den Riegel herunterzudrücken. Endlich gelang es ihm, und die schwer gepanzerte Tür öffnete sich wie ein Scheunentor. Henri starrte den Bruchteil einer Sekunde lang die beiden Männer in ihren Skimasken an, bis ihm eine Salve die Brust zerfetzte und ihn in den Laderaum zurückschleuderte. Während sein Körper noch gegen den Leinensackstapel und die Metallcontainer rollte, war er bereits tot.

Karl Hovermale bremste seinen Bierlastwagen in ebendem Augenblick, als er um die Kurve bog und die beiden Fahrzeuge sah, die die Straße blockierten. Er war mit weit überhöhter Geschwindigkeit unterwegs, um die letzte Ladung des Tages noch rechtzeitig ausliefern zu können. Die Bremsen des Lkw kreischten, der Anhänger brach nach rechts aus, stellte sich quer und riss den Lastzug gegen die Böschung auf der gegenüberliegenden Straßenseite, wo er endlich zum Stillstand kam. Bei dem verzweifelten Versuch, seinen Lastwagen unter Kontrolle zu halten, glaubte Hovermale, hinter den Personenwagen, die die Straße blockierten, eine Explosion gesehen zu haben. Sein Lkw stand schief, und so musste er sich fast quer über den Beifahrersitz legen, um aus dem Seitenfenster zu blicken. Aber nun sah er es deutlich: Aus einem Flammenmeer, das der Rumpf eines umgestürzten Fahrzeugs auszuspeien schien, erhob sich eine schwarze Rauchwolke in den Frühabendhimmel.

Wie er später dem Zürcher Polizeiinspektor berichtete, waren die beiden auf der Kreuzung stehenden Wagen hinter das gefahren, was er nun als Überreste eines Geldtransporters erkannt hatte. Der dichte Rauch nahm ihm jedoch jegliche Sicht. Er hörte Schüsse und beschloss, in seinem gestrandeten Lastzug in Deckung zu bleiben. Von dort aus beobachtete er kurz darauf, wie ein Mann mit einer Panzerfaust die Böschung herunterrannte und in den alten Mercedes sprang. »Er war der Einzige ohne Skimaske. Sah aus wie ein Araber, wenn Sie mich fragen«, berichtete er dem Polizisten. Die beiden Autos fuhren mit quietschenden Reifen davon. Eines von ihnen raste in die Seitenstraße der Kreuzung, das andere bog um seinen Lkw und fuhr in die Richtung, aus der er gekommen war.

»In dem Auto«, erklärte er dem Inspektor, »saßen zwei Männer mit Skimasken, und sie wären beinahe frontal mit einem

Fahrzeug hinter meinem Lkw zusammengestoßen. Aber es gelang ihnen gerade noch auszuweichen, und dann rasten sie davon.«

Tel Aviv, Israel
9. Februar 2018

Er hielt seine Augen geschlossen. Das rhythmische Auf und Ab des Geräusches der Wellen hatte sich wie eine weiche Decke über sein Bewusstsein gelegt und ihn in einen Halbschlaf sinken lassen. Dann stieg wieder das Gesicht in ihm auf, das Gesicht des Palästinensers. Sie hatten ihn betäubt, aber als Avi ihm das Kissen auf den Mund gedrückt hatte, öffneten sich die Augen des Mannes, in denen das Grauen zu sehen war, als er realisierte, dass er keine Chance hatte. Es dauerte nur wenige Augenblicke, bis es vorbei war, bis er still und reglos in seinem Hotelzimmer in Dubai lag, aber für Avi hatte es sich wie eine Ewigkeit angefühlt. Doch er war tot, der Waffenhändler der Hamas hatte sein Ende gefunden, gewaltsam. Mission erfüllt.

Avi Berman lag ausgestreckt auf einer der weißen Kunststoffliegen, nach einem langen Lauf entlang des Strandes. Er hatte an der Marina angefangen, war der Küste hinunter nach Jaffa gefolgt, vorbei an den neuen Hochhäusern und dann zurück zum Strand vor den Hotels von Tel Aviv. Er versuchte, vor sich hin zu dösen, abzuschalten, versuchte, das Bild des Gesichts des toten Mannes loszuwerden. Schlagzeilen kamen jetzt hoch, fast schreiend, Schlagzeilen in der *International New York Times*, die das Geheimnis gnadenlos aufdeckten, eine Reihe von Passfotos von denjenigen, die an der Dubai-Aktion teilgenommen hatten, und eines der Gesichter auf diesen Fotos war sein eigenes. Er wachte endgültig auf, schwitzend. Eine lange Weile war bereits vergangen, seit der clevere Polizeichef von Dubai der Welt gezeigt hatte, dass er nicht einmal durch den berüchtigtsten Nachrichtendienst getäuscht werden konnte. Es war nichts weniger als ein Desaster für den Mossad, dessen Agenten, auch eine Frau war darunter, vor der Weltöffentlichkeit bloßgestellt wurden, indem die Polizei von Dubai bei diesem spektakulären Mord alle Aktionen der israelischen Agenten mithilfe der überall verteilten Überwachungskameras aufdeckte. Berman war sicher nach Hause gekommen, aber seitdem war er zu seinem Schreibtischjob verdammt, musste Papier hin und her schieben, durfte das Land nicht verlassen.

Sein graues Sweatshirt schützte ihn vor dem kühlen Wind, der über das Mittelmeer hereinzog. Die Sonne an diesem Februaranfang hatte noch nicht ihre volle Stärke erreicht, aber der Strand an diesem Sonntagmorgen war schon angefüllt mit den üblichen Besuchern, die ihre Decken ausbreiteten, um einen freien Tag am Wasser zu verbringen.

Leah, dachte er. Er würde sie heute Abend sehen. Er musste sich eingestehen, dass er es kaum erwarten konnte. Es war ihr freies Wochenende, und sie würde von den Golanhöhen nach Tel Aviv kommen, wo sie als Leutnant in einer Kommunikationseinheit diente, die verantwortlich für die Überwachung des Funkverkehrs in Syrien war. In ihm stieg ein Bild von ihr auf, schob den Anblick des toten Mannes beiseite. Vor seinem geistigen Auge sah er ihr oliv getöntes glattes Gesicht und ihre dunklen, feurigen Augen, ihre dicken schwarzen Haare – das Markenzeichen ihres jemenitisch-jüdischen Ursprungs. Er war sich noch nicht sicher, ob er sie zunächst zum Abendessen in einem der Restaurants am nördlichen Ende der Hayarkon Street einladen und anschließend mit ihr ins Bett gehen würde oder ob er zuerst mit ihr ins Bett und dann zum Essen gehen sollte. Nach kurzem Nachdenken wählte er die zweite Option.

Er kannte sie bereits über ein Jahr, und manchmal erwischte er sich dabei zu denken, dass er und Leah eine gemeinsame Zukunft haben könnten, irgendwie – sich eine kleine Wohnung teilen und vielleicht … Vielleicht war die Zeit jetzt, mit der Dubai-Situation, die ihn an Israel band, unerwartet gekommen. Er hatte die Zeit seit seiner Scheidung von Rebecca alleine gelebt, die Kinder waren erwachsen, jetzt, mit Leah, sah er zum ersten Mal wieder eine Verbindung, die haltbar sein könnte.

Avi zwang sich dazu, seine Augen zu öffnen. Er beschloss, diesen Gedanken nicht bis zu seinem logischen Schluss zu folgen. Er würde ihnen keinen Vorwand bieten, ihn wegen familiärer Verpflichtungen als Ausbilder zu einer Trainingseinheit zu versetzen, zumal er inzwischen zu den Veteranen im Mossad gehörte. Zumindest nicht, bis er sein Ziel erreicht hatte, und er hatte nur ein Ziel vor Augen. Er musste ihn finden, so wie er den Hamas-Mann in Dubai gefunden hatte, den er ein Jahr lang rund um den Globus gejagt hatte. Er musste Ali Ben Nasar finden, den Mann, den sie den Falken nannten. Er hatte ihn einmal entkommen lassen, ein zweites Mal würde es ihm nicht passieren.

Das Klingeln des Handys, das er an seinem Gürtel trug, unterbrach seine Gedanken. Er sah auf die Anzeige, aber er sah keine Nummer. Er drückte den Knopf.

»Komm her, sofort«, sagte eine Stimme.

»Gut«, sagte Avi und schaute auf seine Uhr. »Ich werde in etwa zwanzig Minuten da sein.«

Wenig später steuerte er seinen alten Subaru Richtung Norden, auf die Straße nach Haifa, bis er etwas außerhalb von Tel Aviv die niedrigen Gebäude mit den großen Parabolantennen, das Hauptquartier des Mossad, erreichte. Er zeigte seine ID der Wache, die ihn nach einem sorgfältigen Blick durchwinkte.

Ron Silverman saß auf der Ecke seines Schreibtischs, als Avi kam, umgeben von drei anderen Agenten. »Hört mal genau hin«, sagte er, »zwar nur sehr kurz, aber eine interessante Stimme.« Silverman drückte den Knopf des Tonbandgeräts.

»Sagen Sie Ihrem Präsidenten, er ist ein Arschloch«, ertönte eine Stimme.

Silverman schaute zu Avi Berman. »Die Amerikaner haben es aufgefangen und an uns übermittelt. Ein Handyanruf aus Beirut. Wir haben einen Stimmenabgleich durchgeführt und sind ziemlich sicher, es ist dein Mann. Ali Ben Nasar, der Falke.«

Teil 1
1982–1995

Beirut, Libanon
14. September 1982

Der junge Mann auf dem Dach blinzelte in die heiße Septembersonne. Er versuchte einen Augenblick, dem grellen Licht standzuhalten, bis er seine schmerzenden Augen abwenden musste. Sein kurzärmliges weißes Hemd war durchgeschwitzt, es klebte an seinem Körper. Seine Hände waren feucht.

Nein, ein kaltblütiger Killer war er nicht. Aber er würde es tun. Es gab kein Zurück. Er blickte auf die Straße hinunter. Vor dem Eingang des benachbarten dreistöckigen Hauses lungerten drei Gestalten in olivgrünen Uniformen herum, ihre amerikanischen M16-Schnellfeuergewehre hatten sie über die Schulter gehängt. Er wusste, dass sie auf die Ankunft derselben Limousine warteten wie er. Einen Moment überlegte er, ob sie auch mit draufgehen würden. *Inshallah*, ihr Schicksal lag in Gottes Hand.

Wieder wandte er sich dem grellroten Sonnenball zu. Er wischte sich mit einem Taschentuch den Schweiß aus den

Augen. Seine Gedanken gingen zu dem Mann in der Limousine, die jetzt durch die Straßen von Beirut glitt. Bastard, dachte er, verfluchter Bastard, schau sie dir nur noch einmal an, genieße sie. Für dich wird es das letzte Mal sein, dass du diese Sonne siehst. Sein Daumen fuhr spielerisch über den Knopf des kleinen Senders, der den Zünder auslösen würde. Noch nicht, dachte er, noch nicht.

Immer noch waren seine Augen geblendet. Er schloss sie für einen Moment. Als er sie wieder öffnete, sah er im Westen einen kleinen Punkt, der plötzlich aus dem gleißenden Blauweiß des Spätsommerhimmels herabstieß wie ein Raubvogel auf seine Beute. Kurz darauf stieg eine schwarze Rauchwolke auf, irgendwo aus dem braungrauen Häusermeer des Lagers. Die Schallwelle der Explosion brauchte einige Sekunden, bis sie ihn erreichte.

Der junge Mann verfolgte den kleinen Punkt, der über dem Lager abdrehte, auf ihn zugeflogen kam und schnell größer wurde. Dann zog der israelische Phantom-Jagdbomber hoch und schien sich wieder im Blau des Himmels aufzulösen.

Seine Hand hielt den Sender fest umklammert. Du mieser Hurensohn, dachte er, du verdammter Mörder, dafür wirst du büßen, bald.

Habib Tanious Shartouni schaute auf seine Armbanduhr. 15.45 Uhr. Noch eine Viertelstunde. Von seinem Beobachtungsposten auf dem Dach konnte er die Straße und das Haus gut überblicken. Noch immer standen die drei Wachtposten vor dem Eingang herum. Einer hatte sich auf die Treppe gesetzt, sein Gewehr von der Schulter genommen und putzte es mit einem alten Lappen. Die anderen beiden rauchten.

Er erkannte ihre Gesichter wieder. Es waren dieselben Typen, die ihn am Tag zuvor in das Haus eingelassen hatten. Auch der schwere Koffer in seiner Hand hatte ihren Argwohn nicht erregt. Warum auch, schließlich lebte seine Schwester seit

Jahren hier, und sein Cousin war ein enger Mitarbeiter von Pierre Gemayel, dem Gründer der christlichen Falangisten und Vater des gerade gewählten neuen Präsidenten. Warum also sollten sie vermuten, dass in diesem Koffer genug Dynamit war, um die Geschichte des Libanon völlig umzuschreiben? Warum sollten sie annehmen, dass dieser unauffällige junge Mann ein Anhänger der NSSP war, der Nationalen Syrischen Sozialistischen Partei, die für einen Zusammenschluss des Libanons, Palästinas und Syriens kämpfte – unter Führung von Damaskus natürlich?

Seine Hintermänner im syrischen Geheimdienst hatten völlig richtig kalkuliert. Habib Tanious Shartouni war genau der Mann für diesen Job. Was ihm an Kaltblütigkeit fehlte, ersetzte er durch einen glühenden Fanatismus. Und es war genau der richtige Zeitpunkt. In weniger als zwei Wochen würde Beschir Gemayel sein Amt als Präsident des Libanons antreten, und er hatte versprochen, dass er das vom Bürgerkrieg zerrissene Land von allen ausländischen Mächten befreien würde – eine klare Warnung an die Syrer, die sich doch als Schutzmacht seit Jahren mit ihren Truppen in ihrem Nachbarstaat eingerichtet hatten und keine Absicht zeigten, ihn jemals wieder zu verlassen. Die Syrer wussten, dass Beschir Gemayel nicht bluffte. Er hatte mächtige Verbündete, die mächtigsten im Nahen Osten: die Israelis, die drei Monate zuvor in den Libanon eingefallen und Gemayels Wahl durchgesetzt hatten.

Shartounis Blick ging wieder zu seiner Armbanduhr. 15.55 Uhr. Würde er auch wirklich kommen? Er wusste, dass Beschir Gemayel an jedem Dienstag um 16.00 Uhr hier im Hauptquartier der Falangisten im Beiruter Ortsteil Aschrafiya auftauchte, und auch für heute war sein Erscheinen angekündigt worden.

Dann sah er sie: zwei dunkle Limousinen, die mit hohem Tempo die Straße herunterkamen und abrupt vor dem

Hauptquartier anhielten. Aus dem ersten Auto sprangen mehrere Bewaffnete heraus, dann öffnete sich die Tür des zweiten Wagens. Ein dunkelhaariger junger Mann in einem Safarianzug stieg aus und ging auf den Eingang zu.

Shartounis Atem ging schneller. Wieder strich sein Daumen über den Auslöseknopf. Er bemerkte, dass seine Hand zitterte. Ruhig, dachte er, ruhig. Er hoffte, dass der Sender, den ihm die Syrer gegeben hatten, auch funktionieren würde. Er hatte den Koffer mit dem Sprengstoff auf dem Fußboden im Wohnzimmer seiner Schwester deponiert, direkt über dem Raum, in dem Beshir Gemayel zu seinen Anhängern sprechen würde. Wenn alles nach Plan ablief, musste die Sprengkraft ausreichen, um das ganze Haus in Stücke zu reißen.

Seine Schwester – er hatte sie kurz zuvor angerufen und ihr mitgeteilt, dass er sich an der Hand verletzt hatte. Und er hatte gesehen, wie sie das Haus eilig verlassen hatte. Shartouni versuchte, regelmäßig zu atmen und sich auf seine Aufgabe zu konzentrieren. Nur noch wenige Minuten, dachte er, wenige Minuten, dann würde es vorbei sein.

Beschir Gemayel nahm den Beifall seiner Anhänger gelassen entgegen. Seine dunklen, stechenden Augen wanderten über die rund hundert Menschen, die sich in dem Raum drängten. Sie klatschten, wieder und wieder schlugen sie ihre Hände rhythmisch zusammen. »*Khallisna ya* Beschir, *khallisna ya* Beschir«, riefen sie immer wieder, »rette uns, Beschir, rette uns!«

Gemayels volles Gesicht strahlte Zufriedenheit aus, sein schmallippiger Mund war zu einem Lächeln verzogen. Ja, er würde ihr Retter sein, dachte er, er würde endlich im Lande aufräumen. Mit nur fünfunddreißig Jahren würde er in den Präsidentenpalast einziehen, wieder ein Christ, der auch über die Moslems regieren sollte, obwohl sie längst die Mehrheit im Lande bildeten.

Der Raum, dessen Stirnseite die Fahne des Libanons schmückte, war voll. Auch viele Frauen waren an diesem Nachmittag gekommen. Sie alle wollten den Mann hören, der dem vom Bürgerkrieg zerrissenen Libanon endlich wieder Frieden bringen sollte.

Gemayel blickte auf die Uhr. Es war 16.04 Uhr. Er hatte nicht viel Zeit. Er war der Oberkommandierende der fünfzehntausend Mann starken Miliz der gefürchteten Falangisten, und seit er zum Präsidenten gewählt worden war, wollten alle mit ihm reden, vor allem die neuen Besatzer, die Israelis. Für 17.00 Uhr war eine Besprechung mit israelischen Geheimdienstlern vorgesehen. Beschir Gemayel wollte diesen Termin auf keinen Fall versäumen. Er machte eine Handbewegung. Das Klatschen erstarb.

»Meine Freunde«, sagte er, »ich will euch eine Geschichte erzählen.« Mit Genugtuung registrierte er, wie sich alle Augen auf ihn richteten. »Als man das Denkmal für unseren früheren Präsidenten Bishara el-Khouri errichtete, da haben sich seine Söhne zuerst beschwert. Dieses Denkmal, so sagten sie, habe überhaupt keine Ähnlichkeit mit ihrem Vater. Aber nach und nach gewöhnten sich die Menschen daran, und irgendwann hatten sie vergessen, dass der Mann auf dem Sockel überhaupt keine Ähnlichkeit hatte mit den Fotos, die sie von ihm in ihren Häusern hängen hatten.« Begierig hingen die Zuhörer an seinen Lippen. »Das Gleiche wird jetzt passieren«, sagte er. Wieder lächelte er. »Die Opposition wird sich an das Porträt des neuen Präsidenten gewöhnen – obwohl sie ihn nicht wollte.«

Die Leute begannen wieder zu klatschen. »Beschir, Beschir!«, riefen sie. Erneut schaute Gemayel auf seine Uhr. Der große Zeiger rückte auf 16.07 Uhr vor. Er hatte nicht mehr viel Zeit. Er wollte die Israelis nicht warten lassen.

Der Mann auf dem Dach blickte noch einmal zur Sonne hinauf. Sie war ein Stück tiefer gesunken und flimmerte über der spiegelglatten Oberfläche des Mittelmeers. Er richtete seinen Blick nach Südwesten, über die Grüne Linie hinüber, die das christliche Beirut von dem moslemischen Teil trennte. Noch immer stieg schwarzer Rauch über dem Lager auf, wo die Bomben eingeschlagen waren.

Habib Shartouni stellte sich die zerrissenen Leiber vor, die schreienden Frauen, die Kinder, in deren aufgerissenen Augen sich der Horror spiegelte. Und da unten, in dem Haus gleich nebenan, feierten sie den Mann, der sich mit den Teufeln aus Jerusalem verbündet hatte. Shartouni spürte, wie sein Herz raste.

Er ging in die Knie und suchte Deckung. Shartouni versuchte, die zittrigen Hände zu stabilisieren. Eigentlich war es einfach, fast zu einfach. Nur ein Druck auf diesen kleinen Knopf. Jedes Kind würde es tun können. Es durfte kein Zögern mehr geben. Fast automatisch warf er einen Blick auf seine Uhr: 16.08 Uhr. Er schloss die Augen. Noch einmal holte er tief Luft. Dann drückte er entschlossen auf den Knopf der Fernsteuerung.

Das harte Krachen der Detonation fuhr wie ein Messer durch seine Ohren. Das Haus nebenan schien sich für einen Augenblick aus seinen Grundmauern zu erheben, dann barsten die Wände, und das Gebäude fiel in sich zusammen. Eine braungraue Rauchwolke formte sich über den Trümmern.

Shartouni lag auf dem Bauch und hielt sich mit beiden Händen den Kopf, für einen Moment unfähig zu denken. Dann hörte er das Schreien, das von der Straße heraufdrang. Er lugte über den Rand des Daches. Unter ihm liefen Männer in grünen Uniformen kopflos hin und her. Der Milizsoldat, der eben noch sein Gewehr geputzt hatte, saß auf dem Bürgersteig. Er stützte sich jetzt mit beiden Händen auf die Waffe, den Kopf dagegen gelehnt. Sein Körper wurde von einem Weinkrampf geschüttelt. »*Ya Allah*«, schrie er immer wieder, »mein Gott. *Ya Allah*, er ist tot, der Kata'eb ist tot!«

Beirut, Libanon
September 1982

Den größten Teil des Vortages und die gesamte Nacht hatte er unter einem Kleiderstapel verbracht, in einer Ecke des Hinterzimmers ihrer Behausung, einer erbärmlichen Mischung aus Hütte und Zelt. Im Morgengrauen des zweiten Tages schob er den Stapel vorsichtig beiseite und kroch in geduckter Haltung zur Tür.

Auf halbem Weg nach draußen hielt er inne und starrte in das Rechteck des frühmorgendlichen Lichts, das über die Schwelle ins Innere der Behausung drang. Die noch schwachen ersten Sonnenstrahlen fielen auf einen nackten Arm, der mit der Handfläche nach oben wie ein ungebetener Eindringling im vorderen Zimmer lag. Wie gelähmt betrachtete er die gekrümmten Finger, dann wanderte sein Blick über das Handgelenk und den Unterarm. Wie ein entdeckungsfreudiges Kind, dem die menschliche Anatomie noch wie ein Geheimnis erscheint, schob er sich zum Objekt seiner Neugier hin und achtete sorgfältig darauf, dass er dem Arm nur ja nicht zu nahe kam. Jetzt hatte er die Türöffnung erreicht, und von hier konnte er erkennen, dass es der Arm einer Frau war, der seinen Blick magisch anzog. Da lag sie vor ihm, den anderen Arm in die Hüfte gestemmt, die schmutzigen nackten Beine und Füße von sich gestreckt. Auf ihrem Kleid sah er einen großen rotbraunen Fleck.

Wie in Trance drehte er sie langsam, um ihr ins Gesicht zu schauen. Die Bewegung scheuchte den Fliegenschwarm von ihrer Brust, der sich jedoch gleich wieder dort niederließ. Fasziniert starrte er den geöffneten Mund und den kalten Blick ihrer Augen an, suchte nach einem Hinweis darauf, wer sie war.

Selbst wenn er diese Frau gekannt hätte, so hatte sie doch der Tod bis zur Unkenntlichkeit verändert.

Ali Ben Nasar hörte ein Seufzen hinter sich. Es brachte ihn in die Gegenwart zurück. Er drehte sich um und schaute in die Augen eines Kindes, das auf der unbefestigten, staubigen Straße des Lagers stand. Der Junge war völlig nackt, sein Körper beschmiert mit getrocknetem Blut, sein Gesicht tränennaß. Zum ersten Mal hob Ali den Blick, sodass er die gesamte enge Gasse überschaute und den Abwassergraben, der die schäbigen Hüttenreihen in Shatila voneinander trennte. Im Morgendunst dieses Septembertages sah er nichts als Leichen – einige aufeinandergetürmt, andere am Wegrand verstreut wie blutige Stoffpuppen.

Die eisige Starre löste sich erst, als das Kind zu weinen begann. Ali ging zu ihm und streckte seine Hand nach ihm aus. »Komm, kleiner Bruder«, flüsterte er ihm zu, »wir suchen deine Mutter.«

Er ergriff die kleine Hand des Jungen und machte sich langsam auf den Weg zum Eingangstor des Lagers. Die Luft hatte gerade erst begonnen, die Hitze des Tages zu speichern, aber er bemerkte jetzt zum ersten Mal den süßlichen Geruch vermodernden Fleisches. Sie gingen an einer alten Nachbarin vorbei, die auf der Seite lag, so als schlafe sie, und er sah die Wunde, die die Kugel in ihren Hinterkopf gerissen hatte. Direkt neben ihr lag ihr Hündchen, ebenfalls in den Kopf geschossen. Zwei junge Mädchen, die ihn früher oft gehänselt hatten, lagen wie ein Klumpen mit ihrer Mutter verschmolzen am Boden. Die Arme der Mutter waren um sie geschlungen, so als wollte sie beide von ihrem unausweichlichen Schicksal schützen – vergeblich. Ihnen direkt gegenüber saß der alte Scherenschleifer vor seiner Hütte. Sein Kopf war nach vorn auf seine Brust gefallen.

Das Kind begann wieder zu weinen, Ali beugte sich zu ihm nieder und hob es auf seine Arme, als das Schießen erneut aufflammte. Er hielt inne und horchte. Die Schüsse kamen jetzt sporadisch, und es klang, als würden sie ein paar Straßen entfernt abgefeuert, aber er wollte kein Risiko eingehen. Er verschwand mit dem Kind auf dem Arm in der nächsten Hütte, ließ sich dort in einer Ecke nieder und streichelte dem Jungen beruhigend über den Rücken. Bald war er eingeschlafen, und Ali legte ihn auf ein Kissen. Dann rückte er ein Feldbett vor den Eingang, das den Kleinen versteckte.

Draußen auf der Straße ging er vorsichtig zum Tor. Immer, wenn das Feuer wieder eröffnet wurde, suchte er Deckung im Schatten. Aber die Schießerei schien sich in die andere Richtung zu bewegen, weg von ihm zum südlichen Teil des Lagers hin.

Wo war sein Vater? Und wo war Leila? Und wo waren die Kämpfer der PLO, die sie doch verteidigen sollten? Bei jeder Leiche entlang des Wegs kauerte er sich nieder und schaute nach, ob sie sein Vater oder seine Schwester sein könnte. Auf der gesamten Straße sah er keinen einzigen lebendigen Menschen. Die Leute sind entweder tot oder sie verstecken sich, dachte Ali. Endlich hatte er den Zaun erreicht.

Das Erste, was ihm auffiel, war die Ordnung, die hier herrschte. Es lagen mindestens zwanzig Leichen hier, aber man hatte sie ordentlich am Zaun aufgereiht. Als er näher kam, stellte er fest, dass es sich ausschließlich um junge Männer handelte, alle um die zwanzig Jahre alt, alle seine Helden, denen er nachzueifern gehofft hatte. Man hatte sie an Händen und Füßen gefesselt, und die zahlreichen Wunden, die über ihre gesamten Körper verteilt waren, zeigten, dass sie mit automatischen Waffen niedergemäht worden waren.

Er schaute in bekannte Gesichter: Da lagen Mustafa, Nawaf, Amin und Kemal. Er kannte sie alle. Er war ihr »kleiner Bruder« gewesen, der junge Krieger, dem die Zukunft gehört. Ali schritt langsam die Reihe der Leichen ab. Er zählte dreiundzwanzig. Dann blieb er stehen und wischte seine Tränen mit der Rückseite seines Arms ab. Als das Stakkato neuer Schüsse hinter ihm ertönte, warf er sich instinktiv hinter dem Kadaver eines Pferdes in Deckung und zog den Zipfel einer Wagenplane über sich.

Das Geräusch der Schüsse kam näher und wurde immer intensiver, vermischte sich mit Schmerzensschreien. Ali hob die Plane ein Stück, sodass er auf die Straße blicken konnte. Eine kleine Gruppe von Frauen und Kindern kam um eine Ecke herum in die Straße, die er beobachtete. Er konnte das Entsetzen auf ihren Gesichtern deutlich erkennen.

Dann sah er die sie verfolgenden Falangisten, die rücksichtslos auf alles und jeden schossen. Als die erste der flüchtenden Frauen, die zwei Kinder an ihren Händen mit sich zog, näher an Alis Versteck herankam, schlug die Salve um sie herum ein. Voller Grauen sah er, wie sich ein Schwall von Blut aus ihrem Oberkörper ergoß, wie sie auf die Knie sank und über die Hinterbeine des Pferdekadavers zu Boden stürzte.

Das Feuer nahm kein Ende, und er konnte das Geheul der Kinder hören. Er wollte sie zu sich in Sicherheit ziehen, aber er wagte nicht, sich zu bewegen. Die Mörder waren sehr nahe vor ihm, und so ließ er die Plane wieder ganz auf sich fallen. Zwei Kugeln flogen so nah an seinem Kopf vorbei, dass seine Ohren schmerzten.

Als sich das Geräusch der Schüsse allmählich von ihm entfernte, fühlte er sich etwas sicherer und hob die schützende Plane erneut an. Da lagen die Körper der beiden kleinen Kinder, zu Boden gestreckt neben ihrer Mutter.

Den Rest des Tages und die Nacht verbrachte er hinter dem Kadaver und lauschte dem Geräusch des Gewehrfeuers, den Explosionen, und ab und zu konnte er Schreie hören. Am Morgen des dritten Tages wurde das Feuer allmählich schwächer, bestand nur noch aus vereinzelten Schüssen. Seit dem frühen Abend hatte Ali keinen Falangisten mehr auf dieser Straße gesehen, und daher entschied er, dass er sich wieder aus seinem Versteck heraustrauen konnte.

Als er sich nach Hause schlich, kam er an der Hütte vorbei, in der er das Kind am Tag vorher zurückgelassen hatte, und schaute nach. Fast gleichgültig, als erwartete er nichts anderes mehr, erblickte er im schwachen Licht das umgestoßene Feldbett und den winzigen Körper in einer Blutlache.

Er kehrte auf die Straße zurück. Nicht weit von der Hütte seiner Familie entfernt fand er Leila. Als Ali Ben Nasar ihren leblosen Körper in seinen Armen wiegte, weinte er zum letzten Mal in seinem jungen Leben. Schließlich legte er sie nieder und bedeckte ihr Gesicht mit einem Stück Betttuch.

Dann richtete er sich vor ihr auf und legte einen Schwur ab. Bald bin ich dreizehn, sagte er sich. Es ist an der Zeit, dass ich zum Mann werde, und die Zeit der Tränen ist endgültig vorüber. Jetzt kommt die Zeit des Handelns. Leila, ich schwöre dir bei allem, was mir heilig ist, dass ich den Mord an dir rächen werde. Für deinen Tod werden die Feinde unseres Volkes teuer bezahlen. Das schwöre ich im Namen Allahs.

Seinen Vater, Muhamed Nasar, fand er versteckt unter einem Bretterstapel hinter dem Zelt des Schneiders. Der alte Mann umarmte seinen Sohn und küsste ihn auf Wangen und Stirn. Ali glaubte, er müsse Freude, Glück oder zumindest Erleichterung verspüren, weil sein Vater überlebt hatte, doch er fühlte nichts, nur eine völlige Leere in seinem Herzen, und in seinem Hirn war brennender Hass.

»Allah sei gepriesen«, sagte sein Vater, »dass deine Mutter nicht mehr lebt und diesen Tag des Schreckens nicht erleben muss, und gepriesen sei er, dass dein Bruder jetzt in einem anderen Stadtteil von Beirut ist und ihm dieses Schicksal erspart blieb.«

»Die Vergeltung wird kommen, Vater. Darauf gebe ich dir mein Wort, und das habe ich dem Allmächtigen, gepriesen sei sein Name, mit einem heiligen Eid geschworen«, sagte er.

Beirut, Libanon
September 1982

Er nahm eine Dose Coca-Cola aus seinem olivgrünen Rucksack und riss die Lasche von der Öffnung. Eine scharfe Mondsichel hing über der Stadt. Noch immer strahlten die schweren Metallplatten des Panzers die Hitze ab, die sie während des heißen Septembertages gespeichert hatten. Sein Gaumen fühlte sich trocken an, seine Augen brannten von dem Staub, der aus dem Lager herüberwehte. Er nahm einen Schluck aus der Coladose, spuckte ihn aber sofort wieder aus. Mist, dachte er, lauwarme, süße Brühe. Angewidert warf er die Dose über den Erdwall, der das Lager von der Straße abtrennte.

»Hier«, sagte Moshe Landau und reichte ihm seine Feldflasche.

»*Todah*, danke.« Jacow Berman schraubte den Verschluss ab und hob die Flasche zum Mund. Der Oberleutnant trank mit gierigen Schlucken. Auch das Wasser war lauwarm, aber wenigstens klebte es nicht am Gaumen.

Er hörte das laute Plopp des Abschusses. Die Leuchtrakete, abgefeuert von einem 81-Millimeter-Granatwerfer aus einer der israelischen Stellungen, stieg steil in den Himmel über Shatila und sank dann langsam der Erde entgegen, während ihr gleißendes Licht das Lager taghell erleuchtete. Sofort setzte das Bellen der Maschinenpistolen wieder ein.

Es war die zweite Nacht, seit die Falangisten mit ihren Jeeps in das Lager eingerückt waren. Jacow Berman setzte die Feldflasche ab und reichte sie an Landau zurück. Sie saßen auf dem hinteren Teil ihres Centurion-Panzers, direkt über dem schweren Dieselmotor. Der Panzer stand auf dem Bürgersteig des Chamille-Chamoun-Boulevards, der das Gebiet des Lagers nach Westen abschloss.

Der Oberleutnant hob das schwere Fernglas an die Augen. Er sah eine Gruppe in weißen Gewändern aus einer der engen Gassen des Lagers durch das Dunkel auf sie zulaufen. Hinter ihnen waren drei Männer in dunklen Uniformen zu erkennen, die, ihre Gewehre im Anschlag, die Gruppe vor sich hertrieben. Als sie näher kamen, konnte er sehen, dass es sich um Frauen handelte, dazwischen einige Kinder. Eine der Frauen stolperte über ihr langes Gewand. Sie fiel, krümmte sich auf dem Boden. Ein Kind warf sich über sie. Berman presste das Fernglas an die Augen. Während die anderen weiterliefen, stoppte einer der Männer in Uniform. Er richtete sein M16-Gewehr auf die Frau und zog ab. Dann zielte er auf das Kind, das sich über die Palästinenserin geworfen hatte. Der Feuerstoß des Schnellfeuergewehrs ließ den kleinen Körper erzittern, dann lag er still.

»Mein Gott«, stöhnte Berman. Wieder stieg eine Leuchtrakete in den Himmel. »Wahnsinn«, sagte er, und noch einmal: »Wahnsinn.«

Inzwischen war die Gruppe der Gefangenen auf der anderen Seite des Erdwalls an ihnen vorbeigelaufen, immer noch gejagt von den Falangisten. Die Männer mit den Gewehren winkten den Israelis auf dem Panzer zu.

Das Licht der Rakete illuminierte das unrasierte Gesicht des Feldwebels, der neben ihm saß. Moshe Landau nahm eine Packung Zigaretten aus der rechten Brusttasche seines Uniformhemdes und bot Berman eine an. Sie rauchten. Langsam verglomm das Licht der Leuchtrakete. Berman nahm einen tiefen Zug aus seiner Zigarette.

»Seit zwei Tagen schlachten sie da drüben die Palästinenser ab«, sagte er. Wütend warf er die angerauchte Zigarette auf die Straße. »Und was machen wir? Wir sitzen hier und lassen sie gewähren. Und nicht nur das: Wir beleuchten für sie auch noch alles, damit sie auch ja nicht danebenschießen.«

Der Feldwebel schaute ihn an. »Was willst du eigentlich? Die Falangisten machen für uns die Drecksarbeit. Sie säubern das Lager von den palästinensischen Terroristen, die die PLO nach ihrem Abzug aus Beirut zurückgelassen hat. Und natürlich nehmen sie Rache für ihren Gemayel. Möchtest du lieber selbst jetzt da drin sein?«

»Aber sie bringen doch alles um, was sich bewegt, Frauen, Kinder, alte Leute – und sind auch noch stolz darauf. Weißt du, was gestern einer zu mir gesagt hat? ›Frauen kriegen die Kinder, und die werden dann wieder Terroristen.‹«

Er wies auf das sechsstöckige Gebäude, das hinter ihnen auf der anderen Straßenseite in den Nachthimmel ragte. »Da oben, auf dem Dach, sitzt die israelische Einsatzleitung. Von da können sie alles übersehen, und sie haben alles mit den Falangisten abgesprochen. Keiner kann sagen, wir hätten es nicht gewusst, was da im Lager passiert.«

Moshe Landau zog weiter an seiner Zigarette. Eine Weile herrschte Stille, nur das Zirpen der Zikaden war zu hören. Auch das Schießen hatte aufgehört. Jacow Berman schloss die Augen. Plötzlich merkte er, wie müde er war. Vor drei Tagen waren sie in West-Beirut eingerückt – obwohl die Regierung von Menachem Begin den Amerikanern versprochen hatte, dass sie diesen Stadtteil nicht betreten würden. Seither hatte er diese Stellung hier unmittelbar an der Grenze zu dem Lager Shatila mit seinen Panzern besetzt gehalten.

Er legte sich auf den Rücken, schob die Hände unter seinen Kopf und starrte in den Sternenhimmel über ihm. Jacow Berman versuchte, sich vorzustellen, wie seine Frau gerade in ihrem Apartment in Tel Aviv die drei Kinder zu überreden versuchte, endlich ins Bett zu gehen, David, Avi und Ruthi, eine ganz normale israelische Familie. Normal? Sie alle hatten schon einen Krieg erlebt, 1973 im Oktober. Jacow Berman war damals an der Front, auf den Golanhöhen, hatte mitgekämpft, war an der Schulter verletzt worden, wäre beinahe bei dem syrischen Angriff draufgegangen. Das war normal.

Jetzt war er siebenunddreißig, eigentlich längst als Ingenieur ins Zivilleben integriert. Doch dann hatten sie ihn wieder einberufen, wie Tausende andere auch. Und nun lag er in dieser samtenen Spätsommernacht in Beirut auf dem Panzer, um einen Krieg zu führen, in dem es zum ersten Mal nicht wirklich ums Überleben des Judenstaates ging. Das, so dachte Jacow Berman, war nicht normal. Es war Ariel Sharons Krieg, den viele den »König Israels« nannten, Menachem Begins Verteidigungsminister, der Mann, der die Araber hasste, seine ganz persönliche Rechnung mit ihnen beglich. Aber musste dies auch sein Krieg sein?, fragte sich Jacow Berman. Musste er hier tatenlos auf seinem Panzer herumliegen, während direkt vor seinen Augen blutrünstige Christen die Palästinenser abschlachteten? Konnten die Juden noch guten Gewissens die Terroristen bekämpfen, wenn sie selbst solche Tiere in Menschengestalt ausdrücklich gewähren ließen? Der Zweck der Operation »Frieden für Galiläa« war, die Palästinenser ein für alle Mal aus dem Libanon zu vertreiben. Aber heiligte der Zweck wirklich die Mittel?

Das Licht einer weiteren Leuchtrakete traf unvorbereitet seine Augen. Er setzte sich ruckartig auf. Er wartete darauf, dass das Schießen wieder beginnen würde. Es dauerte nur wenige Sekunden, dann füllte das Stakkato der Maschinenwaffen die Stille der Nacht.

Moshe Landau saß immer noch neben ihm. Sein Kopf war an den Turm des Panzers gelehnt. Die Zigarette war ihm aus dem Mund gefallen. Jacow Berman bemerkte, dass der Feldwebel eingeschlafen war. Er suchte nach der Feldflasche, die neben ihm lag, und nahm einen tiefen Schluck.

Tel Aviv, Israel
24. September 1982

Jacow Berman warf seine Uniformmütze auf den Tisch, ließ seine Tasche auf den Boden fallen und rief: »Hallo! Jemand zu Hause?«

Er hörte das Freudengeschrei seiner Tochter Ruthi, bevor er sie zu Gesicht bekommen hatte. Dann platzte sie in die Küche und schlang ihre Arme um ihn.

»Oh, *Abba*«, seufzte sie, »bin ich froh, dass du wieder da bist und dir nichts passiert ist. Wir haben so viele schreckliche Geschichten gehört. Nächtelang konnte ich nicht schlafen.«

»Na, na«, sagte er. »Ich bin ja hier, und mir geht's gut. Nur die paar Tage, mein Kleines, aber es ist schön, wieder zu Hause zu sein.« Dann schob er sie vor sich, um sie zu betrachten. »Mein Gott, jedes Mal, wenn ich dich sehe, bist du mehr zur Frau geworden. Ich möchte wetten, dass die Jungs hinter dir her sind wie Bären nach Honig.«

»Papa!«, rief sie mit gespielter Verlegenheit. »Ich bin ja noch nicht mal dreizehn, und da planst du schon meine Hochzeit.«

»Und was für eine!«, strahlte er sie an und schaute sich dann um. »Wo ist denn deine Mutter?«

»Sie ist auf dem *Mackolit*«, antwortete Ruthi. »Sie braucht noch was fürs Abendessen.«

Jacow griff nach seiner Uniformmütze und sagte: »Ich glaub', ich werd' sie mal überraschen.«

Der Händler des Lebensmittelgeschäfts des *Moshav* trat mit ausgestreckten Armen hinter seiner Kasse hervor. »Jacow! Jacow Berman!«, rief er aus und umarmte den Leutnant, dem dies etwas peinlich war, kräftig mit beiden Armen. Er ließ einen Arm auf Jacows Schulter ruhen, drehte den Kopf und rief nach seiner Frau. »Tillie, schau mal, wer hier ist. Der Held unseres Viertels!«

»Ich suche doch nur nach Miriam. Ruthi hat mir gesagt, sie sei hier.«

»Ja klar«, sagte der Lebensmittelhändler. »Sie war hier, aber sie ist schon wieder fort. Komm, setz dich einen Moment zu uns.« Dabei deutete er auf einen Stuhl neben der Kasse. »Tillie, bring Jacow was Kaltes zu trinken!«, rief er seiner Frau zu.

»Also, das ist wirklich sehr nett von dir, aber ich ...«, konnte Jacow nur sagen.

»Nur einen Augenblick«, unterbrach ihn der Händler und zog sich auch einen Stuhl heran. »So, *nu*? Erzähl mal, wie ist es denn da oben?«

»Tja, Mani«, antwortete Jacow und steckte seine Militärmütze unter die Achselklappe seines Uniformhemds, »du kannst dich bestimmt noch daran erinnern, wie es zu deiner Militärzeit war. Viel rumsitzen und ab und zu mal ein Einsatz. So ist das immer noch.«

»Du bist also zum Einsatz gekommen?«

»Das ist ein Krieg. Da wird geschossen.«

»Sharons Krieg«, sagte Tillie und reichte Jacow eine Flasche Soda. »Dieser *Meshugina* hat uns da reingezogen. Und wozu, frage ich dich? Doch nur, weil er den großen Kriegshelden spielen will!«

»So einfach ist das auch wieder nicht«, entgegnete ihr Mann.

»Da oben im Norden brauchen wir eben eine sichere Grenze. Wir müssen da rein und die Gegend von der PLO säubern.«

»Auch von Frauen und Kindern?«, mischte sich nun eine Kundin in die Unterhaltung. »Seit wann tötet denn die israelische Armee Frauen und Kinder?«, fragte sie.

Jacow drehte sich zu ihr um und schaute sie an. »Wir töten keine Frauen und Kinder«, antwortete er.

»Vielleicht tötet ihr sie nicht eigenhändig, aber ihr lasst es geschehen«, erwiderte die Frau des Lebensmittelhändlers.

»Es herrscht eben Krieg da oben«, sagte der Händler und zuckte mit den Schultern. »Und der Krieg fordert nun mal seine Opfer.«

Ein älterer Herr mit Einkaufsnetz gesellte sich zu ihnen. »Es ist doch eine verdammte Schande, dass wir einfach nur zusehen, wenn die Falangisten in die Lager da reinmarschieren und harmlose Leute umbringen, selbst wenn es Araber sind.«

»Und was ist, wenn diese ›harmlosen‹ Leute PLO-Terroristen verstecken und mit Lebensmitteln versorgen?«, fragte der Händler zurück. »Die Frauen und Kinder dort waren wohl doch nicht so harmlos.«

»Eine furchtbare Sache«, sagte Jacow und schaute dabei auf seine Hände hinunter. »Ich war da, als es geschah.«

»Du warst dabei?«, fragte die Frau des Händlers und legte eine Hand auf ihre Wange. »*Oy, vay iss mir.*«

»Warst du wirklich selbst dabei, Jacow?«, fragte ihr Mann nach. Jacow nickte.

»Schlachter!«, sagte die Kundin. »Dass israelische Jungs bei so etwas mitmachen!«

»Und du hältst jetzt mal den Mund, Fräulein Saubermann. Lass ihn die Geschichte selbst erzählen«, sagte der Händler und wandte sich an Jacow. »Also, wie war das, Jacow? War es wirklich so schlimm, wie man berichtet hat?«

»Wir haben lediglich unsere Befehle befolgt«, antwortete Jacow mit leiser Stimme.

Da meldete sich der alte Mann wieder zu Wort. »Ach! Habt nur eure Befehle ausgeführt? Das kommt mir doch bekannt vor, und dabei hätte ich nie gedacht, dass ich so was einmal von einem israelischen Soldaten hören würde. Sind wir schon so tief gesunken? Nur Befehle befolgen? So wie die Nazis?«

»Schluss jetzt, Amram«, unterbrach ihn der Händler. »Lass den Mann ausreden.«

Jacow rutschte auf seinem Stuhl hin und her und räusperte sich schließlich. »Also, zuerst wussten wir nicht so ganz, was überhaupt los war, jedenfalls ich nicht. Wir schoben nur Wache, haben das Lagertor bewacht. Dann kam die Falangistenmiliz. Es herrschte eine freundschaftliche Atmosphäre, und wir haben ihnen von unserem Essen abgegeben. Dann, am nächsten Morgen …« Jacow stockte und schaute über die Köpfe seiner kleinen Zuhörerschaft hinweg. Miriam war gekommen.

Sie schauten sich gegenseitig an, als der Händler fragte: »Und weiter?«

Jacow schaute seine Frau weiter an und fuhr fort. »Sie gingen ins Lager. Ein Kamerad fragte einen von ihnen: ›Was wollt ihr denn im Lager?‹ Der lachte ihn an und sagte: ›Wir machen ein Einkaufszentrum draus.‹ Der redet vielleicht ein merkwürdiges Zeug, dachte ich mir.«

»Ein Einkaufszentrum? Was hat der gesagt, ein Einkaufszentrum?«, fragte die Händlersfrau.

Jacow starrte wieder auf seine Hände. »Und dann ging die Schießerei los«, flüsterte er mit rauer Stimme. »Es fing morgens an und dauerte drei Tage lang, mit kurzen Pausen dazwischen. Von unserem Standort aus konnten wir nicht viel erkennen, eben nur Gewehrfeuer und Explosionen. Aber am zweiten Tag sah ich, wie sie ein paar Frauen vor sich hertrieben und sie dann von hinten erschossen. Das war das Schlimmste, das ich je gesehen habe.«

»Und du hast nur da rumgesessen und zugeguckt?«, fragte der alte Mann.

»Einige von uns sind gleich zum General gegangen und haben ihm gesagt, dass wir mit so was nichts zu tun haben wollten, aber der hat uns gesagt, wir sollten zu unserem Panzer zurückgehen und tun, was man uns befohlen hat.«

»Also habt ihr doch zugeschaut?«, fragte der alte Mann voller Sarkasmus.

»Er hat nur das getan, was man von einem Soldaten verlangt«, kam der Händler Jacow zu Hilfe.

»Ja, wir haben zugeschaut«, sagte Jacow und blickte mit Tränen in den Augen Miriam an.

Ruthi Berman legte ihre Gabel aus der Hand und schaute ihren Vater über den Tisch hinweg an. »Ich kann einfach nicht glauben, dass du dabei warst, *Abba*, dass du da warst und es zugelassen hast, dass die ein solches Massaker anrichten konnten«, sagte sie zu ihrem Vater.

»So redet man nicht mit seinem Vater«, mahnte ihre Mutter.

»Er ist Soldat«, stieß ihr älterer Bruder Avi ins selbe Horn. »Er hat seine Pflicht getan. Du bist doch noch viel zu jung, um so etwas zu verstehen.«

»Jedenfalls bin ich alt genug, um zu wissen, dass Mord was Böses ist«, gab Ruthi schnippisch zurück. »Und ich bin alt genug …«

»Schluss jetzt!«, unterbrach sie ihre Mutter. »Ruthi, iss jetzt dein Abendessen.«

»Nein, lass sie ausreden«, sagte Jacow, legte seine Gabel auf den Tisch und wischte sich den Mund ab.

»Wie lange soll denn das noch weitergehen?«, fragte Ruthi. »Mein eigener Vater sitzt da und beobachtet, wie Frauen und Kinder abgeschlachtet werden. Und mein Bruder David geht irgendwann zum Militär, und du, Avi, bist anschließend auch dran.«

Avi grinste. »Vergiss nicht, mein kleiner Friedensengel, du musst schließlich auch zwei Jahre Soldat spielen.«

Sie hämmerte mit ihren kleinen Fäusten auf der Tischplatte herum. »All dieses Kämpfen und Töten – wann hört das denn jemals auf?«

»Wenn die Araber uns in Frieden leben lassen«, erwiderte Avi.

»Aber keiner redet davon, wie man Frieden schließen könnte«, fuhr Ruthi fort. »Ich höre nur, dass das Töten und Kämpfen weitergeht. Ist das alles, auf das ich mich freuen soll? Dass ich mal eigene Söhne haben soll, die ich dann losschicke, damit sie kämpfen und sterben?«

»Solange sie uns nicht in Frieden lassen«, sagte Avi, »geben wir ihnen die einzige Antwort, die sie verstehen. Sie sind nicht so wie wir. Für sie bedeutet ein Menschenleben nichts. Wovon sie was verstehen, ist nur Stolz und Gewalt. Wir müssen sie so lange prügeln, bis sie uns in Ruhe lassen. Wenn ich dafür sterben muss ... ja, dann bin ich bereit, genau wie mein Vater und mein Bruder auch.«

Ruthi stand auf. »So was musste ich mir schon anhören, als ich noch ein kleines Mädchen war, und nichts hat sich geändert. Nichts ändert sich überhaupt hier. Nein, falsch. Es hat sich doch was geändert. Bis jetzt hat die israelische Armee noch nie mit Mord zu tun gehabt. Wie weit müssen wir uns denn noch von den Gesetzen der Thora entfernen? Wann wird dieses Land endlich einmal sagen: Es reicht!« Sie drehte sich um und ging hinaus.

Miriam Berman legte ihre Hand tröstend auf die ihres Mannes.

Avi Berman rückte seinen Stuhl vom Tisch, stand auf und legte seinem Vater die Hand auf die Schulter.

Beirut, Libanon
23. Oktober 1983

Der Obergefreite der Marineinfanterie, Eddie DiFranco, fragte sich, was der Junge da so früh in der Nähe des Bataillonslandungsteams zu schaffen hatte. Gerade erst war die Sonne aufgegangen und warf lange, undeutliche Schatten. Er mochte diese Zeit gegen Ende der Nachtwache, denn jetzt konnte er sich von den trügerischen Erscheinungen befreien, die in der Nacht zu Leben erwachten. Der Verstand täuschte in der Dunkelheit auf merkwürdige Art und Weise die Sinne, selbst jetzt, wo sie mit den neuen Nachtsichtgläsern ausgerüstet waren. Das Licht des frühen Morgens erleichterte ihm seine Aufgabe, und so fühlte er wie immer die Anspannung von sich abfallen. Ganz entspannen konnte man sich hier allerdings nie.

Eddie ging kein Risiko ein, auch wenn er es durchaus für möglich hielt, dass sich seine Vorgesetzten viele der Schauergeschichten, die sie ihren Untergebenen erzählten, einfach nur ausdachten, damit sie nur ja wachsam blieben. Hatten sie wirklich über hundert Autobombendrohungen erhalten, seit die Marines in Beirut gelandet waren? Anscheinend machte jeden Tag eine neue solche Geschichte die Runde. Man hatte ihnen gesagt, sie sollten auf Lieferwagen, Krankenwagen, UN-Fahrzeuge achten, eigentlich auf ungefähr alles, was Räder hat. Und, zum Teufel, auch auf das, was keine Räder hat! Letzte Woche waren es Hunde gewesen. Es sprach sich herum, dass sie Hunde, denen sie TNT-Sprengstoff am Körper befestigt hatten, zum Bataillonslandingsteam schicken würden. Also hatten sie jeden verdammten Köter erschossen, der ihnen vor die Flinte kam. Was für ein Ort! Immer, wenn er daran dachte, musste er den Kopf schütteln, selbst dann, wenn niemand in der Nähe war.

Eigentlich hätten sie die Wache zu zweit machen sollen, aber irgendwie war der Dienstplan durcheinandergeraten, und als er dies dem Sergeanten gemeldet hatte, war es zu spät, um ihn zu korrigieren. Doch so schlimm war das nun auch nicht. Trotz all der Gerüchte hatten er und seine Kumpel auf keiner der Wachschichten etwas Ungewöhnliches bemerkt. Nun ja, bis auf die Kinder, die die Soldaten mit Steinen bewarfen.

Natürlich wussten sie alle vom Attentat mit der Autobombe auf die Botschaft in der Innenstadt, aber das war ja ein ziviles Gebäude.

Hier draußen am Flugplatz hatten sie alles unter Kontrolle, und einer allein konnte genauso gut seine Aufgabe erfüllen wie zwei. Die *Aufgabe*, sagte er sich und musste lächeln. Worin zum Teufel bestand die eigentlich? Keiner seiner Freunde konnte sich genau vorstellen, was sie eigentlich hier drüben taten und was um Himmels willen hier überhaupt los war. Solche Gefühle hatte wohl auch sein Vetter Ronnie gehabt, als man ihn losgeschickt hatte, um Schlitzaugen zu töten. Die Typen in Washington denken sich immer irgendeine gequirlte Scheiße aus, hatte er gesagt, und wer soll da reintreten und sie aufwischen? Klar doch, natürlich die Marines, die gute alte US-Marineinfanterie. Nach dem Motto: Immer treu und redlich. Wir sollen keine Fragen stellen, wir sollen es nur richten oder abkratzen.

Irgendjemand hatte gesagt, dies sei ein Bürgerkrieg, aber einem seiner Stubenkameraden war das überhaupt nicht so klar, und der hatte gesagt: »Bürgerkrieg? Tja, vielleicht, aber nicht einfach Norden gegen Süden, nein, sondern Norden gegen Süden, Osten gegen Westen, Südosten gegen Nordwesten und so weiter und so weiter.«

DiFranco schaute auf seine Uhr und beobachtete dann den Streifen Niemandsland, der vor dem Haupttor lag und als Pufferzone diente. Der Junge stand immer noch da, hatte die Hände in die Taschen seiner kurzen Hose gesteckt und bohrte mit der Sandalenspitze Löcher in den Dreck. Nur noch zwei Stunden, dann würde er abgelöst.

Dann sah er zu dem durch Sandsäcke geschützten Posten am Eingang des Hauptquartiers hinüber und nickte Sergeant Stephen Russell zu. Der nickte zurück, und DiFranco hängte sein Gewehr über die andere Schulter. Wie zufällig schaute er auf das Mauerwerk des unscheinbaren vierstöckigen Gebäudes, in dem die Abteilung der Marineinfanterie untergebracht war.

»Du Kaugummi?«

DiFranco blickte sich um und sah auf den Jungen herab, der plötzlich direkt vor ihm stand. Es war derselbe Junge, den er draußen gesehen hatte. Jetzt, wo er so nah vor ihm stand, schätzte er sein Alter auf etwa dreizehn Jahre. Seine Hände hielt er immer noch in den Taschen seiner schmutzigen kurzen Hose vergraben, und sein weiß-gelbes Georgia-Tech-T-Shirt war voller Löcher. Aber es waren die Augen des Jungen, die DiFrancos Aufmerksamkeit erregten. Sie waren pechschwarz, schauten unter einem wilden schwarzen Haarschopf hervor und schienen viel mehr als nur Kaugummi zu fordern. DiFranco fühlte sich etwas unbehaglich, als er in die Tasche seiner Drillichhose griff und ein Päckchen Doublemint herauszog.

»Hier, nimm die ganze Packung«, sagte er und hielt sie dem Jungen hin. Es kam ihm merkwürdig vor, dass der Junge keine Anstalten machte, den Kaugummi zu nehmen. Stattdessen blickte er fest in DiFrancos Augen, bis schließlich ein Lächeln auf seinen dünnen Lippen erschien. Einen kurzen Augenblick lang wollte DiFranco sein Gewehr von der Schulter nehmen, aber er ließ es dann doch, als der Junge, dessen Blick ihn weiterhin fixierte, eine Hand aus der Hosentasche zog und nach der Packung griff.

DiFranco langte, nun erleichtert, noch einmal in seine Uniformhose und zog eine Packung Camel-Zigaretten hervor. »Für deinen Vater«, sagte er.

»Danke«, sagte der Junge, nahm auch die Zigaretten und starrte DiFranco immer noch in die Augen. Dann drehte er sich um und marschierte entschlossen durch die Pufferzone.

Zehn Minuten darauf sah Sergeant Russell von seinem sandsackgeschützten Wachtposten aus, wie der riesige gelbe Kipplaster an DiFranco vorbeiraste, und er fragte sich, warum seine Wache ihn nicht angehalten hatte. Später fiel DiFranco auf, dass er sich nicht an das Gesicht des Mannes am Steuer erinnern konnte, sondern nur daran, dass der in seine Richtung geschaut und ihm im Vorbeifahren zugelächelt hatte. Russell sah dieses Lächeln nicht, aber bei ihm begannen die Alarmglocken zu läuten, als der schwere Lkw um den Parkplatz kreiste und dabei immer schneller wurde.

Als er auf fast hundert Stundenkilometer beschleunigt hatte, beendete der Riesenlaster mit dem Mercedes-Emblem im Kühlergrill seine Kreisfahrt und fuhr geradewegs auf die Vorderseite des Gebäudes zu. Mit seinen fast sechs Tonnen Dynamit durchbrach der Lastwagen den Stacheldrahtzaun und schoss auf den Haupteingang des Kasernengebäudes zu. Russell hatte die Gefahr sofort erkannt, rannte hinein und brüllte durch die Lobby: »Auf den Boden! Werft euch auf den Boden!«

Als er sich umdrehte, sah er, wie der Lkw in sein Wachhäuschen krachte und ein paar Sekunden später in die Luft flog. Die Druckwelle der Explosion fegte ihn durch den Hintereingang hinaus.

Yousef Shahar sah den Explosionsblitz von seinem Beobachtungspunkt am einen Ende des Flughafens aus, und dann sah er, wie die Vorderseite der Kaserne der Marineinfanterie hinter einer riesigen Wolke von Rauch und Staub in Schutt und Asche zusammenbrach. Da konnte er noch nicht wissen, dass zweihunderteinundvierzig amerikanische Soldaten bei der Explosion ihr Leben verloren hatten, aber er wusste genau, dass er und seine Leute den amerikanischen Teufeln einen tödlichen Schlag versetzt hatten. Er legte sein Fernglas nieder und klopfte dem Jungen, der neben ihm lag, anerkennend auf die Schulter.

»Gute Arbeit, Ali. Gut gemacht. Du hast uns alles erzählt, was wir hier heute morgen wissen mussten. Allah lächelt heute auf dich herab, mein Junge.« Ali Ben Nasar blickte weiter auf den Schauplatz der Verwüstung. Für Leila, dachte er, für alle Leilas. Dann nahm er die Zigarettenpackung, schüttelte eine

Camel heraus, steckte sie an und inhalierte tief. Es war seine erste Zigarette. Er musste mehrfach husten, rauchte sie aber trotzig zu Ende, warf den Stummel dann zu Boden und zertrat ihn.

Baalbek, Libanon
12. Juli 1986

»Tötet sie, tötet sie!«, schrie der Mullah wieder und wieder. »Tötet die Juden! Bringt sie um, alle!«

Ali Ben Nasar lag auf dem Bauch. Er hatte den Kolben der Kalaschnikow fest gegen seine rechte Schulter gepresst. Sein Zeigefinger war um den Abzug gekrümmt. Sorgfältig zielte er auf die Stoffpuppe, die in etwa fünfzig Meter Entfernung gegen einen Felsen gelehnt war. Auf ihrer Brust war ein weißblauer Davidstern aufgemalt. Neben ihm lagen noch zehn andere Kämpfer auf dem felsigen Untergrund, einige von ihnen fast noch Kinder, keiner älter als sechzehn, die ebenfalls ihre Maschinenpistolen im Anschlag hatten. Ein heißer Wind blies rotgelben feinen Sandstaub über das Felsenplateau hoch über dem grünen Bekaatal. Ali Ben Nasar merkte, wie er langsam in seine Nasenlöcher eindrang. Er zwang sich, nicht zu niesen. Für einen kurzen Augenblick schloss er die Augen. Dann starrte er erneut auf die Puppe vor ihm. Sie hatte einen einfachen Kopf aus weißem Leinenstoff, ohne Gesicht oder Haare. Er versuchte, sich ihr Gesicht vorzustellen. Er kannte es nur aus der Zeitung. Ein breites Gesicht mit hellen, wachen Augen, darüber blonde Haare, das Gesicht von Arik Scharon, dem Schlächter aus Tel Aviv. Er merkte, wie die Hitzewelle in ihm hochkam, die Wut sein Gehirn durchflutete, jener unkontrollierbare, wilde Zorn, der alles andere verdrängte, alle anderen Gefühle, alle anderen Regungen. Ja, er wollte töten, ja, ja, tausend Mal ja.

»Vernichtet die Ungläubigen! Zertretet sie wie Ungeziefer.« Die Stimme des Mullahs, der hinter den jungen Palästinensern stand, überschlug sich. Er trug ein knöchellanges schwarzes Gewand und einen weißen Turban, dessen Stoffbahnen um seinen Kopf gewickelt waren, seine nackten Füße steckten in offenen Sandalen. Sein volles Gesicht wurde eingerahmt von einem pechschwarzen Vollbart. Seine dunklen Augen blitzten. »Allah wird euch belohnen«, schrie er, »folgt nur seinen Befehlen!«

Dann, nach einer kurzen Pause: »Feuer!«

Ali Ben Nasar zog den Abzug. Er spürte den Schlag gegen seine Schulter, als der Feuerstoß der Kalaschnikow sich entlud. Ali sah, wie der Körper der Stoffpuppe sich aufbäumte, unter dem Einschlag der Kugeln wild hin und her zuckte und dann zusammenfiel.

Rechts davon, an einer Felsenwand, waren weitere Ziele aufgereiht. Auch diese Puppen trugen einen Davidstern auf der Brust. »Los, macht sie fertig«, brüllte der Mullah wieder, »auf, auf, schlachtet die Zionisten!«

Die Gruppe sprang auf. Ali Ben Nasar war als Erster auf den Füßen. Er hielt die Kalaschnikow, an deren Lauf ein Bajonett aufgesteckt war, mit beiden Händen vor sich, während er voranhastete. Er hörte das Gekeuche der anderen hinter sich. Er lief schneller, sprang über mehrere kleine Felsbrocken. Er sah die Stoffpuppe näher kommen. Ali Ben Nasar riss die Kalaschnikow hoch, rannte, rannte, stieß zu, rammte das Bajonett immer wieder in ihren Bauch. Er keuchte. Er fühlte eine Lust in sich, Wut und Lust, einen totalen Rausch. Töten, töten, töten!

Sie marschierten zurück, in Zweierreihe, die Waffen geschultert. Ein alter Fellache, der einen Maulesel an seinem Zügel hielt, stand am Rand der schmalen, steinigen Straße. Ali Ben Nasar bemerkte seinen Blick, in dem sich Neugier mit Furcht mischte. In der Ferne sah er die Steinblöcke der Ruinen in den blauen Himmel ragen, die Überreste der mächtigen römischen

Tempelanlage, die Baalbek früher zu einer Touristenattraktion gemacht hatte.

Am Horizont vor ihnen, aus der Richtung der Ruinen, türmte sich eine Staubwolke auf, die auf sie zukam. Eine lange Kolonne von hellbraun gestrichenen Lastwagen rollte ihnen entgegen. Die meisten zogen schwere Artilleriegeschütze. Soldaten mit Stahlhelmen saßen auf hölzernen Sitzbänken auf den offenen Ladeflächen, ihre Gesichter müde und von einer Staubschicht bedeckt. Sie winkten zu der kleinen Gruppe der Palästinenser herab. Minutenlang hing noch der Staub in der Luft, während die Kolonne längst hinter einer Wegbiegung verschwunden war.

Ja, das waren Waffen, dachte Ali Ben Nasar, wer sie hatte, konnte sich gegen die Israelis wehren. Aber er wusste, dass die syrischen Streitkräfte, die mit ihren dreißigtausend Soldaten die wahren Herren im Bekaatal waren, sich zurückhielten. Sie wollten die Kontrolle über den Libanon, keinen neuen Krieg mit den Juden. Sie ließen die Iraner und die seit einiger Zeit mit ihnen verbündeten Palästinenser gewähren, ließen sie den bewaffneten Nervenkrieg gegen die Israelis führen, die steten Nadelstiche gegen den gemeinsamen Feind, aber sie suchten nicht die direkte Konfrontation mit dem mächtigen Judenstaat.

Endlich tauchte das Camp vor ihnen auf. Es lag am Rand von Baalbek. Um eine ehemalige Schule war ein rund vier Meter hoher Zaun gezogen. Hinter dem Schulgebäude war eine Zeltstadt für die rund eintausend Pasdaran entstanden, die revolutionären Garden aus dem Iran.

Sie marschierten durch den Eingang, über dem ein überlebensgroßes Bild des Imam hing, der mit zornig-finsterem Blick auf die Ankömmlinge herabzuschauen schien. Rechts und links des Eingangs lagen Sandsäcke, hinter denen bärtige junge Männer kauerten, ihre Waffen im Anschlag. Überall an den Wänden des Schulgebäudes und eines etwa hundert

Meter entfernten Gebäudes, des eigentlichen Hauptquartiers der Mullahs, hingen große Plakate. »Tod den USA und Israel«, stand auf einem zu lesen. »Die islamische Revolution wird siegen«, auf einem anderen. Und immer wieder Bilder des bärtigen alten Mannes, der diese Revolution im fernen Teheran begonnen und nun hierher in den Libanon verpflanzt hatte.

»Wascht euch«, rief der Mullah, »in zehn Minuten sehen wir uns da drüben!« Er wies auf den mächtigen Zedernbaum, der hinter der Schule stand.

Ein leichter Wind war aufgekommen, aber er brachte an diesem heißen Julinachmittag keine Kühlung. Die Gruppe der jungen Palästinenser kauerte sich auf dem Sandboden in den Schatten der Zeder. Rund um den Baum begannen die grün-weiß-roten Fahnen zu flattern, die die Abgesandten des Ayatollah Khomeini dort an Stangen aufgehängt hatten. Der Mullah stand an die Zeder gelehnt. In der Hand hielt er den Koran. Er reckte seinen Zuhörern das Buch entgegen. »Wir Moslems stehen durch den Befehl des Propheten in der Verpflichtung, die Juden zu bekämpfen und zu töten, wo immer wir sie finden können«, sagte er. »Ihr seid seine Kämpfer, ihr seid dazu ausersehen, Palästina von den zionistischen Teufeln zu befreien. Ihr werdet das Privileg haben, El-Kuds, unser geliebtes Jerusalem, mit seinen heiligen Stätten für uns Moslems zurückzuerobern.«

Er hielt den Koran hoch über sich. »Hier steht es!«, rief er. »In der zweiten Sure, Vers 62, über die Kinder Israels: ›Und sie wurden mit Schande und Elend geschlagen und luden Allahs Zorn auf sich, dies, weil sie die Zeichen Allahs verwarfen und die Propheten zu Unrecht töten wollten: das war, weil sie widerspenstig waren und frevelten.‹«

Seine dunklen Augen blitzten. Er schaute über die Palästinenser, die zu seinen Füßen saßen, hinweg, irgendwohin in die Ferne. »Der Ayatollah will, dass wir im Namen Allahs, des Mächtigen und Erhabenen, sein Name sei gelobt, das Feuer der Revolution ausbreiten. Zuerst müssen wir seine Erzfeinde in Tel Aviv hinwegfegen, doch auch die Gottlosen in der arabischen Welt, die glauben, sie seien die Herren der Menschen, müssen weg! Es gibt nur einen Herrn, und das ist Allah. Jeder, der sich gegen seinen Willen stellt, der verdient den Tod. Vertreibt die Gottlosen aus ihren Palästen, aus ihren Regierungsgebäuden. Nur die Scharia gilt, das Gesetz des Propheten, nur das ist die Richtschnur unseres Lebens. Nur von einem Gebäude darf die Macht in unserer Gemeinschaft ausgehen, und das ist die Moschee.«

Er wandte sich wieder den jungen Kämpfern zu, die ihre Kalaschnikows neben sich gelegt hatten. »Ja, meine Freunde, das ist die Lehre des Propheten: Ihr dürft jeden töten, der ein Feind Allahs ist. Der bewaffnete Kampf gegen die Ungläubigen ist der Wille unseres Gottes. Das ist nicht nur euer Recht, das ist eure heilige Pflicht. Euer Glaube wird durch eure Handlungen bestimmt. Und wer als Kämpfer für diesen heiligen Krieg ums Leben kommt, der ist ein *Schahid*, ein Märtyrer. Allah wird ihn direkt in das Paradies holen.«

Der Mullah schaute in die jungen Gesichter vor ihm, sah in die Augen der Palästinenser, die an seinen Lippen zu hängen schienen. »Ihr seid Allahs Soldaten, ihr seid die Kämpfer der Hisbollah, der Partei Gottes. Seid mutig und unerschrocken. Fürchtet nicht den Tod. Euch ist der Platz im Paradies sicher!«

Er wies mit der Hand auf Ali Ben Nasar. »Steh auf, mein Freund.« Der junge Palästinenser erhob sich. Der Mullah reichte ihm den Koran. »Hier, nimm. Du bist dieses heiligen Buches würdig. Du hast schon einmal im Angesicht des Todes geholfen, die amerikanischen Bastarde zu vernichten, die noch schlimmer sind als die Israelis. Du sollst unsere jungen Kämpfer der Hisbollah anführen.«

Er umarmte Ali Ben Nasar. Dann reckte er die Faust in die Höhe. »*Allahu akbar*«, rief er, »Gott ist groß!«

Afghanistan
22. Juni 1988

»Schnell, schnell, raus hier!« Der Feldwebel, ein stämmiger Dreißigjähriger, schrie gegen den Lärm des Triebwerks an, das weiterlief. Er winkte mit der Hand in Richtung der offenen Tür. Hauptmann Jurij Arbatow griff nach seiner AK-47-Kalaschnikow und seinem Rucksack und sprang als Erster durch die Tür hinaus auf den steinigen Boden. Die anderen neun des Erkundungstrupps folgten. Hastig schloss der Feldwebel die Tür hinter ihnen. Die Umdrehungsgeschwindigkeit der Rotoren nahm wieder zu, bis sie eine undurchlässige Scheibe bildeten. Dann hob der schwere MI-8-Hubschrauber ab, verharrte einige Sekunden kurz über dem Boden, so, als sei er unentschlossen, dann stieg er steil in die Höhe und verschwand nach einer fast eleganten Kurve hinter einem Bergrücken.

»*Dawai, dawai*, los, Jungs, macht voran!«, rief Arbatow den unschlüssig vor ihm Stehenden zu. Die Soldaten schulterten ihre Rucksäcke und die Waffen. Sie standen am Anfang eines schmalen Pfades. Vor ihnen ragte eine Kette steiler gezackter Bergspitzen, auf denen trotz der heißen Frühsommertemperaturen noch Schnee lag.

Tief unter ihnen, in dem schmalen Taleinschnitt, lag ein Kischlak, eines der kleinen afghanischen Dörfer. Arbatow hob sein Fernglas an die Augen. Bis auf einen Hund, der mit eingekniffenem Schwanz durch das Dorf strich, sah er kein Lebenszeichen. Aus einer der armseligen Steinhütten, deren Dach verbrannt war, stieg noch schwacher Rauch auf. Arbatow wusste, dass am Tag zuvor die sowjetischen Kampfhubschrauber das Dorf eine halbe Stunde lang mit ihren Maschinenkanonen und Raketen angegriffen hatten. Es war die Rache für den Tod des Unterleutnants Sergej Mowtschan, der mit seinem Zug am Rande des Kischlak in einen Hinterhalt der Mudschahedin geraten war. Gestern hatten sie ihn nach Taschkent geflogen, in einem Zinksarg.

Sechs der neun Soldaten in seinem Zug waren dabei gewesen, zwei andere waren schwer verwundet worden. Jetzt hatten sie den Auftrag, die Mudschahedin aufzustöbern und zu vernichten, die sich aus dem Dorf in die Berge zurückgezogen hatten.

Der Unteroffizier Oleg Jakubowskij, ein blonder Junge aus Leningrad, ging als Erster, die Maschinenpistole im Anschlag, ihm folgten die anderen in Einerreihe. Arbatow bemerkte bei dem Gefreiten Fjodor Leonow, der direkt hinter Jakubowskij hertrabte, ein leichtes Schwanken. Bald stieg der Pfad steil an. Der Hauptmann begann, seine Lunge zu spüren. Die Luft war hier, auf fast dreitausend Meter Höhe, dünn, das schwere Gepäck schien sein Gewicht verdoppelt zu haben. Arbatow wischte sich den Schweiß von der Stirn. Das Schwanken des Gefreiten Leonow wurde immer stärker. Er stolperte, fiel hin, raffte sich dann mühsam wieder auf. Nach einer halben Stunde schaute sich der Unteroffizier nach Arbatow um. Der Hauptmann nickte.

Jakubowskij nahm die rechte Hand hoch, ließ sie dann fallen und wies auf einen großen Felsen, der neben dem Pfad in die Höhe ragte. Die Soldaten rissen ihre Rucksäcke herunter, warfen sie neben sich und ließen sich sofort auf den Boden fallen, völlig erschöpft. Sie holten ihre Feldflaschen hervor und tranken gierig.

Arbatow ließ eine Zigarettenpackung herumgehen. Fast alle bedienten sich. Er bemerkte, dass der Gefreite Leonow fehlte. Er stemmte sich hoch, hatte aber weiche Knie. Es flimmerte vor seinen Augen. Der Blutdruck war tief abgesackt. Verdammte Höhe, dachte er.

Arbatow ging um den Felsen herum. Er sah, wie Leonow mit dem Rücken an die Felswand gelehnt dasaß, die Beine mit den schweren Stiefeln vor sich ausgestreckt. Der Gefreite, der in die andere Richtung blickte, saugte heftig an einer kleinen Pfeife. Arbatow roch sofort den süßlichen Duft des Haschisch. Er wollte auf Leonow zulaufen und ihm mit der Faust ins Gesicht schlagen, hielt sich aber gerade noch zurück.

Er biss sich auf die Lippen. Wie oft hatte er in den letzten Monaten diesen Duft aufgesogen, wie oft Soldaten dabei beobachtet, wie sie heimlich kifften. Fast die Hälfte der Wehrpflichtigen rauchte Haschisch. Und das war noch die harmlose Variante. Viele waren längst auf Heroin umgestiegen. Es war leicht zu bekommen, denn vor allem im Norden Afghanistans wurde überall Opium angebaut, das Rohmaterial für die Heroinherstellung. Dafür versetzten sie alles, was sie aus den Depots stehlen konnten, Dieselkraftstoff, Reifen und immer wieder auch Waffen. Und viele dieser Waffen landeten auf diesem Umweg in den Händen der Mudschahedin, die den Rauschgifthandel mit den Sowjets über Mittelsmänner ausdrücklich förderten. Sie wussten, die Rauschgifthändler waren ihre besten Verbündeten im Kampf gegen die Eindringlinge aus dem Norden.

Arbatow packte die Wut. Wieder wollte er auf Leonow einschlagen. Dieser Schwächling, diese miese Ratte, dachte er. Schlimm genug, dass er hier lag und sich vollkiffte. Arbatow wusste sehr genau, warum sie Hasch rauchten oder an der Nadel hingen. Es war Angst, simple, banale Angst, in die Statistik einzugehen, die man sich in den sowjetischen Stützpunkten zuflüsterte, die Statistik von den Zinksärgen. Fünfzehntausend Tote, fünfzehntausend Zinksärge, die über die Grenze nach Norden geflogen wurden, und dreißigtausend Verletzte, Krüppel, junge Burschen mit von Minen abgerissenen Gliedern, schweren Verbrennungen, blind. Niemand konnte die Zahlen mehr geheim halten, sie tauchten überall in der Heimat auf, kein Ort, in dem es keine toten Söhne oder Brüder gab, kein Dorf in der Sowjetunion, in das nicht einer auf Krücken heimkehrte.

Arbatow wusste nicht, auf wen oder was er wirklich mehr wütend war: auf diesen Leonow, diesen vor Angst bibbernden Schwachkopf, oder auf die Regierung in Moskau. Warum kämpften sie den Kampf nicht bis zu Ende, ein für alle Mal, warum bekamen sie nicht noch mehr Verstärkung? Warum ließen sie so viele verrecken? Warum ließen sie zu, dass die glorreiche hochgerüstete Rote Armee von den Mudschahedin geschlagen, massakriert, erledigt, erniedrigt wurde – von einer Horde dreckiger, zerlumpter, wild aussehender bärtiger Burschen, undiszipliniert, untrainiert und trotzdem immer öfter siegreich. Die CIA, dachte Arbatow, ohne die verdammten Amerikaner könnte dieses Lumpenpack es niemals mit den sowjetischen Truppen aufnehmen. Seit die Mudschahedin nun auch noch die tragbaren Stinger-Flugabwehrraketen hatten, wurde es selbst für die Luftwaffe immer gefährlicher, den Bodentruppen wenigstens noch Feuerschutz aus der Luft zu geben.

Er sah auf Leonow herab. Der Gefreite blickte mit glasigen Augen zurück, denen Arbatow ansah, dass sie ihn nicht erkannten. Er nahm ihm die Pfeife aus der Hand und zertrat sie. Erneut wallte die Wut in ihm auf. Das war Sabotage, das war Feigheit vor dem Feind. Er trat Leonow mit seinem Stiefel gegen das Schienbein. Der Gefreite stöhnte kurz auf, dann ging sein Stöhnen in ein Gewinsel über. Aber es hatte keinen Zweck, Leonow hatte sein Ziel erreicht. Er musste ihn zurücklassen, es war unmöglich, ihn mitzunehmen, der Gefreite würde in diesem Zustand sonst nur sich selbst und alle anderen gefährden. Er würde den Kerl auf dem Rückweg wieder auflesen und ihn vor ein Kriegsgericht bringen. Er würde ein Exempel statuieren, er würde dafür sorgen, dass sie ihn fertigmachten.

Arbatow ging wieder um den Felsen herum. Er gab dem Unteroffizier ein Zeichen. »Auf, auf!«, rief Jakubowskij.

Widerwillig erhoben sich die anderen und schulterten ihre Waffen. Wieder stellten sie sich in Einerreihe hintereinander auf. Langsam setzte sich der Zug in Bewegung. Sie stolperten, keuchten, stiegen über riesige Felsblöcke, die immer wieder den Pfad blockierten. Gelegentlich polterte Steinschlag über sie hinweg. Die Strahlen der Sonne brannten jetzt direkt auf ihre Köpfe und blendeten sie.

Arbatow konnte, als sie um die Felskante bogen, gegen das grelle Sonnenlicht das Aufblitzen des Mündungsfeuers nicht erkennen, das irgendwo aus den Felsen vor ihnen kam. Er nahm nur das Hämmern von Maschinenwaffen wahr, hörte das Schreien Jakubowskijs, sah die Männer vor ihm fallen, sich im Todeskampf krümmen, einer rutschte, sich immer wieder überschlagend, den Abhang herunter. Er riss seine Kalaschnikow hoch, schoss blind, Dauerfeuer, warf sich dann auf den Bauch, immer noch feuernd. Dann spürte er den schweren Schlag gegen seinen Kopf. Er registrierte nicht mehr, dass die Kugel durch den Stahlhelm gedrungen und in seiner Schädeldecke stecken geblieben war. Er war schon in ein Nichts abgetaucht, in ein tiefes erlösendes Schwarz.

Jurij Arbatow hörte die Worte, als kämen sie durch eine Wand aus Watte zu ihm. »Ist er schon wieder aufgewacht, Schwester?«, fragte eine männliche Stimme.

»Ich weiß nicht, er liegt seit etwa zehn Stunden in der Narkose«, sagte eine weibliche Stimme.

Arbatow öffnete die Augen, schloss sie aber schnell wieder, geblendet von dem scharfen Licht einer nackten Glühbirne, die direkt über ihm hing.

»Ich glaube, er hat sich bewegt«, sagte die weibliche Stimme.

»Ja, wollen wir mal sehen«, antwortete die männliche Stimme. Dann, nach einem kurzen Augenblick, diesmal näher an seinem Ohr, weniger wattig: »Genosse Arbatow?«

Arbatow beschloss, die Augen wieder aufzuschlagen. Er blickte in ein Gesicht, das sich – von einer weißen Maske fast verdeckt – über ihn beugte. Er versuchte sich aufzurichten, spürte aber einen stechenden Schmerz in seiner Schädeldecke und ließ den Kopf wieder sinken.

»Ganz ruhig«, sagte die Stimme hinter der Maske, »wir haben Sie wieder zusammengeflickt, Genosse, spätestens in einer Woche geht's los, ab nach Hause.«

Wieder wollte Arbatow sich aufrichten. Eine Hand drückte ihn sanft zurück in die Kissen. »Sie müssen sich schonen, Hauptmann Arbatow, dann kommt schon alles wieder in Ordnung«, sagte die männliche Stimme. »Geben Sie dem Hauptmann ein Schmerzmittel, Schwester«, sagte das Gesicht hinter der Maske. Und wieder an den Mann in dem schmalen Bett gewandt: »Seien Sie froh, für Sie ist der Krieg nun vorbei.«

Ein Ventilator an der Decke zerhackte die heiße Luft, ohne wirkliche Kühlung zu bringen. Die Tür ging auf, und Oberstleutnant Andrej Luschkow betrat das Krankenzimmer, in dem etwa zehn Mann auf Pritschen lagen. Arbatow sah seinen suchenden Blick. Sein Bataillonskommandeur, der seinen grün gefleckten staubbedeckten Kampfanzug trug, erkannte ihn schließlich und kam auf ihn zu. Unter dem linken Arm trug er einen großen Briefumschlag, in der rechten eine Tüte. Linkisch legte er die Tüte, aus deren Öffnung Orangen herausschauten, auf den kleinen Tisch neben der Pritsche. »Für Sie, Genosse Arbatow.«

Arbatow streckte ihm die Hand hin, die Luschkow nahm und heftig drückte. Er war etwa fünfunddreißig, sah aber viel älter aus. Seine Augen lagen tief in ihren Höhlen, seine dunklen kurzen Haare wiesen große graue Flächen auf.

»Darf ich?« Arbatow nickte. Der Oberstleutnant nestelte eine Zigarettenpackung aus seiner Uniformjacke und steckte sich eine an.

»Der Arzt sagt, er kriegt Sie wieder vollständig hin. Wird nur eine kleine Narbe zurückbleiben«, sagte er, nachdem er den Rauch durch die Nase ausgestoßen hatte. »Sie ... Sie haben großes Glück gehabt.«

Arbatow schaute ihm in die Augen. »Was ist mit den anderen?«

Luschkow wich seinem Blick aus und zog erneut an seiner Zigarette. Nach einer Weile sagte er stockend: »Sie und der Gefreite haben überlebt. Die anderen ...« Seine Stimme brach ab.

Arbatow spürte, wie der Schmerz in seinen Schädel zurückkam. Er starrte auf den Ventilator, der über ihm surrte. Schließlich fragte er: »Der Gefreite?«

»Ja, der Gefreite Leonow. Er ist der Einzige, der unverletzt blieb. Er hat ein Riesenschwein gehabt. Er konnte sich offenbar hinter einem Felsen verbergen. Hat wohl eine ganze Weile dagelegen und sich nicht gerührt, während die Mudschahedin kamen und sich die Waffen geholt haben. Als sie wieder weg waren, hat er über Funk einen Hubschrauber gerufen, der Sie beide abgeholt hat. Der Unteroffizier Jakubowskij hat noch eine Weile gelebt. Leonow hat ihn verbunden. Leider hat er es aber nicht mehr gepackt. Er ist im Hubschrauber gestorben.«

Luschkow warf die Zigarette auf den Boden und drückte sie mit seinem Stiefel aus. »Ohne den Gefreiten Leonow lägen Sie auch noch da oben. Ein tapferer Bursche. Wenn Sie es unterstützen, werde ich ihn für eine Auszeichnung vorschlagen«, sagte er.

Arbatow atmete tief aus. Leonow, der Held! Sein Lebensretter! Der bekiffteste Soldat des Bataillons! Er spürte ein Würgen im Hals.

Offenbar erwartete Luschkow keine Antwort. Stattdessen holte er den Briefumschlag hervor. »Vielleicht ein bisschen viel auf einmal«, sagte er, »aber hier sind ein paar Dinge, die Sie wissen sollten.« Er legte mehrere Blätter vor Arbatow auf das Bett. »Das sind Ihre Papiere für den Rücktransport, erst nach Taschkent, dann weiter nach Moskau, in ein Sanatorium, für ein paar Wochen. Und hier haben wir noch Ihre Versetzung.«

Arbatow stützte sich ruckartig auf seine Arme auf, den Schmerz in seinem Schädel missachtend. »Meine Versetzung?«

»Ja, Ihre Versetzung, direkt aus dem Verteidigungsministerium.«

»Aber ...«, versuchte Arbatow zu protestieren. Hatte der Oberstleutnant nicht gesagt, dass sie ihn wieder völlig hinkriegen würden? Warum sollte er Afghanistan verlassen, während die anderen blieben? Er dachte an seinen Vater. Oberst Boris Arbatow hatte mit der Roten Armee Berlin erobert. Er war jetzt ein alter Mann. Aber was würde er zu dieser Versetzung sagen, weg von der Front? Ein Arbatow weicht nicht vor dem Feind.

»Kein Aber«, sagte Luschkow. »Das ist eine Versetzung an einen wichtigen Platz. Nur die Besten kommen dorthin. Zur Westgruppe der Truppen, ins Hauptquartier, nach Deutschland.«

Von der Pritsche am Ende des Zimmers war ein Stöhnen zu hören. Ein Schwerverwundeter wälzte sich unruhig hin und her. Luschkow schaute auf seine Stiefel. Schließlich sagte er leise: »Bald werden wir alle gehen. Moskau hat beschlossen, dass wir Afghanistan aufgeben. Die erste Hälfte geht noch in diesem Jahr, die andere folgt 1989.«

Jurij Arbatow riss die Augen auf. Dann war es also wahr, was als Gerücht seit Wochen die Runde gemacht hatte. Die Regierung war also tatsächlich eingeknickt. Die große, mächtige Sowjetunion würde ihre Verbündeten in Afghanistan im Stich lassen! Neun Jahre Krieg umsonst. Ein Hitzeschauer fuhr durch seinen Körper. Seine Finger ballten sich zur Faust, zerknüllten dabei die Papiere, die auf der Bettdecke lagen.

Luschkow zog sie ihm aus der Hand. »Hier«, sagte er und zeigte auf ein Blatt, das aussah wie eine Urkunde. »Das ist gestern auch noch gekommen. Ihre Beförderung. Herzlichen Glückwunsch, General Arbatow.«

Arbatows Blick fiel auf das Papier. Er versuchte, sich auf die Buchstaben zu konzentrieren. Aber sie verschwammen vor seinen Augen. Wieder hörte er das Stöhnen am anderen Ende des Zimmers. Er fühlte die Schweißperlen auf seiner Stirn.

Luschkow nahm die Papiere vom Bett und legte sie sorgfältig auf den kleinen Tisch neben Arbatows Pritsche. »Übermorgen geht Ihr Flugzeug. Viel Glück.« Er erhob sich und ging.

Arbatow schloss die Augen. Noch immer hörte er Luschkows Stimme. »Herzlichen Glückwunsch, General Arbatow.« Er fühlte sich erniedrigt, geschlagen. Warum war Jakubowskij tot und nicht er?

Südlibanon
3. März 1989

Die Frau stieß einen Heulton aus, schrill und durchdringend. Sie streckte die Arme, die Handflächen nach oben gerichtet, anklagend gegen den Himmel. Ihr bodenlanges schwarzes Kleid umhüllte ihre massige Figur, ihr Kopf war von einem langen beigefarbenen Tuch bedeckt, das ihr breites Gesicht mit den schwarzen Augen freiließ, die ihn hasserfüllt anblitzten.

David Berman schätzte sie auf Mitte fünfzig, war sich aber nicht sicher. Er hatte immer noch Probleme damit, das Alter der Frauen in den arabischen Dörfern zu bestimmen. Es schien ihm, als alterten sie schneller als die Frauen in einem Kibbuz.

»Nun mach schon, mach voran!«, rief er dem Gefreiten zu, der die Kiste mit dem Sprengstoff von dem Jeep herunterwuchtete. Zu zehnt hatten sie das Haus umstellt, ihre

Gabriel-Schnellfeuergewehre im Anschlag. David war mit zwanzig der Älteste unter ihnen. Als Unteroffizier führte er das Kommando.

Das Haus, ein flaches einstöckiges Gebäude aus grauen Quadersteinen, war an einen Hügel geschmiegt, der nach Süden in Richtung der israelischen Grenze lag.

David Berman schaute sich die anderen Häuser an, alles ähnliche Steinhäuser mit Flachdächern und gedrechselten Metallgitterstäben vor den Fenstern. Das nächste lag etwa fünfzig Meter entfernt. Weit genug, dachte Berman, kein Problem. Die Bewohner standen vor den Türen und blickten zu den Israelis herüber. Ein alter Mann mit einem hageren, verwitterten Gesicht und einem langen grauen Bart saß auf einem Stuhl und starrte unverwandt auf die Frau, die immer noch die Hände gegen den Himmel erhoben hatte.

Der Gefreite war inzwischen dabei, die Sprengstoffstäbe an den Ecken des Hauses anzubringen. Als er die Haustür aufstieß, um den übrigen Teil des Sprengstoffs im Haus zu verteilen, schrie die Frau: »Ihr Teufel, ihr Mörder, er ist unschuldig, mein Sohn ist unschuldig.«

David Berman biss sich auf die Lippen. Natürlich war er unschuldig, ihr Sohn. Sie waren alle immer unschuldig. Wenn die Israelis auftauchten, dann war es immer die gleiche Geschichte. Keiner war es gewesen, niemand hatte etwas gesehen, nicht den Abschuss der Raketen, nicht die Vorbereitungen dazu. Fest stand nur, dass diese Raketen jenseits der Grenze in einer israelischen Kleinstadt eingeschlagen und eine Schule getroffen hatten. Da es Nacht war, hatte es nur Sachschäden gegeben, keine Toten oder Verletzten.

Der Mossad hatte achtundvierzig Stunden gebraucht, um durch einen Informanten in dem Dorf im Süden Libanons, gleich hinter der Sicherheitszone, den Dreiundzwanzigjährigen auszumachen, der offensichtlich hinter dem Anschlag stand, seit Jahren ein aktiver Kämpfer für die Hisbollah. Und diese kreischende Alte war seine Mutter.

»Er ist unschuldig«, heulte sie wieder. Welche Mutter würde schon zugeben, dass ihr Sohn ein Terrorist ist?, dachte Berman. Und was hieß schon Terrorist? Für die Dorfbewohner war er ein Kämpfer, ein Kämpfer im heiligen Krieg gegen die Israelis. Und wie sicher konnte er schon sein, dass es wirklich dieser junge Araber gewesen war? Wie vertrauenswürdig waren die Informanten in diesen Dörfern, wie zuverlässig tatsächlich ihre Hinweise?

David Berman hasste diese Einsätze. Es ging um Abschreckung oder, genauer, um Vergeltung, simple, brutale Vergeltung. Auge um Auge, Haus um Haus. Die israelische Antwort bestand aus einem Paket Sprengstoff, das man in dem Haus der Familie des Schuldigen anbrachte und es in die Luft jagte. Natürlich saßen die wahren Schuldigen woanders, irgendwo im Bekaatal, unter dem Schutz der Syrer, schwer zu erreichen, selbst für die Kommandoeinheiten der israelischen Armee. Sie suchten sich Helfer in den Dörfern, deren junge Leute anfällig waren für die Botschaften der Hisbollah.

Aber die Israelis konnten die Anschläge nicht einfach hinnehmen. Sie reagierten mit eiserner Faust, mit Luftschlägen, mit Artillerieangriffen oder – wie jetzt – mit Sprengungen.

Der Gefreite kam heraus und reckte den rechten Daumen nach oben. David Berman nickte zweien der übrigen Soldaten zu. Sie fassten die Alte bei den Armen und begannen sie fortzuzerren, weg von dem Haus. Sie kreischte, leistete aber keinen Widerstand. Auch die anderen Israelis fingen an, sich langsam zurückzuziehen. Sie hatten fünf Minuten.

Berman blickte zu dem Greis, der immer noch auf seinem Stuhl saß und auf das Haus starrte. Ihre Blicke schienen sich zu kreuzen, aber er sah keine Bewegung im Gesicht des Arabers. Die anderen Nachbarn standen um ihn herum. Die Alte hielt sich jetzt an der Stuhllehne fest. Ihr schrilles Gekreische war zu einem leisen Wimmern herabgesunken. Berman blickte auf seine Armbanduhr. Er spürte, dass sein Mund trocken war. Verflucht, dachte er, warum mussten diese Zeiger nur so dahinkriechen? Sie würde ihn danach fragen, das war sicher. Morgen begann das Wochenende, dann würde er nach Hause, nach Tel Aviv fahren, und Ruthi, seine Schwester, würde ihn wieder ausfragen. Er sah schon ihr ärgerliches Gesicht vor sich, wenn er von der Sprengung erzählen würde. Verdammt noch mal, sie konnten das doch nicht einfach so hinnehmen. Irgendwie musste man diesen Arabern doch Vernunft eintrichtern, und sei es mit Gewalt. Dann geschah es. Die Wucht der Explosion ließ die Erde ringsum einen kurzen Augenblick erzittern, dann stieg eine Wolke aus Staub und kleinen Steinen auf.

Berman atmete tief aus. Er winkte den anderen zu. Sie beluden die drei Jeeps mit ihren Waffen und den leeren Sprengstoffkisten. Berman schwang sich in den ersten Jeep und nickte dem Fahrer zu. Der gab Gas. Nach etwa drei Kilometern erreichte der Konvoi die Sicherheitszone, die im Süden des Libanons von den Israelis kontrolliert wurde. Die Hügel waren in frisches Grün getaucht, überall blühten Frühlingsblumen.

David Berman genoss den sanften Fahrtwind, der die erste Wärme des Jahres in das Land trug. Er schaltete das kleine Transistorradio ein, das er in seinem Rucksack bei sich trug, und stülpte sich den Kopfhörer über. Es war auf den Armeesender eingestellt, der mit die beste Popmusik in Israel spielte. Er hörte die Rolling Stones. Sie sangen »Time Is On My Side«.

Bald würden sie die Orangenhaine auf der israelischen Seite erreichen. David Berman freute sich auf den schweren, durchdringenden Duft der Orangenblüten. Er schloss die Augen. Da sah er sie wieder vor sich, das dunkle Gesicht mit dem Kopftuch, die Augen voller Hass, er hörte wieder das Gekreische der Alten. Ihr Teufel, ihr Teufel, ihr Teufel!, schrie sie. Er schaltete das

Radio lauter, versuchte, das Gesicht aus seinem Bewusstsein zu vertreiben. Aber es blieb. Ja, »Time Is On My Side«, sangen immer noch die Rolling Stones. Dazwischen das Gekreische. Ihr Teufel.

Noch immer hielt er die Augen geschlossen. Er spürte ein starkes Rütteln in seinem Rücken. Das Brummen des Motors nahm zu. Der Jeep schlingerte leicht. Endlich öffnete er die Augen wieder und bemerkte, dass sie von der engen asphaltierten Straße abgewichen waren. Die Fahrbahn war aufgerissen, irgendwelche Reparaturarbeiten. Sie fuhren über einen holprigen Sandweg, neben der eigentlichen Straße, der das Hindernis umging.

Einen Moment packte ihn ein Unbehagen. Er wollte den Fahrer am Arm nehmen, ihn zum Anhalten bewegen. Doch dann dachte er daran, dass sie in weniger als einer Stunde in Israel sein würden. Ohnehin würde der Weg nach hundert Metern wieder auf die Straße zurückführen. Vor ihm lag das lange Wochenende. Nur jetzt kein Verzögern mehr. Zur Hölle mit den Arabern, jedenfalls für die nächsten achtundvierzig Stunden.

David Berman hörte noch den scharfen Knall der Explosion, merkte, wie der Jeep hochgehoben wurde. Dann spürte er, beinahe verwundert, ein unbekanntes Gefühl, intensiv, erstaunlich schmerzfrei, als sein Unterleib zerrissen wurde. Erst wurde es weiß vor seinen Augen, dann schwarz. Dass der Jeep, der auf die in dem aufgewühlten Erdreich des Sandwegs versteckte große Landmine gefahren war, umkippte und den Fahrer und ihn unter sich begrub, merkte er schon nicht mehr.

Wünsdorf, Deutschland
31. Dezember 1989

Sie stand vor dem Spiegel in der Diele und drehte sich hin und her. Raissa Arbatowa trug einen langen Mantel mit einem Pelzkragen, dazu eine dunkle Pelzmütze, unter der ihre hellblonden Haare hervorlugten. Ihr dunkelroter Lippenstift bildete einen reizvollen Kontrast zu ihrer hellen, feinen Haut. Sie lächelte ihrem Spiegelbild zu.

Dann drehte sie sich um, ging die paar Schritte zum Wohnzimmer und fragte: »Na, wie seh ich aus?«

Jurij Arbatow ließ die *Iswestija* sinken, schob das Teeglas beiseite, das auf dem kleinen Tisch vor ihm stand, und erhob sich aus seinem Sessel. Er hatte sein Uniformhemd aufgeknöpft und die schweren Militärstiefel ausgezogen. Wortlos nahm er sie bei den Händen, legte die Arme um sie und zog sie an sich, sodass ihr Kopf an seiner Brust ruhte. So hielt er sie fest, einen langen Augenblick.

»Wunderschön«, flüsterte er ihr schließlich ins Ohr, »du siehst wunderschön aus.«

»Neu«, sagte sie, »direkt aus Moskau. Und ganz preiswert.« Jurij Arbatow, der sie immer noch umschlungen hielt, verbarg sein Gesicht in dem weichen und schmiegsamen Nerzkragen ihres Mantels. Er vermied es, seinem Drang nachzugeben und nach dem Preis zu fragen. Einmal hatte er sich diese Frage erlaubt, als sie in einem neuen Kleid nach Hause gekommen war. Er hatte das Aufblitzen in ihren Augen gesehen, die plötzlich eisblau zu sein schienen, kalt und hart.

Sie waren erst seit einem Jahr verheiratet, das Ergebnis eines schnellen Entschlusses. Er war im Sanatorium in Moskau, ein verwundeter Afghanistan-Heimkehrer, sie arbeitete dort als Krankenschwester. Arbatow hatte sich in sie verliebt, sofort. Er wusste nicht, wie ihm geschah. Noch nie hatte ihn eine Frau so in ihren Bann geschlagen, so vollständig, so unwiderruflich, so total, ja, und so bedingungslos – ihn, den Berufssoldaten, dessen Welt jahrelang der Krieg gewesen war, der Dienst, die Kaserne, die Uniform, Befehl und Gehorsam, und dann die Partei, der man sich unterordnen musste, die immer recht hatte.

Nach zwei Wochen hatte sie Ja gesagt, am Tag, an dem er ihr von seiner Versetzung erzählt hatte, nach Deutschland. Er erinnerte sich an ihren Augenaufschlag. Deutschland! Für ihn war es die wichtigste Bastion der Sowjetunion gegenüber dem anderen Machtblock, gegenüber der NATO, für sie war es *der Westen* – auch wenn ihr neuer Aufenthaltsort in der DDR lag.

Jetzt standen sie, eng umschlungen, in einer Offizierswohnung in Wünsdorf, wo sie zusammen mit bis zu siebzigtausend anderen Sowjetbürgern lebten, im Hauptquartier der Westgruppe der Truppen der Roten Armee, einer sechshundert Hektar großen sowjetischen Insel in Ostdeutschland, mit eigenen Geschäften, Schulen, Freizeiteinrichtungen, ein komfortables Leben für die Offiziere und ihre Familien. Die zweieinhalbtausend Deutschen, die eigentlichen Bürger von Wünsdorf, wohnten streng abgeschirmt auf der anderen Seite der achtzehn Kilometer langen Mauer, die den Stützpunkt umgab. Raissa hatte in dem Militärkrankenhaus wieder einen Job als Krankenschwester gefunden, sie genoss das Leben mit seinen vielen Privilegien für die ausgesuchten Soldaten, die die Regierung in Moskau nach Deutschland geschickt hatte.

Sie hob ihr Gesicht zu ihm auf, sodass sie ihm in die Augen sehen konnte. Sie lächelte. »Jurij, hast du schon gehört? Die Deutschen werden heute ein großes Fest feiern. Alle reden davon.«

Arbatow merkte, wie wieder das Unbehagen in ihm hochstieg. Seine Gesichtszüge verhärteten sich. Ja, die Deutschen feierten. Vor sieben Wochen hatten sie plötzlich die Mauer geöffnet, und seitdem machten sie, was sie wollten. Und dieser Gorbatschow hatte es zugelassen! Nichts hatte er unternommen, nichts! Konnte er nicht erkennen, was dahintersteckte? Wenn die Mauer offen war, dann war das Bollwerk eingerissen, das die Sowjetunion nach Westen hin schützte. Zu viel schon hatte der Mann im Kreml hingenommen. Wie sollte es weitergehen?

Einen Moment lang hatte er vergessen, dass er sie immer noch in den Armen hielt. Er schaute in ihr Gesicht, in dem ihr Lächeln eingefroren zu sein schien. Jetzt kam wieder Bewegung in ihre Züge.

»Du, ich habe gedacht ... ich meine, vielleicht könnten wir ja auch nach Berlin fahren«, sagte sie.

»Nach Berlin?«, fragte er, verblüfft.

»Ja, es ist Silvester, und da ist bestimmt toll was los.«

Er schwieg.

»Bitte, Jurij, bitte, bitte.« Sie legte ihre Arme um seinen Hals und zog ihn zu sich heran.

Er bekämpfte mit Mühe seinen Zorn, das plötzliche Aufwallen aus Wut und Frustration. Arbatow wusste, dass sie nicht lockerlassen, dass dieses Silvester eine Katastrophe werden würde, wenn er nicht nachgab. »Also gut«, murmelte er.

Sie küsste ihn. »Danke, Jurij.« Dann sagte sie, fast beiläufig: »Ach, noch etwas, vielleicht ist es besser, wenn du ohne Uniform fährst.«

Das Blut schoss ihm in den Kopf. »Unmöglich«, sagte er. »Das geht nicht, ganz unmöglich.«

Sie legte ihre Hand auf seinen Arm. »Jurij, tu es mir zuliebe. Nur das eine Mal, glaub mir, in Berlin ist es heute besser so.«

Er wusste, dass es keinen Sinn hatte. Entweder er schluckte seinen Stolz hinunter, umging alle Vorschriften, oder er würde mindestens achtundvierzig Stunden ihren Zorn und ihre Unzufriedenheit aushalten müssen. Er sagte nichts, ging aber ins Schlafzimmer und begann, sich umzuziehen.

Die rote Fahne über der sowjetischen Botschaft hing schlaff an ihrem Mast, hoch über dem lang gestreckten Gebäude aus weißen Quadersteinen. Die meisten Lichter in den Büros waren ausgeschaltet. Die Tore des Zauns aus Eisenstäben, der die Botschaft zur Prachtstraße Unter den Linden hin abschottete, waren verschlossen. Die Berliner, die lärmend daran vorbeizogen, mit Sekt- und Bierflaschen in der Hand, zollten dem Gebäude keine Aufmerksamkeit.

Ihr Ziel lag nur ein paar Hundert Meter weiter, in Richtung Westen. Bis vor wenigen Wochen war es ihnen nicht erlaubt gewesen, auch nur in seine Nähe zu kommen. Bewaffnete Posten hinter einer Gitterabsperrung hatten sie achtundzwanzig Jahre lang davon abgehalten. Doch jetzt war der Pariser Platz plötzlich wieder ein Platz, kein freies Schussfeld mehr, und das Brandenburger Tor war wieder ein offenes Tor, das irgendwohin führte, auch wenn ein paar Meter davor immer noch die Mauer stand. Mehr und mehr Menschen strömten an diesem Abend ausgelassen, heiter über den breiten Mittelstreifen unter den Linden auf das Tor mit seinen massiven Steinsäulen zu.

Raissa hatte sich bei Jurij untergehakt. In der linken Hand trug sie eine Plastiktüte. Widerstrebend ließ sich Arbatow von ihr voranziehen, mitten in der Menschenflut, die sich in Richtung Westen bewegte. Er schaute auf seine Armbanduhr: 23.30 Uhr.

Endlich kamen sie am Brandenburger Tor an, vor dem inzwischen Zehntausende standen, dicht an dicht, Schulter an Schulter. Bald war er eingekeilt in der Menschenmasse, um ihn herum überwiegend junge Leute, die sich an den Händen hielten, sich zuprosteten, lachten, sangen. Waren das wirklich die braven, zurückhaltenden DDR-Bürger, die er jahrelang beobachtet hatte?

Hinter dem Brandenburger Tor, auf der Westseite, lösten sich die ersten Knallkörper, dann immer mehr. Arbatow zuckte zusammen, er schloss, fast automatisch, die Augen. Wie im Schnellgang spulte sich ein Film vor ihm ab, berstendes Krachen, hämmernde Maschinenwaffen, Leuchtspurgeschosse, die armseligen Hütten entgegenzischten, ein totes afghanisches Kind starrte ihn aus leeren Augen an. Er bemerkte das plötzliche Stechen direkt unter seiner Schädeldecke. Ein Zittern ging durch seinen Körper.

Arbatow zwang sich, die Augen zu öffnen. Er merkte, dass er schwankte. Die Bewegung ging von Raissa aus. Sie hatte ihren rechten Arm bei ihm untergehakt, ihr linker Arm war mit dem eines jungen Deutschen verhakt, der wiederum mit seiner Nachbarin Arm in Arm dastand, und alle schunkelten, sangen. Einer rief: »Wir sind ein Volk!« Und plötzlich riefen alle: »Wir sind ein Volk! Wir sind ein Volk!«

Die Zahl der explodierenden Knallkörper nahm zu. Die Menschen begannen, nach vorn zu schieben, durch die Säulen des Brandenburger Tores hindurch, eine Flut, der man sich nicht entgegenstemmen konnte. Davor herrschte noch mehr Enge. Tausende drängten sich auf der Fläche zwischen dem Tor und der Mauer. Arbatow hatte das Gefühl, keine Luft mehr zu bekommen. Immer mehr junge Leute zogen sich an der Mauer hoch, begannen, auf ihr zu tanzen. Dann setzten sie an zu zählen: »Zehn, neun, acht, sieben ...«

Als sie bei »eins« angelangt waren, stiegen pfeifend die Raketen in den feuchtkalten Himmel über dem Tiergarten, Hunderte, dann Tausende; bunte Orgien aus Licht, rot, grün, blau, weiß, zischten über das Brandenburger Tor hinweg, tauchten es in ein grelles, schillerndes Licht. Die Menschen fielen sich um den Hals, Wildfremde küssten sich, wünschten sich ein frohes neues Jahr. Raissa zog aus ihrer Plastiktüte eine Flasche Krimsekt hervor.

»Hier, mach auf!«, rief sie gegen den tosenden Lärm. Arbatow mühte sich, hatte dann Erfolg, der Korken flog heraus. Raissa zog die Flasche an den Mund und nahm einen langen Schluck. Ihr Gesicht glühte, das Licht der Raketen spiegelte sich in ihren Augen. Sie reichte ihm die Flasche. »*Sa sdarowje!*«, schrie sie. Er trank, widerstrebend. Sie küsste ihn. »Oh, Jurij, Jurij, ist es nicht wunderbar?« Er hielt sie fest, wusste nicht, was er sagen sollte.

Vor ihm tanzten die Leute wie die Derwische auf der Mauer, wild, ausgelassen. Raissa nahm ihm die Flasche aus der Hand und fing an, ihn nach links zu schieben, am Brandenburger Tor vorbei, anderen nach, die nun in diese Richtung strebten. Endlich kamen sie an dem Mauerdurchbruch an. Ein DDR-Grenzer stand dort, hilflos, bemühte sich, Pässe zu stempeln, gab es dann aber auf. Raissa schob Arbatow durch die Öffnung in der Mauer, die Menschen von beiden Seiten her durchschritten, wie selbstverständlich, die einen in den Osten der Stadt, die anderen in den Westen.

Plötzlich standen sie jenseits der Mauer, auf der immer noch Hunderte tanzten, am Rande des Tiergartens. Arbatow sah die vielen Löcher, überall dort, wo Souvenirjäger mit ihren Hämmern und Meißeln Zementbrocken herausgebrochen hatten. Der sozialistische Schutzwall, dachte er bitter, so sieht er also nun aus.

Raissa fiel ihm wieder um den Hals. Ihre Augen strahlten. »Jurij, wir sind im Westen«, sagte sie. »Im Westen!«

Arbatow schaute verstohlen auf seine Armbanduhr. Er fragte sich, wann am Morgen der erste Zug fahren würde, zurück nach Wünsdorf.

Tel Aviv, Israel
23. Februar 1991

Als die Sirenen zu heulen begannen, erwachte Ruthi Berman erschrocken. Sie tastete den Boden des Badezimmers nach der Taschenlampe ab, schaltete sie ein und schaute dann auf ihre Uhr: 2.21 Uhr morgens.

Wie jede Nacht, seit die Angriffe begonnen hatten, verbrachte sie auch diese wieder im einzigen fensterlosen Zimmer der Wohnung, aber in dieser Nacht war sie zum ersten Mal eingeschlafen. Vielleicht hatte sie sich inzwischen an die Angriffe gewöhnt, doch vielleicht war es einfach nur ihre völlige Erschöpfung, die ihr den Schlaf beschert hatte.

Wie auf die meisten Einwohner von Tel Aviv auch, hatten die Raketenangriffe auf sie eher psychische als physische Auswirkungen. Alle waren gereizt, ihre Nerven lagen blank bei der nächtlichen Bedrohung durch immer mehr Scud-Raketen. Kaum jemand war durch die direkte Wirkung der Raketen umgekommen, einige waren an Herzinfarkt gestorben, ein paar ältere Menschen waren unter den Gasmasken erstickt, doch die Furcht, dass der nächste Angriff tödlich sein könnte, schien Nacht für Nacht größer zu werden. Im Radio hatte man bekanntgegeben, dass bereits über vierhundert Gebäude beschädigt worden waren.

Ruthi rieb sich den Schlaf aus den Augen und griff nach ihrer Gasmaske. Sie hasste dieses Ding inzwischen – nicht nur, weil es Klaustrophobie verursachte, sondern auch, weil es ein Symbol war, das Symbol für ihre Hilflosigkeit.

Diese Nebenwirkung des Golfkriegs hatte der Friedensbewegung einen schweren Schlag versetzt. Zum ersten Mal, seit sie sich der *Shalom Achshav* – Frieden Jetzt – angeschlossen hatte, verspürte sie einen gewissen Widerwillen, ihre Meinung öffentlich zu äußern. Sie unterstützte zwar die Bewegung, die einst von Reserveoffizieren gegründet worden war – Männern, die wussten, dass immer mehr Gewalt nicht die Lösung sein konnte –, aber jetzt waren sie in der Defensive.

Die Gesinnung der Israelis war seit dem Beginn der Angriffe immer militanter geworden, und die Bilder von Arabern, die auf den Dächern ihrer Häuser im Jordantal und auf der West Bank den Scud-Raketen auf ihrem Weg nach Tel Aviv zujubelten, hatten alles nur noch schlimmer gemacht. Sich in der israelischen Friedensbewegung zu engagieren, war noch nie einfach gewesen, aber in letzter Zeit kam es ihr sogar wirklich gefährlich vor.

Sie setzte die Gasmaske auf, lehnte ihren Kopf an die Kachelwand und schloss die Augen. Die Minuten zerronnen, und das wellenförmige Auf und Ab des Sirenengeheuls wurde schließlich so laut, dass es in den Ohren schmerzte. Sie hatte den Eindruck, dass sie körperlich durch die Wände des winzigen Raums, der ihr als Luftschutzbunker diente, spüren konnte, wie es sie umschloss. Sie umklammerte ihre Knie und versuchte, langsam und regelmäßig zu atmen. Sie wollte nicht wieder hyperventilieren. Obwohl es hier drinnen nicht heiß war, begann sie, unter der Maske zu schwitzen.

Ruthi riss die Augen auf, als sie die erste Scud einschlagen hörte. Aus Erfahrung wusste sie, dass es ein Treffer war, aber nicht in der Nähe. Die Sirene heulte weiter, mal lauter, dann wieder leiser, lauter und leiser. Sie presste ihre Beine noch stärker aneinander und versuchte, an etwas anderes zu denken, irgendetwas. Vergeblich.

Avi. Jedes Mal, wenn sie und er zusammen waren, kämpften sie wie Hund und Katze gegeneinander, doch gab es zwischen ihnen das stille Einverständnis, dass diese Streitereien ihre Liebe zueinander in keiner Weise schmälern durften. Sie fragte sich, wo er jetzt nur sein mochte. Er war irgendwo oben im Norden bei seiner Golan-Brigade, und er hatte der ganzen Familie versichert, dass sich die IDF aus dem Krieg heraushalten würde, denn das hatten sie den Amerikanern versprochen.

Doch was wäre, wenn dieser Geisteskranke in Bagdad befahl, eine Scud mit chemischem oder biologischem Kampfstoff abzufeuern? Nur eine einzige? Das würde reichen, um die israelische Zurückhaltung endgültig zu durchbrechen. Das würde dann den totalen Krieg bedeuten, und Avis Einheit wäre eine der Ersten, die sich in den Kampf werfen würden. Wenn Avi etwas zustieße, das würde ihre Mutter nicht verkraften, nicht nach dem, was David geschehen war, David, über dessen Tod sie nie hinweggekommen war. Es verging kein Tag, an dem ihr nicht die Bilder seines Todes bei der Explosion der Landmine durch den Kopf gingen.

Der Schweiß brannte in ihren Augen, und einen Moment lang war sie versucht, die Maske kurz abzunehmen, um sich die Augen zu wischen, als die zweite Rakete aufschlug. Der Knall der Explosion war lauter als der erste, und sie fühlte den Boden unter sich erbeben. Dann wieder ein Scud-Einschlag, doch der war sehr weit entfernt, vielleicht in der Nähe des Flughafens. Das Sirenengeheul marterte ihren Kopf immer stärker. Unbewusst begann sie, im Rhythmus ihres Herzschlags und dem Auf und Ab der Sirenen langsam hin und her zu schaukeln. Oh mein Gott, nicht ich, nicht ich, murmelte sie vor sich hin.

Und dann kam der Einschlag. Der Knall war so ohrenbetäubend, dass sie sich die Ohren mit beiden Händen zuhalten musste und sich auf die Seite fallen ließ, als das gesamte Gebäude erzitterte und Mörtel von der Decke fiel. Wenn sie sich später an diese ersten Augenblicke erinnerte, dann glaubte sie, sie hätte geschrien, aber sicher war sie sich nicht. So blieb sie eine Weile liegen, umklammerte sich mit beiden Armen, presste ihr Ohr an die kühlenden Kacheln, ihr Herz raste, ihr Atem kam stoßweise. Das Heulen der Sirenen vermischte sich mit dem der Krankenwagen, die sich näherten.

Als endlich der Alarm aufgehoben wurde, hatte sie aufgehört zu zittern, und ihre Atmung war fast wieder normal. Sie nahm die Maske ab, hängte sie an den Haken auf der Rückseite der Tür und schaltete das Licht an. Dann drehte sie sich um und betrachtete sich im Spiegel über dem Waschbecken. Ihr dunkles Haar war voller Mörtelstaub, den sie nun abschüttelte und von ihrem Pullover strich. Erneut schaute sie in den Spiegel und bemerkte die roten Striemen auf ihrer Stirn, dort, wo sich der Rand der Gasmaske eingedrückt hatte. Ihre Augen waren geschwollen und ihre Wangen gerötet. Sie drehte den

Wasserhahn auf, wusch sich mit kaltem Wasser das Gesicht, trocknete es ab und ging ins Wohnzimmer. Sie nahm das Telefon und wählte die Nummer ihrer Mutter. Besetzt. Jeder Israeli rief wohl jetzt irgendjemanden an und wollte wissen, ob alles in Ordnung war. Sie rieb sich den Nacken und wählte erneut. Immer noch besetzt. Beim dritten Versuch kam sie durch.

»Geht's dir gut, *Ima*?«, fragte sie.

»Mir? Ja, sicher«, antwortete sie, aber Ruthi hörte das Zittern in ihrer Stimme.

»Und *Abba*?«

»Der ist noch oben auf dem Dach, auf Scud-Wache, deren Sinn ich nie so recht verstanden habe, aber du weißt ja selbst, wie er ist.«

Ruthi wusste genau, dass er nie in den Luftschutzraum ging und nie eine Gasmaske aufsetzte. Sie zögerte einen Moment und fragte dann: »Und ... ja ... hast du was von Avi gehört?«

Ihre Mutter antwortete nicht gleich, und Ruthi glaubte, sie seufzen zu hören, dann sagte sie: »Er hat uns gestern Abend angerufen. Es geht ihm gut. Er hat nur noch vier Wochen vor sich, dann ist er fertig mit seinem Dienst, aber ich habe den Eindruck, er will weiter für die Regierung arbeiten. Er sagt, sie hätten ihm einen Posten angeboten, irgendwas beim Sicherheitsdienst. Ich glaube, er war ganz schön aufgeregt, aber er hat versucht, das vor mir zu verbergen, und über Einzelheiten wollte er nicht reden.«

Jetzt war es also heraus, dachte Ruthi. Als sie zuletzt zusammen gewesen waren, als er vom Golan für ein Wochenende zu Hause gewesen war, da hatte ihr Avi von diesem Angebot erzählt.

»Irgendwo im Sicherheitsapparat, wo viel los ist«, hatte er gesagt, und sie konnte sich sehr gut vorstellen, was das zu bedeuten hatte.

»Nun gut, Mama«, sagte sie. »Mach dir keine Sorgen. Ich bin ja so froh, dass keinem von euch etwas passiert ist. Ich liebe euch. *Shalom.*«

Dann legte sie auf, starrte abwesend aus dem Fenster und kaute dabei auf einem Fingernagel. Da sie Avi kannte, wusste sie, dass er gut auf sich selbst aufpassen konnte, aber wenn sie nicht völlig mit ihrer Vermutung danebenlag, dann würde er wohl zum Mossad gehen, ein äußerst beunruhigender Gedanke. Sie merkte, wie sie an einem Stück Nagelhaut kaute, und zog ihren Finger angeekelt aus dem Mund. Sie hatte sich vor Kurzem wieder einmal vorgenommen, sich diese Unart abzugewöhnen. Mit schnellen Schritten durchquerte sie das Wohnzimmer, nahm ihre Jacke von einer Stuhllehne und ging hinunter auf die Hashomar-Straße.

Dort herrschte ein geordnetes Chaos. Die Scud hatte in einem Wohngebäude inmitten eines Häuserblocks auf der gegenüberliegenden Straßenseite eingeschlagen. Löschmannschaften bekämpften bereits die Flammen, die aus dem Dach schossen. Polizeifahrzeuge und ein Krankenwagen verstopften die enge Straße. Ihre blinkenden Signalleuchten wurden von den weißen Häuserwänden reflektiert. Feuerwehrschläuche schlängelten sich über die nasse Straße.

Die Polizei hatte den Bereich vor dem brennenden Gebäude bereits abgeriegelt, und Ruthi bahnte sich mit Ellenbogenstößen ihren Weg in die erste Reihe der Menschenmenge von Nachbarn, die sich an der Absperrung drängten. Sie konnte die Sanitäter erkennen, die jemanden auf einer Trage aus dem Haus transportierten. Polizisten und Feuerwehrleute durchkämmten unter Anleitung der Menge, die ihnen Hinweise und Vorschläge zurief, den gesamten Bereich. Sie blickte um sich, ob sie jemanden aus ihrem Gebäude erkennen konnte. Da berührte eine Hand ihre Schulter, und sie schaute in das Gesicht eines jungen Mannes, der ihr irgendwie bekannt vorkam.

»Bist du nicht Ruthi Berman, Avis Schwester?«

Sie nickte und antwortete: »Ja«, wobei sie ein wenig besorgt die Stirn runzelte.

»Das Mädchen von der *Shalom Achshav*, stimmt's?«

Ruthi reckte ihren Kopf, als sie merkte, dass Ärger in der Luft lag, und sagte: »Hm, hm.«

»Dann sind das also die Leute, mit denen wir deiner Meinung nach Frieden schließen sollen? Mit diesen Terroristen, die mit Raketen auf unsere Landsleute schießen?«, fragte er und deutete dabei mit der Hand in den Himmel.

»Ich ...«

Der junge Mann drehte seinen Kopf von ihr fort und rief einem Freund zu: »He, Gido, hier ist jemand von den ›Frieden Jetzt‹-Leuten. Ich versuche gerade mal herauszufinden, ob sie mit diesen Mördern immer noch Frieden schließen will.«

Ruthi versuchte, sich von ihm zu entfernen, aber er hielt sie am Arm fest. Sein Freund stellte sich direkt vor ihr in den Weg.

»Mein Freund Gido hier hat einen Bruder durch diese Terroristenschlächter verloren. Er möchte keinen Frieden mit denen schließen, oder, Gido?«

»Ich habe auch einen Bruder verloren«, entgegnete Ruthi. »Wie viele sollen denn noch Brüder, Väter und Schwestern verlieren, bis wir diesem Kämpfen ein Ende setzen?«

»Aber die wollen doch gar keinen Frieden mit uns, du naives kleines Mädchen«, sagte Gido. »Die wollen doch nur eins, nämlich dass wir alle sterben. Sie wollen uns ins Meer treiben.«

Sie wollte sich wirklich nicht mit ihnen anlegen. Das hatte sie schon allzu oft getan, und sie kannte die Frustrationen, die dann kamen. Und ganz besonders in Situationen wie diesen war es völlig sinnlos, mit ihnen zu diskutieren. Sie wollte weggehen, aber wieder hielten sie die beiden auf.

»Ich muss jetzt wirklich gehen«, sagte sie.

Der erste der jungen Männer wandte sich der Menge hinter ihm zu und rief: »He, Leute! Wir haben hier einen kleinen Friedensengel. Sie will Land gegen Frieden eintauschen.«

Ein Mann rief zurück: »Das einzige Land, das wir für Frieden eintauschen können, ist unser gesamtes Vaterland!«

Eine Frau kreischte: »Nur zu, gib ihnen noch mehr Land, damit sie ihre Selbstmordkommandos noch näher zu uns bringen können!«

»So ringen die Araber um Frieden!«, rief ein weiterer Mann und zeigte dabei auf das brennende Gebäude.

»Es gibt nur eine Möglichkeit, wie man mit diesen Terroristen umzugehen hat. Jedes Mal, wenn sie auf uns einschlagen, dann müssen wir zurückschlagen, und zwar doppelt so hart!«, rief Gido.

Der junge Mann, der sie angesprochen hatte, sagte: »Ich zeig dir mal, was ich von eurem ›Frieden Jetzt‹-Getue halte.« Er wölbte beide Hände vor seinem Mund und schrie: »Verräter! Verräter! Verräter!«

Die Menge fiel in den Sprechgesang ein: »Verräter! Verräter! Verräter!«

Ruthi hielt sich die Ohren zu, zog den Kopf ein und bahnte sich ihren Weg durch die Menge. Als sie die endlich hinter sich gelassen hatte, rannte sie in ihr Haus zurück, und erst als sie dort drinnen in Sicherheit war, ließ sie ihren Tränen freien Lauf.

Beirut, Libanon
30. August 1993

Für einen flüchtigen Beobachter sah der Mann, der im Schatten des Hauses in der Sh'tillah-Straße stand, nicht anders aus als einer von den Tausenden jungen Männern, die sich in den Beiruter Straßencafés Abend für Abend herumtrieben. Er trug Reebok-Sportschuhe, eine kakifarbene Hose, ein graues T-Shirt und eine glänzende dunkelblaue Jacke mit drei Streifen auf den Ärmeln. Sein gelocktes Haar schien im Mondlicht bläulichschwarz. Sein Teint war dunkel, beinahe olivgetönt. Er starrte mit seinen schwarzen Augen auf das weiß getünchte, fast quadratische Haus auf der gegenüberliegenden Straßenseite in diesem ruhigen Wohnviertel.

Das Haus war unbeleuchtet, die blaue Eingangstür verriegelt. Das Viertel schlief. Die Augustnacht war wie Samt, still, warm und weich. Die Ruhe wurde nur durch das Zirpen der Zikaden gestört und durch einen Hund, der hin und wieder, aus unerfindlichem Grund, in ein ärgerliches Gebell ausbrach. Irgendwo in der Nähe musste auch eine Ziege sein, denn von Zeit zu Zeit hörte er das Klingeln ihrer kleinen Glocke.

Eine vereinzelte Wolke schob sich vor den Mond, und diesen Augenblick nutzte er, um hinter vorgehaltenen Händen gierig an seiner Zigarette zu ziehen und wieder einmal einen prüfenden Blick auf die Uhr zu werfen. Es war 1.10 Uhr, immer noch viel Zeit, aber er wartete nun schon länger als eine Stunde und spürte, wie die Anspannung in seiner Brust zunahm.

Kurz darauf sah er das Auto. Es bog langsam in die Straße ein. Die Scheinwerfer wischten über die Stelle, an der er stand. Er wich zurück in den Schatten und drückte sich gegen eine der Betonsäulen des Vordachs, ließ seine Zigarette zu Boden fallen und trat sie sorgsam aus, während der Wagen vor dem gegenüberliegenden Haus hielt. Die Scheinwerfer erloschen, und das Motorengeräusch erstarb. Die vier Wagentüren öffneten sich fast gleichzeitig, die Insassen stiegen aus und gingen hintereinander die Treppenstufen hinauf. Er zählte fünf Mann, wartete, bis sie im Haus verschwunden waren, drehte sich dann um, steckte die Hände in seine Jackentaschen und verschwand.

Er brauchte fast zehn Minuten bis zu dem Lieferwagen, den er an einem Olivenhain geparkt hatte. Der Citroën mit offener Ladefläche schien nicht mehr als ein rostzerfressenes Wrack zu sein, dessen ursprüngliche Lackierung nur noch zu erahnen war. Aber der Mann hatte dafür gesorgt, dass sich der Wagen in technisch einwandfreiem Zustand befand. Er ließ den Motor an, bog in die Hauptstraße ein und fuhr mit abgeschalteten Scheinwerfern in Richtung Fußballstadion.

Er parkte am Rand des Spielfelds, direkt hinter dem Fußballtor, stellte den Motor ab, griff instinktiv nach einer Zigarette und zündete sie an. Dann lehnte er sich zurück, schloss die Augen und atmete den Rauch langsam durch die Nase aus. Seine müden Augen brannten. In den drei Tagen, die er sich bis jetzt im Libanon aufhielt, hatte er weniger als drei Stunden geschlafen. Er rollte seinen Kopf hin und her, um seinen steifen Nacken zu lockern. Dann hob er die Hand und drehte das Handgelenk so, dass der Mond auf seine Uhr schien. Erneut überprüfte er die Uhrzeit. Es blieb ihm noch fast eine Dreiviertelstunde.

Es war nicht das erste Mal, dass er außerhalb Israels an einem Stoßtrupp-Unternehmen teilgenommen hatte, aber dieses war das erste, das er allein vorbereitet hatte – ganz allein, als Vorauskommando.

Er liebte seinen Job, liebte die Gefahr und die Spannung, aber vor allem die innere Befriedigung, die damit einherging. Wenn er gelegentlich über sich nachdachte, empfand er sich als einen sehr alttestamentarischen Juden. Ja, er glaubte an einen Gott der Rache, den Gott, der die Ägypter, Philister, Moabiter und Hethiter und all die anderen Erzfeinde seines Volkes zermalmt hatte. Und jetzt, mehr als zweitausend Jahre später, würde er, Avi Berman, der rechte Arm dieser erneuten Rache Gottes sein, und nichts hätte ihn tiefer befriedigen können.

Er wusste, dass es viele Israelis gab, die nur darauf warteten, dass den Arabern irgendwann eine Lektion erteilt werden würde, die ihnen endgültig eines klarmachte: Die Juden würden es ihnen zurückzahlen, Auge um Auge, Zahn um Zahn. Jeder

Angriff auf den Staat Israel und seine Bürger würde eine noch gewaltsamere Antwort zur Folge haben, und zwar so lange, bis sie schließlich irgendwann einmal den Terror als Mittel der Politik aufgeben würden. Doch es war Avi völlig egal, ob sie nun aufgeben würden oder nicht. Sein Geschäft war Vergeltung, nicht Erziehung. Und gerade dieses Kommandounternehmen würde zeigen, wie süß Rache sein kann.

Über ein Jahr war seit der Sprengung der israelischen Botschaft in Buenos Aires vergangen, bei der neunundzwanzig Menschen getötet und zweihundertfünfzig verletzt worden waren. Der Mossad hatte Monate gebraucht, um die Verantwortlichen zu identifizieren und ihren Aufenthaltsort herauszufinden. Doch jetzt war es so weit.

Das entfernte Dröhnen eines Hubschraubers riss ihn aus seinen Gedanken. Er richtete sich kerzengerade auf und starrte in den Nachthimmel. Das Dröhnen wurde lauter, und er kontrollierte erneut die Uhrzeit. Genau um 2.50 Uhr schaltete er die Scheinwerfer des Lieferwagens an, aus und wieder an, zählte bis fünf und schaltete sie dann wieder aus. Dieses Signal wiederholte er noch zweimal, und jedesmal kam das typische Dröhnen der Sikorsky CH 53 näher, bis er den tief fliegenden Hubschrauber schließlich über der Tribüne des Stadions sah.

Der Pilot ließ den Hubschrauber einen Augenblick lang über der Mitte des Spielfeldes schweben, er wirbelte eine Staubwolke auf, unter der Avi so gut wie nichts mehr erkennen konnte. Dann setzte die schwere Maschine auf libanesischem Boden auf. Der riesige Rotor peitschte noch durch die Luft, während eine Gruppe von sechs Männern heraussprang und vornübergebeugt auf den wartenden Lieferwagen zulief. Avi winkte sie auf die Ladefläche. Sie trugen Jeans, schwarze Sweatshirts und schwarze Skimasken. Jeder von ihnen war mit einer Uzi-Maschinenpistole ausgerüstet. Einer nach dem anderen kletterte auf die Ladefläche. Alle klopften sie Avi auf die Schulter oder flüsterten ihm »Shalom« zu. Als seine Fracht untergebracht war, zog er die Wagenplane über seine Kameraden. Bevor er heruntersprang, flüsterte er ihnen zu: »*Leila tov, ve leila mennucha, Yeladim*« – »Gute Nacht, träumt schön, Kinder.« Gegen Viertel nach drei war er wieder auf dem Parkplatz am Olivenhain. Sie waren genau pünktlich.

Sie sind meine Herde, und heute Nacht bin ich ihr Hirte, sagte er sich, während er sie auf einem gewundenen Pfad, vorbei an Olivenbäumen, zu dem Haus führte, das das Ziel ihrer Operation war. Gott schütze uns, dachte er.

Im Verlauf der letzten Stunde hatte sich der Nachthimmel zugezogen. Avi schaute dankbar hinauf zu den Wolken, die sich vor die glitzernde Scheibe des Mondes geschoben hatten, als sie den Olivenhain verließen und sich den verschlafenen Häusern näherten.

Immer wieder war er erstaunt, wie lautlos sich eine Gruppe bewaffneter Männer bewegen konnte. Außer dem leisen Rascheln der Kleidung und den kaum vernehmbaren Tritten der Stiefel war so gut wie nichts zu hören, als sie sich durch die menschenleeren Straßen zum Ausgangspunkt ihres Unternehmens bewegten, der Avi als Beobachtungsposten gedient hatte. Sie spurteten voran, liefen zu zweit und zu dritt von Haus zu Haus, hielten einen Augenblick an, sicherten, liefen dann weiter, um Häuserecken und durch enge Gassen. Ihre Bewegung alarmierte gelegentlich einen Hund, der zu bellen begann, aber sie hatten schon vor langer Zeit gelernt, wie man mit bellenden Hunden in arabischen Dörfern umzugehen hatte: einfach ignorieren.

Unter dem Vordach des Gebäudes in der Sh'tilla-Straße angekommen, deutete Avi auf das gegenüberliegende Haus und nickte als Zeichen, dass er den Befehl an den Kommandoführer abgab. Alle Augen richteten sich nun auf den Mann mit den breiten Schultern und dem gedrungenen Körper, der noch einmal die Uhrzeit überprüfte, die Hand hob und dann, nach einem kurzen Augenblick, das Signal für den Angriff gab.

Die ersten beiden Männer des Stoßtrupps hasteten zur anderen Straßenseite und schlichen sich unter den vorderen Teil des Hauses. Die zwei anderen Männer fühlten einen leichten Klaps auf ihrem Rücken, das Zeichen für sie, die Straße zu überqueren und die Treppe hinaufzustürmen, während ihr Anführer ihnen am Treppenaufgang Deckung gab.

Der Erste des Trupps, ein Riesenkerl, zertrümmerte mit einem gezielten Stiefeltritt die Tür, warf sich über die Schwelle und lag, die Uzi im Anschlag, auf dem Boden, während der zweite Mann durch die Türöffnung sprang.

Ein junger Mann saß aufrecht, die Augen weit aufgerissen, auf einem Sofa an der rechten Zimmerwand. Er ließ sich zu Boden fallen und versuchte, auf dem Boden kriechend, seine Waffe zu erreichen, die auf einem Stuhl neben dem Fenster lag, aber die beiden Israelis hatten bereits das Feuer auf ihn eröffnet. Seine Hand erreichte noch ein Stuhlbein, umkrampfte es einen kurzen Augenblick, dann ließ er los und blieb regungslos liegen. Ohne sich zu vergewissern, ob er tot war, lief der eine der Israelis nach links, der andere nach rechts zu den Schlafzimmern. Als der erste Mann des Stoßtrupps den Vorhang zur Seite riss, sah er im Bett eine Frau, die ihre beiden Kinder an sich drückte, und den Körper eines Mannes, der sich schnell von ihm wegdrehte. Als er sich im Bett aufrichtete, sah der Israeli die automatische Waffe in der Hand des Arabers und schoss sofort. Das Zimmer wurde vom Kugelhagel durchlöchert. Die Körper auf dem Bett zuckten unter dem Einschlag der Kugeln hin und her, ihr Blut spritzte an die Wand. Die beiden Araber in dem linken Zimmer hoben einfach nur die Hände, als sie ihre Angreifer sahen.

Ali Ben Nasar hatte gerade das Badezimmer an der Rückseite des Hauses betreten, als er hinter sich die Schüsse hörte. Ohne eine Sekunde zu zögern, stieg er auf den Toilettenrand und streckte seine Hände nach den Kacheln an der Decke aus. Mit seiner Rechten, an der sowohl der kleine als auch der Ringfinger fehlten, öffnete er einen verborgenen Riegel, und mit seiner Linken schob er zwei Kachelreihen beiseite. Mit der Beweglichkeit und der Kraft seines durchtrainierten Körpers kletterte er in das Versteck unter der Decke und schob die Kacheln hinter sich zu.

»Eure Hände! Eure Hände! Zeigt mir eure Hände!«, schrie Avi die immer noch auf dem Bett sitzenden beiden Männer auf Arabisch an. Ihre Gesichter drückten eine Mischung aus Verachtung und Verwirrung aus, als sie Avi ihre geöffneten Hände entgegenstreckten. Mit einer Taschenlampe leuchtete Avi in ihre Augen. Dann wandte er sich an den Kommandoführer.

»Er ist nicht hier«, sagte er.

»Was heißt, er ist nicht hier? Du hast doch gesagt, du hättest alle fünf hineingehen sehen.«

»Es sind auch alle fünf hineingegangen.«

»Und du hast dir die beiden Toten genau angesehen?«

»Er ist nicht dabei.« Hilflos leuchtete er mit der Taschenlampe in dem Raum umher.

»Vielleicht hat er das Haus wieder verlassen«, sagte er mit leiser Stimme.

»Und vielleicht können Schweine fliegen«, erwiderte der Kommandoführer. »Schau draußen nach.«

Avi ging nach draußen, während die beiden anderen Mitglieder des Kommandos den Arabern die Hände auf den Rücken fesselten.

Kurz darauf kehrte er zurück. »Niemand hat das Haus verlassen. Unsere beiden Leute da unten schwören es«, sagte er.

»Dann muss das Schwein sich irgendwo im Haus versteckt haben«, sagte der Kommandoführer und rief in den benachbarten Raum hinein:

»Uri, spreng es in die Luft – sofort.«

Drei Häuser weiter beobachtete Ali Ben Nasar vom Dach aus, wie das Haus in einer Wolke von Feuer und Rauch explodierte. Er schien die kleinen Trümmerstücke, die auf ihn niederregneten, nicht wahrzunehmen. Mit schmalen Augen betrachtete er die Flammen, die zum Nachthimmel hinaufzüngelten. Es war nicht das erste Mal, dass er einer gefährlichen Situation im letzten Augenblick entkommen war. Er beobachtete auch, wie seine beiden Kameraden – die Köpfe mit Kissenbezügen verhüllt – von den Israelis abgeführt wurden. Lautlos glitt er zur Rückseite des Daches, rutschte an einem Wasserrohr zu Boden und verschwand in der Dunkelheit der Nacht.

Beirut, Libanon
13. September 1993

»Nadir, schau doch mal, ob du das wieder hinkriegst.«

Nadir al Fatar erhob sich von seinem Stuhl in dem winzigen Zimmer und kniete sich vor das Fernsehgerät. Er drehte an verschiedenen Knöpfen herum, bis das Bild auf dem Fernsehschirm ruhig stand. Dann setzte er sich wieder neben das Sofa.

Ali Ben Nasar und sein Vater saßen nebeneinander auf der alten Couch und starrten gebannt auf den Fernseher. Das Zimmer war gerade mal so groß, dass eine Couch, die gleichzeitig als Bett diente, ein Stuhl und das Tischchen für den Fernseher hineinpassten. Ein kleiner Ofen und ein Waschbecken füllten die Ecke aus. Eine leichte Brise umspielte den Vorhang am Fenster zu dem winzigen Balkon.

Selbst nach libanesischen Maßstäben war die Wohnung klein, aber Ali war glücklich, dass es ihm durch seine Verbindungen gelungen war, seinen Vater aus dem Lager herauszuholen und ihm die Wohnung hier im Moslemviertel der Stadt zu besorgen.

Der alte Mann legte seine Hand auf Alis Knie und sagte: »Es ist wirklich lieb von dir, dass du mich besuchst. Ich mach' mir immer solche Sorgen um dich, wenn ich dich lange nicht gesehen habe.«

»Um mich brauchst du dir doch keine Sorgen zu machen, Vater.«

»Und was sollen dann die Männer da vor der Tür?«

Ali gab sich Mühe, ein wenig zu lächeln. »Das sind nur ein paar Freunde … Die warten auf mich und Nadir.«

»Na, na, ich bin doch nicht von gestern«, sagte der Alte und deutete mit der Hand auf die Tür. »Mein Sohn reist in Begleitung seiner Leibwächter, und da soll ich mir keine Sorgen machen?«

»Wir leben eben in einer unsicheren Zeit«, antwortete Ali.

»Das tun wir alle«, entgegnete sein Vater, »aber es läuft doch nicht jeder mit bewaffneten Wächtern herum.«

»Pst, es fängt an«, sagte Nadir, ging erneut zum Fernseher und stellte den Ton lauter. Die Fassade des Weißen Hauses erschien im Bild, und der Kommentator berichtete, dass die wichtigsten Verhandlungsteilnehmer, die soeben eine Übereinkunft erzielt hatten, in wenigen Augenblicken herauskommen würden.

»Man muss auf alles gefasst sein, was dieses Frettchen ohne Rückgrat, dieser sogenannte palästinensische Patriot, da hinter verschlossenen Türen wieder aufgegeben hat«, sagte Ali.

»Warum redest du so voller Gift und Galle über ihn?«, fragte der alte Nasar. »Ohne ihn hätten wir doch überhaupt keine Aussichten, je einen Staat namens Palästina zu bekommen. Ohne die PLO würden wir doch immer noch unter dem Daumen der Israelis leben müssen.«

»Entschuldigen Sie, Herr Nasar«, warf Nadir ein, »aber das sind doch nur alte Geschichten. So wie in der Zeitung von letzter Woche. Vor zwanzig Jahren, ja, da hatte Arafat noch den heiligen Zorn im Leib, aber jetzt ist er alt und verbraucht, und das Feuer in ihm ist erloschen.«

»Ich glaube, dass ihr jungen Leute ihn unterschätzt«, gab der alte Mann zurück. »Er ist immer noch ...«

»Da, sie kommen«, sagte Ali und nickte in Richtung des Fernsehers.

Der libanesische Fernsehkommentator stellte die drei Politiker vor, die sich vor den Kameras präsentierten: Bill Clinton, Präsident der Vereinigten Staaten, Itzhak Rabin, der israelische Premierminister, und Yassir Arafat, Vorsitzender der PLO. Clinton ging zum Podium und hielt eine kurze Ansprache, die simultan ins Arabische übersetzt wurde.

»Er sagt genau das Richtige«, sagte Ali, »aber seine Worte sind ohne Bedeutung. Solange wir es mit diesen jüdischen Lügnern zu tun haben, kann uns überhaupt nichts garantiert werden. Nichts als Betrug und Gaunereien.«

Jetzt stand Rabin auf dem Podium. Er blinzelte in das helle Sonnenlicht dieses Septembermorgens. »Ich möchte allen Palästinensern sagen, dass wir dazu bestimmt sind, miteinander auf dem Boden desselben Landes zu leben. Wir, die Soldaten, die aus den blutigen Schlachten zurückgekehrt sind, wir, die wir Verwandte und Freunde mit unseren eigenen Augen haben sterben sehen, wir, die ihrem Begräbnis beigewohnt haben und ihren Eltern nicht mehr in die Augen blicken können, wir, die wir aus einem Land kommen, wo Eltern ihre Kinder begraben, wir, die gegen euch Palästinenser gekämpft haben, wir rufen euch heute zu: Genug des Blutes und der Tränen! Es muss genug sein!«

»Und genug jetzt von deinem Misthaufen voller Lügen«, sagte Nadir angeekelt.

»In Allahs Namen«, sagte der alte Nasar, »nun gib doch diesem Mann eine Chance. Die Juden sind des Blutvergießens genauso überdrüssig wie wir selbst.«

»Wenn sie dessen jetzt überdrüssig sind, dann wart mal ab, was die Zukunft für sie noch auf Lager hat«, erwiderte Ali.

»Pst, unser ›ehrenwerter Führer‹ spricht.«

Yassir Arafat hatte bereits begonnen, seine vorbereitete Rede vorzulesen. »... und wir versprechen, alle Aspekte der UN-Resolutionen 242 und 338 in die Tat umzusetzen. Ich versichere Israel außerdem, dass das Recht der Palästinenser auf Selbstbestimmung die Rechte unserer Nachbarn nicht einschränken und ihre Sicherheit nicht beeinträchtigen wird.«

Die Kamera fuhr auf Clinton zu, der die beiden Männer zusammenführte. Man sah Lächeln auf seinem und Arafats Gesicht, und der Palästinenserführer streckte Rabin die Hand entgegen. Der Israeli lächelte jedoch nicht, sondern zögerte.

»Schau dir das an!«, rief Nadir mit erhobenen Händen. »Diese hässliche Kröte ist tatsächlich bereit, dem Juden in den Hintern zu kriechen. Was für ein ekelhaftes Schauspiel. Eine Schande!«

»Jemand muss doch den ersten Schritt tun!«, sagte der alte Mann. »Und wir sollten nicht vergessen, dass es unser Volk gewesen ist, das die Hand zur Freundschaft ausgestreckt hat.«

»Freundschaft?«, hielt ihm Ali entgegen. »Ich würde das eher ›Kapitulation‹ ... ›Verrat‹ nennen, darum geht es doch. Arafat betreibt unseren Ausverkauf. Ich möchte zu gern wissen, was sie ihm dafür versprochen haben. Wie viele Dollar werden wohl nach diesem Händeschütteln auf sein Bankkonto fließen?«

»Für Geld würde er so etwas nie tun«, antwortete sein Vater, der bei dem Gedanken Empörung verspürte.

»Da könnten Sie recht haben, Herr Nasar«, sagte Nadir. »Wahrscheinlich nicht für Geld. Aber ich glaube, der Mann würde wirklich alles tun, um im Rampenlicht der Weltpolitik zu stehen, da, vor dem Weißen Haus mit dem Herrn Clinton, und alle Kameras auf ihn gerichtet. Das ist sein Lohn. Da bin ich ganz sicher. Kein Geld.«

»Seht«, unterbrach ihn Ali. »Jetzt ist der Jude bereit, die Hand unseres Verräters zu schütteln.«

»Das reicht jetzt!«, rief der alte Mann aus. »Yassir Arafat einen Verräter zu nennen, das ist ja unglaublich. Das dulde ich nicht in meinem Hause. Nicht einmal bei meinem eigenen Sohn. All diese Jahre ist er unsere einzige Hoffnung gewesen, der Einzige, der sich für uns erhoben hat, der dafür gesorgt hat, dass uns die Welt mit Respekt betrachtet. Ich werde es nicht zulassen, dass man ihn mit diesem Gerede von Verrat verleumdet. Wenn er und der Jude sich die Hand geben, dann wird er schon wissen, was er tut.«

»Bei allem gebotenen Respekt, Herr Nasar«, sagte Nadir. »Selbst wir jungen Leute erkennen das Verdienst an, das Arafat um die palästinensische Sache hatte ... früher einmal. Aber er gehört nun der Vergangenheit an. Er glaubt ja jetzt tatsächlich, man könne mit den Juden verhandeln, argumentieren und Abkommen treffen. Er macht sich doch nur etwas vor. Das Einzige, auf das ein Jude je reagiert hat, ist unsere Kraft – und unser Terror.«

»Er spielt jetzt das Spiel nach den Regeln der westlichen Welt«, mischte sich Ali wieder ein. »Sie haben ihn zu sich gelockt, um mit ihm Schach zu spielen. Aber das ist ihr Spiel, nicht das unsere, dieses Spiel von wohl vorausbedachten Zügen und Gegenzügen. Im Nahen Osten spielt man Backgammon, *tawla*, wo der Fall der Würfel, das Glück und das Risiko entscheiden. Der Herr Arafat spielt das falsche Spiel, und darum muss er abtreten. Die Zeit für einen neuen Führer ist nun gekommen, für jemanden, der unser Spiel spielt und nicht das unserer Gegner.«

»Du redest von Spielen«, erwiderte der alte Mann, »aber für mich ist Arafat ein Mann der Praxis, einer, der verstanden hat, dass uns die Gewalt nur bis hierher gebracht hat, aber nicht weiter, und dass es nun Zeit ist zu verhandeln.«

»Gerede!«, sagte Ali in einem Anflug von Ekel.

»Und was haben du und deine Anhänger uns zu bieten? Märtyrer im Namen unserer gemeinsamen Sache? In Allahs Namen?«

»Wenn wir in seinem Namen sterben müssen, dann sei es eben so«, antwortete Nadir. »Besser, wir erreichen das Paradies auf den Flügeln einer Heldentat, als dass wir vor den Juden zu Kreuze kriechen.«

»Vergib mir, Vater«, sagte Ali und erhob sich, »aber leider hat sich deine Generation vom Allmächtigen abgewandt, und damit müsst ihr leben. Ein neuer Geist beseelt nun unsere Leute, eine neue Art von Hingabe an den Glauben, den wir vergessen hatten. Leg dein Ohr auf den Boden, dann hörst du es im Nahen Osten. Vor Kurzem noch war es nur ein Murmeln. Dann wurde es mächtiger, aber schon bald wird es wie ein Aufschrei durch diesen Teil der Welt gehen, und dann, lieber Vater, dann wird die übrige Welt auf uns Araber schauen und uns endlich beachten. Und das nicht etwa, weil wir ihnen ein unterwürfiges Händeschütteln vorführen, sondern weil wir ihnen unsere zu allem entschlossene Faust entgegenrecken.«

Der alte Mann schaute verwirrt drein, als er zunächst seinen Sohn und dann Nadir umarmte. Als sie zur Tür hinausgingen, rief er ihnen nach: »Gebt auf euch acht, meine Kinder! Allah sei mit euch!«

Das leere Treppenhaus warf seine Worte als hohles Echo zurück.

Tel Aviv, Israel
13. September 1993

Miriam Berman stellte den letzten Teller auf den Abendbrottisch, kreuzte ihre Arme über der Brust und beobachtete, wie ihre Tochter das Tafelsilber richtete.

»Ich bin so froh, dass du zum Abendessen gekommen bist, Ruthi. Du bist schon länger als einen Monat nicht mehr bei uns gewesen«, sagte sie.

»Versuch jetzt nicht, mir Schuld einzureden, *Ima*. Du weißt doch ganz genau, wie hart ich gearbeitet habe. Meistens habe ich nur fünf Stunden Schlaf. Ich weiß wirklich nicht mehr, wie lange ich den Job noch aushalte. Eines Tages schufte ich mich noch zu Tode«, erwiderte Ruthi.

Miriam ging um den Tisch und legte ihr die Hand auf die Schulter. »Vielleicht solltest du dich nach einer anderen Arbeit umsehen. Ich weiß zwar, wie aufregend es sein muss, bei einer Zeitung zu arbeiten, aber du musst auch an deine Gesundheit denken.«

Ruthi öffnete die Glastüren der Vitrine und holte die Menora hervor. »Die Aufregung und Begeisterung haben sich schon vor einiger Zeit gelegt. Jetzt ist das nur noch viel und harte Arbeit«, sagte sie und stellte den silbernen siebenarmigen Leuchter in die Mitte des Esstischs.

»Und du solltest dir Zeit für dein Privatleben nehmen. Du wirst eben auch nicht jünger. Alle Mädchen in deinem Alter, die ich kenne, sind schon längst …«

»Verheiratet«, beendete Ruthi den Satz ihrer Mutter. »Irgendwie kommt mir dieser Spruch bekannt vor.«

Miriam hob resigniert ihre Hand und schaute auf die Armbanduhr. »Sie müssten jetzt jeden Augenblick kommen«, sagte sie. »Wann hast du Avi zum letzten Mal gesehen?«

»Das ist schon eine ganze Weile her. Ich weiß nicht genau … vielleicht so vor acht oder neun Monaten.« Ruthi steckte beide Hände in die Taschen ihrer Jeans und blickte an die Zimmerdecke. »Ich kann nur hoffen, dass wir uns nicht gleich wieder streiten.«

Miriam legte den Kopf zur Seite und zog ihre Augenbrauen nach oben. »Fang doch gar nicht erst damit an. Du musst ihn ja nicht zu deinen Vorstellungen bekehren.«

»Jetzt hör aber auf, Mama. Das ist unfair«, verteidigte sie sich und hielt die Hände unschuldig in die Höhe. »Ich fang doch nie an, wenn er mich nicht provoziert.«

»Nun hör mal zu, Ruthi«, sagte ihre Mutter und legte ihr dabei wieder die Hände auf die Schultern. »Avi hat sich verändert. Ich weiß nicht, wie ich's ausdrücken soll. Zurückhaltend, vielleicht. Oder vielleicht mehr in sich gekehrt. Dein Vater sagt, es ist so was wie kalte Gleichgültigkeit. Ich weiß nicht so recht. Bestimmt hat es was mit seiner Arbeit zu tun. Darüber redet er ja nie, aber man merkt, dass sie ihn innerlich belastet. Lass uns also in Ruhe und Frieden unser Abendessen genießen, einverstanden?«

Ruthi nickte. »He«, sagte sie, »ich wollte ja noch nicht mal die große Show in Washington sehen. Alle wollen doch sehen, wie die beiden Typen sich die Hand geben. Da sag ich nur: ›Ja und?‹ Die echte Probe kommt doch erst jetzt. Dann werden wir es ja erleben, ob Herr Rabin seine ›Freunde‹ von der Rechten unter Kontrolle halten kann.«

»Keine Politik«, sagte Miriam, wobei sie beide Worte einzeln betonte.

»Ich werd' mir Mühe geben. Aber wenn er mir damit kommt …«

Kurz darauf öffnete sich die Küchentür. Jacow und Avi stürmten herein, gaben den beiden Frauen schnell einen Kuss und gingen gleich ins Wohnzimmer.

»Vielleicht läuft die Übertragung ja noch«, sagte Jacow und schaltete den Fernseher an.

Ein Kommentator fasste noch einmal das Wesentliche der Titelstory dieses Tages zusammen.

»Na ja«, sagte er, »die zeigen das in den Nachrichten noch einmal. Wenigstens haben wir's im Autoradio gehört.«

»Ich weiß gar nicht, ob ich es überhaupt sehen will«, sagte Avi. »Ich meine, die haben Israel an der Gurgel gepackt und unser Land zu einem Handel mit Arafat gezwungen, und jeder glaubt, dass das doch prima sei. Nun, ich jedenfalls habe nicht vergessen, was dieser Herr Arafat hier angerichtet hat. Ich hab' das Blut an seinen Händen nicht vergessen, und ich habe auch nicht vergessen, wie er auf der einen Seite versucht, uns zu beschwichtigen, und uns dann den Rücken zukehrt und seinen Leuten die provozierendsten Sachen sagt, um sie gegen uns aufzuwiegeln. Und jetzt setzt Clinton Rabin unter Druck, damit er diesem Mörder und Terroristen die Hand schüttelt. Das stinkt doch zum Himmel!«

»Avi, Avi«, ermahnte ihn sein Vater besänftigend. »Ich hab' es deiner Mutter versprochen – keinen Streit heute Abend. Lass uns ein einziges Mal einen friedvollen Abend im Kreise der Familie verbringen.«

»Was hat er gesagt, *Abba*? Fängt er schon wieder mit seinen rechten Hetzreden an?«

Die beiden Männer drehten sich um und sahen, dass Ruthi in der Tür stand, ihre Hände in die Hüften gestemmt.

Jacow rollte mit den Augen. »Warum muss das denn jedes Mal so sein, wenn ihr beiden zusammenkommt?«, fragte er. »Warum können wir nicht einfach über … über das Wetter reden, oder … über Sport, oder über irgendwas, außer Politik?«

»Weil wir eben Israelis sind«, antwortete Ruthi und kam ins Wohnzimmer. »Weil unser Dasein nun mal so eng mit der Politik verbunden ist, ob wir das nun wahrhaben wollen oder nicht. Es gibt wirklich nichts anderes, über das man in diesem Land diskutieren könnte. Wir befinden uns hier an einem Scheideweg der Geschichte, und wozu wir uns entschließen, das wird über unsere Zukunft bestimmen. Deswegen müssen wir das unter uns auskämpfen, die Rechten, die Linken und die Ultraorthodoxen. Wenn eine dieser Gruppen aufhört, zu reden und zu streiten, denken die anderen, sie hätte aufgegeben. Das kann ich nicht zulassen. Ich glaube an die Friedensbewegung, und wenn die sich nicht durchsetzt, dann ganz gewiss nicht, weil ich aufgehört habe zu reden.«

»Sehr schöne Ansprache«, sagte Avi und tat so, als ob er applaudiere. »Ich hatte schon geglaubt, du seist zur Besinnung gekommen, seit wir uns das letzte Mal getroffen haben. Aber Leute wie du lernen eben nichts dazu. Die arabischen Heckenschützen schießen auf unsere Kibbuzim, und ihr haltet ihnen den Olivenzweig hin. Ihre Terroristen schicken Selbstmordkommandos in unsere Städte, und ihr ruft ihnen zu: ›Lasst uns Frieden schließen.‹ Wir fordern Arafat auf, die Hamas unter Kontrolle zu halten. Bei ihrer nächsten Versammlung hält er dann eine seiner demagogischen Reden, und ihr wollt ihm die Hand schütteln. Vielleicht blicke ich ja nicht durch, Schwesterchen, aber das kommt mir doch völlig verrückt vor.«

»Da haben wir's wieder«, sagte Jacow und erhob sich aus seinem Sessel. »Ich werd' jetzt mal Mutter beim Abendessen helfen. Tut mir den Gefallen und vergesst das alles, bevor wir uns zu Tisch setzen. Ich will keine Magenschmerzen bekommen.« Kopfschüttelnd verließ er den Raum.

Ruthi nahm seinen Platz ein und schaute ihren Bruder an.

»Mein süßes, unschuldiges Schwesterherz, weißt du eigentlich, was sie ihren Kindern in Gaza und der West Bank beibringen?«, fuhr Avi fort. »Dass wir die Nazis von heute sind! Stell dir das mal vor! Die kleinen Würstchen nehmen ihnen diesen Mist natürlich ab, und wenn sie dann alt genug sind, dann haben wir die nächste Generation von Judenhassern und Selbstmordattentätern.«

Ruthi hatte ihren Bruder die ganze Zeit genau betrachtet. Unter seinem jugendlichen Aussehen schien er ihr so alt, oder vielleicht war er nur müde, aber zum ersten Mal erkannte sie einen beunruhigenden Ausdruck von … Verzweiflung? Oder war es Qual? Oder auch Schuld?

»Avi«, sagte sie in einem milderen Ton, »so einfach sind die Dinge nicht. Wir Israelis wollen es zwar nicht zugeben, aber wir haben genug dazu beigetragen, dass der Hass entfacht geblieben ist. Was lehren wir denn unsere Kinder? Nicht unbedingt in der Schule, aber was glaubst du denn, was die meisten unserer Kinder von den Arabern halten? Dass sie Lügner und Diebe sind, dass sie faul sind, keinen Respekt vor dem Leben eines Menschen haben und dass sie einem Juden die Kehle so einfach durchschneiden, wie sie ihm in die Augen schauen. Und was ist mit den Siedlungen, die wir immer weiter bauen? Oder wie wir die Wasserrechte unter Kontrolle halten? Oder dass wir die Palästinenser pauschal bestrafen, auch wenn nur wenige von ihnen die Verbrechen begehen? Irgendwann ist dann doch einmal der Zeitpunkt gekommen, wo eine Seite den Mut haben muss zu sagen, dass beide sowohl recht als auch unrecht haben, und dann müssen wir uns zusammensetzen und einen Weg finden, wie wir miteinander auskommen können.« Sie unterbrach ihre Rede und schaute Avi an. »Du hörst mir gar nicht zu, oder?«

Er hob den Kopf und rieb sich übers Gesicht. »Das hast du mir doch alles schon tausend Mal gesagt, und ich hab andere Dinge im Kopf.«

»Was denn, zum Beispiel?«

Ja, was denn eigentlich, dachte er. Zum Beispiel, wie völlig frustriert und deprimiert er nach seiner fehlgeschlagenen Mission im Libanon war? Oder wie elend er sich gefühlt hatte, als er den Falken schon fast mit Händen hatte greifen können und ihn dann doch wieder entwischen ließ? Seit er zurückgekommen war, gingen ihm solche Gedanken nicht mehr aus dem Kopf, und immer wieder verfolgte ihn diese Szene, und immer wieder suchte er nach dem Fehler, durch den er ihn hatte entkommen lassen. Aber darüber konnte er mit niemandem reden, schon gar nicht mit seiner Familie.

»Kommt, Kinder. Das Essen steht auf dem Tisch.« Miriam Berman stand im Flur und wischte sich die Hände an der Schürze ab.

Jacow stand hinter ihr und hatte beide Hände auf ihre Schultern gelegt. »Und jetzt Schluss mit der Politik!«, sagte er.

Wünsdorf, Deutschland
1. Juni 1994

Jurij Arbatow warf sich auf dem Bett unruhig hin und her. Sein Atem ging unregelmäßig, keuchend. Er spürte den Schmerz in seinem Schädel. Er schlug die Augen auf. Die Leuchtziffern des kleinen Radioweckers neben dem Bett zeigten 2.37 Uhr. Arbatow fror. Sein blau-weiß gestreifter Schlafanzug war durchgeschwitzt, das Betttuch unter ihm feucht. Seine schweißnassen Haare klebten am Kopf. Er richtete sich leise auf, schlug die Bettdecke zurück und ging in das Badezimmer. Er ließ kaltes Wasser über seine Handgelenke laufen und wusch sich anschließend den Schweiß vom Gesicht.

Arbatow schaltete das Licht im Bad aus und ging zurück zu seinem Bett. Als er wieder unter die Bettdecke kroch, murmelte Raissa: »Was ist los? Kannst du schon wieder nicht schlafen?«

Er langte mit seinem Arm zu ihr hinüber und versuchte, sie an sich zu ziehen. Sie wich ihm aus. »Lass mich in Ruhe«, sagte sie, immer noch im Halbschlaf. »Schlaf endlich weiter.«

Er tastete im Dunkeln mit seiner Hand über den Nachttisch, bis er die Packung und die Streichhölzer fand. Er holte eine Zigarette heraus und zündete sich eine an. Das Rot der Glut beleuchtete sein unrasiertes Gesicht.

Seit Wochen ging es nun so. Nacht für Nacht wachte er auf, in kaltem Schweiß gebadet. Raissa hatte aufgehört, mit ihm zu schlafen. Sie war gereizt und feindselig. Er versuchte, es zu verdrängen, er versuchte, sich einzureden, dass es nur vorübergehend war, dass sie sich schon in ihr Schicksal fügen würde, wenn sie erst einmal wieder zurück sein würden, zurück in Russland. Doch in seinem Herzen bohrten tiefe Zweifel, fraßen an ihm, ließen ihn nicht mehr los. Arbatow schaute zu ihr hinüber. Sie schlief, sie atmete regelmäßig. Er wusste, er würde es nicht ertragen können, sie zu verlieren.

Arbatow legte sich hin, drückte die Zigarette aus und zog die Bettdecke über sich. Endlich fiel er in einen bleiernen Schlaf.

Stumm stellte sie die Kaffeetasse vor ihn hin. Sie trug einen offenen rosa Bademantel, darunter ein weißes Nachthemd. Ihr Blick war gleichgültig. Ohne ein Wort zog sich Raissa in das Badezimmer zurück. Arbatow stand von dem kleinen Tisch in der Küche auf und ging zum Fenster. Auf der Straße vor dem Wohnblock sah er eine Reihe von Lastwagen, die mit Hausrat beladen wurden. Stühle, Tische, Waschmaschinen, Waschbecken und Armaturen aus den Badezimmern, sogar die Steckdosen aus den Wänden, alles wurde ausgeräumt und verpackt.

Das war es also, das Ende, dachte er. Am 21. April 1945 hatte die Rote Armee Wünsdorf erobert, damals eines der Hauptquartiere von Hitlers Wehrmacht. Seither wurden von hier die über eine halbe Million sowjetischer Soldaten und ihre Familienangehörigen befehligt, die in der DDR stationiert gewesen waren. Doch in wenigen Wochen, Ende August, nach neunundvierzig Jahren, würde es vorbei sein, endgültig. Der letzte russische Soldat war dann für immer aus Deutschland abgezogen.

Von seinem Fenster konnte er an einem Mast eine Fahne entdecken. Sie trug die Farben Weiß, Rot und Blau – die Fahne Russlands. Das war nicht die Fahne, auf die er seinen Eid abgelegt hatte, dachte Arbatow. Die war rot gewesen, mit Hammer und

Sichel. Er war Soldat geworden, um der Sowjetunion zu dienen, dem Vaterland der Werktätigen. Stolz hatte er das Parteiabzeichen der KPdSU getragen, genau wie sein Vater. Und jetzt?

Die Sowjetunion war zerfallen, die Rote Armee auseinandergebrochen, die einstigen Sowjetrepubliken waren selbstständig, und wer als Russe dort noch lebte, wurde wie ein Aussätziger behandelt. Und Wünsdorf, wo einst die Elite der sowjetischen Truppen stationiert war, lag auf dem Gebiet der NATO! Selbst das hatte dieser Gorbatschow zugelassen – die Übernahme Ostdeutschlands durch den Militärpakt des Westens! Überall fuhren seither die dunkelgrünen Lastwagen der Bundeswehr umher, ständig tauchten sie sogar in Wünsdorf auf, um die Übergabe zu regeln. Die Übergabe an die Deutschen. Nun hatten sie doch noch ihren Krieg gewonnen!

Arbatow lehnte seinen Kopf gegen die Fensterscheibe. Er schloss die Augen. Er fühlte sich schwach und elend. Er hatte nicht bemerkt, dass Raissa neben ihn getreten war. Sie trug immer noch ihren Bademantel.

»Da drüben«, sagte sie und zeigte auf einen der rostfarbenen Container, die gerade beladen wurden, »die Lisenoks, weißt du, wo die hinkommen?« Er schwieg. »An die Wolga, in irgendein Kaff«, sagte sie. »Und weißt du, wo sie wohnen werden?«

Arbatow wusste, was kommen würde. Wieder und wieder hatte sie es in den vergangenen Wochen angesprochen, hatte nicht lockergelassen.

»In einem Zelt!«, sagte sie. »Sie werden in einem Zelt wohnen. Und ihre Nachbarn auch. Und die Belogurows kommen in einen Blechcontainer. In Sibirien!« Wütend zog sie den Gürtel ihres Bademantels enger. »Der Dank des Vaterlandes. Nicht mal eine Wohnung haben sie für uns, nichts. Und wir? Jurij, was wird aus uns?«

Arbatow blickte weiter aus dem Fenster. Er wagte es nicht, sie anzuschauen. Er hatte noch keine Antwort auf ihre Frage. Er wusste nur, in wenigen Wochen würden sie alle weg sein, und für die meisten war die Zukunft unsicher.

»Die Generäle, sie sind fein raus. Hast du nicht gehört, was da läuft?«, fing sie wieder an. »Sie haben sich alles organisiert, zusammen mit der Mafia, jede Menge Westautos, Mercedes, BMW, die Hallen stehen voll davon. Und die Luftwaffe fliegt sie in ihren Transportern nach Russland. Und hier verscherbeln sie die Waffen. Und was machst du? Du schaust zu und zerfrisst dich vor Selbstmitleid, jammerst über den Zerfall der Sitten. Jawohl, sie sind zerfallen, mein Lieber, du wirst daran nichts ändern können. Jeder muss sehen, wo er bleibt.«

Arbatow drehte sich um. Er nahm seine Uniformjacke vom Stuhl und zog sie über. Wieder vermied er, sie anzuschauen. »Ich komme heute Abend später«, sagte er. Raissa antwortete nicht. Sie blieb vor dem Fenster stehen und schaute hinaus.

Die Sonne war soeben hinter den Kasernen versunken, die in ein tiefes Rot getaucht lagen, friedlich und still. Der General beschleunigte seine Schritte. Wie erwartet, hatte die Besprechung bis spät in den Abend gedauert. Die atomaren Sprengköpfe waren zwar schon abgezogen worden. Jetzt ging es darum, wohin man die letzten Trägersysteme für die taktischen Atomwaffen, die schwere Artillerie und die Kurzstreckenraketen verlegen würde. In den vergangenen Jahren in Deutschland hatte er im Hauptquartier zu dem Stab gehört, der sich mit der Einsatzplanung für die über tausend Atomsprengköpfe beschäftigte, die die Rote Armee in der einstigen DDR stationiert hatte.

Jurij Arbatow lief die Stufen zum zweiten Stock hinauf. Die Tür war nur angelehnt. Er steckte den Schlüssel, den er bereits in der Hand gehalten hatte, wieder in die Hosentasche und stieß die Tür ganz auf.

»Raissa?«, rief er. Keine Antwort. Er lief in der Wohnung hin und her, öffnete die Tür zum Wohnzimmer, dann zum

Schlafzimmer, dann zum Bad. Er schaute in die Küche. Auch sie war leer. Er kehrte zurück in das Wohnzimmer und setzte sich auf einen der zwei Sessel, die an dem niedrigen Tisch vor dem Fernseher standen. Da sah er den Brief, der neben einer leeren Vase auf dem Tisch lag. Hastig öffnete er ihn. Er las:

Lieber Jurij,

es hat keinen Zweck mehr. Ich kann so nicht mehr leben. Ich kann und will es nicht ertragen, ohne Zukunft, ohne irgendeine Perspektive sein zu müssen. Ich werde mein Schicksal selbst in die Hand nehmen. Versuch nicht, mich umzustimmen.
Raissa

Einen Moment saß er da wie gelähmt. Er blickte auf das Stück Papier, das er immer noch in seinen Händen hielt. Dann sprang er auf, rannte die Treppe hinunter. Er lief quer durch die Siedlung, immer schneller. Er hörte seinen Atem, der stoßweise kam. Endlich erreichte er den Bahnhof, der zum Stützpunkt gehörte. Jeden Abend fuhr hier der Zug nach Moskau ab, 1929 Kilometer, sechsunddreißig Stunden. Seit Monaten verließen so fünfhundert Soldaten und Familienangehörige Deutschland für immer.

Ein Soldat saß gelangweilt auf einer Bank. Er blickte auf die leeren Geleise vor ihm und machte keine Anstalten aufzustehen, als er den Offizier sah, der atemlos vor ihm stand.

Arbatow versuchte Luft zu schnappen. Obwohl die Frage überflüssig war, stellte er sie dennoch. »Der Zug ... der Zug nach Moskau?«, keuchte er.

»Weg«, sagte der Soldat, »vor einer Viertelstunde.«

Tel Aviv, Israel
4. November 1995

Jacow und Miriam Berman kamen aus einer Seitenstraße auf den Könige-von-Israel-Platz. Sie hatten zu Fuß zwanzig Minuten von ihrem Parkplatz bis hierher gebraucht.

»Und du wolltest gemütlich eine Kleinigkeit im Café essen und dann zur Versammlung rübergehen«, sagte Miriam spöttisch und klopfte ihrem Mann spielerisch auf den Hinterkopf.

»Das konnte ich ja nicht ahnen«, erwiderte Jacow. »Ich las in der Zeitung, dass man befürchtete, es kämen zu wenige Leute, besonders als bekannt wurde, dass Barbra Streisand nicht auftreten würde. Und jetzt schau dir das an. Alles voll von Zuschauern.«

»Als ich hörte, Barbra käme nicht, da wollte ich auch schon nicht mehr hin«, sagte Miriam.

»Ausgerechnet du!« Ihr Mann warf ihr einen schelmisch missbilligenden Blick zu. »Lass uns mal versuchen, ob wir weiter nach vorn gelangen können. Von hier aus kann man ja kaum etwas erkennen.«

»Was meinst du denn, was die anderen alle hier versuchen?«, gab Miriam zurück. »Jeder will in der ersten Reihe sitzen, und jeder Israeli ist ein Meister im Vordrängeln.«

Eine halbe Stunde später hatten sich die beiden bis auf etwa hundert Meter zum Podium durchgekämpft.

»So, das reicht«, sagte Jacow. »Ich glaub', hier geht's nicht mehr weiter.«

»Schau mal, da drüben.« Miriam zeigte auf eine Ecke des Platzes. »Die Leute von ›Frieden Jetzt‹. Ruthi ist bestimmt dabei.«

»Hast du ihr gesagt, wo wir uns nachher treffen?«

»Ja, ja, hab' ich. Hoffentlich schaffen wir es überhaupt in diesem Gedränge bis dahin.«

Jetzt tat sich etwas auf dem Podium. Leute stiegen hinauf und nahmen ihre Plätze ein. Der Mann, der neben Jacow stand, hob ein kleines Fernglas an die Augen und sagte dann mit vernehmlicher Stimme: »Da steht Peres ... und da Leah Rabin ... ja, und da ist er, das ist Itzhak.«

Jacow fragte den Mann: »Darf ich mal durchschauen?«

Der gab ihm etwas widerwillig das Fernglas. Jacow überflog das Podium und gab das Fernglas an seinen Besitzer zurück. Dann sagte er zu Miriam: »Rabin sieht müde aus, richtig ausgezehrt.«

»Und da wunderst du dich?«, erwiderte seine Frau. »Der Mann rast ja wie ein *Meshugina* durch die Welt. Ich weiß wirklich nicht, wie der das macht. Der muss sich ja jeden Tag an fünf verschiedenen Stellen aufhalten.«

»Das ist eben sein Job«, sagte Jacow. »Ich glaube kaum, dass das der Grund ist, warum er so fertig ist. Ich glaube eher, dass es diese verrückten Likud-Leute sind, die ihn Tag und Nacht verfolgen. Diese ekelhaften Plakate, auf denen er als Nazi abgebildet ist, und diese Schilder mit der Aufschrift ›Verräter‹, mit denen sie seinen Rücktritt fordern.«

»Und sie rufen ihm ›Mörder‹ nach, ja, sie belagern sogar sein Haus«, fügte Miriam hinzu. »Hast du im Fernsehen die Leute mit den Spruchbändern für Leah gesehen, ›Nächstes Jahr Hängen Wir Dich Auf‹? Eine wahre Schande!«

»So sind eben die Likud-Leute«, sagte Jacow. »Letzte Woche habe ich Rabin in dieser neuen Interviewshow *Moked* gesehen. Er hat gesagt, die sollten sich wirklich schämen, und dem Bibi Netanjahu hat er's richtig gegeben. Er sagte, er lehne es ab, sich mit ihm zu treffen, um über die zunehmenden politischen Spannungen zu reden, weil Bibi keine klare Haltung gegenüber diesen Rechtsextremisten einnimmt.«

Der Mann mit dem Fernglas mischte sich ein: »Die Show habe ich auch gesehen. Rabin hat noch gesagt, er erwarte Gewaltausbrüche auf unseren Straßen.« Er zuckte die Achseln.

»Aber er hat doch auch gesagt, er sei davon überzeugt, dass ein Jude nie einen anderen Juden umbringen würde. So weit würde es nie kommen«, antwortete Jacow.

»*Alleveih*«, gab der Mann mit dem Fernglas zurück. »Dein Wort in Gottes Ohr.«

Die Menge hatte nun bemerkt, dass ihr Premierminister auf der Tribüne war. Aus den vorderen Reihen hörte man Hochrufe. »Rabin, Rabin, Rabin!«, und bald stimmte die ganze Versammlung und schließlich auch die Menge in den Seitenstraßen in der Nähe ein.

»Das gefällt ihm«, berichtete der Mann mit dem Fernglas. »Gerade hat er den Daumen nach oben gestreckt, und ich meine sogar, ich hätte ihn lächeln gesehen.«

»Wenn der einmal lächelt, dann hat das wirklich etwas zu bedeuten«, sagte Jacow.

Und dann begann Rabin seine Rede. Zunächst dankte er seinen Zuhörern. Er gab zu, er habe am Engagement des israelischen Volkes gezweifelt, aber dass sie sich nun alle hier versammelt hätten, gebe ihm wieder Vertrauen.

»Gestatten Sie mir, Ihnen mitzuteilen, dass auch ich zutiefst bewegt bin«, fuhr er fort. »Ich möchte jedem Einzelnen von Ihnen, die Sie hierhergekommen sind, danken, dass Sie Stellung gegen die Gewalt und für den Frieden beziehen.« Kurz machte er eine Pause und schaute über die Menschenmenge. »Siebenundzwanzig Jahre lang war ich selbst Soldat. Ich habe in einer Zeit gekämpft, in der es noch keine Hoffnung auf Frieden gab. Jetzt aber glaube ich, dass der Frieden eine Chance hat, eine wirkliche Chance. Und die müssen wir ergreifen.« Er begann jetzt, lauter zu sprechen: »Die Gewalt ist dabei, das Fundament der Demokratie Israels zu untergraben! Wir müssen ihr einen Riegel vorschieben, sie verdammen, sie muss gebändigt werden. Nicht sie macht unseren Staat Israel aus, sondern die Demokratie. Es mag durchaus unterschiedliche Ansichten geben, aber die werden auf dieselbe Art und Weise entschieden werden wie im Jahr 1992, als man uns das Mandat gegeben hat, zu tun, was wir jetzt tun und was wir auch in Zukunft tun werden.«

Er erwähnte die Diplomaten aus Jordanien, Ägypten und Marokko, die direkt vor ihm in der ersten Reihe saßen, und nannte sie »Länder, mit denen wir in Frieden leben«. Er lobte die PLO als »Friedenspartner unter den Palästinensern ... ehemals ein Feind, der nun dem Terrorismus abgeschworen hat«.

Ohne den Blick von seinen Zuhörern zu wenden, fuhr er fort: »Für Israels Zukunft gibt es keinen Weg ohne Schmerzen, aber der Weg des Friedens ist besser als der des Krieges. Und dabei spreche ich als Soldat, als Verteidigungsminister, der den Schmerz der Soldatenfamilien der Streitkräfte Israels sehr wohl kennt. Ihretwegen, wegen unserer Kinder und Kindeskinder wünsche ich, dass diese Regierung jede noch so winzige Gelegenheit ergreift, um einen umfassenden Frieden zu realisieren. Diese Versammlung hier und heute muss der israelischen Öffentlichkeit, den Juden in aller Welt, den Völkern der arabischen Welt und schließlich der ganzen Welt eine Botschaft überbringen, nämlich die, dass das israelische Volk den Frieden will und alles für ihn tun wird. Und dafür danke ich Ihnen.«

Die Reaktion war überwältigend. Hurrarufe und Applaus wurden immer lauter und schienen den Redner mit sich zu reißen. Rabin, ein Mann, der seine Gefühle so gut wie nie in der Öffentlichkeit zeigte, wandte sich Simon Peres zu und umarmte ihn. Die beiden waren seit vielen Jahren politische Gegner, die keinen Hehl aus ihrer gegenseitigen Verachtung machten.

»Umarmt der etwa Peres?«, rief Miriam durch den Lärm der Menge ihrem Mann zu.

Nun stand ein Sänger am Mikrofon und stimmte »Ein Lied für den Frieden« an, die Hymne der *Shalom-Achshav*-Bewegung. Man reichte dem zögernden Rabin ein Blatt mit dem Text der Hymne. Rabin stellte sich neben den Sänger, der das Mikrofon für ihn zurechtrückte.

»Die Sonne soll aufgehen und dem Morgen Licht spenden / Das reinste Gebet wird ihn nicht zurückbringen, dessen Licht ausgelöscht wurde … / Singt also nur ein Lied für den Frieden / Flüstert kein Gebet / Singt lieber ein Lied für den Frieden / Singt es laut heraus.«

Jacow klatschte Beifall und rief seiner Frau dabei zu: »Singen kann er nun wirklich nicht.«

Dann wurde *Hatikvah*, was so viel wie »Die Hoffnung« bedeutet, die Nationalhymne Israels, gesungen. Die Bermans beobachteten, wie die Leute von der Tribüne abtraten, dann drängten sie sich durch die Menschenmenge zum Treffpunkt, den sie mit ihrer Tochter vereinbart hatten.

»Das waren bestimmt eine halbe Million Leute«, sagte Ruthi, die auf der Rückbank von Jacows 1989er Toyota saß.

»Also«, antwortete Jacow, »eine halbe Million, das ist wohl ein bisschen hoch gegriffen. Vielleicht waren es hunderttausend, vielleicht ein paar mehr.«

»Viel mehr!«, sagte Ruthi.

Sie krochen auf der Straße nach Norden in Richtung Netanya durch den Rückstau der Versammlungsteilnehmer. Als sie sich dem Vorort Herzliyah Pituach näherten, ging es allmählich schneller voran.

»Hier tanke ich mal besser«, sagte Jacow und bog zu einer der Tankstellen am Straßenrand ab.

Miriam merkte als Erste, dass hier etwas merkwürdig war. »Was machen die denn alle hier?«, fragte sie und zeigte auf eine Gruppe von Leuten, die sich am Eingang der Tankstelle versammelt hatten. Dann sah Jacow die Autos, mehr als ein Dutzend, die in wildem Durcheinander neben den Zapfsäulen und auf dem Tankstellenhof geparkt waren. Ohne den Motor abzustellen, stieg er aus und ging auf die Leute zu, die sich an der Eingangstür zusammengedrängt hatten. Bewegungslos, so, als seien sie eingefroren, standen sie dort, und keiner sagte ein Wort. Jacow fiel auf, dass sie die Arme umeinandergeschlungen hatten. Als er näher kam, bemerkte er das kalte blaue, flimmernde Licht des Fernsehgerätes aus dem Inneren des Tankstellenhäuschens, das sich in ihren Gesichtern spiegelte. Er klopfte einer jungen Frau auf die Schulter.

»Was ist denn hier los?«, fragte er sie.

Tränenüberströmt blickte sie ihn an. »Rabin«, antwortete sie. »Sie haben auf ihn geschossen. Diese dreckigen Bastarde haben tatsächlich auf Itzhak geschossen.«

»Das kann doch nicht wahr sein!«, rief Jacow aus. »Ich komme doch gerade von der Versammlung. Ich habe ihn noch gesehen.«

»Sie haben ihn hinter der Tribüne erwischt«, erklärte die Frau. »In dem Moment, als er gehen wollte.«

»Oh mein Gott!«, sagte Jacow, der sich auf die Zehenspitzen gestellt hatte, um über die Köpfe hinweg durch die Türöffnung sehen zu können, doch er konnte nur einen kleinen Ausschnitt des Bildschirms erkennen. Er drehte sich um und lief zum Auto zurück.

»Rabin. Sie haben auf Rabin geschossen«, sagte er aufgewühlt und stellte das Radio an.

»... ist unterwegs zum Ichilov-Krankenhaus«, berichtete der Reporter, »wo sich bereits eine Masse von Journalisten und Schaulustigen versammelt hat. Bisher verfügen wir kaum über Informationen bezüglich der Schwere der Verletzungen des Premierministers. Zurzeit können wir Ihnen nur sagen, dass es kurz nach der Versammlung auf dem Könige-von-Israel-Platz eine Schießerei gegeben hat. Die Augenzeugenberichte sind widersprüchlich, aber sie stimmen darin überein, dass drei Schüsse abgefeuert wurden, dass Rabin tatsächlich getroffen und dann sofort abtransportiert wurde. Vor ungefähr fünfundzwanzig Minuten brachte man ihn hierher ins Ichilov-Krankenhaus. Außerdem haben wir erfahren, dass Leah Rabin zu einem anderen Ort gebracht wurde, aber dass sie sich in diesem Moment auf dem Weg hierher ins Krankenhaus befindet. Wir können nur abwarten, was nun weiter geschehen wird.«

»Man hätte es doch wissen müssen«, sagte Jacow und schlug mit der Hand auf das Lenkrad. »Schon seit Tagen gab es Gerüchte, dass man einen Terroranschlag anlässlich der Versammlung plante. Aber wer hätte gedacht, dass man es auf Rabin abgesehen hatte? Eine Bombe mitten in die Menschenmenge oder noch ein wahnsinniger Selbstmordattentäter, das hatte man erwartet. Aber Rabin zu erschießen, das ist ja unglaublich!«

Auf dem Rücksitz begann Ruthi zu schluchzen, und Miriam drehte sich tröstend zu ihr um. Jacow legte den Gang ein und fuhr sofort auf die Autobahn.

»Fahren wir nach Hause«, sagte er.

»Das ist ein zäher Bursche«, sagte Miriam und streichelte über den Arm ihrer Tochter. »Der wird schon durchkommen. Der hat schon Schlimmeres durchgemacht.«

»Ausgerechnet jetzt, wo alles so voller Hoffnung war«, sagte Ruthi mit tränenerfüllter Stimme, »da muss die eine oder die andere Seite daherkommen und alles wieder kaputt machen.«

»Ich selbst«, sagte Jacow, »ich hatte gerade angefangen zu glauben, dass man ihnen Vertrauen schenken könnte, dass vielleicht, nur vielleicht, der Moment gekommen sei, wo auch sie kein Blutvergießen mehr ertragen könnten. Jetzt weiß ich nicht mehr, was ich noch glauben soll. Jetzt meine ich, dass wir ihnen wohl nie trauen können. Wir reichen ihnen unsere Hand in Frieden, und sie, sie spucken darauf ... Nein, noch schlimmer, sie hacken sie ab.«

Ruthi lehnte sich nach vorn. »Aber das sind doch nur die Extremisten, *Abba*. Wir können doch nicht immer nur alle Araber für die Taten einiger weniger verantwortlich machen. Wenn wir das tun, dann wird nie Frieden herrschen.«

»Aber irgendjemand muss verantwortlich gemacht werden. Vielleicht stacheln ihre Führer sie an. Vielleicht müssen wir damit ja leben. Vielleicht wollen sie uns für immer und ewig bekämpfen, statt mit uns in Frieden zu leben.«

»Was für ein Unheil«, sagte Ruthi, sackte auf ihrem Sitz in sich zusammen und schlug die Arme um sich. »Nun haben wir wieder einen Grund weiterzuhassen.«

»Ihr Leute von ›Frieden Jetzt‹«, gab Jacow zurück, »ihr denkt, dass wir die Gründe für den Hass auf die Araber einfach erfinden, aber wir erfinden sie eben nicht. Fünf Kriege mussten wir führen, nur um zu überleben. Überlass die Sache doch der Armee und nicht der Friedensbewegung.«

Ruthis Stimme klang sarkastisch: »Mein lieber Vater, du hast wohl vergessen, dass ausgerechnet eine Gruppe von Offizieren *Shalom Achshav* ins Leben gerufen hat. Sie haben vor zwanzig Jahren erkannt, was notwendig ist, und es waren Soldaten.«

Jacow brummte mürrisch und schaltete das Radio aus. »Fahren wir nach Hause«, sagte er.

Das Bild auf dem Fernsehschirm blinkte einmal, zweimal, dann stand es und zeigte eine Fernsehjournalistin im Studio. »... und die Protestaktionen hatten eine bedrohliche Wendung angenommen«, war ihre Stimme zu hören. »Der jüngste Zwischenfall in Wingate war kein Einzelfall. Wie Sie sich sicherlich erinnern werden, war Rabin von der Sporthochschule eingeladen, um dort eine Rede zu halten, als er von einem Rabbi aus einer

Siedlung in der West Bank angesprochen wurde. Selbst nachdem man den Mann angehalten und festgenommen hatte, buhte die Menge Rabin zehn Minuten lang aus, bevor sie ihn zu Wort kommen ließen.«

»Warum redet sie denn darüber?«, wollte Jacow wissen. »Was hat das denn damit zu tun, dass er von einem Araber angeschossen wurde?«

»Dann tauchten Poster mit übereinandergekreuzten Gewehren auf sowie Autoaufkleber mit der Aufschrift ›Rabin muss sterben‹ – all dies unmissverständliche Aufforderungen zum Mord.«

»Wovon spricht die überhaupt?«, fragte Miriam. »Ich versteh kein Wort.«

»Wir möchten ausdrücklich betonen«, wiederholte die Nachrichtensprecherin, »dass der im Zusammenhang mit dem Attentat auf Premierminister Rabin Festgenommene als ein gewisser Yigal Amir identifiziert werden konnte, ein fünfundzwanzigjähriger Jurastudent der Bar-Ilan-Universität. Zurzeit ist nicht mehr über ihn bekannt.«

»Ein Jude? Ein Jude hat auf Rabin geschossen?«, sagte Jacow ungläubig und hob fassungslos beide Arme in die Luft.

»Das waren die wahnsinnigen Rechtsextremisten!«, schrie Ruthi. »Rabin wollte sie ja nie ernst nehmen, aber jetzt seht euch an, wozu sie in der Lage sind!«

»Hier kommt soeben die neueste Meldung aus dem Ichilov-Krankenhaus«, hörten sie die Moderatorin. Sie machte eine kurze Pause und warf einen Blick auf den Zettel, den sie bekommen hatte. Sie schien nicht zu glauben, was sie da las. Als sie wieder in die Kamera schaute, war sie bleich geworden, ihr Gesicht zeigte ihren Schmerz. »Es wird uns hier berichtet … aus offizieller Quelle, dass Premierminister Rabin gestorben ist. Das ärztliche Bulletin besagt, dass die Wiederbelebungsversuche aufgegeben wurden.« Sie setzte ihre Brille ab und schaute einen

Augenblick lang nicht mehr in die Kamera. Dann fing sie sich wieder und fuhr fort. »Die unmittelbare Folge der erschütternden Nachricht über die Identifizierung des Mörders ist ein vernichtender Schlag gegen das Ziel, dem Itzhak Rabin sein Leben gewidmet hatte, dem Frieden. Wenn wir nicht einmal untereinander in Frieden leben können, wie können wir dann hoffen, friedlich mit unseren arabischen Nachbarn zusammenzuleben?«

Jacow Berman ließ verzweifelt den Kopf hängen. Als rede er mit sich selbst, brachte er hervor: »Dieses Land zerreißt sich selbst. Wie sollen wir jetzt weiterleben?«

»Das ist der traurigste Tag der Geschichte Israels«, sagte Ruthi. »Ich kann einfach nicht glauben, was hier geschieht. Das kommt davon, wenn man den Hass der Menschen immer wieder anfacht.«

»Wir Juden waren meistens unterschiedlicher Meinungen«, sagte Miriam, »aber dass wir uns gegenseitig umbringen ... Wer hätte so etwas je gedacht?«

»Jetzt werden wir es erleben«, erwiderte Jacow, »die Reaktion wird nicht auf sich warten lassen und dann die Gegenreaktion und dann immer so weiter und weiter und weiter.«

Die Moderatorin ließ erneut die Ereignisse der Nacht Revue passieren.

»Ich weiß nicht so recht. Vielleicht lässt uns sein Tod zur Vernunft kommen«, erklärte Ruthi. »Und vielleicht ist dies ja sein letztes Opfer für den Frieden.«

Jacow erhob sich aus seinem Sessel. Als er an seiner Tochter vorbeiging, klopfte er ihr auf die Schulter. »Verlier den Glauben an dein Ziel nicht. Ich ... ich bin wohl schon zu lange auf dieser Welt. Zu oft habe ich meinen Hoffnungen vertraut, aber heute Abend sind sie endgültig zerbrochen.«

Keiner von ihnen sprach ein Wort, als er den Raum verließ. Nur die Stimme der Moderatorin wiederholte, was doch jedem nun bekannt war. Schließlich wandte sich Ruthi ihrer Mutter zu. »Ich würde zu gern wissen, wie Avi auf all das reagiert.«

»Ich weiß es nicht«, antwortete Miriam. »Wir haben nun schon wochenlang nichts mehr von ihm gehört. Normalerweise gelingt es ihm doch immer wieder, sich zu melden, egal, wo er sich gerade befindet. So allmählich mache ich mir wirklich Sorgen um ihn.«

»Sorg dich nicht um Avi«, versuchte Ruthi sie zu beruhigen. »Der kann sich sehr wohl um sich selbst kümmern.«

Teil 2

Februar–März 2018

Larnaka, Zypern, und Tel Aviv, Israel
Februar 2018

Es war nur ein kurzer Flug von Tel Aviv nach Nikosia. Avi Berman verzichtete auf großes Gepäck, am Abend würde er zurück sein. Offiziell reiste er als Geschäftsmann, der mit dem Gasgeschäft zu tun hatte, das so wichtig für die wirtschaftliche Zukunft des Landes geworden war, nachdem man angefangen hatte, die Gasfelder zwischen Israel und Zypern auszubeuten.

Über seinem offenen Hemd trug er einen ungewohnten dunklen Blazer, in der Umhängetasche ein iPad, auf das er regelmäßig schaute, so, als ob die letzten Börsenkurse im Energiebereich besonders wichtig seien. Seine Augen verdeckte eine dunkelgrüne Ray-Ban-Brille.

Benjamin, der für den Mossad auf der Insel die Kontakte hielt, holte ihn am Flughafen in einem weißen Mercedes ab, der seinen Status als Manager im Gasgeschäft unterstreichen sollte. Wieder einmal merkte Avi Berman, wie Benjamin, der Ende zwanzig war, ganz offensichtlich mit der Distanz und dem

Respekt des deutlich Jüngeren auf ihn reagierte. Erneut wurde ihm bewusst, wie alt er mit seinen dreiundfünfzig Jahren für Mossad-Verhältnisse war, in den Augen von Benjamin offenbar schon so etwas wie eine Legende.

Avi hatte sich vorbehalten, das Treffen selber wahrzunehmen. Hamit war seine Quelle, eine Quelle, die er seit über zehn Jahren nutzte. Er hatte den Libanesen, dem es ums Geld ging, in Istanbul angeworben. Seither war Hamit eine der vom Mossad am besten bezahlten Quellen, zehntausend Dollar auf ein Schweizer Bankkonto jeden Monat. Dafür lieferte Hamit die Informationen, die für den Mossad am wichtigsten waren: Details aus dem Innersten der Hisbollah, Israels Todfeind, eine Quelle ganz nah an dem Scheich, der sein Leben aus Angst vor dem langen Arm des Mossad zumeist in einem Bunker verbrachte.

Benjamin brauchte vom Flughafen einundfünfzig Minuten, bis er an dem Café in der Seitenstraße des Boulevard Archiepiskopou Makariou III am Hafen von Larnaka vorfuhr. Avi Berman blieb noch einen Moment im Auto, bis Benjamin ihm aus dem Café zuwinkte. Hamit saß mit dem Gesicht zur Straße, im Mundwinkel eine Marlboro, vor sich einen hochprozentigen Arrak, den er mit Wasser aufgefüllt hatte. Benjamin hatte an der Bar Platz genommen, von wo er den Überblick über das Innere des Cafés und die Straße davor hatte. Avi nahm an einem Nebentisch Platz und begann, in der *New York Times* zu blättern, die er mitgebracht hatte. Nach einer Weile zog er eine Zigarettenschachtel heraus und bat Hamit um Feuer. Hamit reichte ihm eine Streichholzschachtel herüber, und nur einem besonders aufmerksamen Beobachter wäre aufgefallen, dass Avi ihm eine gleich aussehende andere Schachtel zurückschob, nachdem er seine Zigarette angezündet hatte.

Avi wandte sich wieder seiner Zeitung zu. Nach einer Weile stand Hamit auf und verließ das Café. Avi wartete weitere zehn

Minuten, dann legte er einige Münzen auf den Tisch und ging ebenfalls. Benjamin fuhr kurz darauf den Mercedes vor. Nach siebenundvierzig Minuten waren sie zurück am Flughafen von Nikosia. Avi erreichte die Nachmittagsmaschine nach Tel Aviv. Im Flugzeug blickte er eine Weile auf die Insel hinunter, bis die Maschine in eine weiße Wolke eintauchte. Dann holte er die Streichholzschachtel hervor und öffnete sie. Zufrieden schaute er auf den USB-Stick, den Hamit hineingelegt hatte.

Die Wintersonne sank schnell über dem Mittelmeer, und Avi erreichte das Mossad-Hauptquartier im Norden von Tel Aviv vom Ben-Gurion-Flughafen aus wegen der Rushhour erst nach einer guten Stunde. Er drückte dem wartenden Techniker den USB-Stick in die Hand und bediente sich am Kaffeeautomaten. Das braune Getränk war ebenso heiß wie schmacklos. Er ging zu seinem Schreibtisch, legte die Füße darauf und schloss die Augen. Er wurde wach, als ihn jemand an der Schulter rüttelte. Ein Blick auf seine Armbanduhr zeigte ihm, dass er in dieser unbequemen Stellung eine gute Stunde geschlafen hatte.

»Sie haben den USB-Stick ausgewertet«, sagte Ron Silverman.

Avi war plötzlich hellwach und nahm die Füße vom Schreibtisch. Er blickte zu Silverman auf. »Und?«

»Ein Lieferplan. Die Hisbollah ist dabei, ihre umfangreichen Raketenbestände noch weiter auszubauen. Sie erwarten eine neue Lieferung aus dem Iran. Flugabwehrraketen, aus russischen Beständen. Das wäre eine tödliche Bedrohung für unsere Luftwaffe bei Einsätzen über dem Libanon. Ein Lkw-Konvoi, er soll morgen über Damaskus kommen, natürlich in der Nacht«, sagte Silverman. »Das können wir nicht hinnehmen. Ich habe schon mit dem Büro des Ministerpräsidenten gesprochen.«

»Ich vermute, er hat entschieden wie immer«, sagte Avi.

»Hat er«, sagte Silverman.

Silverman zog sich in sein Büro zurück. Avi wusste, was das bedeutete. Auch wenn es natürlich keine Alternative gab, so sah er die Entscheidung mit Unbehagen. Sie war richtig, keine Frage. Und er war zufrieden, dass es seine Quelle gewesen war, die den entscheidenden Hinweis gegeben hatte. Israel musste alles daransetzen, dass die Hisbollah keine treffsichere Flugabwehr aufbauen konnte. Das wäre beim nächsten Krieg eine nicht hinnehmbare Gefahr, wenn die bislang uneingeschränkte Lufthoheit verloren gehen würde. Die Flugabwehrraketen aus Russland waren technisch auf dem neuesten Stand, bisher hatte Moskau vermieden, sie an die Hisbollah zu liefern. Aber es war Krieg, und der Mann im Kreml wollte vor allem eines: die russische Militärpräsenz im Mittleren Osten, mit einer Basis in Syrien für die Luftwaffe und dem Marinehafen am Mittelmeer.

Avi fragte sich, ob es wieder Isaac treffen würde. Selbstverständlich war er stolz auf Isaac, seinen zweiten Sohn aus der Ehe mit Rebecca, die seit fünf Jahren geschieden war. Isaac war jetzt sechsundzwanzig und einer der besten Jagdbomber-Piloten in der IAF, der israelischen Luftwaffe. Er zog sein Handy hervor und wählte die Nummer.

»Hallo, *Abba*«, hörte er kurz darauf Isaacs Stimme.

»Hättest du Zeit für ein Abendessen, vielleicht morgen Abend?«, fragte Avi.

»Natürlich gern«, sagte Isaac. »Aber morgen ist schlecht, ich fürchte, wir haben einen Einsatz. Er ist gerade hereingekommen«.

»Schade«, sagte Avi, »dann ein anderes Mal.« Bevor er auflegte, sagte er leise: »Viel Glück. Und, Isaac, pass auf dich auf«.

Beirut, Libanon

Er hatte bis zum Einbruch der Dunkelheit gewartet, um Beirut zu verlassen. Dann bog er auf die Schnellstraße M51 nach Norden ein und folgte ihr Richtung Byblos und Tripolis.

Die Fahrt verlief ereignislos, und die Spannung, die er früher am Tag gefühlt hatte, schien mit jedem Kilometer zu verblassen. Abdullah hatte kein Problem gehabt, den weißen Toyota 4Runner SUV von seiner Einheit zu bekommen, als er dem Kommandanten erklärte, wer der Passagier sein würde, den er fahren sollte. Aber als seine Mutter ihn am Tag zuvor angerufen hatte, um ihm zu sagen, sein Onkel wollte ihn sehen, hatte er keine Ahnung, was für ihn anstand.

Er hatte immer zu Onkel Ali aufgeblickt, er war der wahre Held seiner Jugend. Schon in seiner Kindheit hatte ihm seine Mutter Cosima immer wieder Geschichten von Ali erzählt, von dem Mut und der Kühnheit ihres Cousins. Wie der Onkel als Junge bei der Bombardierung der amerikanischen Kaserne der Marines dabei gewesen war – ein Stück Geschichte, das jedem Jugendlichen im Libanon vertraut war, doch für Abdullah war es zugleich Familiengeschichte. Er wusste über das Massaker im Flüchtlingslager Shatila Bescheid, er wusste vom Tod der kleinen Leila, der Cousine seiner Mutter und Schwester des Onkels, und er wusste von dem Angriff auf die Juden in Argentinien, aber was er wirklich an Ali Ben Nasar bewunderte, waren seine äußerste Entschlossenheit und Hingabe für das palästinensische Volk.

Schon ganz früh war es für ihn selbstverständlich, bei der Ausbildung der jungen Kämpfer für die Hisbollah mitzumachen, und mit siebzehn gehörte er zu ihren Anführern. Die Schule hatte ihn nie interessiert, er hatte nur bis zur zehnten Klasse ausgeharrt, um in die Fußball-Nationalmannschaft zu kommen – seine einzige wirkliche Leidenschaft, abgesehen von der harten Ausbildung in der Hisbollah. Nicht, dass er ein sehr guter Spieler war. Er war zu klein und zu langsam, um ein Star zu sein, aber er war stämmig gebaut und zeigte eine furchtlose Haltung, die ihn zu einem wertvollen Verteidiger machte. Niemand auf dem Spielfeld wollte es mit Abdullah aufnehmen, er agierte dort mit der gleichen Rücksichtslosigkeit, die er auch bei der Hisbollah zeigte. Bisher hatte er sie noch nie im Kampf einsetzen können, aber seine Kommandeure wussten, wenn die Zeit gekommen war, würden sie auf Abdullah Amadis Stärke und seine Tapferkeit in der Schlacht zählen können.

Abdullah sah zu dem Mann auf dem Beifahrersitz hinüber. Er schlief. Sein Gesicht war eingefallen, und er hustete gelegentlich selbst im Schlaf. Schon bei ihrem Treffen zwei Tage zuvor war Abdullah aufgefallen, wie erschöpft er ausgesehen, wie kraftlos er auf seinem Stuhl gesessen hatte. Nur die Augen waren lebhaft wie immer, sie hatten ihren harten Blick behalten, seine Stimme war zwar schwächer, aber immer noch entschlossen. Sie würden nach Homs fahren, erklärte er, und Abdullah solle das Auto besorgen und ihn dorthin bringen.

Sie waren jetzt nahe an der syrischen Grenze, die bisher asphaltierte Straße verwandelte sich in eine sandige Piste voller Schlaglöcher. Eine Straße, die zu dem vom Krieg zerrissenen Land passte, in das sie jetzt einfahren würden.

Soeben kam ihnen ein schwerer Lkw entgegen, und bei dem Ausweichmanöver durchfuhr Abdullah ein tiefes Schlagloch. Der Falke wachte auf, griff instinktiv nach einer Zigarette und zündete sie sich an.

Abdullah öffnete das Fenster einen Spalt, um den Rauch entweichen zu lassen. Er hatte gehofft, sein Onkel würde das Rauchen einstellen, aber insgeheim wusste er, dass es dafür ohnehin zu spät war. Eigentlich hätte er gern selber eine geraucht, aber er überwand die Versuchung, ihn nach einer Zigarette zu fragen.

Ein Schild an der Straße verwies darauf, dass sie sich der Grenzstation näherten. In dem hässlichen kleinen Ziegelsteingebäude war zu dieser Stunde jedoch niemand, und der Falke winkte, er solle einfach passieren.

Sie durchquerten den Tartus-Distrikt und erreichten bald Addabousiyah, dessen abgedunkelte Lichter das Tal zur Linken nur undeutlich beleuchteten, und fuhren weiter, bis sie auf die Schnellstraße M1 stießen, die wenig später nach Osten abbog, Richtung Homs. Die Straße war hier besser, und Abdullah gab nun Gas und fuhr mit hoher Geschwindigkeit durch die von einem hellen Vollmond beschienene Landschaft, vorbei an terrassenförmig angelegten Olivenhainen, an deren Fuß Schafe schliefen.

Am Stadtrand von Talkalakh brach Abdullah das lange Schweigen, das der Falke rauchend überbrückt hatte. Das Aufglühen der Zigarette ließ für einen Moment sein eingefallenes Gesicht erkennen. »Sag mir, Onkel, was wollen wir hier überhaupt? Was tun wir in Homs? Der Ort ist doch nur noch eine Ruine.«

Der Falke setzte zu sprechen an, wurde aber erneut von einem Hustenanfall unterbrochen. »Der Mullah hat mich dringend um das Treffen gebeten. Er hat Andeutungen gemacht, es sei von absoluter Wichtigkeit, dass ich komme. Ich bin sicher, er würde uns nicht in dieses Land im Krieg einladen, wenn es sich für unsere gemeinsame Sache nicht lohnen würde.«

Abdullah starrte ihn einen Moment an. Als sein Blick wieder nach vorne ging, sah er in dem hellen Mondlicht das erste Fahrzeug eines langen Lkw-Konvois, der ihnen entgegenkam. Die Scheinwerfer waren ausgeschaltet, und Abdullah, der nach wie vor mit hoher Geschwindigkeit fuhr, riss gerade noch den SUV zur Seite, um einen Zusammenstoß zu vermeiden.

»Schau dir das an«, sagte er mehr zu sich selbst.

»Sieht aus wie ein Waffenkonvoi, vermutlich weitere iranische Raketen für die Hisbollah«, sagte der Falke. »Warum sonst würden sie ohne Licht fahren? Ich glaube nicht, dass sie Oliven geladen haben.«

Abdullah wollte eine Frage stellen, wurde jedoch jäh durch eine massive Serie von Explosionen gestoppt, die durch die Reihe der Lkw hindurchjagten, übertönt vom Aufkreischen der Düsenturbinen tief fliegender Jagdbomber, deren dunkle Schatten am Himmel gegen den Vollmond zu sehen waren.

Einen kurzen Augenblick war er in einer Schockstarre, die Augen weit geöffnet. Instinktiv riss er erneut das Steuer zur rechten Seite. Der SUV reagierte sofort, zu spät bemerkte Abdullah, dass er das Lenkrad verrissen hatte. Der schwere Wagen schoss eine steile Böschung hinab, auf eine Mauer zu. Hilflos versuchte Abdullah, den Zusammenstoß durch hektische Lenkmanöver zu verhindern. Vergeblich.

Der Toyota traf die Mauer mit voller Wucht, prallte ab und landete auf der Seite, während sich über ihnen der Lkw-Konvoi in ein riesiges Feuermeer verwandelt hatte. Immer neue Explosionen zerrissen die nächtliche Stille. Er war nur für wenige Augenblicke besinnungslos. Beinahe verwundert fuhr er mit der Hand über die Beule an seinem Kopf, der an die Windschutzscheibe geknallt war. Sein Körper lag halb über dem seines Onkels, der stöhnend versuchte, sich aufzurichten.

»Bist du verletzt?«, fragte Abdullah.

»Nein, nein«, antwortete der Falke. »Ich will nur hier raus.«

Abdullah richtete sich mühsam auf und blickte nach oben, Richtung Straße. Das Geräusch der angreifenden Düsenbomber war verstummt, aber die Explosionen in dem, was einmal ein Lkw-Konvoi gewesen war, hielten an. Große Rauchschwaden standen über den ausbrennenden Wracks. Trümmerstücke regneten zu ihnen herunter und immer wieder entstanden neue Feuerbälle.

»Wir müssen hierbleiben, bis die Explosionen aufhören. Da oben ist es nicht sicher. Bist du wirklich nicht verletzt?«

»Nein, nein«, wiederholte der Falke verärgert, während er versuchte, einen Blick auf das Chaos über ihnen zu werfen. »Du siehst, ich hatte recht. Es war ein Waffenkonvoi. Wieder einer, der verloren ging.«

Sie harrten in dem umgekippten SUV aus, bis die Explosionen aufhörten. Es gelang Abdullah nun, die Fahrertür zu öffnen und hinauszuklettern und seinem Onkel zu helfen, ebenfalls den SUV zu verlassen. Sie folgten einem kleinen Pfad am Fuß der Böschung, der parallel zur Straße verlief, und kletterten hinauf.

Oben angelangt, standen sie schweigend nebeneinander und versuchten sich ein Bild von dem Chaos zu machen, das sich ihnen bot. Zehn ausgebrannte Skelette eines Konvois, aus denen noch kleine Flammen züngelten.

»Zehn Lastwagen«, sagte der Falke mit zusammengebissenen Zähnen, »und zehn Fahrer, zehn weitere Opfer auf der Liste der Mordopfer der Juden.«

Eine halbe Stunde später, während sie immer noch an der Straße entlangliefen, zeigte sich am östlichen Horizont das erste Licht der Sonne, die bald aufgehen würde. Abdullah hörte hinter sich ein Motorengeräusch, drehte sich um und sah einen alten Lieferwagen mit einer offenen Pritsche auf sie zukommen. Er stellte sich auf die Straßenmitte und winkte. Der Lieferwagen hielt an, und nach einer kurzen Unterhaltung mit dem Fahrer saß der Falke neben ihm in der Fahrerkabine. Abdullah teilte sich die Ladefläche mit zwei Drahtkäfigen voll Hühnern.

Sie hatten Glück, dachte Abdullah, der Fahrer war auf dem Weg zum größten Souk von Homs, nahe der Shouhada-Straße. Dieser überdachte Markt erstreckte sich gleich neben der Al-Nouri-Moschee – dem Gotteshaus, das der Mullah als Treffpunkt ausgewählt hatte.

Nach einem schnellen Frühstück in der Gesellschaft von einem Dutzend Bauarbeitern, die mit dem Wiederaufbau des schwer beschädigten Marktes beschäftigt waren, gingen die beiden Männer hinüber zu der Moschee, wo sie feststellten, dass diese ebenfalls erheblich bei den Bombardierungen von Homs beschädigt worden war. Ein großer Teil der Vorderseite war zusammengefallen, aber der Falke fand dahinter einen kleinen Raum, in dem die beiden sich auf einen Teppich kauerten, um auf den Mullah zu warten.

Doch der Samstag ging vorbei, und auch am Sonntag gab es keine Spur des angekündigten Besuchers. Der Falke fühlte sich zunehmend ärgerlich und frustriert.

Warten, immer nur warten. All diese Erinnerungen wurden zum Antrieb für seinen Zorn und seinen Hass. Je länger er auf irgendetwas warten musste, umso gewalttätiger und radikaler wurde er. Dabei war es aber nicht so, dass das Warten bei ihm einfach Ungeduld verursachte. Es war eher sogar eine Quelle von Energie. Der Falke wusste tief drinnen, dass das Warten, und all der Hass, der damit verbunden war, zu der Kraft führten, die ihn seine Mission vorantreiben ließ – es war das, was er brauchte, um Allahs Willen auszuführen.

Für Abdullah dagegen bedeutete das Warten nur Langeweile. Er hatte eine alte Matratze gefunden, die das Schlafen etwas erträglicher machte, und er entdeckte einen Teppich, auf dem er beten konnte. Er kaufte im Souk ein, aber er glaubte zu spüren, dass seinem Onkel an diesen einfachen Notwendigkeiten des Lebens wenig lag – solange er noch Zigaretten und Wasser hatte.

Es war kurz nach den Mittagsgebeten am Montag, als ein Junge durch das offene Tor trat. Er zeigte mit einem Finger auf den Falken und Abdullah, drehte seinen Kopf zur Seite und sagte: »Sie sind da.«

Gleich darauf verschwand er wieder und machte den Weg frei für den Mullah und einen großen, schlanken, grauhaarigen Mann, der eine Aura der Würde ausstrahlte. Er trug ein weißes Hemd und Kakihosen.

Der Falke und Abdullah erhoben sich und begrüßten den Mullah mit einer ehrerbietigen Verbeugung. Der Mullah nahm es wie selbstverständlich entgegen. Dann wies er auf seinen Begleiter, während sich Abdullah beeilte, die Kissen auf dem Boden so zu arrangieren, dass die beiden darauf Platz fanden. Er entschuldigte sich, dass er außer Wasser nichts anbieten konnte.

»Das ist General Shiraz, von den Revolutionären Garden«, sagte er. Der General nickte.

Der Falke warf dem Mullah einen fragenden Blick zu, als wollte er sagen: Was will dieser Mann hier?

Als der Mullah endlich das Wort ergriff, hatte seine Stimme einen beruhigenden Klang. »Keine Sorge, er ist einer von uns. Er ist einer der Anführer der Revolutionären Garden. Der Ayatollah vertraut ihm uneingeschränkt.« Noch immer schien der Falke nicht völlig überzeugt. »Er hat zwei seiner Söhne in Syrien durch Angriffe der Israelis verloren«, fuhr der Mullah fort. »Er betet jeden Tag dafür, dass Israel von der Landkarte verschwindet und die Juden im Meer ertrinken.« Der Falke fixierte den General, während der Mullah fortfuhr. »Ich habe Allah gedankt, dass der General uns unterstützen will, diese Plage der muslimischen Welt zu zerstören. Als er sich an uns wandte, wusste ich, dass Allah meine Gebete erhört hat. Aber er kann das ja selbst erklären.«

Der General deutete eine kurze Verbeugung gegenüber dem Falken an. »Wir haben viel von Ihnen gehört«, sagte er. »Wir wissen, was Sie im Kampf gegen die zionistischen Schweine geleistet haben.« Er machte eine kurze Pause, um seine Worte wirken zu lassen. »Und ich habe interessante Nachrichten für Sie.« Der Falke reagierte nur mit einem kurzen Kopfnicken. »Ich bin für die Sicherheit und die Lieferungen für unser Atomkraftwerk in Busheer zuständig«, fuhr Shiraz fort. Er räusperte sich. »Wenn ich jetzt ein paar Einzelheiten erkläre, kann ich keine Namen nennen.« Der Falke nickte verständnisvoll. »Es gibt bei uns einen Wissenschaftler, der genauso entschlossen ist, es den Juden heimzuzahlen. Sein wichtigster Kollege wurde bei einem Bombenanschlag in Teheran durch den Mossad getötet. Und er brennt darauf, Rache zu nehmen. Er ist bereit, alles zu tun, diese Giftschlangen, die unser heiliges Land besetzen, zu zertreten.«

Der Falke spürte, wie die Spannung in ihm wuchs. »Und wie will er das anstellen?«, unterbrach er den General.

»Dieser Wissenschaftler hat einen Kontakt zu einem russischen Techniker hergestellt, der in dem Kraftwerk als Koordinator arbeitet. Vor Kurzem hat dieser Mann unseren Wissenschaftler angesprochen – natürlich äußerst vorsichtig – und hat ihm von einem Kollegen aus alten Zeiten erzählt, der Zugang hat zu einem Sprengkopf ...«, er machte eine Pause, »einem nuklearen Sprengkopf.«

Der Falke konnte seine überraschte Reaktion nicht unterdrücken. Sein Kopf schnellte vor. »Ein nuklearer Sprengkopf? Reden wir hier über eine Atomwaffe?«

»Genau das tun wir gerade«, sagte Shiraz. »Und es kommt noch besser. Dieser Sprengkopf ist sozusagen im Angebot, man kann ihn kaufen.«

Der Falke unterdrückte erneut einen Hustenanfall, der sich plötzlich in ihm aufbaute. Dann richtete er seinen durchdringenden Blick direkt auf die Augen von Shiraz. »Und was müssen wir tun, um an diesen Sprengkopf zu kommen?«

»Geld in die Hand nehmen«, sagte der General, »viel Geld, sicherlich ein paar Millionen, Dollar natürlich, vielleicht mehr.«

Abdullah, der das Gespräch mit angehaltenem Atem verfolgt hatte, sah, wie das Gesicht seine Onkels aufleuchtete, zum ersten Mal seit langer Zeit. Er zeigte ein breites Grinsen, das seine vom vielen Rauchen verfärbten braunen Zähne offenbarte.

»Dafür werden wir alles tun, egal, was es uns kostet. Ich habe eine Quelle in Saudi-Arabien, und sie wird mir helfen, das Geld aufzutreiben.«

Er stand auf und reichte Shiraz die Hand. Während der General einschlug, sagte der Falke: »Das wäre ein Geschenk des Himmels, Allah wird es möglich machen. Sie können Ihrem Mann sagen, dass wir bereit sind, auf jede Forderung einzugehen für ein solches Geschenk. Ich muss nur die genauen Einzelheiten wissen.«

»Ich vermute mal, Sie haben einen angemessenen Plan für dieses Geschenk ...«, warf Shiraz ein.

»Davon können Sie ausgehen. Ganz bestimmt sogar, einen Plan, bei dem die Welt den Atem anhalten wird. Sie werden von mir hören, bald.«

Als der Mullah und Shiraz gegangen waren, fiel der Falke wieder in seine Starre zurück und blickte stumm eine Weile vor sich hin.

Abdullah wagte es lange nicht, ihn anzusprechen. Endlich fragte er: »Das ist sicherlich ein unglaubliches Angebot. Aber was willst du daraus machen?«

Er sah, wie das Leuchten in die Augen seines Onkels zurückkehrte. »Es wird die Erfüllung eines Traums werden, den ich seit über zwanzig Jahren, vielleicht mein ganzes Leben lang hatte. Mit Allahs Hilfe werde ich in der Lage sein, Rache zu nehmen. Rache für mein Volk, das die Juden seit siebzig Jahren unterdrückt haben. Aber sosehr ich die Juden verachte und möchte, dass sie alle tot wären, so hasse ich die Amerikaner noch mehr. Diese selbstgefälligen, arroganten Herrscher der Welten glauben, dass sie sicher hinter ihrer Wand aus Ozeanwellen sitzen, dass ihnen nichts passieren kann. Sogar unser Angriff im September 2001 hat sie nicht wirklich aufwachen lassen, er hat sie nicht daran gehindert, ihre jüdischen Schützlinge zu unterstützen. Sie schicken weiter Milliarden von Dollar und

Hunderte von Kampfflugzeugen. Sie halten schöne Reden von einem Friedensprozess, während die Juden unser Land Stück für Stück verschlingen. Und was tun sie dagegen? Nichts! Sie lassen es zu, dass die Juden die Besatzung aufrechterhalten, sie erniedrigen uns jeden Tag.« Gierig zog er an seiner Zigarette. »Wenn ich mit ihnen fertig bin, dann werden sie vielleicht die Botschaft verstehen. Vielleicht werden sie endlich aufwachen und die Juden ihrem Schicksal überlassen. Allah hat immer gewollt, dass wir sie zurück ins Meer treiben.« Er schwieg, offensichtlich geschwächt.

»Aber wie willst du das schaffen?«, warf Abdullah ein.

»Das wirst du noch früh genug erfahren. Eins aber sage ich dir jetzt: Was wir vorhaben, wird Geschichte machen.«

Schelesnogorsk (Sibirien), Russland

Er hatte die Wodkaflasche auf den Tisch gestellt und zwei Wassergläser daneben. Alexej Dmitrow goss sie halb voll und schob Arbatow ein Glas zu.

»Keine Chance«, sagte er. Dmitrows Gesicht war eingefallen, es wirkte alt, weit alter als seine dreiundsechzig Jahre. Sein weißer Kittel war angeschmutzt. Er nahm seine Brille ab und begann, sie mit einem Taschentuch zu putzen. Draußen trieb ein steifer Nordwind dicke Schneeflocken an das Doppelfenster.

»Leute wie ich haben keine Chance mehr«, sagte er noch einmal und hob sein Glas. »Sa sdarowje«, sagte er.

Arbatow tat ihm gleich. Sie tranken, dann setzte Dmitrow das Glas ab und starrte einige Augenblicke stumm vor sich hin. »Was waren das noch Zeiten«, sagte er mehr zu sich selbst. »Wir waren die Elite, wir machten die Sowjetunion zu einer Weltmacht, vor der man überall Achtung hatte. Unsere Atomwaffen waren das Symbol der Stärke, sie brauchten sich nicht hinter denen der Amerikaner zu verstecken.« Er nahm erneut einen Schluck. »Und jetzt?«, fragte er und blickte auf Arbatows Uniform, die ihn offenbar an die alten Zeiten erinnerte. Er goss aus der Wodkaflasche nach.

»Immerhin«, fuhr er fort, und seine Stimme wurde etwas lebhafter, »Sie haben es ja zu was gebracht.« Er zeigte auf die Rangabzeichen auf Arbatows Schulter. »Schöne goldene Sterne, Herr General.«

Arbatow schaute auf sein Glas, ohne zu reagieren. Ja, so dachte er, er war über die Jahre immer wieder befördert worden, vor einiger Zeit sogar zum Brigadegeneral. Und er hatte auf der Militärakademie zuvor Atomphysik studiert. Er kannte sich aus mit nuklearen Sprengköpfen, schon früh hatte er Atomwissenschaftlern wie Dmitrow bei ihrer Entwicklung über die Schulter geschaut. Ihm konnte keiner was vormachen, wenn es um die Funktionsweise der Waffe ging. Aber was bedeutete das schon? Die goldenen Sterne, all die Orden auf seiner Uniform schienen zwar zu beweisen, dass er Karriere gemacht hatte. Gerade deswegen wusste er jedoch nur zu genau, in welche Richtung die einst furchterregende Zahl der Atomwaffen über die Jahre durch immer neue Abrüstungsabkommen gegangen war. Wieder stieg der Zorn in ihm auf. Was für eine armselige Karriere war das doch! Was hatte er alles hinnehmen müssen: Den schmählichen Rückzug aus Afghanistan, den Zerfall der mächtigen Sowjetunion, und dann auch noch den Abzug aus Deutschland, das die Rote Armee doch einst niedergerungen hatte. All die Staaten, die zuvor im Warschauer Pakt von der Sowjetunion kontrolliert wurden, waren jetzt Mitglied in der NATO! Waren alle die Schoßhunde Washingtons. Wie konnte das passieren? Auch Dmitrow zitierte jetzt sämtliche Argumente, die ihm seit Jahren wieder und wieder durch den Kopf gingen.

»Sehen Sie, es ist ganz einfach. Wir haben schon den größten Teil unserer Atomwaffen abgerüstet. Sie wissen ja, warum. Dieser Gorbatschow konnte nicht schnell genug den Amerikanern entgegenkommen. Na ja, und mit Tschernow … Was soll ich Ihnen sagen, Sie kriegen das ja in Moskau auch mit. Früher hatten wir mal an die vierzigtausend, große, mittlere, kleine. Und jetzt sind es noch etwa eintausendsiebenhundert strategische und zweitausendsiebenhundert taktische Sprengköpfe. Nur noch, mein Freund, und das in einer Welt, die immer schwieriger wird, in der unser Russland eingekreist ist, von der NATO, von China. Aber was erzähle ich Ihnen, Sie wissen das doch viel besser.«

Er griff erneut zu seinem Wodkaglas, trank und setzte es heftig auf der Tischplatte ab. »Und dann haben wir noch die gut zweieinhalbtausend Sprengköpfe, die nicht mehr bei der Truppe sind. Sie wissen bestimmt, dass die einfach verschrottet werden sollen, und zwar bald.«

Er machte eine Pause, offenbar um zu sehen, was Arbatow dazu sagen würde. Doch Arbatow schwieg. Was sollte er auch dazu sagen? Dass dies doch alles so richtig sei, dass man eine Welt mit möglichst wenigen Atomwaffen anstreben müsse? Nein, nein, nein, tausendmal nein, dachte Arbatow. Russland wird vor die Hunde gehen, wenn die im Kreml so weitermachten. Und jetzt redete dieser Tschernow doch tatsächlich davon, dass man mit dem Mann im Weißen Haus einen weiteren Abrüstungsdeal machen müsste, auf Augenhöhe natürlich, mit dem Abbau von Atomsprengköpfen auf beiden Seiten. Was für ein Unfug, dachte Arbatow. Augenhöhe? Welche Augenhöhe? Die im Westen rüsteten doch immer weiter auf. Längst standen die NATO-Soldaten direkt an den Grenzen Russlands, in den baltischen Staaten. Die russischen Streitkräfte waren doch zahlenmäßig weit unterlegen, und das Einzige, was sie überhaupt noch einigermaßen stark machte und dem Westen Respekt einflößte, waren die Atomwaffen. Nein, nein, dachte Arbatow erneut, noch mehr abzubauen, das durfte auf keinen

Fall passieren, das konnte man einfach nicht zulassen. Es war schlimm genug, dass die alte Sowjetunion zerfallen war. Sie mussten erhalten, was noch zu erhalten war. Alles andere war Unfug.

Arbatow schaute zu Dmitrow hinüber. Was hatte er gesagt? Keine Chance mehr. Arbatow wusste, dass das nur zu genau stimmte. Leute wie Dmitrow hatten keine Zukunft mehr. Er kannte ihn seit Jahren, einst war er einer der Chefentwickler für die neuesten nuklearen Sprengköpfe, direkt hier in Schelesnogorsk, der geheimen Atomstadt, die als Krasnojarsk-26 eines der Zentren der nuklearen Waffenentwicklung und Produktion gewesen war. Sie war auf keiner Karte verzeichnet, aber hier arbeiteten in den Zeiten der Sowjetunion Zehntausende von Wissenschaftlern und Fachkräften an dem riesigen Waffenarsenal. Längst hatten sie schon vor Jahren auf Druck der Amerikaner die Anlagen für die Herstellung von Plutonium geschlossen.

»Viele von uns sind längst abgehauen«, nahm Dmitrow seine Klagen wieder auf. »Die arbeiten jetzt zum Beispiel im Iran, Russland unterstützt ja das zivile Atomprogramm ganz offiziell, und was die sonst da noch treiben, weiß niemand so genau. Aber mich, in meinem Alter, will keiner mehr haben. Ich bin Ausschuss. Pech gehabt.«

Dmitrow schien immer noch auf eine Reaktion von Arbatow zu warten. Aber der hörte nur schweigend zu. Er hatte einen Notizblock vor sich und machte sich Aufzeichnungen. Zwei Tage lang hatte er sich im Auftrag des Verteidigungsministeriums in der Atomstadt Krasnojarsk-26 umgesehen. Das war seine offizielle Mission. Aber nun war er ebenso frustriert wie sein Gesprächspartner. Er hatte ja gewusst, dass es mit dem Atomwaffenprogramm wie in den alten Zeiten der Sowjetunion nicht weitergegangen war. Und dennoch hatte ihn sein Besuch in seinen schlimmsten Befürchtungen bestätigt.

»Was denken Sie, Kamerad Arbatow?«, versuchte Dmitrow das Schweigen des Besuchers aus Moskau zu brechen.

»Ich denke, dass es eine Schande ist«, sagte Arbatow endlich.

Dmitrow füllte schnell beide Wodkagläser auf. Dann beugte er sich zu seinem Gast herüber. Beinahe flüsternd sagte er: »Ich hatte kürzlich Kontakt mit einem früheren Kollegen, der jetzt im Iran arbeitet. Er hat mir davon berichtet, dass dort ein großes Interesse an einer Zusammenarbeit besteht ...« Er machte eine Pause, fuhr dann fort: »... an einer sehr brisanten Zusammenarbeit.«

Arbatow schaute auf. »Brisante Zusammenarbeit? Ich verstehe nicht ganz.«

»Nun ja«, sagte Dmitrow und senkte seine Stimme noch weiter ab. »Es geht um einen Sprengkopf, einen Atomsprengkopf.«

»Einen Atomsprengkopf? Aus russischen Beständen?«

»Ja, um einen der Sprengköpfe, die bereits ausgesondert sind und endgültig verschrottet werden sollen«, flüsterte Dmitrow.

»Und was haben Sie geantwortet?«, fragte Arbatow.

»Ich habe ihm gesagt, das ließe sich möglicherweise machen. Vorausgesetzt, der Preis stimmt.«

Arbatow zog es erneut vor zu schweigen.

Dmitrow schien das als Aufforderung zu verstehen, seinen Plan weiter zu erklären: »Ich weiß, wo die Sprengköpfe gelagert sind, und Sie wissen es natürlich auch. Was man brauchte, wären einige entschlossene Männer, die bereit wären, das in die Tat umzusetzen. Das ist nicht ohne Risiko, klar, aber neben dem Geld könnte man doch ein Zeichen setzen: Seht her, kümmert euch um die Atomwaffen.«

Arbatow spielte mit dem Wodkaglas zwischen seinen Fingern.

»Was denken Sie, Kamerad Arbatow?«, fragte Dmitrow endlich. »Könnten Sie sich vorstellen, dabei mitzumachen?«

Arbatow nahm das Wodkaglas, führte es an seine Lippen und trank es aus. »Ich werde mir das überlegen«, sagte er und stand auf. »Sie hören von mir.«

Der Wind hatte zugenommen. »Dreißig Grad minus«, sagte der Fahrer, ein pocken-narbiger Gefreiter, gleichmütig. »Es wird Frühling. Letzte Woche waren es noch fast vierzig.«

Als Arbatow den Geländewagen verließ, der ihn zum Flugplatz gebracht hatte, traf ihn der Wind mit einem harten Schlag und riss ihm die Uniformmütze vom Kopf. Sie tanzte, von den Windböen getrieben, über das Vorfeld. Ein Flugplatzarbeiter sprang von seinem Gabelstapler und fing sie auf. Arbatow lief zu ihm hinüber und holte sich die Mütze ab. Er setzte sie auf und hielt sie mit einer Hand fest. Ein schwerer Lastwagen war vorgefahren. Dick vermummte Männer sprühten mit Schläuchen Enteisungsflüssigkeit auf die Tragflächen des Airbus 320, der in wenigen Minuten in Richtung Moskau starten sollte. Arbatow sprang – zwei Stufen auf einmal nehmend – die Treppe hoch, auf der Schnee- und Eisreste hafteten. Dann trat er daneben. Sein rechter Fuß rutschte auf der Kante der obersten Treppenstufe ab, er verlor das Gleichgewicht, fiel vornüber und krachte mit dem Kopf auf das eiserne Geländer der Gangway, gleich vor der aufgeklappten Tür der Maschine. Er spürte den Schlag gegen seine Schädeldecke, den stechenden Schmerz über dem linken Auge und ging kurz in die Knie.

Dann fühlte er, wie ihn jemand stützte und nach oben zog. »Um Himmels willen«, hörte er eine weibliche Stimme, »haben Sie sich verletzt?«

Arbatow schaute auf und sah in ein Gesicht mit hellen graublauen Augen, einem vollen sinnlichen Mund, der einen Hauch zu rot geschminkt war, einer hübschen kleinen Nase. Das Gesicht wurde umrahmt von langen hellblonden Haaren, auf denen eine rote Uniformmütze mit den Abzeichen einer Aeroflot-Stewardess saß.

»Oh, Sie bluten ja«, sagte Natascha Tschechowa. Arbatow fühlte mit der linken Hand an seine Stirn. Er bemerkte etwas Feuchtes, und als er seine Hand betrachtete, sah er, dass sie blutbeschmiert war.

»Kommen Sie, setzen Sie sich hier nach vorne, da ist noch ein freier Platz in der ersten Klasse, ich kümmere mich gleich um Sie«, sagte die Stewardess.

Er biss die Zähne zusammen, konnte aber ein Ächzen nicht unterdrücken, als er sich auf dem zugewiesenen Platz niederließ. Natascha Tschechowa kam mit einem Verbandskasten und nahm ein Tuch heraus, tränkte es mit einer Flüssigkeit und begann, die Wunde zu säubern. Arbatow zuckte zusammen, aber es gelang ihm jetzt, ohne Schmerzenslaut die Prozedur über sich ergehen zu lassen.

»So, das haben wir gleich«, sagte die Stewardess. Sie angelte ein Pflaster aus dem Verbandskasten, riss den Schutzstreifen ab und drückte es fest auf die Wunde über dem linken Auge.

Arbatow wollte abwehren, schämte sich plötzlich, das Objekt intensiver weiblicher Fürsorge zu sein. Inzwischen hatte sie aus der Ablage über der Sitzreihe eine Decke und ein Kissen geholt und stopfte es Arbatow hinter den Rücken. »So, jetzt entspannen Sie sich schön und versuchen Sie, etwas zu schlafen. Das wird Ihnen guttun.«

Nach dem Start tat der Schreck seine Wirkung. Arbatow fiel in einen bleiernen Schlaf. Gesichter tauchten vor ihm auf, verschwammen, kamen wieder. Bilder, die ihn quälten, wieder und wieder, ein Soldat, der an einem Felsen kauerte, rauchend, ein Körper, der sich überschlug, in einen Abgrund stürzte, ein Gesicht mit einer weißen Maske, das sich über ihn beugte, dann ein weibliches, rundes, mit eisblauen Augen, ein roter Mund öffnete sich, und der sagte: »Es ist vorbei.«

Er versuchte, das Gesicht in seine Hände zu nehmen, aber es entzog sich ihm. Arbatow versuchte, sich an das Gesicht zu erinnern, und er merkte, verunsichert und erschrocken, dass es ein Gesicht war, das ihn immer noch verfolgte, das Gesicht von Raissa. Er versuchte, sich zu erinnern, wie lange er sie nicht gesehen hatte. Jahre, viele Jahre, und dennoch entließ sie ihn nicht aus seinen Albträumen. Warum, so dachte er, warum konnte sie nicht einfach aus seinen Gedanken verschwinden, so wie sie sich aus seinem übrigen Leben davongestohlen hatte?

Er hörte eine andere weibliche Stimme von weither. »Ist Ihnen nicht gut?«, fragte sie.

Er öffnete die Augen. Natascha Tschechowa hatte sich über ihn gebeugt.

»Wie? Oh … nein, es … äh, es ist alles in Ordnung.«

Sie richtete sich auf und wandte sich einem anderen Passagier zu. Einen Moment lang verspürte er noch den Duft ihres Parfüms, der über ihm hing. Das brachte ihn dazu, ihr nachzuschauen. Arbatow nahm zum ersten Mal zur Kenntnis, wie hübsch sie tatsächlich war. Schlanke Beine schauten aus einem Rock hervor, der einen Hauch zu kurz geraten war. Ihre rote Aeroflot-Uniform saß knapp auf ihrem gut gebauten Körper.

Noch einmal kam sie mit dem Getränkewagen vorbei. »Darf es auf den Schreck noch etwas sein? Fühlen Sie sich besser?«, fragte sie. Wieder glaubte er den Duft ihres Parfüms zu riechen. Es löste etwas in ihm aus, was er lange nicht gespürt hatte. Einen Moment lang vergaß er den tiefen Frust, der an ihm nagte, seinen Zorn, sein wütendes Aufbegehren. Wie, so fragte er sich, wäre es, wenn er sich einfach hingeben, einfach ausbrechen könnte aus diesem Teufelskreis seiner Ohnmacht, gepaart mit einem Wunsch nach Rache?

»Gern«, sagte er, »einen Wodka, bitte.« Sie goss ein Glas voll und reichte es ihm mit einem Lächeln. Er fragte sich, ob es wirklich ihm galt oder nur eine antrainierte professionelle Reaktion war. Er nahm das Glas entgegen und ertappte sich dabei, dass er ihr zuprosten wollte, unterdrückte die Geste dann aber. Sie blieb noch einen Moment neben ihm stehen, schob den Getränkewagen dann aber weiter. Arbatow war überrascht, dass ihn der Gedanke nicht losließ. Was war es, was diese Frau plötzlich in ihm auslöste? Lag es daran, dass er ein Single war, nachdem auch die Ehe mit Tatjana gescheitert war, die ihn nach zehn Jahren ebenfalls verlassen hatte? Die, so war er bereit zuzugeben, seine wachsende Verbitterung nicht mehr ertragen konnte und ihr Glück in den Armen eines dieser neureichen Millionäre gefunden hatte.

Erneut schaute er der Flugbegleiterin nach, wie sie sich um einen anderen, dicken, glatzköpfigen Passagier bemühte und ihm ein Glas Krimsekt einschenkte. Überrascht bemerkte er, wie sich so etwas wie Eifersucht in ihm aufbaute. Er wollte sich dieses Gefühl nicht wirklich eingestehen und leerte seinen Wodka in einem Zug. Als sie in seine Richtung schaute, hielt er ihr das Glas noch einmal hin, und sie füllte es bis zum Rand. »Sa sdarowje«, sagte er und leerte es erneut. Sie lächelte, und wieder fragte er sich, ob es nur die professionelle Reaktion einer Stewardess gegenüber einem Passagier war.

Der Pilot riss ihn aus seinen Gedanken. Über den Bordlautsprecher kündigte er an, die Maschine werde in einer Viertelstunde in Moskau landen. Arbatow spürte die Wirkung des Wodkas und wunderte sich über sich selber, als er zu ihr sagte: »Sie haben sich so fürsorglich um mich gekümmert. Darf ich mich dafür bedanken? Bei einem Abendessen vielleicht?«

Einen Augenblick schien sie zu zögern, und er glaubte zu erkennen, dass sie leicht errötete. Er stellte enttäuscht fest, dass sie nicht weiter auf seine Frage einging, sondern den Getränkewagen in Richtung Pantry schob. Er war wohl zu weit gegangen, dachte er, und schämte sich dafür. Oder vielleicht war es auch nur das Alter, das sie trennte. Er war ein Mann in seiner zweiten Lebenshälfte, dazu in einer Uniform, sie eine junge, hübsche Frau, die sicherlich keine Schwierigkeiten hatte, einen Mann in ihrem Alter zu finden.

Als er nach der Landung mit den anderen Passagieren zum Ausgang der Maschine ging, stand sie dort in ihrer Uniform und lächelte ihnen zum Abschied zu. Er versuchte, immer noch verschämt, sich an ihr vorbeizudrängen, ohne sie anzusehen. Da schob sie plötzlich ihre Hand in seine Richtung, und er sah, dass sich darin eine Karte befand. Wieder war ihm so, als errötete sie leicht. Er nahm die Karte und steckte sie schnell ein.

»Ich hoffe, Sie hatten eine angenehme Reise«, sagte sie, dann, nach einer kurzen Pause, »und vielen Dank für die nette Einladung.«

Einen Augenblick war er versucht, sie zum Abschied auf die Wange zu küssen, wie eine alte Freundin, die er schon lange kannte, gleichzeitig fühlte er sich jedoch von der Schnelligkeit der Entwicklung überfordert, ja überfahren. »Vielen Dank«, murmelte er. Und dann: »Auf Wiedersehen.«

Die Passagiere hinter ihm drängten zum Ausgang, und Arbatow verließ die Maschine. Nachdem er die Gangway hinter sich gelassen hatte, zog er die Visitenkarte aus seiner Tasche und warf einen Blick darauf. Die Karte trug das Wappen der Aeroflot, aber sie hatte mit einem Rotstift eine offenbar private Telefonnummer und eine Adresse dazu geschrieben.

Arbatow war angetan und verunsichert zugleich. Er schaute auf ihren Namenszug: »Natascha Tschechowa«.

Moskau, Russland

Jurij Arbatow hatte sich ruckartig aufgesetzt. Konnte es wirklich sein?

»Halten Sie an«, sagte er zu dem Gefreiten, der den dunkelgrünen Dienstwagen steuerte, mit dem er auf dem Weg ins Verteidigungsministerium war. Er hatte einen S-Klasse-Mercedes gesehen, der am Rande des Roten Platzes angehalten hatte. Der Fahrer war aus dem Auto gestiegen und hatte die hintere Tür geöffnet. Dann war sie ausgestiegen, und Arbatow war sich sofort sicher: Sie war es, es war Raissa. Auch nach all den vielen Jahren war sie noch immer eine elegante Erscheinung. Nein, dachte er, als er beobachtete, wie sie sich in Richtung des Kaufhauses GUM aufmachte, sie war noch viel eleganter als zu der Zeit, als sie die bescheidene Offizierswohnung in Deutschland geteilt hatten.

»Warten Sie hier auf mich«, wies Arbatow den Gefreiten an.

»Jawohl, Herr General«, antwortete der junge Mann, vielleicht gerade zwanzig und in einer Uniform, die zu groß für seine schlanke Figur war. Arbatow knüllte ärgerlich die *Iswestija* zusammen, die er bisher im Wagen gelesen hatte, stieg aus und warf sie in einen Papierkorb. Er war verärgert über die Heftigkeit dieses Gefühlsausbruchs, aber er konnte ihn nicht unterdrücken. Verdammt, verdammt, verdammt, dachte er frustriert. Raissa, immer wieder Raissa, immer wieder derselbe Gedanke. Warum konnte sie ihn nicht in Ruhe lassen, warum fühlte er immer noch diese Niederlage, fast genauso wie damals, als sie ihn verlassen hatte? Warum musste er sie ausgerechnet jetzt sehen?

Und dennoch versuchte er, ihr zu folgen. Arbatow zwängte sich durch die Menschenmenge, als wenn er dazugehörte, zu den Menschen, die sich an dem Luxus berauschten, den sie hier sahen. All die Dinge, die sie zwar sahen, aber die für sie dennoch unerreichbar blieben, vor allem wenn sie aus der fernen Provinz angereist waren. Sie spürten, dass es mit der russischen Wirtschaft bergab ging, seit die Ölpreise so drastisch gefallen waren.

Arbatows Augen streiften über die Firmennamen über den Boutiquen, Calvin Klein, Estée Lauder, Nike, Reebock ...

nahezu alle bekannten Nobelmarken und Modelabel waren hier vertreten.

In den tief hängenden Wolken über Moskau entstand eine kurze Lücke, Sonnenstrahlen durchbrachen das Glasdach des Kaufhauses GUM. Die Waren in den Auslagen der langen Passagen, in denen sich die Geschäfte und Boutiquen lückenlos aneinanderreihten, erwachten plötzlich zum Leben. Moskaus eleganter Konsumtempel gleich gegenüber dem Kreml zeigte sich von seiner hellsten, bunten Seite, ein sanftes Gelb in einer Passage, eine leuchtendes Blau in der nächsten.

Arbatow spürte, wie der stechende alte Schmerz in seinem Kopf zurückkehrte. Er hielt an, nahm seine dunkelgrüne Uniformmütze ab und wischte sich den Schweiß von der Stirn, der plötzlich entstanden war. Einige Passanten schienen ihn anzustarren. Warum bin ich hierhergekommen?, fragte er sich. Ausgerechnet hierher.

Und warum hatte er so spontan entschieden, ihr zu folgen? Das war der Ort, zu dem sie ihn immer wieder hingeschleppt hatte, früher. Sie hatte ihre Nase an die Scheiben gepresst, seufzend, und sich dann resigniert abgewandt, eine Geste, die ihm fast das Herz brach. Damals, als Russland pleite war. Und er fragte sich, ob das Land jetzt nicht wieder auf diesem Weg war, ob die wirtschaftliche Situation nicht wieder dieselbe Richtung nahm, auch wenn es nach außen für viele nicht so aussah – noch nicht, dachte er.

Es hatte sich damals wie Folter angefühlt, dass sein Offiziersgehalt niemals ausreichen würde, ihre Wünsche zu erfüllen. Bald nachdem er aus Deutschland zurückgekommen war, hatte ihm ein Freund verraten, dass sie mit einem Mann zusammenlebte, der mit Pelzen und Möbeln aus dem Westen handelte. Sein ruheloser Blick ging über die Horden von Besuchern, die gekommen waren, um wenigstens einen Blick auf die neuen Superreichen und das verlockende Warenangebot zu erhaschen. Natürlich gab es in diesem neuen Russland immer noch genug Menschen, die sich das leisten konnten, doch auch bei ihnen ging die Angst um, die chaotischen Neunzigerjahre könnten sich wiederholen und die Wirtschaftskrise könnte auch sie erreichen.

Er bewegte sich jetzt zwischen den Gängen des Kaufhauses auf und ab. Und plötzlich sah er sie wieder, und sein Herz schien für einen Augenblick stillzustehen. Sie sah umwerfend aus. Sie trug einen weißen Zobelmantel und hochhackige schwarze Lederstiefel. Ihr blondes langes Haar lugte unter einer eleganten weißen Pelzkappe hervor, die mit einer Diamantbrosche verziert war. Ihr immer noch trotz all der Jahre fast perfekter Teint zeigte eine tiefe Bräune, ein starker Kontrast zu den blassen Wintergesichtern der Menschen um sie herum. Ihr Lippenstift war provokant leuchtend rot. Eine kleine Hermès-Einkaufstasche baumelte von ihrem linken Arm, als sie gemächlich von Geschäft zu Geschäft durch die Gänge des GUM schlenderte.

Jurij Arbatow, der sich hinter einer hohen Säule versteckt hatte, konnte seine Augen nicht von ihr nehmen, auch wenn er wusste, wie sinnlos es war. Ihre elegante Schönheit wirkte auf ihn fast hypnotisch. Er beobachtete, wie sie sich mühelos durch die Massen bewegte. Es kam ihm vor, als wäre sie die Einzige, die hier zu Hause war. Er und all die anderen waren bloße Besucher. Raissa gehörte an diesen Ort. Ohne nachzudenken, begann er, mit ihr Schritt zu halten, ihr wie automatisch zu folgen. Sie hielt gelegentlich vor einer der eleganten Boutiquen an, ging dann weiter, hielt wieder an. Er sah, wie sie einen Schmuckladen betrat.

Arbatow beobachtete durch das Fenster, dass die Verkäuferin eine goldene Uhr auf der Theke für sie auslegte, dann noch eine und dann eine dritte. Sie nahm sie nacheinander in die Hand, drehte sie, legte sie an, hatte schließlich ihre Auswahl getroffen. Aus ihrer schwarzen Lackledertasche zog sie ein dickes Bündel Geldscheine und reichte es dem Geschäftsführer, der dazugekommen war. Der Mann, der einen dunkelblauen Anzug und ein weißes Hemd trug, verbeugte sich höflich, zählte schnell das Geld für die Uhr ab und gab Raissa den Rest zurück. Sie machte sich nicht einmal die Mühe nachzuzählen, sondern stopfte die restlichen Scheine achtlos wieder in ihre Handtasche. Die Verkäuferin legte die Uhr in eine schmale Rolex-Schachtel, die sie zu dem Geld in ihre Lacktasche gleiten ließ.

Nachdem sie den Laden verlassen hatte, blieb sie für einen Moment am Eingang stehen. Sie zündete sich eine Zigarette an, ließ sie aber nach einigen Zügen zu Boden fallen und verschwand, ohne Hast, in der Schar der Besucher. Einen Moment wollte er ihr nachlaufen, widersetzte sich dann jedoch dem Impuls. Er stand da, und seine Gedanken drehten sich im Kreis. Die alten Gefühle der Unzulänglichkeit und der Erniedrigung, die immer ein Teil seiner Beziehung zu Raissa gewesen waren, kehrten zurück. Jemand stieß an seine Schulter, und er sah sich um. Er stand vor einem Männerschuhgeschäft, mit ausgefallenen italienischen und englischen Modellen, alle von Hand gefertigt und auf Hochglanz poliert Seine Hände verkrampften sich zu Fäusten, die Adern an seinen Schläfen schwollen und pulsierten. Plötzlich fand er das Innere des GUM unerträglich heiß. Er musste hinaus. Er schob sich durch die Massen, eilig, um zum Ausgang zu gelangen. Die Kälte des Winters war beißend, sie wirkte wie ein ernüchternder Schock, als er schließlich den Eingang erreicht hatte und hinaus auf den Roten Platz trat. Vor ihm schien die Silhouette des Kremls vor dem Hintergrund eines grauen, bleiernen Himmels. Der Spasski-Turm trug eine Mütze aus Schnee. Dick vermummte Moskowiter stemmten sich gegen den eisigen Wind, der über die riesige Weite des Platzes fegte.

Arbatow füllte seine Lunge mit der kalten Luft, hielt den Atem an und genoss die reinigende Kälte, bevor er wieder ausatmete. Dies sind die neuen Russen, dachte er. Menschen, bei denen Geld keine Rolle spielt. Diejenigen, die Menschen wie ihn mit Spott und Verachtung betrachteten. Und für sie, für ihre Sicherheit trug er diese Uniform – und all das für ein aus ihrer Sicht so beschämendes Gehalt, dass er sich vorkam, als ob sie ihm ein Almosen geben würden. Er stopfte die Hände in die Manteltaschen, senkte den Kopf in den Wind und lief ziellos über den Platz. Die Augen nach unten gerichtet, den Kopf zwischen die Schultern gezogen, stolperte er über die Schneereste, die den Roten Platz bedeckten. Als er aufblickte, sah er, wie sich die Tür neben dem Spasski-Turm öffnete, um eine Autokolonne passieren zu lassen. Auf einer der schwarzen SIL-Limousinen flatterte die weiß-rot-blaue Standarte der Russischen Föderation auf dem vorderen Kotflügel.

Fast instinktiv ballte Arbatow seine Hände erneut zu Fäusten. Tschernow, dachte er. Das konnte nur Tschernow sein. Tschernow, der Verräter. Russlands Quisling. Ob es nun der Zar, Stalin oder Breschnew gewesen war, der Hauptzweck der Machthaber im Kreml war es immer, das ausgedehnte Territorium Russlands zu bewahren, unabhängig davon, welche Flagge es gerade hatte. Und dann kam dieser Gorbatschow, dieser Schwächling, und öffnete die Schleusen und ließ es zu, dass die Sowjetunion zerfiel. Und jetzt ist dieser Tschernow bereit, den Job zu übernehmen. Sicher, der Mann im Kreml hatte versucht, Russland wieder mehr Geltung zu verschaffen. Aber er war damit gescheitert. Jetzt wollte er Abrüstung, wollte Russland schon wieder schwächen, wollte nun doch mit diesen Amerikanern kooperieren. Wollte ihnen doch die Chance geben, die Welt zu beherrschen. Wusste er nicht, dass man auf diesem Globus nur mit harter Hand etwas erreichen konnte, wenn man geachtet werden wollte? Wie konnte er auch nur daran denken, die wichtigste Waffengattung, die Atomstreitkräfte, weiter zu schwächen?

In seinem Frust trat er gegen die Klumpen von Eis und Schnee vor seinen Füßen, wie ein Schuljunge, dann drehte er sich um und verließ den Roten Platz. Er wartete noch einen Moment und bemerkte endlich, dass der Gefreite seinen Dienstwagen neben ihn gesteuert hatte. Arbatow stieg ein.

»Wir sind knapp dran, Herr General«, sagte er, »wir haben nur noch wenige Minuten bis zu Ihrem Termin.«

Arbatow schaute auf seine Uhr. Der Gefreite hatte recht. »Fahren Sie los«, sagte er. Während der Wagen losrollte, steckte sich Arbatow eine neue Zigarette an und saugte gierig den Rauch ein. Als er die Streichhölzer in seine Jackentasche zurücksteckte, spürte er die Karte. Er zog sie hervor. Natascha Tschechowa, las er, und die Telefonnummer, die sie darauf gekritzelt hatte.

War er wirklich bereit für eine neue Verbindung?, überlegte er, und der Gedanke schien ihn geradezu anzuspringen. Sich wieder auszuliefern? Sich wieder der verdammten Frage zu stellen, ob er dafür Geld brauchte? Gehörte sie auch in diese Welt?

Und dann rang er sich dazu durch, sich einzugestehen, dass auch das ein Motiv sein konnte, sich auf den Gedanken an den Diebstahl eines Atomsprengkopfes einzulassen. Dmitrow hatte von Geld gesprochen, viel Geld. Wenn er davon einen guten Teil abbekommen würde, dann könnte er vielleicht auch bei diesen Menschen, in ihrer Welt punkten. Denn auch Tatjana hatte sich dieser Welt zugewandt, nachdem sie ihn verlassen hatte. Erst Raissa, dann auch sie. Auch Tatjana war nun mit einem der Superreichen zusammen, der seine Millionen im Gasgeschäft verdiente.

Je länger er darüber nachdachte, umso attraktiver schien ihm die Sache zu werden. Eine Weile hatte er sich gegen den Gedanken gesperrt, sich in seiner Lage jetzt auf diese junge Frau einzulassen. Aber wenn er ehrlich zu sich war, dann wollte er es, und er wollte es unbedingt. Und wenn er endlich etwas Geld hatte, dann könnte es ihm dabei helfen, bei dieser Frau zu punkten, die doch gewiss auf ihren vielen Flügen ständig mit den Männern aus der Welt des Geldes zusammenkam. Sicher, die Zeiten, in denen der Kreml seinen Soldaten nicht einmal ihren Monatslohn auszahlen konnte, waren längst vorbei. Und dennoch betrug sein Gehalt nur einen Bruchteil von dem, worüber diejenigen verfügten, die hier im GUM einkaufen gingen.

»Wir sind da, Herr General«, unterbrach der Gefreite seine Gedanken. Arbatow schaute auf. Der Wagen stand vor dem Verteidigungsministerium. Der Gefreite riss die Autotür für ihn auf. Arbatow nahm seine Aktentasche, warf die Zigarette auf den Boden und stieg die Treppe zur Tür des Ministeriums hinauf.

Bei Moskau, Russland

Jurij Arbatow stampfte mit den Füßen auf, um die Kälte zu vertreiben, die trotz der dicken Fellstiefel an seinen Beinen hochkroch. Er blickte auf seine Armbanduhr und stellte ungeduldig fest, dass die Zeit stillzustehen schien.

Einst hatte er diesen Moment genossen, die Klarheit, die der frühe Morgen brachte. Den ungehinderten Blick über die lautlose Weite, die scheinbare Zeitlosigkeit der Natur, selbst die trockene Kälte hatte er als belebend, nicht als Bedrohung wahrgenommen.

Jetzt empfand er die Stille, die über dem weiten offenen Land lag, als belastend, provozierend unwirklich in ihrer Friedfertigkeit. Ein Ast gab unter der Schneelast nach. Das Brechen des Holzes zerriss die Ruhe wie ein Peitschenknall. Erst zögerlich, dann immer schneller schob sich der Sonnenball über die Birkenkronen in den eisblauen Himmel. Der makellos weiße Schnee schien für einige Augenblicke zu glühen, erst zartrosa, dann hellorange, dann goldgelb.

Der General legte die Hand über die plötzlich geblendeten Augen. Er nahm sein schweres Fernglas und richtete es auf den Hügel, der in etwa fünf Kilometer Entfernung vor ihm lag. Sein geübter Blick erkannte trotz des frischen Schnees, der in der Nacht gefallen war, die Umrisse der alten Panzerwracks, die als Ziele für das Übungsschießen dienten.

Der General ließ das Fernglas sinken und schaute zu Oberst Andrej Primakow, einem hageren Mann um die fünfzig, der neben ihm auf dem hölzernen Beobachtungsturm stand. Arbatow blickte erneut auf seine Armbanduhr, deren Zeiger gerade auf 7.00 Uhr vorrückten. Der Regimentskommandeur nickte Arbatow zu.

Der General ergriff sein Funkgerät. »Feuer frei«, sagte er. Rechts von dem Beobachtungsturm, in etwa fünfhundert Meter Entfernung, blitzte am Waldrand entlang aus einem Dutzend Rohren Mündungsfeuer auf. Die Salve der schweren Artilleriegeschütze entlud sich wie der Donner in einem schweren Sommergewitter. Für einen Augenblick lag danach eine trügerische Ruhe über dem Manövergelände der russischen Panzertruppe, rund fünfzig Kilometer von Moskau entfernt. Dann feuerten die Geschütze erneut. Aus dem Birkenwald hinter den mit weißen Netzen getarnten Artilleriestellungen drang das tiefe, zornige Brummen schwerer Dieselmotoren herüber, das anschwoll und näher kam.

Der General hob wieder sein Fernglas. Dann sah er sie – eine lange Phalanx von T-80-Panzern brach aus dem Wald hervor und richtete, noch in voller Fahrt, suchend die Kanonenrohre auf die Ziele auf dem Hügel. In den scharfen Knall der Panzergeschütze mischte sich das Bellen von Maschinengewehren, deren Leuchtspurgeschosse wie lange Perlenketten ihrem Ziel entgegenzischten.

Plötzlich kam einer der T-80-Panzer aus der Spur, schlingerte, begann sich zu drehen. Arbatow, noch immer das Fernglas vor Augen, hielt den Atem an. Ein zweiter Panzer, der in kurzem Abstand gefolgt war, krachte in voller Fahrt in den Vordermann hinein, schob ihn in einen Graben, eine Stichflamme schoss nach oben, und wenige Augenblicke später ertönte eine furchtbare Explosion.

»Oh, mein Gott!«, schrie der Oberst auf. Und wieder: »Oh, mein Gott!« Der General ließ sein Fernglas sinken, war einen Augenblick wie gelähmt. Dann schrie er in sein Funkgerät: »An alle, an alle, Feuer einstellen, sofort Feuer einstellen! Sanitäter vor!«

»Geben Sie her, schnell, geben Sie her.« Der Oberst streckte die Hand aus. Arbatow reichte ihm sein Fernglas. Der Regimentskommandeur presste es an seine Augen. »Nein, oh, mein Gott, nein, nein, nein …«, stieß er hervor. Arbatow schaute auf den bleichen Oberst. Noch immer hielt er das Fernglas umkrampft, starrte in Richtung der schwarzen Rauchwolken, die über der Unglücksstelle in den kalten Himmel stiegen. Auf dem Manövergelände pflügte nun ein Sanitäts-Schützenpanzer, der ein großes rotes Kreuz auf weißem Grund auf der Seitenwand trug, durch den Schnee auf die brennenden Wracks zu. Sanitäter sprangen heraus, liefen auf die Panzer zu, blieben dann aber stehen. Keiner wagte sich an das Feuer heran. Eine neuerliche Explosion zwang sie dazu, sich bäuchlings auf den Boden zu werfen. Prasselnd wie ein chinesisches Feuerwerk ging die Munition in die Luft.

Arbatow griff erneut zu seinem Funkgerät. »Schickt uns einen Hubschrauber, schnell!« Ungeduldig hielt er das Gerät an sein Ohr.

Schließlich kam krächzend eine Stimme aus dem kleinen Lautsprecher: »Der Hubschrauber kann nicht starten. Wir haben kein Benzin. Es soll erst morgen geliefert werden.«

Wütend schaltete Arbatow das Gerät ab und schob es in die Tasche seines dunkelgrünen Militärmantels.

Stumm, am ganzen Körper zitternd, musste der Oberst zusehen, wie seine Soldaten vor ihm in den glühenden Metallkästen verkohlten. Arbatow, der ihn aus dem Augenwinkel beobachtet hatte, legte ihm eine Hand auf den Arm: »Wie lange soll das noch so weitergehen? Schon wieder eine gebrochene Panzerkette, bestimmt ein Materialfehler. Sie liefern uns nur noch Ausschuss. Der fünfte Unfall in drei Wochen. Vier Tote, zehn Verletzte.« Er nickte in Richtung der Panzerwracks, über denen eine schwarze Rauchwolke stand. »Ohne die da, natürlich.«

Der Oberst drehte ihm sein eingefallenes Gesicht zu. Arbatow sah, dass er weinte. Seine Schultern zuckten. »Da drüben ...« Einen Augenblick konnte er nicht weitersprechen, riss sich dann aber zusammen. »Da drüben ... mein Sohn, er ist in dem ersten Panzer, er war gerade zum Leutnant befördert worden ...«

Am Horizont erschien dicht über den Bäumen ein kleiner Punkt, wurde größer, raste auf den Beobachtungsturm zu. Ein Heulen schwoll an, lauter, kreischender, steigerte sich zu einem Inferno. Eine MIG-29 donnerte im Tiefflug über das Übungsgelände, zog unmittelbar über den beiden Männern hoch, ging in eine Steilkurve und verschwand in dem grellen Blau des Himmels.

Arbatow hatte sich unwillkürlich die Ohren zugehalten. Er spürte ein Würgen im Hals, er wollte dagegen anschreien, wollte die Fäuste wütend gegen den Himmel recken, wollte sich von seiner Ohnmacht befreien. Doch er brachte keinen Ton heraus.

Er blickte in das immer noch tränenüberströmte Gesicht des Regimentskommandeurs. Arbatow sagte leise: »Sie machen uns fertig, Andrej Primakow. Tschernow und seine Leute machen uns völlig fertig. Wenn es so weitergeht, sind wir bald am Ende. Dann bricht die Armee zusammen.«

Ein leichter Wind trieb die schwarzen Rauchwolken auf den Beobachtungsturm zu. Sie trugen den Geruch von Dieselöl und verbranntem Fleisch. Arbatow starrte in die dunklen Schwaden. Wie zu sich selbst sagte er: »Wir dürfen das nicht länger hinnehmen. Er wird alles ruinieren, die Streitkräfte, Russland, uns alle.«

Der Oberst strich sich mit einer Hand über die Augen und versuchte, die Tränen wegzuwischen. Arbatow fasste ihn bei der Schulter. »Ihr Sohn, Andrej Primakow, darf nicht umsonst gestorben sein.«

Arbatow klopfte den Schnee von seinen schweren Militärstiefeln und öffnete die Tür der alten Baracke, die als Offizierskasino diente. Er nahm die dunkelgrüne Uniformmütze ab und zog die Fellhandschuhe aus. Eine nackte Glühbirne baumelte von der Decke herab und warf ein schwaches Licht auf die karge Einrichtung. Die Stühle und Tische waren grob zusammengezimmert, die Holzwände bilderlos. Ein abgewetztes Sofa stand in einer Ecke, davor ein kleiner Holztisch, auf dem ein grauer Stofffetzen lag, der als Tischtuch herhalten musste. Neben dem Sofa strahlte ein Kanonenofen, dessen Tür offen stand, trockene Hitze in den kleinen Raum. Fünf Männer, darunter Oberst Primakow, standen schweigend um den Ofen herum und wärmten sich die Hände an ihren Teegläsern. Drei jüngere Offiziere trugen an ihren Uniformen die Rangabzeichen eines Leutnants. Über der Brusttasche prangten die Schwingen der Fallschirmjäger. Einer der Männer, Ende fünfzig, mit kurzen blonden Haaren, war in Zivil.

Ein magerer Gefreiter erschien mit einer zerbeulten Metallkanne und einem Tablett, auf dem ein leeres Glas stand. Er hielt es Arbatow hin. Der General nickte, und der Gefreite goss Tee in das Glas. »Bring mehr Gläser«, sagte er.

Wenige Augenblicke später kam der Gefreite zurück und stellte das Tablett mit weiteren Gläsern auf den kleinen Holztisch.

»Gut, wir brauchen dich nicht mehr. Verschwinde«, sagte Arbatow. Der General zog eine Wodkaflasche aus der Tasche seines Militärmantels, schraubte sie auf und begann, die Gläser zu füllen. Er reichte jedem der Männer ein Glas. »Wasch sdarowje – auf eure Gesundheit«, sagte er. Alle leerten ihr Glas in einem Zug. Arbatow goss erneut ein und nickte den anderen zu, sich zu setzen.

Sie nahmen rund um den Kanonenofen Platz. Arbatow ließ sich auf dem alten Sofa nieder. »Ich brauche niemanden lange vorzustellen«, begann er. »Ihr alle kennt Oberst Primakow, ihr habt zusammen mit seinem Sohn die Militärakademie besucht«, sprach er die Leutnants an. Er wies auf den Zivilisten. »Das ist Oleg Gratschew. Er war früher für den KGB Verbindungsoffizier zur Roten Armee. Wie ihr seht, hält er immer noch Kontakt, auch zu den Kameraden in der Lubjanka. Ihr könnt ihm vertrauen, er ist ein alter Freund von mir.«

Gratschew entblößte seine gelben Zähne zu einem dünnen Grinsen und reichte Arbatow sein Glas zum Nachfüllen.

Der Oberst saß mit steinernem Gesicht stocksteif auf seinem Stuhl. Am rechten Ärmel seiner Uniformjacke trug er eine schwarze Trauerbinde.

»Ich darf gleich zur Sache kommen«, sagte Arbatow. »Ihr alle wisst, warum wir heute hier sind. Wir betrauern einen Freund, einen von uns, einen Märtyrer des Regimes, ein weiteres Opfer von Tschernow und seiner Moskauer Clique. Tschernow richtet unser Land zugrunde, und er kriecht vor den Amerikanern wie ein winselnder Hund. Einst waren wir eine stolze Großmacht, vor der die Welt zitterte. Jetzt macht er uns zum Gespött.« Arbatow nahm sein Wodkaglas, trank es aus und warf es voller Zorn an die Wand. Es zersplitterte in tausend Stücke.

»Aber wir haben uns doch die Krim zurückgeholt«, warf einer der Leutnants ein. »Und wir haben den Ukrainern im Donbass ein Stoppschild hingestellt.«

Arbatow ließ das nicht gelten. »Ja, ja, die Krim. Die gehörte uns doch sowieso. Und was die übrige Ukraine angeht – seht euch doch die Realität an. Ja, wir haben die Separatisten in der Ukraine unterstützt, aber was hat das schon gebracht? Die Ukraine ist altes russisches Urland, ja, es war mal das Herz von uns Russen. Statt sich das Land wieder ganz zurückzuholen, haben die Herren im Kreml es doch in Wahrheit zugelassen, dass der ganze große Rest der Ukraine nun zum Westen gehört! Zum Westen! Die wollen doch auch nur eines: so schnell wie möglich in die NATO und vor den Amerikanern und diesen Europäern im Staub kriechen!«

»Aber unsere Atomwaffen werden doch modernisiert, es soll auch neue Interkontinentalraketen geben«, versuchte es der Leutnant erneut.

»Ach ja?«, erregte sich Arbatow weiter. »Ihr Jungen habt doch keine Ahnung. Die Sowjetunion war ein großes, mächtiges Reich, und wir haben zugelassen, dass es zerfallen ist. Das ist die Wirklichkeit, in der wir leben. Und unsere Atomwaffen waren das scharfe Schwert, vor dem alle zitterten. Sie altern, ja, sie müssen modernisiert werden, ja, aber auf welchem Niveau? Das ist doch nur noch ein Bruchteil von dem, was die Sowjetunion einst hatte.«

Der Leutnant schwieg. Arbatow schaute in die Runde und fixierte einen nach dem anderen. »Und jetzt? Was hat der räudige Schakal noch vor? Er will nach Amerika reisen und sich von Präsident Webster schon wieder ein Abrüstungsabkommen diktieren lassen. Noch mehr Atomsprengköpfe sollen abgebaut werden. Nicht genug, dass er unsere konventionellen Streitkräfte so heruntergefahren hat, dass wir heute diesen aggressiven Kerlen von der NATO, mit den Amerikanern als ihrem Leithammel, einfach überall unterlegen sind. Seht euch doch nur um: Diese NATO ist überall an uns herangerückt, in Polen, in Bulgarien, in Rumänien und natürlich in den baltischen Staaten. Alles Länder, die doch mal zu uns gehörten, zum Warschauer Pakt! Überall rüsten sie auf, schicken immer mehr Soldaten direkt an unsere Grenzen. Wenn es so weitergeht, dann sind wir bald auch unsere Atomwaffen völlig los. Dann, meine Freunde, ist Russland wehrlos. Genau das, was die Amerikaner wollen. Endlich haben sie es geschafft. Und dieser Tschernow ist ihr Lakai, sonst nichts!«

Arbatow sprang erregt auf und begann vor den anderen auf und ab zu laufen. Schließlich blieb er stehen. »Wie lange soll das noch so weitergehen? Nein, meine Freunde, wir können nicht mehr wegschauen. Wir müssen handeln. Das ist unsere patriotische Pflicht.« Er blickte auf den Oberst. »Der Tod Ihres Sohnes darf nicht ungesühnt bleiben.«

Arbatow ergriff die Flasche und schenkte erneut für alle ein. Sie tranken sich zu. Einen Augenblick herrschte Stille im Raum. Nur das Knacken der Holzscheite im Ofen war zu hören.

Schließlich schaute der Oberst, der bisher geschwiegen hatte, auf. »Aber was können wir tun, Jurij Alexejewitsch?«

Arbatow blickte ihm in die Augen. »Wir müssen Tschernow stoppen. Wir müssen ihm einen Denkzettel verpassen – ihm und den Amerikanern, damit Russland endlich aufwacht. Wir müssen ein Zeichen setzen, das die Welt zur Kenntnis nehmen muss.« Er zeigte auf Gratschew. »Hier, unser Freund wird uns dabei helfen. Er hat einen interessanten Plan.«

Wieder entblößte Gratschew seine Zähne und grinste. »Wir haben einen Kontakt zu Leuten, die uns dabei helfen wollen, eine Hilfe auf Gegenseitigkeit sozusagen. Ein paar Araber, die mit unseren Freunden im Iran zusammenarbeiten, wir haben ihnen schon während meiner Zeit beim KGB ausgeholfen. Sie kooperieren eng in Syrien, im Irak und im Libanon. Sie wollen den Amerikanern eine Lektion erteilen, eine drastische Lektion. Sie haben den Plan, und wir haben das, was sie dazu brauchen.«

Nur das Prasseln des Feuers war zu hören. Arbatow nickte Gratschew aufmunternd zu. »Nun ja«, sagte Gratschew, »es ist sicher ein verwegener Plan, nicht ganz ohne Risiko.« Er schaute einen Moment zu Boden, hob dann aber wieder den Blick. »Was sie von uns wollen, ist ein Atomsprengkopf.«

Arbatow sah die überraschten Gesichter der anderen. Der Oberst schien plötzlich noch blasser als zuvor. Arbatow wusste, jetzt war der entscheidende Augenblick gekommen. »Meine Freunde, es geht um unser Vaterland, es geht um Russland. Wenn wir nicht handeln, dann ist es zu spät. Wir müssen dieses Risiko eingehen. Ein Atomsprengkopf – um unsere Atomstreitmacht zu erhalten. Russland braucht uns!« Er wies auf den Oberst. »Denkt an seinen Sohn. Verbrannt in einem Panzer, weil sie uns nur noch Schrott zur Verfügung stellen. Wollt ihr die Nächsten sein?«

Wieder schenkte er ein. Er hob sein Glas. Die anderen taten es ihm nach. »Wir sind es, die unser Land retten können. Lassen wir es nicht im Stich!«

Alle standen auf und tranken sich zu.

Frankfurt am Main, Deutschland

Ein hohes, beinahe kreischendes Geräusch unterbrach das bis dahin stetige Summen der Triebwerke. Jurij Arbatow schreckte aus einem Halbschlaf hoch. Instinktiv fasste er an seine linke Brusttasche. Er fühlte, dass der Pass immer noch darin steckte. Verärgert stellte er fest, dass sich schlagartig leichte Schweißperlen auf seiner Stirn gebildet hatten. Er nahm den Pass heraus und blätterte darin, bis er die Seite mit dem Foto fand. Ein Gesicht mit einem kantigen Kinn, darüber ein Mund mit schmalen Lippen, eine gerade Nase, kühle blaue Augen, eine hohe Stirn, dunkelblonde, dichte, auffallend kurz geschnittene Haare – sein eigenes Gesicht schaute ihn an.

Gratschew, dachte er. Unruhig rutschte er auf seinem Sessel hin und her. Gratschew, der Mann, der alles konnte, der alles möglich machte, der alle Schliche kannte, der vor nichts zurückschreckte. Sicher, er kannte ihn schon seit fünfundzwanzig Jahren, aus Gratschews KGB-Zeit. Sie hatten ihn gefeuert, als die Sowjetunion und damit der alte Machtapparat aufgelöst wurden. Seither war er in jene Grauzone abgetaucht, in der so viele in dem neuen Russland überlebten: kein fester Job, aber immer etwas zu tun, Kontakte zu den alten Kameraden aus dem KGB und natürlich auch zu den vielen, die sich aus der alten Zeit in den neuen Geheimdienst hinübergerettet hatten. Es waren dunkle Geschäfte mit den neuen Reichen, den halb legalen Profiteuren, den Schiebern, den Vertretern eines unfertigen Systems, das es den Cleveren erlaubte, sich über Nacht schier grenzenlos zu bereichern, und – da war sich Arbatow sicher – Gratschew schreckte auch nicht davor zurück, Handlanger für die Bosse der russischen Mafia zu spielen, wenn der Preis stimmte. Das Einzige, das ihn, so musste sich Arbatow eingestehen, heute noch mit Gratschew verband, war die Verachtung für die neuen Machthaber im Kreml, die sich Demokraten nannten und doch große Teile des Volkes in tiefe Armut und Hoffnungslosigkeit gestürzt hatten. Konnte er diesem Gratschew wirklich trauen? Konnte, durfte er ihn in dieses Projekt verwickeln, das Russland retten, das ihm seine alte Weltgeltung zurückbringen sollte?

Arbatow sah den grinsenden Gratschew vor sich, der ihm vor der Abreise den Pass zugesteckt hatte. »Hier, ein Meisterwerk«, hatte Gratschew gesagt. Dieses dümmliche, arrogante Grinsen. Arbatow nahm sein Taschentuch und wischte sich über die Stirn. Er schluckte, versuchte, das ungute Gefühl in seinem Magen zu verdrängen. Die Wahrheit, die ganz einfache Wahrheit war, dass er keine Alternative hatte, sondern auf Gratschew angewiesen war.

Wieder hörte er das ansteigende, sirrende Kreischen der Hydraulikpumpen. Durch das Fenster der A 320 sah er, dass an den Tragflächen die Landeklappen ausfuhren. Ein leichtes Schütteln wurde spürbar, als sich die Klappen dem Fahrtwind entgegenstemmten und so die Fluggeschwindigkeit reduzierten. Er steckte den Pass in die Tasche zurück. Arbatow stellte fest, dass sich die Aeroflot-Maschine bereits im letzten Teil des Landeanflugs befand. Draußen ragten große, schlanke Türme aus Glas und Stahl respektheischend in den Himmel, an deren Spitzen dünne weiße Wolkenfetzen vorbeihuschten. Für einen Augenblick brachen sich Sonnenstrahlen in den glitzernden Fassaden und ließen sie grell aufblitzen, wie ein Signal an die Reisenden aus aller Welt, die täglich zu Tausenden die mächtigen Türme der deutschen Großbanken überflogen. Arbatow sah einen Fluss, der sich durch die Frankfurter Innenstadt schlängelte, und erinnerte sich, dass es sich dabei um den Main handeln musste.

Wieder veränderte sich das Geräusch, und ein leichter Ruck ging durch die Maschine, als der Pilot das Fahrwerk ausfuhr. Arbatow sah auf der linken Seite der Landebahn große Flugzeughallen auf sich zukommen, als die A 320 sanft aufsetzte und auszurollen begann.

Die Maschine bog nun nach rechts auf den Taxiway ab und rollte auf die Parkposition der Aeroflot zu. Zwei Busse holten die Passagiere aus Moskau vom Flugzeug ab und brachten sie zum Ankunftsbereich. Langsam schob sich die Menschenschlange auf die Kontrollstelle zu, an der junge Beamte der Bundespolizei die Papiere der ankommenden Passagiere überprüften.

Arbatow, der einen für ihn ungewohnten dunkelgrauen Zivilanzug trug, fasste nervös erneut an seine linke Brusttasche. In wenigen Augenblicken würde sich herausstellen, wie gut die Fälschung wirklich war, die Oleg Gratschew besorgt hatte. Gratschew hatte nur eine Woche gebraucht, um den neuen Pass herstellen zu lassen. Er sah gut gebraucht aus, hatte mehrere Aus- und Einreisestempel aus verschiedenen europäischen Ländern und ein ordnungsgemäßes Visum der deutschen Botschaft in Moskau für eine Einreise in die Bundesrepublik Deutschland.

»Ihre Papiere, bitte«, sagte der Beamte hinter seinem Tresen. Arbatow übergab ihm den Pass. Der Beamte schlug ihn auf. Er verglich das Bild mit dem Gesicht des vor ihm Stehenden. Dann las er den Eintrag: »Alexander Popow, geb. 24.05.1956 in Moskau.«

»Wie lange werden Sie bei uns bleiben, Herr Popow?«, fragte er auf Englisch mit einem Blick auf das Visum der deutschen Botschaft. Einen Augenblick lang, der Arbatow wie eine Ewigkeit vorkam, zögerte er, sah genauer hin. »Das Visum berechtigt Sie zu einem Aufenthalt bis zu drei Monaten«, sagte er.

»Wie?«, fragte Arbatow. »Ja, danke, äh ... wie gesagt, leider muss ich heute schon wieder zurück. Dringende Geschäfte.«

Der Beamte nahm seinen Stempel und drückte ihn in den Pass. »Bitte sehr, Herr Popow, einen angenehmen Aufenthalt in der Bundesrepublik Deutschland. Schade, dass Sie nur so wenig Zeit haben.«

»Danke«, murmelte Arbatow und steckte den Pass ein.

Der General trat hinaus in die Ankunftshalle, in der sich die Menschenmassen drängten. Er suchte nach einem Hinweisschild, fand es und setzte sich in Bewegung. Er überquerte mit schnellen Schritten die Zufahrtsstraße zum Flughafengebäude über eine überdachte Betonbrücke, die in die Eingangshalle des Sheraton-Hotels führte.

Arbatow schaute sich nach den Fahrstühlen um, stieg im letzten Moment bei einer Touristengruppe zu und drückte den Knopf für den fünften Stock. Am Zimmer 515 klopfte er dreimal. Die Tür öffnete sich einen Spalt, und zwei durchdringende schwarze Augen schauten ihn prüfend an.

»Oleg lässt grüßen«, sagte Arbatow. Der Falke öffnete die Tür weiter und ließ den General schweigend ein. Er winkte mit einer Neun-Millimeter-Pistole in Richtung Mitte des Zimmers und steckte die Waffe dann griffbereit in seinen Hosenbund. Arbatow sah nun, dass noch ein weitaus jüngerer Mann im Raum anwesend war, offenbar auch ein Araber. Er trug ebenfalls eine Pistole, die er auf ihn gerichtet in der Hand hielt.

»Es ist in Ordnung, Abdullah«, sagte der Ältere, woraufhin auch der junge Mann seine Pistole einsteckte. Der Falke versuchte, einen Hustenanfall zu unterdrücken. Arbatow fiel auf, dass sein Gesicht eingefallen war, er hielt sich am Türrahmen fest, als habe er Probleme, sich aufrecht zu halten.

Auf einem Tisch vor dem Fenster, dessen Vorhänge zugezogen waren, lag ein schwarzer Aktenkoffer. »Öffnen Sie ihn«, sagte der Falke.

Arbatow ließ die beiden Schlösser aufschnappen und hob den Deckel an. Der Koffer war bis an den Rand mit grünen Dollarnoten angefüllt.

»Zählen Sie nach«, wies ihn der Falke an. »Drei Millionen Dollar.«

»Nicht nötig«, sagte Arbatow und schloss den Kofferdeckel wieder. »Das dürfte reichen.« Arbatow zog es vor, keine weiteren Fragen zu stellen. Er hatte von dem Raubüberfall in Zürich in der Zeitung gelesen und seine eigenen Schlüsse gezogen. Aber das ging ihn nichts an, dachte er. Hauptsache, das Geld war da.

»Wann können Sie liefern?«, fragte der Falke.

»In zwei Wochen, höchstens drei«, sagte Arbatow.

»Gut, ich verlasse mich auf Sie. Lieferung wie vereinbart in den Iran. Hier sind eine Telefonnummer und das Codewort. Wir holen das Paket dann ab und sorgen für den Weitertransport. In New York treffen wir Ihren Spezialisten, der das Paket endgültig reisefertig macht.«

Arbatow nickte. Der Falke nahm den Koffer und drückte ihn dem General in die Hand. Er wies auf die Tür. »Ich hoffe, wir hören bald von Ihnen. Es ist hohe Zeit, dass gehandelt wird.«

Moskau, Russland

Oleg Gratschew zeigte seine gelben Zähne. »Gut«, sagte er, »sehr gut. Der Falke ist eben ein Profi.« Er grinste zufrieden, als Arbatow den schwarzen Aktenkoffer auf den Tisch stellte. »Kein Wunder, schließlich haben wir ihn beim KGB ausgebildet.« Er räumte eine leere Wodkaflasche und zwei Gläser beiseite, klappte den Aktenkoffer auf, holte das Geld heraus und begann, die Bündel auf dem Tisch zu verteilen.

»Was denken Sie, wie viel brauchen wir für Smolzewskij?«

»Fünfhunderttausend«, sagte Arbatow. »Ohne ihn ist es nicht zu machen.«

Gratschew nickte. »Ohne Smolzewskij wird nichts aus dem Plan. Er muss das Ding scharf machen. Die Araber haben davon keine Ahnung.«

»Und wie geht's mit den anderen?«, fragte Arbatow.

»Primakows Leute verlangen eine Million. Die Freunde des Obersten besorgen die Lagepläne, sie werden dafür sorgen, dass sich die Ware auch tatsächlich am Ort befindet. Allerdings ...«

Arbatow bemerkte, wie Gratschew stockte. »Was, allerdings?«

»Nun ja, sie können zwar die Lagepläne beschaffen. So weit ist alles klar. Aber ... äh ... sie können nicht selber liefern.«

Arbatow schaute ihn scharf an. »Was heißt das – sie können nicht selber liefern?«

»Sie haben die Bewachung der Atomsprengköpfe noch einmal verschärft. Neben dem Militär sind jetzt auch die Sondertruppen des Innenministeriums eingeschaltet. Ich habe alles probiert. Geld, viel Geld, die alten Verbindungen, nichts hat genützt. Tschernow hat die neuen Maßnahmen persönlich angeordnet. Wie es heißt, auf Druck der Amerikaner.«

Arbatow bemerkte, wie ihm das Blut in den Kopf schoss. »Das bedeutet doch, wir haben keine Alternative, als die Ware selbst herauszuholen. Und zwar mit Gewalt.«

»Leider«, sagte Gratschew, »leider wird sich das nicht vermeiden lassen.«

»Also, dann werde ich mich darum kümmern«, sagte Arbatow grimmig.

Gratschew wies auf ein großes Geldbündel auf dem Tisch. Verschlagen sagte er: »Da sind noch zweieinhalb Millionen übrig. Ich … ich habe gedacht, wir teilen uns das.«

Arbatow schaute ihn wütend an. »Kommt nicht infrage. Ich tue das für Russland, für unser Vaterland, für unsere Würde, nicht für Geld.«

»Aber ich habe doch eine Menge Auslagen. Die Papiere, der Transport, die Waffen … Und die alten Kameraden machen das auch nicht umsonst.«

Mit finsterer Miene begann Arbatow, die Geldscheine zu zählen. Einen Augenblick herrschte eine bedrückende Stille in dem engen Apartment. Nur das Knistern der Geldscheine war zu hören. »So, hier, fünfhunderttausend für Sie«, sagte Arbatow. Verächtlich schob er die Geldbündel zu Gratschew hinüber. »Den Rest nehme ich in Verwahrung. Wenn Sie mehr brauchen, lassen Sie es mich wissen.«

Gratschew zog die Geldbündel an sich und begann, sie in den Taschen seines schäbigen Anzugs zu verstauen. »Wir brauchen jemanden, der die Ware nach New York transportiert. Wird auch nicht billig«, sagte Gratschew. »Ich werde mich mal umhören, nicht ganz einfach, aber ich kenne da einen Exporteur, der mit Pelzen handelt. Er hat ständig Transporte nach Amerika. Der kann leicht mal ein kleines Paket zusätzlich mitnehmen. Wir haben das schon häufiger ausprobiert. Mit Gold, Devisen und gelegentlich mal ein paar Kunstgegenständen. Sie wissen doch, die Amerikaner sind ganz verrückt auf alles, was alt ist.«

»Nein, nein«, warf Arbatow ein. »Die Fracht soll zwar nach New York. Aber unser Kontaktmann möchte, dass wir die Ladung im Iran abliefern. Sozusagen als Beigepäck für das Atomkraftwerk in Busheer. Da, wo Russland sowieso mit seinen Experten aktiv ist. Dmitrow kennt doch einen seiner alten Kollegen aus Krasnojarsk-26, der jetzt im Iran mitmischt. Den werden wir einsetzen.« Er schaute auf das Geldbündel, das vor ihm lag. »Der muss natürlich auch bezahlt werden, und zwar reichlich. Von da an übernehmen dann unsere Endabnehmer und schaffen alles nach Amerika.«

»Klingt wie ein guter Plan«, sagte Gratschew. »Die Route über den Iran ist wohl die einfachste, so wie die Dinge nun mal sind. Und wenn wir alles in einer Lieferung für das Atomkraftwerk in Busheer verstecken können, umso besser.« Er zog sich einen Schal um den Hals und schlüpfte in seinen dicken Wintermantel. »Also, ich werde sehen, was ich tun kann, um den Transport zu organisieren.« Er reichte Arbatow die Hand und zog die Tür hinter sich zu.

Arbatow starrte auf das Geldbündel vor sich. Das war seine Chance. Er dachte an Raissa, an all die Menschen, die dort einkauften, wo sie einkaufte, die zu dieser anderen Welt gehörten, der Welt des Geldes. Hier könnte er einfach eine halbe Million Dollar abzweigen, und keiner würde ihn zur Rechenschaft ziehen. Er sah sich durch das Kaufhaus GUM an der Seite einer eleganten Frau ziehen, bei einem Juwelier nicht nur von draußen bewundernd auf die Auslagen schauend, sondern sie mit hineinziehen, ihr einen neuen glitzernden Ring kaufen, mit echten Diamanten. Überrascht stellte er fest, dass sich ein anderes Gesicht in sein Bewusstsein drängte, immer deutlicher Gestalt annahm. Das Gesicht einer jungen Frau, die er doch gerade erst kennengelernt hatte: Natascha. Oder war es nur eine Schimäre? Etwas, was er sich nur vormachte? Wieder ging sein Blick zu dem Geld. Dann riss er sich zusammen. Nein, er würde es nicht tun, nicht so, nicht mit Geld, nicht mit diesem Geld, nicht er.

Er hatte zwei Tage lang versucht, sie anzurufen, doch nur ihren Anrufbeantworter erreicht. Jurij Arbatow verzichtete darauf, ihr eine Nachricht zu hinterlassen. Er war verunsichert, wartete zwei weitere Tage. Noch einmal überprüfte er die Adresse, die sie auf ihre Karte geschrieben hatte. Das war doch eigentlich eine klare Einladung. Schließlich entschied er sich zögernd, seine Bedenken zurückzustellen und sich auf den Weg zu machen. Er trug Zivil, einen dunklen Mantel über einem Anzug und einen Hut gegen die Winterkälte. In der Hand hielt er einen Blumenstrauß.

Er suchte ihren Namen auf dem Schild mit den zahlreichen Klingelknöpfen und stellte fest, dass es auch hier keine Reaktion gab. Sein Klingeln blieb erfolglos. Er drehte sich um und wollte sich auf die Suche nach einem Taxi machen, als er sie sah. Sie stieg gerade aus einem Bus, trug ihre Aeroflot-Uniform und zog einen kleinen Rollkoffer hinter sich her. Arbatow blieb stehen und wartete, bis sie herangekommen war.

»Frau Tschechowa?«, fragte er, nachdem er seinen Hut abgenommen hatte. Er sah, dass sie einen Augenblick stutzte, ihre Augen ihn verwirrt anschauten, so, als könnten sie mit dem fremden Mann nichts anfangen. »Ich bin's, Jurij Arbatow«, sagte er. »Sie hatten mir bei dem kleinen Unfall geholfen, den ich auf dem Flug aus Sibirien hatte ...« Er machte eine Pause. »Und Sie hatten mir freundlicherweise Ihre Telefonnummer gegeben ... Ich habe versucht anzurufen, aber es hat sich niemand gemeldet.«

Ein Lächeln, beinahe spitzbübisch, ging über ihr Gesicht, jenes gewinnende Lächeln, das ihm schon im Flugzeug aufgefallen war.

»Ja, natürlich, kommen Sie doch mit herein. Tut mir leid. Ich habe Sie nicht gleich erkannt. Sie schauen so anders aus ... so ohne Ihre Uniform.«

Er half ihr, den Rollkoffer zu tragen, während sie die Haustür aufschloss. Gemeinsam fuhren sie in dem engen Aufzug nach oben, in den zehnten Stock. Er trat nach ihr in die kleine, enge Diele. Sie schloss die Tür hinter ihnen.

»Willkommen in meinem Palast«, sagte sie mit einem ironischen Unterton und wies auf die anderen beiden Türen. »Hier die Küche, das Bad und da der Salon – Wohn- und Schlafzimmer gleichzeitig, fünfundvierzig Quadratmeter alles zusammen, aber ich bin froh, dass ich endlich eine eigene Wohnung habe.«

Er schaute in das Zimmer, ein breites Sofa, ein niedriger Couchtisch mit einer Vase, in der ein etwas angewelkter Blumenstrauß stand, zwei braune Korbsessel, bunte Vorhänge mit einem Blumenmuster, an der Wand ein großes Poster von New York, eine Nachtaufnahme des glitzernden Manhattan. Auf einer kleinen Anrichte in der Ecke stand ein Fernseher, der immer noch lief. Sie hatte allem Anschein nach vergessen, ihn auszuschalten, als sie in der Früh zum Dienst aufgebrochen war.

Arbatow stand etwas verlegen in der Diele. »Geben Sie her«, sagte sie und nahm ihm den Hut ab. Er zog den dicken Wollmantel aus und hängte ihn an die Garderobe zu dem Hut. Sie lächelte ihn an, offen, geradezu aufreizend-verführerisch. »Legen Sie doch ruhig Ihr Jackett ab, ich glaube, wir brauchen hier keine Förmlichkeiten, fühlen Sie sich ganz wie zu Hause.« Sie streifte ihm die Jacke ab. »Gestatten Sie, dass ich es mir auch bequem mache?«

Ohne eine Antwort abzuwarten, schlüpfte sie aus ihren hochhackigen Schuhen und schleuderte sie mit dem Fuß in eine Ecke, öffnete die Knöpfe ihrer Uniformjacke und warf sie achtlos über einen Stuhl. Sie ging in die Küche und kam kurz darauf mit einer Flasche Krimsekt und zwei Gläsern zurück.

Sie bat ihn, die Flasche zu öffnen. Er tat es, etwas umständlich, und schenkte beiden ein. Sie stieß mit ihrem Glas gegen seines. »Auf Ihr Wohl, oder darf ich sagen: auf unser Wohl?«

Er wusste nicht, was er sagen sollte. Diese Frau war so anders, als er es gewohnt war, so offen, so direkt, so zielgerichtet, ihrer Wirkung so sicher. Einen Augenblick dachte er daran, seine Jacke zurückzuholen und wieder anzuziehen, sie gab ihm Sicherheit, ohne sie fühlte er sich ausgeliefert, beinahe nackt. Alles ging so schnell, viel zu schnell. Und dennoch spürte er die Sinnlichkeit dieser Frau, und er bemerkte, nicht ohne Staunen über sich selber, dass sie ihn nicht gleichgültig ließ.

Er hatte seit der Scheidung von Tatjana jetzt vier Jahre allein gelebt. Mehrfach war er mit Sekretärinnen aus dem Verteidigungsministerium ausgegangen, aber nie war etwas Ernstes daraus geworden. Beinahe hatte er sich damit abgefunden, dass er wohl langsam zu alt dafür werden würde. Doch diese junge Frau schien ansteckend, wie ein Virus, der übersprang, der erst ein unbestimmtes Kribbeln verursachte und dann zu einem Fieberanfall zu werden drohte. Er versuchte, dieses Gefühl zu bekämpfen, sich zu disziplinieren. Aber er wusste, dass er dabei war, diesen Kampf zu verlieren. Und er war sich sicher, dass sie dies längst verstanden hatte. Instinktiv hatte sie das richtige Opfer gewählt. Er mochte den Verstand auf seiner Seite haben, aber sie hatte ihre weiblichen Gefühle, und die waren in diesem Kampf die stärkeren Waffen.

Sie lächelte ihm zu, das Glas immer noch in ihrer Hand. Etwas linkisch stieß er mit seinem Glas dagegen. Sie tranken, und Natascha schenkte gleich nach.

»Ich, äh«, setzte er an, »ich bin froh, dass ich Sie dann doch noch getroffen habe. Ich hatte schon befürchtet, dass daraus nichts werden würde.«

»Ich war ständig unterwegs in den letzten Tagen, gleich viermal nach London und zurück«, erklärte sie. Sie nahm einen weiteren Schluck und schaute ihn unbefangen an. »Ich bin genauso froh, dass wir uns sehen.«

Ein weiterer Schluck aus dem Sektglas. »Nun, Herr General, gibt es irgendetwas, was ich für Sie tun kann?« Wieder dieses verführerische Lächeln.

Arbatow schaute in sein Glas. »Äh ... ja ... äh, ich meine, nein, es tut mir leid, dass ich Sie so überfallen habe ... Wenn ich gewusst hätte, dass Sie gerade erst von so einem langen Flug zurückgekommen sind, hätte ich mich natürlich nicht gemeldet. Sie müssen schrecklich müde sein.«

Sie nippte an ihrem Glas. »Fürchterlich müde, ganz unendlich müde«, sagte sie schelmisch. »Und ich brauche ganz dringend jemanden, der mich in den Schlaf wiegt.«

Sie nahm seine Krawatte in die Hand und führte ihn, wie einen Hund an der Leine, rückwärtsgehend in Richtung Sofa. Sein Verstand rebellierte, aber er fühlte sich zu schwach, um sich dagegen aufzubäumen.

»Können Sie mir kurz behilflich sein?«, sagte sie. Sie griff nach einer Schlaufe an der Unterseite des Sofas, zog daran, und ein Bett faltete sich auseinander. Sie legte ihre Arme um seinen Hals und ließ sich nach unten fallen. Einen Augenblick hielt er noch den Nacken steif, leistete Widerstand, dann gab er nach und fiel genau dorthin, wo sie ihn haben wollte, auf ihren aufnahmebereiten Körper, den er unter sich begrub.

Sie begann, ihn zu küssen, leidenschaftlich, fordernd, beinahe herrisch. Sie flüsterte: »Oh mein Gott, Jurij, ich habe dich gewollt, gleich vom ersten Augenblick an.«

Einen kurzen Moment noch lag er steif auf ihr, versuchte ein letztes Mal, die Kontrolle zurückzugewinnen. Er spürte, wie sich ihre Brüste gegen seinen Brustkorb drückten, wie ihre Zunge seine umspielte. Dann gab er jeden Widerstand auf.

Seine Hand tastete nach den Knöpfen ihrer Bluse, riss sie auf, er fiel förmlich über sie her, ihre Körper pressten sich aneinander. Jetzt war er es, der aggressiv war, ungestüm. Es war, als habe sie etwas in ihm freigesetzt, das lange erstarrt und plötzlich aufgebrochen war. Sie rissen sich die Kleider herunter, hektisch, fiebrig. Endlich drang er in sie ein. Er legte seine ganze Kraft in das Auf und Ab seiner Hüften, fast brutal und ohne Rücksicht.

Sie stöhnte, biss in seine Schulter, presste ihre Fingernägel in seinen Rücken. »Jurij, Jurij, Jurij!«, schrie sie. Sie kamen schnell, fast gleichzeitig, ineinander verkrampft. Er spürte das Zittern ihres Körpers, das andauerte, wie ein Nachbeben, und dann langsam abebbte.

Er blieb noch eine Weile auf ihr liegen, atemlos und verwundert, verwundert über sich selber. Dann löste er sich langsam aus ihrer Umarmung.

Sie blieb, dicht an ihn gedrängt, neben ihm liegen, ihren Arm über seine Brust gelegt. »Oh, Jurij, es war wunderbar. Noch schöner, als ich es mir vorgestellt hatte.«

Er angelte nach seiner Hose, zog eine Packung Zigaretten heraus, zündete zwei an und reichte ihr eine. Sie rauchten. Er blieb stumm. Arbatow fühlte sich ausgelaugt und leer. Er wusste, dass er sich dieser Frau ausgeliefert hatte. Er war sich nicht ganz sicher, warum er gekommen war. Oder vielleicht doch, wenn er ehrlich war. Er wollte weg, von seiner Vergangenheit, von Raissa, von Tatjana, von dieser Welt, in der sie lebten, mit all ihrem Geld, ihren materiellen Begehrlichkeiten. Vielleicht war es nicht fair gegenüber Natascha, mag sein, dachte er. Er benutzte sie, zur Ablenkung. Aber dann hatte Natascha die Spielregeln diktiert. Es würde schwer sein, sich daraus zu lösen. Dieser Gedanke beunruhigte ihn. Dabei wusste er doch, dass er sie brauchte. Aber er wollte jetzt nicht darüber reden, nicht jetzt.

Plötzlich drang eine Stimme in sein Bewusstsein, eine Stimme, die jedes Kind in Russland kannte, eine Stimme, die aus dem Fernsehapparat kam. Die Stimme von Präsident Tschernow, der eine Reise nach Washington ankündigte, um ein Abrüstungsabkommen zu unterschreiben.

Arbatow schob Nataschas Arm brüsk zur Seite, setzte sich ruckartig auf und starrte auf den Fernseher. »Internationale Kooperation, Abrüstung«, stieß er hervor. Seine Stimme war voller Hass. »Dass ich nicht lache. Sieh ihn dir an – Tschernow, dieser Scharlatan, der Totengräber Russlands!« Wütend zerdrückte er die Zigarette im Aschenbecher.

Arbatow sprang aus dem Bett und schaltete mit einem kurzen Handgriff den Fernseher aus. Tschernows Gesicht verschwand. Er warf sich auf das Bett zurück. »Ich kann diesen Schwätzer nicht mehr ertragen. Die Welt sicherer machen! Neue Abrüstungsverhandlungen! Das heißt doch nur: Der Ausverkauf Russlands geht weiter. Wenn er so weitermacht, sind wir bald völlig wehrlos.« Sein Kopf war inzwischen hochrot. Er packte Natascha an beiden Oberarmen. »Wir dürfen das nicht zulassen, hörst du, wir dürfen das nicht zulassen!«

Sie schaute ihn an, mit weit aufgerissenen Augen, überrascht, schockiert. Arbatow bemerkte ihren erschrockenen Blick, löste seinen Griff und ließ sich auf die Kissen fallen. Er zündete eine neue Zigarette an und rauchte eine Weile schweigend.

Arbatow hatte seinen Lada mehrere Hundert Meter entfernt vor einem Kino geparkt und war erst in die andere Richtung gegangen, hatte dann die Straße überquert, war zu seinem Auto zurückgekehrt und wieder eingestiegen. Nervös fingerte er eine Zigarette aus ihrer Packung, zündete sie an, sog den Rauch tief ein, während er durch die Windschutzscheibe die Umgebung beobachtete. Das Autoradio spielte Tschaikowskij. Er wartete eine Weile, stieg dann wieder aus und ging schließlich, sich ständig umdrehend, auf den Wohnblock am Ende der Straße zu. Mit seiner Rechten umklammerte er den Tragegriff eines schwarzen Aktenkoffers, der für diese Gegend viel zu elegant wirkte. Vor dem Eingang mit den vielen Klingelknöpfen spielten dick vermummte Kinder lärmend im Schneematsch. Arbatow verzichtete darauf, die Klingel zu benutzen, sondern wandte sich, an einer schier endlosen Reihe von Briefkästen vorbei, zum Fahrstuhl.

Er drückte den Knopf. Nichts bewegte sich. Eine Frau kam keuchend, ein schreiendes Baby auf dem Arm, den Kinderwagen mit der anderen Hand balancierend, die Treppe herunter. »Sparen Sie sich die Mühe. Der Aufzug ist schon seit Wochen kaputt«, sagte sie.

Arbatow begann, die Treppe hochzusteigen, nahm erst zwei Stufen auf einmal, musste dann aber, nach dem vierten Stockwerk, sein Tempo deutlich reduzieren und kam, heftig nach Atem ringend, schließlich im achten Stock an.

Er ging nach rechts den langen, schlecht beleuchteten Gang hinunter und blieb vor der Tür mit der Nummer 812 stehen. Von drinnen hörte er Musik. Auch hier Tschaikowskij, offenbar lief derselbe Radiosender wie im Auto. Arbatow klopfte. Nach einer Weile hörte er schlurfende, unregelmäßige Schritte. Die Tür öffnete sich und gab den Blick auf einen hageren grauhaarigen Mann Mitte fünfzig frei, dessen Augen sich durch dicke Brillengläser hindurch auf Arbatow richteten.

»Komm rein«, sagte Andrej Smolzewskij. »Ich geh schon mal vor.« Sich auf einen Stock stützend, humpelte er in das kleine Wohnzimmer. Der Raum roch nach abgestandenem kaltem Zigarettenrauch, in den sich der Geruch von verdunstetem Alkohol mischte. Arbatow schaute sich schnell um. Eine Sitzgarnitur, bestehend aus einem alten Sofa und zwei abgewetzten Sesseln, stand um einen niedrigen Couchtisch herum, darauf eine kleine Vase mit Plastikblumen.

»Ich soll dich von Dmitrow grüßen«, sagte Arbatow.

»Dmitrow? Ist er immer noch in Krasnojarsk-26?« Arbatow nickte. »Na ja, ein paar Verrückte muss es ja noch geben, die in dem Geschäft ausharren«, sagte Smolzewskij.

Ächzend, das eine Bein steif vorgestreckt, ließ er sich nieder. Smolzewskij klopfte mit dem Stock an das rechte Bein. »Holz«, sagte er, »gutes russisches Birkenholz. Ein Souvenir von der Explosion. Wir arbeiteten an einem neuen Zünder für den Sprengkopf. Und plötzlich – bumm! Das ganze Labor ein Trümmerhaufen. Dabei kann ich noch von Glück reden, dass ich mit dem Leben davongekommen bin. Die beiden anderen hat es erwischt. Dem einen hat es den Kopf abgerissen, der andere ist verblutet. Mich haben sie verantwortlich gemacht und rausgeschmissen, gleich am nächsten Tag, das Bein war gerade amputiert. Nach dreißig Jahren, einfach raus. Der Dank des Vaterlandes! Dabei war es ein Materialfehler, gar keine Frage. Sie haben uns wieder Mist geliefert, drittklassiges Material aus irgendeiner runtergekommenen, gottverdammten Fabrik in Sibirien. Aber ich, ich musste gehen.«

Arbatow sah den begierigen Blick, den Smolzewskij auf den Aktenkoffer richtete. »Hast du Zigaretten?« Arbatow zog eine Stange Zigaretten aus der Tasche und legte sie neben den Aktenkoffer. Dazu stellte er eine Wodkaflasche. »Die Gläser sind in der Küche«, sagte Smolzewskij. Arbatow ging hinüber, holte die Gläser und goss ein. Sie tranken.

»Kannst du dir das vorstellen?«, begann Smolzewskij aufs Neue. »Dreißig Jahre waren wir die Elite, der Stolz der Sowjetunion. Privilegiert, Autos, Sonderzuteilungen für Lebensmittel, Geld, eine Datscha, nur das Beste vom Besten. Und heute?« Er nahm sein Glas und trank es aus. Smolzewskij beantwortete seine Frage selbst, die Stimme voller Verachtung: »Heute sitze ich hier und schaue aus dem Fenster. Ein arbeitsloser Atomphysiker, den keiner mehr haben will. Nicht mal in einer Kochtopffabrik finde ich heute noch Arbeit. Von wegen Elite! Heute sind wir für sie nur noch Schrott.« Er hob sein Glas. »Danke, Gospodin Tschernow, vielen Dank!«

Arbatows Blick fiel auf die Wand gegenüber, auf eine Anrichte aus dunklem Holz, auf der eine Sammlung von Plastikmodellen stand – SS-4- und SS-20-Raketen, Flugzeuge mit schweren Bomben unter dem Rumpf, kleine Artilleriegranaten. Über der Anrichte hingen zahlreiche Bilder und Urkunden, dazwischen, ebenfalls unter Glas, Orden und andere Auszeichnungen.

Smolzewskij war Arbatows Blick gefolgt. »Ja, ja«, sagte er, »weiß Gott, Bilder aus besseren Zeiten.« Er wies mit dem Stock auf ein Foto, das neben dem Fenster hing. »Sieh mal, da ist sogar ein Bild von uns beiden.«

Arbatow schaute genauer hin. Ein Mann in Zivil, in einem weißen Laborkittel, Smolzewskij, daneben ein Uniformträger, ein General, offensichtlich er selber, zwischen beiden ein Artilleriegeschoss. Arbatow erinnerte sich. Ein Bild, das bei der Erprobung des atomaren Sprengkopfes für die 150-Millimeter-Artillerie entstanden war. Arbatow war damals der Projektoffizier für die Rote Armee gewesen, Smolzewskij hatte den Sprengkopf entwickelt.

Einen Augenblick lang kam Leben in Smolzewskijs Gesicht, der Stolz des Wissenschaftlers auf seine Leistung brach durch. »Klein«, sagte er, »handlich, aber dreimal die Sprengkraft von Hiroshima. Wir waren damals dem Westen um fünf Jahre voraus, vor allem, wenn es um die kompakte Bauweise ging.« Dann fiel er wieder in sich zusammen. Er nahm eine Zigarette. Arbatow gab ihm Feuer. Smolzewskij schaute ihn fragend an. »Wie viele haben wir noch davon? Zwanzig-, zehn-, zwei- oder eintausend?«

Arbatow zuckte mit den Schultern. »Tschernow tut alles, was die Amerikaner wollen. Wenn es so weitergeht, wird er in absehbarer Zeit den letzten Sprengkopf verschrottet haben. Dann hast du bald noch mehr arbeitslose Kollegen.«

Arbatow griff nach dem Aktenkoffer und legte ihn direkt vor Smolzewskij auf den Tisch. Er hob den Deckel an und ließ ihn hineinschauen. Smolzewskij pfiff durch die Zähne. Arbatow klappte den Deckel völlig auf und wies auf die dicken Bündel mit Dollarscheinen. »Für dich«, sagte er. Er sah, wie Smolzewskijs Augen gierig aufblitzten. »Wir haben Arbeit für dich. Und du kannst Russland damit helfen.« Smolzewskij sah ihn fragend an. »Wir wollen Tschernow eine Lektion erteilen. Wir liefern unseren Freunden, was sie dafür brauchen. Es sind Araber. Deshalb benötigen wir jemanden wie dich, einen Experten für Atomsprengköpfe. Du verstehst?«

»Ehrlich gesagt, noch nicht ganz.«

»Wir liefern ihnen einen Atomsprengkopf. Sie haben nur keine Ahnung, wie so was funktioniert. Du sollst es ihnen zeigen. Und zwar in New York.«

»In New York? Du meinst, ich soll nach Amerika reisen?«

»Ja, sobald wir die Ware geliefert haben. Hast du Bedenken?«

»Äh ... nein, äh ... ich meine, ja. Also, du meinst, ich und ein Atomsprengkopf in Amerika ...?« Arbatow sah, wie es in Smolzewskijs Gesicht arbeitete. »Amerika?«, fragte er wieder. »Mit einem Atomsprengkopf? Ziemlich riskant, meinst du nicht?«

Der General zog es vor, nicht zu antworten. Es war zu offensichtlich, dass Smolzewskij recht hatte. Aber er konnte nicht auf ihn verzichten.

Smolzewskijs Blick richtete sich wieder auf den Aktenkoffer. Nach einer längeren Pause sagte er: »Wie viel?«

»Fünfhunderttausend.«

Smolzewskij griff zu der Wodkaflasche und schenkte beiden nach. Er trank das Glas in einem Zug aus. Er setzte es hart auf den Tisch. »Eine Million«, sagte er.

Arbatow zog den Aktenkoffer wieder zu sich. Einen Moment war er versucht, aufzustehen und zu gehen. Dann zwang er sich, sitzen zu bleiben. Er schob Smolzewskij das Glas hin. Der Physiker schenkte wieder nach. Sie tranken, schweigend.

»Ich muss mit meinen Freunden darüber reden«, sagte Arbatow schließlich.

»Mach das«, sagte Smolzewskij. Er hob die Flasche und wollte erneut nachgießen.

Arbatow wehrte ab. »Nein, danke.« Er stand auf. Smolzewskij griff nach seinem Stock und wollte ebenfalls hochkommen. »Bemüh dich nicht, ich finde schon meinen Weg«, sagte Arbatow. »Ich melde mich, bald.«

Smolzewskij wich seinem Blick aus. »Gut«, sagte er. Er starrte auf den Tisch vor sich.

Arbatow nahm den Aktenkoffer an sich und verließ den Raum.

»Mistkerl.« Gratschew lief in seinem kleinen Wohnzimmer auf und ab. Arbatow saß in einem Sessel, über den eine alte Decke gebreitet war. Auf dem Tisch lagen mehrere Ausgaben des *Playboy*.

Es klingelte an der Tür. Gratschew zuckte zusammen, schaute hastig auf seine Armbanduhr. Einen Augenblick blieb er mitten im Zimmer stehen, dann sagte er: »Entschuldigen Sie.« Er ging in die kleine Diele und öffnete die Tür.

Arbatow hörte eine weibliche Stimme. Durch die Dielentür sah er eine junge Blondine in hochhackigen Stiefeln, darüber einen dunklen Pelzmantel. Gratschew nahm sie beim Arm und schob sie in Richtung Schlafzimmertür. »Einen Moment, Schätzchen, ich bin gleich bei dir. Ich muss nur noch ein paar Geschäfte erledigen.«

Er schloss die Tür sorgfältig hinter ihr. Auf dem Rückweg zum Wohnzimmer zog er auch die Dielentür hinter sich zu.

Gratschew tat so, als sei nichts gewesen. »Also dieser Mistkerl will mehr Geld. Eine Million! Nicht schlecht.«

Arbatow nickte. Es war ihm klar, was Gratschew dachte. Fünfhunderttausend mehr für Smolzewskij, das würde seinen eigenen Anteil gefährden. Der General mahlte mit den Zähnen. Geldgieriges Pack, dachte er.

»Gibt es keinen anderen? Arbeitslose Atomphysiker haben wir doch wahrlich genug«, fragte Gratschew.

»Keinen, dem wir trauen können«, sagte Arbatow.

Gratschew schaute auf seine ungepflegten Fingernägel. »Also gut«, sagte er schließlich. »Aber wir sollten ihm nicht gleich alles geben.«

Arbatow nickte. »Was ist mit den übrigen Vorbereitungen?«

»Fast alles geklärt. Ich treffe mich morgen früh mit meinem Mann im Verteidigungsministerium. Wird auch teuer«, sagte Gratschew. Er blickte in Richtung Tür. Er zeigte seine gelben Zähne.

»Wenn du mich jetzt entschuldigen könntest …? Da drin wartet noch jemand auf mich. Und man soll eine Dame doch nicht warten lassen, oder?«

Arbatow erhob sich. Er fühlte sich plötzlich müde und verbittert. Er hasste es, jetzt noch einmal quer durch die Stadt fahren zu müssen. Und er hasste Gratschew und Smolzewskij und Tschernow. Er dachte an die Blondine, die im Schlafzimmer auf Gratschew wartete. Warum konnte er nicht so sein wie Gratschew? Das Leben nehmen, wie es kam? Warum an morgen denken? An Russland? Beinahe wütend zog er die Tür hinter sich zu und trat hinaus in den langen, kalten Flur.

Nachdem er geklingelt hatte, dauerte es geraume Zeit, bis er die humpelnden Schritte Smolzewskijs vernahm. Er hörte das Rasseln des Schlüsselbundes, dann wurde die Tür geöffnet.

Smolzewskij empfing ihn mit einem glasigen Blick in seinen müden Augen. »Ach, du schon wieder«, sagte er mit einem schiefen Grinsen. Er hatte offensichtlich Schwierigkeiten mit dem Sprechen. »Komm ... komm rein.«

Arbatow sah, dass die Wodkaflasche auf dem Tisch fast leer war.

Smolzewskij wies auf das Sofa. »Setz dich.«

Arbatow blieb stehen. »Ich habe mit meinen Freunden gesprochen. Wir sind einverstanden. Eine Million also.« Er stellte den Aktenkoffer auf den Tisch.

Smolzewskij, der sich inzwischen auf das Sofa hatte fallen lassen, zog ihn zu sich herüber.

»Das ist die Hälfte«, sagte Arbatow. »Die andere Hälfte folgt nach getaner Arbeit. Du verstehst?«

Smolzewskij zögerte einen Moment. Arbatow fasste nach dem Griff des Aktenkoffers. »Du musst natürlich nicht. Wir finden sicher auch jemand anderen, der sich eine Million Dollar verdienen will.«

Smolzewskij fiel ihm in den Arm. »Halt, halt, langsam, so war das nicht gemeint. Natürlich mache ich mit. Nach New York wollte ich immer schon mal.«

»Gut. Morgen kommt ein Mann namens Gratschew vorbei und holt deinen Pass ab. Er besorgt dir bei den Amerikanern ein Visum. Offiziell fährst du zu deinen Verwandten, zu einer Großtante. Sie heißt Tamara und wohnt in Brighton Beach in Brooklyn. Da wimmelt es nur so von Russen, alles Emigranten.«

»Es ist schön, plötzlich Verwandte in Amerika zu haben«, sagte Smolzewskij und grinste. »Tantchen Tamara, ich komme!«

Arbatow nahm die Flasche vom Tisch, schraubte sie auf und ging damit in die kleine Küche. Er schüttete den Rest des Wodkas in die Spüle. »Hör damit auf«, sagte er, »wenigstens die nächsten Tage.« Er warf die Flasche in den Abfalleimer, ging zu

Smolzewskij zurück und legte ihm die Hand auf die Schulter. »Hör zu, du musst dich wirklich zusammenreißen. Das hier ist kein Kinderspiel.« Smolzewskij hatte die Hand um das leere Glas vor sich gelegt. Sie zitterte leicht.

Arbatows Blick suchte das Foto, auf dem sie beide zu sehen waren. Er atmete tief aus. Ein Bild aus Zeiten, die nie wiederkommen würden. Im Hinausgehen sah er aus den Augenwinkeln, wie Smolzewskij den Deckel des Aktenkoffers hochklappte und andächtig mit seinen Händen über die Geldbündel strich.

Oleg Gratschew trat wütend mit dem Fuß gegen das Kupplungspedal. »Scheißkarre«, fluchte er. Wieder drehte er den Zündschlüssel des Lada, doch der Anlasser gab nur ein müdes Krächzen von sich. Der Wagen stand mitten auf einer Kreuzung und bewegte sich nicht mehr. Hinter dem Lada hatte sich bereits eine längere Schlange gebildet, aus der heraus ein wildes Hupen einsetzte.

»Ja, ja«, stöhnte Gratschew, »blödes Volk, seht ihr denn nicht, dass die Karre nicht mehr fährt?« Er sprang hinaus und versuchte, das Auto von der Kreuzung zu schieben. Vergeblich. Endlich erbarmte sich ein anderer Autofahrer, stieg aus und half ihm.

Gratschew stand trotz der Kälte schnaufend am Straßenrand und versuchte, ein Taxi zum Anhalten zu bewegen. Der Wind hatte sich gedreht, und aus Sibirien war eine neue Kaltfront über die Hauptstadt hinweggezogen. In den vergangenen Stunden hatte dichtes Schneetreiben eingesetzt. Gratschew schlug den Kragen seiner Felljacke hoch und schaute nervös auf seine Armbanduhr. Du musst sie stoppen, unbedingt, dachte er.

An der nächsten Ecke sah er eine Telefonzelle. Doch Gratschew entschied sich dagegen. Er hatte, aus seiner KGB-Zeit, ein begründetes Misstrauen gegen alle Telefongespräche, und ausgerechnet heute wäre dies erst recht eine schlechte Idee.

Er durfte keine Spuren hinterlassen, schon gar nicht solche mit seiner Stimme. Aber er musste sie stoppen, egal wie.

Die überraschende Nachricht hatte ihn kurz vorher erreicht. Sie kam direkt aus dem Verteidigungsministerium, wo er einem Oberstleutnant zehntausend Dollar dafür gezahlt hatte, ihn über die Dienstpläne auf dem Laufenden zu halten. Die Wachmannschaft, so die alarmierende Meldung, war völlig ausgetauscht worden, kurzfristig, auch der diensttuende Offizier, der von dem Überfall informiert war. Sie hatten die Bewachung der Atomdepots noch einmal verschärft, und die ständige Rotation der Mannschaften war ein Teil der Maßnahmen. Er konnte sie nicht blind in die Falle tappen lassen. Er musste sie warnen.

Wieder versuchte er ein Taxi zu stoppen. Doch der Fahrer schaute in die andere Richtung. Gratschew suchte in seiner Tasche und zog einen Hundert-Dollar-Schein hervor. An der Ampel riss er die Tür eines Autos auf, dessen Fahrer ihn erschrocken anschaute.

Er hielt ihm den Dollarschein hin. »Hier«, sagte er. »Fahren Sie los. Ich sag Ihnen, wohin.«

Der Fahrer gab Gas. Vor dem großen Wohnblock, in dem Arbatow sein Apartment hatte, sprang Gratschew aus dem Wagen. Er rannte die Treppen hinauf und klingelte Sturm. Immer wieder und wieder. Doch hinter der Tür rührte sich nichts. Es war zu spät.

Arbatow schaltete einen Gang herunter. Der Wagen kam im Schnee leicht ins Schlingern, blieb auf dem Waldweg aber in der Spur.

»Da ist es.« Der Leutnant, der neben ihm saß, nahm den Blick von der Karte und wies auf den Lichtschein. Ein Suchscheinwerfer war bemüht, sich durch die Schneewand eine Lichtschneise zu schlagen, ohne den Wagen zu erfassen. »Noch ungefähr zweihundert Meter«, sagte der Leutnant, »dann sind wir am Zaun.«

Arbatow fasste das Lenkrad fester. Er hatte beschlossen, einen Geländewagen der Armee zu nehmen. Der würde hier am wenigsten auffallen, und außerdem war es die einzige Möglichkeit, in dem dichten Schneetreiben überhaupt voranzukommen.

Oberst Primakow hatte den Wagen in seiner Einheit aufgetrieben, und Gratschew hatte andere Kennzeichen besorgt. Die Waffen und die Haftladung hatte Gratschew im Untergrund beschafft, zweitausend Dollar waren dafür draufgegangen.

Auf der hinteren Sitzbank des Geländewagens saßen die beiden anderen Offiziere, die Arbatow für den Überfall gewonnen hatte. Er sah im Rückspiegel ihre ernsten jungen Gesichter. Er wusste, dass er sich auf sie verlassen konnte. Sie waren wie er: empört über den Zerfall, über die Korruption, über den Ausverkauf Russlands.

Arbatow nahm vorsichtig den Fuß vom Gas und ließ den Geländewagen ausrollen. »Da sind wir. Jeder weiß, was er zu tun hat. Die Wachmannschaften sind so eingeteilt, dass in der nächsten halben Stunde keiner in der Nähe des Bunkers 12 ist. Also dann, viel Glück.«

Sie zogen weiße Anoraks und weiße Tuchhosen über die schwarzen Trainingsanzüge. Dann stiegen sie aus. Der Leutnant nahm die schwere Drahtschere und fing an, ein Loch in den Zaun zu schneiden. Sie zwängten sich hindurch und bewegten sich in gebücktem Gang, die Kalaschnikows im Anschlag, in Richtung des Munitionsbunkers, der mit einem roten Kreuz auf der Karte eingezeichnet war.

Plötzlich war er da. Wie aus dem Nichts war im dichten Schneetreiben eine Gestalt aufgetaucht, ein Mann in Uniform, auf dem Kopf einen Stahlhelm, das Sturmgewehr umgehängt. Arbatow hielt den Atem an. Er sah, dass der Mann an der Uniform die Abzeichen der Sondertruppen des Innenministeriums trug. Der Mann schaute in die andere Richtung, einen Augenblick zu lange. Als er sich der Gruppe zuwandte, die Augen weit aufgerissen, schlug Arbatow mit der umgedrehten Maschinenpistole zu. Der Kolben traf den Wachtposten am Hals. Röchelnd brach er zusammen. Der Leutnant warf sich über ihn und hielt ihm den Mund zu, bis das Leben aus dem zuckenden Körper wich.

Verdammt, dachte Arbatow, eigentlich hätte hier niemand sein dürfen. Er wies in Richtung des Bunkers. Gebückt schlichen sie weiter, immer wieder sichernd. Vor dem Bunker 12 stand ein weiterer Wachtposten. Er rauchte und trat, vor Kälte zitternd, von einem Fuß auf den anderen. Der Leutnant schlich sich von hinten an ihn heran und schlitzte ihm mit dem Messer den Kehlkopf auf. Arbatow spürte, wie sein Magen sich zusammenkrampfte, als er sah, wie das Blut in den Schnee spritzte.

Er presste sich an die schwere Stahltür des Munitionsbunkers, versuchte, die Klinke hinunterzudrücken und die Tür aufzustoßen. Doch sie rührte sich nicht. Die Tür war verschlossen. Gratschew, durchzuckte es ihn. Es hatte alles fast wie ein Spaziergang geklungen. Die Wachmannschaften an anderer Stelle beschäftigt, die Stahltür offen, der Sprengkopf zum Abholen bereit – so hatte es Gratschew versprochen. Viel zu einfach, viel zu naiv, dachte Arbatow. Er sah Gratschew vor sich, die Dollarscheine zählend, mit gierigem Blick. Doch irgendetwas musste passiert sein, etwas, wogegen auch der in Moskau sonst allmächtige Dollar nichts ausrichten konnte. Aber jetzt aufgeben, das würde das Ende der Operation bedeuten. Sie würden die Leichen finden, die Spuren im Schnee und sich ihren Reim darauf machen. Zumindest für die nächsten Monate wäre der Diebstahl eines Atomsprengkopfes damit nicht mehr möglich.

Wieder tastete sich der Suchscheinwerfer durch die Nacht. Sie warfen sich auf den Boden. Der Lichtstrahl wischte über den Bunker, ging aber zwei Meter an ihnen vorbei und wanderte weiter über die anderen Munitionsdepots.

»Die Haftladung, schnell«, flüsterte er dem jungen Offizier zu, der hinter ihm lag. Er hatte darauf bestanden, den Sprengsatz mitzunehmen, instinktiv, für alle Fälle. »Weg, weg hier. Geht in Deckung.« Sie zogen sich, auf dem Bauch rückwärts kriechend, von dem Bunkereingang zurück. Arbatow sprang auf und befestigte die Haftladung an der Stahltür. Er warf sich hinter eine Schneewehe. Die Explosion zerriss die Stille der Winternacht. Arbatow spürte die Druckwelle über sich hinweggehen und hatte das Gefühl, als platze ihm das Trommelfell. Er sprang auf, riss die Tür auf, die schräg in den Angeln hing, und rannte in den Bunker. In einem Regal lagen die Geschosse, zehn nebeneinander, Artilleriegeschosse mit einem taktischen Atomsprengkopf.

Einen Moment lang hielt er inne. Aus der Innentasche seiner Jacke nestelte er einen Brief. Er legt ihn in das Regal. Dann griff er sich hastig den ersten Sprengkopf und lief wieder nach draußen.

Der Lichtkegel des Suchscheinwerfers irrlichterte nun über die Munitionsbunker. Als Arbatow herausgerannt kam, blendete ihn der Lichtstrahl. Er ließ sich fallen, verlor dabei den Sprengkopf. Der Leutnant griff sich das Geschoss, begann zu laufen, in Richtung des Zauns. Der Lichtstrahl verfolgte ihn.

Die anderen beiden lagen weiter hinten im Schutz einer Schneewehe, ihre Maschinenpistolen im Anschlag. Arbatow schaute auf und sah eine Gruppe von Soldaten auf sie zulaufen. Er sah das Mündungsfeuer ihrer Sturmgewehre. Er hörte einen unterdrückten Schrei. Er blickte in die Richtung, aus der der Schrei gekommen war, sah, wie der Leutnant gekrümmt am Boden lag, etwa hundert Meter vom Zaun entfernt. »Gebt mir Deckung«, schrie er den anderen beiden zu. Sie eröffneten das

Feuer auf die anstürmenden Soldaten, mehrere brachen unter dem Kugelhagel zusammen.

Arbatow sprang auf und lief los. Er hörte, wie Kugeln gefährlich nahe an seinem Kopf vorbeizischten. Er strauchelte in einem Schneeloch, fiel, rappelte sich wieder hoch, lief weiter. Er erreichte den Leutnant und sah, dass er tot war. Er wand ihm den Sprengkopf aus den Händen und lief, um Atem ringend, durch das Stakkato der Maschinenpistolen.

Dann erreichte er den Zaun, zwängte sich durch die Lücke in dem Draht, keuchte weiter zu dem Geländewagen und sprang hinein. Einen Augenblick verharrte er, schaute sich um, sah im Schneetreiben eine Gestalt auf sich zukommen. Sah, wie sie zuckte, als die Kugel durch sie hindurchging, sah, dass die Gestalt umfiel, sich krümmte und liegen blieb. Arbatow erkannte, dass es einer seiner Begleiter war.

Einen Moment zögerte er noch, dann drehte er den Zündschlüssel um. Der Geländewagen setzte sich in Bewegung. Arbatow gab Gas. Schleudernd nahm der Wagen Fahrt auf und verschwand im dichten Schneetreiben.

Boris Tschernow saß vornübergebeugt an seinem Schreibtisch. Die Lampe warf ein kreisrundes Licht auf die Platte vor ihm. Es war still im Raum. Er stützte den Kopf in beide Hände. Und blieb so eine lange Zeit sitzen. Dann nahm er die Hände herunter und legte sie vor sich auf den Schreibtisch. Er spreizte die Finger. Sah, dass sie zitterten. Wie lange noch, dachte er, wie lange noch würde er durchhalten können? Tschernow versuchte, sich zu konzentrieren.

War es eine Warnung, eine Drohung oder eine Provokation? Und wie weit würden sie gehen? Wer konnte ein Interesse daran haben, eine solche Ungeheuerlichkeit zu wagen? Waren es die Kommunisten oder die Nationalisten? War es jemand in den Streitkräften, vielleicht einer der zahlreichen Generäle, die er in den letzten Monaten gefeuert hatte? Oder war es die Mafia, die immer dreister, immer skrupelloser, immer geldgieriger wurde? So wie die Dinge lagen, konnte er keine Möglichkeit ausschließen.

Sie hatten den Brief gefunden, der in dem Regal lag, aus dem der Sprengkopf verschwunden war. Er las ihn erneut.

> *Dies ist eine Warnung. Wir fordern Sie auf, jede weitere nukleare Abrüstung zu unterlassen. Die Sprengköpfe in diesem Lager dürfen nicht verschrottet werden. Unser großes Russland darf nicht weiter geschwächt werden. Nein zu weiteren Verhandlungen, sonst werden wir zu noch drastischeren Maßnahmen greifen! Wir sind Patrioten, keine Verbrecher!*

Keine Unterschrift, nichts weiter. Sollte er das wirklich glauben? Sollte er das ernst nehmen? War das wirklich das tatsächliche Motiv? Wer stand dahinter?

Aber er konnte es nicht zulassen, dass sie seine Pläne durchkreuzten. Er fasste seine Lage noch einmal zusammen. Die fetten Zeiten der scheinbar unaufhörlich steigenden Gewinne aus dem Öl- und Gasexport waren vorbei, offenbar endgültig. Vielen war es noch nicht richtig klar, aber Russland war wieder in einer Krise, einer tiefen wirtschaftlichen Krise. Sicher, sie hatten Stärke gezeigt, sie hatten sich die Krim zurückgeholt, sie hatten sich im Mittleren Osten engagiert, sie waren wieder ein Spieler auf der Weltbühne. Aber es war eben auch wahr, dass das massive Aufrüstungsprogramm, das er und seine Vorgänger Russlands Streitkräften verordnet hatten, viel Geld kostete, plötzlich zu viel Geld. Seit die Öleinnahmen eingebrochen waren, konnten sie sich das eigentlich nicht mehr leisten. Das war die bittere Wahrheit. Und vor allem die Modernisierung der Atomstreitkräfte war unvorstellbar teuer. Er konnte sich nur zu gut erinnern: Die nukleare Aufrüstung, der Wettlauf mit den Amerikanern in den Achtzigerjahren, als siebzig Prozent des Staatshaushaltes in die Rüstung gingen, hatte entscheidend zum Zusammenbruch der Sowjetunion beigetragen und damit zum langen Niedergang Russlands. Diese Lektion hatte er nicht vergessen. Und das sollte unter ihm, dem Präsidenten Boris Tschernow, nicht noch einmal passieren.

Er stand auf, drückte seinen schmerzenden Rücken durch und begann, zwischen seinem Schreibtisch und dem Fenster hin und her zu wandern. Dann blieb er stehen und starrte hinaus in die Nacht.

»Sie sind also sicher, dass es sich um einen funktionstüchtigen atomaren Sprengkopf handelt?«, sprach er gegen die Fensterscheibe.

Der Mann stand eingeknickt hinter ihm. Alexander Rostopowitsch, Tschernows Bürochef, sah zu Boden und sagte leise: »Absolut sicher, leider.«

Der Präsident drehte sich zu ihm um und zog den Gürtel seines blauen Bademantels enger, den er über seinem gestreiften Pyjama trug. Sein silbernes Haar hing ihm ungekämmt ins Gesicht, sein sonst rosiges Gesicht war leichenblass.

»Wie konnte das passieren? Haben wir nicht gerade erst die Sicherheitsmaßnahmen für die Munitionsdepots verschärft?«

»Ja, richtig, die Täter waren besonders dreist und gewalttätig. Und sie kannten sich offenbar aus. Drei von ihnen hat es erwischt, aber sie können leider nichts mehr sagen, sie sind tot. Der vierte ist entkommen – mit dem Sprengkopf.«

»Dann waren es also Insider«, murmelte Tschernow. »Leute aus dem Militär. Aber warum? Ich habe gerade für sie so viel getan. Und auch wenn wir abrüsten, verdammt noch mal, dann haben wir immer noch mehr als genug, um Chicago von der

Weltkarte verschwinden zu lassen, oder Peking, wenn es sein muss, oder das verfluchte Nordkorea.«

Tschernow zerrte energisch am Gürtel seines Bademantels. »Egal wie, Rostopowitsch, schaffen Sie den Sprengkopf wieder herbei. Sie haben alle Vollmachten. Das Militär, das Innenministerium, der Geheimdienst, alles. Es ist mir völlig egal, wie Sie es machen, aber schaffen Sie ihn wieder her.«

Wieder begann Tschernow hin und her zu laufen. Dann nahm er erneut seine Position am Fenster ein. Er schwieg. Draußen tanzten die Schneeflocken im Licht der Scheinwerfer. Es konnte nicht sein, nicht ausgerechnet jetzt. Wieder sprach er gegen die Fensterscheibe: »Und hören Sie, Rostopowitsch: Keiner darf etwas davon erfahren, hören Sie, keiner! Vor allem die Amerikaner nicht. Das Gipfeltreffen mit Webster muss stattfinden. Wir können dabei nicht als Weltmacht dastehen, die nicht mal in der Lage ist, ihre Atomwaffen sicher zu lagern.«

Er stützte sich mit den Händen auf dem Fenstersims ab. Er fühlte sich plötzlich schwach. Leise sagte er: »Ich muss Webster sehen. Wir brauchen eine Beschränkung der Rüstungskosten, unter allen Umständen. Und deshalb müssen wir uns mit den Amerikanern verständigen. Sonst sind wir am Ende!«

Ihre Augen in dem Türspalt waren weit aufgerissen. »Mein Gott, wie siehst du denn aus?«, sagte sie. Er legte seinen Zeigefinger auf ihren Mund und drückte sich gegen die Tür ihres Apartments, sodass sie in den kleinen Flur zurückweichen musste.

»Schnell«, flüsterte Jurij Arbatow, »lass mich herein.« Er zog die Tür hinter sich zu und schaltete das Licht im Flur aus.

»Psst, sei leise«, flüsterte er wieder. Er nahm sie bei der Hand und führte sie zu der aufgeklappten Schlafcouch in ihrem Wohnzimmer. Rasch zog er die Vorhänge weiter zu, sodass nicht der kleinste Spalt blieb, und schaltete die kleine Lampe neben ihrem Bett ein. Die roten Leuchtziffern des Radioweckers zeigten

4.30 Uhr. Er bemerkte ihren misstrauischen Blick und schaute an sich hinunter. Die dicken Stiefel waren voller Eis und Lehm, sein schwarzer Trainingsanzug wies dunkle, feuchte Flecken auf. Er strich mit der Hand darüber und sah, dass sie sich bräunlich rot einfärbte. Arbatow sah den Schock auf ihrem Gesicht.

»Jurij, um Himmels willen, was ist passiert?«

Verflucht, dachte er, der Leutnant, das Blut des toten Leutnants. Im Hosenbund steckte immer noch seine Neun-Millimeter-Dienstpistole. Er nahm sie heraus und warf sie auf das Bett.

»Es ... es ist etwas schiefgelaufen ... es gab eine Schießerei ... sie haben einen Freund von mir umgelegt.«

Natascha Tschechowa wich an die Wand gegenüber zurück und stemmte sich mit dem Rücken dagegen, als suchte sie einen festen Halt.

Er bewegte sich auf sie zu und packte sie bei den Schultern. »Wir mussten es tun. Verdammt noch mal, versteh doch, wir mussten es tun.«

Ihre Stimme hatte einen flehenden Ausdruck. »Was, Jurij, sag's mir doch, was musstet ihr tun?«

»Wir ... äh, wir haben das besorgt, was wir brauchen, um Tschernow eine Lektion zu erteilen.«

»Tschernow? Was hat Tschernow damit zu tun?«

Er ließ sie los und hämmerte mit der Faust gegen die Wand. »Verdammt, verdammt, verdammt ... begreif es doch endlich. Er lässt uns keine andere Wahl. Ihm ist nur noch mit Gewalt beizukommen.«

Sie atmete heftig. Ihre Gesichtszüge verhärteten sich. »Aber was, was musstet ihr tun?«, fragte sie.

Er zögerte. »Es ist besser, wenn du es nicht weißt. Ich will dich damit nicht belasten.«

Sie starrte ihn an, beinahe feindselig. »Was soll das? Du erscheinst hier mitten in der Nacht, mit Blut an den Händen, redest unverständliches Zeug, und die kleine Natascha darf nicht wissen, um was es geht.«

Er atmete tief ein und aus, versuchte, sich zu beruhigen. »Es geht nicht darum, dass ich es dir nicht sagen will. Ich kann es einfach nicht.«

»Ach, Herr General, ein Staatsgeheimnis oder so etwas?«

Er wusste, dass sie recht hatte, aber er konnte es ihr einfach nicht sagen. Noch nicht, dachte er. Vielleicht irgendwann, aber nicht jetzt. Er beugte sich über sie und presste seine Lippen auf ihren Mund. Sie wehrte sich einen Moment, gab dann aber nach. Arbatow zog sie auf ihr Bett. Sie krallten sich aneinander fest, liebten sich mit der Heftigkeit der Verzweifelten.

Dann lagen sie ganz still nebeneinander. Arbatow hatte die Hände hinter dem Kopf verschränkt und starrte an die Decke. Sie schmiegte sich an ihn, so als habe es diese ungeheure Spannung zwischen ihnen nicht gegeben. Arbatow legte seinen Arm um sie und küsste sie auf die Stirn.

Sie lächelte. »Du weißt doch, für dich gehe ich bis ans Ende der Welt.« Natascha kraulte seine Haare. Dann schaute sie auf die Uhr. »Lass uns nicht die Zeit verschwenden. In vier Stunden muss ich zum Flughafen.«

Sie begann ihn erneut zu küssen. In der Ferne heulte die Sirene eines Polizeiwagens. Es kam näher, wurde lauter. Der Wagen fuhr vorbei, offenbar in schneller Fahrt, und Arbatow glaubte, den Grund zu wissen. Sie suchten nach einem verschwundenen Atomsprengkopf. Und sie hatten keine Ahnung, dass er längst auf dem Weg war, in Richtung Süden.

Ramat David Air Base, Israel

Ein kühler Wind wehte vom Mittelmeer her über die Runway. Isaac Berman fröstelte, als der Jeep auf den halbrunden Bunker zufuhr, in dem die F-16C wartete. Ein fast voller Mond stand über dem Flugplatz südöstlich von Haifa und schuf eine diffuse Helligkeit. Isaac schaute auf die Uhr. 0.30 Uhr. Der Start war in fünfzehn Minuten vorgesehen.

Wenige Stunden zuvor hatte er noch am Nordhafen von Tel Aviv gesessen, in einem der schicken Restaurants, die sich rund um das alte Hafenbecken etablierten. Er hatte in das besorgte Gesicht seines Vaters geschaut und sich erneut gewundert, wie er sich solche Sorgen machen konnte, ausgerechnet er, der Veteran des Mossad, der so viele gefährliche Missionen ausgeführt und überlebt hatte.

»Haben sie keine anderen Piloten? Warum immer du?«, hatte Avi Berman gefragt.

Isaac hatte seinem Vater die Hand auf den Arm gelegt. »Ich könnte dich doch genauso fragen: Warum schicken sie immer dich? Warum bist du immer bei diesen gefährlichen Aufträgen dabei? Und das schon seit so vielen Jahren? Haben die beim Mossad keine anderen Agenten?«

Avi Berman hatte sein Rotweinglas erhoben und mit einem etwas gequälten Lächeln mit seinem Sohn angestoßen, der an diesem Abend bei Apfelsaft geblieben war. Beide wussten, es würde ein weiteres Mal eine Nacht werden, die für Israels Sicherheit von großer Bedeutung war. Wieder ging es darum, eine Waffenlieferung an die Hisbollah zu unterbinden. Sie wollten es offenbar wissen, wollten unbedingt den Verlust wiedergutmachen, und sie brauchten anscheinend die Waffen, um ihre Drohkulisse gegen Israel noch weiter auszubauen. Und natürlich war sich Avi Berman bewusst, dass ausgerechnet er es war, der von seiner Quelle im Libanon den entscheidenden Hinweis auf den Konvoi mit den Raketen aus dem Iran bekommen hatte. Jetzt sollte die israelische Luftwaffe den Konvoi zerstören, wieder einmal, und Isaac war einer der Piloten.

Wenige Augenblicke später kam der Jeep zum Stehen. Isaac nahm seinen Fliegerhelm vom Rücksitz, klemmte ihn unter den Arm und begann, die F-16 zu umrunden. Auf der rechten Brustseite seiner Fliegerkombination trug er das Abzeichen der 110. Staffel, einen Adler mit einer roten Bombe. Die 110. Staffel nannte sich die »Ritter des Nordens«, und noch immer waren sie hier stolz, dass ihre Piloten dabei waren, als die israelische Luftwaffe Saddam Husseins Atomreaktor zerstört und seinen Atombombenträumen ein Ende gesetzt hatte.

Beinahe gedankenverloren strich Isaac über die Zieleinrichtung der lasergesteuerten Bomben, die unter den Tragflächen der F-16 hingen. Dann kletterte er die schmale Leiter in das Cockpit hoch, stülpte den Helm über, verband den Atemschlauch mit der Sauerstoffzufuhr und schloss das Cockpitdach.

Sechs F-16 würden in dieser Nacht den kurzen Flug hinüber nach Syrien machen, und auch diese Nacht bewies einmal wieder, wie klein diese Welt des Mittleren Ostens tatsächlich war, in der so viele verschiedene Strömungen mit so viel Gewalt aufeinanderstießen.

Der erste Wart, der vor der Maschine stand, hob den Daumen, um anzuzeigen, dass aus seiner Sicht die F-16 startklar war. Isaac startete das Triebwerk, das fauchend zum Leben erwachte. Auch er reckte nun den Daumen hoch. In einer guten Stunde würde er zurück sein, wenn alles glattging. Wenn ...

Er ließ die F-16 anrollen und sah, wie die übrigen Maschinen ebenfalls aus den Bunkern herauskamen. Hintereinander rollten sie Richtung Runway. Isaac gehörte zur ersten Welle, sie starteten jeweils mit zwei Maschinen nebeneinander. Isaac drückte den Schubhebel nach vorn und schaltete den Nachbrenner ein, das Triebwerk brüllte auf, die F-16 schoss los. Nach wenigen Augenblicken hob sie ab und schob sich in den Nachthimmel, Richtung Norden.

Die unbemannte Heron-1-Drohne kreiste seit vielen Stunden über der M-1-Straße. Schon nachdem der Lkw-Konvoi die syrische Grenze überschritten hatte, lieferte die Drohne mit ihren hoch auflösenden Kameras scharfe Bilder von den Lastwagen und übertrug sie live an die Kontrollstation auf dem Flugplatz.

Dem Tipp des Mossad über die erneute bevorstehende Waffenlieferung folgend, hatten sie die Heron über dem Grenzgebiet positioniert und abgewartet; sie konnte über zwölf Stunden ohne aufzutanken in der Luft bleiben. Dann war der Konvoi erschienen, und seither folgte die Drohne seinem Weg, zweitausendfünfhundert Meter über der Straße.

Auch jetzt begleitete die Heron den Konvoi auf dem Weg in Richtung Westen, in Richtung Libanon – das Auge der Israelis über dem feindlichen Gebiet. Tatsächlich waren es die Augen von zwei jungen Frauen, die in der Kontrollstation auf den Monitor starrten und die Informationen weitergaben, die dreiundzwanzig Jahre alte Sara, Leutnant in der Luftwaffe, und ihre Vorgesetzte Gil, achtundzwanzig, mit den Rangabzeichen eines Majors auf ihrem kakifarbenen Uniformhemd. Sara hatte den hinter dem Konvoi fahrenden kleinen Lastwagen gesehen und Gil darauf aufmerksam gemacht. Aber er blieb weit hinter dem Konvoi, und Gil entschied, dass es wohl ein Zufall war, ein einsamer Begleiter, der offenbar dem Konvoi folgte, um nicht alleine auf der nächtlichen Straße unterwegs zu sein.

Die Piloten der 110. Staffel, die »Ritter des Nordens«, brauchten in dieser mondhellen Nacht nicht lange zu suchen, sie wussten genau, wo sie ihre Ziele finden würden. Gil und Sara begleiteten sie auf ihrem Weg mit den neuesten Koordinaten.

Isaac Berman gab als Erster mit einem Druck auf den Knopf an seinem Steuerknüppel eine Bombe frei, deren Gefechtskopf sich auf den Laserstrahl setzte, der das Geschoss nun selbstständig in sein Ziel steuerte. Die Kamera in der Bombe erkannte die Silhouette des Lkw, den ersten Lastwagen des Konvois, der sich auf dem Kamerabild nun mit rasender Geschwindigkeit näherte. Dann kam der Aufschlag, die Bombe hatte getroffen. Das Bild wurde schwarz.

Isaac legte die F-16 in eine Kurve. Er hörte eine Stimme in seinem Kopfhörer, eine weibliche Stimme, die Stimme von Sara, die weiterhin die Livebilder der Heron-Drohne verfolgte.

»Achtet auf einen Geländewagen, an der Spitze des Konvois, möglicherweise ist er das Leitfahrzeug«.

»Verstanden«, gab Isaac zurück. Dann sah er ihn. Der Geländewagen raste mit hoher Geschwindigkeit davon.

Wieder gab er eine Bombe frei, die sich auf den Laserstrahl setzte, der den SUV erkannt und als Ziel markiert hatte – unentrinnbar für den Fahrer.

Wieder sah er, wie die Bombe einschlug und das Kamerabild im Gefechtskopf schlagartig abbrach.

Bei Talkalakh, Syrien

Der alte Lieferwagen hatte plötzlich ein Schlagloch in der Straße getroffen, und sie hörten, wie sich die Kiste auf der Ladefläche rumpelnd verschob.

»Ist alles in Ordnung?«, fragte Abdullah, deutlich beunruhigt.

Moussak schaute durch das Loch hinter ihm, wo einmal ein Glasfenster gewesen war, und warf einen Kontrollblick dorthin, wo die Holzkiste verborgen unter einer Plane lag, auf der sich Behälter mit Rüben und Oliven türmten.

»Sieht in Ordnung aus«, beruhigte Moussak ihn und spielte weiter mit seinem Messer, seiner Lieblingswaffe. Abdullah kannte Moussak seit ihrer Ausbildung im Bekaatal im Lager der Hisbollah. Er war groß und stark und furchtlos, und er hatte heimlich die Grenze nach Israel überschritten und einen jüdischen Soldaten erstochen, als er gerade vierzehn Jahre alt war. Zumindest war es das, was er behauptete. Niemand konnte wirklich sicher sein, aber niemand bezweifelte, dass er in der Lage war, eine solche Handlung zu begehen.

Moussak war jedoch auch undiszipliniert und unberechenbar, und man stellte im Lager sogar seine Loyalität für die Sache infrage. Er schien mehr am Kampf um des Kampfes willen interessiert, nicht daran, was die Lehren des Mullah vorgaben, und den Koran kannte er nur oberflächlich. Immer wieder warnten sie ihn, verlangten mehr Aufmerksamkeit und sagten ihm schließlich, es wäre besser, wenn er das Lager verlassen würde.

Er hatte so auch den Kontakt zu Abdullah verloren, bis sie sich in Beirut mehr zufällig wiedergetroffen hatten. Abdullah war überrascht von dem offenbaren Wandel, den Moussak durchgemacht hatte. Seine jugendliche Unberechenbarkeit war verschwunden, er wirkte ernsthaft, zeigte eine intensive Hingabe an den Dschihad. Moussak erklärte das mit dem Tod seines jüngeren Bruders, der bei einem israelischen Luftangriff ums Leben gekommen war.

Abdullah hatte geduldig zugehört, als Moussak, bitter, aber entschlossen, beinahe in einer monotonen Litanei, seine Einstellung dargelegt hatte, seinen tiefen Hass auf die Juden. Er war nun zutiefst entschlossen, die Welt von der jüdischen Pest, wie er es nannte, zu befreien. Abdullah konnte sich ein Lächeln nicht verkneifen, als Moussak sich erklärte, angefüllt mit all dem, was er früher ignoriert hatte. Er hielt ihn davon ab, sich dem Islamischen Staat zuzuwenden, den Feinden der Hisbollah, und sich stattdessen ihrem nicht minder entschlossenen Kampf gegen den Judenstaat anzuschließen.

Jetzt waren die beiden in einem heruntergekommenen alten Gemüselieferwagen auf der Straße durch Syrien in Richtung Beirut unterwegs. Abdullah saß hinter dem Lenkrad, und Moussak war damit beschäftigt, sein Messer zu schärfen.

Abdullah richtete seine Aufmerksamkeit auf die Straße. Die Sterne in dieser kalten Februarnacht schienen hell, der Himmel war klar. Zu klar für seinen Geschmack. In der Ferne konnte er den letzten der großen Lastwagen des Konvois ausmachen, obwohl dieser wie alle anderen die Lichter ausgeschaltet hatte, als sie syrisches Gebiet erreichten.

Er war auf diesem Weg in die entgegengesetzte Richtung gefahren, mit seinem Onkel Ali, als in dieser schrecklichen Nacht die israelische Luftwaffe den ganzen Konvoi mit Waffenlieferungen an die Hisbollah zerstört hatte. Gerade als er sich an diesen verheerenden Angriff erinnerte, fuhren sie an der Stelle vorbei, wo es stattgefunden hatte. Noch immer lagen die verkohlten Überreste der Lastwagen entlang des Straßenrandes – verbogener Stahl und zerfetzte Motorteile, von schwachem Mondlicht beleuchtet. Auf der Länge von gut einem halben Kilometer ragten die Lkw-Skelette in den Nachthimmel, und seine Wut und der Hass auf die Juden mit ihren verdammten Flugzeugen wuchsen von Minute zu Minute.

»Schau nur, was diese Metzger getan haben«, sagte er zu Moussak. »Ich bete jeden Tag zu Allah, dass ich es ihnen für diese und für all ihre anderen Gräueltaten zurückzahlen kann.«

Und jetzt fuhr er genau hinter einem solchen Konvoi her – ohne Licht und mit einer deutlichen Distanz, so wie man es von ihm verlangt hatte, und dennoch empfand er sich als ein Glied dieses Konvois, fühlte er so etwas wie Solidarität mit den Fahrern der Lastwagen vor ihm. Er wusste, dies war ein wichtiger Versuch für die Hisbollah, die bei dem Luftangriff verloren gegangenen Raketen zu ersetzen. Aber nur er und der General, der im Führungsfahrzeug dem Konvoi voranfuhr, kannten die ganze Wahrheit: dass die gefährlichste Waffe überhaupt auf seinem alten Lieferwagen lag.

Der Falke hatte Abdullah und Moussak in Beirut zu dem Treffen bestellt, er hatte ihnen klargemacht, worum es ging, dass ihre Mission nun die Vorbereitung sein würde für den entscheidenden Schritt.

Er erzählte ihnen von dem russischen Techniker, dem man eine große Summe Geld gegeben hatte für das, was der General ihnen in Homs versprochen hatte: für die Komponenten eines nuklearen Sprengkopfs, der an die Wissenschaftler im Kernkraftwerk Busheer im Iran geschickt worden war – als unauffälliges Begleitmaterial für den zivilen Reaktor.

Abdullah hatte seinen Onkel gefragt, wie das möglich sein konnte, und der Falke hatte ihm erklärt, dass die Russen stark in dem zivilen Atomprojekt engagiert waren und die Iraner mit nuklearem Material belieferten. Eine einfache Kiste mit diesen Komponenten in einer ihrer Sendungen würde, so die offensichtlich berechtigte Erwartung, kein Problem sein. Eine Kiste, die gerade ihren Weg aus dem Iran über Syrien zum Libanon nahm.

Als Abdullah und Moussak in Teheran ankamen, waren sie von zwei Soldaten auf einer Armeebasis in Empfang genommen worden. Am nächsten Morgen traf General Shiraz ein, der Mann, den er in Homs erlebt hatte.

»Alles, wie es vereinbart wurde«, sagte er. »Ihr behaltet den alten Lieferwagen, das ist unauffällig. Ihr bleibt auf Abstand, drei SUVs der revolutionären Garden werden euch schützen.« Etwas pathetisch fügte er hinzu: »Und ich werde meine Solidarität zeigen: In Erinnerung an diejenigen, die ihr Leben durch diese mörderischen Juden bei unserem letzten Konvoi verloren haben, werde ich persönlich diese neue Lieferung anführen.«

Dann hatte er sie hinter ein langes Gebäude geführt, wo die Lkw aufgereiht standen, mit laufenden Motoren, bereit zur Abfahrt, mit einem weißen SUV an der Spitze.

Shiraz begleitete sie zu ihrem alten Lieferwagen und zeigte auf die drei SUVs, die dahinter standen. »Das sind eure Begleiter, sie sollen euch schützen. Aber bleibt ein gutes Stück hinter dem letzten Lastwagen, haltet Abstand zum Konvoi. Ich will kein Risiko, dafür ist die Ladung zu wertvoll.«

Die Fahrt durch den Iran war ereignislos geblieben, ebenso wie durch den Irak, wo die iranischen Milizen unterwegs waren. Auch der Grenzübergang nach Syrien verlief ohne Probleme, der General, der in seinem SUV voranfuhr, erhielt offenbar den Respekt, den er erwartete, die Iraner waren diejenigen, die in diesem Krisengebiet das Sagen hatten. Aber je weiter sie entlang der Schnellstraße M1 fuhren, umso nervöser wurde Abdullah. Dies war die Gefahrenzone, wie er schmerzhaft erfahren hatte. Dies war das Gebiet, das die Juden im Blick hatten, mit all ihren Spionen, ihren Satelliten, ihren Drohnen. Er achtete darauf, dass er den Abstand zu dem Konvoi hielt. Wenn sie angreifen würden, dann wäre er weit genug entfernt, hoffte er zumindest.

Mit einer Mischung aus Angst und Trotz hielt er das Lenkrad umklammert und lauschte dem monotonen Tuckern des alten Motors. Er starrte immer wieder in den Nachthimmel, horchte nach verdächtigen Geräuschen, doch der Himmel blieb leer.

Dann geschah es. Nicht weit von Talkalakh begann der alte Lieferwagen seine Fahrt zu verlangsamen. Abdullah drückte fester auf das Gaspedal, aber das machte keinen Unterschied. Irgendetwas stimmte nicht. Er fluchte leise, Moussak blickte ihn an, irritiert. Nach weiteren hundert Metern stotterte der Motor und der Wagen blieb stehen. Sie sahen, wie der Konvoi sich schnell entfernte und kurz darauf von der Dunkelheit verschluckt wurde.

Abdullah versuchte, den Motor zu starten, wieder und wieder drehte er den Zündschlüssel, vergeblich. Er schlug seine

Hände auf das Lenkrad, frustriert und wütend. Warum hatte der General zugelassen, dass sie ihre brisante Fracht auf dieser alten Karre transportierten?

»Ich kann es nicht glauben!«, schrie er. Was würde der Falke sagen, wenn er von diesem Fehlschlag hörte?

»Vielleicht können die Jungs von den Gardisten hinter uns helfen«, sagte er in seiner Verzweiflung.

»Ich werde versuchen, die Karre anzuschieben«, sagte Moussak, öffnete seine Tür und kletterte hinaus. Abdullah schloss die Augen und warf den Kopf zurück. »Das wird nie funktionieren«, stöhnte er. Auch ein kräftiger Kerl wie Moussak konnte diesen Lieferwagen nicht von der Stelle bewegen.

Plötzlich riss Moussak die Fahrertür auf. »Raus! Sofort raus!«, schrie er.

Abdullah, immer noch verwirrt und ärgerlich, reagierte nicht sofort. Moussak packte ihn am Arm und zog ihn aus dem Lkw. »Drunter! Schnell«, kreischte er, »auf den Boden unter den Wagen!«

In diesem Moment hörten sie es. Der kreischende Klang der Düsentriebwerke über ihnen, einen Klang, an den Abdullah sich nur allzu gut erinnerte. Sie krochen, keuchend und verängstigt, noch tiefer unter den Lieferwagen. Hofften irgendwie auf Schutz in dieser unzulänglichen Deckung. In der Ferne sahen sie die ersten Blitze der zerberstenden Bomben, hörten den Knall der Explosionen, begriffen, dass gut einen Kilometer die Straße hinauf erneut ein Angriff einen Konvoi in eine Flammenhölle verwandelte.

Abdullah vergrub, auf dem Bauch liegend, sein Gesicht in seinen Armen. Alles in ihm lehnte sich auf, er wollte es nicht wahrhaben, er konnte es nicht ertragen, schon wieder das zu sehen, was er zusammen mit dem Falken erlebt hatte. Sie wissen und sie sehen alles, dachte er. Hinterhältige, schmutzige Juden! Warum lässt Allah zu, dass sie uns immer wieder vernichten?

Abdullah Amadi schlug seine Fäuste auf den Boden und schwor Rache, wieder einmal.

Als das Donnern der Triebwerke in der Ferne abebbte und der Angriff offenbar vorüber war, krochen Abdullah und Moussak unter dem Lieferwagen hervor und beobachteten aus der sicheren Entfernung das Inferno vor ihnen.

Moussak legte eine Hand auf Abdullahs Schulter. »Allah hat uns gerettet«, sagte er. Abduallah verstand nicht sofort. »Er hat dafür gesorgt, dass unser Motor stoppte, um uns zu schützen. Er weiß, was wir hier tun, und er will, dass wir erfolgreich sind. Allah, dem Allmächtigen und Erhabenen, sei gedankt.«

Das Geräusch von Motoren drängte sich in Abdullahs Bewusstsein. Er drehte sich um und sah in das Gesicht des Anführers der Revolutionären Garden, die ihnen gefolgt waren, den Begleitern, die der General ihnen zum Schutz zugeordnet hatte.

»Was zum Teufel geht hier vor?«, zischte der Mann. »Wieso habt ihr angehalten?« Abdullah verstand nicht sofort. »Ausgerechnet als die Schweine angegriffen haben«, fuhr der Gardist fort. »Wusstet ihr irgendwas, was wir nicht wussten?«

Abdullah war schockiert angesichts dieser ungeheuren Unterstellung. Er ging um den Lieferwagen herum und hob die Motorhaube hoch. »Schau doch selber«, sagte er wütend.

Der Gardist leuchtete mit einer Taschenlampe in den Motorraum, immer noch voller Misstrauen. Dann sah er den Benzinschlauch, der offensichtlich abgesprungen war. Noch immer tropfte das Benzin heraus. Der Gardist winkte einen der übrigen Begleiter herbei. »Hier, reparier das«, sagte er. Nach wenigen Minuten war der Schaden behoben, der Lieferwagen sprang wieder an.

Der Anführer setzte sich in seinen SUV und fuhr dem Lieferwagen voran, die anderen beiden Fahrzeuge blieben dahinter. Alle hielten Abstand. Langsam näherten sie sich dem brennenden Konvoi, sahen schnell, dass nichts mehr zu retten war. Einer der Fahrer hatte noch versucht herauszukommen, sein verbrannter Körper lag zusammengekrümmt am Straßenrand.

Ganz vorne fanden sie den weißen Toyota. Er lag umgekippt und von einer einzelnen Bombe zerrissen auf der Seite. Der Gardist stieg aus und leuchtete mit der Taschenlampe hinein. General Shiraz war tot. Sein Gesicht war noch zu erkennen, aber sein Oberkörper war zerfetzt. Sie hörten ein Stöhnen, der Mann neben ihm, sein Adjutant, versuchte sich aufzurichten. Der Gardist riss die Tür auf und zog ihn vorsichtig heraus. Offenbar der einzige Überlebende des Angriffs.

Der Gardist und zwei seiner Begleiter legten den Mann behutsam auf die Rückbank ihres SUV. Er versuchte, zu einer Rede anzusetzen, die Fäuste geballt, das Gesicht von Wut verzerrt. »Sie haben ihn umgebracht, aber ich sage euch, sie werden damit nicht durchkommen. Wir sind eine uralte Kultur, und Persien hat sich immer zu wehren gewusst. Der Ayatollah hat es oft genug gesagt: Wir werden sie vernichten. So, wie sie uns angegriffen haben, so werden sie eines Tages vom Antlitz der Erde verschwinden. Wir werden sie finden – jeden Einzelnen von diesen Teufeln werden wir ins Meer zurücktreiben.«

»Ihr fahrt den Adjutanten zurück nach Teheran, sofort«, ordnete der Gardist an, »die anderen beiden Fahrzeuge begleiten den Lieferwagen bis an die Grenze zum Libanon.«

Der erste SUV drehte auf der Straße, der Fahrer gab Gas. Abdullah sah, wie er rasch in der Dunkelheit verschwand. Noch einmal überprüfte er, ob die Ladung in Ordnung war, winkte Moussak zu, ihm zu folgen, und setzte sich wieder hinter das Lenkrad. Der Motor sprang ohne Probleme an. Abdullah folgte der M51 in Richtung Süden. Mehrfach musste er kämpfen, um seine Augen offen zu halten, aber am frühen Nachmittag sahen sie Beirut vor sich liegen.

Der Falke hatte alle Vorbereitungen getroffen, er kannte den Mann von früheren Operationen, und der hatte die Dokumente professionell gefälscht. Offiziell ging es um die Lieferung von elektrischen Generatorteilen an ein fiktives Unternehmen in Ramonville Saint-Agne, Frankreich – das DMR Aerospatiales S.A.S.

Sie verloren keine Zeit und fuhren in Richtung des Hafens von Beirut, verließen den Boulevard Emile Lahoud und bogen zum Containerterminal ein. Abdullah spürte die Anspannung, die offenbar auch den Falken ergriffen hatte. Jetzt ging es darum, ob die Papiere den kritischen Augen des Zollbeamten genügten. Doch der Mann, der gleichmütig einen Schluck aus dem kleinen Teeglas vor sich nahm, warf nur einen flüchtigen Blick darauf und knallte einen Stempel auf die Frachtpapiere.

Abdullah beobachtete, wie kurz darauf ein Gabelstapler die Kiste in einen Container schob, in dessen Ladepapieren der Hafen von Marseille angegeben war. Er selbst würde dort sein, um die Umladung auf ein Schiff nach Mexiko zu veranlassen. Die gefälschten Frachtpapiere hatte der Falke ihm schon zugesteckt, ebenso einen dicken Umschlag mit Euronoten, für alle Fälle, falls es unvorhergesehene Hindernisse geben sollte, die man mit Geld korrigieren konnte. Moussak sollte dann auf ihrer nächsten Station für den Weitertransport in Mexiko sorgen.

Abdullah sah, wie der Falke eine Zigarette anzündete und gierig den Rauch einsaugte, als der Container kurz darauf von einem riesigen Kran angehoben und auf ein Schiff gehievt wurde, die *MS Endavour*, die unter der Flagge von Malta fuhr.

Mexiko-Stadt

Als die Stimme des Kapitäns des riesigen Iberia-A-340-Airliner erklang, der die Wetterbedingungen für die Landung am internationalen Flughafen von Mexiko-Stadt ankündigte, fing

Moussak an zu schwitzen. Er hatte zwar den Ruf, ein ruchloser Kämpfer zu sein, der keine Probleme damit hatte, seinem Gegner ein Messer in die Kehle zu stoßen, doch jetzt verkrampften sich seine schweißnassen Hände. War er wirklich der richtige Mann für diese Aufgabe? Was, wenn er versagen würde?

Auf dem langen Flug von Beirut nach Madrid und dann weiter nach Mexiko hatte er kaum geschlafen, und wenn, dann hatten ihn wilde Träume begleitet. Immer wieder war er aufgeschreckt, hatte sich umgesehen, ob seine nervöse Unruhe auch anderen aufgefallen war. Seine Sitznachbarin, eine ältere Dame aus Barcelona, hatte ihn mehrfach missbilligend angeschaut, aber den ganzen Flug über geschwiegen.

Konnte er Fazl Bashara wirklich vertrauen? Außer der Tatsache, dass er einst sein Schwager gewesen war, verband ihn so gut wie nichts mit dem Libanesen, der seine Schwester nach dem dritten Kind in Beirut sitzen gelassen und nach Mexiko verschwunden war.

Aber diese Verbindung, das wurde ihm jetzt erneut bewusst, war der Grund, warum der Falke ausgerechnet ihn ausgesucht hatte, um den Deal in Mexiko einzufädeln, der Deal, an dem alles hing. Seine Mission würde nur dann einen Sinn haben, wenn er über seinen Ex-Schwager den alles entscheidenden Schritt organisieren konnte.

Moussak hatte Fazl nie gemocht, nicht nur wegen der Art und Weise, wie er seine Schwester behandelt hatte, sondern er wusste auch, dass der Mann ein skrupelloser Verbrecher war – bereit, für Geld alles zu tun. Fazl hatte nie erklärt, warum er ein Jahr damit verbrachte, Spanisch zu lernen, und dann nach Mexiko zog, plötzlich und unerwartet. Aber es hatte sich herumgesprochen, dass genau dort das wirklich große, illegale Geld auf Männer wie ihn wartete, und Geld war das Einzige, das Fazl Bashara interessierte.

Er hatte seinen Stolz hinuntergeschluckt, als er Fazl kontaktierte. Seine persönlichen Gefühle waren unbedeutend im Vergleich zu der Aufgabe, um die es ging. Der Falke hatte ihm gegenüber klargemacht, dass sein Teil der Mission extrem wichtig war. Wenn es nicht gelang, die Kiste in die Vereinigten Staaten zu bringen, vor allem, wenn diese Kiste konfisziert werden würde, dann würde die gesamte Mission scheitern. All seine Bemühungen, all die Jahre des Kampfes, all die riesigen Summen Geld, all das wäre umsonst gewesen.

»Wir werden diesen dummen Amerikanern einen Denkzettel verpassen, den sie nie mehr vergessen. Sie werden einen hohen Preis dafür bezahlen, was sie für die Juden tun. Wenn es uns aber nicht gelingt, die Kiste dorthin zu bringen, dann werden sie mit ihren mörderischen Grausamkeiten ungehindert weitermachen. Wir müssen es schaffen, damit wir für Allah sein Werk verrichten können«, hatte der Falke ihm mit auf den Weg gegeben.

Als Fazl Bashara ihn am Flughafen abholte, erkannte Moussak den Mann, den er vier Jahre nicht gesehen hatte, kaum wieder. Er war teuer gekleidet, eine dunkle Sonnenbrille verbarg seine Augen, und er trug genug Gold um den Hals, um jede Frau neidisch zu machen.

Fazl gab sich kaum die Mühe, während der Fahrt vom Flughafen in einem schwarzen Aston Martin Cabrio ein Gespräch in Gang zu halten, aber als sie in seiner Penthouse-Wohnung ankamen, da war seine erste Frage: Was war das für ein Geschäft, und wie viel steckte für ihn drin? Moussak erzählte ihm von der Kiste, die auf dem Weg nach Veracruz war und in die USA transportiert werden sollte.

Fazl brachte das Thema sofort auf die Kosten. »Du willst mir sicher nicht sagen, was in der verdammten Kiste steckt. Ist mir auch egal. Aber wie ich dich kenne, sind es bestimmt keine Apfelsinen. Wenn es nicht wichtig wäre, dann wärst du wohl kaum hier. Ich muss dir leider sagen: Solche Transporte sind nicht billig.«

»Aber du kannst das arrangieren, oder?«, fragte Moussak.

Bashara zündete sich eine Zigarette an, lehnte sich in seinem Stuhl zurück und ließ eine Serie von Ringen aus Rauch aufsteigen. Versonnen schaute er ihnen eine Weile nach. »Gibt es ausreichende finanzielle Mittel für einen solchen Job?«

Moussak war zunehmend verärgert, behielt aber nach außen den Anschein von Gelassenheit. »Zuerst sag mir, ob du das organisieren kannst … Wenn nicht, muss ich mir jemand anderen suchen.«

Nun war es Fazl, der sich plötzlich nach vorn beugte, einen wütenden Blick in seinem Gesicht. »Was, zum Teufel, glaubst du, wer ich bin?«, platzte es aus ihm heraus. »Du denkst doch nicht, dass wir heute zu einem Familientreffen zusammenkommen. Ich habe hier Verbindungen. Deshalb bin ich hier – nicht wegen der verdammten Tacos. Jetzt sag mir, was in diesem Geschäft für mich drin ist, und ich sage dir, ob ich den Job annehmen werde.«

»Okay, okay«, erwiderte Moussak und hielt seine Hände beschwichtigend hoch. »Ich muss nur sichergehen, dass du das schaffst. Wenn du mich überzeugst, dann wird es am Geld nicht scheitern.«

Fazl entspannte sich etwas, nahm eine neue Zigarette, zündete sie an und blies wieder Ringe in die Luft. »Hast du jemals vom Sinaloa-Kartell gehört?« Moussak schüttelte den Kopf. »Das größte Drogenkartell in ganz Mexiko.«

Moussak zuckte mit den Schultern. »Und …?«

»Was denkst du, wie die Drogen für Milliardensummen über die Grenze kommen?«

Moussak wollte sich nicht auf das Ratespiel einlassen und zeigte seine Verärgerung, seine Stimme war bissig: »Keine Ahnung. Sag es mir.«

Mit einem schiefen Lächeln auf seinem Gesicht sagte Fazl: »Sie *gehen* bestimmt nicht über die Grenze.«

Moussak stand auf. »Hör zu, ich habe genug von deiner besserwisserischen Scheiße. Sag mir, wie du meine Kiste in die USA kriegst – im Klartext –, oder ich gehe jetzt.«

Fazl drückte seine Zigarette aus und beugte sich vor, die Ellbogen auf den Knien. »Du musst wissen, die meisten Drogen gehen nicht mehr über die Grenze. Sie gehen unten drunter durch. Die großen Kartelle haben Tunnel – und ich meine nicht Kaninchenlöcher –, sie haben Licht und Telefonanlagen und Eisenbahnschienen. Einige von ihnen sind eine Meile lang – oder mehr. Für den richtigen Preis bekomme ich deine kleine Kiste nach drüben – ohne Problem.«

Moussak setzte sich wieder. »Was meinst du mit drüben?«

»San Diego. Unsere Sachen landen dort in einem Lagerhaus.«

»Und ich nehme an, wenn ich möchte, dass meine Kiste woanders hin soll – wie zum Beispiel nach New York –, wird das sicherlich auch gehen?«

»Es ist nur eine Frage, wie viel du bezahlen möchtest. Wie du richtig annimmst, liefern wir auch in den Big Apple«, sagte Fazl mit einem breiten Grinsen.

»Wie gesagt, Geld spielt dabei keine Rolle. Lass es mich wissen, wie viel sie wollen.«

Bashara lehnte sich zu Moussak hinüber. »Nun machst du mich doch neugierig: Sag mir, was zum Teufel ist in dieser Kiste so verdammt wichtig?«

Moussak Amadi kreuzte seine Arme über der Brust und gab seiner Stimme einen bewusst provozierenden Ton. »Eine

Atombombe«, sagte er, »wir lassen die Regierung in Washington hochgehen.«

Fazl hob eine Augenbraue zu einem fragenden Blick und brach dann in Gelächter aus. Moussak beobachtete ihn belustigt.

Als er sich wieder beruhigt hatte, sagte Fazl: »Okay. Wenn du es mir nicht sagen willst, auch gut. Das ist in Ordnung. Ich werde dir morgen mitteilen, was dieses kleine Projekt kostet, und wir können es dann umsetzen.« Er streckte seine Hand aus, und Moussak schüttelte sie, um den Deal zu besiegeln.

Als sie aufstanden, blieb Moussak noch einen Moment stehen. Er zog einen Briefumschlag heraus und zeigte Fazl den Inhalt. Es waren mehrere Passfotos und Zettel mit Namen und Daten. Als er Fazls fragenden Blick sah, sagte er: »Wir brauchen auf die Schnelle noch ein paar Pässe, auch für mich, mit einem US-Visum. Für die entsprechende Summe ist das doch für einen Mann mit deinen Verbindungen kein Problem, oder?«

Fazl streckte die Hand aus, um den Umschlag entgegenzunehmen. »Da hast du recht. Wenn du sagst, ihr zahlt dafür anständig, ohne zu feilschen, dann hast du einen Deal. Ich sehe, wir verstehen uns immer besser. Und für die Brüder aus der alten Heimat mache ich das natürlich besonders gern.«

Eine Woche nach dem Treffen mit Fazl Bashara traf sich Moussak mit Abdullah am Flughafen von Mexiko-Stadt. Sowie er von dem erfolgreichen Transfer der Ladung per WhatsApp erfahren hatte, war er gefolgt.

»Hier, gute Arbeit«, hatte Fazl gesagt, als er ihnen die Pässe überreichte, nicht ohne Stolz in der Stimme. Moussak blätterte darin, sah sein eigenes Bild und dann das Einreisevisum für die USA. In der Tat, es wirkte alles ziemlich echt, musste er einräumen.

Fazl hatte ihn zum Flughafen gefahren und versichert, dass die Kiste bereits auf dem Weg war, die Grenze durch den

Tunnel passiert hatte und nun auf einem Lastwagen lag, der eine Lieferung Drogen für die Ostküste geladen hatte – mehrere Hundert Kilo Kokain. Da würde eine Kiste kaum auffallen. Auch die Übergabe in New York war geregelt.

Moussak musste sich eingestehen, dass er nervös war, als sie auf dem JFK-Flughafen in New York ankamen. Würde das mit den Pässen wirklich funktionieren?

Es verlief ohne Probleme. Er fragte sich, wie es sein konnte, dass der Fälscher die strengen Sicherheitsvorkehrungen für die Visumvergabe überwinden konnte. Im Grunde genommen war es ihm aber egal, er hatte schließlich genügend Geld dafür bezahlt. Mithilfe eines Stadtplans zeigte er dem Taxifahrer ihr Ziel, der sie daraufhin nach Brighton Beach brachte, dem Vorort am Meer.

»Sie wollen also nach Klein-Odessa«, sagte der Mann, ein Schwarzer mit einem Akzent aus der Karibik, und bestätigte damit, was ihr Auftraggeber ihnen geraten hatte. Der Falke hatte sie bei ihrem letzten Gespräch beruhigt. »Unser russischer Freund wird da gut hinpassen«, hatte er versichert. »Seht zu, dass ihr ein Apartment findet, das nicht direkt im Zentrum liegt, was Unauffälliges, mehr am Rand.«

Der Mann aus der Karibik fuhr sie an einem verlassenen alten Industriegebäude vorbei. Daneben stand ein vierstöckiges Apartmentgebäude, bei dem viele Fenster mit Holzplatten vernagelt waren. An einem sah Moussak ein Schild: »For rent – Albert Wasserman Real Estate«. Dazu eine Telefonnummer und eine Adresse. Moussak notierte sich die Nummer. Kurz darauf saßen sie dem Makler gegenüber, der sie skeptisch musterte.

»Sie wollen also wirklich dieses Loch mieten?«, fragte der Makler.

»Wieso nicht? Sie bieten es doch selber zur Miete an?«, gab Moussak zurück.

»Nun, um der Wahrheit die Ehre zu geben, das Gebäude wird nächstes Jahr abgerissen«, sagte Wasserman.

»Na ja«, sagte Moussak, »wir sind Künstler. Wir arbeiten an einem größeren Projekt und brauchen einen ruhigen Platz zum Arbeiten. Und wir haben nicht gerade viel Kohle.«

»Ist ja gut«, sagte der Makler, »natürlich können Sie da rein. Aber ich brauche einen Vorschuss.« Moussak zählte ihm die Scheine hin. »Ruhig ist es da, das kann ich versprechen«, sagte Wasserman, als er die Scheine einsteckte.

Moskau, Russland
März 2018

Noch einmal kniete er nieder, zum dritten Mal an diesem Morgen, und zog den schwarzen Lederkoffer unter dem Bett hervor, klappte ihn auf und schaute hinein. Er fühlte die Dollarscheine, blätterte die dicken Bündel auf, strich darüber. Andrej Smolzewskij lächelte. Er nahm fünftausend Dollar heraus und steckte sie in seine Jackentasche. Nach kurzem Zögern griff er noch einmal zu und steckte weitere fünftausend ein. New York ist teuer, dachte er. Dann schloss er den Koffer wieder und schob ihn tief unter das Bett.

Ächzend richtete er sich auf, wobei er sich auf seinem Stock abstützte. Er nahm den Pass, der auf dem Nachttisch lag, und schlug die Seite mit dem amerikanischen Visum auf. Wieder lächelte er verschmitzt. »Tantchen Tamara, ich komme«, sagte er.

Er verstaute den Pass und das Aeroflot-Ticket in seiner Jacke, ergriff den kleinen Koffer und seinen Stock und verließ die Wohnung. Draußen drehte er den Schlüssel seines Apartments zweimal um, dann nahm er den Schlüssel für das zweite Schloss, das er zusätzlich hatte einbauen lassen, und schloss noch einmal ab. Die Zahl der Einbrüche in diesem Moskauer Stadtteil hatte erheblich zugenommen. Im Treppenhaus begann er humpelnd den langen, mühseligen Abstieg, acht Stockwerke. Dann hatte er Glück. Binnen einer Minute fand er ein Taxi.

»Zum Flughafen«, sagte Smolzewskij, als sich der Wagen in Bewegung setzte.

»Machen Sie sich auf einiges gefasst«, brummte der Taxifahrer und rückte an seiner Ledermütze. »Die ganze Stadt steht kopf.« Statt einer weiteren Erklärung gab er Gas, trat aber an der nächsten Kreuzung wieder voll auf die Bremse. »Verdammter Mist, ich wusste es doch.«

Auf der Kreuzung stand ein Polizeiwagen quer. Ein Polizist winkte alle Autos an den Straßenrand. Ein anderer beugte sich zu dem Fahrer herunter.

»Wohin?«

»Zum Flughafen.«

Der Polizist beäugte Smolzewskij. »Den Pass.«

Smolzewskij reichte ihn heraus. Der Polizist blätterte darin. »Gepäck?«

Smolzewskij nickte.

»Aufmachen.«

Der Fahrer stieg aus und hob den Kofferraumdeckel. Der Polizist öffnete den Koffer, wühlte darin herum. Dann reichte er Smolzewskij den Pass zurück.

»Gut, weiterfahren.«

Bis zum Flughafen waren weitere drei Kontrollstellen eingerichtet. Smolzewskij verstand als einer der wenigen in Moskau, was der eigentliche Grund war. Die ganze Aufregung ging nun schon tagelang, sie suchten immer noch, sie konnten einfach nicht aufgeben, das verstand er. Sie suchten immer noch nach einem verschwundenen Atomsprengkopf. Arbatow hatte ihn dringend aufgefordert, aus Moskau zu verschwinden und in New York eine Weile abzuwarten, bis er dort zum Einsatz kommen würde. Aber das konnte noch etwas dauern, sie mussten die Ware erst einmal herbeischaffen. Dennoch war es besser, wenn er schon drüben und nicht mehr hier war, in dieser unsicheren, aufgeregten Atmosphäre, wo sie gewiss auch solche Personen wie ihn im Blick haben würden, die irgendwas mit Atomwaffen zu tun hatten.

Fluchende Autofahrer standen in langen Schlangen, einige machten sich mit Hupkonzerten Luft.

»Die Mafia«, zuckte der Taxifahrer mit den Schultern. »Angeblich wollen sie wieder mal durchgreifen, vor allem gegen den Drogenhandel. Tschernow tut so, als wolle er was tun.« Er spuckte aus dem Fenster. »Nützt ja doch nichts.«

Die Schlange vor den Abfertigungsschaltern am Scheremetjewo-Flughafen reichte bis auf die Straße hinaus. Frustrierte Passagiere liefen, ihre Tickets in der Hand, auf und ab, schauten auf die Anzeigetafeln, verglichen die Abflugzeiten mit der großen Uhr an der Stirnwand der Halle. Aeroflot-Mitarbeiter versuchten, die aufgebrachten Menschen zu beruhigen.

»Haben die nichts Besseres zu tun, als die Koffer von harmlosen Bürgern zu durchwühlen?«, schrie eine Frau. »Ich muss nach New York zu meinen Enkelkindern.«

An der Gepäckabfertigung standen drei Polizisten, dahinter mit einigem Abstand zwei Soldaten mit umgehängten Maschinenpistolen. Jedes Gepäckstück wurde geöffnet.

Smolzewskij ging auf sie zu und zwang sich zu einem Lächeln. »Man hat mich zwar auf dem Weg hierher schon kontrolliert. Aber wie sagt der Volksmund so schön? Doppelt genäht hält besser.«

Er begann, den Reißverschluss an seinem Koffer aufzuziehen.

Der Polizist stoppte ihn. »Ist ja gut, wir machen hier auch nur unsere Arbeit«, sagte er und winkte Smolzewskij weiter. »Gute Reise«, sagte er.

»Werde ich haben«, sagte Smolzewskij und strebte auf den Abfertigungsschalter des Fluges nach New York zu.

Brighton Beach, N.Y., USA

Endlich kam auf seinem Mobiltelefon der erwartete Anruf. Der Lastwagenfahrer meldete sich. Abdullah verabredete sich mit ihm an einer Bushaltestelle, die er in der Nähe ausgekundschaftet hatte.

»Ich war noch nie in Brighton Beach«, sagte der Fahrer, ein Latino aus Guatemala, »und die haben da tatsächlich einen Strand?«

Abdullah war nicht nach einem ausführlichen Gespräch über die lokalen Attraktionen zumute. Alles, was er wollte, war die Kiste.

Wie verabredet trafen sie ihn an der Bushaltestelle und fuhren mit ihm zu dem Apartmentgebäude. Die Kiste war ziemlich schwer, aber der Latino hatte keine Lust, ihnen beim Hinauftragen behilflich zu sein. Er stellte sie ächzend auf den Bürgersteig, kletterte in die Fahrerkabine zurück und gab Gas.

Sie hatten Schwierigkeiten, sie in den zweiten Stock hinaufzuschaffen. Endlich gelang es ihnen. Abdullah wurde sich plötzlich bewusst, wie unwirklich das alles war. Sie hatten gerade eine harmlos aussehende Kiste in ein heruntergekommenes Apartment in einem Vorort von New York geschafft. Die sich dahinter verbergende Wahrheit war: Soeben war in diesem Loch von einer Wohnung ein Sprengkopf angekommen, die Einzelteile eines Atomsprengkopfes.

Sie hatten nur noch wenig Zeit, denn sie wollten den Russen am Flughafen abholen. Den Mann, den sie unbedingt brauchten, um daraus das Werkzeug zu machen, das Allahs Rache vollenden sollte. Er würde in Kürze landen, und bald danach würde der Mann eintreffen, der Allahs Willen umsetzen würde.

Er hatte seinen Bart sorgfältig gestutzt, trug Anzug und Krawatte, und ein Blick in den Spiegel hatte selbst ihn überzeugt, dass er einen würdigen Anblick abgab. Er stand nun in der langen Schlange in der Ankunftshalle auf dem JFK-Flughafen. In seiner Jackentasche steckte der Pass, den sein Mittelsmann in Saudi-Arabien für ihn besorgt und der ihm schon in Zürich gute Dienste geleistet hatte – jener authentische Pass, den ihm der fanatische Unterstützer aus dem großen Kreis der königlichen Familie hatte zukommen lassen, der nichts anderes wollte, als es den Lakaien der Amerikaner in Riad heimzuzahlen und sie von ihrem verhängnisvollen Weg abzubringen.

»Sei unbesorgt«, hatte ihm der Prinz versichert, »die werden dich mit offenen Armen empfangen.« Tatsächlich war er mit diesem Pass ja selber ein Teil vom großen Kreis ganz am Rande der saudischen Königsfamilie geworden.

Langsam rückten die Wartenden vor dem Abfertigungsschalter vor. Endlich war er an der Reihe. Der Falke spürte die Anspannung, die sich schlagartig bemerkbar machte. Er hätte alles dafür gegeben, jetzt eine Zigarette anstecken zu können. Er holte den Pass hervor, seine Hände zitterten leicht, und er hoffte, dass dies gleich vorübergehen würde. Er präsentierte ihn dem uniformierten Mann am Schalter. Der klappte den Pass auf und verglich das Foto sorgfältig mit dem Gesicht des Falken. Ben Nasar mahlte mit den Zähnen, aber es gelang ihm, nach außen ruhig zu wirken.

Der Einwanderungsbeamte schaute noch einmal zu ihm auf, noch sorgfältiger. Dann schaute er in seinen Computer. Es ist vorbei, dachte der Falke, es ist vorbei. Sie werden dich jetzt gleich festnehmen, alles aufdecken, dich ins Gefängnis werfen.

Dann schaute der Beamte wieder zu ihm auf und zeigte ein Lächeln. »Willkommen in Amerika, königliche Hoheit«, sagte er und reichte ihm den Pass zurück. »Ich hoffe, Sie haben einen angenehmen Aufenthalt.«

Moskau, Russland

Arbatow sog tief an seiner Zigarette und blies dann den Rauch aus. Er schwieg, nahm einen erneuten Zug, stieß den Rauch wieder aus und zerdrückte die Zigarette in dem Aschenbecher, der neben dem Bett stand. Er sah ihren fragenden Blick, und wieder fiel ihm nichts anderes ein, als zu wiederholen: »Äh … es ist … vielleicht ist es besser, wenn du es gar nicht weißt.«

Natascha wollte es offenbar nicht einfach hinnehmen. »Vertraust du mir etwa nicht? Jurij, ich hab dir doch gesagt, ich tue alles für dich.«

Er erkannte, dass es keinen Sinn hatte. Er wusste, er brauchte sie, er konnte nicht mit ihr zusammen sein, ohne es ihr zu sagen. Längst hatte er, wie er beinahe verwundert feststellte, in seinem Innern die Grenze überschritten, die er sich gesetzt hatte. Diese Grenze, die ihm so wichtig war: Sich nicht noch einmal in eine so heftige emotionale Abhängigkeit zu bringen, wie er dies viel zu lange mit Raissa erlebt hatte. Ja, er hatte es auch in seiner zweiten Ehe mit Tatjana zugelassen – und war wieder gescheitert. Und jetzt diese junge Frau, die so ganz anders war als diese beiden vor ihr. War er zum Narren geworden, einem alten dazu? Was war es nur, was sie in ihm ausgelöst hatte? Musste er nicht gerade bei ihr, der viel Jüngeren, auf mehr Distanz achten? Lief er gerade in die gleiche Falle? Zu viele Fragen, dachte er. Er spürte, dass er sie nicht nur als Frau brauchte, er brauchte jemanden, mit dem er die schwere Bürde teilen konnte, die er auf sich geladen hatte.

»Wir haben unser Paket auf den Weg gebracht«, sagte er.

Sie schaute ihn fragend an. »Das Paket? Hat es etwas mit eurem Anschlag zu tun?«

»Ja, das war der eigentliche Grund«, räumte er zögernd ein.

»Aber was ist in diesem Paket?«, fragte sie.

»Es ist …«, zögerte er, gab sich dann aber einen Ruck, »es ist ein kleiner Atomsprengkopf.«

Arbatow spürte, wie der Schock durch ihren Körper ging. Natascha begann zu zittern. Er legte seinen Arm um sie und zog sie an sich heran. Er flüsterte in ihr Ohr: »Versteh doch, es geht hier nicht um mich, nicht um uns. Es geht um viel mehr. Es geht um Russland, um unser aller Zukunft.«

Sie zitterte noch immer, die brennende Zigarette glitt ihr aus den Fingern. Arbatow hob sie auf und warf sie in den Aschenbecher. Wieder flüsterte er, eindringlicher noch: »Natascha, ich brauche dich. Du bist die Einzige, der ich es sagen kann. Aber du darfst mit niemandem darüber sprechen, hörst du, mit niemandem.«

Sie schwieg einen Moment, musste das Ungeheuerliche offenbar verarbeiten. »Aber was soll mit diesem … diesem Sprengkopf geschehen?«

»Wir wollen eine Botschaft schicken«, wiederholte er den Spruch, den er sich zurechtgelegt hatte. »Tschernow darf einfach nicht so weitermachen.«

Noch einmal versuchte sie es: »Aber ist das nicht gefährlich? Das ist doch eine schreckliche Waffe!«

Arbatow brauchte einen Moment, um zu antworten. »Ja, gerade das ist doch das Druckmittel. Und die Leute, an die wir den Sprengkopf weitergeben, wollen ihn doch auch nur benutzen, um auf ihre Ziele aufmerksam zu machen.«

»Aber, wenn sie ihn zur Explosion bringen? Das wäre doch ungeheuerlich. Das darf doch niemals sein«, warf sie ein.

Erneut zögerte Arbatow mit seiner Antwort. Hatte sie nicht recht? Konnte, durfte man diesen Leuten trauen, dass sie wirklich nur eine starke Wirkung erzielen wollten?

»Das werden sie nicht tun. Sie sind Fanatiker, natürlich, aber wenn es darauf ankommt, dann …« Er suchte nach Worten, Worten, an die er selber glauben konnte – und war sich nicht sicher, ob er es wirklich tat. »Dann werden sie bestimmt nicht diesen letzten Schritt tun. Das würde ihrem Anliegen doch nur schaden.«

Er erhöhte den Druck seines Armes, den er um sie gelegt hatte. Er hasste sich irgendwie für das, was er nun sagte: »Natascha, mein Liebling, bitte, bitte, glaub mir. Ich brauche dich. Ich liebe dich.«

Sie schlang ihre Arme um seinen Hals. Er spürte ihre Tränen auf seiner Haut. »Warum musste ich nur so einen schrecklichen Kerl wie dich treffen? Oh, Jurij, ich liebe dich.«

Der Schneeregen, der den ganzen Vormittag über nicht aufhören wollte, half wahrlich nicht, ihre Laune zu verbessern, und auch die Umgebung trug nicht dazu bei. Dieses Café erinnerte sie eher an den Wartesaal eines Bahnhofs – hohe Decken, hell erleuchtet, mit vielen Reihen von leeren Plastiktischen. Aber es lag in der Nähe, und sie hatte wenig Zeit vor ihrem Abflug am Mittag. Sie trug lange Hosen und einen weiten Strickpullover, ihr Regenmantel lag über einem der vier Plastikstühle. Sie goß sich einen Tee ein. Während sie den ersten Schluck nahm, sah sie Olga durch die Tür kommen.

Olga Gurkin war ihre beste Freundin. Was vor vier Jahren als eine Beziehung zwischen einer Vorgesetzten und ihrer Mitarbeiterin begonnen hatte, hatte sich schnell zu einem Verhältnis von der Art vertieft, wie es nur Frauen verstanden – und um das sie manche Männer beneideten. Natascha winkte ihr zu, und Olga zwängte sich durch die Tischreihen zu ihr herüber. Sie trug die Aeroflot-Uniform, ganz offensichtlich auf dem Weg zu irgendeinem Abflug, sie nahm das Käppi ab, ließ die Haare fallen und warf ihren blauen Regenmantel über den von Natascha. Die beiden Frauen umarmten sich, bevor sie sich einander gegenübersetzten. Olga suchte in ihrer

Handtasche nach Zigaretten, während Natascha eine zweite Tasse Tee eingoss.

Nachdem sie die Zigarette angezündet hatte und den Rauch tief ausatmete, sagte Olga: »Nun ... Ich kann kaum abwarten, was du zu erzählen hast, Sweetheart. Lass es mich hören!«

Natascha rollte mit den Augen. Olga nannte jeden »Sweetheart«, eine Angewohnheit, an die sie sich nie gewöhnen würde. Sie schaute auf die Tischplatte, während sie mit dem Löffel spielte. »Ich weiß nicht, wie ich beginnen soll«, sagte sie endlich.

»Wie wäre es mit gleich von Anfang an?«, sagte Olga und nahm einen Schluck aus ihrer Tasse. »Läge ich ganz falsch, wenn ich annehmen würde, dass es was mit einem Mann zu tun hat?«

»Er ist General in der Armee«, sagte Natascha. »Ich habe ihn auf einem Flug in Sibirien getroffen.« Sie machte eine Pause, offenbar in Gedanken an dieses Treffen. »Ich hab' mich in ihn verknallt, gleich im ersten Moment, als ich ihn sah. Es war unvorstellbar. Gerade als ich zu dem Schluss kam, dass es einen solchen Mann für mich nicht gibt, stand er plötzlich vor mir. Ganz einfach so.« Sie schnippte mit den Fingern. »Olga«, sagte sie und beugte sich zu ihr hinüber, »ich habe etwas getan, was ich nie zuvor getan habe. Ich hab' ihm meine Karte gegeben mit meiner Telefonnummer von zu Hause und ihn gebeten, mich anzurufen.« Natascha lief rot an. »Und dann ist er plötzlich bei mir aufgetaucht.«

»Kann ich Ihnen ein Stück Kuchen bringen?«

Sie sahen auf und blickten auf einen dürren, langen Kellner, das Gesicht voller Akne, sein Gehabe affektiert.

»Was haben Sie da?«, fragte Olga.

»Pflaumenkuchen«, erwiderte er, legte seine Arme über Kreuz und blickte an die Decke.

»Ist das alles? Nur Pflaumen?«

»Ich mach' hier die Speisekarte nicht, ich bin nur der Kellner«, sagte er lispelnd.

»Also gut, ich nehme Pflaumen«, meinte Olga.

Natascha schüttelte den Kopf, während sich der Kellner ohne besondere Eile entfernte.

»Du musst dich mal nach einem netteren Laden umschauen, Sweetheart«, sagte Olga. »Dieses Loch erinnert mich wirklich an die alten Zeiten.« Sie sah sich um und schaute dann wieder Natascha an. »Also?«

Natascha blickte ihrer Freundin einen Moment aufmerksam ins Gesicht. Man merkte ihr definitiv an, dass sie älter wurde – die Linien um ihren Mund und ihre Stirn wurden deutlicher, und rund um das Kinn zeigten sich erste Spuren von Fett. Waren es nur die Jahre, oder war es auch ihr anstrengender Lebensstil? Es war kein Geheimnis, dass Olga Gurkin, früher oder später, mit den meisten der Aeroflot-Piloten im Bett gewesen war – und mit ein paar Mechanikern außerdem. Wenn sich jemand mit Männern auskannte, dann war es Olga.

»Er ist wunderbar. Ich weiß gar nicht, wo ich anfangen soll …«, sagte sie und fuhr mit dem Finger um den Rand der Tasse.

»Hat dieser Mister Wunderbar auch einen Namen?« Olga zog an ihrer Zigarette.

»Jurij, General Jurij Arbatow«, sagte Natascha, ein Lächeln auf ihrem Gesicht, »er sieht gut aus, er ist nett und aufmerksam …«

»Und gut im Bett?«, warf Olga ein.

Natascha zeigte ein verschämtes Lächeln, nahm Olgas Zigarette und zog daran. »Oh ja, er ist schon gut«, sagte sie. »Am Anfang war er etwas schüchtern, und, nun ja, ich hab ihn verführt, beim ersten Mal.«

»Na und, was ist das Problem, Sweetheart?«

Wie sollte sie das Problem angehen? Konnte sie einfach sagen, ach, übrigens, er hat einen Sprengkopf gestohlen, einen Atomsprengkopf, und er möchte Tschernow eine Lektion erteilen? Das würde Olga gewiss nicht verstehen. Sie verstand es ja selber nicht. Unmöglich. Sie fing an, sich zu fragen, was sie hier eigentlich machte. Sie wollte unbedingt eine Meinung dazu hören – dass ihr jemand sagte: Klar, bleib bei dem Kerl, den du liebst, alles andere ist egal. Was für eine Frage! Wozu die ganze Aufregung? Aber auf der anderen Seite: Hier ging es um einen nuklearen Sprengkopf, verdammt noch mal. Sie hatte kein Auge zugetan, seit sie ihm zugesagt hatte, dass sie es tun würde. Ein alter amerikanischer Rock-'n'-Roll-Song ging ihr durch den Kopf, der die Dinge besang, die man aus Liebe tut.

»Natascha?« Olga lehnte sich über den Tisch, eine Augenbraue hochgezogen.

»Ach, ich weiß auch nicht«, sagte sie und saugte an ihrer Lippe. »Manchmal wirkt er so ... so abwesend.«

»Nicht im Bett, hoffentlich«, sagte Olga, die sich zurücklehnte, um dem Kellner Platz zu machen, damit er den Pflaumenkuchen vor ihnen hinstellen konnte. Mit einem arroganten Blick auf die beiden verschwand der Pickelgesichtige sogleich wieder.

»Nein, dabei nicht«, sagte Natascha zögerlich. Sie sah sich um, als suche sie nach dem richtigen Wort. »Es ist so, als sei er besessen.«

»Nun kommen wir zu dem interessanten Teil«, antwortete Olga und hob die Gabel mit einem großen Stück von dem Kuchen zum Mund.

Natascha hob abwehrend ihre Hand. »Es dreht sich nicht alles um Sex, weißt du. Jurij hat anscheinend einen Hass auf Tschernow, der ihn völlig auffrisst. Er glaubt, dass Tschernow das Land ruiniert und dass er was unternehmen muss, um ihn aus dem Amt zu treiben.«

Sie machte eine Pause und dachte, dies sei nun endlich der richtige Weg, um zu ihrem eigentlichen Thema zu kommen.

»Nun, das ist gut, Sweetie«, sagte Olga kauend, »ich schätze Männer, die eine klare Position beziehen. Das ist sehr männlich. Sehr erotisch, wenn du mich fragst.«

Natascha schob die Tasse von sich weg. So ging das nicht, dachte sie. Sie würde alleine eine Lösung finden müssen, auf ihre eigene Art. Olga würde ihr dabei nicht helfen können.

»Nun ...«, sagte Olga, »er beschäftigt sich also mit Politik?«

»Ich denke, so kann man das nennen. Worum es geht ... er möchte, dass ich ihn verstehe, dass ich ihn irgendwie unterstütze.«

»Aber das ist doch wunderbar, Sweetheart. Du weißt doch, was man so sagt: wenn Paare Dinge zusammen machen ...« Olga wischte ihren Mund mit einer Papierserviette ab.

Ja, dachte Natascha, das nette junge Paar, das alle seine Geheimnisse teilt, ach, es geht ja nur darum, einen Atomsprengkopf für eine politische Denkzettelaktion einzusetzen, nichts weiter, und war sich des Zynismus ihrer Gedanken bewusst. Olga würde ihr nicht weiterhelfen können, das war ihr klar geworden. Es war Zeit, das Thema zu wechseln. »Ich glaube, du hast recht, Olga, mein Fehler ist, dass ich immer zuerst nach den Dingen bei einem Mann suche, die schwierig sind. Und wie geht's dir? Was machst du noch so?«

Olga zündete eine neue Zigarette an, stieß den Rauch aus, lehnte sich über den Tisch und flüsterte: »Sein Name ist Grigorij. Sechsundzwanzig Jahre alt, ein Körper wie ein griechischer Gott – und was für eine Ausdauer!«

Während Olga nun genüsslich ein paar Einzelheiten erzählte, zwang sich Natascha zu einem Lächeln und mimte Interesse, aber ihre Unsicherheit und das Gefühl eines drohenden, anscheinend unaufhaltsamen Verhängnisses waren noch stärker als zuvor.

Washington, D.C., USA

»Nehmen Sie doch bitte Platz, Mr Blake. Der Präsident wird gleich da sein«, sagte die Sekretärin und führte ihn in den Besucherbereich des Oval Office, des Präsidialbüros des mächtigsten Politikers der Welt.

Anthony Blake stellte seinen Aktenkoffer neben eines der Sofas. »Kommt er wieder zu spät?«, fragte er.

Die Sekretärin warf ihm einen verständnisvollen Blick zu, der ausdrückte: Was ist daran schon Besonderes? Dann verließ sie den Raum.

Blake richtete sich auf eine längere Wartezeit ein. Bill Webster war nicht eben für seine Pünktlichkeit bekannt. Er fragte sich, für was er denn eigentlich bekannt war. Er setzte seine Brille ab und klopfte mit dem Bügel gegen seine Zähne, eine Angewohnheit, die ihn immer dann überkam, wenn er sich in Gedanken verlor.

Der hervorragende Wahlkämpfer, ja, das war Bill Webster. Das hatte er bewiesen – zu jedermanns Überraschung. Eigentlich war er gar kein richtiger Politiker. Lange hatte er sich als Geschäftsmann durchs Leben geschlagen, erfolgreich. Und gegen alle Erwartungen hatte er gewonnen. Er wusste die Massen zu begeistern, mit einfachen Antworten. Aber was verbarg sich hinter dieser für die Öffentlichkeit bestimmten Fassade?

Blake hatte nicht gezögert, als ihm Webster das Amt des Sicherheitsberaters angeboten hatte. Der ultimative Platz im Zentrum der Macht! Aber das hatte ihm auch die einzigartige Chance gegeben, Webster aus der Nähe zu beobachten. Ein Amateur, war seine Schlussfolgerung. Zumindest galt dies für den Bereich der Außenpolitik. Manchmal vermutete er, und das nicht ohne Grund, dass dieser Mann selbst bedeutende Vorgänge im Ausland nur als Nebensache wahrnahm.

Andererseits hieß es, er sei volksnah, und sein mangelndes Interesse an dem, was sich im Rest der Welt abspielte, war vermutlich gerade das typisch Amerikanische an ihm. Und dennoch musste er sich eingestehen, dass Webster das, was ihm an Interesse und Wissen fehlte, durch eine gewisse Dreistigkeit wettmachte. Bei einigen Punkten aus seiner Antrittsrede musste den Russen ein gehöriger Schreck in die Glieder gefahren sein. Er hatte Tschernow zu einer Art Abrüstungswettbewerb herausgefordert. Es war kaum zu glauben, aber es hatte funktioniert. Der Mann im Kreml bettelte nun fast darum, seine nuklearen Sprengköpfe loszuwerden, und Bill Webster machte durchaus den Eindruck, als ob er sehr genau wüsste, was er da ausgelöst hatte.

Blake schaute auf seine Uhr und blickte dann gedankenverloren um sich. Jedes Mal aufs Neue war er beeindruckt von der ungeheuren Macht, die dem Inhaber dieses Amtszimmers zur Verfügung stand. Sein Blick fiel auf den Schreibtisch des Präsidenten. Was für ein ehrwürdiges Stück! Hier an diesem alten Eichenschreibtisch hatten schon so viele Präsidenten Geschichte geschrieben. Würde das Webster jetzt auch gelingen? Ein gutes Jahr lang war er nun bereits Präsident, und das offizielle Washington schüttelte immer noch ungläubig den Kopf. Wie war es möglich gewesen, dass ausgerechnet dieser Mann zum Präsidenten gewählt worden war? Das gesamte Wahlverfahren war eine einzige Glückssträhne für ihn gewesen. Websters Partei hatte ihn nach vielem Hin und Her gegen eine Kandidatin aufgestellt, die als unschlagbar galt. Und er hatte gewonnen!

Die Tür des Oval Office öffnete sich mit einem Schlag, als der Präsident mit seinem Hund, einem Golden Retriever, eintrat. Vier ausladende Schritte, und Webster stand mit ausgestreckter Hand vor Blake, der gerade erst dabei war, sich zu erheben.

»Tony, Tony«, knurrte der Präsident und schüttelte Blake kräftig die Hand. »Tut mir leid, dass ich mich verspätet habe. Den ganzen Vormittag nichts als ein blöder Quatsch nach dem anderen. Scheint, als ob ich heute jede einzelne Umweltschutzorganisation dieses Landes im Kreuz habe. Dieser blöde Klimawandel! Was für ein Unfug. Setzen Sie sich doch.«

Webster nahm auf der Couch gegenüber von Blake Platz, seinen Hund wie immer neben sich.

»Etwas zu trinken, Tony? Kaffee, Tee? Für die harten Sachen ist es wohl noch etwas früh.«

»Nein danke, Mr President. Wir sollten direkt zur Sache kommen.«

»Natürlich. Diese Angelegenheit mit den Russen«, erwiderte Webster, wobei er den Kopf seines Hundes kraulte.

Blake betrachtete das Tier, eine Hündin, ein sicherlich schönes Tier, das den Präsidenten fast überallhin begleitete. Sie hieß Connie, aber es ging das Gerücht um, dass dies nur die Abkürzung für Constituent war, also für alles, was mit Wahlen und Wählern zu tun hat, ein Name, den Webster selbst ausgesucht hatte. Blake legte den Aktenkoffer auf seinen Schoß und entnahm ihm einen Ordner, der den Stempel mit dem Symbol für »Streng geheim« trug. Dann stellte er den Aktenkoffer wieder ab, öffnete den Ordner und räusperte sich vernehmlich.

»Mr President, dieser aktuellste Bericht aus ...«

»Entschuldigen Sie, Tony.« Der Präsident drückte den Knopf der hausinternen Sprechanlage. »Caroline, sagen Sie Sanchez, er soll mir eine Diätcoke mit einem Stück Zitrone bringen ... Wollen Sie wirklich nichts, Tony?« Blake schüttelte den Kopf.

»Danke, Caroline.« Dann wandte er sich wieder Blake zu. »Entschuldigung, fahren Sie bitte fort.«

»Jawohl, Sir. Ich wollte gerade sagen, dass die letzten Nachrichten aus Moskau äußerst beunruhigend sind.«

»Hm«, antwortete der Präsident.

»Es scheint so, als würde sich Russlands Situation wirtschaftlich erheblich verschlechtern, Sie wissen, die Ölpreiskrise. Und das ewige Missmanagement, sie kriegen es einfach nicht auf die Reihe. Energie ist das Einzige, was sie haben, und jetzt kommt Tschernow endgültig in erhebliche Schwierigkeiten. Die Unruhe im Lande nimmt eindeutig zu. Noch hat er es nach außen unter Kontrolle, aber es gärt überall.«

In diesem Augenblick öffnete sich die Tür, und Webster gab Blake ein Handzeichen, seinen Vortrag zu unterbrechen. Ein Kellner in weißem Jackett brachte den Drink, den der Präsident bestellt hatte, und stellte ihn auf den Ecktisch.

»Danke, Sanchez.

Sanchez nickte dienstbeflissen und ging.

Webster erhob das Glas, nahm einen Schluck und fuhr dann fort: »Wo waren wir stehen geblieben, Tony?«

»Bei der Lage in Moskau, Mr President, die täglich kritischer zu werden droht. Und nun berichten unsere CIA-Leute auch noch, dass sich etwas sehr Merkwürdiges ereignet hat.«

»Merkwürdiges?«

»Jawohl, Sir. Man scheint nach etwas zu suchen. Polizei und Spezialeinheiten der Armee durchkämmen die Hauptstadt. Sie durchsuchen jeden und alles. Züge, Busse, Flugzeuge, alles wird angehalten, und ebenso durchsuchen sie alles, was in die Stadt kommt oder sie verlassen will. Der gesamte öffentliche Verkehr, der schon unter normalen Verhältnissen nicht besonders pünktlich ist, befindet sich in einem einzigen riesigen Stau.«

»Und wonach, zum Teufel, suchen sie?«, fragte Webster, der endlich einmal einen Ansatz von Interesse zeigte.

»Das genau ist ja so seltsam, Mr President. Sie sind in diesem Punkt nicht besonders gesprächig. Offiziell hat man bekanntgegeben, es handele sich um einen Schlag gegen ihre eigene Mafia, aber das kaufen ihnen unsere Leute nicht ab. Wir haben zwar noch keinen direkten Hinweis, dass dies nicht der Fall ist, aber irgendeine größere Sache läuft da ab, und ich wollte Sie daher auf dem Laufenden halten.«

Webster hatte aufgehört, Connies Kopf zu kraulen, und schaute nun doch etwas besorgt aus. »Gehen Sie davon aus, dass Tschernow trotzdem zum Gipfeltreffen nach Washington kommen wird?«

»Selbstverständlich«, antwortete Blake. »Der russische Botschafter hat erst heute morgen bestätigt, dass Tschernow endgültig zugesagt hat.«

»Nun gut«, sagte der Präsident.

Blake zog ein weiteres Blatt aus dem Ordner, blickte kurz darauf und sagte dann: »Leider gibt es da noch etwas sehr Unangenehmes, Mr President.«

Der Präsident beugte sich nach vorne.

»Die CIA hat etwas von einer Schießerei in einer Militärbasis außerhalb von Moskau in Erfahrung gebracht. Unsere Leute dort vermuten, dass sich da russische Soldaten gegenseitig beschossen haben und dass es eine Reihe von Opfern gegeben hat.« Blake unterbrach sich kurz. »Und genau diese Militärbasis ist Lager für einen Teil ihres nuklearen Sprengkopfarsenals, das sie eigentlich verschrotten wollen.«

Bill Webster biss sich auf die Unterlippe.

Connie gähnte und legte ihren Kopf auf die ausgestreckten Vorderpfoten.

Brighton Beach, N.Y., USA

Es klopfte. Andrej Smolzewskij unterbrach seine Arbeit und schaute über den Tisch voller Geräteteile, Werkzeuge und Drähte zur Tür. Der nervöse junge Mann, der ihn in den letzten beiden Tagen wie ein Kindermädchen begleitet hatte, sprang von seinem angestammten Sofaplatz auf, als er das

Klopfsignal hörte, und lief durch den engen Flur der kleinen Mietswohnung. Er horchte an der Tür und sagte dann etwas auf Arabisch. Als die Antwort ebenfalls in dieser Sprache erfolgte, öffnete er. Ali Ben Nasar trat ein. Die beiden Araber unterhielten sich zuerst in gedämpftem Ton, wurden bald aber vor Erregung lauter, bis der Falke den jungen Mann einfach zur Seite stieß und ins Wohnzimmer kam. Ohne zu grüßen, fragte er: »Wie lange noch?«

»Wer sind Sie denn eigentlich?«, gab Smolzewskij zurück.

»Das spielt keine Rolle. Du brauchst meinen Namen nicht. Du machst hier dein Ding, ich mache meins. Das ist alles. Und das Einzige, was ich wissen will, ist, wann du endlich fertig bist.«

Smolzewskij schaute ihm ins Gesicht und antwortete, ohne den Zigarettenstummel aus seinem Mund zu nehmen: »Genau dann, wenn ich fertig bin.«

Ben Nasar versteifte seine Haltung und ging einen weiteren Schritt auf den Tisch zu, an dem der alte Mann arbeitete. Smolzewskij konnte die Anspannung fast körperlich fühlen, die von diesem Mann ausging. Nasars Nasenlöcher weiteten sich, seine kalten schwarzen Augen zogen sich zu Schlitzen zusammen. »Ich muss aber unbedingt wissen, wann du fertig wirst«, wiederholte er.

»Und ich muss auch einiges wissen«, entgegnete Smolzewskij.

»Was?«, fragte Nasar, der seine Ungeduld kaum zügeln konnte.

Smolzewskij nahm die Zigarette aus dem Mund und hielt sie zwischen Daumen und Zeigefinger, so, wie es Russen gewöhnlich tun. Er deutete mit der Hand auf die Wände um ihn herum und sagte dann: »Konntest du keine bessere Unterkunft als diese Hütte hier finden? Schau dir das an! Leben alle hier in New York dermaßen erbärmlich? Und ich dachte immer, Moskau sei schon erbärmlich genug. Schau dich nur um. Völlig verdreckt. Die Tapete fällt von den Wänden, die Möbel fallen auseinander. Und dann diese Küche! Mir wird schon von diesem elenden Gestank schlecht.«

»Alter Mann, wir betreiben hier kein Luxushotel. Wir haben uns nach einer Gegend umgesehen, in der du nicht weiter auffällst. Ein typisch russisches Einwandererviertel. Und diese Wohnung hier bietet genau das, was uns am wichtigsten erscheint. Sie ist sehr privat und abgelegen.«

»In der Tat: sehr privat«, entgegnete Smolzewskij. »Kein Mensch außer mir wohnt in diesem Gebäude, und kein vernünftiger Mensch will hier freiwillig wohnen!«

Der Falke zog sich einen Küchenstuhl heran, bei dem die Füllung des billigen roten Plastikpolsters durch einen Riss hervorquoll, und setzte sich dem Russen gegenüber.

»Ich bin nicht hier, um mich mit dir über Innenausstattung zu unterhalten. Ich will wissen, wann du den Zünder angeschlossen haben wirst und wann du mir endlich zeigst, wie er funktioniert.«

»Und ich will wissen, wann ich endlich etwas zu essen bekomme«, brummte Smolzewskij und kniff seine Augen vor dem Zigarettenrauch zusammen, den er soeben ausgeatmet hatte.

Nasar wandte sich dem jungen Mann zu, der am Türrahmen lehnte, und sagte ihm etwas auf Arabisch. Smolzewskijs Babysitter nahm seine blaue Chicago-Bulls-Jacke und ging zur Tür.

»Und sag ihm, nichts von McDonald's!«, rief der alte Mann. »Und er soll mir noch eine Rolle Isolierband mitbringen.«

Nasar gab seinem Komplizen diese Anweisungen weiter und wandte sich wieder Smolzewskij zu. »Nun, Professor, also, ich frage noch einmal: wie lange noch?«

Smolzewskij nahm einen Schraubenzieher vom Tisch, benutzte ihn wie einen Zeigestock und begann seinen Vortrag über die Einzelheiten seiner Arbeit.

»Hier nun haben wir die Energiequelle«, dozierte er, »eine einfache Batterie, verbunden mit einem Zeitschalter, den dieser Mechanismus hier darstellt. Wird er aktiviert, baut die Batterie genügend Kapazität auf, um die Zünder mit Energie zu versorgen.« Mit der unvermeidlichen Zigarette deutete er auf jeden einzelnen der Zünder, von denen einige bereits mit Drähten verbunden waren, während andere noch auf dem Tisch herumlagen. »Aber für diese Art von Sprengkopf haben die Zünder nicht genügend Ladung zum Erzeugen einer Druckwelle, die stark genug ist. Dafür haben wir hier einen Zündverstärker.« Er deutete auf einen kleinen Mechanismus, der auf dem Tisch lag. »Den verbinde ich dann …«

»Erspar mir die Einzelheiten, alter Mann«, unterbrach Nasar seinen Vortrag. »Alles, was ich wissen muss, ist, wie man es aufstellt und wann du fertig bist.«

Der Russe zündete sich eine neue Zigarette an der an, die er gerade rauchte, ließ den Stummel auf den ausgeblichenen Linoleumboden fallen und drückte ihn mit seinem Schuh aus.

»Morgen, spätestens übermorgen.« Der Falke schaute ihn fragend an. Smolzewskij zuckte mit den Schultern. »Gute Arbeit braucht eben ihre Zeit.«

Moskau, Russland

Einen Moment lang stand er vor der Tür, unschlüssig und nervös. Dann klopfte er entschlossen und trat ein, ohne eine Antwort abzuwarten. Als Erstes fiel ihm das Bild auf, das hinter dem Generalmajor an der Wand hing. Boris Tschernow lächelte aus dem hölzernen Rahmen auf ihn herab. Der Generalmajor schaute zu ihm auf und folgte seinem Blick. »Vorschrift«, sagte er. »In allen Büros hier im Verteidigungsministerium muss das verdammte Bild hängen.«

Generalmajor Wladimir Olschowskij lehnte sich in seinem Bürosessel zurück und verschränkte die Hände hinter dem Kopf. Arbatow sah, wie ihn der General, dessen Uniformjacke lange Ordensreihen zierten, musterte. Eine ganze Weile herrschte Stille in dem nüchtern eingerichteten Raum. Neben dem Bild von Tschernow hing ein Foto, das Olschowskij an der Front in Afghanistan zeigte.

»Ich habe von dem Unfall gehört, bei dem Primakows Sohn draufgegangen ist«, sagte der General endlich. »Sie waren ja Zeuge, als es passierte. Eine verdammte Sauerei, wie sie mit unseren Truppen umgehen.«

Arbatow reagierte nicht. Er fühlte sich unbehaglich. Der Anruf aus Olschowskijs Büro war überraschend gekommen. Er konnte sich keinen Reim darauf machen, warum er nun vor dem Mann stand, der für die taktischen Atomsprengköpfe im Verteidigungsministerium zuständig war. Hatten sie schon einen Verdacht? Waren sie ihm auf der Spur? Er hatte seine Dienstpistole, eine Makarow, eingesteckt und durchgeladen. Lebend sollten sie ihn nicht bekommen. Er schaute sich nervös um, jeden Moment Soldaten der Militärpolizei erwartend. Aber sie waren alleine in dem Raum.

Der Generalmajor öffnete die Schublade seines Schreibtisches und nahm einen Umschlag heraus. »Hier«, sagte er, »Ihre Reisepapiere.« Er bemerkte Arbatows erstaunten Blick.

»Sie sind doch Experte für taktische Atomwaffen. Außerdem sprechen Sie Englisch. Sie wissen doch: Präsident Tschernow wird mit den Amerikanern über einen weiteren Abbau der Atomwaffen verhandeln. Webster will endlich einen Durchbruch. Verstehen Sie: kein Abrüstungsabkommen, keine wirtschaftliche Erleichterung! Die Amerikaner setzen

Tschernow die Daumenschrauben an. Sie wollen die Zahl der Sprengköpfe noch einmal um fünfzig Prozent reduzieren.«

»Verzeihung, ich verstehe nicht ganz – was habe ich damit zu tun?«, fragte Arbatow.

»Ganz einfach. Wir brauchen bei diesen Verhandlungen den Rat von Praktikern. Leute, die wissen, wovon sie reden. Leute wie Sie, Arbatow, damit die Idioten vom Außenministerium sich nicht wieder von den Amerikanern über den Tisch ziehen lassen. Sie sollen das Vorauskommando begleiten. Sie reisen morgen ab – nach Washington!«

Arbatow fühlte sich, als habe ihm jemand einen Schlag in die Magengrube versetzt. Die Farbe wich ihm aus dem Gesicht.

Der Generalmajor schaute ihn prüfend an. »Ist Ihnen nicht gut?«

Arbatow hatte Mühe, die Fassung zu bewahren. »Nein, nein, es ist nichts«, sagte er schließlich. »Es kommt nur etwas überraschend.«

Er nahm Haltung an und salutierte. Der Generalmajor erwiderte den Gruß nicht. Verlegen schaute er zu Boden. Als sich Arbatow umdrehte, um zu gehen, blickte er auf. »Einen Moment noch. Da ist noch etwas.« Olschowskij räusperte sich. »Eine unangenehme Geschichte, verdammt unangenehm.« Wieder räusperte sich der General. »Nun, wir hatten eine Schießerei in einem unserer Munitionsdepots. Dabei … äh … dabei ist ein Sprengkopf abhandengekommen, äh … ein nuklearer Sprengkopf.«

Also doch, schoss es Arbatow durch den Kopf. Die Reise nach Washington – alles nur ein Vorwand. Sie wussten es, hatten längst alles herausgefunden. Gleich würde die Tür aufgehen, und sie würden sich auf ihn stürzen. Langsam ließ er seine Hand auf die lederne Pistolentasche gleiten, die an seinem Gürtel hing.

Der Generalmajor schaute auf seine Schreibtischplatte. Dann fixierte er Arbatow. »Viele gehen immer noch davon aus, dass Gangster dahinterstecken. Die russische Mafia wird immer dreister. Bestimmt, so glauben die, werden sie sich bald melden und Millionen für die Rückgabe verlangen.« Er machte eine Pause und blickte Arbatow durchdringend an. »Aber wenn Sie mich fragen, dann gibt es zu viele, die das unbedingt glauben wollen, weil ...«, wieder machte er eine Pause, »weil die andere Version viel, viel unbequemer ist. Es ist doch klar, dass das ein Insiderjob war, die Identität der toten Beteiligten zeigt das ja. Es gab doch eine Art Bekennerschreiben, und das deutet in dieselbe Richtung. Also, Arbatow, Leute aus unseren eigenen Reihen.«

Arbatow nahm die Hand von der Pistolentasche zurück und steckte sie in seine Hosentasche.

»Die Sache ist natürlich streng geheim, Arbatow. Aber als Mitglied der Delegation müssen Sie Bescheid wissen. Ich hoffe, die Kerle von der CIA haben das noch nicht mitgekriegt. Falls die Amerikaner Sie dennoch darauf ansprechen sollten, streiten Sie alles ab. Unsere offizielle Linie ist: Die russischen Atomsprengköpfe sind sicher!« Er stand auf und gab Arbatow die Hand. »Also dann, gute Reise, Ihre Maschine geht morgen früh.«

Der Mann mit dem dunkelgrauen Anzug trug darunter ein hellblaues Button-down-Hemd, dazu eine gestreifte Krawatte. Seine schwarzen Schuhe, die er bei Florsheim in New York gekauft hatte, waren auf Hochglanz poliert. Alexander Falin kam aus einer alten Familie in St. Petersburg, und irgendwie hatte er es trotz der siebzig Jahre des Sowjetsystems geschafft, seine großbürgerlichen Wurzeln zu erhalten. Er war in den diplomatischen Dienst eingetreten und unter anderem an den Botschaften in London und Washington sowie an der UNO-Vertretung in New York eingesetzt worden. Über die Hälfte seiner fünfundzwanzig Jahre im Dienste der Regierung hatte er im westlichen Ausland verbracht. Er hatte sich diesen Einflüssen weit geöffnet, das Leben im Westen hatte ihn geprägt. Falin trug einen eleganten Lederaktenkoffer in der Hand.

Jurij Arbatow, der seine Ausgehuniform angezogen hatte, betrachtete ihn mit Verachtung. Er sieht amerikanischer als die Amerikaner aus, dachte er. Beide saßen in dem dunkelgrünen Militärbus nebeneinander, der sie zum Flugzeug brachte.

»Ich hoffe, wir werden einen schnellen Durchbruch bei unseren Verhandlungen haben«, begann Falin das Gespräch. Er war der Leiter der Vorausdelegation, die den Besuch Tschernows in Washington vorbereiten sollte, einer Gruppe aus Diplomaten und Militärs. »Es wird Zeit, dass wir endlich stärker abrüsten und uns von den enormen Kosten für die Rüstung befreien. Russland braucht das Geld wahrlich dringender für wichtigere Dinge.«

Arbatows Stirnadern schwollen an. Aber er schwieg. Der Bus näherte sich der Maschine der russischen Luftwaffe, die in wenigen Minuten abheben sollte. Die Delegation ging an Bord. Missmutig schaute Arbatow von der Treppe noch einmal über das weite Land, das sich jenseits des Flughafenzauns erstreckte. Dann drehte er sich um und betrat das Flugzeug.

Auf dem Flug nach Moskau
März 2018

Auch die letzten Passagiere waren nach dem langen Nachtflug von New York aufgewacht. Natascha Tschechowa war bereits dabei, die Tabletts mit dem Frühstück wegzuräumen. Über den Bordlautsprecher kam die Ansage: »In wenigen Minuten werden wir in Moskau landen. Bitte schnallen Sie sich an und stellen Sie die Rückenlehnen senkrecht.«

Natascha ging durch die Reihen und überprüfte, ob die Passagiere der Aufforderung gefolgt waren. Die Kopfschmerzen waren fast unerträglich geworden. Die letzten achtundvierzig Stunden erschienen ihr wie ein Film, ein Drama aus dem Leben von jemand anderem, der immer wieder vor ihr ablief. Konnte es wirklich sein, dass irgendwo ein Atomsprengkopf herumgeisterte, den irgendwelche Fanatiker irgendwo einsetzen würden? Und was hatten sie damit vor? Und konnte es sein, dass der Mann, den sie liebte, damit umittelbar etwas zu tun hatte? Und warum wurde ausgerechnet sie damit konfrontiert, die Stewardess Natascha Tschechowa, für die Politik eher ein Fremdwort war?

Bald würde sie Jurij sehen, würde sich in seine Arme flüchten, die Augen schließen – und das Gefühl haben, dass es schon in Ordnung war, in Ordnung sein musste. Schließlich hatte er gesagt, sie habe es für Russland getan, für die Zukunft. Für ihre Zukunft? Für eine gemeinsame Zukunft?

Die Maschine setzte auf, hart. Der Pilot rollte auf das Abfertigungsgebäude zu. Natascha Tschechowa schaute aus dem Fenster. Sie hörte die Stimme der Kollegin über den Bordlautsprecher. »Wir sind soeben in Moskau gelandet. Bitte, bleiben Sie sitzen, bis die Maschine zum Stillstand gekommen ist. Ich hoffe, Sie hatten einen angenehmen Flug mit Aeroflot.«

Tel Aviv, Israel

Er dachte an Leah, obwohl er sich eigentlich verboten hatte, es zu tun. Sie hatte sich für heute Abend angekündigt. Und natürlich wollte er sie sehen, eigentlich. Aber dann, so war ihm klar, würde das alte Dilemma wieder einsetzen. Was konnte, was durfte, was wollte er ihr eigentlich sagen, jetzt, wo er mitten in dieser neuen Mission steckte, vielleicht der wichtigsten seines Lebens? Es ging um den Falken, es durfte nichts schiefgehen. Das war seine Priorität. Danach würde man weitersehen, danach, so war ihm klar, musste er sich seiner Situation stellen.

Danach konnte er Leah nicht länger eine Antwort verweigern, wie es mit ihnen weitergehen sollte.

Das Läuten des Mobiltelefons half ihm aus der Patsche. »Wir sind so weit«, hörte er die Stimme am anderen Ende der Verbindung. »Komm sofort hierher.«

»Jawohl«, bestätigte Avi und schaute auf die Uhr. »In einer guten Stunde bin ich da.«

Er steuerte seinen alten Subaru Richtung Norden auf der Straße nach Haifa, an den Sanddünen des Mittelmeeres entlang. In Hadera verließ er die Küste und bog nach Osten ab. Langsam stieg das Gelände an, sanfte Hügel mit Orangenhainen gingen über in die karstigen Berge von Samaria, an deren Abhängen sich die Siedlungen der israelischen Palästinenser schmiegten.

Nach einem kleinen Waldstück hinter einem Hügel an der Kreuzung mit der Straße nach Megiddo tauchte auf der rechten Seite sein Ziel auf: mehrere Reihen dichter Stacheldrahtverhaue, die zusätzlich Zeltbahnen als Sichtschutz hatten, darüber zahlreiche olivfarbene, offene Wachtürme, ein weiß getünchtes Verwaltungsgebäude, rechts daneben weitere, noch höhere Stacheldrahtzäune und darin Israels bestbewachtes Gefangenenlager – Endstation für rund eintausend palästinensische Terroristen, die die israelischen Kommandos festgenommen hatten.

Ein Soldat mit einer umgehängten Uzi-Maschinenpistole öffnete das mit Stacheldraht bewehrte Tor. Avi Berman zeigte der Wache seinen Dienstausweis. »Sie werden schon erwartet«, sagte der Uniformierte. »Hier lang.«

Er geleitete Avi in das Büro des Lagerkommandeurs, der in einer grünen Armeeuniform mit offenem Kragen und verstaubten Kampfstiefeln so aussah, als käme er gerade von einem Angriff auf den Golanhöhen. Vor seinem Schreibtisch saß Elias Ben-Or auf der Lehne eines alten Sessels. Der Mossad-Mann rauchte. Mit seinen siebenundvierzig Jahren trug er den Spitznamen »der Alte«. Sein Körper war sportlich durchtrainiert, er trug Bluejeans und eine Windjacke.

In dem zweiten Sessel saß ein beinahe kahlköpfiger Mann mit einer randlosen Brille. Er hielt einen Aktenordner in der Hand. Auf seinen Schulterstücken der Uniform trug er die Abzeichen eines Obersten. Seine Brust war über der rechten Tasche mit zahlreichen Ordenslitzen geschmückt.

»Das ist er, unser bester Jagdhund, seit so vielen Jahren«, sagte Elias Ben-Or und wies auf Avi Berman, der immer noch seinen Trainingsanzug anhatte.

Der Oberst erhob sich kurz aus dem Sessel und reichte Avi die Hand. »Shimon Goldfish«, sagte er.

Das war er also, dachte Avi, der Mann, über den es im Mossad so viele Gerüchte gab. Er war die graue Eminenz, der Mann aus dem Büro des Premierministers, dem sowohl der Shabak, der israelische Inlandsgeheimdienst, wie auch der Mossad, der Auslandsnachrichtendienst, direkt unterstanden.

Avi bemerkte, wie die durchdringenden Augen des Mannes im Raum hin und her wanderten und die übrigen drei aufmerksam musterten. Dann wies Goldfish auf das Dossier in seiner Hand.

»Wir haben beunruhigende Meldungen über den Falken«, begann er schließlich. »Unsere Funkaufklärung hat ein kurzes Telefongespräch aufgefangen. Es kam aus der Schweiz und ging an eine Nummer in Teheran, eine Nummer, die als Kontaktadresse für den Falken dient. Darin wurde nur gesagt, man habe die Beute. Es war am selben Tag, an dem in der Schweiz ein paar Araber einen Geldtransporter überfallen und fünf Millionen Dollar erbeutet haben.« Avi sah, wie sich Goldfishs Miene verdüsterte. »Der Falke hat also offenbar Geld, viel Geld. Die Frage ist: Was hat er damit vor? Wir müssen davon ausgehen, dass er eine größere Aktion plant. Nach dem

Anschlag in Argentinien ist ihm alles zuzutrauen. Wir müssen ihn finden, und zwar bald. Und die Gefangenen müssen uns auf seine Spur führen.«

Das fensterlose Verhörzimmer war kahl und eng. Die Wände waren weiß gekalkt, der Boden aus grauem Beton. Von der Decke strahlte eine Neonröhre kaltes Licht herab. In der Mitte des Raumes stand ein Metalltisch mit jeweils drei Stühlen an seinen beiden Längsseiten.

»Willkommen, du altes Arschloch.« Moshe Mualem stieß ihn mit seiner harten, breiten Faust in die Rippen, und Avi Berman war sicher, mindestens einen blauen Fleck davongetragen zu haben. »Du bist also immer noch beim Mossad. Wir machen hier die Drecksarbeit, und ihr treibt euch im Ausland herum und reißt die Weiber auf. Na gut, dann lass uns mal kooperieren – wenn es denn unbedingt sein muss.«

Moshe Mualem war ein massiger Mann mit starken, muskelbepackten Oberarmen. Seine Haare waren millimeterkurz rasiert. Er wirkte älter als seine sechsundvierzig Jahre. Avi kannte ihn aus seiner Armeezeit, wo Mualem einer der am meisten gefürchteten Ausbilder gewesen war, ebenso brutal wie ordinär. Seine Großeltern waren Juden aus dem Irak. Schon in der Armee hatte er aus seinem Hass gegenüber den Arabern keinen Hehl gemacht. Sie waren für ihn die Untermenschen, kamen noch nach den Hunden, waren faul, verschlagen, gefährlich. Dass Moshe Mualem jetzt beim Shabak gelandet war, war für ihn eine völlig logische Entwicklung. Denn das Hauptziel des Shabak war die Bekämpfung des arabischen Terrorismus.

»Okay, dann wollen wir mal«, sagte er. Avi sah das Aufblitzen in seinen Augen. »Also, du übernimmst die Rolle des guten Kerls, und ich bin der böse Bursche. Ist doch klar, oder?«, sagte Mualem. Avi nickte.

Die schwere Metalltür öffnete sich, und die drei Gefangenen wurden hereingeführt. Sie gingen mit unsicheren Schritten, denn man hatte ihnen dunkle Stoffkapuzen übergestülpt. Ein Wächter löste kurz ihre Handschellen, kettete sie dann aber gleich wieder an den Metallstühlen fest. Avi sah, wie Mualem dem Wächter grinsend ein Zeichen gab. Der Wächter nahm die Kapuzen ab. Die Gefangenen blinzelten in das helle Licht. Dann ging ein Schock über ihre Züge.

Avi erkannte sie wieder. Einen von ihnen hatte er selber im Libanon gefangengenommen, als der Falke entwischt war. Den anderen kannte er nur von einem Foto. Es war der Bruder des Falken. Der dritte, der Jüngere, war von einer Einheit der israelischen Armee in Syrien aufgegriffen worden. Avi hoffte, dass sie irgendetwas wissen könnten, aus einer fernen Vergangenheit, nach all den Jahren, zugegeben, aber vielleicht hatten sie noch etwas in Erinnerung, das für die Jagd hilfreich sein konnte – wenn er die Chancen auch für sehr gering hielt, wie er einräumen musste.

»Ich glaube, ich brauche die Herren nicht vorzustellen«, höhnte Mualem. »Das hättet ihr verdammten Kameltreiber euch wohl nicht träumen lassen, dass ihr euch hier wiederseht.«

Amir Ben Nasar schaute ihn mit einem hasserfüllten Blick an. Wenn er je geglaubt hatte, man könne mit den Israelis auskommen, dann hatten ihn die Jahre in Megiddo eines anderen belehrt.

Mualems Stimme war plötzlich schneidend. »Also, damit das klar ist, worum es hier geht. Wir wollen wissen, wo der Falke ist. Und ihr werdet es uns sagen.«

Er stand von seinem Stuhl auf und beugte sich zu Ben Nasar hinüber, bis sein Gesicht unmittelbar vor dem des Arabers war. »Und mach mir keine Schwierigkeiten, hörst du?«

Ben Nasar wich mit dem Kopf zurück und spuckte Mualem ins Gesicht. Mualem holte aus und schlug mit der Faust zu. »Du Schwein, dir werde ich's zeigen.« Noch einmal schlug er zu.

Aus Ben Nasars Nase tropfte Blut auf die Tischplatte. Mit eiskalter Miene blickte er den Israeli an. »Fahr zur Hölle.«

»Na gut«, sagte Mualem, plötzlich in geschäftsmäßigem Ton, »dann wollen wir mal den Herrn Nachbarn fragen.« Er baute sich vor dem zweiten Gefangenen auf. »Nun, mein Freund, was hast du uns zu sagen? Was denkst du, wo hält sich der Falke wohl versteckt?«

Auch er spuckte vor Mualem aus und schaute schweigend auf den Boden.

Mualem gab ihm mit der flachen Hand zwei Ohrfeigen, so hart, dass sein Kopf hin und her flog. »Hör zu, du Hurensohn, das ist erst der Anfang. Ich werde schon aus dir herausprügeln, was ich von dir hören will«, sagte Mualem.

Er wandte sich an den Dritten, einen Palästinenser, Anfang zwanzig, mit hageren, ausgemergelten Gesichtszügen und wirren, kranken Augen, in denen die Angst irrlichterte. Avi sah die Schweißperlen, die sich auf seiner Stirn gebildet hatten. Instinktiv wusste er, dass dieser Gefangene sein Mann war – wenn man ihn nur richtig behandelte.

Mualem fuchtelte mit der Faust vor seinem Gesicht herum. »Spuck's aus, erzähl mir, wo der Falke ist, oder ich schlage deine Visage zu Brei«, sagte er drohend.

Avi fiel ihm in den Arm. »Genug«, sagte er und schob den massigen Mann beiseite, weg von dem Gefangenen.

Mualem verstand. »Nun gut, mein Freund hier hat ein weiches Herz. Ich gehe – für heute. Aber macht euch keine falschen Hoffnungen. Ich komme wieder, und ich habe Zeit. Viel Zeit.« Er verließ den Raum.

Avi gab dem Wächter ein Zeichen, und er führte auch die beiden anderen Gefangenen ab. Avi setzte sich dem jungen Mann gegenüber, dessen Augenlider nervös zuckten. »Wie heißt du?« fragte er.

Der Araber antwortete zögernd: »Muhammed.«

»Gut, Muhammed, wir wollen einmal ganz vernünftig miteinander reden. Die Lage ist so: Eigentlich wollen wir doch alle dasselbe. Wir wollen endlich Frieden. Aber es gibt immer wieder Fanatiker, die diesen Prozess stören, die nur Gewalt wollen, die unsere Frauen und Kinder umbringen. Das muss ein Ende haben.«

Avi hatte sich entschlossen, es dem Araber einfach zu machen. Er musste ihm irgendeinen Vorwand geben, irgendetwas, woran er glauben, womit er sich wenigstens selbst betrügen konnte. »Nur wenn wir diese Fanatiker zur Strecke bringen, können wir zum Frieden kommen, Frieden für uns alle, Muhammed.«

Er sah, dass der Gefangene ruhiger wurde. Das Zittern seiner Hände ließ nach. »Du kannst uns dabei helfen. Und wenn du uns hilfst, helfen wir dir. Verstehst du – entweder du bleibst für den Rest deines Lebens in diesem Loch, zusammen mit den anderen, oder wir finden eine Möglichkeit, dich freizulassen. Ein neuer Name, eine neue Identität, Geld, vielleicht kannst du in Jordanien untertauchen oder in Ägypten.« Avi schaute den Araber eindringlich an. »Ich werde dich hier herausholen. Ich verspreche es dir. Aber du musst mir auch helfen.«

Das Zittern der Hände setzte wieder ein. Aber Avi war sich sicher, dass dies der entscheidende Kampf war. Er gab dem Araber Zeit. Schließlich sagte er: »Nun? Du musst mir nur sagen, wo ich ihn finden kann. Niemand wird etwas davon erfahren.«

Muhammed blickte zu Boden. »Frankfurt«, flüsterte er.

Avi hielt den Atem an. »Und?«

»Er hat eine Wohnung in Frankfurt. Ich glaube, in der Schillerstraße oder so ähnlich. Nummer 36.«

»Und woher willst du das wissen?«, fragte Avi.

»Ich bin erst seit Kurzem hier. Die Israelis haben mich in Syrien geschnappt, als ich dort mit meiner Hisbollah-Einheit unterwegs war, gleich an der Grenze, bei Kuneitra.«

»Und? Was weiter?«, setzte Avi nach.

»Ich bin ein Vetter von Moussak, und der redet ziemlich viel. Und tut sich manchmal ziemlich wichtig, weil er mit dem Falken arbeitet, und mit Abdullah. Weil beide ihm vertrauen und sie an irgendeinem großen Ding arbeiten. Und da hat er mal erwähnt, dass sie mit dem Falken in einer Wohnung in Frankfurt waren, eben in dieser Schillerstraße. Er hat mir auf seinem Handy sogar ein Foto von dem Haus gezeigt.«

Avi atmete tief aus. Er zog eine Packung Zigaretten heraus und reichte sie an Muhammed weiter, der gierig zugriff. Er drückte auf einen Knopf unter dem Metalltisch. Der Wächter erschien.

»Bring ihn weg. In eine Einzelzelle. Und sieh zu, dass er keinen Kontakt zu den anderen hat.«

Wenige Minuten später saß er Shimon Goldfish und Elias Ben-Or gegenüber. »Ich glaube, wir haben eine Spur«, sagte Avi, »in Deutschland.«

Goldfish griff zum Telefon. »Geben Sie mir die El-Al.« An Avi und Ben-Or gewandt sagte er: »Ich sehe zu, dass ich Sie und ein Team in die nächste Maschine bekomme.«

Die Verbindung kam zustande. Goldfish gab kurze, präzise Anweisungen.

»Erledigt«, sagte er. Dann fixierte er die beiden Mossad-Agenten: »Noch etwas: Sie und Ihr Team sind auf sich gestellt. Kein Wort zu irgendjemandem, nicht zu den Deutschen, nicht zu den Amerikanern. Der Falke ist ganz allein unsere Angelegenheit. Wir wollen keine Verhaftung, keinen Prozess im Ausland, keine jahrelangen Auslieferungsverhandlungen. Eine Kugel durch den Kopf – das ist die einzige Lösung. Ist das klar?«

Avi nickte, Elias Ben-Or saugte gleichmütig an seiner Zigarette.

»Na dann, gute Reise«, sagte Goldfish, »Sie fliegen noch heute Abend.« Leah, dachte Avi, verdammt, er würde sie wieder nicht sehen.

Er versuchte, sich zu beruhigen. Vielleicht war es ja wirklich besser so.

Frankfurt am Main, Deutschland

Das Haus in der Schillerstraße 36 hatte eine liebevoll restaurierte Jugendstilfassade und strahlte behäbige Bürgerlichkeit aus. Das perfekte Versteck, dachte Avi Berman. Hier würde niemand einen arabischen Topterroristen vermuten.

Er überprüfte die Namen neben den Klingelknöpfen. Es waren insgesamt sechs. Schnell fand er im zweiten Stock den Namen, den er suchte. Dr. Ali Al Kasar. Er wusste aus der Akte des Falken, dass dies einer seiner vielen Decknamen war.

Elias Ben-Or saß mit den übrigen zwei aus dem Team im Auto, das auf der gegenüberliegenden Straßenseite stand. Avi wusste, dass ihn Ben-Or beobachtete. Unschlüssig stand er noch einen Moment vor der mit Jugendstilornamenten verzierten Haustür. Eine ältere Frau kam mit einer schweren Einkaufstüte, einen Schlüssel in der Hand. »Kann ich Ihnen helfen?«, sagte sie.

»Äh, ja, ich wollte zu Dr. Al Kasar. Ich … ich bin ein alter Freund von ihm«, sagte er in gebrochenem Deutsch. Er bemerkte, wie sie ihn prüfend anschaute. Er war sich sicher, dass sie einen Israeli nicht von einem Araber unterscheiden konnte.

»Da haben Sie Pech«, sagte die Frau. »Er ist heute Morgen abgereist, zusammen mit zwei anderen Herren.«

Avi hatte keine Schwierigkeiten, überzeugend zu reagieren. Er brauchte seine Enttäuschung nicht zu spielen. Nach einem kurzen Moment fing er sich wieder. »Hat er gesagt, wo er hinfährt?«

»Nein, der Herr Doktor kam bei mir vorbei und hat die Miete gleich für die nächsten drei Monate bezahlt. Er hat nur gesagt, dass er auf eine längere Reise geht. Der Herr Doktor ist ja viel auf Reisen.« Sie streckte ihm die Hand hin. »Ich bin übrigens Frau Meyer, ich bin die Vermieterin.«

Er ergriff die ausgestreckte Hand und schüttelte sie. »Sehr angenehm, Frau Meyer«, sagte er. »Mein Name ist ... äh ... Mustafa Tawil.«

»Ja, tut mir leid, Herr Tawil, wirklich, aber da kann man wohl nichts machen. Auf Wiedersehen.«

Sie wandte sich ab und steckte den Schlüssel in das Türschloss. Du musst etwas tun, irgendetwas, dachte Avi. Er fühlte nach der Pistole mit dem Schalldämpfer, die er unter seiner Jacke trug, verwarf den Gedanken aber wieder. Zu auffällig, zu gefährlich in dieser ruhigen Gegend. Schnell, schnell, eine Idee, irgendeine.

»Äh ... ja, sehr schade«, sagte er, »er wollte mich heute unbedingt treffen, um mir etwas zu übergeben. Nur, mein Flugzeug von Beirut hatte Verspätung, leider. Aber er sagte, es sei sehr wichtig. Vielleicht ... vielleicht hat er ja den Brief für mich in seiner Wohnung hinterlassen.« Sie drehte sich zu ihm herum. Er sah ihren skeptischen Blick. Du musst etwas tun, sagte er sich, du darfst die Gelegenheit nicht verstreichen lassen. »Vielleicht kann ich ja mal nachsehen?«

»Sie meinen, in seiner Wohnung?«

»Ja, es wäre wirklich sehr wichtig für mich.«

»Aber ich kann Sie doch nicht einfach in die Wohnung lassen. Ich meine, das geht doch nicht ...«

Er sah, dass es nur noch eine Chance gab. Er musste es zumindest probieren. Avi griff in seine Jackentasche und zog ein Geldbündel heraus. Zehn Hundert-Euro-Scheine. Er drückte sie in ihre Hand. Einen Moment zögerte sie, steckte sie dann aber ein.

»Also gut«, sagte sie, »hier ist der Schlüssel. Aber machen Sie schnell.«

Er sprang die Treppenstufen in das zweite Stockwerk hoch. Der Schlüssel passte. Avi öffnete und betrat die Wohnung des Falken. Hohe Decken, weiße, leere Wände, ein Parkettfußboden. Schnell stellte er fest, dass die Wohnung fast leer war. In einem Raum stand ein Sessel, davor ein Fernseher und ein Telefon. In der Küche sah er eine Tasse, die ungewaschen in der Spüle stand. Ein Blick in den Kühlschrank zeigte, dass er ebenfalls leer war.

Im Schlafzimmer lagen lediglich zwei Matratzen auf dem Boden, darauf ungemachtes Bettzeug. Er schaute in den Einbauschrank und entdeckte zwei Anzüge und mehrere Hemden und Krawatten. Er überprüfte die Anzugtaschen, fand aber nichts. Dann ging sein Blick zurück zu den Matratzen. Daneben lag eine *International New York Times*. Er hob sie auf und sah, dass ein Artikel angekreuzt war. Die Schlagzeile lautete: »Tschernow und Webster planen Gipfeltreffen in Washington«. Er schob die Matratzen beiseite und pfiff durch die Zähne. Darunter lag ein Tourismusprospekt von New York, in dem die einzelnen Stadtteile beschrieben wurden, mit einer kleinen ausfaltbaren Karte. Er entdeckte auf den ersten Blick nichts Außergewöhnliches, eine Broschüre, wie sie zu Tausenden an Besucher des Big Apple verteilt wurden. Er schaute genauer hin. Dann sah er sie, eine dünne Bleistiftmarkierung auf dem Plan von New York. Der Falke hatte einen Stadtteil eingekreist: Brighton Beach.

Avi legte die Stadtpläne zurück und schob die Matratzen darüber. Er verschloss die Wohnung und lieferte die Schlüssel bei Frau Meyer ab. Sie schaute ihn fragend an. »Hervorragend«, sagte er, »wirklich hervorragend. Ich habe gefunden, was ich gesucht habe. Sie waren eine große Hilfe.«

Brighton Beach, N.Y., USA

»Smotri kuda idjosch, idiot! – Pass doch auf, du Idiot!« Der Verkäufer vor dem Obstladen schüttelte die Faust in Richtung des hilflosen alten Mannes, der gerade dabei war, die Äpfel vom Boden aufzulesen. Offenbar halb blind, war er mit seinem Stock an die Obstkiste geraten und hatte sie dabei hinuntergestoßen. Die Äpfel blockierten den engen Bürgersteig. »Iswinitje, iswinitje – Entschuldigung, Entschuldigung«, murmelte der Alte.

»Ty tschto, meschugge – bist wohl meschugge«, polterte der Verkäufer immer noch.

Avi Berman, der beinahe über die Äpfel gestolpert wäre, hielt an, kniete sich hin und begann dem alten Mann beim Auflesen zu helfen. Der Alte bedankte sich überschwänglich.

»Spassibo – vielen Dank«, sagte er.

Avi zögerte einen Augenblick. Er konzentrierte sich, bis ihm die Worte einfielen. Dann fragte er: »Kak proiti k sinagoge – Wo geht's hier zur Synagoge?« Die Gesichtszüge des Alten hellten sich auf.

»Eto rjadom, na lewo – Da drüben, gleich links«, sagte er und zeigte mit seinem Stock auf die Straße gegenüber.

Avi nickte und überquerte die Fahrbahn der Brighton Beach Avenue, über die hinweg auf den hochgelegten Gleisen die Züge der New Yorker S-Bahn rumpelten. Einen Augenblick blieb er neben einem der angerosteten Pfeiler stehen. Neben ihm, an einem Kiosk, stand eine Gruppe wohlbeleibter älterer Frauen mit Einkaufstüten, die lebhaft etwas diskutierten. Russische Wortfetzen drangen zu ihm herüber. Sie klangen vertraut.

Er sah das breite, lächelnde Gesicht seiner Großmutter mütterlicherseits vor sich, die ihn auf den Knien wiegte. Sie war aus Moskau nach Israel gekommen, und ihr Leben lang hatte sie nur gebrochen Hebräisch gesprochen. Mit Moshe, seinem Großvater, hatte sie sich zu Hause grundsätzlich nur auf

Russisch unterhalten, und auch seine Mutter hatte ihn mit russischen Kinderliedern in den Schlaf gewiegt.

Seine Großeltern väterlicherseits waren aus Lateinamerika eingewandert. Seine Mutter hatte ihm das Gefühlvolle der Russen mitgegeben, der Vater, dessen Eltern ursprünglich aus Chile stammten, das Draufgängerische der Lateinamerikaner. Er selbst fühlte sich als *Sabra*, als einer, der in Israel geboren war. Er war stolz darauf, im jüdischen Heimatland aufgewachsen zu sein, dem großen Schmelztiegel für Juden aus rund einhundert Nationen.

Wieder rumpelte ein Zug über ihn hinweg. Für einen Moment überdeckte das Gedröhne der Räder alle anderen Geräusche. Avi schaute sich um. Überall sah er auf den Schildern an den Geschäften und Restaurants kyrillische Buchstaben. An dem Kiosk hing eine ganze Reihe von russischen Zeitungen, die hier neben der *New York Times* und der *New York Post* angeboten wurden. Er begann zu verstehen, warum der Taxifahrer von »Klein-Odessa« gesprochen hatte, als er ihn nach Brighton Beach fuhr.

Avi bog von der Hauptstraße ab und fand nach einigen Hundert Metern, wonach er suchte. Die Synagoge war klein, in das Muster der Glasfenster war der Davidstern eingearbeitet.

Rabbi Yitzhak Steimatzky war ein Mann von etwa siebzig Jahren. Er trug einen schwarzen Hut, einen schwarzen Kittel und einen langen grauen Bart. Die flinken Augen schauten durch eine kleine Brille mit kreisrunden Gläsern. Er erhob sich von dem Stuhl hinter einem alten Schreibtisch, hinter dem ein Ölgemälde des Tempelberges von Jerusalem hing, und reichte Avi die Hand. »Sie sind also der Mann aus Israel«, sagte er.

Avi ergriff die Hand und verneigte sich tief. Der Rabbi wies auf das Bild hinter sich. »Leider habe ich es nie dorthin geschafft. Eine Schande, ich muss es zugeben.«

»Shalom«, sagte Avi, »vielen Dank, dass Sie sich gleich Zeit für mich nehmen.«

Der Rabbi setzte sich und wies auf den Stuhl auf der anderen Seite des Schreibtisches. »Was kann ich für Sie tun?«

Avi machte nicht den Versuch, dem alten Mann eine lange erfundene Geschichte zu erzählen. Im Ausland, so war die Erfahrung des Mossad, war es am effektivsten, wenn man sich an jüdische Institutionen wandte und sie um Hilfe bat. Sie waren mehr als begierig zu helfen, etwas für Israel zu tun.

»Wir suchen einen Araber, einen Mann namens Ben Nasar. Er ist ein Topterrorist. Wir haben Hinweise, dass er hier sein könnte, in Brighton Beach.«

Der Rabbi wiegte den Kopf. »Hier? Hier gibt es doch nur Russen und Ukrainer – gute Russen, böse Russen, Zehntausende, und alle sind Juden – oder geben jedenfalls vor, Juden zu sein, wegen der Einreiseerlaubnis. Leider sind die meisten nicht sehr religiös. Aber Araber, ausgerechnet hier?«

»Wir haben da einen konkreten Anhaltspunkt. Bitte, Rabbi, es ist für die Sicherheit Israels ungeheuer wichtig, dass Sie uns helfen.«

»Gut, gut, junger Mann«, sagte der Rabbi beschwichtigend. »Aber wie können wir diesen, wie hieß er noch, diesen Ben Nasar auftreiben?«

»Er muss irgendwo einen Unterschlupf finden, ein Hotelzimmer, eine Wohnung, irgendetwas«, sagte Avi.

Der Rabbi fasste sich an die Nase und rieb daran. »Eine Wohnung, sagen Sie? Da habe ich eine Idee. Es gibt in meiner Gemeinde einen Immobilienmakler. Ich werde mal mit ihm reden. Alle Wohnungsvermietungen in dieser Gegend sind doch in seinem Computer.«

»Sehr gute Idee, er soll alle arabisch klingenden Namen heraussuchen. Zumindest ist das ein Anfang.«

»*Mazel tov* – viel Glück«, sagte der Rabbi.

Avi stand auf. »Danke, Rabbi, Sie sind eine große Hilfe.« Er lächelte und richtete seinen Blick auf das Bild hinter dem Schreibtisch. »Und Sie wissen doch: Nächstes Jahr in Jerusalem – es ist dafür nie zu spät.«

Avi Berman runzelte die Stirn, als er das verwitterte Firmenschild am Bürofenster las. Dort stand A. WASSERMAN REAL ESTATE, und darunter waren diverse Zettel an der Innenseite des Fensters mit Klebeband befestigt, auf denen Mietwohnungen annonciert waren. Einige der Zettel waren schon arg vergilbt, sie mussten wohl seit geraumer Zeit erfolglos dort hängen. Avi hielt sich die Hand über die Augen, um besser durch das verstaubte Fenster schauen zu können. Er blickte in einen dunklen Raum, der karg möbliert war: ein kleiner Schreibtisch, ein Computer und ein paar Stühle, das war alles. Der Fußboden war mit billigem Linoleum belegt, die Wände waren kahl bis auf einen Kalender hinter dem Schreibtisch.

Avi drückte die Türklinke, aber es war abgeschlossen. Noch einmal schaute er in das Dunkel des Inneren und klopfte dann mehrmals, doch es rührte sich nichts. War er hier an der richtigen Adresse? Unsicher blickte er sich um und bemerkte plötzlich, wie drinnen eine Neonröhre aufflackerte und schließlich das Büro erhellte. Ein schwergewichtiger Mann in Hemdsärmeln winkte ihm zu und schlurfte zur Tür. Albert Wasserman entriegelte die drei Sicherheitsschlösser, öffnete die Tür aber nur einen Spaltbreit, sodass er den Besucher erkennen konnte. Dies, seine tief liegenden, immer wieder in alle Richtungen blickenden Augen unter buschigen Brauen und seine Adlernase wiesen ihn als jemanden aus, der allem und jedem zunächst einmal misstraut.

»Schickt dich der Rabbi?«, fragte er in breitem Brooklyner Dialekt. Erst als Avi nickte, öffnete er die Tür ganz. »Also dann herein.«

Avi betrat die Geschäftsräume der A. Wasserman Real Estate, deren Chef und einziger Angestellter die Tür schnell wieder verschloss.

»Hier entlang«, sagte Wasserman, der sich noch nicht einmal die Mühe machte, seinen Besucher anzuschauen, und ging schweren Schrittes zur Hintertür des Büros. Avi folgte ihm in ein Hinterzimmer, das Wasserman gleich wieder abschloss. Der Raum war so vollgestellt, dass kaum noch Platz zum Stehen blieb. An den Wänden stapelten sich Kartons und Holzkisten bis zur Decke.

Albert Wasserman betrachtete Avi näher. »Der Rabbi sagte mir, dass du meine Hilfe brauchst.«

»Richtig. Wenn Sie mir freundlicherweise …«

Wasserman ließ ihn nicht ausreden. »Mossad?«

Avi zuckte mit den Schultern. Derlei Fragen nach seinem Beruf mochte er nicht.

Wassermans Miene hellte sich auf. Avi meinte sogar, den Ansatz eines Lächelns entdeckt zu haben. »Na klar doch«, sagte der schwergewichtige Mann und legte seine Hand freundschaftlich auf Avis Arm. »Sag nichts, ich weiß Bescheid.«

Jetzt erst bemerkte Avi das nervöse Zucken im Gesicht seines Gegenübers. »Du kannst dir nicht vorstellen, wie lange wir auf diesen Augenblick gewartet haben. Aber wir sind bereit. Wir sind sogar sehr bereit, junger Freund. Meine Leute bekennen sich zum ›Barzel-Prinzip‹, sie sind wie aus Eisen geschmiedet. Allzeit bereit, unseren Glaubensgenossen überall und mit allen erdenklichen Mitteln zur Seite zu stehen, wenn es sein muss auch mit Brachialgewalt. Es muss endlich Schluss sein mit dem Klischee des schwächlichen Juden, der immer nur davonläuft.«

Wasserman war nun in seinem Element, seine Stimme wurde durchdringend, und das Zucken in seinem Gesicht verstärkte sich zusehends, es schien fast so, als schneide er wütende Grimassen.

»Mr Wasserman ...«, versuchte Avi die Tirade zu unterbrechen, kam aber wieder nicht dazu, seinen Satz zu vollenden.

»Für dich Albert, nenn mich einfach Albert.«

»Gut. Also ich ...«

Aber Wasserman schien sich für das Anliegen seines Besuchers nicht im Mindesten zu interessieren. Stattdessen öffnete er den Deckel einer Holzkiste. »Schluss mit dem Typ des Juden, den man ungestraft wie einen *Schlamiel* herumstoßen kann – Schluss mit dem ewigen Opferlamm. Jetzt schlagen wir zurück. Wie viele Leute brauchst du?«, fragte er und wandte sich wieder Avi zu. In seiner Hand glänzte eine Neun-Millimeter-Halbautomatik. »Zehn? Oder fünfzehn? Brauchst nur was zu sagen, und sie stehen schon vor der Tür.« Er schlug entschlossen mit der Faust auf einen Karton. »Alles drin, was du brauchst. Munition, Handgranaten, Raketenwerfer, sag's einfach.«

Avi starrte ihn mit offenem Mund an und musste schwer schlucken. Endlich schüttelte er den Kopf. »Albert, über was zum Teufel redest du denn da?«

»Na, über was wohl? Über die Jewish Defense League natürlich, du weißt doch, die Liga zur Verteidigung unseres Judentums, und die steht dir mit allem, was sie hat, zur Verfügung. Egal, was ihr vom Mossad hier vorhabt, wir sind dabei, wenn es gilt, Leib und Leben eines Juden zu schützen. Im Namen unseres Anführers Meir Kahane, möge er in Frieden ruhen, das versprechen wir dir.«

Avi atmete tief durch und schüttelte wieder den Kopf. Vielleicht gelang es ihm ja diesmal, zu Wort zu kommen. »Albert, ich muss doch nur wissen, was dein Computer mit Listen von Vermietungen in diesem Viertel innerhalb der letzten Wochen und Monate gespeichert hat. Lass mich nur einen Blick darauf werfen. Ich finde dann schon, was ich brauche.«

Albert Wasserman sackte sichtlich enttäuscht in sich zusammen. Ganz langsam legte er die Neun-Millimeter wieder auf den Kistendeckel und fuhr sich durch seinen wuscheligen Haarschopf.

Avi zuckte mitleidsvoll die Schultern und hob entschuldigend die Hände.

Als die Kellnerin in dem kleinen russischen Restaurant das Essen gebracht und sich wieder entfernt hatte, konnte sich Avi nicht länger zurückhalten. »Ein Treffer«, sagte er, »ein Volltreffer.«

Sie hatten einen Tisch im hinteren Teil des Restaurants gewählt, das zu dieser Mittagszeit nur mäßig besucht war. Aus dem Lautsprecher schallten Balalaikaklänge, eine Frauenstimme sang dazu auf Russisch, aufreizend, peitschend, hart. Sie hatten sich für das Tagesgericht entschieden, Plinsen mit saurer Sahne.

Elias Ben-Or hob den Blick von seinem Teller und stellte das Kauen ein. »Und?«, fragte er.

»Der Immobilienmakler. Er hatte nur einen einzigen arabischen Namen in seinem Computer. Ali Abu Najib. Der Beschreibung zwar nach nicht unser Mann. Aber ich bin gleich hin und habe mir den Hausmeister vorgenommen. Da hängen ein paar Araber herum, und er hat mir eine perfekte Beschreibung des Falken geliefert. Kein Zweifel, er ist es ... Eines ist allerdings merkwürdig.«

Ben-Or legte die Gabel beiseite. Auch die beiden anderen des Mossad-Teams blickten gespannt auf Avi.

»Er selber wohnt nicht dort. Stattdessen ist vor wenigen Tagen ein älterer Mann eingezogen. Er hat eine Beinverletzung. Offenbar ein Russe.«

Avi sah, wie Ben-Or die Augenbrauen hochzog. »Ein Russe?«

»Ja, der Hausmeister ist sich ziemlich sicher. Er ist meistens in dem Apartment und hält sich zurück. Spricht nur schlecht Englisch.«

»Der Falke und ein Russe? Was kann das bedeuten?«

Ben-Or stocherte auf seinem Teller herum. Schließlich sagte er: »Gut, ab sofort werden wir die Wohnung beobachten. Rund um die Uhr.«

Er blickte auf Yossi Deri und Chaim Massala. »Ihr beide nehmt das Auto und übernehmt die Tagschicht. Avi und ich lösen euch am Abend ab. Und denkt daran: kein Aufsehen. Kein Kidnapping, keine Heldentaten. Unser Auftrag ist klar: Der Falke muss eliminiert werden, bevor er wieder zuschlagen kann.«

»Mist, verdammter Mist.« Elias Ben-Or fluchte leise. Avi Berman, der hinter dem Steuer saß, schaute zu ihm hinüber. Ben-Or rutschte auf seinem Sitz hin und her.

»Der Magen. Seit Stunden rumort es darin.« Für einen Augenblick war es wieder still in dem Ford Taurus, in dem sie ihren Beobachtungsposten eingerichtet hatten. Sie hatten das Auto auf der anderen Straßenseite geparkt, schräg gegenüber dem Schuhladen, über dem die von dem Araber angemietete Wohnung lag, und außerhalb des Lichtkegels der Straßenlaterne, die vor dem Laden stand.

Die enge Straße lag verlassen. Hin und wieder glitt ein Taxi vorbei. Einmal torkelte ein Betrunkener über die Fahrbahn, fiel hin, raffte sich wieder auf und verschwand in der Dunkelheit. Avi schaute auf die Leuchtziffern der Uhr im Armaturenbrett des Autos. 3.30 Uhr.

»Wird Zeit, dass der Bastard endlich auftaucht«, sagte Ben-Or. »Mir wäre jedenfalls wohler, wenn wir den Kerl endlich ausschalten könnten.«

Avi blieb stumm. Er dachte an Leah. Ob sie ihn vermisste? Er stellte sich vor, wie sie auf den Golanhöhen saß, in irgendeinem Bunker, in ihrer dunkelgrünen Armeeuniform, einen Kopfhörer über den Ohren, und dem Funkverkehr der Syrer lauschte. Sie würde noch ein Jahr beim Militär sein. Was dann?

Dann würde er sich entscheiden müssen. War sie die Frau, mit der er leben wollte? Er versuchte den Gedanken zu verdrängen.

»He, Mann, schlaf nicht ein«, sagte Ben-Or und stieß ihm in die Rippen. »Ist was?«

»Äh ... nein ... nichts«, antwortete Avi. »Es ist nur ...«, fügte er leise hinzu, »wegen Leah.«

»Foto?«, fragte Ben-Or.

Avi zog eine Fotografie aus der Tasche. Ben-Or bemühte sich, im spärlichen Licht der Straßenlaterne darauf etwas zu erkennen.

»Hübsches Mädchen«, sagte er schließlich. »Aber lass dir was gesagt sein, alter Junge, von einem, der sich auskennt. Lass die Finger von den Weibern. Ich habe es dreimal probiert. Es war immer ein Desaster. In unserem Job bleibst du besser Junggeselle.« Er lachte zynisch. »Es sei denn, du willst, dass sie bald eine Witwe ist ...«

Avi steckte das Foto zurück in seine Jackentasche. Einen langen Augenblick war Stille in dem Wagen. Avi sah, wie Ben-Or wieder unruhig hin und her rutschte.

»Scheiße«, sagte Ben-Or schließlich. »Tut mir leid, ich muss raus. Scheint ein Durchfall zu sein. Irgendwo in dieser gottverdammten Gegend muss es doch eine Toilette geben. Kann ein paar Minuten dauern. Halt die Augen auf, ich bin so schnell wie möglich zurück.«

Er öffnete die Wagentür und wandte sich mit suchendem Blick nach links, dann nach rechts. Mit unsicheren Schritten lief er bis zur nächsten Ecke und bog dann nach rechts ab.

Avi zündete sich eine Zigarette an. Er öffnete das Wagenfenster einen Spalt und ließ den Rauch nach außen entweichen. Die Kälte der Nacht drang herein, reichte aber nicht aus, um seine Müdigkeit zu bekämpfen. Jetzt erst spürte er, wie wenig er in den letzten Tagen geschlafen hatte. Einen Augenblick legte er seinen Kopf auf das Lenkrad und schloss die Augen. Nur nicht einschlafen, hämmerte er sich ein. Er fiel in einen Sekundenschlaf. Als er wieder aufblickte, sah er die Gestalt vor dem Schuhladen.

Ein schlanker Mann um die fünfzig stand davor und schien für einen Moment unschlüssig. Er drehte den Kopf, und der Lichtkegel der Straßenlaterne fiel auf sein Gesicht. Trotz der Entfernung erkannte Avi die scharfen Gesichtszüge, das dunkle Haar. Er hatte sein Foto hundert Mal studiert. Er war sich sicher: Dort, auf der anderen Straßenseite, stand der Falke. Sein Herz begann zu hämmern. Seine Hände umkrampften das Lenkrad. Er merkte, dass sie feucht waren.

Der Falke drehte sich langsam um und begann die Straße hinunterzugehen, weg von dem Schuhladen, weg von dem Auto auf der anderen Straßenseite.

Avi hielt den Atem an. Nicht noch einmal, er durfte nicht noch einmal entkommen. Elias, dachte er, verdammt noch mal, wo bleibt Elias? Er sah, wie sich der Falke entfernte. Er hörte die Stimme von Goldfish: »Eine Kugel durch den Kopf – das ist es, was wir wollen.«

Er hatte keine andere Wahl. Er musste handeln. Sie würden es ihm nicht verzeihen, dachte er, wenn der Falke wieder spurlos verschwinden würde. Er fasste in seine Jacke und zog die Pistole heraus. Avi öffnete vorsichtig die Autotür und ließ sich herausgleiten. Er folgte dem Schatten, der sich schnell entfernte. Lautlos ging er auf seinen Sportschuhen durch die Nacht.

Der Falke hatte eine Weile im Schatten eines Baumes gestanden, etwa fünfzig Meter von dem Schuhladen entfernt. Nichts rührte sich. Er hatte das Auto zwei Straßenblocks weiter geparkt und den übrigen Weg zu Fuß zurückgelegt. Er wollte sichergehen und den Sprengkopf in der Nacht abtransportieren. Außerdem wollte er die Angelegenheit mit Smolzewskij gleich erledigen, nicht während des Tages, wenn der neugierige Hausmeister ständig herumschnüffelte.

Er löste sich aus dem Schatten und ging langsam auf den Schuhladen zu, neben dem sich der Eingang zum Treppenhaus befand. Er sah das Auto auf der anderen Straßenseite und den Mann, der über das Steuerrad gebeugt dasaß und offensichtlich eingeschlafen war.

Instinktiv spürte er die Gefahr. Er wartete einen Augenblick vor dem Laden und bemerkte, wie der Mann hochschreckte und zu ihm herüberstarrte. Der Falke drehte sich um und zwang sich, mit ruhigen Schritten davonzugehen. Seine Schwäche hatte in den letzten Tagen zugenommen, der Krebs machte sich immer stärker bemerkbar. Durchhalten, dachte er, durchhalten. Aber das Adrenalin begann in ihm zu pumpen und gab ihm Kraft. Nach einigen Metern hielt er kurz inne und sah aus den Augenwinkeln, wie sich die Autotür öffnete, der Mann eilig ausstieg und ihm zu folgen begann. Der Falke erhöhte seine Geschwindigkeit und versuchte, Distanz zu dem anderen zu schaffen. Nach einigen Hundert Metern fand er, wonach er suchte. Eine Hofeinfahrt. Er bog ein. In der Dunkelheit erkannte er ein Auto, das in der Einfahrt geparkt war. Er kniete sich hinter die Motorhaube und zog die Neun-Millimeter-Pistole mit dem Schalldämpfer heraus. Er spürte, wie sich ein Hustenanfall aufbaute. Nur jetzt nicht, dachte er, nicht ausgerechnet jetzt.

Avi nahm immer wieder Deckung in einem Türeingang, sprang heraus, lief weiter, nahm wieder Deckung. Er bemerkte, dass der Falke nun schneller ging, mit zügigen Schritten, wie ein Mann, der ein festes Ziel hat.

Plötzlich bog er ab und war in einer Einfahrt verschwunden. Avi merkte, wie das Blut in seinem Kopf zu rasen begann. Er darf dir nicht entkommen, er darf dir nicht entkommen, hämmerte es in ihm. Er sah das Gesicht von Goldfish vor sich, strenge Augen hinter der randlosen Brille. Er sah, wie Goldfish den Mund öffnete. Versager, sagte er.

Er fasste den Knauf der Pistole fester. Er verharrte einen Augenblick an der Ecke, die in die Einfahrt führte. Er hob die Pistole und sprang nach vorn. Er sah das Aufblitzen des Mündungsfeuers in der Dunkelheit vor ihm. Er spürte, wie die Kugel durch seine Brust ging, dann spürte er den zweiten Schlag, der seine Brust noch weiter aufriss.

Wieder sah er ein Gesicht. Weite schwarze Augen, dunkle Haare, Leah. Die Augen schauten ihn fragend an.

Dann war es, als habe jemand den Film angehalten. Die Leinwand wurde schwarz.

Der Falke sah den Mann gegen das Straßenlicht als Schattenriss. Er sah die Pistole in seiner Hand, als er um die Ecke in die Hofeinfahrt kam. Er zielte sorgfältig und drückte zweimal ab. Der Schalldämpfer schluckte den Knall. Er sah den Mann fallen. Er wartete einen kurzen Moment, verließ danach seine Deckung hinter dem Auto und trat auf den leblosen Körper zu. Er feuerte zwei weitere Schüsse in seinen Rücken ab.

Dann drehte er den Toten um und zog den Kopf an den Haaren in eine Stellung, dass er das Gesicht sehen konnte. Dunkler Teint, krause schwarze Haare. »Dreckiger Jude«, sagte er und spuckte aus. Er durchsuchte seine Kleider und nahm alle Papiere heraus. Das Geld ließ er stecken. Er war kein Dieb.

Der Falke stand auf und dachte nach. Er war sich sicher, dass der Mossad nie einen Mann alleine auf ihn ansetzen würde. Er musste den anderen finden. Vorsichtig schaute er aus der Einfahrt heraus. Dann wandte er sich schnell nach links, weiter von dem Schuhladen weg, der etwa vierhundert Meter entfernt lag.

Er lief bis zur nächsten Straßenecke, bog wieder nach links ab und umrundete den ganzen Straßenblock. Nach einigen

Minuten kam er von hinten an das Auto heran, das immer noch an derselben Stelle geparkt stand. Er drückte sich in den Schatten eines Hauseingangs. Der Falke sah, dass sich jetzt ein anderer Mann darin befand, der nervös hin und her schaute, offensichtlich auf der Suche nach seinem Partner. Schließlich stieg der Mann aus und schaute ratlos hinüber zu dem Schuhgeschäft.

Er war ein einfaches Ziel. Der Falke schoss dreimal. Der Mann sackte zusammen. Der Falke zog die Leiche hinüber zu dem Auto und öffnete den Kofferraum. Er wuchtete den schweren Mann hinein. Zumindest in den nächsten Minuten sollte ihn niemand finden. Er hatte noch etwas zu erledigen. Er nahm ihm die Papiere ab. Neben einigen Ausweisen mit amerikanischen Decknamen fand er einen israelischen Führerschein. Der Name darauf lautete Elias Ben-Or.

Der Falke schob ein neues Magazin in seine Pistole und lud durch. Dann ging er auf die andere Straßenseite, zog den Schlüssel heraus und öffnete die Tür zum Treppeneingang neben dem Schuhgeschäft. Er stieg die Treppe in den zweiten Stock hinauf und schloss leise die Tür zu der Wohnung auf.

Auf Zehenspitzen schlich er nach rechts, auf das Schlafzimmer zu. Er sah Smolzewskij auf dem Bett liegen. Er schnarchte, ein tiefes, sägendes Schnarchen. Der Falke schaltete das Deckenlicht ein und stieß dem Russen in die Rippen.

Smolzewskij fuhr hoch, seine Augen blinzelten unsicher. Seine rechte Hand suchte nach seiner Brille. Er fand sie schließlich und setzte sie auf. »Mein Gott, was ist los? Sie haben mich vielleicht erschreckt.«

»Wo ist sie?«, fragte der Falke. »Ist sie fertig?«

»Oh ... äh ... was?« Ein Lächeln ging über Smolzewskijs Gesicht. »Ach, Sie meinen unser Baby. Ja, fertig, wie versprochen.« Er wies auf einen Koffer, der offen neben dem Bett stand. »Hier, reisefertig. Die Schaltuhr für den Zünder muss nur noch eingeschaltet werden. Sie läuft wie gewünscht achtundvierzig Stunden. Achtundvierzig Stunden – und bummm!!«

Der Falke nickte.

»Das war's dann wohl. Mich brauchen Sie ja nicht mehr«, grinste Smolzewskij. »Washington soll immer eine Reise wert sein. Ich bleibe lieber hier, Sie verstehen das sicher.«

»Nein, wir brauchen Sie nicht mehr, und Sie bleiben auch hier«, sagte der Falke. Er zog die Pistole aus seiner Jacke. Er sah Smolzewskijs weit aufgerissene Augen. Er zielte auf den rechten Teil von dessen Schlafanzugjacke, drückte ab und sah, wie Smolzewskijs Körper langsam vom Bett auf den Boden rutschte. Der Falke nahm den Koffer mit dem Sprengkopf und zog den Reißverschluss zu. Er hatte, was er brauchte. Allah konnte nun Rache an den Ungläubigen nehmen, die sein Volk so lange erniedrigt hatten. Und er würde sein Werkzeug sein.

Entschlossen nahm er den Koffer in die Hand und zog die Tür hinter sich zu.

Der Falke kramte in seiner Jackentasche, bis er den Briefumschlag fand. »Hier«, sagte er. Der junge Mann mit dem pockennarbigen Gesicht griff gierig nach dem Umschlag, riss ihn auf und nahm die Geldscheine heraus. Zwanzig Hundert-Dollar-Scheine. Der Falke sah, wie der Mann nickte, das Geld in der Brusttasche seines schwarz-rot karierten Flanellhemdes verstaute und einen Autoschlüssel hervorholte.

»Sorry«, sagte Jose Ferrarez. »Der Lack musste erst trocknen. Dauert halt 'ne Weile.« Der Falke nahm wortlos den Schlüssel, öffnete die Tür des alten Ford-Lieferwagens und rutschte hinter das Lenkrad. Ferrarez tippte mit dem Zeigefinger an seine alte Baseballmütze. »Na, denn gute Fahrt«, sagte er und grinste.

Der Falke ließ den Motor an und steuerte den Lieferwagen rückwärts aus der engen Garage, die voller alter Autoteile lag, hinaus auf die Straße. Der Wagen roch deutlich nach frischem

Lack. Über Nacht hatte Ferrarez den Wagen, der am Tag zuvor noch rot gewesen war, umgespritzt. Er hatte einem italienischen Obstverkäufer aus Brooklyn gehört, der ihn nur wenige Minuten aus den Augen ließ – lange genug für den Cousin von Ferrarez, die Tür aufzubrechen, den Lieferwagen kurzzuschließen und davonzubrausen. Jetzt überdeckte den Ford ein unauffälliges Dunkelbraun. Auch die Nummernschilder hatte Ferrarez ausgetauscht, die neuen stammten ebenfalls von einem Ford, der jedoch kurz zuvor verschrottet worden war.

Während er zurück nach Brighton Beach fuhr, schaute der Falke auf die Uhr. 17.00 Uhr. Er hatte fast einen Tag verloren, bis der blöde Lack endlich getrocknet war. Aber besser einen gestohlenen Wagen als ein Mietauto, dachte er – zu leicht zu identifizieren.

Er stoppte vor dem unauffälligen Hotel, in dem er Unterschlupf gefunden hatte. Nach wenigen Minuten kam er wieder heraus und lud den kleinen Koffer ein, der seine brisante Fracht enthielt.

Die Dunkelheit brach bereits herein, als Ali Ben Nasar den Wagen an der Mautstelle der Autobahn, dem New Jersey Turnpike, anhielt, sich eine Karte geben ließ und dann nach Süden Richtung Washington fuhr. Seine Landsleute waren bereits am Tag zuvor mit dem Zug vorausgefahren, um die notwendigen Vorbereitungen für seine Arbeit zu treffen.

Er fädelte sich auf der mittleren Fahrspur ein und stellte fest, dass der Highway am frühen Abend wenig befahren war. Er brauchte sich also kaum auf den Verkehr zu konzentrieren und konnte in Ruhe die letzten vierundzwanzig Stunden an sich vorüberziehen lassen.

Bis hierher war die Operation fast genau nach seinem Plan abgelaufen. Natürlich hatte er nicht damit rechnen können, dass diese Israelis dort auftauchen würden. Das hätte katastrophale Folgen haben können. Aber soweit er es beurteilen konnte, hatte er völlig richtig gehandelt. Er hatte die Papiere der Toten an sich genommen, es würde geraume Zeit vergehen, bis die Behörden feststellen konnten, um wen es sich handelte. Und selbst wenn die Leichen schneller identifiziert würden, so gäbe es immer noch keinerlei Verbindung zu seiner Mission in diesem Lande, und daher würde auch kein Verdacht auf ihn fallen.

Plötzlich durchzuckte ihn ein Gedanke, er umklammerte das Lenkrad, bis seine Knöchel weiß hervortraten. Er knirschte mit den Zähnen, seine Wangenmuskulatur spannte sich, und es bildeten sich Schweißperlen auf seiner Stirn. Mein Gott! Der Russe! Ich habe vergessen, seine Papiere mitzunehmen. Sie werden sofort herausbekommen, wer er ist. Er hämmerte mit der rechten Hand auf das Lenkrad. Verdammt, verdammt, verdammt. Wie konnte ich nur so stümperhaft sein?

Einen Augenblick lang überlegte er, ob er nicht besser nach Brighton Beach zurückkehren sollte. Es bestand eigentlich kein Grund, warum irgendjemand die Leiche schon entdeckt haben könnte. Vermutlich würde er seinen Fehler also noch wettmachen können. Er fuhr langsamer und blieb schließlich am Straßenrand stehen. Während er sich eine Zigarette anzündete, versuchte er, sich zu beruhigen. Er rieb sich die Schläfen und schloss die Augen. Schließlich zog er wieder kräftig an seiner Zigarette, lehnte sich zurück und ließ den Rauch langsam entweichen.

Nur nichts übereilen, dachte er sich. Was wäre, wenn die Behörden herausfinden würden, dass es sich bei dem Toten um Andrej Smolzewskij handelte? Andererseits, was machte schon ein weiterer toter Russe in Brighton Beach aus? Dort war schließlich die Moskauer Mafia groß im Geschäft, und daher war die Leiche eines Russen für die dortige Polizei nicht mehr als ein Routinefall. Sie würden sich also kaum bemühen herauszufinden, was es mit Smolzewskij wirklich auf sich hatte.

Wieder saugte er an seiner Zigarette, atmete aus und sah zu, wie der Rauch durch einen Spalt des Fensters in die kühle Nachtluft abzog. Ich muss vom ungünstigsten Fall ausgehen, spielte er die Möglichkeiten durch. Was wäre, wenn es ihnen gelänge, den Toten als russischen Kernphysiker zu identifizieren? Wie würde dies meine Pläne berühren?

Erneut schloss er die Augen und wägte die möglichen Konsequenzen ab. Als er sie wieder öffnete, war er zu dem Schluss gekommen, dass keinerlei Gefahr zu befürchten war. Letztlich war es völlig gleichgültig, wenn sie herausfinden sollten, wer dieser Mann in Wahrheit war. Im Gegenteil – das würde seiner Drohung nur noch mehr Gewicht verleihen. Und außerdem: Zwar hatte er die beiden Mossad-Leute ausgeschaltet, aber er konnte keineswegs sicher sein, dass nicht andere auf ihn warteten. Nun, es ergab keinen Sinn zurückzufahren.

Er merkte, wie die Spannung von ihm wich und er wieder normal atmen konnte. Er nahm einen letzten Zug an seiner Zigarette, kurbelte das Seitenfenster ganz herunter und warf den Stummel hinaus.

Wenn ich mir das alles genau überlege, dachte er, so muss ich zugeben, dass Allah mir wohlgesinnt ist. Das Ganze ist doch eigentlich ein Geschenk des Himmels. Ich könnte vielleicht sogar Webster von dieser Leiche erzählen. Dann kann er seinen gesamten Geheimdienst und noch das FBI einschalten, und die können überprüfen, ob ich ihm die Wahrheit gesagt habe. Wenn man auch nur im Entferntesten daran zweifelt, ob ich meine Drohung ernst meine, dann werden der Leichenfund und die Identifizierung des Kernphysikers diese Zweifel endgültig beseitigen. So wird der tote alte Mann zu meinem Beweis. Ich sollte geradezu hoffen, dass sie ihn mit seinem Reisepass finden. Er verzog sein Gesicht zu einem breiten Grinsen, legte den Gang ein und fuhr los.

Als er wieder auf die Uhr schaute, musste er feststellen, dass er zu viel Zeit verloren hatte. Aber jetzt in der Nacht braucht man sich über irgendwelche Radarfallen keine Gedanken zu machen, sagte er sich und beschleunigte.

Ein Autobahnrastplatz flog an ihm vorbei, und etwa eine Meile weiter sah er ein Blaulicht im Rückspiegel und hörte das Geheul der dazugehörigen Polizeisirene. Er warf einen Blick auf den Tachometer. Die Nadel zeigte auf knapp achtzig Meilen. Einen Moment dachte er daran, das Gaspedal noch tiefer durchzutreten. Doch dann entschied er sich dagegen. Zu auffällig, und außerdem konnte er das Rennen mit diesem alten Lieferwagen nicht gewinnen. Er fuhr rechts ran und wartete auf den Streifenwagen. Er musste schnell eine Entscheidung treffen, wie er mit dieser unerwartet bedrohlichen Situation fertigwerden sollte. Er biss sich auf die Lippen. Jetzt rächte es sich, dass er darauf verzichtet hatte, sich auch einen Führerschein und Fahrzeugpapiere zu besorgen. Aber es hätte einfach zu lange gedauert.

Eines jedenfalls war klar: Er konnte es nicht zulassen, dass dieser Bulle in seinem Wagen herumschnüffelte. Er griff unter seiner Windjacke nach der Pistole, die in seinem Hosenbund steckte. Das rotierende Blaulicht des Streifenwagens spiegelte sich rhythmisch im Rückspiegel.

»'n Abend, Sir.«

Der Falke blickte in das Gesicht eines Polizisten des Bundesstaates New Jersey. Ein Mann von imposanter Statur, ein großer, grobschlächtiger Afroamerikaner, der allein wegen seiner Körpergröße und seiner blaugrauen Uniform ein Sinnbild der Staatsautorität war. Er musste sich tief zum Wagenfenster herunterbeugen, um ihm zu sagen: »Wir haben Sie mit achtundsiebzig Meilen gestoppt, aber es sind nur fünfzig Meilen erlaubt, Sir. Zeigen Sie mir bitte Ihren Führerschein und Ihre

Kraftfahrzeugpapiere.« Seine Hand ruhte auf dem Lederholster seiner Dienstwaffe.

»Selbstverständlich«, erwiderte Nasar und beugte sich zum Handschuhfach auf der Beifahrerseite hinüber. »Hier bitte.«

Der Polizist schaltete seine Taschenlampe ein und schaute in den Wagen. Er zuckte noch zurück, wollte die Waffe hochreißen. Doch es war zu spät. Der Schuss traf ihn genau zwischen Nasenrücken und rechtem Augenwinkel. Die Taschenlampe fiel scheppernd zu Boden. Der Mann griff sich reflexartig ins Gesicht, Blut quoll zwischen den ausgestreckten Fingern seiner Hand hindurch. Er wankte noch ein paar Schritte zurück, brach zusammen und war bereits tot, als sein Körper auf dem Asphalt aufschlug.

Der Falke sprang aus dem Wagen und blickte um sich. Zwei schwere Lkw waren gerade vorbeigefahren, und in ihrem Sog wirbelte der Hut des Polizisten auf die Fahrbahn. Trotzdem war sich Nasar sicher, dass niemand beobachtet hatte, wie der Mann zusammenbrach.

Er brauchte all seine Kraft, um die schwere Leiche hinter den Streifenwagen zu zerren. Er fand den Schalter für das Blaulicht und stellte es ab.

Dann ging er zu seinem Wagen zurück, startete ihn und fädelte sich wieder in den Verkehr ein. Vor ihm lagen noch drei Stunden Fahrt, und er musste reichlich Zeit aufholen.

Brighton Beach, N.Y., USA

»Los, mach endlich diese Scheißtür auf, Jamie«, winselte sie.

»Hast du keine Augen im Kopf? Du siehst doch, dass ich nicht schneller kann. Nur die Ruhe, gleich sind wir drin.«

»Ich kann nicht mehr, mir geht's dreckig!«

»Halt deine verdammte Fresse, Carol«, zischte er sie an. »Ich brauch doch verdammt noch mal auch 'ne Dröhnung, aber erst müssen wir da rein.«

Carol schlug die Arme um sich und versuchte, ihr Zittern zu unterdrücken. »Wir können's doch im Hinterhof machen«, brachte sie mit zuckenden Lippen heraus.

Jamie unterbrach seine Anstrengungen und starrte sie an. »Hör zu, du kleine Nutte, genau so haben sie mich beim letzten Mal geschnappt. Draußen fixen ist bei mir nicht mehr drin. Reiß dich verflucht noch mal zusammen.« Dann arbeitete er weiter am Schloss herum.

»Mann, mir wird kotzschlecht«, heulte sie.

»Verdammte Scheiße!«, knurrte er. »Kannst du nicht einmal ...« In dem Moment gab das Schloss nach. Sie setzten sich auf die Stufen des Treppenhauses in dieser leeren, von seinen Bewohnern längst aufgegebenen Mietskaserne. Aus der Tasche seiner zerlumpten Armeejacke voller Fettflecken zog er eine Papiertüte und schüttete deren Inhalt auf seinen Schoß: einen Löffel, eine Schachtel Esbit, ein Stück Gummischlauch und eine Packung Streichhölzer. Carol öffnete den Reißverschluss ihres Pullovers, fummelte in ihrem BH herum und brachte schließlich ein Fläschchen zum Vorschein, in dem sich ein Block Crack-Kokain befand. Sie versuchte, es mit ihren zittrigen Händen Jamie zu geben, aber es glitt ihr aus der Hand, dann auf den Schoß und fiel auf den ausgetretenen Linoleumfußboden.

»Scheiße!«, riefen beide gleichzeitig und bückten sich nach der Flasche, wobei Löffel und Dose ebenfalls zu Boden fielen.

Als sie endlich alles aufgesammelt hatten, setzten sie sich wieder auf die Treppe. Jamie zündete das Esbit an und begann das Crack im Löffel zu erhitzen. Carol hatte bereits den Ärmel ihres Pullovers hochgekrempelt und band mit dem Schlauch ihren Oberarm ab.

»Ich zuerst«, wimmerte sie, wobei ihre Augenlider zuckten.

»Her mit dem Eisen«, rief Jamie über den Löffel hinweg. Sie sah ihn ungläubig mit offenem Mund an. »Das Eisen?«

»Klar, was sonst, los, her mit der Nadel.«

»Hab ich nicht, Jamie«, sagte sie mit vor Angst zitternder Stimme. »Du hast das Scheißding doch.«

»Quatsch nicht rum. Ich hab sie dir gegeben.«

»He, Jamie. Du hast sie gehabt. Scheiß mich hier nicht an. Ich weiß es genau, dass du die verdammte Nadel hast.«

»Wenn ich die Dröhnung jetzt nicht haben müsste, dann würde ich dir eins in deine elende Fresse hauen«, brüllte er sie an. »Du saudumme Schlampe. Zwei Sachen hab ich dir gegeben, und auch die sind weg. Mach nur weiter so, dann kannst du dich verpissen, und zwar ohne mich!«

Carol bedeckte ihren Mund mit ihren verdreckten Händen. Ihre Nägel krallten sich ins Gesicht. »Ich muss kotzen, mir ist sauschlecht.«

»Gottverdammte Scheiße!«, fluchte Jamie angeekelt.

Nervös rutschte Carol auf der Treppenstufe hin und her, die Hände immer noch vor dem Mund. »Guck in deinen Taschen nach, Jamie. Ich weiß doch, dass du sie hast. Bitte, bitte! Guck da nach!« Ihr Gesicht glänzte jetzt verschwitzt, aus ihren Augen starrte schiere Verzweiflung.

Jamie legte den Löffel auf die Stufe und durchwühlte seine Jackentaschen.

»Los, mach schon«, stöhnte Carol. Ihr Atem ging jetzt stoßweise.

Jamie fingerte in dem Täschchen auf dem linken Ärmel, und endlich fand er den glatten Plastikzylinder mit der Subkutanspritze. »Verdammt noch mal«, murmelte er vor sich hin.

»Ja, Jamie, ja, da ist sie!«, kreischte sie hysterisch. »Mach schon, Tempo, verpass sie mir!«

Er erhitzte das Crack erneut, füllte die Spritze und suchte ihren ausgestreckten Arm nach einer Vene zum Einstechen ab. Das war zwar nicht einfach, aber er kannte Carols Arm wie seinen eigenen. »Hör auf zu zittern, sonst vermassle ich's«, herrschte er sie an.

Carol biss sich auf die Lippen, um stillzuhalten, während er ihr die Spritze setzte. Er drückte die Hälfte des Crack heraus, band ihr den Schlauch ab und spritzte sich den Rest selbst ein.

Sie legten sich rücklings auf die Stufen, schlossen die Augen und warteten sehnsüchtig darauf, dass das Kokain zu wirken begann.

Nach ein paar Minuten drehte Jamie sich zu ihr um und lächelte sie an: »Wieder alles okay, Baby?«

Ihr Kopf schwankte in seine Richtung. »Oh, jaaa, Süßer, deinem Baby gehts gut, richtig guuut.«

»Carol«, begann er wieder.

»Mmm.«

»Baby, war das der letzte Rest von unserm Stoff?«

»Mmm«, antwortete sie desinteressiert. Warum sollte sie über ein Problem nachdenken, das erst morgen akut sein würde?

»Wir müssen unbedingt neuen Stoff besorgen.«

»Mmm.«

»Sperr die Löffel auf, Carol. Ich hab nur noch zwei Dollar in der Tasche. Wir brauchen dringendst Knete für unsern Mann, geht das in deinen Schädel rein?«

»Mm.«

»He, Baby, du bist mir eine schöne Hilfe. Mach doch endlich auch mal was für unsern Stoff. Jetzt hilf mir schon beim Nachdenken.«

»Wir brauchen doch nur was zu verscheuern, das wär's doch«, sagte sie in einem plötzlich sehr geschäftlichen Ton.

»Aha.« Sein sarkastischer Unterton war nicht zu überhören. »Wir müssen einfach nur was verkaufen. Einfach so.« Jamie schnippste mit den Fingern. »Und wo, zum Teufel, sollen wir so was finden?«

»Warum nicht in einer von diesen Buden?«, antwortete sie mit einem dümmlichen Grinsen.

»Hier liegt doch nur Mist herum. Alles nur leere Bruchbuden, hast du denn keine Augen im Kopf?«, fauchte er zurück.

»Wir brechen uns schon keinen ab, wenn wir hier mal was rumstöbern«, antwortete sie benommen. »Du guckst hier unten nach und ich da oben.«

»Scheiß Zeitverschwendung«, knurrte er unwillig.

»Hat wohl heute schon was Besseres vor, der Herr hier«, sagte sie und verschwand im Treppenhaus zum ersten Stock.

Jamie schlenderte durch das Erdgeschoss und rüttelte unterwegs an jeder Wohnungstür. Als er von seiner erfolglosen Erkundung zurück war, rief er nach oben ins Treppenhaus: »Alles dicht hier unten, Carol. Und übrigens, ich werd jetzt nicht …«

»Jamie«, rief sie tonlos, und doch klang es dringlich.

Er begann, die Treppe hinaufzustapfen.

»Mach schon, komm her. Hier ist 'n Toter drin.«

Jamie stürzte nun den Rest der Treppe hoch und sah, wie sie im offenen Türeingang zur Wohnung Nummer 214 stand. Sie kaute am Ärmelende ihres Pullovers und starrte mit aufgerissenen Augen hinein. Jamie zwängte sich an ihr vorbei durch die Diele und blieb dann wie vom Blitz getroffen stehen. »Oh Gott«, sagte er, »alles voller Blut!«

»Ich kann da nicht mehr hinsehen, Jamie.« Sie wandte sich voller Grauen ab. »Schmeiß da irgendwas drüber, schnell.«

Er griff nach einem Hemd, das über der Lehne des Küchenstuhls hing, und bedeckte damit den Kopf und die Brust des Toten. »Okay, kannst jetzt hinsehen.«

Carol ging wieder hinein. »Der ist doch ganz hin, oder, Jamie?«

»Tja, der hat den Löffel endgültig abgegeben.«

»Meinst du, er hat was bei sich, was wir brauchen könnten?«
»Keine Ahnung. Schau doch nach, wenn du's wissen willst.«
»Ich doch nicht, Jamie, du!« Unterdessen kaute sie an beiden Ärmelenden.

Jamie kniete sich hin und durchwühlte die Taschen des Toten, die jedoch leer waren. »Nichts. Hab ich dir ja gleich gesagt.«

Sie nahm ihre Hände etwas vom Mund zurück und nuschelte: »Da hängt 'ne Jacke, da drüben, im Kleiderschrank.«

Jamie stand auf und ging zu dem schäbigen klapprigen Schrank. Er nahm das graue Nadelstreifensakko vom Metallkleiderbügel ab und zog ein zerknittertes Kuvert aus der Innentasche. Hektisch ließ er das Sakko fallen und öffnete den Umschlag.

»Kann doch nicht wahr sein!«, rief er. »Mein Gott, Carol! Schau dir das mal an! Lauter Hunderter! 'ne ganze Fuhre davon! Das glaub' ich einfach nicht! He, Carol, kneif mich!« Er hielt ihr den offenen Umschlag direkt vor die Nase. »Mindestens fünfzig Hunderter. Fünftausend Scheißdollar! Na dann, frohes Fest, Baby.«

Die beiden gingen schnell, aber ohne zu laufen, denn das wäre zu verdächtig gewesen, einige Häuserblocks weiter, weg von diesem Haus des Todes, aber gleichzeitig ihres unverhofften Glücks. Von Zeit zu Zeit schaute sich Carol unsicher um. Vor einem Rexall-Drugstore packte sie Jamies Ärmel und blieb stehen.

»Was is'n los?«, fragte er mürrisch, als ob sie ihn an der Flucht hindern wollte.

»Du musst das irgendeinem sagen.«

»Was faselst du da?«

»Also, du musst den Bullen oder so sagen, dass da hinten dieser tote Typ liegt«, antwortete sie.

»Bist wohl total verrückt. Sollen die vielleicht von dem Geld wissen?«, fragte Jamie im Flüsterton.

»Brauchst du ihnen ja nicht auf die Nase zu binden. Sag einfach nur, wo der Typ rumliegt.«

»Weiß nich'«, erwiderte Jamie unsicher. Dabei tätschelte er liebevoll das Geldbündel in seiner Jackentasche, die Lösung all ihrer Probleme. »Wozu zum Teufel denn?«

»Weil man das einfach muss, darum«, antwortete sie ihm wie einem kleinen Kind, das etwas nicht einsehen will.

Jamie verzog nachdenklich den Mund. Carol deutete auf eine Telefonzelle an der nächsten Straßenecke.

»Polizeinotruf«, meldete sich eine weibliche Stimme.

»Öhh, ist da neun eins eins?«, fragte Jamie.

»Jawohl, Sir. Benötigen Sie polizeiliche Hilfe?«

»Nein, nein! Brauch keine Polizei.«

»Wie kann ich Ihnen denn behilflich sein, Sir?«

»Mhm … ich … also ich soll da einen Toten melden.«

»Sie möchten melden, dass jemand umgekommen ist, Sir?«

»Ja klar, der Typ, den wir da gefunden haben.«

»Und wo befinden Sie sich jetzt, Sir?«

»Ich?«

»Ja, Sie, Sir. Sagen Sie mir bitte, wo Sie sich jetzt befinden.«

»Nee, sag ich lieber nicht.« Er hielt die Hand vor den Hörer und sagte zu Carol: »Ich sag denen doch nicht, wo wir sind!«

»Sir«, machte sich die Stimme am Telefon wieder bemerkbar. »Sagen Sie uns nun wenigstens, wo sich der Tote befindet?«

»Ja, ja. Er ist in der Abbruchbude da, im ersten Stock.«

»Und die Adresse des Gebäudes, bitte?«

Wieder hielt er die Hand vor den Hörer und fragte Carol: »High?«

Sie nickte.

»An der Kreuzung von Second Street und High Street.«

»Und Ihr Name, Sir?«

»Wie ich heiße?«

»Ja, bitte.«

Er hängte auf und lächelte Carol zufrieden an in dem Bewusstsein, seine Bürgerpflicht erfüllt zu haben.

Moskau, Russland

Natascha Tschechowa zahlte eilig den Taxifahrer, der vor dem langen Apartmentgebäude angehalten hatte. Sie wartete, ob er ihr Gepäck aus dem Kofferraum holen würde. Doch er blieb stoisch sitzen und kaute an seiner Zigarette. Sie stieg aus, öffnete den Kofferraumdeckel und hievte den kleinen Koffer selber heraus. Sie steckte noch in ihrer Aeroflot-Uniform. Vorsichtig setzte sie das Gepäckstück auf dem Bürgersteig ab. Darin befand sich eine Flasche teurer Cognac, den sie für Jurij im Duty Free Shop in New York erstanden hatte. Sie malte sich in Gedanken aus, wie er wohl darauf reagieren würde, wenn sie ihm die Flasche auf den Tisch stellen würde, und bei dieser Vorstellung huschte ein Lächeln über ihr Gesicht. Sie hatte ihm einen Schlüssel gegeben, und er hatte sie schon einmal überrascht, als sie nach Hause gekommen war. Sie schaute auf die Uhr und hoffte, dass er auch jetzt da sein würde.

Sie schloss die Tür zur Wohnung Nummer 1015 auf, stellte ihren Koffer ab und rief nach Jurij, noch bevor sie die Tür hinter sich geschlossen hatte. Aber es kam keine Antwort. Ihre Überraschung wich bald der Enttäuschung, und ihr Lächeln erstarb.

Sie schloss die Wohnungstür, rief noch einmal seinen Namen und ging durch die winzige Diele in das Zimmer, das ihr zum Wohnen wie zum Schlafen dienen musste. Sie schaute sich kurz um und stellte fest, dass er tatsächlich nicht da war. Tief enttäuscht kehrte sie in die Diele zurück, um ihren Koffer zu holen, den sie dann achtlos auf das Klappbett warf, das tagsüber ihr Sofa war. Sie zog ihre Uniformjacke aus und streifte ihre Stöckelschuhe ab. Auf dem Weg zur Küche knöpfte sie ihre Bluse auf und öffnete den BH-Verschluss. Dann schüttete sie Wasser in einen Kessel, um sich Tee zu kochen, und zündete den Gasofen mit einem Streichholz an. Als sie das Streichholz ausblies, bemerkte sie, dass auf dem Küchentisch ein Zettel lag. Schnell nahm sie ihn hoch:

> *N.*
> *Man hat mich Tschernows Vorausabteilung zugeteilt. Hatte leider keine Wahl. Keine Sorge. Ich liebe Dich.*
> *J.*

Natascha hielt das Streichholz immer noch in die Höhe, ließ die Notiz auf den Tisch fallen und starrte sie eine Zeit lang so an, als hätte sie ihr noch mehr mitzuteilen als das, was sie gerade gelesen hatte.

Jurij war also in Washington. Sie schlug die Hände vors Gesicht. Ausgerechnet Washington. Einen Ort, den er so sehr hasste, wo im Weißen Haus die Bankrotterklärung Russlands unterzeichnet werden sollte. Und dann sollte er auch noch mit Tschernow dort sein, dem Mann, der für ihn das rote Tuch schlechthin war.

Sie ging hinüber in das Zimmer, hielt inne, strich sich durch ihre Haare und suchte nach Zigaretten. Als sie die Schachtel fand, klopfte sie eine Zigarette heraus und ging zurück in die Küche, um sie dort anzuzünden. Als sie das Streichholz an die Reibefläche führte, merkte sie, wie sehr ihre Hand zitterte. Natascha nahm einen tiefen Lungenzug in der Hoffnung, dass sie sich dadurch beruhigen würde. Ihr Blick ging zu dem Foto, das sie mit einem Klebeband an den

Küchenschrank geheftet hatte. Sie sah seinen herausfordernden Blick, das kantige Kinn, und merkte, wie ihr die Tränen kamen. Sie versuchte, sie abzuwischen, vergeblich. Müde streifte sie die Asche im Spülbecken ab und drehte sich um. Mit vor der Brust verschränkten Armen lehnte sie sich gegen den harten Kachelrand der Spüle.

Wieder begann sie zu grübeln, versuchte, sich einen Reim auf alles zu machen. Sie verstand nicht wirklich, was hier vor sich ging. Aber alles in ihr sagte ihr, dass sie etwas Schreckliches erfahren hatte, dass ausgerechnet der Mann, den sie so liebte, so tief in die Aktion mit einem gestohlenen Sprengkopf verwickelt war. Und dass dies eine Aktion war, die nur schlimme Konsequenzen haben konnte, auch wenn Jurij versucht hatte, sie zu beruhigen. Das konnte nicht gut gehen, und sie, Natascha Tschechowa, musste etwas unternehmen, um das zu korrigieren. Um das Schlimme, was immer sie mit dem Sprengkopf vorhatten, zu verhindern. Sie vertraute dem russischen Geheimdienst nicht. Wer hatte den erfolgreichsten, den mächtigsten Geheimdienst mit all seinen Möglichkeiten auf der ganzen Welt? Sie würde es tun, dachte sie, bevor es zu spät war. Sie würde es tun, um ihn zu schützen, sie würde es für Jurij tun.

Als der Teekessel zu pfeifen begann, zuckte sie erschrocken zusammen. Sie bekam Herzklopfen, stellte das Gas ab und ging wieder ruhelos ins Wohnzimmer. Unter einem Stapel von Modezeitschriften fand sie schließlich das Telefonbuch und schlug unter »Botschaften« nach. Ihr Zeigefinger lief die Spalten hinunter und stoppte bei dem Eintrag der Botschaft der Vereinigten Staaten von Amerika.

Natascha ging mit dem Telefonbuch zum Sofa, drückte ihre Zigarette aus, hob den Hörer ab und wählte. Voller Nervosität wartete sie darauf, dass jemand abheben würde.

Brighton Beach, N.Y., USA

»Okay, okay, mal langsam«, sagte der Detective, »nun regen Sie sich mal wieder ab.« Er schob sich einen neuen Kaugummi in den Mund, blätterte seinen Notizblock auf und nahm einen Kugelschreiber in die rechte Hand. »Also noch mal von vorne: Der Mann kam vor ein paar Wochen und zog hier ein. Aber er war gar nicht der Mieter, richtig?«

»Genau, genau, so war's«, beeilte sich der Hausmeister zu sagen. José Halvarez hatte einen schweren spanischen Akzent. Er war klein, schmächtig, Ende fünfzig und stammte aus Puerto Rico. Er trug einen verschmutzten grauen Overall und eine Baseballmütze mit dem Abzeichen der New York Yankees. Der Detective beobachtete, wie sein Blick unruhig hin und her ging. Er schaute auf den Toten, der jetzt auf einer Bahre vor ihm lag.

Andrej Smolzewskijs Augen starrten leblos an die Decke. Ein Polizist in Uniform hatte eine Decke über seinen Brustkorb mit der Schusswunde gelegt, nachdem der Fotograf seine Arbeit beendet hatte.

»Also, die Mieter, was war mit denen?«, setzte der Detective wieder an.

»Es waren irgendwelche nahöstlichen Typen, Araber, nehm' ich mal an«, sagte Halvarez. »Die kamen vor ein paar Wochen und haben das Loch hier gemietet. Sie zahlten die Miete für zwei Monate im Voraus, hat mir dieser Wasserman von der Vermietagentur erzählt. Geht mich ja nichts an, aber gewundert hat's mich schon. Und kurz danach kamen sie mit diesem ...«, er wies auf den Toten, »mit diesem Herrn hier. Sie sagten, er würde ein paar Tage bleiben.«

»Und?«

»Er hat sich kaum aus dem Apartment herausbewegt. Keine Ahnung, was er den ganzen Tag gemacht hat, schließlich war die Tür immer geschlossen. Aber er war ein Russe, sprach nur ganz schlecht Englisch. Gelegentlich kamen die Araber vorbei.«

Detective Joe O'Connell kaute weiter auf seinem Kaugummi herum. Auf seinem massigen Körper saß ein breiter irischer Schädel, er hatte die meisten Haare verloren, sein Gesicht war breit und gerötet. Er wirkte eher behäbig, aber seine Augen waren wach und aufmerksam. An seinem Gürtel baumelte das Metallschild, das ihn als Detective der New Yorker Polizei auswies. Er wandte sich an den anderen Mann in Zivil, der den Raum systematisch absuchte.

»Irgendwas Besonderes, Matt?«

Matt Califona drehte sich um. »Ja, hier, unter dem Kopfkissen lag ein Pass.« Er reichte ihn an O'Connell weiter. »Versuch mal dein Glück. Alles kyrillisch.«

»Wollen mal sehen.«

O'Connell schlug ihn auf. Seit er aus dem südlichen Manhattan nach Brighton Beach versetzt worden war, hatte er wie die meisten Polizisten in diesem Revier einen Russischkurs absolvieren müssen, der ihm zumindest Grundkenntnisse der Sprache vermittelt hatte. Denn ohne Russisch konnte man in diesem Teil der Stadt nicht mehr durchkommen.

Er blätterte in dem Pass, bis er das Bild sah, und verglich es mit dem Gesicht des Toten. Dann fand er den Eintrag mit dem Namen. »Andrej Smolzewskij«, las er, »geboren am 3. September 1949 in Moskau.«

Er klappte den Pass zu. Tote Russen waren in diesem Polizeirevier nichts Besonderes. Die russische Mafia hatte sich in Brighton Beach fest eingenistet. Sie war brutaler, raffinierter und gewaltbereiter als alles, was die Polizei in New York je an organisierter Kriminalität kennengelernt hatte. Die fünftausend Dollar, die sie in einer seiner Taschen gefunden hatten, waren ganz offensichtlich ein Beweis dafür, dass er mit diesen brutalen Geldleuten zu tun hatte, für irgendeinen Job, was auch immer.

Er zuckte mit den Schultern, als zwei Männer die Bahre anhoben und Smolzeswkij abtransportierten.

»Schafft ihn zur Obduktion. Sie sollen die Kugeln rausholen und sich das im Labor mal genauer anschauen«, sagte er.

Es war der dritte Mord in den letzten zwei Wochen, der zehnte in drei Monaten. Aufgeklärt hatten sie noch keinen einzigen. Bei den meisten wussten sie, wer dahinterstand. Aber Joe O'Connell hatte sich zähneknirschend damit abfinden müssen, dass Mordfälle in Brighton Beach in aller Regel nicht auflösbar waren. Es war ganz einfach: Wer redete, der war selbst innerhalb von Tagen ein toter Mann. Das hatte sich herumgesprochen und funktionierte bisher ohne Ausnahme höchst effektiv. Die russische Mafia flog ihre Killer zumeist direkt aus Russland ein. Sie blieben ein paar Tage, erledigten ihren Job, und dann verschwanden sie wieder. Zweitausend Dollar Honorar, das war in Moskau viel Geld. O'Connell schaute auf seine Notizen. Merkwürdig war nur die Geschichte mit den Arabern.

Er bemerkte, dass José Halvarez immer noch vor ihm stand. »Sag mal, José, ist dir sonst noch irgendwas aufgefallen? Irgendjemand sonst, der zu Besuch kam, vielleicht?«

Halvarez sog die Stirn kraus. Er dachte nach. »Nein, aber da war so ein anderer Typ. Sah auch so aus, als käme er aus dem Nahen Osten. Er hat sich nach den Arabern bei mir erkundigt.«

Wieder ging O'Connell über seine Notizen. Offenbar eine Invasion von diesen nahöstlichen Typen in Brighton Beach, dachte er. Merkwürdig, sie gehörten hier eigentlich nicht hin. Ein Gedanke ging ihm durch den Kopf. »He, Matt, wie war das mit den anderen beiden Leichen, die sie gestern gefunden haben? Der in dem Hofeingang und der andere in dem Kofferraum? War das nicht gleich hier in der Nähe?«

»Ja, draußen vor der Haustür der eine, und der andere ein paar Hundert Meter weiter.«

O'Connell versuchte, sich an den Obduktionsbericht zu erinnern. Dunkle Hautfarbe, schwarze Haare, möglicherweise aus dem Nahen Osten, hieß es da. Keine Papiere, erschossen.

»Sollen doch mal die Kugeln vergleichen«, sagte O'Connell. »Vielleicht gibt es ja eine Verbindung.«

Er klappte seinen Notizblock zu und klopfte dem Hausmeister auf die Schulter. »Okay, José, das war's fürs Erste. Wenn wir noch Fragen haben, werden wir wissen, wo wir dich finden.«

Er würde jetzt ins Revier zurückfahren. Nun kam der Teil, den er hasste. Papierkram ohne Ende. Da es sich bei dem Toten offenbar um einen Ausländer handelte, würde er einen Bericht nach Washington schicken. Sollten die doch sehen, was sie damit machten. Scheißpapierkram, dachte er wieder. Auch nach achtundzwanzig Jahren im Job hatte er sich noch immer nicht daran gewöhnt. Und jetzt auch noch der Umgang mit diesem verdammten Computer. Fuck it, dachte er. Noch drei Jahre bis zur Pensionierung.

Washington, D.C., USA

Yolanda zog den Reißverschluss des dunkelblauen Hausmeister-Overalls ihres Vaters hoch und gab ihm einen Kuss auf die Wange.

»Deine Brote sind in der Papiertüte auf dem Tisch neben der Tür«, sagte sie. »Kannst du morgen früh auf dem Rückweg von der Arbeit frische Milch mitbringen?«

»Ich bin so gegen sieben wieder da«, sagte er und machte sich auf den Weg.

Moses Carver ging die Eisenstufen an der Eingangstür des Reihenhauses hinunter, in dem er mit seiner Familie bereits seit den frühen Siebzigerjahren wohnte, nun bog er nach rechts ab, und von dort waren es nur noch drei Häuserblocks bis zur

U-Bahn-Station auf der Pennsylvania Avenue. Es lag leichter Frost in der Luft, und Moses klappte seinen Kragen hoch und vergrub die Hände in den Taschen. Er war noch nicht weit gekommen, als ihm ein junger Mann in einer Seitengasse auffiel, der auf ihn zuging. Moses beachtete ihn zunächst nicht, trotzdem bemerkte er, dass der Mann Ausländer war, möglicherweise ein Araber, wegen seines krausen, dicken schwarzen Haars und seines ungewöhnlich großen Schnauzers.

»Mister ... Mister! Sie mir bitte helfen? Mein Freund hier sein krank. Bitte!« Dabei gestikulierte er wild und deutete auf die Seitengasse.

Vorsichtig folgte Moses ihm und kniff seine Augen zusammen, um besser sehen zu können. Dann sah er einen Mann, der auf dem Boden lag. Er wimmerte vor Schmerzen, und Moses bückte sich. Er legte die Hand auf seine Schulter, versuchte ihn auf die Seite zu drehen und fragte: »Was ist mit Ihnen?«

Das Letzte, was Moses Carver in seinem Leben hörte, war ein dumpfer Schlag, und das Letzte, was er fühlte, war der stechende Schmerz in seinem Hinterkopf.

Victor Chavez verließ die Wohnung und überquerte den dunklen Parkplatz. Er war in Eile, schon wieder war er etwas spät dran. Es war kalt geworden, und die Windschutzscheibe war leicht vereist. Mit dem Ärmel seines Overalls machte er die Fahrerseite etwas frei. Dreimal versuchte er den Lieferwagen zu starten, aber außer einem Orgeln des Anlassers geschah nichts.

»Mist«, brummte er und öffnete die Motorhaube. Nachdem er auf den Zündverteiler geklopft hatte, gelang es ihm endlich, den Motor anzulassen. Er schaltete die Scheinwerfer ein, setzte aus seinem Stellplatz zurück und fuhr zur Ausfahrt des Wohnblockparkplatzes.

Als er in die Naylor Road abbog, sah er einen Mann, der eine Taschenlampe hin und her schwenkte. Der Mann stand neben einem dunkelbraunen Lieferwagen, dessen Motorhaube geöffnet war. Victor schaute auf die Uhr. Wenn es kein schwerwiegender Defekt war, dann könnte er ihm helfen und trotzdem noch rechtzeitig zur Arbeit kommen. Er fuhr seinen Toyota an den Straßenrand, stellte den Motor ab und stieg aus.

Als er sich dem Lieferwagen näherte, schaltete der Mann seine Taschenlampe aus. Victor konnte ihn jetzt genau sehen: mittelgroß, schlank, olivfarbene Haut, gekräuseltes, dichtes schwarzes Haar. Victor glaubte zuerst, einen Landsmann aus Mittelamerika vor sich zu haben. Sein linker Arm hing in einer Schlinge.

Der Mann redete ihn an: »Der Motor überhitzt.«

Victor erkannte am Akzent, dass der Mann kein Latino sein konnte. So sprach niemand, dessen Muttersprache Spanisch ist. Ein Araber vielleicht, dachte er sich.

»Dann wollen wir mal sehen«, sagte Victor.

»Nicht nötig«, antwortete der Mann. »Der Keilriemen ist gerissen.«

»Tja, dann kann ich Ihnen leider nicht helfen. Da müssen Sie den Pannendienst anrufen. Der bringt Ihnen dann einen neuen Keilriemen vorbei. Da ist eine Texaco-Tankstelle ein Stück weiter oben auf der Straße. Ich halte da mal an und sag' Bescheid, sie sollen sich um Sie kümmern.«

»Nicht nötig«, erwiderte der Mann. »Ich hab da hinten im Wagen einen Ersatzkeilriemen, aber mit meinem kaputten Arm kann ich nichts machen. Wenn Sie ihn mir holen würden, könnte ich Ihnen zeigen, wie man ihn schnell anbringt.«

»Klar hol ich ihn, aber ich muss zur Arbeit. Aufziehen kann ich den nicht mehr für Sie.«

»Wenn Sie ihn mir nur holen, wäre ich Ihnen schon sehr dankbar«, sagte der Mann.

Victor folgte ihm zur Hecktür des Van, und als er sie öffnen wollte, bemerke er die beiden fehlenden Finger an der rechten Hand des Mannes. Ein weiterer Grund, ihm behilflich zu sein, dachte er. Victor stieg hinten ein und sah sich nach dem Keilriemen um.

»Da drüben in der Ecke«, hörte er die Stimme direkt hinter sich.

Victor suchte weiter, und da er nichts fand, sagte er: »Ich sehe hier keinen ...«

Er fühlte einen harten Schlag gleich hinter seinem rechten Ohr und verlor das Bewusstsein. Der Schlag, der ihn dann traf, war von solcher Wucht, dass er seinen Schädel spaltete. Victor Chavez war auf der Stelle tot.

Ali Ben Nasar fuhr den dunkelbraunen Lieferwagen die 14th Street entlang und bog dann links in eine enge Passage, die zum Personaleingang des Museums führte. Dort parkte er. Zusammen mit seinem Beifahrer stieg er aus, und die beiden gingen zum Wagenheck. Beide trugen Baseballkappen, deren Schirme sie tief ins Gesicht gezogen hatten, sowie dunkelblaue Dienstoveralls. Auf den linken Brusttaschen war in Weiß die Aufschrift »United States Holocaust Memorial Museum« angebracht, darunter stand der Zusatz »Gebäudeservice«. Der Handwagen mit der seitlichen Leinenabdeckung, den sie aus dem Gepäckraum des Vans zogen, unterschied sich in nichts von den tausend anderen, die von solchen Serviceunternehmen üblicherweise verwendet wurden. Oben heraus schauten Schrubber und Besen, auf der Leinenabdeckung prangte die Abkürzung »USHMM«, sodass ihre Karre völlig identisch war mit all den anderen, die in Washingtons neuestem Museum verwendet wurden.

Der Falke hatte das Sicherheitssystem des Museums stundenlang ausgekundschaftet und war daher nicht im Mindesten überrascht, dass die Museumswärterin am Eingang ihre Comiclektüre nur kurz unterbrach, um den elektrischen Öffner zu betätigen und sie hereinzulassen. Ohne auf die aufgedruckten Namen zu schauen, griff sich jeder von ihnen eine Lochkarte aus dem Wandständer neben der Eingangspforte und stempelte sie ab.

»Wo ist denn Carver?«, fragte die Wärterin, deren Interesse an den beiden Männern plötzlich erwacht zu sein schien.

Der Falke blickte zu ihr herüber. Da saß eine gedrungene, vollschlanke Schwarze, deren schwarzes Haar mit Pomade am Schädel klebte, deren weiße Uniformbluse mit Achselklappen sichtlich Mühe hatte, ihren ausladenden Busen im Zaum zu halten, und die gerade wieder in ihren Riesenhamburger gebissen hatte.

»Zu Hause. Krankgemeldet«, sagte Nasar und drehte ihr wieder den Rücken zu.

»Das is ja 'n Ding«, sagte sie und biss erneut zu. »Was hat er denn?«

»Grippe«, rief er ihr über die Schulter zu.

»Wer hat euch denn geschickt?«, rief sie zwischen zwei Bissen.

»Zeitarbeitsunternehmen«, antwortete der Falke geistesgegenwärtig.

Betont gleichgültig schoben die beiden Männer den Reinigungskarren in einen der Dienstaufzüge und fuhren in den zweiten Stock.

Nach ein paar Minuten waren sie an der Stelle angekommen, die Ben Nasar als das einfachste und sicherste Versteck für seine wertvolle Fracht ausgesucht hatte. Es war eines der bewegenden Ausstellungsstücke des Holocaust-Museums. Ben Nasar sprang über die Absperrung und fing an, einen Tunnel zu graben in dem Berg aus alten Schuhen, die die sechs Millionen Juden symbolisieren sollten, die in den Konzentrationslagern der Nazis ermordet worden waren. Der beißende, modrige Gestank des zerfallenden Leders ekelte ihn an. Stinkende Juden, dachte er wütend. Diese verfluchten Juden sind nun schon seit siebzig Jahren tot, und sie stinken immer noch.

Sein Komplize hielt im Korridor Wache und half ihm dann, die Fracht des Handwagens über die Absperrung zu heben und in den durch den Tunnel geschaffenen Hohlraum zu legen. Genau wie Smolzewskij es ihm beigebracht hatte, stellte Nasar vorsichtig den Zeitschalter für den Zündsatz ein und begrub ihn unter den Schuhen.

Der Sprengkopf war nun in Position und scharf.

Washington, D.C., USA

Er schaute auf die beiden Stümpfe an seiner rechten Hand, wo einst der kleine und der Ringfinger gewesen waren. Ein zynisches Lächeln umspielte seinen schmalen Mund. Was bedeuteten jetzt zwei fehlende Finger?

Beim letzten Mal, in Argentinien, musste er mit der frisch verbundenen Wunde tatenlos im Hotel sitzen, während die Bombe hochging. Doch sie war ein Spielzeug im Vergleich zu dem, worüber er jetzt verfügte. Damals in Buenos Aires hatte sie sechsundzwanzig Menschen zerrissen. Diesmal könnten es Tausende sein, die sofort daran glauben mussten – und weitere Tausende in den Tagen, Wochen, Monaten, ja Jahren danach, Menschen, die an ihren Brandwunden sterben oder an den Folgen der Strahlenschäden langsam dahinsiechen würden.

Und diesmal würde er die Spielregeln bestimmen, er ganz allein. Nichts, niemand würde ihn stoppen. Er war Allahs Vollstrecker, sein gehorsamer, ergebener Diener. Er war sein Schwert und seine Fackel zugleich, er würde seinem Namen Geltung verschaffen, ein Feuer anzünden, ein Fanal setzen, das die Welt nicht mehr übersehen könnte.

Der Falke blinzelte in die Sonne, die über dem Kapitol an der Ostseite der Mall aufging. Er hatte zwei Nächte nicht geschlafen, aber jetzt war nicht die Zeit für Müdigkeit. Er wusste weder, wann in den nächsten achtundvierzig Stunden er dazu kommen würde, sich auszuruhen, noch, ob er überhaupt jemals wieder schlafen würde.

Das Risiko, im Höllenfeuer des Atomblitzes mit zu verglühen, war hoch. Aber der Gedanke schreckte ihn nicht. Er hatte dem Tod so oft ins Auge geschaut, er hatte nichts Erschreckendes mehr. Und ohnehin: Es waren seine letzten Tage, vielleicht Wochen. Der Krebs in seiner Lunge würde dafür sorgen. Der Falke war bereit zu sterben, Allah würde ihn ins Paradies heimholen. Sein Name sei gelobt.

Er schaute an sich herab, auf das Schild mit der Abkürzung USHMM an seiner Uniform. Wieder umspielte ein Lächeln seinen Mund. Ein Reinigungsmann im Holocaust-Museum – was für eine Verkleidung, was für eine Farce.

Es war ein langer Weg aus dem brennenden Flüchtlingslager in Shatila hierher in das Zentrum der Weltmacht USA gewesen. Er schloss die Augen. Wieder sah er die Flammen vor sich, wieder sah er die schreienden Menschen, die durch die engen Gassen des Lagers liefen, die Männer mit den hasserfüllten Blicken, die mit ihren Maschinenpistolen auf alles schossen, was sich bewegte, die Mordkommandos der christlichen Milizen, die die Flüchtlinge in dem Palästinenserlager ausrotteten wie eine Flohplage.

Der Falke spürte, wie seine Augenlider zitterten. Er drehte sich um und sah, wie die Sonnenstrahlen an Kraft gewannen und den leichten Bodennebel auf der Mall, dem langen Park zwischen dem Kapitol und dem Lincoln Memorial, langsam vertrieben. Er sah das Holocaust-Museum, nur einige Hundert Meter entfernt, eingepasst in die Häuserfront mehrerer Regierungsgebäude, so, als gehöre es zum Zentrum der Weltmacht USA wie selbstverständlich dazu. Wieder ballte er die Fäuste. Würde hier jemals irgendeiner auf den Gedanken kommen, ein Museum für die toten Palästinenser zu bauen, die

Opfer von Shatila, oder für die Hunderte von Kindern, die bei der Intifada im israelischen Kugelhagel umkamen?

Doch jetzt würde er dafür sorgen, dass die Welt sich erinnerte. Und wenn sie nicht einlenkten, dann würde dieses Museum in Bruchteilen von Sekunden zu Asche zerfallen. Die Bombe lag mitten drin, und sie tickte. Er schaute auf seine Uhr. Es war sieben Uhr. Er würde ihnen genau zwei Tage geben, um seine Forderungen zu erfüllen.

Der Falke stand am Kiosk vor dem flachen Hügel, auf dem der schlanke Obelisk des Washington Memorial hundert Meter in den blauen Himmel ragte. Ein leichter Wind ließ die fünfzig Sternenbanner flattern, die kreisförmig an ihren Masten rund um das Denkmal aufgehängt waren. Die erste Welle der Bürokraten kam über die 14th-Street-Brücke aus Virginia in das Regierungsviertel der amerikanischen Bundeshauptstadt. Noch war dies für sie ein Tag wie jeder andere, noch wussten nur er und die anderen drei von der tödlichen Bedrohung. Der Falke genoss ihre Ahnungslosigkeit. Seine Augen blitzten.

Washington erwachte. Er würde dafür sorgen, dass die Stadt so schnell nicht wieder in ihre Ruhe zurückfallen würde. Nicht nur die Hauptstadt, die ganze Welt würde sich für immer verändern. Denn nun war es so weit. Er, der Falke, hatte es geschafft, wovor sich die Experten seit Jahren fürchteten. Er hatte eine Atombombe, und wenn er es wollte, dann würden all die Bürokraten nicht mehr zu ihren Familien zurückkehren. Neben dem Kiosk hingen mehrere Münztelefone. Er suchte in seiner Tasche, bis er eine Fünfundzwanzig-Cent-Münze fand. Er hob den Hörer ab und wählte sorgfältig die Nummer ...

Eine kühle weibliche Stimme meldete sich: »The White House.«

»Hören Sie gut zu, unterbrechen Sie mich nicht«, sagte der Falke in den Hörer. »Ich habe eine Nachricht, die wird Ihren Präsidenten sehr interessieren.«

Die Stimme blieb kühl. »Ich verbinde Sie.«

Eine andere Stimme meldete sich. »Was kann ich für Sie tun?«, fragte die Stimme, diesmal die eines Mannes.

»Ich habe eine wichtige Nachricht«, wiederholte der Falke, »für Webster. Und Sie tun gut daran, wenn Sie mir genau zuhören.«

»Ich höre«, sagte die Stimme.

Der Falke sprach, etwa zwei Minuten, dann legte er auf. In der Ferne, aus der Richtung des Weißen Hauses, sah er eine Gruppe von Joggern über die Mall auf sich zukommen. Auf der Constitution Avenue folgten den Läufern mehrere schwarze Limousinen und Geländewagen, die ein Blaulicht auf dem Dach hatten. Zwischen der Gruppe rannte aufgeregt ein Golden Retriever hin und her. In der Mitte zwischen drahtigen jungen Männern, die alle Windjacken trugen und ständig die Umgebung mit ihren Augen absuchten, lief ein Mann mit einem grauen Trainingsanzug und einer schwarzen Baseballmütze. Die Figur kam dem Falken bekannt vor. Er schaute genauer hin. Es war Bill Webster bei seinem allmorgendlichen Dauerlauf, umgeben von Beamten des Secret Service.

Er merkte, wie ihn die Blicke der Leibwächter aus der Ferne streiften. Doch keiner interessierte sich wirklich für ihn, einen dunkelhäutigen Mann in der Uniform einer Reinigungsfirma, einen von so vielen, die frühmorgens die Gebäude im Regierungsviertel säuberten, bevor Washington seine Amtsgeschäfte aufnahm.

Washington, D.C., USA

Der blöde Köter, dachte Anthony Blake, dieser verdammte Bastard. Connie hatte es sich unter dem Kabinettstisch bequem gemacht und ihren Kopf auf die Füße des Sicherheitsberaters gelegt. Zufrieden wedelte die Hündin mit dem Schwanz.

Blake verzog das Gesicht. Er merkte, wie Bill Webster, der neben ihm saß, mit der Hand unter dem Tisch nach dem Kopf des Hundes suchte, um ihn zu streicheln. Dabei erwischte er Blakes Knie. Blake räusperte sich.

»Oh, Tony«, sagte Webster, »wir müssen wirklich endlich dafür sorgen, dass Connie einen Korb hier in der Ecke bekommt, einen festen Platz, damit das arme Tier nicht immer unter dem Tisch liegen muss.«

Blake schaute in die Runde. Ihm gegenüber saß Madeleine McConnor, eine beleibte Blondine um die sechzig. Der Duft ihres Parfüms wehte zu ihm über die Tischplatte herüber. Gut, dachte er, aber zu stark für ihr Alter. Er musste anerkennen, dass Webster mit ihr eine gute Wahl getroffen hatte. Madeleine McConnor war lange an der Harvard-Universität gewesen und hatte dort internationale Beziehungen gelehrt, bevor Webster sie entdeckt und zum Erstaunen aller zu seiner Außenministerin gemacht hatte. Blake sah ihr energisches Kinn, das sie vorreckte, und ihre kräftigen Hände, die auf einer vor ihr liegenden Akte ruhten.

Zum Nationalen Sicherheitsrat, der sich rund um den Kabinettstisch versammelt hatte, gehörten auch CIA-Chef John Smith sowie der Chef der Vereinigten Stabschefs, General Robert Taylor, und auch der FBI-Chef George Fitzgerald war an diesem Morgen als Gast dazugebeten worden.

»Okay, Tony, was gibt's?«, eröffnete Webster die Sitzung. Er trug einen dunkelblauen Anzug mit einer Krawatte, die Blake etwas zu bunt erschien.

»Leider wenig Gutes«, sagte der Sicherheitsberater. Er hoffte, er würde auf Anhieb den richtigen Knopf finden. Er sah die Wiedergabe-Taste des digitalen Rekorders, der vor ihm auf dem Tisch stand, und drückte sie. Die Stimme, die aus dem kleinen Lautsprecher ertönte, hatte einen schweren arabischen Akzent.

»Hören Sie zu, Webster«, sagte der Falke, »ich weiß, Sie werden es nicht wahrhaben wollen. Aber wir haben sie, die Bombe – eine Atombombe. Und sie liegt irgendwo in Ihrem Hinterhof. Wenn Sie nicht tun, was wir wollen, denn werden wir diesmal Hiroshima spielen – nur sehr viel größer. Washington ist dann platt, sehr platt, verstehen Sie, Webster?«

Die Stimme auf dem Tonband klang höhnisch. Der Falke wurde lauter: »Siebzig Jahre habt ihr die Zionistenschweine in Tel Aviv unterstützt, siebzig Jahre lang habt ihr die Araber mit Füßen getreten. Arabisches Blut bedeckt die Erde Palästinas, Zehntausende unserer Brüder haben die Zionisten abgeschlachtet. Aber Allah, der Allmächtige und Erhabene, hat uns endlich das Schwert in die Hand gegeben, um sie zu rächen und unsere Ehre zurückzugewinnen.«

Der Falke machte eine Pause, alle an dem Tisch hörten, wie er schwer atmete und dann hustete, bevor er sich wieder fing. »Sie haben nur eine Chance, Webster: Zeigen Sie Reue. Brechen Sie Ihre Beziehungen zu Israel ab. Zeigen Sie der Welt, dass Sie unsere gerechte Sache unterstützen. Der amerikanische Botschafter in Israel muss das Land demonstrativ verlassen und eine Erklärung verlesen, dass die USA ihre diplomatischen Beziehungen zu den Zionisten abbrechen. Die ganze Welt soll Zeuge sein. Wir verlangen, dass die Abreise aus Tel Aviv live auf CNN übertragen wird. Und dann noch etwas, Webster – wir wollen, dass die Israelis einhundert unserer Brüder aus ihren Gefängnissen entlassen und nach Libyen fliegen. Machen Sie Ihren Freunden in Jerusalem klar, dass wir nicht spaßen. Und dann noch etwas: Lassen Sie unsere Brüder in Guantánamo frei, fliegen Sie alle Gefangenen ebenfalls nach Libyen. Und bemühen Sie sich gar nicht erst, mit uns zu verhandeln. Es gibt nichts zu verhandeln. Entweder Sie tun, was wir sagen, oder die Bombe geht hoch. Sie haben zwei Tage, Webster, sonst wird die Supermacht Amerika leider ohne Hauptstadt sein. *Allahu akbar* – Gott ist groß.«

Blake schaltete den Rekorder ab. Er sah in die betretenen Gesichter der anderen. Er spürte, wie Connie unter dem Tisch mit dem Schwanz wedelte. Er war versucht, dem Hund einen Tritt zu geben, beherrschte sich aber im letzten Moment.

Webster räusperte sich. »Ein starkes Stück«, sagte er. »Nun, was halten Sie davon?«

»Bisher ist es nur ein anonymer Anruf«, sagte Madeleine McConnor. »Wir können nicht unsere israelischen Freunde aufgeben und uns vor aller Welt demütigen lassen, nur weil irgendein Verrückter sich wichtigtun will.«

»Was meinen Sie, George?«, wandte sich Webster an den FBI-Chef.

»Wenn Sie mich fragen: Ich rate zur Vorsicht. Leider hat die Erfahrung gelehrt, dass wir heutzutage solche Drohungen ernst nehmen müssen. Erinnern Sie sich an die Bombe im World Trade Center? Das hat auch niemand für möglich gehalten. Und das war nur eine konventionelle Bombe, die ein paar Araber in einer Garage zusammengebastelt hatten, und es war ja nur der erste Schritt. Beim nächsten Mal haben sie es 2001 dann doch geschafft und das World Trade Center zum Einsturz gebracht. Natürlich brauchen wir mehr Beweise, aber wir können nicht einfach so tun, als gebe es diese Drohung nicht.«

Ein Adjutant in der Uniform eines Oberstleutnants trat in den Raum, einen Aktenordner mit der Aufschrift »Streng geheim« unter dem Arm. Er reichte ihn an den CIA-Chef weiter. Smith rückte seine Brille zurecht und überflog den Text. Dann meldete er sich zu Wort: »Bei unserer Botschaft in Moskau hat sich eine Frau gemeldet, leider anonym. Klang ziemlich aufgeregt. Sie behauptet, sie habe verlässlich gehört, dass in Russland ein Atomsprengkopf gestohlen worden sei. Sie sagt, er sei für irgendwelche Araber bestimmt gewesen.«

Blake sah, wie Webster sich aufrecht setzte. Er bekam jetzt diesen durchdringenden Blick, der anzeigte, dass er sich das Thema zu eigen gemacht hatte. Blake hatte lernen müssen, Webster nicht zu unterschätzen. Er kam aus New York, Washington war für ihn über vierzig Jahre ein Fremdwort gewesen, aber er war in der Lage, schnell zu lernen.

»Verdammt«, sagte Webster, »ich fürchte, George hat recht. Wir können das nicht einfach ignorieren.« Er fixierte den FBI-Chef. »Also, sehen Sie zu, was Sie tun können. Drehen Sie jeden Stein um. Und kein Wort an die Presse. Es darf keine Panik aufkommen.«

Fitzgerald starrte auf den Rekorder, so, als berge er alle Antworten. »Wann ist der Anruf eingegangen?«

»Vor zwei Stunden«, sagte Blake. »Uns bleiben dann noch sechsundvierzig Stunden.«

Alle Augen richteten sich auf die große Uhr an der Stirnwand des Raumes, direkt über dem Präsidenten. Für einen Augenblick herrschte eine beklemmende Stille. Selbst Connie hatte das Wedeln mit dem Schwanz eingestellt.

Washington, D.C., USA

Der Fahrer hielt den Blick nach vorne gerichtet, auf den Verkehr. Schließlich schaute er doch kurz in den Rückspiegel.

»Ist Ihnen nicht gut, Sir?«, fragte er.

George Fitzgerald schreckte auf. »Wie? Äh ... ich ... ich bin okay.«

Er merkte, wie sein Puls raste, und er fühlte sein Herz bis zum Hals pochen. Er sah die Pennsylvania Avenue an sich vorbeigleiten. Ein leichter Nieselregen hatte eingesetzt, sein Blick war auf die Tropfen fixiert, die sich auf den Seitenscheiben der schwarzen Limousine gebildet hatten. Fußgänger huschten an ihm vorbei, arglos, ahnungslos. George Fitzgerald nahm es nur unterbewusst wahr, denn seine Gedanken kreisten um ein einziges Problem.

Verdammt noch mal. Warum ich?, dachte er. Er hatte soeben an einer Sitzung im Oval Office teilgenommen, und seither sah er die Welt um sich herum, das Regierungsviertel von Washington, mit anderen Augen. Nichts war plötzlich noch so, wie es einmal war. Er stöhnte leise. Wieder sah er den Blick seines Fahrers im Rückspiegel. Nervös schaute Fitzgerald auf seine Armbanduhr. Wut stieg in ihm auf. »Bastard«, sagte er, »elender Bastard.«

Dabei wusste er genau, dass er auf sich selber genauso wütend war wie auf den unbekannten Anrufer. Denn schlagartig war ihm klar geworden, wie gänzlich unvorbereitet ihn die neue Situation getroffen hatte.

Vor gerade einmal sechs Monaten war er zum Direktor des FBI ernannt worden, und er war dabei, sich auf diesem Posten gegen viele Widerstände durchzusetzen und einzuarbeiten. Und nun plötzlich das! Seit seiner Amtsübernahme hatte man ihn intensiv auf alle erdenklichen Ernstfälle eingestimmt. Nur dieser hier hätte nicht eintreten dürfen, schon gar nicht jetzt, denn er war noch weit davon entfernt, routiniert und emotionslos darauf reagieren zu können. Bei diesem Gedanken musste er gequält lächeln, aber seine Lippen zitterten. Würde er überhaupt jemals in der Lage sein, einen solchen Krisenfall zu bewältigen? Noch hatte er nicht die vollständige Kontrolle über sein Amt. Er musste sich gegen eine Unzahl von Neidern durchsetzen und gleichzeitig den durch eine Reihe von Skandalen arg ramponierten Ruf des FBI aufpolieren, nicht zuletzt die ständigen Querelen mit Webster bewältigen, der seine Polizeibehörde mit größtem Misstrauen sah. Ausgerechnet jetzt, in dieser schon verfahrenen Situation, sollte er sich der ultimativen Herausforderung stellen. Dabei, so musste er sich eingestehen, war er noch ein Grünschnabel – und unter seiner Führung sollte das FBI nun die Stadt Washington retten? Und nebenbei noch die gesamte amerikanische Regierung und damit letztlich die Nation, denn was war ein Land ohne seine Regierung?

Als die Limousine an einer Ampel halten musste, war vor ihm bereits die Nordwestecke des Hochhauses aufgetaucht, in dem sich sein Büro befand. Das gewaltige Gebäude hatte die Ausmaße eines ganzen Häuserblocks zwischen der 9th und 10th Street an der Pennsylvania Avenue. Der Betonklotz trug offiziell den Namen »The J. Edgar Hoover Building«, doch niemand verwendete ihn. Seine wuchtige, schwerfällige Architektur stand in krassem Gegensatz zu der eleganten Leichtigkeit des Baustils der benachbarten Washingtoner Gebäude.

Zum ersten Mal überhaupt fiel Fitzgerald auf, wie stark dieses Ungetüm einer Festung ähnelte. Aber wozu? Sollte dieses Gebäude uneinnehmbar sein, oder war es vielmehr *sein* Gefängnis? Heute jedenfalls fühlte er sich wie ein Gefangener. Der hohe Status und die immense Macht seines Amtes waren plötzlich überschattet von einer erdrückenden Verantwortung, gegen die er sich instinktiv wehrte. Er rollte seine Augen nach oben, sah aber nur das Dach des Wagens.

»Warum ich? Warum, zum Teufel, ausgerechnet ich?«, flüsterte er.

Er musste schlucken und biss die Zähne aufeinander. Sein Fahrer hielt, stieg aus und öffnete ihm die Wagentür. George Fitzgerald versuchte, Haltung zu bewahren, als er zum Portal schritt und mit dem Aufzug zu seinem Büro im elften Stock fuhr. Als er am Schreibtisch seiner Empfangssekretärin vorbeiging, wies er sie an: »Bernice, stellen Sie bitte fest, wo sich Mr Schoefield befindet, und teilen Sie ihm mit, er soll sich unverzüglich bei mir melden.«

»Zeke, du solltest auf andere Gedanken kommen.« Art Carlson schaute seinen Freund über den Schreibtisch hinweg an. Die beiden hatten zusammen die FBI-Akademie in Quantico absolviert und sich dann langsam die Hierarchie hinaufgearbeitet. Zwischen ihnen hatte immer so etwas wie freundschaftliche Rivalität bestanden, bis Arts Karriereleiter ihn zur Technischen Abteilung des Büros brachte, während Zeke die Verwaltungslaufbahn einschlug. Beide hatten sie die fünfzig überschritten, beide hatten sie Spitzenpositionen erreicht. Jedenfalls, was Art anging. Als Leiter der Technischen Abteilung war er mit dieser letzten Stufe auf der Karriereleiter mehr als zufrieden. Ganz anders Zeke Schoefield. Art sah, wie Zeke sich mit der Hand den Nacken rieb, für ihn ein klarer Hinweis, dass er innerlich erregt war.

»Hör mir doch zu, Zeke. Diese Sache frisst dich auf, aber da ist einfach nichts mehr zu machen. Vergiss es!«

Zeke Schoefield sah ihm direkt in die Augen. »Ja, ja. Du hast ja recht. Aber sie lässt mich eben nicht los. Wie soll ich mich da beruhigen? Herrgott noch mal, es ist und bleibt eben eine verdammte Ungerechtigkeit. Ich weiß es, du weißt es, und alle anderen wissen es auch.«

Art schaute seinen Freund wieder an, diesmal jedoch etwas kritischer als vorher. Vielleicht lag es an seinem Aussehen. Mit seinem schütteren Haar, seinen hängenden Schultern und seinem verschlafenen Blick ähnelte Zeke Schoefield eher einem Kaufhausangestellten als einem leitenden Beamten des FBI. Das war wohl der Grund, warum man ihn, den stellvertretenden Direktor des FBI, bei der Beförderung übergangen und ihm jemanden von draußen vor die Nase gesetzt hatte, der die Show leiten sollte. Dieser Fitzgerald würde den Rest seines Lebens auf seinem Posten sitzen und nach seiner Pensionierung nicht einmal die Hälfte von dem wissen, was Zeke schon längst vergessen hatte. Das Einzige, das für Fitzgerald sprach, war, dass er eben wie der Boss aussah und auch so redete. Ein gut aussehender Mann mit den notwendigen politischen Verbindungen, dieser Fitzgerald, das musste er zugeben. Er hatte genau das, was

Zeke fehlte. Carlson konnte sich einfach nicht vorstellen, wie Zeke mit der Presse umgehen oder mit den Mächtigen und Einflussreichen dieser Stadt zwanglos plaudern würde.

»Das ist jetzt schon länger als ein halbes Jahr her, alter Knabe. Aber das ändert überhaupt nichts an der Sache. Find dich also damit ab und tu das, wofür du bezahlt wirst.«

Schoefield wollte sich nicht beruhigen. »Ich hätte diesen Job bekommen müssen. Jeder hier weiß das.«

Genau das war es eben, dachte Art, was Schoefield nicht verstehen konnte oder nicht verstehen wollte. Die Besetzung dieses Postens war eine rein politische Angelegenheit. Mit Verdiensten oder Fähigkeiten, über die Zeke zweifellos verfügte, hatte das nicht im Geringsten zu tun.

»Okay, Zeke, Schluss damit …« Der Summer auf Carlsons Schreibtisch unterbrach ihn. Er drückte den Knopf der hausinternen Sprechanlage. »Mr Carlson, Sir, Mr Schoefield soll in das Büro des Chefs kommen. Dringend.«

Man führte ihn direkt in das Heiligtum des Direktors, und Fitzgerald forderte ihn mit einer Handbewegung auf, sich zu setzen, während er sein Telefonat zu Ende führte. Der Direktor saß zurückgelehnt in seinem schwarzen Ledersessel, eine Hand hinter den Kopf gelegt, und starrte die Decke an, wahrscheinlich sprach er mit irgendjemandem über Veränderungen seiner privaten Haushaltsplanung. Was war denn so verflucht dringlich, wenn dieser Hundesohn hier mit seiner Frau Privatgespräche führte, dachte sich Schoefield. Er fühlte, wie der Hass auf diesen Karrieristen in ihm hochstieg.

Der Direktor hatte sein Gespräch beendet und lehnte sich auf den Schreibtisch: »Entschuldigen Sie bitte, Zeke.«

Er hasste es, wenn dieser Mann ihn mit seinem Spitznamen anredete. Der war für seine Freunde reserviert, und zu denen zählte Fitzgerald nun wahrlich nicht.

»Keine Ursache, Sir«, sagte er und hoffte, dass die zynische Art und Weise, wie er ihn als »Sir« tituliert hatte, nicht zu dick aufgetragen war, aber trotzdem seine Haltung ihm gegenüber verdeutlichte.

Fitzgerald biss sich auf die Unterlippe, schaute einen Augenblick lang auf seine gefalteten Hände und blickte dann Schoefield ins Gesicht: »Zeke, ich komme gerade aus dem Weißen Haus. Wir haben da ein verflucht großes Problem, und ich brauche dringend Ihre Hilfe.«

Las Vegas, Nevada, USA

Jay Berry stellte die Dusche ab und griff nach dem Handtuch, trocknete seine blonden Haare und ging wieder ins Schlafzimmer zurück.

»Michelle!«, rief er dem Bündel von Decken zu, das in der Mitte des Ehebetts lag. Als er keine Antwort bekam, ging er zum Bett und wickelte sich das Handtuch um die Hüften. »Komm schon, Schatz. Du kommst sonst zu spät zur Arbeit.«

Jetzt war ein verschlafenes Stöhnen aus dem Deckenbündel zu hören. Jay wiederholte spöttisch, aber liebevoll: »Michelle ... Spatz, nun steh endlich auf.«

»Lass mich in Ruhe«, antwortete sie, und das Bündel von Decken bewegte sich, als sie sich noch fester einrollte.

Er ließ das Handtuch zu Boden fallen, hob eine Decke und schlüpfte zu seiner Frau ins Bett.

»Pfui, du bist ja noch nass!«

»Nur feucht«, antwortete er.

Sie drehte sich zu ihm um und strich mit ihren Fingern durch sein Haar, griff eine Strähne und zog daran: »Lieber Herr Dr. Berry, Sie haben offenbar völlig vergessen, dass ich heute erst nachmittags Dienst habe. Na, erinnerst du dich jetzt?«

Diesen verschlafenen Blick hatte er schon immer sehr sexy an ihr gefunden. »Mist«, sagte er, warf den Kopf zurück auf das Kissen und schlug sich auf die Stirn. »Hab ich tatsächlich vergessen. Entschuldige bitte, Liebling.«

Michelle Berry schlang ihren Arm um seine Brust und kuschelte sich an ihn. »Und du hast bestimmt auch vergessen, dass du versprochen hast, die Kinder heute morgen zur Schule zu fahren, hmm?«

»Ja, jetzt, wo du es sagst, fällt's mir wieder ein, aber da du ja jetzt wach bist ...«

Sie griff sich ein Kissen und drückte es auf sein Gesicht. »Ich glaub' dir kein Wort«, spielte sie die Verärgerte. »Ich kann nur hoffen, dass du bei den Zähnen deiner Patienten nicht so vergesslich bist wie bei deinen häuslichen Pflichten.«

»Zähne? Welche Zähne denn?«, murmelte er unter dem Kopfkissen.

Sie zog das Kissen weg. »Du bist wirklich unmöglich! Wie konnte ich nur auf dich hereinfallen, Jay Berry?«

»Weil wir das perfekte Paar sind«, antwortete er und legte beide Hände hinter den Kopf. »Ich schütze die Bürger von Las Vegas, Nevada, vor den verheerenden Schäden an Zähnen und Zahnfleisch, und du, du schützt die Vereinigten Staaten von Amerika vor Nuklearterrorismus.«

»Sehr witzig«, sagte sie, schwang die Beine aus dem Bett und tastete mit ihren Zehen nach den Hausschuhen. »Was möchtest du zum Frühstück?«

»Wie wär's mit Spiegeleiern mit Speck und Toast?«

Als sie ihren Bademantel zugebunden hatte, drehte sie sich zu ihm um. Sie sieht verflucht gut aus, dachte er, als er sie betrachtete. Ihr Aussehen hatte ihn von Anfang an verhext. Groß gewachsen, schlank, wenn auch ein wenig breitschultrig, und ein Gesicht, das jeden fesselte. Nach ihrer langen, blonden

Mähne drehte sich zwar jeder um, aber ihr Gesicht bewirkte, dass man den Blick auf ihr ruhen ließ.

Nun fixierte sie ihn mit ihren dunkelblauen Augen und sagte: »Sie können von Glück reden, wenn Sie von mir heute morgen überhaupt Toast und Kaffee bekommen, Mister.« Dann lächelte sie ihn boshaft an: »Dafür schuldest du mir was.«

»Was denn genau?«, rief er ihr nach, als sie das Zimmer verließ.

Eine Dreiviertelstunde später waren alle aus dem Haus, die beiden Kinder, Mark und Sally, ab zur Schule und Jay auf dem Weg zur Praxis. Sie saß alleine in der Küche und trank ihren Kaffee. Seit langer Zeit war sie einmal wieder morgens allein zu Hause. Ich habe wirklich Glück im Leben, dachte sie. Ein großartiger Mann, tolle Kinder und dazu noch einen aufregenden Beruf. Sie schaute sich um. Vor etwa zwei Jahren hatten sie dieses Haus bezogen, fast so etwas wie ihr Traumhaus. Vier Schlafzimmer, Swimming- und Whirlpool, alles vorhanden, was das Leben angenehm machte.

So würde das also jeden Morgen sein, wenn ich nicht berufstätig wäre, dachte sie sich. Seit mehr als einem Jahr versuchte Jay nun schon, sie zu überreden, ihren Job aufzugeben und nur Hausfrau zu sein, bis die Kinder alt genug wären, aber sie konnte einfach nicht. Sie hatte zu viel investiert, um dahin zu kommen, wo sie jetzt war. Es war verdammt schwer gewesen, sich gegen Männer in einem männlichen Beruf durchzusetzen, und das würde sie nicht so einfach aufgeben. Sie war bis heute die einzige Frau in NEST, dem Nuklearen Krisensuchteam, und sie wusste nur zu genau, dass sie dies ihrer Intelligenz, ihrer körperlichen Fitness und ihrem Einsatzwillen zu verdanken hatte. Sie wollte und konnte das, was sie erreicht hatte, nicht einmal für eine kurze Zeit aufgeben. Aber vielleicht würde es Jay doch noch gelingen, seinen Willen durchzusetzen. Sie blickte an sich hinab und fuhr mit der Hand über ihren Unterleib. Sie hatte ihrem Mann nichts davon erzählt, aber das war genau der Grund, warum sie sich den heutigen Vormittag freigenommen hatte. Sie hatte um 11.00 Uhr einen Termin bei ihrem Gynäkologen, aber es handelte sich nicht um eine Routineuntersuchung. Seit zwanzig Jahren, seit ihrem vierzehnten Lebensjahr, war ihre Periode mit der Regelmäßigkeit eines Uhrwerks gekommen, und daher nahm sie ihr jetziges Ausbleiben nicht auf die leichte Schulter. Vielleicht ja nur ein Zufall, dachte sie.

Sie stellte die leere Tasse in die Spüle zum Frühstücksgeschirr. Nach dem Joggen würde sie sauber machen und abwaschen.

Sie joggte nun seit zwanzig Minuten, und wieder einmal musste sie daran denken, warum sie lieber vor dem Frühstück lief. Gegen neun Uhr morgens schien die Sonne bereits so intensiv, dass eine bleierne Hitze über der Wüste hing. An diesem Morgen war es völlig windstill, und der Asphalt strahlte eine ungeheure Hitze ab, die schon einem normalen Fußgänger den Schweiß ins Gesicht trieb. Am Horizont sah sie das Flimmern der Hitzewellen, die über dem Teer der Rollbahn schwebten. Mit dem Schweißband an ihrem Handgelenk wischte sie sich über die tropfnasse Stirn. Trotz dieser Hitze fühlte sie sich wohl. Sie genoss das Gefühl ihrer körperlichen Fitness, und immer wieder zwang sie sich, in Form zu bleiben. Dreimal wöchentlich Training im Fitnessklub und viermal Laufen hielten sie schlank und fit.

Die Straßen des Wohnviertels, durch das sie joggte, waren relativ eben. Das Fehlen von Steigungen glich sie durch erhöhtes Lauftempo aus. Ihre üblichen fünf Meilen schaffte sie in ungefähr fünfunddreißig Minuten, aber in dieser Hitze würde sie wohl länger brauchen.

Sie umrundete eine Straßenbiegung und kam an einem Wüstenstreifen vorbei, den man bereits für neue Bauten planiert hatte. Wenn man Las Vegas hört, denkt man automatisch an die Hauptstraße mit ihren Spielkasinos, aber diese Stadt breitete sich mit unglaublicher Geschwindigkeit nach allen Richtungen aus. Sie hasste die Gefräßigkeit der Stadt, die die Landschaft vernichtete und die Schönheit der Natur mit einer Reihenhauszeile nach der anderen verschandelte. Sie hatte den Eindruck, dass es immer »die anderen« waren, die an der Zerstörung der Wüste schuld waren, aber eigentlich gehörte sie ja auch dazu. Darüber jedoch wollte sie im Moment nicht weiter nachdenken.

Sie hatte die Hälfte ihrer Strecke hinter sich, ein leichtes Ziehen machte sich im rechten Knöchel bemerkbar, und sie begann, das Tempo zu steigern. Um die Verspannung in ihren Schultern zu lockern, schüttelte sie die Arme und konzentrierte sich dann wieder ganz auf ihren Laufrhythmus. Ein Lastwagen des United Parcel Service fuhr vorüber, und sie winkte dem Fahrer zu, der ihr bekannt vorkam. Jetzt schwitzte sie immer stärker, und ihre Lunge war an der Grenze ihrer Leistungsfähigkeit angelangt, als sie zum Schlussspurt ansetzte.

Dann hörte sie das Klingeln ihres Mobiltelefons. Einen Moment lang überlegte sie noch, ob sie es einfach ignorieren sollte. Doch als sie die Nummer auf dem Display sah, schaltete sie das Gerät ein. Es war Dan Carothers, ihr Einsatzleiter.

»Michelle«, hörte sie ihn in einem Ton sagen, der seine Anspannung verriet. »Ich weiß zwar, dass du heute Morgen freigenommen hast, aber wir haben hier höchste Alarmstufe bekommen. Ich brauche dich jetzt hier in der Zentrale. Komm so schnell wie irgend möglich. Und ich glaube nicht, dass du so bald wieder nach Hause kannst.«

Washington, D.C., USA

»Mach schon, mach schon«, sagte der Mann mit dem Bürstenhaarschnitt zu dem Techniker im blauen Overall, der gerade einen Computer auf seinen Schreibtisch hievte.

»Zehn Minuten«, sagte der Techniker, »dann läuft das Ding.«

Nervös klopfte der FBI-Agent auf die Gabel seines Telefons. Nichts, kein Wählton. Er knallte den Hörer zurück auf den Apparat.

»Davon geht's auch nicht schneller«, bemerkte der Techniker, der dabei war, die Kabel mit dem Computer zu verbinden. »In spätestens einer halben Stunde sind alle Telefone geschaltet. Nehmen Sie so lange das da.« Er wies auf ein Telefon, das auf dem Schreibtisch nebenan stand. »Oder nutzen Sie inzwischen Ihr mobiles Telefon, aber ich kann nicht für die Sicherheit garantieren.«

Der Agent sah, wie sich die Tür öffnete und Zeke Schoefield hereinkam. Einen Moment lang trat Ruhe ein in der Hektik, die den Raum füllte. Alle Augen folgten dem stellvertretenden FBI-Direktor, der zu seinem Schreibtisch hinüberging. Er setzte sich, wie probeweise, stand dann aber wieder auf, als er die auf ihn gerichtete Aufmerksamkeit bemerkte. Er versuchte ein etwas schüchternes Lächeln.

»Okay«, sagte er, »mit Gottes Hilfe – wir werden es schon schaffen!«

Dann setzte er sich wieder und schaute sich in dem großen Raum um. Die Maschinerie des FBI ist für die Behäbigkeit bekannt, mit der sie bei der Aufklärung von Fällen in Gang kommt. Diesmal jedoch war das ganz anders. Zwei Stunden nach seinem Treffen mit dem Direktor des FBI hatte Zeke Schoefield eine Sonderkommission zusammengestellt, die sich mit dieser nationalen Krise befassen sollte. Er hatte im fünften Stock eine ganze Zimmerflucht als seine persönliche Kommandozentrale eingerichtet, denn er benötigte viel Platz für all die Spezialisten, die er in die Kommission berufen hatte, Spezialisten mit Erfahrung im Nachrichtendienst, Sprengstoffexperten und Experten für den Nahen Osten, dazu noch sein Koordinationsteam. Und er musste persönlich die gesamte Operation überwachen können.

Zeke hatte seinen Schreibtisch auf der erhöhten Plattform am einen Ende des großen Raums aufstellen lassen. Er blickte auf die Hektik vor sich. Er konnte das Gefühl nicht verdrängen: Wenn er ehrlich war, dann fühlte er sich trotz der unerhörten Drohung zufrieden. Zufrieden wie schon lange nicht mehr. Er griff nach seiner Checkliste und ging sie Punkt für Punkt durch.

Seine improvisierte Kommandozentrale war nun fast einsatzbereit. Er hatte dem Secret Service die Aufgabe erteilt, das Gebiet rund um das Weiße Haus zu überwachen. Er war sich nicht sicher, ob die Aussage des Falken, der Sprengkopf befinde sich im »Hinterhof« des Präsidenten, nun bedeutete, dass er sich irgendwo in direkter Nähe des Weißen Hauses oder nur irgendwo in der Hauptstadt befand. Zum jetzigen Zeitpunkt musste er beides in Betracht ziehen.

Er hatte den Einsatz des NEST-Teams der Ostküste beantragt, das auf der Andrews Air Force Base in Maryland stationiert war, und er hatte zusätzlich verlangt, dass auch das Westküstenteam nach Washington eingeflogen werden sollte. Sein nächster Befehl erging an das Räumkommando der Städtischen Polizei, das er in ständigen Alarmzustand versetzte, und schließlich hatte er beantragt, das Staatliche Bombenräumkommando EOD von seiner Basis in Indian Head, Maryland, in die Hauptstadt einfliegen zu lassen.

Da der Terrorist angedeutet hatte, der nukleare Sprengkopf befinde sich irgendwo in der Stadt, fiel die Ermittlungsarbeit »vor Ort« unter die Zuständigkeit des D. C. Field Office des FBI, dessen Zentrale sich am Buzzard's Point befand, einem kleinen Flecken am Anacostia River, umgeben von zerfallenen Lagerhallen und Schrottplätzen.

Schoefield wählte die Direktverbindung nach Buzzard's Point und wurde auch gleich mit Harold Caldwell, dem Leiter des Washington Field Office, verbunden.

»Harold? Schoefield am Apparat. Wie ist der Stand der Dinge?«

»Einen Augenblick, Zeke.« Schoefield hörte, wie Caldwell mit einem Mitarbeiter redete. Dann war er wieder am Apparat. »Entschuldigung. Wir sind hier alle etwas hektisch. Wir arbeiten ausschließlich an dieser Sache und haben alles andere gestrichen. Meine gesamten vierundzwanzig Leute sind dran, und ich habe noch zusätzliches Personal aus dem Baltimore Office angefordert. Sie schicken uns weitere zehn Beamte.«

»Gut, gut, Harold, aber was macht ihr da drüben? Nach welchem Aktionsplan arbeitet ihr?«

»Zeke, meine Leute sind über den gesamten Distrikt verteilt und suchen nach jedem noch so kleinen Hinweis, der uns weiterhelfen könnte. Und jeder winzige Hinweis wird ernst genommen und weiterverfolgt. Nur ... leider bisher ohne Erfolg.«

Schoefields Blick ging an die Decke, so als könne er von dort eine Antwort erwarten. Er holte tief Luft, dann richtete er seine Aufmerksamkeit wieder auf den Telefonhörer an seinem Ohr. »Gut, Harold«, sagte Zeke. »Im Moment gibt es hier auch noch nichts Neues. Aber sobald wir etwas in der Hand haben, geben wir es sofort an euch weiter.«

»Ich hab' hier noch drei Leute in Reserve, damit ich auf Unvorhergesehenes reagieren kann«, erwiderte Caldwell.

»In Ordnung. Ich möchte, dass du stündlich mit mir Kontakt aufnimmst. Am besten zu jeder vollen Stunde.«

»Klar, Zeke.«

Schoefield legte auf und wandte sich dem Mann zu, der geduldig vor seinem Schreibtisch wartete.

»Nun, mein Sohn, was gibt's?«

Der junge Mann sah aus, als sei er vom FBI gerade frisch gebacken worden – schlank, sauber gekleidet mit weißem Hemd und konservativer Krawatte, das Haar kurz geschoren. In J. Edgars Form gegossen, dachte sich Zeke, nur mit einem kleinen Fehler: Der FBI-Mann war asiatischer Herkunft. Er reichte Schoefield ein Schreiben und meldete: »Ich bin Ihr Verbindungsmann zur CIA, Sir. Diese Mail hier ist soeben aus Langley eingetroffen. Vermutlich hat es etwas mit unserer Angelegenheit zu tun.«

Zeke legte den Ausdruck der Mail auf den Schreibtisch, setzte die Lesebrille auf, die an einem Band um seinen Hals hing, und vertiefte sich in das Papier. Als er zu Ende gelesen hatte, waren seine Augenbrauen weit nach oben geschoben. Er schaute den jungen Mann an, bedeutete ihm durch ein kurzes Kopfnicken, dass er gehen könne, und sagte knapp: »Danke sehr.« Dann wählte er Fitzgerald direkt an.

»Sir«, sagte Schoefield, »wir haben hier soeben eine Mail aus Langley bekommen. Man hat ihnen da einen Bericht über den Mord an einem russischen Staatsbürger geschickt, der in Brighton Beach, New York, begangen wurde. Da der Mann im Besitz eines Besuchervisums war, hat die Stadtpolizei es der INS, der Einwanderungsbehörde, gemeldet, und die haben die CIA benachrichtigt. Deren Leute in Moskau wiederum haben ihn überprüft. Scheint so, als wäre dieser Andrej Smolzewskij ein russischer Kernphysiker. Wurde vor rund einem Jahr rausgeworfen und verstärkte von da an das Heer der Arbeitslosen. Dann taucht er plötzlich als Leiche in einem fast völlig verlassenen Mietshaus in New York auf, und – jetzt kommt es – der Superintendent sagt, die Wohnung wurde kürzlich von einem Ausländer angemietet. Er ist der Meinung, dieser Typ könnte ein Araber gewesen sein.«

»Danke, Zeke«, sagte Fitzgerald und legte auf.

»Danke, Zeke«, sagte sich Schoefield und legte ebenfalls den Hörer in die Station. Es konnte so unglaublich befriedigend sein, zu dieser großartigen Organisation zu gehören. Er ließ die Lesebrille auf seine Brust fallen.

George Fitzgerald drehte sich mit seinem Ledersessel dem Fenster zu und schaute über die Pennsylvania Avenue auf die Rückseite des Gebäudes im neoklassischen Stil, in dem sich das Nationalarchiv befand. Die Strahlen der untergehenden Sonne tauchten die Marmorfassade des Gebäudes in einen warmen, goldenen Farbton. Er bildete aus seinen Fingern eine Pyramide und legte das Kinn auf die Daumen. Unten auf den Straßen hatte der Feierabendverkehr eingesetzt, Tausende von Regierungsangestellten machten sich auf in den großen Stau des Heimwegs, die meisten von ihnen nach Maryland und die Vorstädte in Virginia. Der Wind frischte auf, trieb Papierfetzen den vom französischen Architekten L'Enfant erbauten Grand Boulevard entlang und ließ die Ampeln an ihren Kabeln hin und her schwanken.

Fitzgerald wandte sich wieder seinem Schreibtisch zu und drückte auf den Knopf der Sprechanlage. »Barbara, geben Sie mir Mr Blake im Weißen Haus.«

Moskau, Russland

Sie hatte sich gezwungen, das Abendessen vom Vortag noch einmal aufzuwärmen. Nun stocherte sie erneut lustlos mit der Gabel auf dem Teller herum.

Natascha Tschechowa trug nach wie vor ihr Nachthemd. Ihre Haare waren ungekämmt, unter den Augen hatten sich dunkle Ringe gebildet. Neben dem Teller stand eine Wodkaflasche. Sie war halbleer. Gedankenverloren schenkte Natascha nach, in ein Wasserglas. Sie nippte, dann schüttete sie den Wodka in sich hinein. Sie merkte, wie er auf ihren leeren Magen traf. Die Übelkeit kam erneut in ihr hoch.

Jurij, dachte sie, oh, Jurij. Sie nahm das Bild in die Hand, aus dem ihr sein Gesicht entgegenlächelte. Sie streichelte darüber. Dann stand sie auf und kramte in der Schublade einer Anrichte, bis sie die alte Bibel fand. Natascha legte sie vor sich hin. Mein

Gott, tu etwas, irgendetwas. Sie bekreuzigte sich. Verzeih mir, Gott, flüsterte sie, ich weiß, ich habe gefehlt. Wieder kamen ihr die Tränen. Der Gedanke jagte immer wieder durch ihren Kopf: Gott hatte sie gestraft, dachte sie.

Aber was hätte sie tun können? Als er von dem Sprengkopf berichtete, war es ja längst zu spät. Alles war schon geschehen, sie konnte ihn nicht mehr davon abbringen. Hätte er überhaupt auf sie gehört? Auf sie, die kleine Stewardess, die doch bisher mit all diesen Ungeheuerlichkeiten, mit den politischen Ränkespielen dieser Welt nichts zu tun hatte?

Aber ihr Gewissen war nicht zu beruhigen. Jetzt hatte Gott ihren Jurij nach Washington beordert. Sie seufzte tief. Lieber Gott, lass es nicht zu, dachte sie, dass sich irgendetwas Schreckliches aus diesem Raub entwickelt. Sie versprach, jeden Sonntag eine Kerze anzuzünden. Sie hatte versucht, die Amerikaner zu informieren, als sie die Botschaft angerufen hatte. Aber wer weiß, ob die das überhaupt geglaubt hatten? Womöglich hatten sie es einfach als einen wirren Anruf irgendeiner hysterischen Frau abgetan …

Sie blätterte die Bibel auf, versuchte zu lesen, doch die Zeilen verschwammen durch die Tränen in ihren Augen. Sie war ohne Gott aufgewachsen. Im Sowjetsystem war er nicht vorgesehen gewesen. Erst als überall Lenins Büsten gefallen waren, hatte ihre Mutter es gewagt, ihr die alte Bibel aus dem Familienbesitz zu geben. Vielleicht, so dachte sie, wollte Gott sich jetzt rächen.

In der Ecke stand der Fernseher. Sie bemerkte, dass er immer noch lief. Der Sprecher verlas gerade die Meldung, dass Präsident Tschernow am nächsten Morgen zu Gesprächen mit der amerikanischen Regierung nach Washington fliegen würde.

Mit einem Ruck richtete Natascha sich auf. Plötzlich gespannt, verfolgte sie die Nachrichten. Diese Reise, so sagte der Sprecher weiter, sei für das Verhältnis zwischen beiden

Ländern von äußerster Wichtigkeit. Durch den Wodkanebel, der ihr Gehirn durchwaberte, brach sich ein Gedanke seine Bahn. Tschernow würde nach Washington fliegen. Er würde fliegen, dachte sie, fliegen – mit seiner Sondermaschine.

Aber auch Aeroflot flog regelmäßig in die amerikanische Hauptstadt. Sie war schon oft dort gewesen, als Teil der Besatzung. Sie sprang auf, suchte hastig in ihrer Handtasche nach dem kleinen Taschenkalender mit den Telefonnummern. Dann zog sie das Telefon zu sich herüber und wählte schnell eine Nummer.

Das Telefon klingelte dreimal, viermal, fünfmal. »Hör endlich auf«, murmelte sie. Doch das Klingeln dauerte an. Seufzend befreite sich Olga Gurkin aus der Umarmung, griff über den nackten Körper hinweg und angelte sich widerwillig den Hörer. Ihr Make-up war stark ramponiert, ihre blond gefärbten Haare strähnig. Ihr Gesicht war gerötet. Auf dem Nachttisch standen zwei Sektgläser, auf dem Fußboden davor lag eine leere Flasche Krimsekt.

»Ja?«, sagte sie in den Hörer. »Oh, Natascha, mein Engelchen, du bist's, so spät noch, wo brennt's denn?«

Olga Gurkin setzte sich im Bett auf. Mit ihrer freien linken Hand streichelte sie über seine Haare. Wladimir Ostrowskij rückte an sie heran und fing wieder an, ihre schweren Brüste zu massieren. Sie unterdrückte ein wohliges Grunzen.

Er war neun Jahre jünger, einer der neuen Co-Piloten, der gerade von der Fliegerschule gekommen war. Dort hatte er alle Tests erfolgreich bestanden. Sie hatte gehört, er sei der Beste seines Jahrgangs. Jetzt jedoch musste er den entscheidenden Test absolvieren, den Olga Gurkin sich persönlich vorbehalten hatte, den Test in ihrem Bett. Es war zwar nur ein bösartiges Gerücht, dass alle neuen Piloten dazu verpflichtet seien, doch Olga Gurkin sorgte dafür, dass sie jedenfalls einen wesentlichen Teil der neuen Fliegergeneration persönlich, sehr persönlich einwies. Schließlich war sie die Chefstewardess der Aeroflot und hatte einen Ruf zu verlieren.

Zufrieden schaute sie auf Ostrowskij herab, sah seine gut entwickelten Muskeln, seinen sich wölbenden behaarten Oberkörper, die sportlichen Beine.

»Also, Natascha, meine Liebe, was ist los?«, fragte sie erneut, nachdem sie festgestellt hatte, dass die Anruferin ihre Frage noch nicht beantwortet hatte.

Wieder bemerkte sie das Zögern am Ende der Leitung. »Sag mal, ist dir nicht gut? Muss ich mir Sorgen machen?«, fügte sie verwundert hinzu. Dies war nicht ihre übliche Natascha, ihre muntere Busenfreundin.

»Olga, du musst mir einen Gefallen tun«, hörte sie die Stimme Nataschas, »einen großen Gefallen. Du bist doch eingeteilt, morgen nach Washington zu fliegen.«

»Ja, so ist es, morgen früh um neun geht's los.« Sie streichelte wieder versonnen über die Haare des neben ihr liegenden Piloten.

»Olga, bitte, lass mich das übernehmen. Erfinde irgendwas, sprich mit der Einsatzleitung, sag ihnen, dass du krank bist und dass ich dich vertreten soll.« Wieder bemerkte Olga, wie Natascha zögerte. Dann rückte sie mit dem Grund heraus. »Es ist … äh … es ist so, Jurij ist in Washington. Olga, ich muss ihn sehen, verstehst du, ich muss ihn unbedingt sehen. So schnell wie möglich«.

Oh Gott, dachte Olga, große Liebe. Was ist nur in Natascha gefahren? Aber sie neigte immer schon zu Sentimentalitäten. Und spürte obendrein, wie Wladimir zärtlich ihre Schenkel streichelte. Manchmal, dachte sie, könnte selbst sie schwach werden, sich vorstellen, mit einem Mann einmal länger zusammen zu sein als nur ein paar Stunden oder einige Tage. Dies zum Beispiel war so ein Moment. Sie schaute nachdenklich auf den Mann an ihrer Seite. Wie jung er war! Wie männlich! Sie legte ihre Arme um ihn.

»Mein Lieber«, säuselte sie und legte einen Moment den Telefonhörer unter das Kissen, sodass Natascha nicht zuhören konnte, »wann geht dein nächster Flug?«

»Übermorgen, nach Peking«, sagte er.

»Das ist gut, sehr gut«, flüsterte sie. »Ich glaube, ich habe eine gute Idee. Wir bleiben hier noch einen Tag zusammen. Ich muss dir ja noch so viel über die Aeroflot erzählen ...«

Er legte seine Hand zwischen ihre Schenkel und fuhr fort, sie zu streicheln. Sie schnurrte. »Einen Moment, mein Süßer.«

Hastig zog sie den Telefonhörer unter dem Kissen hervor. »Gut, mein Engelchen Natascha. Ich glaube, das lässt sich einrichten. Gute Reise, und grüß Jurij von mir, unbekannterweise.«

Sie legte auf. Mit einem verführerischen Lächeln wandte sie sich wieder dem Co-Piloten zu und begann ihn zu küssen. Er leistete keinen Widerstand.

Washington, D.C., USA

Die vier Männer warteten schweigend in Zeke Schoefields Büro. Drei von ihnen hatte Zeke aus der Kommandozentrale hierher beordert und dann Harold Caldwell in Buzzard's Point angerufen. Das Treffen war für Punkt 11.00 Uhr anberaumt worden, und nun saßen sie hier. Das Warten schien endlos, und einige von ihnen begannen nervös auf ihren Stühlen herumzurutschen.

William Rutherford Tuttle hatte das Aussehen eines gealterten Arnold Schwarzenegger und schien das Urbild des FBI-Agenten zu sein, ganz so, wie der Mann auf der Straße ihn sich vorstellt. Genau das aber war er nicht. Er war der intellektuelle Denker und Lenker des Büros, Sprössling einer wohlhabenden und einflussreichen Familie aus Rhode Island, ein kultivierter, belesener Mann, der jedes Detail, das für seine Aufgaben auch nur am Rande von Bedeutung war, im Gedächtnis behielt. Er leitete die Abteilung Nachrichtendienst und saß nun hier auf dem Sofa des Büros, nachdenklich das Spiel seiner Finger betrachtend.

A. J. Kaufmann, eine äußerst dürre Erscheinung mit dem länglichen und kantigen Gesicht eines Raubvogels, war der Nahostexperte, den Schoefield zu sich bestellt hatte. Er saß auf einem Stuhl direkt neben Schoefields Schreibtisch, die Arme hatte er vor der Brust verschränkt, die Beine übereinandergeschlagen, und sein rechter Fuß bewegte sich in einem Takt, den nur er selbst kannte. Bei seinen Kollegen galt er als Außenseiter, was er darauf zurückführte, dass er jüdischer Herkunft war, und im FBI gab es davon nur sehr wenige. Insider jedoch erklärten seine Außenseiterrolle ganz anders. Seine Karriere war für das FBI recht typisch verlaufen, denn man hatte ihn unter Umgehung der üblichen Beförderungsstufen und Ausbildungsabschnitte von außerhalb berufen. Hinzu kam, dass sein Spezialgebiet für andere so geheimnisvoll und esoterisch war, dass man ihn nur in Ausnahmefällen hinzuzog. Er selbst war ein herber Mensch, dem nicht das Geringste daran lag, all dies zu ändern. So blieb ihm eben nur die Rolle des merkwürdigen Außenseiters – zumindest bis zu diesem Zeitpunkt.

Caldwell hatte den Wartenden den Rücken zugekehrt. Seine Hände ruhten auf dem Fensterrahmen, und es schien, als betrachtete er die Skyline Washingtons. Hätten die anderen sein Gesicht sehen können, so hätten sie bemerkt, dass er ins Leere starrte und seine Lider von Zeit zu Zeit zuckten. Und da er seine Nervosität verbergen wollte, hatte er sich ans Fenster gestellt.

Am anderen Ende des Büros stand Alvin Brown, ein gedrungener, etwas übergewichtiger Afroamerikaner, er hatte die Hände hinter seinem Rücken gefaltet und tat so, als betrachtete er die Galerie von Auszeichnungen, Urkunden und Fotografien, die eine ganze Wand in Zeke Schoefields Büro schmückten. Wie Kaufmann war auch Brown ein Außenseiter. Bevor er zum FBI berufen wurde, war er sechs Jahre lang Leiter des

Bombenräumkommandos der New Yorker Polizei gewesen, und jetzt bekleidete er die gleiche Position im FBI. Im Gegensatz zu Kaufmann war Alvin Brown ein geselliger Mensch, dessen unkomplizierte Art ihm schnell Zugang zu den alten Seilschaften des FBI verschafft hatte, obwohl er kein Weißer war. Die meisten Veteranen hatten bereits vergessen, dass auch Brown nicht von der Pike auf gedient hatte, und diejenigen, die sich noch erinnern konnten, übersahen diesen Makel geflissentlich. Alvin hatte versucht, mit ein paar Scherzen die gedrückte Stimmung in Schoefields Büro etwas aufzuheitern, musste jedoch schnell feststellen, dass sein Humor hier und jetzt nicht gefragt war.

Endlich hatte ihr Warten ein Ende. Die Tür öffnete sich, und Zeke Schoefield trat ein. Unter dem Arm trug er einen Aktenordner. Keiner der vier Wartenden hatte ihn je ohne Jackett gesehen, aber nun stand er hemdsärmelig vor ihnen. Er begrüßte sie mit einem kurzen Nicken und einem unpersönlichen »meine Herren«, dann nahm er an seinem Schreibtisch Platz. Caldwell und Brown setzten sich ebenfalls, und die vier Männer blickten den stellvertretenden Direktor erwartungsvoll an.

Schoefield nahm seine erkaltete Pfeife aus dem Aschenbecher und drehte sie langsam vor sich hin und her. »Meine Herren, der Grund, warum ich Sie hierhergebeten habe«, begann er in seiner ruhigen, methodischen Art, »ist folgender: Wir wollen feststellen, wo genau wir zu diesem Zeitpunkt mit unseren Ermittlungen stehen. Und das soll hier in Ruhe geschehen, abseits dieses Affentheaters da draußen.« Dabei deutete er mit seiner Pfeife auf die Tür. »Fassen wir also zusammen, was wir bisher in Erfahrung bringen konnten, und dann habe ich Ihnen noch die neuesten Informationen mitzuteilen.«

»Nun, was gibt es da schon groß zusammenzufassen?«, bemerkte William Tuttle. »Wir wissen doch nur, dass wir es mit einer Terroristendrohung zu tun haben, von der wir annehmen, dass sie echt ist, da man die Verbindung zu der Leiche eines russischen Kernphysikers in New York hergestellt hat.«

»Zum jetzigen Zeitpunkt, William, müssen wir diese Drohung sehr ernst nehmen«, erwiderte Schoefield. »Wir haben nämlich weitere Informationen erhalten, die unsere Annahme bekräftigen. Mir liegt ein Bericht aus Brighton Beach vor. Offenbar gab es in der Nähe des Gebäudes, in dem der Russe gefunden wurde, zwei weitere Morde. Bei beiden Mordopfern scheint es sich um Männer mittleren Alters aus dem Nahen Osten zu handeln, die aber ohne Papiere aufgefunden wurden. Allerdings hat die ballistische Überprüfung der Geschosse ergeben, dass alle drei Opfer mit derselben Waffe erschossen wurden, wie man mir gerade mitteilte.«

»Sehr aufschlussreich«, sagte Tuttle. »Ich kann zwar nachvollziehen, warum unser Terrorist den Physiker erledigt hat, aber warum in aller Welt sollte er zwei seiner eigenen Leute umbringen?«

Nun griff Kaufmann in die Diskussion ein: »Zeke hat nicht behauptet, es handele sich um Araber. Er hat lediglich gesagt, es handele sich um Leute, die aus Nahost stammen, oder, Zeke?« Es bereitete ihm offensichtlich Freude, den Chef der Nachrichtenabteilung zu korrigieren.

»In der Tat. Der Bericht besagt: ›Männer mittleren Alters aus dem Nahen Osten‹«, stimmte Schoefield ihm zu.

»Und deshalb«, hier machte Kaufmann eine Kunstpause, »könnten sie beispielsweise Israelis sein.«

»Worauf wollen Sie hinaus, A. J.?«, fragte Schoefield.

»Nun, soweit mir bekannt ist, hat unser Spracherkennungsdienst den Anrufer im Weißen Haus als Araber identifiziert.«

»Richtig.«

»Wenn das der Fall ist und wenn es ebenso stimmt, dass er auch den Russen ermordet hat, dann muss ich wohl annehmen, dass diese beiden jungen Männer aus dem Nahen Osten nicht seine Freunde, sondern seine Feinde waren, also Israelis.«

»Mir leuchtet nicht ein, was Israelis mit dieser Angelegenheit zu tun haben sollen«, entgegnete Tuttle.

»Jetzt muss ich etwas ergänzen«, unterbrach Schoefield die beiden. »Unsere Leute vom Sprachlabor haben das Tonband aus dem Weißen Haus noch einmal genauer untersucht. Die Feinanalyse hat ergeben, dass es sich bei dem Anrufer nicht nur um irgendeinen Araber handelt, sondern sie konnten feststellen, wer dieser Mann ist. Es ist mit fast hundertprozentiger Sicherheit ein gewisser Ali Ben Nasar, auch unter dem Namen ›der Falke‹ bekannt.«

A. J. Kaufmann schlug sich begeistert aufs Knie. »Aha! Ich wusste doch, dass ich recht hatte. Das ist der Bursche, auf dessen Konto das Bombenattentat auf die israelische Botschaft in Argentinien geht. Und der steckte auch hinter dem Attentat in Rom, wieder auf deren Botschaft. Sollten wir es wirklich mit diesem ›Falken‹ zu tun haben, dann haben wir einen Gegner, den man nicht unterschätzen darf. Er ist extrem gefährlich. Mit einem endlosen Strafregister von Attentaten. Hasst die Israelis wie die Pest. Seit Jahren sind die schon hinter ihm her. Durchaus möglich, dass die beiden New Yorker Leichen zwei Israelis sind, die das Pech hatten, ihn aufzuspüren.«

»Wir konnten ein Foto von Nasar in unserem Archiv ausgraben, kein sehr gutes und wohl schon etwas veraltet, aber wir verteilen es an alle unsere Agenten und Polizisten in der Hauptstadt und der näheren Umgebung.« Schoefield legte die Pfeife zurück in den Aschenbecher und faltete seine Hände. »Und dann haben wir da noch einen weiteren Zwischenfall, der mit unserer Sache in Verbindung stehen könnte. Mir liegt hier ein Bericht aus New Jersey vor. Einer ihrer Verkehrspolizisten ist vorgestern Nacht auf dem New Jersey Turnpike ermordet worden. Mitten ins Gesicht geschossen. Daraufhin habe ich die Staatspolizei von New Jersey angewiesen, sich mit der von Brighton Beach in Verbindung zu setzen, damit ein ballistischer

Vergleich der Geschosse durchgeführt wird. Kann sein, dass der ›Falke‹ auch für diesen Mord verantwortlich ist.«

»Wenn wir ihn und seinen Sprengkopf nicht schnellstens finden, dann könnte er bald für ein paar Tausend Morde verantwortlich sein«, meldete sich Harold Caldwell zum ersten Mal voller Ungeduld zu Wort. Alle Anwesenden drehten sich zu ihm um. »Ich möchte ja nicht unhöflich sein«, fuhr er fort, »aber es sind nun schon elf Stunden abgelaufen, und es mag ja auch recht interessant sein, hier herumzusitzen und über das Wer und Warum zu spekulieren, doch ich denke, wir sollten uns dringend auf das entscheidende Wo konzentrieren. Wir müssen schnellstmöglich herausbekommen, wo sich dieser Sprengkopf befindet, um ihn zu entschärfen. So hab' ich das in der Schule gelernt.«

»Genauso ist es«, stimmte ihm Alvin Brown zu. »Meine Leute haben höchste Alarmstufe, genau wie auch das EOD und das Städtische Räumkommando. Aber erst müssen wir mal etwas haben, das wir entschärfen können!«

»Irgendwelche neuen Erkenntnisse bezüglich der Lokalisierung des Sprengkopfes?« Schoefields Frage ging an Caldwell.

»Zeke, ich habe zwar meine Leute über die ganze Stadt verteilt, aber das ist so, als ob man nach einer Nadel im Heuhaufen sucht. Und nicht nur das, denn wir wissen ja nicht einmal, wie die Nadel aussieht und in welchem Stall sich der Heuhaufen befindet. Das Ding ist ja relativ klein. Es könnte also fast überall versteckt sein.«

»Der Anruf besagte doch, der Sprengkopf sei irgendwo ›im Hinterhof‹ des Präsidenten«, warf Tuttle ein.

»Nun, das könnte zutreffen, es könnte aber genauso gut sein, dass er uns an der Nase herumführt«, entgegnete ihm Caldwell.

»Wie weit sind denn die NEST-Teams?«

»Das von der Ostküste, aus Andrews, ist seit fünf Stunden im Einsatz. Sie bearbeiten das Gebiet direkt um das Weiße

Haus, aber bislang ohne Ergebnis. Das Team von der Westküste sollte hier sein in etwa ...«, er warf einen kurzen Blick auf seine Uhr, »in zirka einer Stunde. Unser Plan besteht darin, das Andrews-Team weiterhin vom Weißen Haus aus einzusetzen und das Vegas-Team in Bereitschaft für den Fall zu halten, dass wir Hinweise aus anderen Bereichen der Stadt erhalten.«

Schoefields Lippen verzogen sich, als er um sich schaute. »Sonst noch Informationen?«

Als er keine Antwort erhielt, entließ er sie zunächst mit einem knappen Kopfnicken, doch als sie schon an der Tür waren, rief er sie noch einmal zurück. »Meine Herren. Ich muss Sie ja wohl nicht noch einmal an den Ernst der Lage erinnern. Ich brauche Ihren absoluten Einsatz in dieser Angelegenheit.«

Als sie gegangen waren und die Tür hinter sich geschlossen hatten, legte er den Kopf in seine Hände und murmelte: »Wir werden Glück brauchen, verdammt viel Glück. Oh Gott, hilf uns nur dies eine Mal.«

Atlanta, Georgia, USA

Auf einem der sechzig Monitore im CNN-Regieraum erschien der Kopf von Bill Hart. »Okay, wir haben ihn«, sagte der Techniker, ein Mann Mitte dreißig, »die Leitung nach Moskau steht.« Auf einem anderen Monitor, der anzeigte, was gerade über den Sender ging, lief ein Werbespot für Hühnersuppe.

»Gut, Bobbie«, sagte Joe Halligan, der diensttuende Redakteur, in ein Mikrofon, das vor ihm neben dem langen Schaltpult stand. »Moskau ist dran. Wir schalten jetzt gleich zu Bill. Er ist auf dem Flughafen und wird über den Abflug berichten.«

Er sah auf einem dritten Monitor, der das Ausgangsbild des Studios zeigte, wie Bobbie Diaz nickte. Sie nahm einen Kamm und ging damit noch einmal durch ihre blonden Haare. Sie wirkte makellos wie immer, kühl, unnahbar, routiniert, ein perfektes Make-up verdeckte die Tatsache, dass sie Ende vierzig und unter den Moderatorinnen in der CNN-Sendezentrale in Atlanta die Seniorin war. Sie trug ein dunkelblaues Kostüm, das ihre Figur gekonnt betonte. Wie immer hatte sie ihre Kontaktlinsen aufgelegt. Niemand würde sie im Sender je mit einer Brille sehen.

»Sprich ihn auf die jüngsten Gerüchte an«, sagte Halligan wieder in das Mikrofon.

»Okay, mach' ich«, sagte Bobbie Diaz. Auf dem Sender lief jetzt ein neuer Werbespot, diesmal für eine Lebensversicherung. Dem Zuschauer wurde eingehämmert, dass es nie zu spät sei für die finanzielle Absicherung des Lebensabends. Eine grauhaarige Großmutter hielt strahlend ihr Enkelkind im Arm.

»Achtung, noch fünfzehn Sekunden«, sagte der Regisseur, der neben Halligan saß. »Und vergiss nicht, Bill nach Tschernows Verhältnis zum Militär zu fragen«, sagte Halligan in sein Mikrofon über den kleinen Kopfhörer in das Ohr von Bobbie Diaz. Er sah, wie sie ihm auf dem Monitor zunickte. Halligan bewunderte sie: die Art, wie sie in die Kamera schaute, konzentriert und routiniert zugleich. Er wusste, dass sie Hunderte von Stunden vor dieser Kamera verbracht hatte, Krisen, Kriege, Erdbeben – nichts war ihr mehr fremd, sie hatte den Zuschauern im Gespräch mit den Korrespondenten Tausende von Ereignissen vermittelt.

»Achtung, Kamera eins«, sagte der Regisseur, »und drauf!«

Auf dem Ausgangsbild im Regieraum erschien nun der Kopf von Bobbie Diaz. »In wenigen Minuten fliegt der russische Präsident Tschernow zu seinem lange geplanten Gipfeltreffen mit US-Präsident Webster. Wir schalten nun live zu unserem Moskauer Korrespondenten Bill Hart. Bill, welche Bedeutung wird dieser Besuch haben?«

Halligan sah auf seinem Monitor, wie Hart einen Moment zögerte und das Gesicht verzog. »Verdammt noch mal!«, rief er. »Bill hat offenbar ein Tonproblem, ich glaube, er kann uns nicht richtig hören.«

Der Techniker blickte auf die Hunderte von Knöpfen auf dem Schaltpult vor sich. Er drückte hastig einen davon. Idiot, dachte Halligan, der solche Pannen hasste. Er war ein Perfektionist, und er war der Meinung, dass CNN eine Nachrichtenmaschine zu sein hatte, die gut geölt funktionierte, wie der Motor in einem großen Mercedes.

»Bill, können Sie mich hören?«, fragte Bobbie Diaz. Hart nickte. »Gut, ich stelle die Frage noch einmal: Wie wichtig ist dieser Besuch für Präsident Tschernow?«

»Es wird ohne Zweifel ein entscheidender Besuch für das politische Überleben von Boris Tschernow werden«, sagte Hart. »Tschernow braucht dringend die Kooperation mit den USA. Die Menschen in Russland sind es leid, immer wieder hingehalten zu werden. Sie wollen wirtschaftliche Fortschritte, keine leeren Worte. Gleichzeitig wird der Druck der russischen Nationalisten immer größer, die Tschernows proamerikanischen Kurs und sein Eingehen auf die Wünsche der US-Regierung für weitere Abrüstungsschritte verdammen.«

»Seit Tagen hören wir von großer Unruhe in Moskau. Gibt es inzwischen eine Erklärung dafür?«, unterbrach ihn Bobbie Diaz.

»Offiziell nicht. Moskau ist eine große Gerüchteküche. Spekulationen sprechen davon, dass es auf einer Militärbasis eine Schießerei gegeben hat. Ob dies ein Zeichen für einen Aufstand der Militärs gegen Tschernow ist, ist unklar. Fest steht nur, dass große Teile des Militärs mit Tschernow gebrochen haben und ihn lieber heute als morgen aus dem Amt jagen würden. Auf jeden Fall: Es wird ein interessanter Besuch in Washington werden«, berichtete Hart weiter.

Halligan sah, wie der CNN-Korrespondent sich umdrehte. Hart wies auf das Flugzeug hinter sich. »Dort kommt Tschernow gerade mit seiner Limousine an. Er wird noch heute Abend in Washington landen und dort gleich erste Gespräche mit Präsident Webster führen.«

Washington, D.C., USA

Jurij Arbatow schmiss die angebissene Pizza wütend in den Papierkorb. Dann warf er sich zurück auf das breite Hotelbett. Er trug noch seine Uniform, hatte aber die Jacke über den Stuhl gehängt und die Krawatte gelockert. Neben ihm stand ein Whisky, den er sich aus der Minibar geholt hatte. Er zündete eine Zigarette an und saugte gierig daran.

Vergeblich ging sein Blick im Zimmer umher. Er suchte einen Aschenbecher, fand aber keinen. Ärgerlich schnippte er die Asche in ein gebrauchtes Glas, das auf seinem Nachttisch stand. Er erinnerte sich, dass man ihn an der Rezeption gefragt hatte, ob er ein Raucherzimmer haben wollte. Er hatte dem keine Bedeutung beigemessen. Jetzt stellte er fest, dass er offenbar ein Nichtraucherzimmer hatte. Er beschloss, dies zu ignorieren. Es war ein großes, geräumiges Zimmer im Watergate-Hotel, dessen Farbtöne in Grün und Rot gehalten waren. Für Tschernows Besuch wollte sich die russische Botschaft nicht lumpen lassen. Es war eine Frage des Prestiges, die Delegation angemessen unterzubringen. Sein Blick ging hinaus auf den Potomac. Am Fenster glitten die Flugzeuge vorbei, im Endanflug auf den Ronald Reagan Airport, der sich gleich neben dem Fluss befand.

Neben ihm auf dem Bett lag die Fernbedienung für den Fernseher. Mehrfach war Arbatow versucht umzuschalten. »Hört auf«, stöhnte er, »hört endlich auf mit diesem Schwachsinn. Tschernow, Tschernow, Tschernow! Verdammt noch mal, habt ihr nichts anderes zu berichten?«

Er nahm die Fernbedienung in die Hand, suchte nach dem Umschaltknopf, hielt dann aber inne. Seine Aufmerksamkeit blieb bei dem Programm des CNN haften. Arbatow verfolgte die Story von Bill Hart aus Moskau. Er sah auf dem Bildschirm, wie Tschernows Limousine vorgefahren kam. Tschernow stieg aus und schüttelte die Hände irgendwelcher Unterlinge, die sich an einem roten Teppich aufgereiht hatten. Dann drehte er sich um und stieg langsam die Gangway zu seinem Sonderflugzeug hinauf. Oben angekommen, winkte er noch einmal. Neben ihm wartete eine Stewardess, um ihn in die Maschine zu geleiten. Die Kameraeinstellung fuhr dicht auf den winkenden Tschernow zu. Arbatow lag auf seinem Bett. Er sah, wie die Gangway weggerollt wurde und das Flugzeug zum Start rollte.

Der General atmete schwer. Er schloss die Augen. »Verdammter Mist«, flüsterte er.

»Man muss sehen, ob Tschernow wirklich Wort hält und in die drastische Kürzung der atomaren Sprengköpfe einwilligt«, sagte Bill Hart, dessen Kopf nun wieder ins Bild rückte. »Dies kann zu einem wirklich entscheidenden Durchbruch in den russisch-amerikanischen Beziehungen führen. Nun, in wenigen Stunden werden wir darüber mehr wissen.«

»In der Tat«, sagte Bobbie Diaz, »CNN wird auf jeden Fall an dieser Story dranbleiben. Doch erst einmal Werbung.« Wieder lief der Werbespot für die Hühnersuppe.

Der Luftwaffenstützpunkt Andrews liegt etwa fünfzehn Meilen vor Washington, D.C. Er erfüllt nicht nur die üblichen militärischen Aufgaben, sondern dient zudem als Präsidialflughafen. Er beherbergt auf einem eigens für sie reservierten Hochsicherheitsareal die Flugzeuge Air Force One und Two. Hier beginnen und enden die offiziellen Reisen des Präsidenten und Vizepräsidenten, und hier landen und starten auch die Staatsoberhäupter bei ihren Besuchen der USA.

Der riesige C-17-Militärtransporter, der Michelle Berry und ihr NEST-Team hierherbrachte, war soeben in Andrews gelandet und rollte zu einem Hangar am Ende der Landebahn. Kurz darauf stand Michelle vor einem nicht gekennzeichneten Bus, der sie und ihr Team nach Washington bringen würde. Auch der BO-105-C-Hubschrauber würde bald startklar sein, der sie aus der Luft mit seinen Sensoren bei der Suche unterstützen sollte.

»He!«, rief sie den beiden Luftwaffenunteroffizieren zu, die dabei waren, die Ausrüstung aus der Transportmaschine zu laden. »Nicht so hektisch. Das Zeugs ist ganz schön empfindlich, das ihr da ausladet. Wenn davon was zu Bruch geht, dann brech' ich euer Rückgrat.«

»Jawohl, Ma'am«, antwortete der eine und salutierte dabei sehr salopp, womit er sie wohl brüskieren wollte, aber sie reagierte nicht darauf. Sie hatte an wichtigere Dinge zu denken. Da war zunächst einmal diese streng geheime Aufgabe in der Hauptstadt selbst. Sie wusste nur zu gut, dass die Ostküstenabteilung des NEST-Teams genau hier auf Andrews stationiert war. Warum also flog man sie und ihr Team den ganzen Weg von Las Vegas hierher? Das ergab doch keinen Sinn, und daher hatte sie ein ungutes Gefühl. Während des Fluges hatte sie sich die unterschiedlichsten Szenarien zur Erklärung dieses Rätsels vorzustellen versucht, doch keines von ihnen ergab die Lösung. Die einleuchtendste Erklärung, die ihr einfiel, war, dass es sich um einen Auftrag handelte, der entweder zu groß oder zu wichtig war, als dass er vom Ostküstenteam allein zu bewältigen wäre. Das war natürlich nur eine von vielen Möglichkeiten, aber wenn dies wirklich der Fall sein sollte, dann gab es genug Gründe, beunruhigt zu sein, mehr noch, sich echte Sorgen zu machen.

Michelle Berry wandte sich an den Luftwaffenleutnant, der ihr als Verbindungsoffizier zugeteilt war. »Wo ist denn hier die nächste Toilette, Leutnant?«

»Direkt im Hangar links von Ihnen, Ma'am.«

»Achten Sie darauf, dass unsere gesamte Ausrüstung in den Bus kommt. Ich bin gleich wieder zurück.«

Das leichte Übelkeitsgefühl, das sie während des gesamten Fluges empfunden hatte, war nun zu einem regelrechten Brechreiz eskaliert, und sie fühlte, dass sie sich gleich übergeben musste.

Seit der ersten telefonischen Drohung des Falken wurden alle im Weißen Haus ankommenden Gespräche auf eine Direktverbindung zum Hauptquartier des FBI umgeleitet. Man hatte das Personal der Telefonvermittlung des Weißen Hauses darauf trainiert, jeden verdächtigen Anrufer so lange wie nur möglich am Apparat zu halten. Alle auswärtigen Telefonate wurden aufgezeichnet, und zusätzlich standen Techniker bereit, die Herkunft eines jeden möglichen Anrufs der Terroristen zu lokalisieren.

Ein Team von acht Spezialagenten in zwei Zivilfahrzeugen war am Gebäudeausgang zur 9th Street in ständiger Alarmbereitschaft, sozusagen auf Knopfdruck bereit einzugreifen. Fünf Häuserblocks weiter, an einer der Zulieferstraßen zum National Mall, der eine Grasfläche zwischen dem Capitol-Gebäude am einen und dem Lincoln Memorial am anderen Ende bildete, standen zehn Polizeiwagen mit laufenden Motoren in Bereitschaft, um ein Gebiet von vier Häuserblocks in jedem vorgegebenen Stadtteil abzuriegeln. Weitere zehn Einsatzfahrzeuge hatte man unter der 14th-Street-Brücke postiert.

Als der zweite Anruf in der Telefonzentrale des Weißen Hauses einging, lief alles nach Plan. Durch eine Reihe von Verzögerungen und Unterbrechungen wurde der Anruf des Falken so lange ausgedehnt, bis es einem der FBI-Techniker gelungen war, die Herkunft des Gesprächs zu lokalisieren.

»Telefonzelle, Ecke 15th und Constitution«, rief er durchs Mikrofon. Mit quietschenden Reifen schossen die beiden Fahrzeuge des FBI die acht Blocks bis zur Telefonzelle. Jeder der zwanzig Polizeiwagen des District of Columbia fuhr zu vorher festgelegten Kreuzungen, an denen einer der Polizisten den Fahrzeugverkehr stoppte und kontrollierte, während die anderen zu Fuß zum Zielgebiet gingen, wobei sie alle Fußgänger kontrollierten.

Als Ali Ben Nasar eingehängt und die Telefonzelle verlassen hatte, konnte er bereits das Heulen der Polizeisirenen in der Ferne hören. Er musste die schnelle Reaktionsfähigkeit der Polizeikräfte bewundern. Doch das würde ihnen alles nichts nützen.

Ruhigen Schrittes ging er die Constitution Avenue entlang, den eleganten Obelisken des Washington-Monuments zu seiner Linken und die Ellipse vor dem Weißen Haus zu seiner Rechten. Wie jeder Tourist, der hier vorbeiging, blieb er am Denkmal der 101. Infanteriedivision stehen und betrachtete das Marmorschwert mit den goldenen Flammen. Während sein Kopf jedoch dem Denkmal zugewandt blieb, schoss sein Blick über seine Umgebung, nahm das gesamte Gebiet von der 15th Street zur rechten bis zur 17th Street zur linken Seite unter Beobachtung. Da sah er, wie ein Polizeiwagen auf die Kreuzung der 17th Street und Constitution Avenue einbog, wie drei Polizisten aus dem Wagen sprangen und in seine Richtung ausschwärmten.

Er steckte die Hände in die Hosentaschen, bog nach rechts ab und bummelte gemächlich auf den kleinen Park zu, der an die Ellipse neben der 15th Street grenzte. Als er an den Bäumen angelangt war, sah er die schwarzen Wagen mit den rotierenden Dachleuchten, die kreuz und quer um die Telefonzelle, aus der er angerufen hatte, geparkt waren. Zwei Männer in dunklen Anzügen gingen in den Park. Er ging nun in eine andere Richtung, hin zur imposanten Rückseite des Schatzamtes, das an die nördliche Ecke des Parks grenzt.

Nicht schneller als ein normaler Spaziergänger betrat er eine kleine Lichtung und erschrak, als er zwei uniformierte Polizisten erblickte, die zwar noch weiter weg waren, doch von der Pennsylvania Avenue auf ihn zukamen. Wieder ging er in eine andere Richtung, diesmal auf die 15th Street zu. Er konnte die Männer in den dunklen Anzügen zwar nicht sehen, aber er war sicher, dass sie irgendwo rechts von ihm waren und näher kamen.

Er bückte sich und sah unter einer Hecke den Pappcontainer, das Heim eines von Tausenden Washingtoner Obdachlosen. Er blickte hinein und sah, dass er leer war. Der Falke dachte nicht lange nach.

Wenige Augenblicke darauf trat Polizist Willie Scott mit der Schuhspitze gegen den Pappcontainer und rief dann nach rechts: »Absolut nichts, Sarge!«

Der Falke, der in Fötushaltung unter der Pappe verharrt hatte, sah das uniformierte Hosenbein verschwinden und atmete langsam aus.

Zeke Schoefield legte den Hörer auf und blickte zu William Tuttle, der neben seinem Schreibtisch in der Kommandozentrale stand. Nach sechzehn Stunden Krisenmanagement waren deutliche Zeichen innerer Anspannung auf seinem Gesicht zu sehen. Er war unrasiert, und die grauen Bartstoppeln ließen ihn mindestens zehn Jahre älter erscheinen. Seine Augenpartie, die ihm normalerweise einen eher schläfrigen Ausdruck gab, war nun aufgedunsen, und seine Augen waren blutunterlaufen.

»Er ist ihnen entkommen«, sagte er.

»Verdammt noch mal!«, erwiderte Tuttle.

Schoefield lehnte sich in seinem Stuhl zurück und verschränkte die Arme hinter seinem Kopf. »Wahrscheinlich hätte das ja auch nichts genützt«, sagte er müde.

»Wie meinen Sie das?«, fragte ihn Tuttle.

»Dieser Bursche ist ein fanatischer Terrorist, oder? Er ist bereit, für seine Sache zu sterben, bereit, mit dem Sprengkopf in die Luft zu fliegen, wenn es dazu kommen sollte. Selbst wenn wir ihn fingen, könnten wir ihn dann wirklich dazu zwingen, uns zu verraten, wo er das verdammte Ding versteckt hat?«

Tuttle schüttelte den Kopf. »Vermutlich haben Sie recht.«

»Haben Sie irgendetwas von den NEST-Teams in Erfahrung bringen können, William?«, fragte Zeke und rieb sich die Augen.

»Nichts.«

»Verdammt, wir brauchen einen Durchbruch, irgendwas, was uns weiterbringt, und zwar jetzt«, sagte Schoefield und ließ die Hände auf seinen Schreibtisch fallen.

Anthony Blake bemerkte ihre fragenden Blicke. Sein Mund war trocken, seine Augen von der schlaflosen Nacht gerötet. Er hatte Sehnsucht nach einer Dusche und einem sauberen Hemd.

Um ihn herum war der nationale Sicherheitsrat versammelt. Wieder schaute Blake auf die Uhr am Kopfende des Kabinettssaals. Noch sechsunddreißig Stunden, sechsunddreißig verdammte Stunden, und kein Ergebnis von den NEST-Leuten. Der letzte Anruf ging ihm durch den Kopf. Wie eine Nadel im Heuhaufen, so waren die Chancen, den Sprengkopf zu finden, das war ja die Einschätzung der Fachleute. Er sah, wie der Sekundenzeiger der großen Uhr über das Zifferblatt wanderte. Er wollte aufspringen, wollte ihn anhalten.

Er schaute auf die Tür, die zum Oval Office führte. Wo blieb Webster? Musste er wieder diesen verdammten Köter im Rosengarten ausführen? Konnte er nicht einmal pünktlich sein? Wenigstens heute?

Blake bemerkte, dass die Augen der anderen immer noch auf ihn gerichtet waren. Er stellte fest, dass seine Hände den digitalen Rekorder umklammert hielten, der vor ihm auf der hochglanzpolierten Platte des langen Tisches im Kabinettssaal des Weißen Hauses stand.

Endlich öffnete sich die Tür. Webster stürmte herein, wie immer gefolgt von Connie. »'tschuldigung, 'tschuldigung«, sagte er und ließ sich auf seinen Stuhl fallen, »aber ich musste noch ein Telefongespräch mit Capitol Hill führen. Die Jungs im Kongress werden langsam nervös. Es hat sich herumgesprochen, dass irgendwas in dieser Stadt nicht stimmt. Ich habe größte Probleme gehabt, sie zu beruhigen.«

Connie schaute sich um, hob die Schnauze nach oben, so als wollte sie eine Witterung aufnehmen. Dann kroch der Hund unter den Tisch, suchte die Füße von Blake und ließ sich darauf nieder. Blake knirschte mit den Zähnen, rührte sich aber nicht. Webster nickte ihm zu. Der Sicherheitsberater drückte den Wiedergabeknopf des Rekorders.

»Sie enttäuschen mich, Webster«, war die Stimme des Falken zu hören. »Ihr Botschafter ist ja immer noch in Tel Aviv. Immer noch Angst vor der Judenlobby? Glauben Sie nur nicht, dass wir bluffen. Sicher haben die Bullen in New York inzwischen den armen Smolzewskij gefunden. Schade um ihn, so ein begabter Mann, wirklich ein begabter Atomphysiker.«

Der Falke machte eine kurze Pause. Dann fuhr er fort, und seine Stimme klang höhnisch.

»Da Sie offenbar fest daran glauben, dass Washington sicher ist, werden wir leider etwas nachhelfen müssen. Leider, Webster, sehr bedauerlich. Aber Sie zwingen uns dazu. Ein kleiner Vorgeschmack für das, was danach kommt, wenn Sie nicht endlich handeln. Denken Sie daran: Der Botschafter muss gehen, und unsere Gefangenen müssen freikommen. Und Guantánamo muss dichtgemacht werden. Und wir wollen es sehen, Webster, live!«

Erneut hielt der Falke inne, und einen Moment hörte man nur das Geräusch der Flugzeuge, die auf dem nahe gelegenen Ronald Reagan Airport starteten. Dann kam wieder seine Stimme aus dem kleinen Lautsprecher des Rekorders.

»Haben Sie etwa Angst, Webster, mit den Israelis zu reden? Es wird Zeit, dass Amerika erwachsen wird. Wie lange wollen Sie noch hinnehmen, dass der Schwanz mit dem Hund wackelt, wie lange noch, Webster? Viel Glück, und denken Sie daran: Es liegt alles in Ihrer Hand, ob Washington in Schutt und Asche fällt oder nicht.«

Blake schaltete den Rekorder ab. Die Gesichter in der Runde waren betreten.

Webster räusperte sich. »Nun, was meinen Sie, George?«

Alle Augen wanderten zu dem FBI-Chef. »Ich fürchte, Mr President, der Falke blufft wirklich nicht. Jedenfalls sieht es doch so aus: Wir haben den Anrufer eindeutig als den Falken identifiziert, ein Topterrorist, der keine Skrupel kennt. Bei Moskau gab es eine große Schießerei auf einer Militärbasis, auf der Atomsprengköpfe gelagert sind. Auch wenn die Russen offiziell immer noch nichts zugeben, so läuft doch weiterhin eine große Suchaktion. Mehrere hohe Militärs sollen verhaftet worden sein. Und dann dieser merkwürdige Anruf bei unserer Moskauer Botschaft: Eine Frau behauptet, sie wisse von dieser russischen Atombombe, die für Araber bestimmt sei.«

Fitzgerald blätterte weiter in der Akte, die vor ihm lag. Er schaute wieder auf. »So unwahrscheinlich das ja auch klingen mag, aber ausgerechnet dort haben wir die Leiche eines russischen Atomphysikers gefunden. Wir müssen jetzt davon ausgehen, dass dieser Smolzewskij mit dem Falken zusammengearbeitet hat, bevor sie ihn umgelegt haben. Sieht ganz so aus, als ob Smolzewskij die Bombe scharf gemacht hat. Es passt leider alles zusammen.«

»Und was ist mit Spuren in Washington?«, fragte Webster.

Fitzgerald druckste herum. »Glauben Sie mir, wir drehen jeden Stein herum. Aber bislang Fehlanzeige. Der Falke ist eben ein Profi.«

Webster wandte sich an Blake. »Was ist eigentlich mit der Liste der Gefangenen?«

»Angekommen, sie lag in der Telefonzelle, von der der Falke beim letzten Mal angerufen hat«, sagte Blake.

Der Sicherheitsberater sah, wie der Präsident nervös mit den Fingern auf der Tischplatte trommelte. Schließlich sagte

Webster: »Ich fürchte, ich habe keine andere Wahl, ich werde mit den Israelis reden müssen.«

Madeleine McConnor setzte sich aufrecht, so als wollte sie einen Kampf aufnehmen. Ihre Augen blitzten vor Ärger. »Sie meinen, wir sollen unsere Freunde aufgeben? Ausgerechnet Israel, unseren engsten Verbündeten im Nahen Osten? Die Weltmacht USA soll sich von Terroristen in die Knie zwingen lassen? Was soll der Rest der Welt von uns halten, wenn wir das zulassen? Wir machen uns zum Gespött der ganzen Welt«, sagte die Außenministerin.

Webster lief rot an. »Verdammt noch mal, lassen Sie die Sprüche. Jetzt geht's erst mal ums Überleben. Wollen Sie vielleicht die Verantwortung auf sich nehmen, wenn hier alles in die Luft fliegt?«, fauchte er. »Verstehen Sie nicht? Solange wir das verfluchte Ding nicht finden, haben wir keine Alternative. Ich werde selbst mit Ben Nathan reden.«

Anthony Blake merkte, wie Connie unter dem Tisch aufgeregt mit dem Schwanz wedelte. Er war versucht, den Hund zu treten, beherrschte sich aber im letzten Moment wieder einmal.

Jerusalem, Israel

»Was heißt, Sie haben keine Ahnung?« Moshe Ben Nathan spielte ungeduldig mit dem Kugelschreiber in seiner Hand. Er lockerte seine Krawatte. Er hatte sich noch immer nicht daran gewöhnt, eine zu tragen. Er war in einem Kibbuz aufgewachsen und hasste die Förmlichkeiten, die sein Amt als Premierminister mit sich brachte. Er war dreiundsechzig Jahre alt, sein wettergegerbtes Gesicht war braun gebrannt, seine Schultern waren breit, sein Körper immer noch muskulös. Die Wand hinter seinem Schreibtisch hatte er mit Bildern aus seinem Leben dekoriert. Neben der israelischen Flagge hingen Fotos, die ihn als jungen Mann zeigten in der Uniform eines Fallschirmjägers auf den Golanhöhen während des

Yom-Kippur-Krieges. Daneben hing ein Foto, das erst vor wenigen Wochen entstanden war. Selbstbewusst lächelnd schüttelte er darauf Präsident Webster im Oval Office die Hand. Der Mann, der auf der anderen Seite des Schreibtisches vor ihm saß, schaute betreten auf die Spitzen seiner Stiefel. Er trug auch im Büro des Premierministers seine dunkelgrüne Kampfuniform, wie zum Trotz gegenüber seiner Familie. Shimon Goldfish war das schwarze Schaf. Er war in der Armee geblieben, war im Stab des Militärattachés an der Botschaft in Washington gewesen, danach im Generalstab gelandet und war jetzt in der Regierungszentrale für die Geheimdienste zuständig. Seine Familie, die im Diamantengeschäft ihre Millionen gemacht hatte, betrachtete es als bösen Betriebsunfall, dass er hier im Amt des israelischen Premierministers arbeitete und für ihn die Drecksarbeit machte.

»Unsere Leute waren ganz dicht dran. Aber er ist verschwunden, spurlos«, sagte Goldfish schließlich. Leise fügte er hinzu: »Und er hat zwei unserer Leute umgebracht.«

Ben Nathan sprang auf. Zornesröte stieg in sein Gesicht. »Zwei Tote? Verdammt noch mal, Shimon, wie oft muss ich mir das noch anhören? Dieser Falke ist doch nicht Superman.«

Goldfish schaute erneut auf die Spitzen seiner Stiefel. Ben Nathan lief erregt in seinem Büro auf und ab, das in einem rechteckigen Anbau eines schmucklosen kahlen Sandsteingebäudes im Jerusalemer Regierungsviertel an der Ruppin-Straße untergebracht war. »Muss ich wieder einmal zu einer Beerdigung von Mossad-Leuten gehen?«, fragte er schließlich.

»Ich fürchte, nein«, sagte Goldfish, »wir haben ihre Leichen bisher nicht einmal eingefordert. Sie sind immer noch in New York, in irgendeinem Leichenschauhaus. Die Polizei rätselt weiter herum und versucht, ihre Identität zu ermitteln. Der Falke hat ihnen alle Papiere abgenommen, und wir haben uns auch nicht gemeldet. Bisher glaubt die Polizei immer noch an einen Mord, der irgendetwas mit der russischen Mafia zu tun hat.«

»Das wird ja immer besser«, empörte sich Ben Nathan. »Wir können sie doch nicht einfach aufgeben.«

»Ich fürchte, wir haben im Augenblick keine andere Wahl. Wenn wir zu den Amerikanern gehen, dann müssen wir zugeben, dass wir auf ihrem Territorium eine Operation gegen einen Topterroristen ausgeführt haben, ohne sie zu informieren. Und Sie wissen selbst, was das bedeuten würde. Einen Riesenskandal, und wie unsere Beziehungen im Augenblick so sind, können wir uns das einfach nicht leisten.«

Ben Nathan setzte sich wieder und begann erneut, mit seinem Kugelschreiber zu spielen. »Unmöglich«, sagte er, »Sie wissen, wir geben niemals unsere Toten auf. Das ist gegen jede Tradition.«

»In diesem Fall werden wir eine Ausnahme machen müssen«, beharrte Goldfish, »jedenfalls vorläufig. Unsere Kooperation mit der CIA würde schweren Schaden erleiden, wenn wir ausgerechnet jetzt einräumen müssten, dass wir hinter ihrem Rücken versucht haben, den Falken umzubringen. Die Amerikaner sind da sehr sensibel.«

»Und was, denken Sie, hat der Falke in Amerika vor?«

Ben Nathan sah, wie sich Goldfish zu ducken schien. Nach einer Weile sagte er: »Die Wahrheit ist: Wir wissen es nicht. Alles, was wir herausgefunden haben, ist, dass er einem Russen sein Apartment zur Verfügung gestellt hat.«

Wieder machte er eine Pause. Ungeduldig ließ Ben Nathan seinen Kugelschreiber zwischen den Fingern hin und her wandern. »Und was ist mit diesem Russen?«

»Er ... äh ... er ist ebenfalls tot. Sieht so aus, als ob ihn der Falke erschossen hat.«

Über dem Herzlberg, der westlich des Regierungsviertels lag, begann die Sonne zu sinken. Der bis dahin blaue Märzhimmel verfärbte sich goldrot. Ben Nathan drehte sich auf seinem Schreibtischsessel so, dass er das farbenfrohe

Schauspiel beobachten konnte. Sein Blick ging auf die weißblaue Flagge mit dem Davidstern, die draußen vor seinem Büro wehte. Sie entfaltete sich in dem kühlen Wind, der in der letzten Stunde aufgefrischt hatte. Einen Moment lang vergaß er den Mann, der nach wie vor auf dem Sessel vor ihm saß. Ben Nathan beobachtete, wie der Sonnenball tiefer und tiefer rutschte und schließlich ganz verschwand. Der Herzlberg, auf dem Israels Helden beigesetzt werden, glühte im Abendrot.

Eine Stimme aus dem Lautsprecher der Intercom-Anlage auf seinem Schreibtisch riss ihn aus seinen Gedanken. »Herr Premierminister, Sie haben ein wichtiges Telefongespräch. Präsident Webster möchte Sie sprechen. Er ist auf Leitung eins.«

Ruckartig drehte sich Ben Nathan auf seinem Schreibtischsessel herum und griff zum Telefonhörer. »Shalom, Mr President«, sagte er.

»Hallo, Herr Premierminister«, antwortete Webster. Einen kurzen Augenblick war Stille in der Leitung zwischen Washington und Jerusalem. Ben Nathan hatte den Eindruck, dass sein Gesprächspartner schluckte. »Wir haben hier ein Problem«, begann Webster schließlich, »ein äußerst beunruhigendes Problem, und leider habe ich keine andere Wahl, als mich direkt an Sie zu wenden mit der Bitte, uns zu helfen.« Ben Nathan hörte, wie Webster schwer atmete. »Terroristen haben hier in Washington eine Atombombe versteckt. Sie verlangen, dass wir die diplomatischen Beziehungen zu Israel abbrechen. Und, äh ... sie wollen, dass Israel einhundert arabische Gefangene freilässt. Wenn nicht, dann wollen sie Washington hochgehen lassen.«

Ben Nathan merkte, dass seine Hand, die den Telefonhörer hielt, zu zittern begann. Er versuchte, sie zu kontrollieren. Er stöhnte leise.

»Herr Premierminister, sind Sie noch da?«, fragte Webster.

»Ich ... oh, ja, natürlich.« Ben Nathan fing sich wieder. »Sind Sie ganz sicher, dass diese Leute nicht bluffen?«, fragte er.

»Leider haben wir jeden Grund anzunehmen, dass sie es ernst meinen. Der Mann, der sich bei uns gemeldet hat, ist ein Topterrorist. Unsere Geheimdienstleute haben ihn klar identifiziert. Sie nennen ihn den Falken.«

Ben Nathan biss sich auf die Lippen. Er blickte zu Goldfish hinüber, der wieder auf seine Schuhspitzen schaute. Er holte tief Luft. »Mr President, Sie wissen, dass Israel immer an der Seite der Vereinigten Staaten steht. Natürlich werden wir diese Angelegenheit unverzüglich in unserem Sicherheitskabinett erörtern. Aber leider muss ich Ihnen sagen: Israel lässt sich niemals von Terroristen erpressen!«

Wieder war einen Augenblick Stille in der Leitung. Dann sagte Webster: »Herr Premierminister, bei allem Respekt für Ihre grundsätzliche Haltung – dies ist eine Ausnahmesituation. Wir reden über einen Atomsprengkopf, hier geht es um das Leben von Zehntausenden, vielleicht Hunderttausenden von Menschen. Sie müssen uns helfen!«

»Wenn wir uns einmal erpressen lassen, dann werden sie es immer wieder tun.« Er versuchte, seiner Stimme einen festen Ton zu geben, aber er bemerkte, dass seine Hand weiter zitterte.

»Mein Gott, Herr Premierminister, überlegen Sie es sich gründlich. Sie können uns nicht einfach im Stich lassen!«

»Es tut mir leid, aber, wie gesagt, wir werden das im Kabinett erörtern.«

»Ich bitte Sie, helfen Sie uns«, sagte Webster noch einmal. »Uns läuft die Zeit davon.«

»Wir melden uns, sobald sich das Kabinett damit befasst hat«, versuchte Ben Nathan Zeit zu gewinnen, wohl wissend, dass es diese Zeit nicht gab. Er hörte ein Klicken in der Leitung. Webster hatte aufgelegt.

Ben Nathan legte geistesabwesend den Hörer auf die Gabel zurück. Er sog die Luft ein, atmete tief aus. Er starrte aus dem Fenster. Über dem Herzlberg kämpfte das Abendrot einen letzten, vergeblichen Kampf mit der Dunkelheit, die sich über Jerusalem herabsenkte.

Ben Nathan hörte ein Räuspern. Erschrocken drehte er sich auf seinem Sessel um. Plötzlich wurde ihm bewusst, dass Goldfish immer noch vor ihm saß.

»Es ist so weit«, sagte Ben Nathan mit tonloser Stimme, »sie haben die Bombe. Eine Atombombe. Unser schlimmster Albtraum ist Wirklichkeit.« Er sah, wie Goldfish erbleichte. »Und wissen Sie, wer sie nach Washington gebracht hat? Der Falke!« Frustriert schlug Ben Nathan mit der Faust auf den Schreibtisch. »Wenn diese Idioten vom Mossad die Amerikaner frühzeitig informiert hätten, dann hätten sie ihn vielleicht gefasst. Hätten, hätten, hätten! Was hilft uns das jetzt? Die Wahrheit ist: Wir stecken mit den Amerikanern drin, und es gibt keinen Ausweg!«

Goldfish saß in seinem Sessel, zusammengesunken und aschfahl.

»Rufen Sie das Sicherheitskabinett zusammen. Sie sollen in zwei Stunden hier sein«, sagte Ben Nathan.

Washington, D.C., USA

Denise Simmons hatte eben ihre Kaffeepause beendet, aber als sie auf die Uhr schaute, stellte sie fest, dass ihr noch zehn Minuten blieben, bis sie wieder mit ihrer Arbeit beginnen musste. Sie lehnte sich an die kleine Mauer, die den Freedom Park umgab, diese Grünanlage, die die Pennsylvania Avenue auf ihrem Weg zur 15th Street teilte.

Stolz betrachtete sie ihre frisch polierten Fingernägel und spreizte die Finger ihrer rechten Hand, um sie genauer ansehen zu können. Jeder einzelne Nagel war mit demselben komplizierten Muster angemalt: ein verwirrter braungrauer und cremefarbener Hintergrund und mittig darauf Ornamente in einem wunderschönen Lila. Zehn kunstvolle Unikate, deren Maniküre länger als eine Stunde gedauert hatte. Diese Taneesha, dachte sie sich, sie ist schon eine gute Freundin. Von allein wäre Denise nie auf den Gedanken gekommen, so viel Geld für sich auszugeben. Vierzig Dollar und dann noch fünf Dollar Trinkgeld! Sie schüttelte den Kopf. Und dabei hatte sie noch nicht einmal Geburtstag, und es war auch sonst kein besonderer Anlass gegeben. Taneesha hatte einfach nur gesagt, sie wolle ihr mal etwas gönnen.

Taneesha ließ sich ihre Nägel regelmäßig lackieren, Denise hingegen führte ein sehr bescheidenes Leben. Zwei ihrer Kinder lebten noch zu Hause, Jerome besuchte das College, also musste sie mit jedem Cent rechnen, und das Letzte, wofür sie Geld ausgeben konnte, war so etwas Leichtsinniges wie das Lackieren ihrer Fingernägel. Sie hatte ja bereits Schuldgefühle, wenn sie sich einmal im Monat einen Kinobesuch leistete oder mit Taneesha am Samstagabend ein Bier trinken ging. Wieder schaute sie auf ihre Hand. Sie musste lächeln und dachte, meine Güte, die sehen aber wirklich toll aus. Dann sah sie auf die Uhr: kurz vor zehn. Zeit, wieder ihre Runde zu machen. Sie richtete sich auf, rückte ihre Uniformkappe zurecht und schlenderte über die Straße auf den Bürgersteig vor dem Rathaus des District of Columbia.

Schon vor ihrer Pause war ihr aufgefallen, dass die Parkuhr, an der ein blauer Taurus parkte, bald abgelaufen sein würde, und jetzt stand der Wagen immer noch da, obwohl die Parkuhr das rote Zeichen mit der Aufschrift »Parkzeit abgelaufen« zeigte. Denise zog ihren Block heraus und ging zur Vorderseite des Fahrzeugs. Sie hatte gerade das Kennzeichen notiert, als die Bombe explodierte.

Denise hatte keine Chance. Sie war sofort tot. Später fand man noch Teile ihres Körpers fast einen halben Häuserblock entfernt von der Stelle, wo die Bombe hochgegangen war. Zwei Passanten erlitten schwere Verletzungen, und der Fahrer eines in dem Augenblick vorbeikommenden Wagens hatte tiefe

Schnittwunden im Gesicht, da ein Teil des Taurus durch seine Windschutzscheibe geflogen war. Außerdem gab es noch kleinere Schäden an der Fassade des Rathausgebäudes sowie eine Reihe zerbrochener Fensterscheiben.

Von seinem Beobachtungspunkt im Eingang des Marriott-Hotels aus begutachtete der Falke das Ergebnis seiner Arbeit. Pech, dass die schwarze Frau gerade in dem Moment auftauchen musste, dachte er sich. Wie sagt man im Englischen? Wrong place, wrong time. Aber er konnte sich über eine Tote keine Gedanken machen. Darum ging es nicht. Er musste Webster deutlich zu verstehen geben, dass er ihn ernst zu nehmen hatte. Seine Drohung war nicht leer. Doch nach dieser und spätestens der nächsten Explosion dürfte man ihm mehr Aufmerksamkeit widmen, wenn er wieder im Weißen Haus anrufen würde. Er hörte schon das entfernte Sirenengeheul und sah, dass Leute hektisch vor dem Rathaus herumliefen. Er hatte beabsichtigt, dem Gebäude schwereren Schaden zuzufügen, aber soweit er erkennen konnte, war nicht besonders viel passiert. Nun gut, wenn man seinen Forderungen nicht nachkam, dann würden eben das ganze Gebäude und alles darum herum in die Luft fliegen. Sprengstoff hatte er genug. Er schlenderte über die Pennsylvania Avenue und schloss sich den Neugierigen an, die bereits von den Polizisten, die als Erste am Tatort erschienen waren, zurückgehalten werden mussten. Die Gaffer machten schließlich einem Feuerwehrauto und einem Krankenwagen Platz.

Der Taurus brannte immer noch, und mit großem Interesse beobachtete der Falke, wie sich die Feuerwehrleute an die Arbeit machten. Einige verwendeten chemische Löschmittel, während andere die Wasserschläuche anschlossen und mit den Löscharbeiten begannen. Die Sanitäter sprangen aus dem Krankenwagen und versorgten die Verletzten. Nach einigen Minuten kamen vier weitere Polizeiwagen, ein zweiter Feuerlöschzug und noch zwei Krankenwagen.

Die Neugier des Falken war gestillt, er wandte sich von der Menge ab und ging in Richtung 15th Street. Er musste zurück auf den Bürgersteig springen, als ein Ü-Wagen von Channel Seven TV vor ihm mit hoher Geschwindigkeit abbog, um diese brandaktuelle Story zu übertragen.

Die zweite wird noch besser sein, dachte er sich und schaute auf die Uhr. Noch eine halbe Stunde, dann wird die andere hochgehen, aber die wird von größerer politischer Bedeutung sein. Zwei Fliegen mit einem Schlag. Die – immer noch verhältnismäßig kleine – Explosion wird nicht nur meine Glaubwürdigkeit bei Mr Webster untermauern, sondern auch dem Feind einen Schlag versetzen. Bei dem Gedanken huschte ein Lächeln über sein Gesicht. Er steckte die Hände in die Taschen seines Sakkos und trat auf die Straße.

Die Leute sagten, man könne Benny schon einen Häuserblock vor seinem Erscheinen riechen. Das mochte zwar übertrieben sein, aber nicht besonders. Er lebte seit sechs Jahren auf den Straßen von Washington und hatte wahrscheinlich in all der Zeit noch nie ein Bad genommen. Haare und Bart waren verdreckt und verfilzt, und das gab ihm zusammen mit dem ewig erschrockenen Ausdruck seiner Augen ein wildes Aussehen. Seine Kleidung war ein schmutziges Sammelsurium von Einzelteilen, die er sich in den diversen Obdachlosenheimen der Stadt zusammengeklaubt hatte. Von seinen Turnschuhen, an denen die Schnürsenkel fehlten, hatte er die Fersen abgeschnitten, da es sich so bequemer gehen ließ. Von Zeit zu Zeit tauchte Benny in den Heimen auf, um eine Mahlzeit zu sich zu nehmen oder um sich dringend notwendige Winterkleidung zu besorgen, doch er lehnte ein Leben mit festem Wohnsitz grundsätzlich ab. Lebensmittel suchte er sich aus den Mülltonnen seines festgelegten Bezirks zusammen, und er bettelte um Kleingeld, damit er sich den einzigen Komfort, den er nur gegen Bares erhielt, leisten konnte: Alkohol.

Dieser Vormittag war für Benny gar nicht mal schlecht gewesen. Er hatte die meiste Zeit mit Betteln vor den zahlreichen Restaurants an der H Street in Chinatown verbracht, und zusammen mit dem, was er am Vorabend eingeheimst hatte, reichte es schon um zehn Uhr morgens für einen Liter seines Lieblingsweins.

Charles wird sich über ein paar Tropfen Boone's-Farm-Wein bestimmt freuen, dachte er sich. Seinem Kumpel war nicht so danach gewesen, ihren Wohnsitz an diesem Morgen zu verlassen. Benny machte sich um Charles Sorgen. Sie hatten die Koje die letzten zwei Jahre oder so geteilt, und es war ihm aufgefallen, dass sein Freund in letzter Zeit sowohl an Gewicht wie auch an Kraft verloren hatte. Die Tage, an denen Charles einfach daheim blieb, mehrten sich zusehends. Er fragte sich, was er tun sollte, wenn ihm etwas zustoßen würde. Benny hatte in seinem ganzen Obdachlosendasein noch nie jemanden wie Charles kennengelernt. Die meisten, denen er begegnete, waren mehr oder weniger wie er selbst, doch Charles war anders. Obwohl er wie jeder andere Obdachlose aussah, hatte Benny herausgefunden, dass sein Freund Bildung besaß, Lehrer und verheiratet gewesen war und Kinder hatte. Wenn er einmal nüchtern war, dann konnte Benny ihm folgen, wenn er wieder einen seiner Vorträge hielt. Ganz besonders mochte er ihre Diskussionen über Philosophie.

Es war nur ein recht kurzer Weg vom Weingeschäft zur Gasse hinter der Ezekiel-A.-M.-E.-Baptistenkirche, und so gegen 10.25 Uhr war Benny wieder an dem Pappcontainer, der den beiden in den letzten Monaten als Heimstätte gedient hatte. Behutsam, damit er seinen Mitbewohner nur ja nicht störte, legte er sich neben Charles und wartete ab, ob er schon wach wäre. Ein beißender Gestank lag hier drinnen in der Luft, und so fragte er sich, ob Charles sich wieder einmal vollgepinkelt hätte. Da sich sein Freund nicht bewegte, legte er voller Sorge sein Ohr an Charles' Mund, um festzustellen, ob er atmete.

Unter dem Handtuch, das Charles tagsüber auf seinen Kopf legte, hörte er ein gedämpftes Schnarchen. Erleichtert richtete sich Benny auf und zog die Literflasche aus seiner Tasche, drehte den Metallverschluss ab und genehmigte sich zwei große Schlucke der goldfarbenen Flüssigkeit. Dann griff er nach Charles' Schulter und rüttelte ihn wach.

»He, Kumpel! Aufgewacht! Ich hab was für ...«

In diesem Augenblick hörte Benny den Knall der Explosion, dachte aber nicht, dass das etwas mit ihnen zu tun hätte, bis zu dem Moment, in dem die hintere Mauer der Kirche zusammenbrach und ihren Schlafcontainer unter sich begrub.

Nadir al-Fatar hatte an der Kreuzung 8th und H Street im Schatten eines chinesischen Lebensmittelgeschäfts gewartet. Er steckte sich eine Zigarette an und zog, zunehmend nervös, den Rauch in die Lunge. Warum passierte nichts?

Nadir hätte nicht geglaubt, dass er mit Ali noch einmal zusammen sein würde, mit dem er einst in Beirut so viel Zeit verbracht hatte. Das war nun über zwanzig Jahre her, und er hatte sich irgendwie eingeredet, dass er den Konflikt in seiner fernen Heimat hinter sich gelassen hatte. Er hatte damals seit vielen Jahren Verwandte in Arlington vor den Toren Washingtons gehabt, und in den Neunzigerjahren war er zu ihnen gezogen, weg von all den Kriegen, den Toten, der Trauer um den Verlust der Heimat in Palästina. Er machte eine Ausbildung als Elektriker und baute sich eine kleine Existenz auf. Aber heimisch geworden war er nie. Schon der Irakkrieg hatte ihm die Augen geöffnet, und als dann das Weiße Haus wieder und wieder versprach, endlich den Nahostkonflikt zu beenden, doch ohne wirklich die Israelis massiv in die Pflicht zu nehmen, war der alte Hass in ihm wieder aufgebrochen. Er hatte ihn verdrängt, nicht begraben. Und als ihn jener überraschende Anruf seines Jugendfreundes Ali Ben Nasar erreichte und er um seine

Hilfe bat, hatte er keine Sekunde gezögert. Er wollte mitmachen, egal, welche Konsequenzen das haben würde.

Er hatte Ali sofort versprochen, dass er sich um diese Sache kümmern würde, und er war froh darüber. Sein Beobachtungspunkt bot ihm einen guten Blick auf den Giebel des Gebäudes, in dessen Mauerwerk der verhasste sechszackige Stern gemeißelt war. Doch irgendetwas konnte hier nicht stimmen. Wieder schaute er auf die Uhr und stellte fest, dass es schon beinahe eine Viertelstunde über der Zeit war. Vielleicht hatte sich ein Kontakt gelöst, vielleicht hatte er in seiner Eile ein Kabel falsch verbunden? Wenn er alles richtig gemacht hätte, dann müsste die Bombe jetzt explodiert sein. Das musste er nun überprüfen.

Nadir ging vom Bürgersteig auf die 8th Street. Die Autos mussten scharf abbremsen, ein Hupkonzert ertönte, und er brachte sich mit einem Sprung in Sicherheit. Auf der anderen Straßenseite lief er zum Gebäude in der Mitte des Häuserblocks. Gerade, als er in die schmale Gasse neben diesem Gebäude einbog und auf die Nische zuging, in der er die Bombe versteckt hatte, ging sie hoch.

Zeke Schoefield warf das angebissene Stück Pizza in die Schachtel auf seinem Schreibtisch und griff zum Telefon. Mit vollem Mund gelang es ihm gerade noch, sich verständlich mit Namen zu melden.

Alvin Brown, der Leiter des Räumkommandos, war am Apparat. »Zeke, es scheint so, als wären es nur die zwei. Jedenfalls haben wir bisher keine anderen Hinweise. Sie waren in einem zeitlichen Abstand von exakt einer halben Stunde eingestellt, und Art und Menge des verwendeten Sprengstoffs sind offensichtlich identisch. Über weitere Details kann ich erst berichten, wenn meine Labortechniker mit ihrer Analyse fertig sind.«

»Gut, Alvin, aber brechen Sie sich keinen ab bei der Analyse. Unsere Überwachungsleute haben mich eben angerufen. Vor ungefähr zwanzig Minuten hat unser Terroristenfreund im Weißen Haus angerufen. Wollte, dass der Präsident weiß, dass er dafür verantwortlich ist und dass er es ernst meint.«

»Konnten wir den Anruf zurückverfolgen?«

»Viel zu kurz. Wir hatten keine Chance.« Schoefield zog seine Schreibtischschublade auf und nahm eine Flasche Mylanta heraus.

»Also war das nur ein Schuss vor den Bug?«

»Scheint so«, antwortete Schoefield. »Der Kerl will wohl sichergehen, dass ihn die Regierung ernst nimmt und Webster weiß, dass er ihn am Kragen hat.«

»Und dafür riskiert er zwei oder drei Tote.«

»Unserem letzten Stand nach ist die Politesse bisher das einzige Todesopfer. Dann sind da noch drei Verletzte, die beim Rathaus unterwegs waren. Bei einem von ihnen sieht es gar nicht gut aus. Die anderen beiden sind nur leicht verletzt.«

»Wie steht's in Chinatown? Als ich da wegfuhr, gruben sie noch in den Trümmern herum. Jemand hat den Polizisten erzählt, dass in den Gassen dort ein paar Obdachlose hausen«, sagte Brown.

»Ja, das stimmt. Sie haben zwei von ihnen da rausgezogen. Sind beide auf der Intensivstation, beide in kritischem Zustand. Einer von ihnen hat Aids und wird so oder so nicht durchkommen.« Schoefield nahm einen kräftigen Schluck Mylanta und musste aufstoßen.

»Dieser verfluchte Scheißkerl«, sagte Brown. »Lässt Leute in die Luft fliegen, einfach, um ein Exempel zu statuieren.«

»Der hat ja schon davor eine Blutspur hinterlassen, und wenn wir den Burschen nicht innerhalb der …«, Schoefield schaute auf seine Uhr, »nächsten siebzehn Stunden zu fassen kriegen, dann wird er in die Geschichte eingehen als der zweitgrößte Massenmörder aller Zeiten, direkt nach Adolf Hitler.«

»Hören Sie zu, Zeke, meine Leute greifen in dem Moment ein, in dem ihr diesen Sprengkopf gefunden habt. Gibt's von der Front was zu berichten?«

»Wir tun alles Erdenkliche, aber auch das scheint nicht genug, und zurzeit haben wir nicht einen einzigen konkreten Ansatzpunkt.«

»Wenn ich irgendwas tun kann, geben Sie mir bitte Bescheid«, bat Brown.

»Danke.« Bevor Schoefield auflegte, sagte er noch: »Da geht mir noch eine Frage nicht aus dem Kopf, Alvin. Ich kann ja verstehen, warum der Falke sich das Rathaus für eins seiner Attentate ausgesucht hat – ein perfektes Symbol der Politik –, aber warum zum Teufel hat er ausgerechnet eine Kirche der Schwarzen in die Luft gesprengt?«

»Das kann ich Ihnen sagen. Das Gebäude war früher einmal eine Synagoge. Hat immer noch den Davidstern auf den Kirchenfenstern. Ich wette, dieser verrückte Hurensohn hat geglaubt, er würde den Juden einen Schlag versetzen, aber die einzigen Juden, die man heutzutage in dem Viertel antrifft, sind diejenigen, die sonntagabends in den Chinarestaurants essen gehen.«

Als Ben Nasar den Bericht der Polizei im Fernsehen verfolgt hatte, war ihm klar, wer der dritte Verletzte bei der Explosion war. Den ganzen Nachmittag hatten sie darauf gewartet, dass Nadir zurückkam, und nun verrieten ihnen die Sechs-Uhr-Nachrichten, wo er sich befand, nämlich im D. C. General Hospital, und er lag im Koma. Was wäre aber, wenn er aus dem Koma erwachte und wenn man ihn verhörte? Nadir würde ihnen absichtlich nichts verraten, aber konnte man sich da wirklich sicher sein? Wenn sie ihm vielleicht Drogen einflößten oder wenn er im Delirium redete …?

Es gab kein Problem, ins Krankenhaus zu kommen und festzustellen, wo Nadir lag. Er hatte der Frau am Empfang einfach gesagt, er habe Gründe anzunehmen, dass einer der bei der Explosion im Chinatown Verletzten ein verschwundener Verwandter sei. Natürlich war es ihnen recht, wenn er ihn identifizieren würde. Zuerst brachte man ihn zum Bett eines bewusstlosen bärtigen Mannes, aber Ben Nasar schüttelte den Kopf. Nein, das war nicht sein Vetter. Und dann brachten sie ihn in Nadirs Zimmer. Sein Kopf war völlig bandagiert, Plastikschläuche steckten in seiner Nase. Sauerstoff, dachte Ben Nasar. Und mit einer Menge von Schläuchen und Drähten war er an Monitore und mehrere Tropfflaschen angeschlossen. Ben Nasar schaute ihn einen Moment lang an und schüttelte erneut den Kopf. Nein, auch das war nicht sein Verwandter. Tut ihm leid.

Eine halbe Stunde später betrat er das Krankenhaus wieder, diesmal im Trenchcoat und mit Hut, und hatte einen kleinen Blumenstrauß mitgebracht. Er fuhr mit dem Aufzug zum fünften Stock und war überrascht, wie wenig Überwachung es hier gab. Aber natürlich wussten die Behörden ja nicht, dass Nadir der Bombenleger war. Woraus hätte man auch schließen sollen, dass es sich bei ihm nicht um einen unbeteiligten Passanten handeln sollte. Dennoch könnte er ein Risiko bedeuten, wenn er das Bewusstsein wiedererlangen würde.

Die Tür zum Zimmer Nummer 512 stand halb offen, und Nasar ging wie irgendein Besucher zwanglos hinein. Das einzige Licht im Raum kam vom Fernsehgerät, dessen flackernde Bilder ein merkwürdig blaues Licht auf der gegenüberliegenden Wand erzeugten.

Er ging gleich zu Nadir und stellte die Blumen auf den kleinen Beistelltisch neben seinem Bett. Er wusste, er musste sich beeilen. Aber er ergriff seine Hand, schaute in das Gesicht des Mannes, den er seit Kindheitstagen kannte, und sagte in Gedanken: »Lieber Freund, du wirst nun dein letztes Opfer im Namen unserer Sache bringen. Ich weiß, wenn du sprechen könntest, würdest du sagen, dass dies dein Wille wäre. Allah wird dich als Held unseres Volkes im Paradies willkommen heißen.«

Dann zog er das Kissen unter Nadirs Kopf hervor und drückte es auf sein Gesicht. Er leistete keinen Widerstand. Binnen Kurzem gab der größte der Monitore einen langen Summton ab. Nasar legte das Kissen wieder unter den Kopf seines Freundes, verließ das Zimmer und ging in Richtung Ausgang. Hinter sich sah er eine Krankenschwester auf das Zimmer zurennen und beschleunigte seine Schritte. Er war Allahs Werkzeug, gelobt sei sein Name.

Weißes Haus, Washington, D.C., USA

Aus der Ferne drang das Auf und Ab einer Sirene an sein Ohr. Wieder ein Krankenwagen, dachte er, wieder ein Mensch, der mit dem Tod rang. Wieder ein Opfer des unsichtbaren Wahnsinnigen, der sich Falke nennt. Michael Smith nahm zögernd die Jacke seines grauen Anzugs vom Stuhl. Er zog sie über, rückte seine blau-rot gestreifte Krawatte zurecht und ging noch einmal mit einem Kamm durch seine dunkelblonden Haare. Er schaute in den Spiegel, der neben der Tür seines engen Büros im Westflügel des Weißen Hauses hing.

Niemals, sagte er zu dem müden Gesicht in dem Spiegel, sie werden dir niemals glauben. Erneut zog er an seiner Krawatte. Du hast keine Chance, du wirst keine fünf Minuten mit dieser Story überleben. Er wandte sich von dem Spiegel ab und schaute auf die Uhr auf seinem Schreibtisch. Noch zwanzig Stunden, dachte er. Er war beinahe vierzig, sportlich, groß, hatte einen athletischen Körper.

Smith blickte auf den Bildschirm des Fernsehgerätes, das neben seinem Schreibtisch stand. CNN-Korrespondent Al Steinbrenner berichtete gerade aus dem Presseraum des Weißen Hauses, der nur wenige Meter von seinem Büro entfernt lag, der Sprecher des Präsidenten werde in wenigen Augenblicken zu einer Pressekonferenz erscheinen.

»Washington ist voller Spannung, mehrere Explosionen haben die Stadt erschüttert – nur wenige Stunden, bevor der russische Präsident nach Washington kommt. Was mag dahinterstecken?«, fragte Steinbrenner.

Dann flimmerten die aktuellsten Aufnahmen über den Bildschirm: brennende Autos, Krankenwagen, Sanitäter, die Tote und Verletzte einsammelten, Menschen, die fassungslos waren, mit erschrockenen, bleichen Gesichtern.

Sandra Collins kam herein und brachte ihm die Texte, die sie gerade auf dem Computer getippt hatte. »Hier, alles mit dem Justizministerium, dem State Department und dem FBI abgestimmt«, sagte sie und reichte ihm die Papiere. »Und der letzte Bericht von der Washingtoner Polizei. Eine Tote, fünfzehn Verletzte, davon noch drei in Lebensgefahr.«

Sie war achtundzwanzig Jahre alt, schlank und hatte lange blonde Haare. Sie kam aus dem Mittleren Westen, aus Indiana, wo sie bei einer lokalen Fernsehstation gearbeitet hatte. Dort war sie Webster bei einer Wahlkampfreise aufgefallen, und er hatte sie auf der Stelle für das Pressebüro im Weißen Haus angeheuert. Smith bemerkte, dass sie wieder einen Knopf zu viel an ihrer Bluse geöffnet hatte. Sie drückte ihm die Mappe mit den Texten in die Hand, dann stellte sie sich auf die Zehenspitzen und küsste ihn auf die Wange.

»Viel Glück«, sagte sie.

Smith war versucht, sie an sich zu ziehen, beherrschte sich dann aber. Evelyn, dachte er, Evelyn und die beiden Kinder, John und Nicole. Er sah ihr Bild in dem Silberrahmen auf seinem Schreibtisch, eine glückliche Familie, seine Familie. Sie lachten ihn an.

Er blickte auf Sandras Haare, sie waren weich und luden dazu ein, gestreichelt zu werden. Einen Moment standen sie sich beide gegenüber, verlegen, überrascht. Michael Smith sah, wie sie errötete, wie ein Schulmädchen, mit einem beinahe schüchternen Lächeln.

»Danke, Sandra«, sagte er leise. Sie gehörte zu dem kleinen Kreis im Weißen Haus, der Bescheid wusste. Er hatte es nicht verhindern können, dass sie es mitbekam, als er die Telefongespräche mit der CIA und dem FBI führte. Er wusste, dass er sich auf sie verlassen konnte, aber er wusste auch, dass es unmöglich sein würde, alle Löcher zu stopfen. Die Presseleute würden über jeden Mitarbeiter im Weißen Haus herfallen wie die wilden Tiere, ihn ausquetschen wie eine Zitrone, die Meute würde nicht lockerlassen, bis sie am Ziel war. Und er konnte es ihnen nicht einmal verübeln. Es war ihr Job, der Job der amerikanischen Medienelite, solche Ungeheuerlichkeiten herauszufinden – und heute würde es sein Job sein, genau das zu verhindern.

Er ließ Sandra stehen und richtete sich entschlossen auf. Mit einem tiefen Atemzug verließ er sein Büro und schritt durch den engen Flur die wenigen Schritte bis zum Presseraum des Weißen Hauses, der zwischen dem Westflügel und dem Hauptgebäude lag.

Einen Augenblick noch hielt er in dem kleinen Sekretariat inne, das vor dem Eingang in den Presseraum lag. Er holte erneut tief Luft, räusperte sich, dann öffnete er ruckartig die Schiebetür. Das Licht der Scheinwerfer blendete ihn. Er wandte sich nach links und ging die drei Meter bis zu dem schmalen Podium mit dem Mikrofon, das vor einem blauen Vorhang aufgebaut war. Vor dem Vorhang hing ein ovales Schild, auf dem das Weiße Haus abgebildet war.

Er legte seine Unterlagen vor sich hin, ordnete sie sorgfältig und schaute in den Raum hinein, den er schon so viele Hundert Male gesehen hatte. Doch heute hatte er das Gefühl, zum ersten Mal hier zu stehen. Er konnte die Spannung fast körperlich spüren, die sich aufgebaut hatte.

Vor ihm, auf den engen Stühlen, saßen dicht an dicht die im Weißen Haus akkreditierten Korrespondenten. In der ersten Reihe hatten die Vertreter der großen Fernsehsender und der Nachrichtenagenturen Platz genommen. Er erkannte Al Steinbrenner von CNN und Leslie Hammer von CBS, deren Gesichtsmuskeln zuckten. Sie trug ein rotes Kostüm und benutzte dazu einen ebenso grellroten Lippenstift.

Immer wieder verwunderte es ihn, wie klein der Raum tatsächlich war, den in Amerika jedes Kind kannte. Früher war hier einmal ein Swimmingpool für den Präsidenten gewesen, bevor man daraus den Raum für die Pressekonferenzen gemacht hatte. Hinter den Stuhlreihen, am anderen Ende, stand die Reihe der Fernsehkameras, deren Objektive auf ihn gerichtet waren. Links daneben führte ein kurzer Flur zu den Arbeitsplätzen der Korrespondenten – kleine, enge Verschläge mit einem Computer und einem Telefon. Wie für Hunde, die in einem zu engen Käfig gehalten werden, dachte Michael Smith, Hunde, die aggressiv nach allem schnappen, was sie vor die Schnauze bekommen.

»Okay, dann wollen wir mal«, sagte er und versuchte ein Lächeln. Er blätterte in seinen Unterlagen und hob dann den Kopf. »Der russische Präsident Boris Tschernow wird in Kürze in Washington eintreffen und gleich anschließend zu einer ersten Unterredung mit Präsident Webster zusammenkommen. Im Mittelpunkt wird dabei der Fortgang der Abrüstungsverhandlungen stehen. Fragen dazu?«

Leslie Hammer sprang auf. »Hören Sie zu, Michael, der Nationale Sicherheitsrat hat innerhalb kurzer Zeit gleich zweimal getagt. Was steckt dahinter?«

»Wie ich gerade sagte, der russische Präsident kommt zu einem wichtigen Besuch, und der muss natürlich angemessen vorbereitet werden.«

»Ist das alles, was Sie dazu zu sagen haben?«, rief sie. Smith blätterte langsam in seinen Unterlagen. Bevor er antworten konnte, setzte sie nach: »Haben Sie schon mal aus dem Fenster geschaut? Über Washington stehen schwarze Rauchwolken. Es gab mehrere Explosionen. Haben Sie dafür vielleicht eine Erklärung?«

Nun war es also so weit, dachte er. Wieder blätterte er in seinen Unterlagen. Zeit gewinnen, nur ein paar Sekunden, für die richtige Formulierung. Aber er wusste genau, was immer er sagte, es würde die falsche Antwort sein. Sie würden ihm nicht glauben. Aber was sollte er tun? Sollte er vielleicht sagen, wie es wirklich war? Die nackte Wahrheit? Sollte er vielleicht verkünden: Ach, hier irgendwo liegt eine Atombombe, und ein verrückter Terrorist kann Washington jeden Moment hochgehen lassen?

»Natürlich ist der Präsident über diese bedauerlichen Vorfälle unterrichtet. FBI-Chef Fitzgerald steht in ständigem Kontakt mit dem Weißen Haus. Eine Sonder-Ermittlungsgruppe versucht in Zusammenarbeit mit der Washingtoner Polizei, diese in der Tat besorgniserregenden Explosionen aufzuklären. Wir werden Sie unterrichten, sobald das FBI erste Erkenntnisse hat. Wichtig ist vor allem, die Ruhe zu bewahren«, hörte er sich selbst stattdessen sagen. Er sah, wie die Augen von Leslie Hammer funkelten. Sie hatte sich in das Thema verbissen, sie würde nicht lockerlassen.

»Denken Sie nicht, dass dies etwas dürftig ist? Da draußen sterben Menschen, und alles, was Sie hier vorbringen, ist, dass der Präsident das besorgniserregend findet. Der Nationale Sicherheitsrat tagt zweimal, und Sie verweisen auf die Washingtoner Polizei. Wollen Sie uns an der Nase herumführen?«

»Man muss der Polizei Zeit für ihre Ermittlungen geben«, sagte Smith, »und solange die andauern, müssen wir uns leider in Geduld fassen. Leider, leider. Aber seien Sie versichert, wir werden Sie sofort informieren, sobald wir etwas Neues wissen.«

Leslie Hammer ließ sich auf ihren Stuhl fallen. Er sah ihr die Frustration an. Sie hatte für den Moment aufgegeben, aber er war sich sicher, dass der Kampf gerade erst begonnen hatte. Gleich nach der Pressekonferenz würde sie zu ihrem Telefon rennen und alle ihre Kontaktpersonen in Washington anrufen, und er wusste, dass sie viele Kontakte hatte, nicht zuletzt im Weißen Haus selber. Nicht umsonst hatte sie beim letzten Presseball ausführlich mit Vizepräsident Gerald Gordon getanzt. Seitdem hatten die Gerüchte über die beiden nicht mehr aufgehört. Sie hatte das Foto mit Gordon, das damals in allen Zeitungen erschienen war, demonstrativ an ihren Computer geheftet, sodass es alle sehen konnten.

»Wann, denken Sie, werden wir wieder etwas von Ihnen hören?«, fragte John Silverman, der Korrespondent der Associated Press.

»So schnell wie möglich, John, aber bitte verstehen Sie, dass ich im Augenblick leider nicht mehr sagen kann.«

Smith klappte den Aktendeckel mit seinen Unterlagen zu und verließ das Podium. Er merkte, dass er schweißgebadet war. Aber er war noch einmal davongekommen. Wie lange noch? Er schaute auf seine Armbanduhr. Noch dreiundzwanzig Stunden, vorausgesetzt, der Falke meinte es wirklich ernst. Und vorausgesetzt, er hatte wirklich eine Atombombe. Aber konnte man, durfte man noch ernsthafte Zweifel daran haben? Durfte man hoffen gegen alle Hoffnung? Wieder hörte er in der Ferne das Heulen von Sirenen, es schwoll an, dröhnte in seinem Kopf. Er schloss die Augen. Nein, es konnte, es durfte nicht sein.

Als er in sein Büro zurückkam, sah er, dass Sandra immer noch dort stand. Sie hatte die Pressekonferenz an seinem Fernsehgerät verfolgt. Sie kam auf ihn zu und lehnte ihren Kopf an seine Schulter.

»Oh, Michael«, seufzte sie, »was soll nur daraus werden?«

Wieder war er versucht nachzugeben und seine Arme um sie zu legen, sie fest an sich zu drücken. Aber er riss sich zusammen. Es konnte nicht sein. Er suchte Blickkontakt mit dem

Silberrahmen auf seinem Schreibtisch. Evelyn und die Kinder lachten ihm zu. Er ließ seine Arme fallen, drehte sich um und setzte sich auf seinen Schreibtischsessel.

Smith stützte den Kopf in seine Hände. Sandra Collins stand vor dem Schreibtisch, hilflos und schwer atmend. Er bemerkte nicht, wie sie sein Büro verließ.

Andrews Air Base, Maryland, USA

Ein böiger Wind aus Nordwest blies über die nasse Landebahn. Er trieb ein tiefschwarzes Wolkengebirge vor sich her, aus dem heraus sich ein heftiger Platzregen über der Luftwaffenbasis entladen hatte.

Jurij Arbatow schlug den Kragen seines Uniformmantels hoch. Es war das letzte Rückzugsgefecht des Winters, die Temperaturen schwankten jetzt von Tag zu Tag erheblich. An den Bäumen am Rande des Flugfeldes waren schon die ersten Knospen aufgebrochen, trotz der Nachtfröste, die immer wieder den Einzug des Frühlings bedrohten.

Die dunklen Wolken zogen nun nach Osten ab, über Maryland hinweg in Richtung des Atlantiks. Die Wolkendecke riss auf, und dahinter brach die Sonne durch. Ihre Strahlen spiegelten sich in dem dünnen Film aus Wasser, der sich auf dem Asphalt ausgebreitet hatte. Unter ihrer Kraft begann das Wasser zu verdampfen und stieg als feiner Nebel nach oben.

Am Horizont erschien ein kleiner Punkt, der schnell größer wurde und auf die Landebahn zuglitt. »Da, da ist er.« Alexander Falin, der neben Arbatow stand, fing an, aufgeregt seinen Aktenkoffer hin und her zu schwenken. Arbatow schaute den Diplomaten an, sein Gesicht voller Verachtung.

Ein Offizier in der Uniform der US-Luftwaffe bellte Kommandos. Die Ehrenformation nahm Haltung an und präsentierte die Gewehre. Arbatow blickte sich um. Er sah, wie

Madeleine McConnor aus ihrer schwarzen Limousine stieg und sich neben Anthony Blake stellte, der einen ungewohnten dunklen Hut trug. Die Objektive zahlreicher Fernsehkameras richteten sich auf die Sondermaschine Tschernows, die in diesem Augenblick auf der Landebahn der Andrews Air Base, des Regierungsflughafens rund zwanzig Kilometer östlich von Washington, aufsetzte und schließlich langsam auf das Vorfeld zugerollt kam. Arbatow hörte aus der Richtung der Kameras russische Wortfetzen und stellte fest, dass das Moskauer Fernsehen offenbar die Ankunft des Präsidenten live übertrug.

Ein kleiner Traktor schob die Gangway an das Flugzeug, dahinter wurde der rote Teppich ausgerollt. Die Empfangsdelegation, an der Spitze Außenministerin McConnor und der russische Botschafter, nahm ihre Position ein. Arbatow reihte sich am hinteren Ende der langen Schlange ein, neben General Semjonow, dem Militärattaché in Washington.

Unruhig ging sein Blick zu der vorderen Tür des Flugzeugs. Endlich wurde sie von innen entriegelt und aufgeklappt. Eine Stewardess mit blonden Haaren erschien und stellte sich auf die Plattform der Gangway neben die Tür. Im selben Augenblick betrat Tschernow die Gangway. Er hielt kurz inne, winkte und begann dann die Treppe hinunterzugehen.

Madeleine McConnor streckte ihm die Hand entgegen. Tschernow ergriff sie und schüttelte sie heftig, ein breites Lächeln auf seinem rosafarbenen Gesicht. Dann schritt er die Reihe der Empfangsdelegation ab.

Arbatow merkte, wie sich Schweißperlen auf seinem Gesicht bildeten. Er stand stocksteif. Tschernow rückte immer näher, schüttelte Hände, lächelte, wechselte ein paar Worte. Flucht oder Angriff – das sind die beiden Möglichkeiten, die die Natur ursprünglich vorgesehen hat, wenn ein Feind auftaucht, ging es Arbatow durch den Kopf. Der Körper schüttet Adrenalin aus, gibt dem Menschen in solchen Situationen Extrakräfte, damit er schnell weglaufen oder hart zuschlagen kann – simple Überlebensreflexe. Weglaufen kam nicht infrage, also zuschlagen? Oder Tschernow bei der Gurgel packen und so lange zudrücken, bis er leblos zusammensacken würde, vor den Augen der Weltöffentlichkeit? War das nicht die Lösung, die einzige Lösung? Er sah aus den Augenwinkeln, dass Tschernow nun in der langen Reihe bei seinem Nachbarn angekommen war.

»Ich bin sicher, Ihre Leute haben den Besuch gut vorbereitet, sodass wir zu einem schnellen Erfolg kommen«, sagte Tschernow, offensichtlich gut gelaunt, zu General Semjonow. Arbatow biss sich auf die Lippen. Er sah, wie Tschernow sich nun zu ihm wandte. Der Präsident streckte lächelnd seine Hand aus.

Schlag zu, schrie es in ihm, schlag zu. Jetzt, jetzt, nutze die Chance. Doch Arbatow merkte, dass sein Gehirn nicht in der Lage war, diesen Befehl auszuführen. Er fühlte, dass ihm die Röte ins Gesicht schoss. Tschernow schaute ihn an, leicht irritiert, die Hand immer noch ausgestreckt. Arbatow riss seine rechte Hand nach oben, an den Mützenrand, und salutierte. Dann ergriff er die ausgestreckte Hand Tschernows und schüttelte sie.

Tschernow lächelte wieder. »Wie heißen Sie?«

»Äh ... General Jurij Arbatow«, hörte er sich mit gepresster Stimme sagen.

»Gut, General Arbatow, ich wünsche Ihnen eine gute Zeit in Washington, und viel Erfolg bei unserer gemeinsamen Arbeit«, sagte Tschernow und wandte sich an Alexander Falin, der links neben Arbatow stand. Im Hintergrund zeigte ein anschwellendes Heulen an, dass der Pilot die Turbine des dunkelgrünen Präsidentenhubschraubers angeworfen hatte, der Tschernow ins Weiße Haus bringen sollte. Nach dem kurzen militärischen Zeremoniell bestieg Tschernow, begleitet von Madeleine McConnor, die Maschine, die schnell am Himmel hinter den großen Hallen der Luftwaffenbasis verschwand und in knapp zehn Minuten im Garten des Weißen Hauses landen würde.

Die Empfangsdelegation löste sich auf, ihre Mitglieder gingen auf die wartenden Busse zu. Die Soldaten der Ehrenformation, die unvermeidlichen Statisten eines jeden offiziellen Besuchs, lösten sich aus ihrer Erstarrung und setzten die Gewehre auf dem Boden ab.

Arbatow stand immer noch an derselben Stelle am Ende des roten Teppichs. Er fühlte sich wie betäubt. Konnte es wirklich wahr sein, dass er soeben Boris Tschernow die Hand geschüttelt hatte? Warum hatte er nicht zugeschlagen? War er nur ein mieser kleiner Feigling? Er hatte doch eigentlich in diesem Drama die Rolle des tragischen Helden übernommen, der Russland vor der Katastrophe retten wollte. William Shakespeare kam ihm in den Sinn. War er wie Hamlet, ein zorniger, verwirrter junger Mann, betrogen, auf Rache sinnend? Ging es nicht um Sein oder Nichtsein? War es nicht besser, die Mühen und Plagen durch Widerstand zu beenden?

Aber er kam sich vor wie ein Nebendarsteller, der einen schmierigen Schurken spielt. War nicht Tschernow der eigentliche Schurke, der Verräter an Russland, an seiner Zukunft? »Ist es auch Wahnsinn, so hat es doch Methode«, fiel ihm die Zeile aus *Hamlet* ein.

Arbatow starrte in die Weite, ohne seine Umgebung wirklich wahrzunehmen. Er war erschrocken, verwirrt, bestürzt. Er wehrte sich noch gegen die Erkenntnis, aber er musste sich eingestehen, dass er nicht das Format hatte, dieses Drama mit letzter Konsequenz zu Ende zu bringen. Es war der Falke, der bereit war, den ganzen Einsatz zu geben, ohne Rücksicht auf Verluste, ohne Schonung für sich und für andere. Wo mochte er in dieser Minute sein? Arbatow glaubte es zu wissen, aber er konnte sich nicht sicher sein. Der Falke wollte den Amerikanern eine Lektion erteilen, mit einem Atomsprengkopf, so viel war klar. Und er hatte angedeutet, dass er es dort tun wollte, wohin die ganze Welt schauen würde. Das ließ nicht allzu viele Möglichkeiten offen. Und er hatte Tschernows Besuch in Washington erwähnt. Was für eine Ironie, dachte Arbatow. Hier war er nun selber in der amerikanischen Hauptstadt, der Mann, der den Atomsprengkopf gestohlen hatte – und er war eine Geisel des Falken wie alle anderen auch.

Washington, D.C., USA

Leslie Hammers Gesicht verfärbte sich. Ihr Teint war beinahe so rot wie ihr Lippenstift. Sie hielt den Telefonhörer an ihr Ohr gepresst. »Was heißt, er ist nicht zu sprechen?«, schimpfte sie in das Telefon.

Auch die Frauenstimme am anderen Ende klang nun gereizt: »Ich habe Ihnen doch schon zehn Mal gesagt, der Vizepräsident ist heute sehr beschäftigt und kann leider keine Telefongespräche entgegennehmen.«

Leslie Hammer war versucht, das Telefon auf den Schreibtisch zu knallen, aber noch gab sie nicht auf. »Sie wissen doch, mit wem Sie reden?«, sagte sie, »Leslie Hammer, von CBS News. Der Vizepräsident ist ein alter Freund von mir. Ich bin sicher, er wird sehr verärgert sein, wenn er hört, dass Sie mich nicht verbunden haben. Sehr verärgert, kann ich Ihnen nur sagen. Also?«

»Es tut mir sehr leid, Ms Hammer, aber wie ich Ihnen schon gesagt habe: Vizepräsident Gordon hat mir ausdrücklich aufgetragen, keine Telefongespräche durchzustellen, schon gar nicht von der Presse.«

Leslie Hammer nahm den Hörer und knallte ihn nun doch auf die Gabel. »Arschloch«, sagte sie.

Sie schaute sich in dem Presseraum um. Alle anderen Korrespondenten saßen, dicht an dicht, an ihren Plätzen, den Telefonhörer in der Hand, und redeten mit ihren Quellen in Washington, im Weißen Haus selber, im Pentagon, im FBI, in der CIA, im Kongress, im State Department.

Über dem engen Raum, in den die Arbeitsplätze der im Weißen Haus akkreditierten Korrespondenten hineingepfercht worden waren, lag eine Spannung, die auf alle auszustrahlen schien. Das Jagdfieber hatte die Meute gepackt. Je mehr sich ihre Quellen verweigerten, umso hartnäckiger versuchten sie, die Mauer des Schweigens zu durchbrechen. Obwohl sie so dicht aufeinandersaßen, wusste Leslie Hammer, dass jeder hier versuchen würde, die Nachricht exklusiv zu bekommen. Und sie wusste auch, dass es nur eine Frage von Stunden wäre, bis irgendwo ein Leck entstünde, aus dem die Wahrheit heraussickern würde. Und jeder in diesem Raum würde alles daransetzen, dieses Leck als Erster zu finden.

Sie ließ es auf keinen Fall zu, dass ihr jemand zuvorkommen würde. Leslie Hammer schaute auf das Foto, das sie mit Klebeband an der Seite ihres Computer-Bildschirms angeklebt hatte. Sie sah sich selber in den Armen von Vizepräsident Gordon, bei einem gewagten Tango. Er war ein miserabler Tänzer, dachte sie, aber überraschend kreativ im Bett, wenn man bedachte, dass er vor vier Wochen mit großem Pomp seinen sechzigsten Geburtstag gefeiert hatte. Und nun das! Er ließ sich von seiner Sekretärin verleugnen. Sie wollte erneut zum Telefon greifen, unterließ es dann aber. »Arschloch«, sagte sie diesmal in Richtung Foto.

Gordon hatte ihr mehr als einmal mit wertvollen Tipps ausgeholfen. Die Tatsache, dass die Webster-Regierung ihre Handelsbeziehungen zu China noch weiter intensivieren würde, hatte er ihr ebenso zugesteckt wie die Information über die CIA-Pläne gegen den Diktator in Nordkorea. Das hatte ihrer Karriere bei CBS erheblich geholfen. Doch jetzt verweigerte er sich. Es musste irgendetwas Geheimnisvolles sein, irgendetwas so Dramatisches, dass selbst der Vizepräsident es nicht wagen konnte, darüber zu sprechen.

Leslie Hammer kramte instinktiv in ihrer Handtasche, fand aber nicht, wonach sie suchte. Sie hatte das Rauchen schon vor einem Jahr aufgegeben, aber immer, wenn sie in eine Stresssituation hineingeriet, wollte sie wieder zu einer Zigarette greifen. Frustriert schloss sie die Handtasche.

Sie versuchte nachzudenken. Okay, der Nationale Sicherheitsrat hatte zweimal getagt. Das war offensichtlich. Das Kommen und Gehen der Mitglieder dieses exklusiven Zirkels im Weißen Haus konnte niemand geheim halten. Die Erklärung von Pressesprecher Smith, dabei sei es nur um die Vorbereitung des Besuchs von Tschernow gegangen, war lächerlich. Eine Sitzung vielleicht, aber gleich zwei hintereinander? Unfug, dachte sie. Und dann die Explosionen in der Stadt. Die Erklärungen von Smith dazu waren einfach zu dürftig. Natürlich war es nicht unbedingt Sache des Weißen Hauses, sich mit Bombenanschlägen zu beschäftigen. Das war erst einmal Sache der Polizei und dann des Justizministeriums, dem das FBI unterstand.

Und dennoch: Wenn es unmittelbar vor dem Besuch Tschernows in Washington so krachte, konnte die Webster-Regierung nicht einfach so tun, als sei das ein lokales Ereignis. Irgendetwas, da war sich Leslie Hammer sicher, stimmte hier nicht. Aber was? Sie würde es herausfinden, und wenn sie die ganze Nacht an diesem verdammten Telefon sitzen müsste. Ihr Blick ging zu ihrer Handtasche. Eine Zigarette, nur eine einzige verdammte Zigarette, dachte sie.

Von Al Steinbrenners winziger Kabine, die seinen Arbeitsplatz als Korrespondent von CNN im Weißen Haus ausmachte, bis zum nicht minder kleinen Schreibtisch von Leslie Hammer waren es nur wenige Meter. Er sah, wie sie an ihren grellrot lackierten Fingernägeln knabberte. Steinbrenner wusste, dass er Leslie Hammer nicht unterschätzen durfte. Sie hatte ihn mehrfach mit Exklusivnachrichten geschlagen. Natürlich wusste Steinbrenner, wo seine Kollegin sie herhatte. Hier war er hilflos. Sollte er – sozusagen aus Konkurrenzgründen – nun ein Verhältnis mit der Frau von Vizepräsident Gordon beginnen?

Steinbrenner grinste zynisch. Nein, danke, dachte er, abgesehen davon, dass sie achtundfünfzig Jahre alt und der wohl unpolitischste Mensch in ganz Washington war, blieb sie ohnehin viel lieber in ihrer Heimat Texas, was Gordons Lebenswandel in der Bundeshauptstadt überhaupt erst ermöglichte.

Er hatte mehrfach versucht, sich an Sandra Collins heranzumachen. Aber sie hatte ihn immer kühl abblitzen lassen. Al Steinbrenner schaute an sich herab. Er bemerkte, dass sein Bauch sich über den Gürtel seiner Hose wölbte. Seit seiner Scheidung von Jane hatte er mindestens zehn Kilogramm zugenommen. Seine Haare begannen seit einigen Monaten rapide auszufallen, obwohl er gerade erst fünfundvierzig geworden war. Er führte das auf den Stress und die schlechte Ernährung zurück. Hamburger, Cola, Kaffee, aufgewärmte Suppen, das war sein Standardessen. Sein Zuhause war praktisch das Weiße Haus, CNN hielt ihn fast pausenlos auf den Beinen, in sein kleines Apartment in Georgetown ging er nur noch zum Schlafen. Seit Kurzem war er gezwungen, eine Brille zu tragen. Er lebte in der Panik, dass sein Glück bei den Frauen nun wohl vorüber war.

Er fühlte wie alle um ihn herum, dass sich in der Stadt etwas höchst Ungewöhnliches tat. Noch nie waren seine Quellen so zugeknöpft gewesen. Tut uns leid, Al, diesmal können wir wirklich nichts sagen, wirklich, tut uns sehr leid – das waren die Antworten, die er überall bekommen hatte. Er hatte seine Producerin Phylis Rosenthal auf die Story gehetzt. Sie waren wie ein altes Ehepaar, eingespielt, effektiv. Auch sie klapperte alle denkbaren Quellen ab. Bisher ohne Erfolg.

Das Telefon klingelte. Er nahm hastig den Hörer ab. Es war Phylis. Seine Augen wurden zu kleinen Schlitzen, als er ihr zuhörte. »Wir haben gerade einen Anruf von einem unserer Kamerateams draußen in Andrews Air Force Base bekommen«, hörte er die Stimme seiner Producerin. »Unsere Leute waren dort, um die Ankunft von Tschernow zu übertragen. Unser Tonmann hat zufällig am Kaffeeautomaten ein Gespräch zwischen ein paar Jungs von der U.S. Air Force aufgeschnappt. Sie erzählten untereinander was von einem Transportflugzeug, das gestern Abend aus Las Vegas angekommen ist. Und jetzt kommt es: An Bord war offenbar ein Suchteam von NEST. Du weißt doch, das sind die Spezialisten, die nach atomaren Sprengköpfen suchen. Sie sind gleich verschwunden, offenbar in Richtung Washington.«

Steinbrenner setzte sich senkrecht auf. »Bist du sicher?«, fragte er.

»Na ja, was heißt sicher, das ist das, was unsere Leute gehört haben. Natürlich müssen wir das checken. Aber immerhin: Es ist wenigstens mal ein Anfang«, sagte Phylis. »Ich werde mich weiter umhören, und du musst unbedingt mit Smith reden. Der Kerl muss jetzt was sagen, natürlich exklusiv für CNN.«

»Gut«, nickte Steinbrenner in den Telefonhörer, »ich werde das mit Smith probieren. Und halt mich auf dem Laufenden, sobald du mehr hörst.«

»Klar, mach' ich.«

Sie hatte aufgelegt. Steinbrenner dachte nach. Krisenstimmung in der Stadt, Quellen, die unter keinen Umständen irgendetwas sagen wollten, zwei Sitzungen des Nationalen Sicherheitsrates, ein Pressesprecher, der offenbar mauerte – und jetzt die Ankunft eines Suchteams für atomare Sprengköpfe. Das konnte der entscheidende Hinweis sein, der das Rätsel auflösen würde.

Er schaute hinüber zu Leslie Hammer. Sie telefonierte, gestikulierte dabei wild mit den Händen, raufte sich zwischendurch die Haare, warf dann den Hörer offenbar wütend auf die Gabel.

Steinbrenner lächelte einen Augenblick. Dann nahm er das Telefon und begann zu wählen. Langsam und methodisch. Er wählte die Nummer von Michael Smith. Er war sich sicher, dass er zumindest zu Smith durchkommen würde. Als CNN-Korrespondent im Weißen Haus hatte er genügend Gewicht, um nicht gleich im Vorzimmer des Sprechers des Präsidenten abgewimmelt zu werden.

Tatsächlich kam Smith an den Apparat. »Hi, Al, alter Junge, was ist los? Du weißt, wir wollen erst etwas zu diesen Explosionen sagen, wenn wir von der Polizei mehr darüber erfahren haben. Du hörst darüber von mir so schnell wie möglich. Nur – im Augenblick habe ich leider nichts Neues.«

»Hör zu, Michael«, sagte Steinbrenner. »Ich bekomme da gerade einen interessanten Hinweis. Sagt dir NEST irgendetwas?«

Am anderen Ende der Leitung war Stille. Steinbrenner bemerkte, dass Smith schwer atmete. Er war sich sicher, auf der richtigen Spur zu sein. »Michael, das ist ein Superding. Du musst dazu etwas sagen. Wir checken das natürlich noch genauer, aber verlass dich drauf. Wir kriegen es schon raus, jetzt, wo wir erst mal wissen, wonach wir suchen müssen.«

»Al, verdammt noch mal, überstürz nichts. Das ist eine ganz heiße Kiste«, hörte er die Stimme von Smith. »Versteh doch, ich kann dazu im Augenblick nichts sagen. Wirklich nicht. Aber wenn es so weit ist, dann bist du der Erste, den ich informieren werde. Versprochen. Aber bis dahin, Al, um Gottes willen, tu nichts, was der Sache schaden kann.«

»Wir können hier unmöglich die Augen verschließen, wenn in der Stadt nach einem atomaren Sprengkopf gesucht wird«, sagte Steinbrenner. »Wir werden sehen, was Atlanta dazu sagt. Von irgendwo werden wir schon eine Bestätigung bekommen. Bis dann also, Michael.«

Steinbrenner legte auf. Er tippte mit den Fingern im schnellem Tempo auf die Platte seines winzigen Schreibtisches. Dann wählte er die Nummer des CNN-Hauptquartiers in Atlanta. »Gib mir den Boss«, sagte er, als die Sekretärin sich meldete. »Was, er ist auf der anderen Leitung? Ist mir scheißegal. Sag ihm, er soll damit aufhören. Ich bleib' dran. Es ist wichtig, verdammt wichtig.«

Er lehnte sich in seinem Schreibtischsessel zurück, dessen Rückenlehne nachgab. Er legte die Beine auf den Schreibtisch und schaute an die Decke. Michael Smith atmete tief aus. Nun war es also so weit. Er war geschockt, aber nicht verwundert. Es war ihm klar, dass es früher oder später passieren würde. Eine solche Story war in Washington nicht geheim zu halten.

Aber was würde passieren, wenn wirklich die ganze Wahrheit bekannt würde? Panik, Hysterie, ein Massenexodus aus der Stadt, eine Situation, die nicht mehr zu kontrollieren war. Es gab dafür kein Rezept, jedenfalls keines, das funktionierte. Die Fachleute hatten alles durchgespielt. Sie waren zu dem Schluss gekommen, dass man in einer solchen Situation auf jeden Fall versuchen musste, den Sprengkopf zu finden – und wenn das nicht gelingen sollte, dann gab es nur einen einzigen, ganz einfachen Ausweg: Man musste den Forderungen der Terroristen nachgeben.

Smith nahm die Beine vom Tisch. Sein Blick ging zur Uhr, zwei Uhr nachmittags. Noch fünfzehn Stunden, ganze fünfzehn lausige Stunden. Er musste verhindern, dass die Geschichte an die Öffentlichkeit kam. Smith griff zum Telefon. »Ich muss den Präsidenten sehen«, sagte er, »sofort.«

Wenige Augenblicke später stand er im Oval Office, dem Büro des Präsidenten im Westflügel des Weißen Hauses. Webster schaute ihn an. Smith sah die Müdigkeit in seinem Gesicht.

»Was ist los, Michael?«

»Sie wissen es, Mr President. CNN hat herausgefunden, dass die NEST-Leute in der Stadt sind. Natürlich habe ich nichts bestätigt, aber sie werden ihre eigenen Schlüsse ziehen. Wir müssen sie stoppen.«

»Aber wie? Was schlagen Sie vor?«

»Es gibt nur einen Ausweg: Sie müssen selbst mit CNN-Chef Ted Burner sprechen. Und außerdem: Sollten wir den

Forderungen der Terroristen wirklich nachgeben müssen, dann sind wir ohnehin auf die Kooperation von CNN angewiesen.«
Webster nickte. »Gut, ich werde mit ihm reden.«

Michelle Berrys NEST-Team wurde vom Direktor des Ostküstenteams über die Lage unterrichtet. Er versuchte nicht, den Druck, der auf ihm lastete, herunterzuspielen. Er stellte die terroristische Gefahr dar und erläuterte den Einsatzplan der beiden NEST-Teams. Das Ostküstenteam war bereits im Einsatz, und nun sollte das Team von der Westküste den Sucheinsatz unterstützen. Bevor er ins Detail ging, bedankte sich der Direktor dafür, dass alle NEST-Teammitglieder Freiwillige waren, die meisten von ihnen aus dem Energieministerium.

»Es handelt sich hier um eine reale Krisensituation«, wiederholte er, »nicht etwa um einen Übungsfall. Wenn sich die Drohung als wahr erweist und wir versagen, besteht in der Tat die Möglichkeit einer Nuklearkatastrophe. Die gesamte Stadt könnte ausgelöscht werden und wir alle hier mit ihr. Wenn jemand von Ihnen schwerwiegende Bedenken hat hierzubleiben, soll er sich nicht schämen, jetzt zu gehen.«

Er legte eine Pause ein und schaute sich im Raum um. Man hörte Husten und Stühlerücken, aber niemand verließ den Raum. Jeder der Freiwilligen war sich bewusst, dass die Aufgabe der NEST-Teams darin bestand, eine nukleare Bedrohung durch Terrororganisationen zu identifizieren, ihre reale Gefahr einzuschätzen, den nuklearen Sprengstoff zu lokalisieren und ihn zu entschärfen. Sie hatten zwar alle immer wieder an entsprechenden Übungen teilgenommen und Hunderte von unechten Drohungen bearbeitet, aber bisher war der Ernstfall noch nie eingetreten.

Der Direktor ließ eine Weile verstreichen, die er für angemessen hielt, und fuhr dann mit der Instruktion fort. »Also, bisher haben wir Folgendes unternommen. Eine Abteilung unseres Teams vom Luftwaffenstützpunkt Andrews dient als Kommandozentrale und arbeitet hier im FBI-Gebäude unter Leitung der Bundespolizei. Meine restlichen Leute sind in der Hubschrauberaufklärung eingesetzt. Wegen der Bedeutung dieser Stadt wird unser Kartenmaterial monatlich auf den letzten Stand gebracht, und daher verfügen wir über einen sehr guten Fundus für eine Vergleichsanalyse. Für jedes Quadrat der Washingtoner Gitternetzkarte kennen wir die Standardstrahlungswerte, und unsere 105C-Hubschrauber sind dabei, jeden Wert quadratmeterweise neu zu messen. Ihre beiden Hubschrauberbesatzungen nehmen bereits an dieser Aufgabe teil. Da uns allmählich die Zeit davonläuft, habe ich sie angewiesen, ihre Messungen direkt an unsere Leute von der Flugkontrolle in Andrews zu melden.«

Er schob einen Stapel Papiere auf die vor ihm liegenden Fotos und schaute dann wieder auf, sein Gesicht voller Sorgenfalten.

»Die bittere Wahrheit ist, dass wir nicht einen Hinweis darauf haben, wo sich dieser Sprengkopf befinden könnte, und wir sind auch deshalb besorgt, weil wir vermutlich nicht in der Lage sein werden, verräterische Strahlenwerte zu messen, falls er in einer Metallkapsel untergebracht ist. Jedenfalls nicht ausreichend für eine Entdeckung aus der Luft, obwohl die Detektoren in unseren Hubschraubern hypersensibel reagieren. Folglich besteht unsere größte Hoffnung in der Suche vom Boden aus, und da kommen Sie ins Spiel.«

Michelle Berry krümmte sich auf ihrem Stuhl. Ihr Magen begann wieder zu revoltieren.

»Ein kleines Kommando meines Teams hat bereits angefangen, den Boden Stück für Stück abzusuchen. Sie haben am Weißen Haus begonnen und arbeiten sich von dort voran. Wir verwenden kleine Handdetektoren und mischen uns unter die Masse von Touristen und Angestellten. Diesen Teil der Operation möchte ich verstärken, damit wir noch schneller ein größeres

Gebiet absuchen können. Sobald der Rest von Ihnen Ihre Geräte hat und Sie entsprechend ausgerüstet sind, instruieren wir Sie bezüglich des Ihnen zugewiesenen Areals, und dann gehen Sie los. Das war's erst einmal«, sagte er und blickte in die Runde. »Noch Fragen?« Niemand meldete sich. Der Direktor nickte der Gruppe zu: »Und nun viel Glück. Das können wir verdammt brauchen.«

Michelle drehte sich zu ihrem Nachbarn um. »Dennis, würden Sie bitte mein Zeug abholen und hierherbringen? Ich muss dringend zur Toilette«, sagte sie und hielt sich den Magen.

»Ja, klar.«

Dann eilte sie zur Damentoilette, wo sie zu ihrer Erleichterung feststellte, dass sie allein dort war. Sie ging in eine der Zellen und probierte alles Mögliche, um sich zu übergeben, vergeblich. Der Schweiß brach ihr aus, und sie begann am ganzen Körper zu zittern. Sie ging zum Waschbecken, ließ kaltes Wasser über ein Papiertuch laufen und hielt es sich an die Stirn. Die kühle Nässe brachte ein wenig Erleichterung. Dann lehnte sie sich an das Becken, legte den Kopf in den Nacken und schloss die Augen.

Ich muss endlich damit aufhören, mich selbst zu belügen, dachte sie. Das hat nichts mit Luftkrankheit zu tun, auch nicht mit Angst oder dergleichen. Gib es zu, Michelle, du bist schwanger. Das ist doch das genau richtige Timing, oder? Mitten in der größten Herausforderung deiner Karriere. Wenn ich nur diese Übelkeit loswerden kann, bin ich in Ordnung. Sie stellte sich vor, wie aufgeregt und glücklich Jay sein würde. Der arme Kerl hatte immer für ein weiteres Kind gebetet. Nun, mein Liebling, dein Wunsch ist in Erfüllung gegangen, und ich würde nichts lieber tun, als dich jetzt anzurufen, aber das verstößt gegen die Vorschriften.

Michelle drehte sich um, warf das Papiertuch in den Abfalleimer und zog ein neues. Sie drehte das Wasser wieder auf, wartete einen Augenblick, bis es sich abgekühlt hatte, und schaute dann in den Spiegel. Ihr Teint war aschfahl, und es hatten sich dunkle Ränder unter ihren Augen gebildet. Mein Gott, du siehst aus wie der lebende Tod, dachte sie sich und sah ein Lächeln, das einer Grimasse glich, über ihr Gesicht huschen. Interessante Wortwahl, die du da getroffen hast, Michelle. Bei dieser speziellen Mission war der Tod eine durchaus reale Möglichkeit, und soeben hatte man ihnen die Chance gegeben, ihm zu entkommen. War sie egoistisch, wenn sie trotzdem hierblieb? Aber schließlich war sie doch mehr als nur ein einfaches Mitglied des NEST-Teams. Wenn ihr etwas passieren würde, müsste ihre Familie die Folgen tragen. Jay würde Witwer und müsste sich um zwei Kinder kümmern, die nicht über den Tod ihrer Mutter hinwegkämen. Hatte sie überhaupt das Recht, eine solche Entscheidung zu treffen, ohne Jay zumindest um Rat zu fragen? Aber sie hatte auf die Teamregeln einen Eid geschworen. Während einer Mission durfte es keinerlei Verbindung mit einem Außenstehenden geben. Doch dieser Fall lag anders.

Sie ließ kaltes Wasser über das zweite Tuch laufen, drehte den Wasserhahn zu und legte das gefaltete Tuch über ihre Stirn. Allmählich fühlte sie sich besser. Ihr Magen hatte sich wieder beruhigt. Zum ersten Mal, seit sie Las Vegas verlassen hatte, verspürte sie Appetit.

Jay hat ein Recht darauf, informiert zu werden, besonders jetzt, da sie wusste, dass sie schwanger war. Er hat auch das Recht, darauf zu bestehen, dass sie ausschied und nach Hause kam. Und natürlich die Kinder …

Michelle dachte an ihre eigene Kindheit, daran, dass sie ohne Mutter aufgewachsen war. Das war natürlich etwas anderes gewesen. Ihre Mutter hatte sich nicht in einer atomaren Explosion in nichts aufgelöst. Michelles Mutter hatte ihren Verstand in einer Whiskyflasche aufgelöst. Das Schlimmste hatte sich ereignet, als sie sieben oder acht Jahre alt war, aber sie würde das hysterische Geschrei und ihren armen Vater nie vergessen, wenn er versuchte, ihre Mutter zu beruhigen. Natürlich war sie nicht immer so gewesen, und Michelle erinnerte sich auch an die Schulbrote, die sie ihr liebevoll eingepackt, und wie ihr die Mutter abends, wenn sie im Bett lag, vorgelesen hatte. Und dann war da der Autounfall. Jedenfalls sagten das alle in der Familie, ein Unfall. Doch jeder in der Stadt wusste, dass Ethel Jenkins betrunken unterwegs gewesen war, als sie von der Straße abkam und in eine Ziegelmauer raste. Das war ein Teil ihrer Lebensgeschichte, den nur ganz wenige kannten, natürlich auch Jay, ein Teil, den sie begraben hatte. Nur jetzt durfte die Erinnerung noch einmal in ihr Bewusstsein dringen, jetzt, wo sie daran denken musste, wie es wäre, wenn ihre eigenen Kinder ohne Mutter aufwachsen müssten. Michelle spritzte noch etwas kaltes Wasser über ihr Gesicht, trocknete es ab und richtete sich auf. Wieder schaute sie in den Spiegel. Na, da ist ja wieder etwas Farbe auf deine Wangen gekommen. Sie schaute sich intensiv ins Gesicht. Sag mir, was ich tun soll, Michelle, flüsterte sie.

Das NEST-Team machte sich im Bereitschaftsraum fertig. Die meisten von ihnen hatten bereits ihre »Verkleidungen« angezogen, als Michelle von der Toilette zurückkam. Dennis trug einen Anzug, der ihn als typischen Angestellten ausweisen sollte, und war dabei, die Krawatte zu binden. Michelle streifte den schwarz-weißen Trainingsanzug über, in dem sie wie eine Einheimische oder eine salopp gekleidete Touristin aussah. Sie komplettierte dieses Bild mit einer schwarzen Baseballkappe mit Nike-Aufdruck und zog ihren blonden Pferdeschwanz durch die Öffnung auf der Rückseite. Dennis' Geigerzähler befand sich in einer abgenutzten Aktentasche neben ihm auf dem Boden. Michelles Gerät steckte in einem L.-L.-Bean-Rucksack, den sie über ihre Schulter hängte.

»Letzte Instruktionen in zehn Minuten!«, rief jemand aus dem vorderen Bereich des Raums. Michelle schaute sich um. Dennis kniete auf dem Boden und überprüfte den Inhalt seiner Aktentasche. Langsam ging sie ein Stück zurück und schlich sich dann zur Doppeltür, die in den Eingangsbereich führte. Als sie im Flur stand, sah sie gleich, wonach sie suchte, und ging zu den Telefonzellen am Ende des Korridors. Sie verzichtete bewusst darauf, ihr mobiles Telefon zu benutzen, das man zu leicht zurückverfolgen konnte. Dort stellte sie ihren Rucksack auf dem Boden einer Zelle ab, führte ihre Telefonkarte ein und wählte den Anschluss in Nevada. Während sie darauf wartete, dass Jays Telefonistin abhob, schaute sie nervös um sich.

»Lynne?«, fragte sie mit zitternder Stimme.

»Sind Sie das, Michelle?«

»Lynne, ich muss unbedingt mit Jay sprechen. Es ist wirklich dringend, also sagen Sie ihm, er möchte sofort ans Telefon kommen, egal, was er gerade macht.«

»Aber selbstverständlich. Bleiben Sie dran.«

Die Wartezeit schien endlos. Sie erinnerte sich plötzlich an die Zeit in der Highschool, wenn sie sich krank meldete und dabei die Stimme ihrer Tante nachahmte, damit sie mit irgendeinem Freund zum See gehen konnte. Genau so ein Gefühl hatte sie jetzt, wohl wissend, dass sie dabei war, eine riesengroße Dummheit zu begehen, aber diesmal aus einem gewichtigen Grund. Lieber Gott, Michelle, was für ein Esel bist du doch! Das kann man doch nicht miteinander vergleichen. Was ist schon Schulschwänzen im Vergleich mit dem Bruch einer der ehernen Grundregeln ihrer Verpflichtung NEST gegenüber? Und dennoch sagte ihr eine innere Stimme, dass sie das Richtige tat.

»Liebling?«, hörte sie Jays Stimme am anderen Ende.

»Jay, hör mir jetzt genau zu. Du weißt, dass ich dich von hier nicht anrufen darf, ich tu's aber trotzdem. Ich bin völlig durcheinander, und ich weiß nicht mehr, was ich tun soll.«

»Michelle, mein Liebling, nun beruhige dich doch. Was ist denn los?«

»Ach, Schatz, weißt du, ich bin schwanger, bin hier in Washington und ...«

»Was? Was? Nun mal langsam. Du bist also schwanger, und du bist in Washington?«

»Genau. In der Stadt, nicht im Bundesstaat Washington, und ... ach, Jay, was soll ich denn machen? Die Situation hier ist wirklich ernst. Irgendein Terrorist hat einen nuklearen Sprengsatz in der Stadt versteckt und droht nun, ihn zu zünden, wenn der Präsident nicht auf seine Bedingungen eingeht. Wir müssen das Ding finden und entschärfen, aber was ist, wenn nicht? Ich muss die ganze Zeit an dich und die Kinder denken, und ... Ich weiß einfach nicht weiter.«

»Liebling, du hast mir doch gesagt, du seist schwanger, nicht wahr?«

»Bin ziemlich sicher.« Jay sagte eine Zeit lang nichts. »Jay, bist du noch dran?«, unterbrach sie sein Schweigen. »Ich muss jetzt los. Vorher musst du mir aber sagen, was ich deiner Meinung nach tun soll. Jetzt kann ich noch weg und wieder nach Hause kommen.«

»Ja, ich bin noch dran.« Seine Stimme klang leer. »Du willst mir doch sagen, dass es eine Atomexplosion geben könnte und du dabei sterben könntest und unser Kind auch.«

»Ja, die Möglichkeit besteht durchaus.« Sie hörte, wie er tief ausatmete.

»Michelle, als du Mitglied von NEST geworden bist, habe ich dir versprochen, mich nicht in deine beruflichen Angelegenheiten einzumischen. Das war das schwerste Versprechen meines Lebens, aber ich habe es eben versprochen, und ich werde mich daran halten. Ich kann dir auch nicht sagen, was du tun sollst. Ich liebe dich unendlich, und ich weiß nicht, was ist, wenn dir etwas zustoßen sollte, aber ich kann dir diese Entscheidung nicht abnehmen. Die musst du schon selbst treffen.«

Michelle war zum Heulen zumute. »Doktor Berry, ich liebe dich so sehr, dass ich nicht weiß, wie ich es sagen soll. Bald bin ich wieder bei dir, darauf kannst du dich verlassen. Gib den Kindern einen Kuss von mir. Jetzt muss ich wirklich Schluss machen.«

Dies war kein typischer Märztag für Washington, nicht windig, bei einer Mittagstemperatur von über fünfundzwanzig Grad ein Vorbote des nahenden Frühlings. Viele der Regierungsangestellten hatten bereits ihre Winterkleidung abgelegt, und auf den Straßen der Stadt sah man immer häufiger Menschen in leichterer und farbenfroherer Kleidung. Zur Mittagszeit waren die Bänke im Lafayette-Park schräg gegenüber dem Weißen Haus alle besetzt durch die erste Schicht der Armee von Angestellten und Bürokraten.

Als Vorboten der touristischen Hochsaison hatten schließlich auch die Obdachlosen und hauptberuflichen Demonstranten, für die der Lafayette-Park ein Zuhause war, diese Grünfläche bevölkert. Aber nun war es 4.30 Uhr nachmittags, die Sonne ging langsam unter, und es wurde empfindlich kühler. Die erste Welle der Regierungsangestellten verließ bereits die Stadt.

Der Mann in der schweren schwarzen Limousine, die soeben von der Pennsylvania Avenue auf dem Weg von seinem Büro abbog, hatte für all das keinen Blick. Anthony Blake war so sehr in Gedanken, dass er beinahe nicht bemerkt hätte, dass die Limousine sich schon in der Auffahrt zum Weißen Haus befand. Helen hatte er erzählt, es gebe da eine kleinere Panne bei seiner Sicherheitsgenehmigung, und dann hatte er sie zu einem Abendflug zu ihrer Mutter nach Boston überredet. Seinen Schwiegersohn hatte er unter dem Vorwand, dort sei eine Familienangelegenheit zu regeln, nach Denver geschickt. Gott sei Dank war Joanne mit ihren Kindern in Disney World.

Jetzt erst schaute er sich um. Mehrere Kamerateams stellten gerade ihre Ausrüstung auf dem Rasen vor dem Regierungsgebäude auf. Offensichtlich hatten sie von dem

Treffen, das Webster einberufen hatte, Wind bekommen. Doch sie würden vom offiziellen Bulletin enttäuscht sein. Von dem, was am Konferenztisch des Präsidenten besprochen werden sollte, würden sie kein Wort erfahren. Die Zuschauer der Abendnachrichten würden lediglich erfahren, dass das Treffen stattgefunden habe, das und sonst nichts.

Blake war erneut überrascht, als er den Konferenzraum betrat. Er hatte zwar erwartet, dass die anderen bereits gekommen waren, nicht aber, dass Bill Webster, diesmal pünktlich, bereits am Tisch saß und ungeduldig darauf wartete, beginnen zu können.

»Sie sind der Letzte, Tony«, begrüßte ihn der Präsident und tippte mit dem silbernen Füllhalter auf seinen Notizblock. »Nehmen Sie sich einen Stuhl, und dann fangen wir endlich an.«

Websters Wandel war Blake von Anfang an nicht entgangen. Da waren dunkle Ringe unter seinen Augen, ein müder Gesichtsausdruck, aber vor allem ein Ernst und eine Entschlossenheit, die Tony immer bei ihm vermisst hatte. Blake nahm seinen Platz am langen, ovalen Konferenztisch ein, öffnete seinen Aktenkoffer und legte seine Aufzeichnungen bereit.

»Man hat Sie stündlich über den letzten Stand der Dinge auf dem Laufenden gehalten, daher müssen wir nicht alles noch einmal durchkauen. Aber der aktuellste Stand von vor etwa zwanzig Minuten ist, dass die Israelis sich keinen Zentimeter bewegt haben«, kam der Präsident gleich zur Sache.

Madeleine McConnor meldete sich zu Wort. »Herr Präsident, ich kann Ihnen versichern, dass Ben Nathan sehr genau weiß, dass Ihre Ankündigung, seine Auslandshilfe zu stoppen, keine leere Drohung ist. Ich habe ihm das deutlich vor Augen geführt.«

»Ich verstehe diese Leute nicht«, erwiderte der Präsident, »nach all dem, was wir für sie getan haben. Die Milliarden von Dollar, die wir in Israel gesteckt haben. Die Art und Weise, wie wir sie jedes Mal unterstützt haben, wenn in der Region ein Problem aufgetreten ist. Und jetzt, wo wir zum allerersten

Mal ihre Hilfe benötigen, da haben sie doch tatsächlich die Unverfrorenheit, uns hängen zu lassen.«

»Die würden das Chuzpe nennen«, legte der Direktor des CIA los.

»Nun, so einfach ist die Sache nun auch wieder nicht«, sagte Blake. »Seit Golda Meir damals in den Sechzigerjahren mit dieser Politik begonnen hat, haben die Israelis es immer wieder grundsätzlich abgelehnt, sich terroristischen Erpressungsversuchen zu beugen. Das ist so eine Art Bestandteil ihrer Verfassung geworden, wie in Stein gemeißelt. Dafür müssen wir wohl Verständnis haben. Sie sind nicht einfach nur stur. Dieses Volk ist seit siebzig Jahren von Todfeinden umzingelt, und in dieser Zeit haben sie ihre Erfahrungen damit gemacht, was funktioniert und was nicht. Ich bin der Meinung, wir sollten das respektieren.«

»Tja, mein lieber Tony, das kann ich sehr wohl respektieren«, gab der Präsident zurück, »aber das muss ich, zum Teufel noch mal, überhaupt nicht mögen. Und wenn diese Sache vorbei ist ... und wenn wir sie überleben sollten, darf ich hinzufügen ... also, wenn es überstanden ist, dann werde ich mit diesem Herrn Ben Nathan mal ein Wörtchen reden müssen. Da können Sie ganz sicher sein, meine Damen und Herren.«

»Bewegt sich denn überhaupt nichts?«, wollte George Fitzgerald wissen.

»Madeleine hat den Überblick über die gesamte Lage, und unser Botschafter wohnt praktisch in Ben Nathans Büro, aber es sieht nach einer Pattsituation aus«, antwortete Webster.

Blake meldete sich wieder. »Herr Präsident, ich glaube, wir sollten einmal anfangen, uns um Alternativen zu bemühen. Ich muss Sie ja nicht daran erinnern, dass uns die Zeit davonläuft. Bis zum Ablauf des Ultimatums bleiben uns noch ungefähr zwölf Stunden. Über das Versteck des Sprengkopfs liegen uns keinerlei Hinweise vor, und ich bin der festen Überzeugung, wir können nicht davon ausgehen, dass die Israelis nachgeben werden.«

»Sie wollen also sagen, es gäbe eine Möglichkeit, die wir noch nicht ausgelotet haben«, sagte der Präsident. »Gibt es da etwas, von dem Sie Kenntnis haben, wir aber nicht?«

Anthony Blake schaute verlegen auf seine Unterlagen. Schließlich begann er mit für seine Verhältnisse gedämpfter Stimme: »Herr Präsident, ich habe es selbst in die Hand genommen, für den Fall, dass wir bei den Israelis auf Granit beißen, einen möglichen Unterstützungsplan zu entwickeln.«

»Einen Unterstützungsplan?«, unterbrach ihn Webster.

»Jawohl, Sir. Ich weiß, es mag ja übergeschnappt klingen, wie mein Enkel sagen würde, aber einer meiner Mitarbeiter unterbreitete mir den Vorschlag, eine Scheinentlassung von Gefangenen zu inszenieren.«

Bill Webster hob den Kopf. Sein Blick war plötzlich hellwach. »Machen Sie weiter.«

»Das wäre natürlich nichts anderes als ein Lotteriespiel, aber wenn alles andere versagen sollte, könnte der Plan eine Möglichkeit darstellen. Da wir nicht mehr viel zu verlieren haben, habe ich meine Leute angewiesen, seine Realisierung in Angriff zu nehmen.«

»Vielleicht bin ich etwas schwer von Begriff, Tony, aber ich verstehe nicht ganz, was Sie da vorhaben.«

»Sir, ich habe einige meiner Mitarbeiter zu den Medientechnikern geschickt, und die beiden Gruppen arbeiten nun gemeinsam an der Herstellung einer Videoaufnahme, die einen Vorgang simuliert, der real nicht stattfinden wird. Sie setzen dazu Schauspieler ein, die wie Leute aus dem Nahen Osten aussehen und von anderen Schauspielern in israelischen Uniformen bewacht werden. Die Uniformierten eskortieren sie dann von einem Bus zu einem nicht näher gekennzeichneten Flugzeug, das daraufhin startet. Meine Idee dabei war, dass, wenn keine echte Gefangenenfreilassung erfolgt, wir den Trick mit der Kassette einsetzen könnten, um den Falken glauben zu machen, seine Forderung sei erfüllt worden.«

Als Blake seine Ausführungen beendet hatte, herrschte Schweigen im Konferenzraum. Er blickte auf die Teilnehmer der Runde und stellte fest, dass alle Augen auf dem Präsidenten ruhten. Webster dachte offensichtlich intensiv über den Vorschlag nach und drehte seinen silbernen Mark-Cross-Füllhalter langsam mit beiden Händen hin und her.

»Das wäre in der Tat ein tollkühner Versuch, und ich bete zu Gott, dass es nicht dazu kommen wird, aber unter den gegebenen Umständen haben wir da wohl noch ein Ass im Ärmel, selbst wenn es gefälscht ist. Wann wird das Band fertig sein?«

»In etwa drei Stunden steht es zur Verfügung«, antwortete Blake.

»Ich möchte es mir dann sofort anschauen.« Webster wandte sich an den Direktor des FBI. »George, haben Sie noch weitere Informationen für uns?«

»Wir tun alles Erdenkliche, um den Sprengkopf zu finden, Mr President. Leider habe ich hierzu keine neuen Erkenntnisse.«

»Was ist mit den NEST-Teams?«

»Alle im Einsatz, aber noch ohne Erfolg.«

»Ich möchte über jede Kleinigkeit sofort informiert werden. Hat jemand von Ihnen noch etwas zu sagen?«, fragte der Präsident und steckte seinen Füller in die Innentasche seines Jacketts.

Madeleine McConnor meldete sich noch einmal. »Ja, ich, Mr President.« Webster nickte ihr zu. »Es geht um den moralischen Aspekt, über den wir bereits diskutiert haben, aber da habe ich noch meine Sorgen. Ich verstehe zwar, dass es logisch ist, den Ausbruch einer Panik zu verhindern, aber ...«

»Madeleine, ich möchte das nicht noch einmal mit Ihnen durchgehen. Ich kenne Ihre Einstellung diesbezüglich sehr wohl, und glauben Sie mir, das liegt auch mir schwer im Magen, doch ich bin zu dem Entschluss gekommen, zumindest für den Augenblick bei meiner Entscheidung zu bleiben. Kommen wir also zum Ende, oder gibt es noch etwas in dieser Sache?«, sagte der Präsident abschließend und erhob sich.

Alle anderen am Tisch erhoben sich ebenfalls, und der Präsident ging zur Tür. Auf seinem Weg dorthin klopfte er Anthony Blake anerkennend auf die Schulter. Doch Tony würde den Ausdruck von Hoffnungslosigkeit und Verzweiflung im Blick des Präsidenten wohl nie mehr vergessen.

Las Vegas, Nevada, USA

Jim Clarke war mit seinen Gedanken in die Partie *Jeopardy* so vertieft, dass er dem, was seine Frau erzählte, kaum Beachtung geschenkt hatte, aber jetzt hatte sie etwas gesagt, das sein Interesse geweckt hatte. Er legte seine Gabel auf den Teller, wischte sich den Mund ab und schaute Lynne zum ersten Mal an, seit sie ihm das Abendessen auf den Tisch gestellt hatte.

»Moment mal«, unterbrach er sie und hob die Hand, »einen Augenblick.« Er hatte seine Frau mitten im Satz unterbrochen, und sie hielt die Gabel mit dem Bissen, den sie gerade essen wollte, vor ihrem Mund an. »Was hast du eben von Doc Berrys Frau erzählt?«

Durch sein plötzliches Interesse ermuntert, antwortete Lynne: »Wenn du mir zugehört hättest, dann müsstest du jetzt nicht fragen.«

»Ich schwöre, dass ich dir zugehört habe. Du hast da was von einem Telefonanruf seiner Frau erzählt. Was war denn der Grund ihres Anrufs?«

Lynne Clarke hob ihr Weinglas und lehnte sich zurück. Sie genoss jetzt die Aufmerksamkeit ihres Mannes, der die Augenbrauen vor lauter Ungeduld nach oben gezogen hatte. Sie wartete noch einen kleinen Moment, um seine Spannung zu steigern, und sagte dann: »Sie hat heute so um die Mittagszeit aus Washington angerufen.«

»Und weiter?«

»Sie klang völlig aufgeregt.«

»Okay, Lynne, muss ich dir denn alles einzeln aus der Nase ziehen? Nun sag schon, was los war.«

Sie ärgerte sich etwas darüber, dass sie nun nicht mehr lange im Rampenlicht dieser kleinen Aufführung stehen würde. »Tja, ich konnte natürlich nur das hören, was der Doc gesagt hat, aber ich glaube, sie hat aus Washington, D.C., angerufen.«

»Toll, das hast du doch schon gesagt. Worum zum Teufel ging es ihr denn? Hast du nicht was von einer nuklearen Bedrohung gesagt?«

»Also, ich glaube, sie hat angerufen, um ihm zu sagen, dass sie schwanger ist, und sie ist drüben in Washington mit ihrem NEST-Team, und da ist diese terroristische Atombombendrohung, und jetzt versuchen sie, das Versteck dieser Bombe zu finden, und wenn sie es nicht finden, dann fliegt vielleicht die ganze Stadt in die Luft, und außerdem hat sie noch angerufen, um ihn zu fragen, ob sie das Team verlassen und nach Hause kommen soll ... Du glaubst es nicht, aber er hat ihr gesagt, sie solle das tun, was sie für richtig hält. Ich will dir mal was sagen, wenn der mein Mann wäre und ich wäre in einer Lage, wo es um Leben und Tod geht, so wie sie – also, wenn ich da mitten auf einer Atombombe sitzen würde, und der würde mir sagen, ich sollte ...«

»Ja, ja, ist ja schon gut«, schnitt er ihr das Wort ab. »Kannst du nicht mal einen Moment aufhören zu quatschen? Ich denke gerade nach.« Er rieb sich mit der Hand über die Lippen. »Da ist also eine terroristische Atombombendrohung mitten in der Hauptstadt«, murmelte er vor sich hin, schaute dann seine Frau an und fuhr fort: »Hast du gesehen, ob sie darüber schon was im Fernsehen gebracht haben?« Bevor sie antworten konnte, sagte er: »Ich jedenfalls nicht. Wohl niemand, da bin ich mir verdammt sicher.« Er schob seinen Stuhl zurück und warf seine Serviette auf den Tisch. »Die halten das alles geheim, Schätzchen. Die ganze gottverdammte Hauptstadt unseres Landes kann jeden Moment in Schutt und Asche liegen, und die Regierung der Vereinigten Staaten hält das vor der Bevölkerung geheim!«

»Die werden schon ihre Gründe dafür haben. Vielleicht haben sie Angst davor, dass eine Panik ausbricht oder so.«

»Die Leute haben ein Recht darauf, informiert zu werden. Oder möchtest du so was nicht wissen, wenn du in Washington wohnen oder arbeiten würdest? Und so ganz nebenbei kenne ich da jemanden, der uns eine ganze Menge Geld für diese Information bezahlen würde.«

Lynne stand auf, stemmte beide Hände auf den Tisch und beugte sich zu ihrem Mann hinüber. Sie sah nun sehr ernst aus, und ihre Augen hatten sich zu Schlitzen zusammengezogen. »Und wer soll das denn sein, der dir einen Batzen Geld für diesen Leckerbissen bezahlen würde?«

Jim starrte auf die Spitzen seiner Hausschuhe, schaute dann zu ihr auf und sagte: »Ich dachte da so an ... nun, vielleicht Joe Peterson!«

»James Andrew Clarke, ich hör' wohl nicht recht. Ich finde es unglaublich, dass du überhaupt nur daran denkst, Informationen zu verkaufen, die ich dir im Vertrauen weitergegeben habe.«

»Nun reg dich mal nicht so fürchterlich auf. Das hat man dir doch überhaupt nicht im Vertrauen erzählt, du hast das einfach zufällig mit angehört. Und mir hast du das auch nicht unter dem Siegel des Vertrauens erzählt. Ich hab keinen Eid darauf geschworen, es geheim zu halten. Du hast mir das ganz einfach nur erzählt.«

»Aha, das nennt man schlicht Haarspalterei. Die Wahrheit ist doch, dass ich das, was ich gehört habe, nicht hätte hören sollen, und jetzt wird mir klar, dass ich es dir nie hätte erzählen dürfen.«

Jim versuchte es nun anders, stand auf und hob abwehrend die Hände. »Du hast ja völlig recht, Schätzchen. Ich war wohl nicht ganz da. Vergessen wir also die ganze Angelegenheit. Ich geh jetzt mal zum Seven Eleven und hol mir ein leckeres Eis. Willst du auch was?«

Zwanzig Minuten später warf Jim einen Vierteldollar in den Münzfernsprecher vor dem kleinen Laden des Viertels und wählte die Nummer der Fernauskunft. »Vermittlung, geben Sie mir bitte die Nummer von CNBCTV in Chicago.«

Washington, D.C., USA

Hingabe, gepaart mit Gewissenhaftigkeit, ist bei Beamten eher die Ausnahme, und eine solche Ausnahme stellte Gloria Carter dar. Offiziell war sie stellvertretende Verwaltungsleiterin der Washingtoner Mordkommission, aber jeder, der sich in der Abteilung auskannte, wusste, dass Mrs Gloria den ganzen Laden unter Kontrolle hatte. Obwohl sie nie geheiratet hatte, nannte sie jeder einfach nur Mrs Gloria. Sie war dreiundfünfzig Jahre alt, dürr, eine recht hellhäutige Afroamerikanerin, deren gesamtes Leben sich um ihren Beruf, ihre Kirchengemeinde und ihre drei Katzen abspielte. Von diesen drei Dingen war sie besessen und nahm sie entsprechend ernst. Für sie waren die Aktenberge, die die Abteilung ausspuckte, ihr Privatbereich, und der Teufel sollte den holen, der das anders sah. Die Neuzugänge der Mordkommission, seien es nun Kriminalbeamte oder Verwaltungsangestellte, brauchten Mrs Gloria nur einmal querzukommen, dann hatten sie gelernt, dass man dies nicht zweimal versuchen sollte. Wenn sie ihre Lesebrille auf ihre bemerkenswert flache Brust fallen ließ und ihren Kopf nach vorn neigte, sodass das Weiße ihrer Augen die schwarzen Pupillen noch stärker hervorhob, dann bekamen selbst erwachsene Männer weiche Knie.

In ihrem nun mehr als zwanzig Jahre langen Berufsleben hatte man schon oft versucht, sie von ihrem Posten zu entfernen. All diese Versuche waren fehlgeschlagen, wenn die diversen Polizeichefs erkennen mussten, dass es niemanden gab, der die Abteilung mit der Präzision und Effizienz einer Gloria Carter zu verwalten in der Lage war. Zähneknirschend musste man eingestehen, dass ihrer Aufmerksamkeit kein einziges Detail, sei es noch so klein und unbedeutend, entging. Sie war absolut pedantisch, wenn es darum ging, die Abteilungsvorschriften einzuhalten, und es war allgemein bekannt, dass jede Akte der Abteilung früher oder später persönlich von ihr überprüft wurde. Wie eine gewissenhafte Lehrerin gab sie unkorrekt ausgefüllte Formulare mit dem entsprechenden Vermerk zur umgehenden Korrektur an die zurück, die sie ausgefüllt hatten. Da sie absolut niemandem vertraute, ging Mrs Gloria jedes einzelne Schriftstück der Abteilung durch.

An diesem frischen Märzmorgen saß sie in ihrem Drehsessel, trank einen kleinen Schluck Himbeertee und wandte sich dann wieder ihrer sorgfältig aufgeräumten Schreibtischplatte zu. Sie war gerade dabei, die Prüfung des Polizeiberichts über den Mord an einem gewissen Viktor Chavez abzuschließen, als ihr etwas daran auffiel. Sie schaute mit leerem Blick auf, aber ihr fotografisches Gedächtnis ging bereits systematisch Hunderte in letzter Zeit kontrollierte Berichte durch. Schneller als jeder Computer hatte sie gefunden, wonach sie suchte, und ein Lächeln erschien auf ihren Lippen. Diesmal drehte sie sich nach links, stand auf und ging zum Aktenschrank an der Wand gegenüber. Sie öffnete das mittlere Schubfach, fand die Akte, die sie suchte, sofort, und entnahm ihr eine Berichtsseite.

Dann ging sie wieder an ihren Schreibtisch, legte den Bericht neben den, den sie eben bearbeitet hatte, trank noch einen Schluck Tee und verglich die beiden Schriftstücke.

Nachdem sie ihren Teebecher wieder hingestellt hatte, heftete sie die beiden Papiere zusammen und ging, auffallend schneller als gewohnt, damit ins Büro des Leiters der Mordkommission.

Zeke Schoefield hatte gerade eine der Zellen im für die höheren Chargen reservierten Toilettenbereich betreten und wollte sich erleichtern, als er die aufgeregte Stimme seines jüngsten Mitarbeiters hörte.

»Mr Schoefield ... Mr Schoefield!«

»Verdammt noch mal!«, rief Zeke zurück. »Kann man denn hier nicht mal in Ruhe auf die Toilette gehen, ohne dass gleich wieder jemand was von einem will?«

»Tut mit leid, Sir, aber ich habe hier etwas, das Sie ganz bestimmt dringend interessieren wird. Es ist gerade hereingekommen«, sagte der junge Mann, der vor Zekes Toilettenkabine stand und mit einem Bogen Papier über den Türrand wedelte.

Schoefield griff nach dem Papier, hielt sich dabei die Hose mit seiner anderen Hand hoch und stellte dann fest, dass er seine Lesebrille auf dem Schreibtisch liegen gelassen hatte. Er reichte das Blatt wieder über die Metalltür zurück und sagte: »Verdammt, mein Sohn, ich kann die Schrift nicht lesen. Was zum Teufel steht denn drauf?«

»Sir, es handelt sich um einen Bericht von unserem Verbindungsmann im D.C. Die Mordkommission dort hat herausgefunden, dass die zwei vor drei Tagen Ermordeten beide Hausmeister im Holocaust-Museum waren.«

»Hausmeister im Holocaust-Museum?«, fragte Schoefield.

»Jawohl, Sir.«

Schoefield überlegte kurz und sagte dann dem jungen Mann, was er sofort zu tun hätte. »Also, dann los, mein Sohn, holen Sie mir den Leiter der NEST-Leute an den Apparat. Ich bin gleich da.«

Michelle Berry fühlte sich körperlich und seelisch hundeelend. Am Vormittag war ihr bereits schlecht gewesen, und das hatte sich nun zu einer ganztägigen allgemeinen Übelkeit ausgeweitet. Dazu kam noch, dass das schlechte Gewissen sie genauso plagte wie ihr Magen. Ihr Gespräch mit Jay hatte sie zwar persönlich etwas erleichtert, aber es war eben doch ein schwerwiegender Verstoß gegen ihren Diensteid, und diesen gebrochen zu haben hatte sie in einen Konflikt gestürzt. Sie kam sich wie eine Heuchlerin vor. Jeder, der Michelle kannte, wusste um ihre fast fanatische Ehrlichkeit und Integrität. Was jedoch keiner wusste, war, was sie dazu gebracht hatte, so fanatisch tugendhaft zu sein. Wie hätte jemand ahnen können, dass dies alles mit ihrer Mutter zusammenhing, weil sie als Kind miterleben musste, wie diese ein Leben voller Lügen, Betrug und gebrochener Versprechen führte, und die kleine Michelle sich schwor, dass ihr eigenes Leben einmal anders verlaufen würde. Nun aber nagte das eigene Versprechen, das sie gebrochen hatte, an ihr und ließ ihr keine Ruhe mehr. Die Aufgabe ihres Teams war die Überprüfung des Gebäudes am westlichen Ende der Fußgängerzone, und sie ging jetzt das Smithsonian-Museum für Geschichte und Technologie Etage für Etage durch. Das war zwar die Aufgabe, aber sie wurde das Gefühl nicht los, dass dies nur eine sinnlose Übung war. Washington war nun einmal eine Großstadt, und der verborgene Sprengsatz konnte überall stecken, und wo er explodierte, war für die fürchterliche Wirkung völlig bedeutungslos. Es schien ihr, als ob die Verantwortlichen meinten, sie müssten irgendetwas unternehmen, egal was, und dass die NEST-Teams alles Mögliche durchsuchten, war besser, als überhaupt nichts zu tun.

So arbeitete sie sich mechanisch von einem Raum zum nächsten durch, ihr Geigerzähler gab seinen monotonen Piepton ab, aber sie dachte nur an Jay und die Kinder. War es nicht wirklich egoistisch von ihr, hiergeblieben zu sein? War sie so entschlossen, ihre Dienstpflichten zu erfüllen und sich selbst zu beweisen, dass sie dadurch gefühllos ihre Familie einem möglichen Verlust aussetzte, von dem sie sich nicht mehr erholen würde? Jay hatte sie bestärkt, ihre eigenen Konsequenzen zu ziehen, aber hatte er nicht insgeheim doch gehofft, dass sie nach Hause käme, und war es ihm einfach nur schwergefallen, diesen Wunsch offen auszusprechen? Diese Fragen quälten sie, und der bittere, gallige Geschmack im Hals erinnerte sie immer wieder daran, dass es hier nicht nur um ihr eigenes Leben ging.

Als sie im zweiten Stock einen Bereich durchkämmte, der der Geschichte des Verkehrs gewidmet war, meldete sich eine Stimme in ihrem Kopfhörer. »Blaues Team ... Blaues Team. Versammeln Sie sich umgehend vor dem Washington-Monument. Ich wiederhole. Beenden Sie Ihre derzeitigen Aktivitäten und finden Sie sich im Gebiet der 15th Street am Sockel des Monuments ein.«

Kurz darauf rannte sie über die 14th Street und lief dann den Abhang zum Andenkenkiosk hinunter. Mit ihrem Trainingsanzug, der Baseballkappe und dem Rucksack sah sie aus wie so viele der jüngeren Regierungsangestellten, die nach Arbeitsschluss nach Hause joggten oder mit dem Rad fuhren. Als Michelle sich dem Treffpunkt näherte, sah sie den neutralen schwarzen Suburban, der in der für Reisebusse reservierten Zone parkte. Dann erkannte sie Dennis, der von der Independence Avenue her auf den Van zulief, wo er das Gebäude des Landwirtschaftsministeriums überprüft hatte. Ein drittes Mitglied des NEST-Teams lief vom Department of Printing and Engraving, der staatlichen Prägeanstalt in der Nähe des Jefferson Memorial, auf den Suburban zu.

Michelle war die Erste des Teams am Van, dessen Seitentür sich öffnete wie die eines Rundfahrtbusses, dessen Sitzplätze auf der letzten Tagestour nur zum Teil besetzt waren. Sie stieg ein, während der Fahrer hupte und auf die restlichen Mitglieder des Teams wartete. Jetzt drückte der Fahrer immer aggressiver auf die Hupe, da er immer noch nicht losfahren konnte. Der Lärm erweckte die

Aufmerksamkeit eines US-Parkpolizisten, der im Gebüsch hinter dem Sylvan-Theater eine Zigarette rauchte. Er ärgerte sich darüber, dass seine unerlaubte Dienstpause gestört wurde, trat seine Zigarette aus und ging zur Quelle dieses Lärms. Dort stellte er sich vor den Van und gab dem Fahrer ein Handzeichen, er solle stehen bleiben, als sich die Tür hinter den beiden letzten NEST-Leuten schloss und der Wagen loszufahren begann.

In dem Augenblick, als er die Fahrertür erreicht hatte, bog das Fahrzeug abrupt auf die Fahrbahn ab und beschleunigte die 15th Street entlang, sodass er sich mit einem Sprung in Sicherheit bringen musste. Der Polizist war außer sich vor Wut, rannte zu seinem Motorrad, das er hinter einem Kiosk abgestellt hatte, ließ die Maschine an und betätigte die Sirene. Dann begann die Verfolgungsjagd.

Drei Häuserblocks weiter, dort, wo man einen Teil der 15th Street in Raoul-Wallenberg-Platz umbenannt hatte, nachdem das Holocaust-Museum eröffnet worden war, hatte er den Van eingeholt. Der Wagen fuhr auf den Bürgersteig vor dem Hintereingang des Museums. Drei Männer und eine Frau stiegen aus und luden Gegenstände aus, die ihm wie elektronische Geräte vorkamen. Das Motorrad schnellte den Bordstein hoch und kam auf dem Bürgersteig mit quietschenden Bremsen neben dem Suburban zum Stehen. Die vier Personen luden weitere Geräte aus dem Wagen und schenkten dem Polizisten keinerlei Beachtung.

»Alles stehen bleiben!«, rief er ihnen zu und hob seine Hand.

»Notfall, FBI!«, rief ihm Dennis über die Schulter zu, während er ein großes Gerät auf eine Transportkarre stellte. »Reden Sie mit dem Fahrer.«

Der verärgerte Polizist ging zum Fenster der Fahrertür, ließ sich die FBI-Papiere des Fahrers zeigen und holte über Funk Erkundigungen ein. Inzwischen waren Michelle Berry und ihre drei Mitarbeiter bereits mit ihrer Ausrüstung im Museum verschwunden, wo nun eine präzise Überprüfung der radioaktiven Strahlenwerte erfolgen sollte.

Der Parkpolizist stieg wieder auf sein Motorrad, wendete und fuhr zum Washington-Monument zurück.

Chicago, Illinois, USA

Die Flasche war halbvoll. Eine Weile starrte er in das leere Glas, das vor ihm stand. Dann entkorkte er die Flasche und goss nach. Joe Peterson drehte das Glas gedankenverloren in seinen Händen. Er klopfte eine Camel aus ihrer Packung und steckte sie an. Den Rauch aus beiden Nasenflügeln blasend, schaute er aus dem Fenster.

Wie so oft blickte er gedankenverloren auf die Wolkenkratzer, die die Skyline von Chicago ausmachten. Peterson hatte keinen Sinn für die Eleganz ihrer Architektur. Tiefe Wolken hingen an diesem Nachmittag über der Stadt. In den Regen mischten sich gelegentlich Schneeflocken. Ein steifer Wind blies von Kanada über den See, und die Menschen tief unten in den Straßenschluchten schlugen die Kragen ihrer Mäntel hoch. Chicago im März war ein miserabler Monat, meist noch kalt und fast immer windig. Joe Peterson war es egal. Er würde den Nachmittag in seinem Büro verbringen und sich auf die verdammte Show vorbereiten – oder zumindest so tun, als bereitete er sich darauf vor. Denn was gab es schon Besonderes, worauf er sich noch einstellen konnte? Das Thema war heute Abend: »Mein Partner ist homosexuell – können wir dennoch einen Jungen aus Thailand adoptieren?«

Vergangene Woche ging es um Verheiratete, die HIV-infiziert waren. »Ist Gruppensex noch eine Alternative?«, lautete die Frage in dieser Sendung. Peterson hatte schon vor langer Zeit aufgehört, sich noch nach dem Sinn solcher Talkshows zu fragen. Er wusste, dass diese Sinnfrage völlig überflüssig war. Die Show sollte Werbung verkaufen, und seine Aufgabe als Moderator war es, sie so zu gestalten, dass sie durch eine hohe Einschaltquote möglichst viel Werbung anlockte. Wer wollte da noch nach Anspruch fragen, nach Ethik, nach Erfüllung? Er hatte es sich längst abgewöhnt, solche Probleme anzusprechen. Oder jedenfalls machte er sich vor, dass ihn das alles nicht mehr interessierte.

Er blickte wieder versonnen in das Glas vor sich. Sicher, es hatte einmal eine Zeit gegeben, da war er das Gewissen der Nation. Seine Sendungen hatten die Zuschauer aufgerüttelt, die Zeitungen hatten sie aufgegriffen, er hatte wahre Feldzüge gegen arrogante Großkonzerne geführt. Wenn die Joe-Peterson-Show ein Thema angepackt hatte, dann zitterten Beamte in den Amtsstuben. Er hatte Erfolg.

Doch das war vorbei. Lange vorbei. Seit Jahren ging es nur noch abwärts. Die Konkurrenz war mörderisch. Andere Sender hatten sein Format gestohlen, hatten eigene Shows dagegengesetzt, hatten sich im Kampf um die Zuschauer gegenseitig darin überboten, das Niveau herunterzufahren. Jetzt sendeten sie alle denselben Mist. Und die Joe-Peterson-Show hatte den Trend mitgemacht. Das hatte sich gerächt. Jetzt stand sie bei den Einschaltquoten an vorletzter Stelle.

Peterson schaute auf die Whiskyflasche. Guter Bourbon aus Kentucky. Der feine, milde Duft stieg ihm in die Nase. Die Flasche war über die Jahre sein Freund geworden, sein bester Freund.

Er hob das schwere Glas an die Lippen und schüttete den Inhalt hinunter. Dann nahm er die Flasche und goss nach. Er lehnte sich zurück und schloss die Augen. Sinnlos, dachte er, diese ganze gottverdammte Sendung war völlig sinnlos. Hirnlos war wohl das bessere Wort. Aber wen kümmerte es schon?

Er öffnete die Augen und drehte sich mit dem Stuhl so, dass er in den Spiegel schauen konnte, der an der Wand hing. Ein blasses, aufgedunsenes Gesicht blickte ihm entgegen. Es war nicht länger zu verbergen. Es hatte ihn erwischt. Die Leber, eine Zirrhose. Unaufhaltsam, nicht mehr heilbar. Der Arzt hatte ihm schonungslos die Wahrheit gesagt. Wenn er so weitertrank, dann hatte er vielleicht noch ein halbes Jahr, sonst vielleicht noch ein Jahr, mit viel Glück zwei.

Peterson sog an seiner Camel. Er bemerkte, dass seine Hand zitterte. Die Asche fiel auf seine Krawatte. Er wischte sie ab. Mit entschlossenem Griff nahm er die Flasche und warf sie in den Papierkorb. Einen Moment saß er still und schaute durch das Fenster auf den Schneeregen, der nun, vom Wind getrieben, an die Scheibe peitschte. Dann beugte er sich unter den Schreibtisch und holte die Flasche wieder hervor. Er stellte sie vor sich hin und umfasste sie mit beiden Händen wie die schmalen Hüften einer Geliebten. Ist doch egal, dachte er, scheißegal.

Die Tür flog auf. Jeff Kowalski stürzte in das Büro. Seine Brille hing schräg auf der Nase, seine Krawatte war gelockert, die Hemdsärmel hochgekrempelt. »He, Mann«, rief er noch in der Bewegung, »wach auf! Ein Knüller, ein absoluter Knüller. Eine Geschichte, wie du sie noch nie in einer Sendung hattest.«

Peterson schaute ihn an, das Gesicht ein großes Fragezeichen. »Nun spuck's schon aus«, sagte er. »Hast du noch einen schwulen Priester gefunden, der auch Kinder aus Thailand adoptieren möchte?«

»Vergiss die Schwulennummer. Ich habe hier was viel Besseres, unschlagbar, absolut unschlagbar. Die Geschichte des Jahres, ach, was sag' ich, die Geschichte des Jahrhunderts. Mann, das wird ein Ding, ein Superding!«

»Nun mach's nicht so spannend. Sag endlich, was los ist«, sagte Peterson.

»Eine Bombe – eine richtige Atombombe. In Washington. Und nur wir wissen davon. Exklusiv, Mann, absolut exklusiv. Wahnsinn, völliger Wahnsinn!«

Peterson blickte ihn fragend an. »Was heißt – eine Atombombe? Wo? Wie? Was? Setz dich hin und erklär endlich mal in Ruhe.«

»Irgendwo in Washington liegt eine Atombombe versteckt. Und sie suchen danach wie die Verrückten. Hab' eben einen Anruf gekriegt, von irgendeinem Kerl in Las Vegas. Der hat die Geschichte zufällig mitbekommen. Ein Riesenzufall. Seine Frau arbeitet bei einem Zahnklempner, und dessen Frau – und nun kommt es – ist Nuklearphysikerin bei so einer Regierungstruppe, die Atomwaffen sucht. Und weißt du, wo die ist? In Washington. Musste ganz eilig abreisen. Der Kerl will fünfzigtausend Dollar für die Geschichte. Und weißt du was? Die zahlen wir, das ist sie wert, Cent für Cent.«

Peterson rollte das Whiskyglas zwischen seinen Fingern. »Und wer sagt dir, dass die Geschichte stimmt? Da kann ja jeder kommen und irgendwas behaupten«.

»Klar, Mann, hab ich doch längst gecheckt. Ich also gleich wieder ans Telefon, das Weiße Haus angerufen. Smith hat sich natürlich verleugnen lassen, als er was von der Joe-Peterson-Show hörte. Ich aber natürlich hartnäckig wie immer. Ich sage also zu dem Mädel im Vorzimmer: Sag Smith, wir wissen alles, die Geschichte mit der Atombombe, und wir werden das heute Abend in unserer Show bringen. Und was denkst du, was passiert? Dreißig Sekunden später hab ich Smith am Apparat. Ich hör ihn noch schwer atmen. Sagt, das könnten wir doch nicht machen, auf keinen Fall, das gäbe eine riesige Panik, sie müssten unbedingt die Chance haben, die Bombe zu finden, sonst ginge sie vielleicht noch früher los, wenn die Terroristen das spitzkriegten und verrückt spielten. Also ich antworte: ›Klar bringen wir das, Sie können doch nicht einfach die Bevölkerung über so was im Ungewissen lassen.‹ Da droht er mir doch tatsächlich und will uns die Polizei auf den Hals schicken und so was. Ich also wieder: ›Haben Sie schon mal was von Pressefreiheit gehört, Mann? Also heute Abend ist die Geschichte im Programm, und wir wollen dazu eine offizielle Stellungnahme des Weißen Hauses, live!‹«

Peterson sah, wie sich bei Kowalski vor Erregung Schweißperlen auf der Stirn bildeten. »Und was hat Smith erwidert?«

»Die Show dürfe auf keinen Fall mit der Geschichte herauskommen. Wir trügen die volle Verantwortung, wenn was schiefginge. Und weißt du, was ich gesagt habe? Das solle er mal unsere Sorge sein lassen. Wir wollten die verdammte Stellungnahme von der Regierung, und basta!«

Joe Peterson nahm das Glas und trank es leer. Er goss nach und füllte ein zweites Glas, das er Kowalski reichte. »Hier, beruhige dich erst mal wieder. Könnte es vielleicht sein, dass Smith recht hat? Können wir wirklich die Verantwortung dafür übernehmen, wenn was schiefgeht?«

Kowalski, der gerade das Glas zum Mund geführt hatte, verschluckte sich. Er hustete, versuchte zu sprechen, brauchte eine Weile, bis er dazu in der Lage war. »Bist du völlig übergeschnappt?«, sagte er schließlich. »Hier haben wir die Geschichte des Jahrhunderts, und du zögerst auch nur einen Augenblick, sie zu bringen?«

Peterson schwieg. Kowalski setzte mit einem Ruck das Whiskyglas auf Petersons Schreibtisch ab. »Hast du dir schon mal die letzten Einschaltquoten angesehen? Noch mal zwei Prozent Marktanteil weg. Wir stehen an vorletzter Stelle, Mann, an vorletzter Stelle! Du weißt doch ganz genau: Wenn wir so weitermachen, dann sind wir bald weg vom Fenster. Dann stellen sie die Joe-Peterson-Show ein, und zwar endgültig.« Er fasste Peterson mit beiden Händen an den Schultern und begann ihn zu schütteln. »Mann, wach auf. Es ist fünf vor zwölf. Diese Geschichte ist ein Geschenk des Himmels. Sie ist unsere Rettung. Sie wird uns rausreißen, und wir werden diese verdammte Geschichte bringen, hörst du, wir werden sie bringen.«

Er ließ Petersons Schulter los und richtete sich auf. »Ich fang' jetzt gleich an, ein paar kompetente Gäste zusammenzutelefonieren. Ex-FBI-Agenten, Terrorismusexperten, Nuklearphysiker, so was in der Art. Mir wird schon was einfallen. Lass den guten Jeff nur machen. Und du, verdammt noch mal, bereite dich mal anständig vor.« Er stieß Peterson mit der Faust gegen die Schulter. »Mann, alter Junge, das wird eine Sendung werden! Wie in alten Zeiten, nur noch viel besser. Die Konkurrenz wird heulen vor Wut, wenn wir heute Abend senden. Darauf kannst du Gift nehmen.«

Er drehte sich um und rannte aus der Tür. Peterson starrte aus dem Fenster. Der Regen klatschte mit hartem Stakkato an die Scheiben. Langsam öffnete er die Schublade seines Schreibtisches, sah, dass die Smith & Wesson noch da war, und streichelte über ihren Lauf. Dann schloss er die Schublade wieder, nahm das Glas und trank es aus.

Washington, D.C., USA

Der Falke hatte einen für seine Zwecke idealen Beobachtungspunkt gefunden. Ab und zu musste er zwar einigen Touristen Platz machen, doch erlaubten ihm die vier Fenster auf der Spitze des Washington-Monuments einen Rundumblick auf all das, was sich im Stadtzentrum abspielte. Niemand schenkte der Anwesenheit des olivhäutigen Fremden mit dem Fernglas hier Beachtung. Beim derzeitigen Stand seines »Spiels« konnte die Position hier oben wirklich nicht besser sein. Sobald das Museum am Abend seine Pforten schloss, würde er irgendwo hingehen, wo er sich die CNN-Nachrichten ansehen könnte, aber jetzt war er damit zufrieden, dass alles nach Plan lief.

Wenn da nicht dieses ununterbrochene Hupen gewesen wäre, hätte er die ganze Szene wohl verpasst, so jedoch wurde er durch den Lärm darauf aufmerksam und ging zum Südfenster, um festzustellen, was denn da los war. Durch sein hoch auflösendes Fernglas sah er, wie der Rundfahrtbus zu parken versuchte und der schwarze Van ihm den Platz versperrte. Er beobachtete, wie zwei Leute zum Van liefen und einstiegen, sah den Polizisten, der hinter dem Theater hervorkam, um den Wagen an der Weiterfahrt zu hindern, und zur Seite sprang, als der Van losfuhr. Gebannt beobachtete er die kurze Verfolgungsjagd, die an der Rückseite des Holocaust-Museums endete. Als er schließlich sah, wie man die ersten technischen Geräte auslud, senkte er sein Fernglas. Vor Staunen blieb ihm der Mund offen stehen, er musste schlucken und drängte sich dann an einer Gruppe Teenager vorbei zum Aufzug.

Seine zwei Landsleute, die unten auf ihren zugewiesenen Positionen verharrten, hatte er umgehend über sein Mobiltelefon informiert, sie warteten bereits auf ihn, als er das Monument verließ. Die beiden liefen jetzt hinter dem Falken her in Richtung Holocaust-Museum und überholten ihn schließlich. Ben Nasar keuchte schwer, seine kranke Lunge schien zu zerreißen. Aber er hielt durch. Es dauerte nur einige Augenblicke, da hatten sie schon den breiten Rasen zwischen dem Monument und der Independence Avenue überquert und kämpften sich quer durch den vierspurigen Feierabendverkehr, um sie herum quietschten Bremsen, und etliche Autofahrer hupten wütend. Dann noch ein kurzer Sprint durch den Verkehr auf dem Raoul-Wallenberg-Platz. Ein roter Mazda hätte einen der Araber beinahe erwischt und bekam von ihm im Vorbeilaufen einen Faustschlag auf die Motorhaube.

Bald würde das Museum schließen, und so war der Bürgersteig am Hintereingang voller Touristen, die aus dem Gebäude strömten. Die drei Terroristen schubsten und drängelten sich ihren Weg frei durch die Menschenmenge. Empörte Schreie verfolgten die Araber auf ihrem Weg zur Tür, nachdem sie eine ältere Dame und einen Jungen im Redskins-T-Shirt zu Boden gestoßen hatten.

Durch die Eingangsdrehtür quoll gerade eine Gruppe von Schulkindern. Der Falke und seine Komplizen schoben sich durch den Behinderteneingang und Nasar ergriff sofort die sich ihm bietende Gelegenheit und stellte seinen Fuß in die Drehtür.

»Stopp!«, brüllte er die etwa ein Dutzend Schulkinder an, die noch nicht draußen waren. »Keine Bewegung!«

Ein Kartenkontrolleur, der knapp fünf Meter von der Tür entfernt saß, stand von seinem Hocker auf. »He! Was ist denn hier los?«

Moussak zog seine Automatik aus dem Trenchcoat und zielte auf den Kontrolleur, dessen Augen hervortraten und dem der Mund offen blieb. »Runter! Auf den Boden!«, schrie Moussak ihn an.

Jodie Schaefer, eine dreiundzwanzigjährige Junglehrerin, kam mit zwei Nachzüglern in den Eingangsbereich, als das Geschrei einsetzte. Die Kinder, die sich nah genug am Eingang befanden, sahen, wie die anderen Araber ihre Waffen zogen, einige der Mädchen gerieten in Panik und kreischten und weinten. Der Falke schlug dem neben ihm stehenden Mädchen mit der flachen Hand ins Gesicht.

»Schluss jetzt!«, brüllte er sie so laut an, dass es alle hören konnten. »Schluss mit dem Geschrei! Auf den Boden! Alle Kinder sofort auf den Boden!« Dabei fuchtelte er mit seiner Waffe über ihren Köpfen herum. Die Kinder beeilten sich, der Aufforderung nachzukommen.

Jodie tauchte geistesgegenwärtig nach unten und zog ihre beiden Schutzbefohlenen in den Garderobenraum. Die Garderobenfrau, die gerade mit einem Mantel über dem Arm aus dem hinteren Aufbewahrungsraum kam, fragte sie verdutzt: »Ja, was haben Sie denn hier drin zu suchen?«

Jodie legte einen Finger über ihre Lippen, damit sie still blieb, und gab ihr ein Zeichen, sie solle sich ebenfalls ducken. Die Frau starrte sie an, glaubte wohl, sie habe den Verstand verloren.

Drüben im Eingangsbereich ging der Falke auf den Kartenkontrolleur zu, einen grauhaarigen Schwarzen, und zog ihn vom Boden hoch. »Hände hinter den Kopf«, befahl er und drückte ihm den Lauf seiner Pistole in den Rücken. »Wir gehen jetzt zum Informationsschalter.«

Als der Falke mit seiner Geisel an der Garderobe vorbeiging, ließ sich die Frau dort auf die Knie fallen und kroch zu Jodie und den beiden Kindern unter die Theke. Ein zweiter Terrorist folgte dem Falken und gab ihm mit gezogener Waffe Deckung nach hinten.

Im Zentrum der Halle, direkt vor den Aufzügen, befand sich der Informationsschalter. Die Empfangsdame hinter der Schaltertheke und ihre beiden freiwilligen Helferinnen räumten soeben ihren Arbeitsbereich auf, da das Museum gleich geschlossen würde. Als sie aufschaute, sah sie Barlow kommen, die Hände merkwürdig hinter seinem Kopf verschränkt, und zwei Männer, die ihm folgten. Nervös und ohne zu wissen, was sie tun sollte, wartete sie, bis die drei Männer den Schalter erreicht hatten. Dann entdeckte sie die Waffen.

»Sie da«, sagte der Falke und zielte mit seiner Waffe auf sie, »sagen Sie über die Haussprechanlage durch, dass sich alle Angestellten hier am Informationsschalter versammeln sollen. Und dann geben Sie bekannt, dass alle Besucher das Museum jetzt sofort verlassen müssen.«

Die Empfangsdame zitterte nun vor Angst, tastete unsicher nach dem Schalter der Sprechanlage, schaute dann zum Falken auf und fragte: »Auch die ehrenamtlichen Helfer?«

»Ja, ja. Alle, sofort.«

Sie gab die Anweisung durch, und kurz darauf begannen sich die Angestellten und einige noch verbliebene Besucher am Schalter einzufinden. Als sie sich versammelt hatten, hielt er seine Pistole immer noch an den Rücken des Kontrolleurs gepresst. Er wies sie an, das Gebäude zu verlassen, und nickte in Richtung der 14th Street. Fremdenführer, Wachpersonal, Hausmeister und Dutzende ehrenamtliche Helfer kamen zum Informationsschalter und zeigten sich, jeder auf seine Weise, überrascht und schockiert vom Anblick der Szene, die sich vor ihren Augen abspielte. Ausgesucht höflich, wie ein Kellner eines Luxusrestaurants, wiederholte der Falke für jeden Neuankömmling und für jede einzelne Gruppe: »Würden Sie freundlicherweise das Gebäude umgehend verlassen, jetzt sofort, bitte. Dort drüben hinaus, bitte.«

Niemand widersetzte sich der Anordnung, selbst das Wachpersonal nicht, die meisten eilten dem Hauptausgang zu und waren sichtlich erleichtert, aus der Gefahrenzone zu entkommen. In wenigen Minuten waren nur noch einige vereinzelte Angestellte zu sehen.

Der Falke wandte sich wieder der Empfangsdame zu. »Geben Sie alles noch einmal durch. Sagen Sie allen, es handele sich um einen Notfall. Jeder muss sofort das Gebäude verlassen.«

Nachdem sich die Mitglieder des NEST-Teams den Museumswärtern gegenüber ausgewiesen hatten, ließen sie sich zu den Transportaufzügen geleiten. Weder die NEST-Leute noch deren harmlos erscheinende Ausrüstung hatten das Interesse der Wachmannschaft geweckt, die noch nie mit einer bedrohlicheren Situation konfrontiert worden war als gelegentlich einmal einem Besucher ohne gültige Eintrittskarte. Das Team fuhr mit dem Aufzug ins Untergeschoss und war dabei, die Größeren und Empfindlicheren der Geigerzähler aufzustellen, als die erste Ansage über die interne Sprechanlage tönte. Die NEST-Leute maßen ihr ebenso wenig Bedeutung bei wie die beiden Hausmeister, die soeben zum Transportaufzug gingen. Einige Minuten später kam die zweite Ansage über die Lautsprecher, das Museum zu evakuieren.

»Das FBI ist wohl hier«, sagte Dennis zu Michelle.

»Sieht so aus, als wären wir genau richtig«, erwiderte sie.

»Jetzt müssen wir unseren kleinen Freund nur noch finden.«

»Tja, dann können wir gleich hier anfangen.«

»Paul und Kevin sollen die ersten beiden Stockwerke übernehmen. Wenn wir hier unten fertig sind, kümmern wir uns um das dritte und vierte«, sagte Michelle.

»Nicht schlecht. Also dann an die Arbeit.«

Zeke Schoefield hatte den Bericht über die beiden Hausmeistermorde gelesen und sofort eine Abteilung des NEST-Teams zum Holocaust-Museum geschickt. Außerdem wies er die Distriktpolizei an, sie solle den Bereich um das Museum abriegeln und den Verkehr umleiten. Und noch bevor er seine Erfolgsmeldung an George Fitzgerald durchgab, dirigierte er die SWAT-Einheit des FBI mit ihrem Bombenräumkommando in das Gebiet. Das könnte es tatsächlich sein, dachte er bei sich, das könnte der lang ersehnte Durchbruch sein. Der Falke hatte ja selbst gesagt, das Ding sei direkt im »Hinterhof« des Präsidenten. Das passte doch gut zur Beschreibung des Holocaust-Museums, und genau das hatten sie nicht im Entferntesten als mögliches Versteck in Betracht gezogen. Auf der Liste der zu durchsuchenden Gebäude hatte man ihm nur geringe Bedeutung beigemessen, vielleicht wegen seiner Größe oder der Tatsache, dass es zwischen zwei massive Regierungsgebäude gequetscht war. Aber nach der Ermordung zweier dort Angestellter befand es sich plötzlich an der Spitze der Prioritätenliste. Wenn der Falke die beiden Hausmeister tatsächlich umgebracht hatte, dann würden ihm ihre Ausweise und Uniformen leichten Zutritt ins Gebäude ermöglicht haben.

Schoefield schaute auf die Uhr. Wenn das Ding dort ist, und, lieber Gott, lass es dort sein ... bleiben uns noch fast zwölf Stunden, es zu finden und zu entschärfen. Zum ersten Mal, seit die Krise begonnen hatte, schöpfte er ein wenig Hoffnung. Bis jetzt hatte es dazu nicht den geringsten Anlass gegeben. Sie hatten ziellos vor sich hin gearbeitet, ohne jeden Hinweis, ohne jede Spur. Und natürlich ohne die Öffentlichkeit um Unterstützung bitten zu können. Er hatte von Anfang an gewusst, dass das Auffinden des Sprengkopfs nur mit einem Riesenglück möglich sein würde, und nun schien dieser Fall eingetreten zu sein.

»Wenn das klappt«, murmelte er vor sich hin, »verdient die Dame da von der Polizei die Tapferkeitsmedaille.«

Er öffnete die Schreibtischschublade, griff nach der Flasche Mylanta und nahm vorsichtshalber einen Schluck. Dann stand er auf und ging zum Büro des Direktors.

Im hinteren Bereich des Museums lagen vierzehn neunjährige Kinder auf dem Steinfußboden und wurden von zwei der Terroristen bewacht. Einige von ihnen weinten leise vor sich hin, aber die meisten gaben keinen Ton von sich. Hinter ihnen sagte der, den sie Moussak nannten und der gerade aus der »Halle der Zeugen« zurückgekommen war, seinen Komplizen etwas auf Arabisch. Daraufhin rief einer den Kindern zu: »Alle aufstehen. Nicht reden.«

Die Kinder erhoben sich und schauten sich um, als seien sie eben aus dem Mittagsschlaf erwacht.

»Hierher«, befahl ihnen der junge Araber und führte sie einen nach dem anderen in den »Raum der Spender«, wo sie sich wieder auf den Boden legen mussten. Dann stellte er sich an die Tür. Sein Komplize ging zum Hintereingang und verschloss ihn. Als er hinausschaute, konnte er auf dem Raoul-Wallenberg-Platz Polizeiwagen erkennen, deren Blaulicht auf den Wagendächern durch die einsetzende Dunkelheit blinkte. Und im selben Moment, als er sich umdrehte, öffneten sich die Türen des Transportaufzugs, und Kevin Leary und Paul Newcome kamen mit einer Handkarre heraus, auf der ihr Strahlungsmesser stand.

Der Araber zielte mit seiner automatischen Pistole auf die beiden und brüllte sie an, sie sollten stehen bleiben. Die zwei NEST-Leute hoben die Hände. Der Terrorist bedeutete ihnen mit der Waffe, in die »Halle der Zeugen« zu gehen, wo

Moussak am Informationsschalter anhielt. Die beiden Araber redeten kurz miteinander und führten ihre Gefangenen dann in die Garderobe. Mit allem, was ihnen dort Geeignetes unter die Hände kam, fesselten sie Leary und Newcome an Händen und Füßen. Später würden sie noch einmal zurückkommen und die Fesseln verstärken.

Aus ihrem Versteck unter der Theke beobachteten Jodie Schäfer, ihre beiden Schützlinge und die Garderobenfrau, wie die zwei vom NEST-Team gefesselt wurden. Jodie hielt den beiden Kindern die Hände vor den Mund. Als die Araber die Garderobe wieder verlassen hatten, flüsterte sie der Garderobenfrau zu: »Was meinen Sie, sollen wir sie losbinden?«

»Und was sollen die dann machen? Die haben doch keine Waffen oder so was.«

Paul Newcome hatte das Flüstern gehört und drehte sich mühsam herum, um festzustellen, woher es kam. So leise wie möglich sagte er in den Raum hinein: »Binden Sie uns bitte los. Wir gehören zum FBI.«

Da konnte Jodie nicht anders. Sie sagte den beiden Kindern, sie sollten sich nicht von der Stelle rühren, dann kroch sie gebückt aus ihrem Versteck unter der Theke zu den beiden Männern. Sie löste die Fesseln an Newcomes Händen, sodass er sich selbst von dem Elektrokabel um seine Fußgelenke befreien konnte.

Dann kroch sie zu Kevin Leary und versuchte, den Knoten um seine Handgelenke zu öffnen, als eine Stimme hinter ihr ertönte: »Du Frau da! Sofort aufhören!«

Jodie drehte ihren Kopf zur Tür und sah dort einen der Terroristen mit wildem Gesichtsausdruck stehen, der seine Waffe auf sie gerichtet hatte.

Zeke Schoefield hatte keine Chance, George Fitzgerald zu informieren. Als er das Büro des Direktors betrat, sah er ihn in unverkennbar größter Sorge am Telefon. Er reichte Zeke den Hörer:

»Hier. Kümmern besser Sie sich darum. Unser Falke ist dran. Er hat das Museum in seine Gewalt gebracht. Er hat im Weißen Haus angerufen, und sie haben den Anruf zu uns geleitet.«

Schoefield wollte gerade sagen, was ihm durch den Kopf ging, schluckte es jedoch hinunter und griff einfach nach dem Hörer. »Schoefield am Apparat.«

Zunächst hörte er keine Antwort, dann meldete sich eine Stimme mit breitem ausländischem Akzent: »Mit wem spreche ich? Sind Sie ein Beauftragter des Präsidenten?«

»Mein Name ist Schoefield. Ich bin der stellvertretende Direktor der Bundespolizei, und ich habe die Befugnis, namens des Präsidenten zu sprechen.«

»Gut. Hören Sie mir jetzt ganz genau zu. Die Zeit läuft ab. Ist Ihr Präsident bereit, meine Forderungen zu erfüllen?«

»Präsident Webster unternimmt alles in seiner Macht Stehende, um Ihren Wünschen nachzukommen, doch Sie müssen einsehen, dass die Freilassung der Gefangenen nicht in seiner Hand liegt. Er muss ...«

»Nicht in seiner Hand? Das ist gelogen! Das weiß doch jeder, die Israelis sind nichts als Marionetten der Amerikaner. Ihr Amerikaner versorgt sie mit Geld, und dafür tanzen sie nach eurer Pfeife. Wenn Webster den Juden sagt, sie sollen die Gefangenen freilassen, dann lassen die sie laufen.«

»Ganz so einfach ist die Sachlage nicht«, erwiderte Schoefield. »Wir stehen mit den Israelis in Verhandlung, aber brauchen dazu mehr Zeit. Ich bin mir ziemlich sicher, dass wir sie zum Nachgeben überreden können, doch ...«

»Ich werde Ihnen keine Zeit mehr geben!« Die Stimme des Falken überschlug sich fast. »Was glauben Sie eigentlich, mit wem Sie es hier zu tun haben? Mit einem Hampelmann? Keine Minute mehr, nichts, Schluss mit den Verzögerungsmanövern. Und jetzt hören Sie mir genau zu. Sie lassen mir umgehend ein Fernsehgerät mit Anschlusskabel bringen, damit ich die

Nachrichten auf CNN sehen kann, in spätestens einer Stunde ist es da, verstanden? Ein Mann soll es allein hierherbringen, und zwar zum Vordereingang. Er darf nichts als Schuhe und Unterwäsche tragen. Ist das klar?«

Schoefield musste schlucken. »Völlig klar, aber Sie müssen uns versichern, dass Sie mit uns offen verhandeln. Was ist mit den Geiseln?«

»Offen? Wie viele Beweise für meine Entschlossenheit wollen Sie denn noch von mir? Habe ich nicht genug Bomben gelegt? Wollen Sie mich immer noch nicht ernst nehmen? Ist das das Problem?« Der Ton des Falken wurde zunehmend schärfer.

»Darum geht es doch nicht«, versuchte Schoefield ihn zu beruhigen. »Wir wollen nichts als ein wenig Entgegenkommen Ihrerseits. Wir sind doch bereit, Ihre Forderung zu erfüllen und sie im Fernsehen auszustrahlen, aber dafür möchten wir etwas ...«

»Sie wollen also noch einen Beweis, dass ich meinen Worten Taten folgen lasse? Wollen Sie das?«

»Natürlich nicht. Ich will lediglich ...«

»Sie wollen den Beweis, und den werden Sie auch bekommen.« Schoefield hörte ein Klicken, dann war die Leitung tot. Er schaute noch einen Moment auf den Hörer in seiner Hand, legte auf und rieb sich die Stirn. »Verdammter Mist, wir stecken bis über beide Ohren drin. Das können Sie wörtlich nehmen.«

Michelle Berry hatte mit Dennis das Untergeschoss durchgearbeitet. Da sie keine ungewöhnliche Strahlungsintensität entdeckt hatten, gingen sie nach Plan vor, schafften ihre Ausrüstung in den Transportaufzug und fuhren damit auf die dritte Etage. Von dem, was sich zwei Stockwerke unter ihnen abspielte, konnten sie nichts ahnen, und so stellten sie das Gerät auf und begannen mit ihren Messungen.

Das SWAT-Team des FBI hatte in einem Van einen Kommandostand eingerichtet, und dieser Wagen parkte nun am Raoul-Wallenberg-Platz. Da ihnen kaum Informationen zur Verfügung standen, konnten sie noch keinen festen Einsatzplan entwickeln, aber sie hatten eine Reihe von Zeugen über die Erstürmung des Museums befragt. Die Grundschullehrerin der vierten Klasse, deren Schüler im Museum gefangen waren, konnte bestätigen, dass sechzehn der Kinder und ihre Junglehrerin fehlten. Außerdem gab sie den Agenten eine Namensliste der Eingeschlossenen. Viel mehr Hinweise konnte sie nicht geben, obwohl sie sich im Verlauf dieser Nervenprobe ruhig und gefasst gezeigt hatte. Man bat sie, nicht mit der Presse zu reden und auch keinen Kontakt mit den Eltern der Kinder aufzunehmen, bis man ihr die Erlaubnis hierzu erteilen würde.

Einige der aus dem Museum kommenden Besucher hatten behauptet, es habe sich um vier Männer gehandelt, die sich ihren Weg ins Museum gebahnt hätten, aber nach der Befragung von Museumsangestellten und einigen verspäteten Besuchern kamen die Agenten zu dem Schluss, dass nur drei dunkelhäutige Täter das Museum in ihre Gewalt gebracht hätten. Diese Information wurde an das Krisenkontrollzentrum im Gebäude des FBI weitergegeben.

Er war nun allein am Informationsschalter. Der Empfangsdame und ihren beiden freiwilligen Helfern hatte er erlaubt, das Gebäude zu verlassen. Sie würden den Agenten berichten, es seien in der Tat vier Terroristen im Museum. Der Falke legte den Hörer auf und blickte durch die »Halle der Zeugen« hinüber zur Ausstellung der Kindesopfer. Daniels Geschichte.

Würde es hier jemals eine Ausstellung über die Geschichte der palästinensischen Kinder geben? Würde man seiner kleinen Schwester je ein Denkmal setzen, wie man es Daniel gesetzt hatte? Er glaubte nicht daran, aber spätestens morgen früh würde die ganze Welt ein Mahnmal haben, es sei denn, einhundert seiner Landsleute würden freigelassen und könnten den Kampf für ihre gemeinsame Sache wiederaufnehmen.

Er wurde in seinen Gedanken durch Abdullah unterbrochen, der die Halle betrat und eine junge Frau vor sich herstieß.

»Und wer ist das?«, fragte ihn der Falke, als die beiden vor dem Schalter standen.

»Die hab ich in dem Raum bei den beiden Agenten gefunden«, antwortete Abdullah auf Arabisch. »Sie war gerade dabei, sie loszubinden.«

Als der Falke seinen Blick auf Jodie richtete, zogen sich seine Augen zu Schlitzen zusammen. »Wer bist du?«, fragte er die junge Frau.

»Ich heiße Jodie Schaefer«, versuchte sie mit ruhiger Stimme zu antworten. »Ich bin Lehrerin. Ich bin mit den Kindern hierhergekommen, die Sie hier festhalten. Wir waren nur auf einem Klassenausflug. Egal, was hier passiert, wir haben nichts damit zu tun. Lassen Sie uns bitte gehen.«

Der Falke beachtete sie nicht weiter und wandte sich Abdullah zu. »Schließ sie in den Raum zu den Kindern«, sagte er auf Arabisch, »und dann bring mir einen der Agenten. Ich weiß, dass noch zwei von denen hier sind. Ich muss herausbekommen, wo sie stecken.«

Kevin Leary saß auf einem der Hocker hinter dem Informationsschalter. Seine Hände waren nach wie vor auf dem Rücken gefesselt, und über seine Augen hatte man Kabelband geklebt. Seine Unterlippe war angeschwollen und aus einer Ecke seines Mundes tropfte Blut.

Der Falke stand vor dem Gefangenen und hatte seine Faust um ein Haarbüschel gekrallt. »Ich bin deine Spielchen langsam leid«, spie er ihm ins Gesicht. »Wo sind die anderen beiden? Wo sind die Frau und der Zweite?«

»Ich sag doch, dass ich keine Ahnung habe, wovon Sie reden«, antwortete Leary.

Der Falke hob die Faust, um erneut zuzuschlagen, doch das Geräusch des Lautsprechers aus der Gegend um den Eingangsbereich an der 14th Street unterbrach ihn dabei. Er überließ Abdullah die Bewachung des Gefangenen, nahm seine Waffe von der Theke und ging in die Eingangshalle, wobei er sich im Schatten hielt und den gleißenden Lichtstrahl, der durch die riesigen Glasfenster eindrang, vorsichtig mied.

»Achtung! An alle, die sich im Museum befinden. Achtung!«, tönte die Stimme aus dem Lautsprecher auf dem Dach des FBI-Vans, der am Bordstein vor dem Eingang parkte. »Entsprechend Ihrer Forderung bringen wir Ihnen das Fernsehgerät. Öffnen Sie jetzt bitte und lassen Sie unseren Boten herein.«

Der Falke blinzelte in das grelle Licht und schlich zurück in die weiträumige Halle. Dort ging er zum Telefon und wählte das Weiße Haus an. Er machte sich nicht einmal die Mühe, sich mit Namen zu melden, sondern sagte sofort: »Sagen Sie denen da draußen, sie sollen die Scheinwerfer abstellen, sonst läuft hier gar nichts.« Dann hängte er auf.

Einige Minuten darauf wurden die Jupiterlampen ausgeschaltet, und er ging wieder zum Eingang. Im Schutze der Dunkelheit des Flurs schloss er die Tür auf und wartete.

Aus dem Schatten der Autoblockade auf der 14th Street löste sich eine Gestalt. Der Mann hatte nur Schuhe und Boxershorts an. Er trug mit langsamen, bedächtigen Schritten ein Fernsehgerät auf das Museum zu. Mit entsicherter Waffe beobachtete ihn der Falke. Der Mann blieb vor der Tür stehen. Der Falke konnte erkennen, dass er trotz der kalten Abendluft schwitzte. Jetzt öffnete er die Tür. »Bring es rein.«

»Ich soll es nur bis an die Tür bringen«, sagte der Mann vom FBI.

»Ich bin doch kein Idiot«, entgegnete ihm der Falke. »Ich werde den Teufel tun und herauskommen, um es mir zu holen. Bring's jetzt rein oder lass es. Mir soll das egal sein.«

Der Agent atmete tief durch und kam dann durch die geöffnete Tür herein. Der Falke drückte ihm den Lauf seiner Pistole unter das Kinn und zischte: »Beweg dich ganz langsam und stell es da drüben an die Wand.« Es sah wie ein langsamer Synchrontanz aus, als sich die beiden Männer, so als seien sie eine Person, auf die Wand zubewegten und das Gerät abgestellt wurde.

»Dreh dich um und leg die Hände hinter den Kopf«, sagte der Falke. »Ich gebe dir jetzt eine Botschaft für deinen Präsidenten mit auf den Weg. Du wirst ihm berichten, ich sei ein Mann, der zu seinem Wort steht. Alles, was ich versprochen habe, werde ich auch tun, falls meine Forderungen nicht erfüllt werden. Und nun …«, stieß er den Agenten so heftig in den Rücken, dass er nach vorn taumelte, »nun raus hier.«

Annie Fuller hatte noch nie in ihrem zweiundvierzigjährigen Leben so viel Angst wie jetzt verspürt und wusste nicht mehr ein noch aus. Nachdem sie die junge Weiße geholt hatten, musste sie sich um die beiden Kinder kümmern, und dann war da noch der an Händen und Füßen gefesselte Mann in der Ecke. Die Kinder waren sehr still, das kleine Mädchen, das stark zu zittern begonnen hatte, als sie die Lehrerin holten, hatte sich endlich ein wenig beruhigt. Annie griff in ihrer Tasche nach dem Schlüssel zum Lagerraum. Wenn wir da reinkönnten, dachte sie sich, dann könnte ich von innen abschließen und wäre in Sicherheit, denn die Terroristen würden sich wohl kaum die Mühe machen, dort nachzusehen.

Es war schon eine ganze Weile vergangen, seit sie die junge Lehrerin mitgenommen hatten, und seitdem hatte sie von keinem der Männer mit den Pistolen mehr etwas gesehen oder gehört. Annie war keine Spielernatur. Sie spielte nicht einmal

Lotto, weil sie der Meinung war, es sei reine Geldverschwendung. Aber sie wusste genau, dass die Chance, nicht entdeckt zu werden, wenn sie zurückkamen, von Minute zu Minute abnahm. Sie flüsterte den Kindern zu, sich nicht zu bewegen und genau zuzuschauen, was sie tun würde, dann nahm sie ihr Herz in beide Hände und machte sich auf allen vieren in Richtung Lagerraum auf. Sie kroch an der Reihe von Ständern für die Schirme und Kleider vorbei. Dann hielt sie einen Augenblick inne und blickte durch das Maschengitter nach dem Mann auf dem Boden. Seine Hände und Füße waren mit silbernem Kabelband gefesselt und Augen und Mund damit zugeklebt. Oh mein Gott, kann ich ihn denn so da liegen lassen? Sie schüttelte den Kopf und kroch weiter in den hinteren Teil des Raums.

Als Annie die Tür erreicht hatte, blickte sie sich über die Schulter nach den Kindern unter der Theke um und legte mahnend ihren Finger auf die Lippen. Dann angelte sie den Schlüssel aus ihrer Tasche, schob den Arm vorsichtig nach oben, steckte den Schlüssel ins Schloss und drehte ihn um. Wieder schaute sie sich um, sie wollte ganz sicher sein, dass niemand in die Garderobe gekommen war, und dann öffnete sie langsam die Tür. Trotz aller Vorsicht gab die Tür dabei ein leise knarrendes Geräusch von sich, ihr blieb das Herz einen Moment lang stehen. Sie rührte sich eine Zeit lang nicht, dann drückte sie sie ganz auf. Nun drehte sie sich zu den Kindern um und winkte ihnen zu, sie sollten zu ihr kommen. Das schienen sie zunächst nicht zu verstehen, aber dann flüsterte der Junge dem Mädchen etwas ins Ohr, und beide krochen los.

Als die Kinder endlich in Sicherheit waren, reckte sich Annie hoch, die immer noch auf dem Boden kniete, und zog vorsichtig an der Tür. Als sie sie fast ganz geschlossen hatte, fiel ihr Blick auf den auf dem Boden liegenden Mann. Annie hielt inne und ließ sich wieder auf den Boden hinuntersinken. Sie hatte bisher schon viel mehr Mut bewiesen, als sie sich je zugetraut hätte, aber sie hatte plötzlich so ein Gefühl, als sei ihre Arbeit noch nicht getan. Oh mein Gott, dachte sie bei sich, ich kann den Mann doch nicht einfach so liegen lassen. Und wenn ich ihm jetzt zu Hilfe komme, Herr, steh mir bei.

»Ihr bleibt da drin«, flüsterte sie den Kindern zu. »Ich werd den Mann da losmachen. Lasst die Tür einen Spalt für mich offen, aber wenn's brenzlig wird, drückt ihr sie ganz leise zu, verstanden?«

Die beiden Kinder nickten, und sie kroch wieder hinaus. Annie schaute um sich. Es würde verhältnismäßig lang dauern, den ganzen Gang entlangzukriechen und dann bis dorthin zu gelangen, wo der Mann lag. Sie könnte eine Abkürzung quer durch die Ständer nehmen, müsste aber äußerst vorsichtig sein, weil sie hier hängen bleiben könnte. Andererseits, je weniger Zeit sie da draußen unterwegs war, desto besser. Also entschloss sie sich, die Abkürzung zu nehmen. Annie musste durch zwei Reihen von Ständern, und unter größter Vorsicht gelang ihr das bei der ersten auch. Bei der zweiten Reihe allerdings bekam sie fast einen Herzanfall.

Der Mann lag auf der Seite, sein Gesicht ihr zugewandt, und wenn sie die letzte Ständerreihe hinter sich hätte, dann wäre sie bis auf zwei Meter bei ihm. Als ihr Oberkörper auf der anderen Seite war, verlagerte sie ihr Gewicht auf die Arme, um ihr rechtes Bein hinüberzuheben, da aber rutschte sie auf der linken Hand aus. Annie fiel auf den Sockel des Ständers und streifte dabei den Rahmen. Durch den plötzlichen Stoß gerieten zwei Kleiderbügel ins Schwingen, und das metallische Klirren tönte in Annies Ohren wie das Läuten eines Feuermelders. Sie erstarrte, der Atem blieb ihr im Hals stecken, und sie wartete, bis das Vibrieren des Echos erstarb. Lieber Gott, betete sie, tu das deiner armen alten Annie nie wieder an.

Als sie ihre Fassung wiedererlangt hatte, kroch sie hinüber auf die Seite, auf der der Mann lag, legte ihm die Hand auf die

Schulter und beugte sich an sein Ohr. Da fiel ihr sein blonder Wust von lockigem Haar auf. So nah bin ich einem Weißen noch nie gewesen, ging ihr durch den Kopf.

»Mister, ich werd Ihnen helfen«, flüsterte Annie. »Ich mach Ihnen jetzt das Band da ab. Das kann ganz ordentlich wehtun, aber kein Ton, kapiert?«

Paul Newcome nickte als Zeichen, dass er verstanden hatte, und Annie zog ihm beherzt das Band von den Augen ab. Sein Stöhnen wurde durch das Band über seinem Mund gedämpft, und das entfernte Annie nun ebenfalls so behutsam, wie es die Zeit erlaubte. Er fuhr sich mit der Zunge über seine aufgerissenen Lippen und blinzelte, um wieder klar sehen zu können. Sie hatte große Mühe, die Bänder um seine Handgelenke zu lösen.

»Danke, vielen Dank, wer Sie auch sein mögen«, sagte Paul.

»Sobald ich das da von Ihren Händen abgekriegt habe, muss ich weg«, sagte Annie. »Die Füße müssen Sie dann schon selbst losmachen.«

»Ja, klar«, sagte er, als seine Hände befreit waren. Ohne ein weiteres Wort zu verlieren, verließ ihn Annie und machte sich wieder auf den Weg in den Lagerraum.

Paul brauchte ein paar Minuten, um die Fesseln an seinen Knöcheln zu lösen, dann stand er auf und schaute sich um. Vorsichtig arbeitete er sich an der Wand entlang zum offenen vorderen Teil der Garderobe durch. Er hatte keine Ahnung, wohin man Kevin gebracht hatte, aber er konnte gedämpfte Stimmen hören. Für Kevin konnte er nichts tun, aber er war fest entschlossen, Michelle und Dennis ausfindig zu machen, um sie zu warnen. Vorsichtig blickte er um die Ecke und stellte erleichtert fest, dass niemand zu sehen war. Daraufhin schlich er mit dem Rücken zur Wand hinaus, ging zum Transportaufzug und drückte auf den Knopf. Es schien ihm eine Ewigkeit zu dauern, bis der Aufzug ihn erreicht hatte, und die ganze Zeit hielt er den Atem an. Das Blut erstarrte in seinen Adern, als das kurze Ankunftsbimmeln ertönte, dann öffnete sich endlich die Tür, und er betrat den Aufzug. Als er sich umdrehte, um die Etagenknöpfe zu bedienen, ertönte eine schrille Stimme aus der Dunkelheit vor ihm.

»Stopp!«, brüllte ihn die Stimme an.

Paul streckte seine Hand nach dem Knopf für den dritten Stock aus. Die fünf Kugeln, die der Mann, der den Hintereingang zu bewachen hatte, abschoss, schlugen in seinen Körper ein und warfen ihn gegen die Rückwand der Aufzugskabine. Zwei von ihnen trafen seinen Hals und hätten ihn fast enthauptet, bevor er tot zu Boden fiel.

Kevins Mund war eine Masse blutigen Fleischs, einen seiner Vorderzähne hatte man ihm ausgeschlagen, aber er hatte seinem Peiniger nicht verraten, was der wissen wollte. In den letzten zehn, fünfzehn Minuten war nichts weiter geschehen, und für die Atempause war er dankbar. Seinen Kopf hatte er auf die Brust gelegt, und nun gab er sich alle Mühe, nicht den Mut zu verlieren. Er hörte sie nicht weit entfernt Arabisch miteinander reden, und es war klar, dass sein Verhör bald weitergehen würde. Lange brauchte er darauf nicht zu warten. Er hörte, wie sich Schritte näherten, und als sie vor ihm angelangt waren, wurde sein Kopf an den Haaren nach hinten gerissen. Er fühlte den kalten Stahl einer Pistolenmündung unter seinem Kinn.

»Hast du die Schüsse gehört, mein Freund?«, fragte der Mann.

Kevin musste schlucken und stöhnte ein »Ja«.

»Das war dein Freund. Er war dumm genug, die Flucht zu versuchen.« Kevin hörte, wie die Pistole mit einem Klicken entsichert wurde. »Meine Geduld ist nun zu Ende. Du wirst mir jetzt erzählen, wo sich die anderen beiden befinden, oder du wirst deinem Freund im Jenseits Gesellschaft leisten.«

Bis hierher war es Kevin gelungen, seine Angst zu beherrschen, aber jetzt begann er unkontrolliert am ganzen Körper zu zittern. Durch seine geborstenen Lippen brachte er ein krächzendes »wahrscheinlich dritter Stock« heraus.

Während Dennis den Bereich um das audiovisuelle Amphitheater am Ende der Ausstellung auf der dritten Etage überprüfte, ging Michelle über den Flur im Zentrum des Stockwerks. Je weiter sie sich an den vielen Ausgängen, die von dort abzweigten, voranarbeitete, desto stärkere Strahlenwerte registrierte ihr Geigerzähler. Mit dem lauter werdenden Klicken des Detektors stieg ihre innere Anspannung. Sie war versucht, Dennis dazuzurufen, doch gleichzeitig wollte sie den Fund für sich allein reklamieren. Als sie sich dem nach allen Seiten offenen Bereich näherte, in dem man einen riesigen Berg von Schuhen aufgetürmt hatte, die einst von den Holocaust-Opfern getragen wurden, sprangen die Messwerte auf den höchsten Stand der Detektorskala. Volltreffer!, dachte sie, und im gleichen Augenblick hörte sie eine Stimme am anderen Ende des Flurs.

»Hände hoch!«

Michelle blickte sich um. Der Ruf war zu weit entfernt, als dass er ihr hätte gelten können, zudem war niemand in Sichtweite. Dann hörte sie Dennis' Stimme: »Okay, okay. Nicht schießen.« Sie reagierte sofort, indem sie ihr Gerät leise unter das Geländer vor dem Exponat schob und sich, so schnell sie konnte, von dort wegbewegte, woher die Stimmen kamen. Sie musste jetzt ein Versteck finden, und dazu wählte sie eine der audiovisuellen Zellen entlang des Korridors. Im Inneren der Zelle drückte sie sich mit dem Rücken an die Trennwand und wartete ab. Ihre Atmung kam stoßartig, ganz wie bei einem Marathonlauf. Sie konzentrierte all ihre Aufmerksamkeit auf ihr Gehör, doch da war nichts als bedrohliche Stille. Ihr Puls raste. Dennis wurde mit der Waffe bedroht. Aber durch wen und warum? Versuchten die Terroristen, ihren Sprengkopf abzusichern? Sie konnte nur raten. Sicher war nur eins, nämlich, dass sie in Lebensgefahr schwebte. Ihre Hände wurden klamm, sie rieb sie gegeneinander, um die Anspannung zu lösen.

Dann hörte sie das Geräusch einer Bewegung am anderen Ende des Flurs. Sie mühte sich ab, um sich zu vergewissern, ob es stimmte, was sie zu hören glaubte. Und da war es, der Klang von Schritten, die sich langsam auf sie zubewegten. Michelle hielt den Atem an. Die Schritte kamen näher, und als sie an ihrer Zelle vorbeikamen, erkannte sie im Dämmerlicht den Schatten des Mannes mit einer Pistole, der sich entlang der gegenüberliegenden Wand bewegte. Waren hier zwei Terroristen im Museum, einer bei Dennis und dieser hier? Sie versuchte, die Ruhe zu bewahren, nachzudenken. Wäre es vielleicht besser, wenn sie die Zelle verließ und dorthin ging, woher der zweite Mann gekommen war? Sie schlich auf die Zellentür zu und hörte die Stimmen. Sie waren zu weit entfernt, als dass sie verstehen konnte, was da geredet wurde, aber nun hatte sie die Gewissheit, dass es sich mindestens um zwei handelte. Sie musste in die andere Richtung.

Als sie in den Korridor einbog, duckte sie sich tief, lief ungefähr zwanzig Meter weit bis zu einer Nische und drückte sich platt gegen die Wand. Nicht weit vor ihr sah sie die Aufzugstür. Wenn es ihr nur gelänge, sie zu erreichen. Aber dazu würde sie den ganzen Flur überqueren müssen, und dabei würde sie jeder erkennen, der in ihre Richtung sah. Sie wog ihre Chancen ab und stellte fest, dass ihr keine Wahl blieb. Sie musste es blitzschnell versuchen und zu Gott beten, dass der Aufzug noch auf dieser Etage wartete.

Dann hörte sie Dennis' Stimme hinten auf dem Korridor. Er mühte sich zu rufen, und in seiner Stimme klang ein Zittern. »Michelle ... komm da raus. Die bringen mich um, wenn du nicht kommst. Kevin oder Paul haben sie bereits ermordet. Die meinen es ernst. Die tun's wirklich. Komm raus mit erhobenen Händen.«

Sie zögerte, allerdings nur für einen kurzen Augenblick, dann trat Michelle Berry hervor auf den Korridor, hob die Hände und ging langsam dorthin, wo sie Dennis gefangen hielten.

Sharon Blair blickte nervös auf die Uhr im Armaturenbrett ihres Honda Accord. Sie zeigte 17.15 Uhr. Entschlossen drehte sie den Zündschlüssel um und trat auf das Gaspedal. Verdammt, dachte sie, schon wieder zu spät. Jeden Tag dasselbe. Sie bog vom Gelände des Washingtoner CNN-Studios nach rechts ab. Rot, auch diese blöde Ampel ist schon wieder rot. Entnervt klopfte sie mit den Händen auf das Lenkrad. Nun mach schon, dachte sie, spring um auf Grün. Endlich setzte sich der Verkehr vor ihr wieder in Bewegung.

Abermals blickte sie auf die Uhr. 17.17 Uhr. Wenn der Feierabendverkehr nicht zu dicht sein würde, könnte sie es gerade noch schaffen, Frankie rechtzeitig abzuholen. Der Kindergarten schloss um 17.45 Uhr. Aber sie wusste, die Straßen waren um diese Zeit immer verstopft. Josephine, die Kindergärtnerin, würde wieder auf sie warten müssen. Sie sah schon ihr vorwurfsvolles Gesicht vor sich. »Nein, wirklich«, würde sie sagen, »so geht es nicht weiter. Wir können nicht jeden Tag länger bleiben, nur weil Sie zu spät kommen. Wenn sich das nicht ändert, werden wir Frankie leider nicht bei uns behalten können. So ein liebes Kind, und so aufgeweckt, aber leider ...«

Sharon Blair hatte begonnen, Josephine zu hassen. Dabei wusste sie, dass die Kindergärtnerin eigentlich recht hatte. Es war schließlich nicht Josephines Schuld, dass sie als CNN-Korrespondentin arbeitete und sich nicht darauf verlassen konnte, jeden Tag pünktlich Feierabend zu haben. Und Josephine konnte auch nichts dafür, dass Dick sie verlassen und mit dem Kind sitzen gelassen hatte. Was für eine Ehe, dachte sie. Ein vielbeschäftigter Rechtsanwalt und eine ehrgeizige Journalistin – und ein Kind. Sie hätte wissen müssen, dass dies in einer Stadt wie Washington eine Kombination war, die nicht gut gehen konnte.

Inzwischen war Sharon Blair in die Pennsylvania Avenue eingebogen. Ein Polizeiwagen raste mit heulender Sirene an ihr vorbei, dann ein zweiter, schließlich ein dritter. Der Verkehr kam zum Stillstand. Verdammt, verdammt, verdammt, dachte sie. Unmöglich, sie konnte unmöglich in fünfundzwanzig Minuten in Georgetown sein, um Frankie abzuholen. Seit den Explosionen in der Stadt stand das Washingtoner CNN-Studio Kopf, und Daniel Miller, der Chef vom Dienst, hatte wieder seinen ernsten Blick, als sie sich mit schlechtem Gewissen aus dem Büro schlich. Sie konnte froh sein, dass er sie überhaupt hatte gehen lassen.

Langsam setzten sich die Autos vor ihr wieder in Bewegung, stoppten aber erneut, als ein Krankenwagen mit Blaulicht und Sirene sich seinen Weg durch die Wagenkolonnen zu bahnen versuchte.

Als das Gejaule der Sirene abklang, hörte sie endlich das andere Geräusch. Es kam aus ihrer Handtasche. Sie zog sie vom Beifahrersitz zu sich herüber und begann, mit der freien Hand den Reißverschluss aufzuziehen. Als es ihr schließlich gelang, klingelte das Handy zum Glück noch immer.

Ohne zuvor auf das Display zu sehen, meldete sie sich. »Hallo?«

»Sharon?« Sie erkannte die Stimme sofort. Es war Daniel Miller. Mein Gott, dachte sie, nur nicht, nur jetzt nicht, nicht schon wieder.

»Wo bist du?«, fragte Miller.

»Immer noch auf der Pennsylvania Avenue, mitten im Verkehr«, sagte sie.

»Wir haben eine Geiselnahme, im Holocaust-Museum. Irgendwelche Terroristen haben offenbar eine Schulklasse als Geiseln genommen. Fahr sofort hin. Atlanta weiß Bescheid und wartet schon. Der Übertragungswagen ist unterwegs. Susan

McCash wird deine Producerin sein. Ich muss sehen, wo ich sie auftreibe. Gib Gas und melde dich, sobald du da bist«

»Daniel?«, fragte sie. Aber er hatte schon aufgelegt. Sie merkte, wie der Adrenalinspiegel in ihrem Körper anstieg. Eine Geiselnahme! Mitten im Washingtoner Regierungsviertel! Ihre Gedanken begannen zu rasen. Das war ihre Chance. Eine tolle Geschichte, dramatisch, Ende offen, dazu noch im Holocaust-Museum. CNN würde darauf breit einsteigen, das war sicher. Jawohl, dachte sie, das war sie, die Geschichte, die sie brauchte, um bei CNN voranzukommen.

Entschlossen bediente sie den Blinker, scherte aus der Kolonne der Autos aus, drehte mitten auf der Fahrbahn mit quietschenden Reifen und drängte sich rücksichtslos in den entgegenkommenden Verkehr. Sie schaute auf die Uhr. 17.25 Uhr. Wenn sie Glück hatte, würde sie in wenigen Minuten da sein. Das Holocaust-Museum befand sich weniger als eine Meile entfernt auf der anderen Seite der Mall.

Eine Geiselnahme mit Kindern, dachte sie. Weiß Gott, dramatisch genug. Das würde die Leute in ganz Amerika aufwühlen und darüber hinaus, eine Story, die weltweit Aufsehen erregen würde. Mit Kindern! Beinahe hätte sie eine Notbremsung gemacht. Frankie, dachte sie. Verdammt noch mal, Frankie. Nervös schaute sie wieder auf die Uhr. 17.27 Uhr. Er war ein wunderbares Kind, drei Jahre alt, aber es war fast unmöglich geworden, sich um ihn zu kümmern. Und jetzt schon gar nicht.

Hektisch angelte sie sich das Telefon und wählte eine Nummer. Sie hörte das Besetztzeichen. Mist, Mist, Mist, dachte sie, muss der blöde Kerl schon wieder telefonieren. Wahrscheinlich turtelt er wieder mit dieser Tracey. Oder mit Jane oder wie sie sonst alle heißen mochten. Sie ließ den Motor aufheulen und schlängelte sich durch den Verkehr. Wieder wählte sie die Nummer. Diesmal kam das Freizeichen.

»Hallo?«, sagte eine männliche Stimme. Sie kam sofort auf den Punkt.

»Hör zu, Dick, ich bin auf dem Weg zu einer wichtigen Story, eine Geiselnahme. Frankie ist noch im Kindergarten. Fahr sofort los und hol ihn ab. Geh zu McDonald's mit ihm oder mach, was du willst, aber hol ihn ab. Sofort.«

»Aber ich bin mitten in einem Klientengespräch. Ich kann doch nicht einfach alles stehen und liegen lassen ...«

»Hör zu, Dick, Frankie ist schließlich auch dein Kind. Es ist mir scheißegal, was du gerade machst. Du fährst jetzt sofort zum Kindergarten und kümmerst dich um ihn. Mach's gut, Dick, bis bald.« Sie knallte das Telefon auf den Sitz neben sich. Idiot, dachte sie, du egoistischer Idiot.

Erneut begann sie mit der freien Hand in ihrer Handtasche zu suchen. Sie fischte schließlich ihre Presseausweise heraus, die an einer dünnen Kette hingen, darunter auch den Journalistenausweis der Metropolitan Police. Sie hängte sich die Kette um den Hals.

Einige Hundert Meter weiter sah sie das wilde Blinken von zahlreichen Blaulichtern. Die 14th Street, die zum Holocaust-Museum führt, war blockiert, die Schlange der Autos wuchs von Sekunde zu Sekunde. Ein wildes Hupen hatte eingesetzt. Sharon Blair war klar, dies war die Endstation. Sie riss das Steuer nach rechts, überquerte den Bürgersteig und fuhr den Wagen auf die Rasenfläche der Mall, gleich vor dem Washington-Monument. Sie riss die Tür auf und lief los. Mochte sich um das Auto kümmern, wer wollte.

Ein stämmiger schwarzer Polizist stellte sich ihr in den Weg. Sie winkte mit ihrem Presseausweis. Er ließ sie passieren. Vor dem Holocaust-Museum angekommen, sah sie, dass die Techniker des CNN-Übertragungswagens gerade ihre Antenne ausrichteten. Das Fahrzeug war auf der gegenüberliegenden Straßenseite vom Museum geparkt.

Mit heulendem Motor kam ein weiterer Ü-Wagen von WUSA, der lokalen Station von CBS, angepresst, der sich hupend durch den Verkehr geschlängelt hatte. Der Fahrer bremste hart und rangierte in Windeseile den weißen Wagen so, dass er neben dem CNN-Fahrzeug zum Stehen kam. Daneben parkten bereits drei andere Ü-Wagen der lokalen Stationen von ABC, NBC und FOX.

Techniker waren dabei, Kabel auszurollen und Kamerastative aufzustellen. »Licht!«, schrie Jerry Klein, der CNN-Kameramann, ein beinahe glatzköpfiger, übergewichtiger Mann Mitte vierzig. »Wir brauchen mehr Licht!«

Joe Moussakrez, der Techniker, stellte einen weiteren großen Scheinwerfer auf. Er verband ihn mit einer Kabelrolle, die zum Übertragungswagen führte. Kurz darauf flammte der starke Scheinwerfer auf und tauchte den Eingang des Holocaust-Museums in ein gleißendes Licht.

Sharon Blair war noch außer Atem. Sie sah, wie sich der Bürgersteig gegenüber dem Museum in wenigen Minuten in ein Mediendorf verwandelte, in dem Kameraleute, Tontechniker, Producer und Korrespondenten wie emsige Ameisen hin und her liefen. Vorsichtig stieg sie über das Gewirr aus bunten Kabeln, die quer über den Bürgersteig verliefen und die Kameras mit den Ü-Wagen verbanden.

Zwei Polizisten spannten vor die Phalanx der Fernsehleute ein gelbes Plastikband mit der Aufschrift »Nicht übertreten – Polizei«, das sie an zwei Laternenpfählen befestigten.

Sharon Blair blickte unruhig auf ihre Uhr. »Los, Jungs, macht voran!«, rief sie den Technikern zu.

»Okay, okay«, antwortete Jerry Klein, »drei Minuten, dann sind wir so weit.«

»Wo ist Susan?«, fragte sie.

»Susan steckt noch im Verkehr. Wir müssen erst mal ohne sie auskommen.«

Sharon Blair ärgerte sich. Ausgerechnet jetzt. Susan McCash war eine Spitzenproducerin, sie war stets die Ruhe selbst, ein Fels in jeder Brandung, ein unverzichtbares Bindeglied zur Sendezentrale. Sie schaute sich weiter um. Sie sah ein rundes Dutzend Polizeiwagen der Washingtoner Polizei, zwei Autos mit der Aufschrift U.S. Park Police, vier mit der Bezeichnung U.S. Secret Service, drei Krankenwagen und einen Feuerwehrwagen. Polizisten waren dabei, Zeugen zu vernehmen. Ständig sprachen sie in ihre rechteckigen kleinen Funkgeräte.

Sie ging auf einen der Beamten in der dunkelblauen Uniform der Washingtoner Metropolitan Police mit den Rangabzeichen eines Captain zu. »Was ist los?«, sagte sie und zeigte ihm ihren Ausweis.

»Wahrscheinlich vier Täter, haben eine Schulklasse in ihrer Gewalt«, sagte er kurz angebunden.

»Und was wollen sie?«

»Keine Ahnung, wir versuchen gerade, Kontakt zu ihnen aufzunehmen.«

Sharon Blair sah, wie Jerry Klein ihr zuwinkte. Er hielt ihr einen Telefonhörer entgegen. »Atlanta ist dran«, sagte er. »Sie fragen, wann du drauf gehen kannst?«

»Von mir aus sofort«, sagte sie. »Wann seid ihr fertig?«

»Jetzt«, sagte Jerry Klein. »Bitte sehr, dein Platz ist vor der Kamera.« Sie stellte sich vor die Sony-Kamera, die auf einem dreibeinigen Stativ platziert war, und starrte in das Objektiv.

Joe Moussakrez brachte ein Mikrofon und einen Ohrhörer, der an einem langen Kabel hing. Er befestigte den dazugehörigen Lautstärkeregler, der in einem kleinen schwarzen Kasten untergebracht war, am Gürtel von Sharon Blairs Mantel. Sie drückte den dünnen Plastikhörer in ihr Ohr.

»Hörst du Atlanta?«, fragte Moussakrez.

Sharon Blair nickte.

»Sharon«, sagte eine Stimme in ihr Ohr, »noch dreißig Sekunden, dann bist du auf Sendung.«

Sie hörte die Ansage von Bobbie Diaz. »Erst Bombenexplosionen, jetzt eine Geiselnahme in Washington. Wir schalten um zu Sharon Blair vor dem Holocaust-Museum.«

»In der Tat, ein Tag voller schrecklicher Ereignisse hier in der Hauptstadt. Die Geiselnehmer haben erst vor einer guten halben Stunde zugeschlagen, völlig unerwartet«, berichtete Sharon Blair. »Die Stadt ist voller Spekulationen. Gibt es einen Zusammenhang zwischen den Bombenexplosionen und dieser spektakulären Geiselnahme? Viele Fragen, noch wenige Antworten.«

Sharon Blair starrte in die Kamera. Sie wusste, dass die Fakten noch recht dürftig waren. Aber erst einmal war es wichtig, hier zu sein, dabei zu sein, Präsenz zu zeigen, schneller zu sein als die Konkurrenz. Sie war auf Sendung, das war es, was in diesem Augenblick zählte.

»Weiß man etwas über die Geiselnehmer?«, hörte sie die Frage von Bobbie Diaz.

»Nein, noch nicht. Die Polizei will versuchen, sie in ein Gespräch zu verwickeln.« Schnell, dachte sie, eine Formulierung, irgendeine, durchstehen, gut aussehen, dranbleiben. »Hier geht es um das Schicksal unschuldiger Kinder – Kinder, die sich hier im Holocaust-Museum mit dem wohl schrecklichsten Verbrechen der Menschheit auseinandersetzen wollten. Jetzt sind sie selber Opfer, Opfer von brutalen Tätern. Es verspricht, eine lange und dramatische Nacht zu werden«.

»Danke, Sharon«, hörte sie Bobbie Diaz sagen, »Sie werden uns weiter auf dem Laufenden halten.«

Worauf du dich verlassen kannst, dachte Sharon Blair. Sie schaute ernst in die Kamera, bis sie sicher war, dass Atlanta abgeschaltet hatte. Dann grinste sie. »Okay, Jungs!«, rief sie in die Richtung von Jerry Klein und Joe Moussakrez. »Stellt euch darauf ein, das kann hier lange dauern. Seht zu, dass ihr was zu essen besorgt. Und Kaffee. Viel Kaffee.«

Sie schaute auf ihre Armbanduhr. 17.45 Uhr. Verdammt, Frankie, dachte sie. Dick musste sich kümmern, egal wie. Heute Abend würde er nicht den Italian Lover spielen können, seine größte Rolle. Tracey würde sich anders trösten müssen. Oder Jane oder wer immer heute Abend an der Reihe war.

Der Offizier in der schwarzen Paradeuniform der U. S. Army bellte ein Kommando. Aus den Kanonen, die auf dem Rasen der Mall jenseits des Zauns des Weißen Hauses in Stellung gegangen waren, entlud sich die erste Salve. Ihr folgten zwanzig weitere Schuss Ehrensalut.

Bill Webster und Boris Tschernow standen Seite an Seite auf einem kleinen Podest und ließen das Zeremoniell des Staatsbesuchs über sich ergehen. Webster überragte Tschernow um fast einen Kopf. Die Militärkapelle spielte zuerst die russische, dann die amerikanische Nationalhymne. Ein kühler Wind wehte vom Potomac herüber und zauste an den Fahnen beider Länder vor dem Weißen Haus. Eine Ehrenformation aus je einer Kompanie der Armee, der Luftwaffe, der Marine und der Marineinfanterie präsentierte das Gewehr.

Bill Websters Blick war starr nach vorne gerichtet. Hinter dem schlanken Obelisken des Washington-Monuments konnte er auf der anderen Seite der Mall den Gebäudekomplex ausmachen, in dem das Holocaust-Museum untergebracht war. Mein Gott, dachte er, was für eine absurde Situation! Hier standen die Präsidenten der beiden großen Atommächte, die immer noch das unmittelbare Kommando über Tausende von Sprengköpfen hatten, genug, um die zivilisierte Menschheit zu vernichten, und dort drüben, nur ein paar Hundert Meter weiter, lief der Countdown eines nuklearen Sprengkörpers, der ihrer Verfügung völlig entzogen war – eine kleine Gruppe von

Terroristen war in der Lage, den Weltmächten ihren Willen aufzuzwingen.

Webster schaute verstohlen auf seine Armbanduhr. 18.30 Uhr. Verdammt, dachte er, nimmt diese Musik denn nie ein Ende? Noch zehneinhalb Stunden, und er stand hier mit Tschernow herum und musste den Schein wahren. Ein Schmerz, der bis in die Ohren hochzog, machte ihn darauf aufmerksam, dass er mit den Zähnen mahlte.

Der Kommandeur der Ehrenformation, ein Oberst, meldete, die Soldaten seien zur Inspektion angetreten. Webster nickte gottergeben, fasste Tschernow beim Arm und geleitete ihn von dem kleinen Podest nach unten. Seite an Seite schritten sie an der langen Reihe der Soldaten vorbei. Als sie an den Fahnen der einzelnen Teilstreitkräfte anlangten, die von ausgesuchten Soldaten gehalten wurden, hielten beide kurz an und verneigten sich. Tschernow bedankte sich bei dem Kommandeur, der seinen Säbel präsentierte.

Endlich war das Zeremoniell vorbei. Webster wies mit einer Handbewegung in Richtung des flachen Gebäudes, zum Westflügel des Weißen Hauses, in dem sich das Oval Office befindet, das eigentliche Arbeitszimmer des Präsidenten der USA. Gemeinsam gingen sie die wenigen Schritte am Rosengarten vorbei, an dessen Magnolienbäumen bereits erste Blüten zu sehen waren.

Webster ließ seinem Gast den Vortritt, als sie das Oval Office betraten, das ringsum mit hohen schmalen französischen Fenstern ausgestattet war. Er wies auf die Sitzgruppe aus gelben Sofas und zwei gleichfarbigen nebeneinanderstehenden Sesseln, die seinem Schreibtisch gegenüberstand. Beide nahmen in den Sesseln Platz. Webster wusste, was nun kommen würde. An diesem Abend hasste er die Vorstellung, die er sonst durchaus zu genießen wusste. Aber sie war unvermeidbar, wollte man weiterhin den Schein eines normalen, zugleich wichtigen Staatsbesuches wahren.

Die Tür öffnete sich, und die Meute der Kamerateams und Fotografen quoll in den kleinen Raum, gefolgt von einigen Korrespondenten, darunter Leslie Hammer und Al Steinbrenner. Webster sah, wie sich Leslie Hammer durch die dichte Reihe der Kameraleute nach vorne drängte, ihren kleinen, schmalen Körper anspannte wie einen Bogen, der gleich seine Pfeile abfeuern würde.

»Mr President, was ist los in der Stadt? Überall Explosionen, der Nationale Sicherheitsrat tagt ständig, Ihr Pressesprecher hat nur lauwarme Erklärungen, und jetzt noch eine Geiselnahme im Holocaust-Museum. Also, was ist wirklich los? Sind Sie nicht der Meinung, dass die amerikanische Öffentlichkeit endlich eine Erklärung verdient?«

Webster rutschte auf seinem Sofa hin und her, während ein Dolmetscher Tschernow die Übersetzung der Frage ins Ohr flüsterte.

»Nun, wir sind heute hier zusammen, um wichtige Gespräche mit unserem Gast, dem Präsidenten der Russischen Republik, zu führen, die für die Zukunft unserer beider Länder von äußerster Wichtigkeit sind«, sagte er ausweichend.

»Aber, Mr President, Sie beantworten nicht meine Frage. Unsere Zuschauer wollen wissen: Was zum Teufel ist los?«, unterbrach ihn Leslie Hammer.

»Ich denke, Leslie, jeder wird verstehen, dass dies nicht die Stunde ist, in der der Präsident schon Auskunft über eine Situation geben sollte, über die so völlige Unklarheit besteht. Jetzt ist unsere Polizei am Zug, und seien Sie versichert, die Sicherheitsbehörden tun gegenwärtig alles, um diese schrecklichen Vorfälle aufzuklären. Ich verstehe Ihre Ungeduld, aber zurzeit können wir wirklich noch nicht mehr sagen.« Webster sah die Frustration in Leslie Hammers Gesicht.

»Licht aus!«, rief ein junger Mann aus dem Pressebüro des Weißen Hauses und gab damit das Zeichen für das Ende der Filmaufnahmen. Noch einmal rief er: »Licht aus!« Die Kamerateams schalteten ihre Scheinwerfer aus. Leslie Hammer wollte es noch einmal probieren, doch die Fotografen und Kameraleute hatten sich schon in Bewegung gesetzt und begannen, den Raum zu verlassen. Leslie Hammer folgte ihnen, während sie zornige Blicke auf Webster abschoss.

Bill Webster atmete auf, als die Tür hinter den Presseleuten endlich zuging. »Tut mir leid«, wandte er sich an seinen Gast, »aber wir haben hier eine Lage, die zur Zeit alles überschattet.«

Tschernow nickte. »Wirklich, eine sehr bedauerliche Situation«, sagte er.

Webster versuchte, sich zu zügeln. Er war wütend, wütend und hilflos. Er war ein Mann der Tat, der gelernt hatte, zuzupacken, zu handeln. Jetzt fühlte er sich der Situation ausgeliefert. Er war wütend auf die Terroristen, er war wütend auf sich selber, und er war wütend auf Tschernow.

Anthony Blake kam herein und reichte dem Präsidenten einen Zettel. Webster warf einen schnellen Blick darauf. »Die Terroristen haben ihre Forderungen noch einmal bekräftigt«, hieß es da. »Es gibt keinen Zweifel mehr, dass sie die Bombe bei sich haben. Das haben Messungen außerhalb der Mauern des Holocaust-Museums ergeben. Die Strahlung ist eindeutig.«

Webster schaute von dem Zettel auf. Er wusste, es war höchste Zeit, das Versteckspielen zu beenden. Die Stunde der Wahrheit war gekommen. Er räusperte sich, dann fixierte er Tschernow. »Sie haben es ja gerade gehört, wir haben im Augenblick ziemlich viel Ärger hier«, begann er, »und es gibt verdammt wenig, was wir tun können.«

Er sah, wie Tschernow unruhig hin und her rutschte. Es gab keinen Ausweg mehr, er musste nun endlich zur Sache kommen. »Nun ja, die Geiselnahme im Holocaust-Museum ist nicht irgendein krimineller Akt. Es sind arabische Terroristen …« Webster legte eine Pause ein. »Und sie haben eine Atombombe«.

Tschernow erbleichte. Webster sah, wie seine Hände zu zittern begannen. Er setzte nach. »Wir haben Grund zu der Annahme, dass es sich um einen russischen Sprengkopf handelt, Herr Präsident.«

Webster sah, wie das Zittern von Tschernows Händen zunahm. »Wir sollten aufhören, uns etwas vorzumachen«, sagte er. »Um Himmels willen, Boris, wir haben von dem Anschlag auf Ihre Militärbasis gehört. Sie können die Suche in Moskau abblasen. Die Bombe ist jetzt hier, da drüben, nur ein paar Hundert Meter entfernt.« Wieder machte er eine Pause, um die Wirkung seiner Worte zu überprüfen. Tschernow sah ihn an, verängstigt und gedemütigt. »Hören Sie zu, Boris, wenn Sie oder Ihre Leute irgendetwas wissen, was uns weiterhelfen könnte, dann sagen Sie es uns. Vielleicht haben wir ja noch eine Chance«, sagte Webster.

Tschernow nickte. Leise sagte er: »Irgendwann musste es wohl so kommen.«

Einen Augenblick herrschte Stille im Oval Office. Beide Männer schauten sich an. Sie waren zusammengekommen, um die Gefahr durch ihre beiderseitigen nuklearen Arsenale für die Menschheit zu verringern. Jetzt wurde ihnen klar, dass seit Hiroshima die Welt nie wieder so dicht vor einem neuen Atomblitz stand wie in diesem Augenblick.

»Ich werde alles veranlassen, was ich nur kann, damit unsere Experten Ihnen helfen können«, sagte Tschernow schließlich.

Chicago, Illinois, USA

Er klopfte die Camel aus der Packung und griff zu den Streichhölzern. »Ausnahmsweise, Jenny?«, fragte er mit einem Blick auf die Frau mittleren Alters mit den weißblond gefärbten Haaren, die er im Spiegel hinter sich sah. Sie verzog das Gesicht. »Bitte, Jenny, wirklich nur heute. Ausnahmsweise«, wiederholte er. Jenny McGuire strich ihm von hinten über die Haare.

»Du weißt doch, dass du auf deine Gesundheit aufpassen sollst«, sagte sie und versuchte, ihrer Stimme einen strengen Ton zu geben.

»Bitte, Jenny.«

»Also gut, meinetwegen.« Sie fuhr mit dem Kamm durch seine Haare und zog sorgfältig den Scheitel nach. Dann nahm sie eine Puderquaste und begann, sein Gesicht abzutupfen. Sorgfältig ging sie mit der Quaste um seine Augen herum und schminkte die Falten weg. Sie verstand ihr Handwerk als Maskenbildnerin.

Er sah, wie sie prüfend über ihn hinweg in den Spiegel schaute und sich ihr Werk ansah. »So gut wie neu«, sagte sie und lächelte. Jenny McGuire war die Einzige, die er vor wichtigen Sendungen an sein Gesicht heranließ.

Joe Peterson blickte nun selber in den Spiegel. Er fand, dass er müde aussah, verbraucht. Da half auch die Schminke nicht mehr. Mit zitternden Händen riss er ein Streichholz über den Streifen und zündete damit seine Camel an. Er sog den Rauch tief ein. Als er ihn wieder ausstieß, vernebelten die Schwaden kurz sein Gesicht.

Jenny hustete. »Wirklich, Joe, du solltest es lassen«, sagte sie.

»Ach, lass mich doch, ist eh egal«, sagte Peterson und zog erneut an seiner Zigarette.

»Was heißt, egal?«, sagte sie. »Ich höre, heute Abend sollst du mal wieder ganz groß rauskommen. Jeff war völlig aus dem Häuschen. Er hat eine richtige Supersendung angekündigt.«

»So, hat er?«

»Ja, einen absoluten Knaller, hat er gesagt«.

»Ich bin mir da nicht so sicher«, sagte er mit müder Stimme.

»Was ist los, Joe? Keine Lust mehr? Eine tolle Sendung würde uns allen mal wieder guttun.«

Er zog es vor, nicht zu antworten. Joe Peterson zog gierig an seiner Zigarette. Er wusste, es würde seine letzte sein.

Die Tür wurde aufgerissen. Jeff Kowalski stürmte atemlos herein. Sein Gesicht war hochrot. »Stellt euch vor, Kinder, was mir gerade passiert ist!«, rief er. »Unglaublich, einfach unglaublich!«

Er holte Atem und schaute triumphierend um sich, bis er sicher war, die volle Aufmerksamkeit auf sich gezogen zu haben. »Das Telefon klingelt, es meldet sich das Weiße Haus, und eine Frau sagt: Ich verbinde mit dem Präsidenten. Und dann, Ihr glaubt es nicht, war er dran: Webster persönlich!«

Peterson drückte seine Zigarette aus. »Webster? Was wollte er?«

»Na, was wohl? Was denkst du? Er wollte die Sendung verhindern, der Präsident höchstpersönlich wollte die Joe-Peterson-Show verhindern! Wir dürften das auf keinen Fall machen, auf gar keinen Fall, hat er gesagt. Erst hat er gedroht, dann hat er gebettelt.«

»Und du, was hast du gesagt?«, fragte Peterson.

»Ich? Ich habe ihn natürlich abblitzen lassen. Kommt nicht infrage, Mr President, habe ich gesagt. Dies ist ein freies Land, und wir werden uns auch von Ihnen nicht vorschreiben lassen, was wir senden und was nicht. Er hat angefangen zu toben, hat was von größter Gefahr gefaselt, da hab ich einfach aufgelegt. Ich werde mir doch von Webster nicht unsere Show vermasseln lassen. So wahr ich Jeff Kowalski heiße – diese Sendung wird stattfinden!«

Peterson sah, wie Kowalski ungeduldig auf die Uhr schaute. »Alles startklar? Noch fünfzehn Minuten bis zur Sendung«, sagte er.

Peterson nahm einen Schluck aus dem Whiskyglas, das vor ihm auf der Ablage des Schminktisches stand. »Ich denke, Webster hat recht. Wir können das nicht machen«, sagte er.

Kowalski fuhr herum. »Wie bitte? Bist du von allen guten Geistern verlassen? Bist du völlig übergeschnappt? Das ist unsere Chance, vielleicht unsere letzte. Heute Abend können wir es noch einmal packen, heute machen wir Schlagzeilen, heute wird die Joe-Peterson-Show wiedergeboren. Mann, Joe, erzähl nicht so einen Quatsch!«

»Im Ernst, Jeff, das geht zu weit. Wir können das einfach nicht machen. Willst du vielleicht verantworten, wenn die Bombe hochgeht? Wenn wir gleich mit der Story kommen, wer weiß, vielleicht drehen die Terroristen durch und jagen alles in die Luft.«

Peterson sah, wie Kowalski wieder rot anlief. »Verdammt noch mal, Joe, hast du es immer noch nicht begriffen? Wir sind mit dieser Scheißshow am Ende, und heute Abend haben wir die einmalige Gelegenheit, das Ruder rumzureißen. Joe, du kannst jetzt nicht kneifen. Wir sitzen zusammen in diesem Boot, und du wirst, verdammt noch mal, jetzt gleich rauf auf die Bühne gehen und dem gottverdammten Publikum die Geschichte von der Bombe erzählen. Wir haben dazu ein paar Experten im Studio und eine Schaltung nach Washington zu unserem Mann am Ort, und du wirst eine Supersendung hinlegen.« Kowalski lief in der kleinen Garderobe auf und ab. Er baute sich vor Peterson auf. »Joe, Joe, Joe, reiß dich zusammen. Das hier ist ein knallhartes Geschäft, und wenn wir die Story nicht bringen, dann wird es die Konkurrenz tun. Und außerdem: Glaub doch nicht diesem blöden Webster. Was soll schon passieren? Diese Terroristen bluffen doch nur. Sie werden sich doch nicht selbst in die Luft sprengen. Also los, alter Junge, steh auf und geh jetzt ins Studio.«

Peterson versuchte noch einmal zu widersprechen. Kowalski schnitt ihm das Wort ab. »Joe, keine Diskussion mehr. Entweder du spielst jetzt mit, oder es ist vorbei mit der Show. Dann kannst du irgendwo in Florida vor weißhaarigen alten Ladys den Conferencier beim Nachmittagstee machen – wenn sie dich dort überhaupt haben wollen.« Wieder schaute er hektisch auf die Uhr. »Noch zehn Minuten. Also, ich gehe schon mal vor und gebe dem Regisseur ein Zeichen, und du setzt sofort deinen Arsch in Bewegung und legst eine Supersendung hin. Viel Glück, Joe, wir werden es brauchen.«

Er rannte los und schlug die Tür hinter sich zu. Peterson saß einen Moment still da, bis ihm klar wurde, dass Jenny McGuire immer noch im Raum stand und alles mitgehört hatte. Er sah, dass sie Tränen in den Augen hatte.

»Joe«, sagte sie leise, »es tut mir leid, dass es so weit kommen musste.«

Er nahm ihre Hand und drückte sie. »Ist schon gut, Jenny«, sagte er. Er schaute verlegen auf den Boden. »Sei so gut, hol mir doch schnell ein Glas Wasser«, sagte er.

Sie nickte und verließ den Raum. Peterson sprang schnell auf und drehte den Schlüssel in der Tür um. Dann ging er zu seinem Stuhl zurück. Er schaute in den Spiegel. Er wusste, dass es keinen Ausweg mehr gab. Es war vorbei. Er würde seinen Abgang haben, nach zwanzig Jahren würde Joe Peterson von der Bühne abtreten, für immer.

Langsam zog er die Schublade auf. Er nahm die Smith & Wesson heraus. Sein Vater hatte sie ihm geschenkt, als er sechzehn wurde, damals auf der Farm in Texas. Sie hatte ihn sein Leben lang begleitet. Als Junge schoss er damit Schlangen und Kaninchen. Seither hatte er sie nicht mehr benutzt. Aber er wusste immer noch, wie man damit umging. Peterson strich über den Lauf. Dann drehte er die Trommel. Er vergewisserte sich, dass in allen Kammern eine Patrone steckte.

Er hörte, wie Jenny versuchte, die Tür zu öffnen. Peterson steckte den Lauf in den Mund und richtete ihn nach oben, sodass die Kugel das Gehirn durchschlagen musste. Die Smith & Wesson war immer noch die stärkste Handfeuerwaffe auf dem Markt. Er war sich sicher, dass eine Kugel reichen würde. Es würde kein schöner Anblick sein.

Wieder hörte er das Rütteln an der Tür. »Joe, bist du noch da?«, rief Jenny.

Er krümmte den Finger um den Abzug, spürte den Druckpunkt und zog voll durch.

Die Uhr neben dem Spiegel zeigte 20.25 Uhr.

Jeff Kowalski schaute irritiert auf die Uhr, die über dem Eingang zum Studio hing. Dann verglich er sie mit seiner Armbanduhr. Noch zehn Minuten bis zur Sendung. Scheiße, dachte er, wo bleibt er nur?

Die Tür öffnete sich. Kowalski atmete auf. Endlich! Aber es war nicht Peterson. Jenny McGuire erschien, und er bemerkte sofort ihr tränenüberströmtes Gesicht. Die Tränen hatten sich durch ihr Make-up gefressen und breite Spuren hinterlassen.

»Verdammt noch mal, Jenny, was ist los? Wo bleibt er?«, fuhr er sie an.

Sie stürzte auf ihn zu, warf in einer hilflosen Geste ihre Arme um seinen Hals, begann hemmungslos zu schluchzen. Einen Moment lang wusste er nicht, wie er reagieren sollte. Dann fasste er sie bei den Schultern, begann sie zu schütteln. »Herrgott noch mal, Jenny, hör auf zu flennen. Wo, verdammt, ist Joe?« Sein Blick ging über sie hinweg wieder zu der Uhr.

»Er ist ...«, ein Schluchzen kam irgendwo tief aus ihrer Brust, »er ist ...«

Wieder schüttelte er sie. »Ja, was ist? Spuck's endlich aus.«

Sie schaute zu ihm auf, war plötzlich ganz ruhig. Ihre Augen suchten seine. Mit tonloser Stimme sagte sie: »Er ist tot, Jeff. Er hat sich erschossen.«

Jeff Kowalski hielt den Atem an. Eine Hitzewelle raste durch seinen Körper. Sein Kopf lief rot an. Der große Zeiger der Uhr über ihm schien plötzlich überdimensional, ein riesiges drohendes Auge, das ihn unbarmherzig vorantrieb.

Noch fünf Minuten bis zur Sendung. Die Story seines Lebens, vorbei. Kowalski holte tief Luft. Nein, nein, nein, nicht mit ihm. Denk schnell, alter Junge, denk schnell. Er hatte keinen Moderator, aber er hatte die Story. Da draußen warteten die Studiogäste, schnell zusammengetrieben, nicht die Creme, aber immerhin. Es war die Geschichte des Jahrzehnts, besser als O. J. Simpson, viel besser.

Jeff Kowalski gab sich einen Ruck. Er hatte noch nie selbst vor einer Kamera gestanden. Aber er würde es tun. Er würde gleich hinausgehen in das heiße Licht der Scheinwerfer, und er würde die Story erzählen, er würde die Sendung machen, irgendwie. Er würde es reißen, man würde ihn in New York dafür in den Himmel heben – der Producer, der die Sendung rettet, der dem Network die Schlagzeilen bringt, die Superstory. Er wischte sich über die Stirn, fühlte, dass sie schweißnass war.

»Jeff?« Bill Blitzer, sein Assistent, riss ihn aus den Gedanken. Er hielt ihm einen Telefonhörer hin. »New York«, sagte er, »Robert Silverstein für dich.«

Jeff Kowalski schaute ihn an, verdutzt. Silverstein persönlich? Der Präsident des Senders? Jetzt, ausgerechnet jetzt?

Er nahm den Hörer. »Kowalski hier.«

»Jeff?«, hörte er die Stimme Silversteins. »Was machen Sie nur für eine Scheiße?«

Kowalski fasste den Hörer fester, plötzlich blass. Silverstein gab ihm keine Chance für eine Antwort.

»Webster hat mich gerade angerufen. Hören Sie, Kowalski! Webster, er hat mir die Geschichte erzählt. Er hat mir berichtet, dass Sie Arschloch nicht bereit sind zu kooperieren, dass Sie die nationale Sicherheit aufs Spiel setzen wollen. Sind Sie völlig meschugge, Kowalski?«

Kowalski hörte die bellende Stimme des Network-Chefs. Er sagte nichts. Er war nicht fähig zu irgendeinem Gedanken. Automatisch ging sein Blick zu der Uhr. Noch eine Minute bis zum Beginn der Sendung.

»Nichts da, Kowalski, nicht mit uns.«

»Aber ...«, versuchte Kowalski schließlich einzuwerfen.

»Kein Aber. Kowalski, vergessen Sie's. Ich sage Ihnen, was wir machen werden. In ein paar Sekunden läuft die Joe-Peterson-Show, allerdings eine Wiederholung von vor vier Wochen zum Thema ›Sex in der Politik – wie weit dürfen die in Washington noch gehen?‹. Und, Kowalski, wir sprechen uns noch – nach der Sendung.«

Die Leitung war tot. Der große Zeiger der Uhr sprang auf die Zwölf. Kowalski hörte im Hintergrund eine vertraute Melodienabfolge. Er blickte auf einen Monitor, der auf dem Gang zur Studiobühne stand. Auf dem Bildschirm lief der Vorspann zur Joe-Peterson-Show. Er bemerkte, dass Jenny McGuire immer noch dastand. Er legte einen Arm um sie. Er war sich nicht sicher, ob er ihr Trost spenden wollte oder selbst Trost suchte.

Auf dem Flug nach Washington, D.C.

»Oh mein Gott, das, das ... das tut mir leid«, stotterte Natascha. Soeben hatte sie dem Passagier in der Reihe fünf der Businessklasse des Fluges SU 104 der Aeroflot-Maschine den Kaffee über den Anzug geschüttet. Schon während des ganzen Fluges war sie fahrig und erschöpft gewesen, und jetzt, eine Stunde vor der Landung war es noch schlimmer geworden, sie konnte sich kaum mehr zusammenreißen.

Würde sie ihn sehen, würde er sie überhaupt sehen wollen?, war die Frage, die sie wieder und wieder beschäftigte, seit sie mit der Besatzung auf dem Flughafen Scheremetjewo an Bord des schweren A-330 Airbus gegangen war.

Der Passagier, ein beleibter Mann um die fünfzig mit einer Glatze, schaute sie erbost an. Natascha rannte in die kleine Galley der Maschine und kam mit einer großen Papierrolle zurück. Sie begann, hektisch die durchnässte Anzugjacke des Passagiers abzureiben.

»Es tut mir leid, wirklich, es tut mir sehr leid«, sagte sie erneut. »Natürlich wird Aeroflot die Reinigung übernehmen«.

»Ach, wirklich?«, sagte der Mann, »und was soll ich zu dem Meeting tragen, das ich gleich nach der Landung bei der Weltbank habe?«

Natascha wusste keine Antwort. »Bitte geben Sie mir Ihre Jacke, ich werde sie in der Galley zum Trocknen aufhängen«, war das Einzige, was ihr einfiel. Der Mann zog die Jacke aus und reichte sie ihr. »Darf ich Ihnen bis dahin ein Glas Champagner bringen?«, fragte sie.

»Meinetwegen«, knurrte der Mann. Sie lief, um die Flasche zu holen, und bemühte sich, das Zittern ihrer Hände zu unterdrücken, als sie vorsichtig den Champagner in das schmale Glas goss und es dem Passagier reichte. Erneut ging sie in die Galley und kam mit einer kleinen Dose Kaviar zurück, die sie vor ihm platzierte. »Bitte sehr, der Herr, eine kleine Aufmerksamkeit, und noch einmal, es tut mir schrecklich leid.«

»Wir befinden uns im Endanflug auf Washington D.C.«, hörte sie die Stimme des Kapitäns, erst auf Russisch, dann auf Englisch. Sie war froh, dass der Passagier abgelenkt war, als der Pilot seine Ansagen machte. Zugleich stieg ihre Anspannung erneut. Bald würde sie in der Stadt sein, in der auch Jurij war. Sie hörte, wie die Landeklappen ausgefahren wurden, dann das Fahrwerk. Routine nach einem zehnstündigen Flug von Moskau in die amerikanische Hauptstadt.

Die Ankunft verlief ohne Probleme, und kurze Zeit darauf saß sie in dem Crewbus, der sie in das Hotel für die Aeroflot-Besatzung bringen würde. Sie nahm ihr mobiles Telefon zur Hand. Einen Moment noch überlegte sie, dann schrieb sie eine SMS: »Lieber Jurij, ich bin in der Stadt, ich muss dich unbedingt sehen.« Noch einmal zögerte sie kurz, dann drückte sie auf »Senden«.

Wenig später fuhr der Bus vor ihrem Hotel vor. Auf ihrem Zimmer ließ sie sich erschöpft auf das Bett fallen. Sie legte das

Telefon neben sich, unsicher, nervös. Nichts, keine Antwort. Sie wehrte sich gegen ihre Erschöpfung, doch dann schlief sie ein, immer noch in ihrer Uniform. Sie wusste nicht, wie lange sie geschlafen hatte. Als sie erwachte, griff sie sofort nach ihrem Handy.

»Ich wohne im Watergate-Hotel, wann kannst du hier sein? Jurij«, las sie den Text der SMS, die während ihres Schlafes angekommen war.

Sie griff zu dem Hörer des Telefons, das neben ihrem Bett stand, und wählte die Nummer der Rezeption. »Bestellen Sie mir ein Taxi, so schnell wie möglich«, sagte sie in den Hörer.

Washington, D.C., USA

Zum ersten Mal, seit sie das Museum erstürmt hatten, hatte der Falke den Eindruck, die Situation unter Kontrolle zu haben. Alle seine Befürchtungen waren beseitigt, und nun blieb ihm nur zu warten. Er hatte das Fernsehgerät auf die Theke des Informationsschalters gestellt, das CNN-Programm eingeschaltet und die Lautstärke so niedrig wie möglich eingestellt. Die Bilder würden ihm schon sagen, ob man seine Bedingungen erfüllte. Er schaute auf die Uhr. Es blieben noch zehn Stunden, und es gab keinen Hinweis darauf, dass die Amerikaner ihm geben würden, was er verlangt hatte.

Was er wirklich wollte, waren die Befreiung seiner inhaftierten Mitstreiter und die Demütigung der Amerikaner, aber auch die Alternative hierzu war ihm mehr als recht. Wenn es dazu käme, wäre ein Platz bei Allah für ihn reserviert, und so war er bereit, auch die letzte Opfertat zu begehen. Den Tod fürchtete er nicht. Im Gegenteil, er sah ihn als die Krönung seines hingebungsvollen Glaubens. Nein, der Tod konnte den Falken nicht schrecken. Er würde ohnehin bald sterben, der Krebs hatte ihn besiegt, wie er täglich mehr spürte. Seine einzige Befürchtung war, dass Webster und seine Beraterclique ihn nicht ernst nähmen.

Im Geiste sah er sie im Oval Office versammelt, wie sie sich über seine Forderungen lustig machten, kicherten, überlegten, wie sie ihn hereinlegen könnten. Solche Gedanken brachten sein Blut in Wallung. Nichts konnte ihn mehr in Wut bringen, als nicht ernst genommen zu werden. Die westliche Welt hatte die islamische nie ernst genommen. Sein Volk war seit Jahrzehnten die Lachnummer im Welttheater. Nicht beachtet, nicht respektiert, mit einer dürftigen Nebenrolle in der Weltpolitik. Aber dies würde sich ein für alle Mal ändern. Die Macht seines Volkes würde dieser Welt vor Augen geführt werden.

Der Falke wandte sich an Abdullah, der auf den Informationsschalter zukam. »Hast du die Gefangenen sicher eingeschlossen?«, fragte er ihn.

»Jawohl, Ali. Sie können nicht entfliehen.«

»Und die Kinder?«

»Moussak passt auf sie auf. Ich werde die Eingänge bewachen.«

»Gut«, sagte der Falke. »Jetzt warten wir ab.«

»Ali ...«

»Was ist?«

»Was hast du mit den Kindern vor?«

»Das wird sich zeigen. Das hängt davon ab, wie sich die Amerikaner verhalten. Wir müssen einfach abwarten.«

Michelle Berry lag auf dem Boden der Garderobe, Hände und Knöchel waren mit Kabelband gefesselt. Sie wusste, dass Dennis irgendwo hinter ihr lag, aber der Araber, der sie gefesselt hatte, hatte sie gewarnt, sie solle sich weder bewegen noch reden. Sie war sich fast sicher, dass der Terrorist den Raum verlassen hatte, aber sie traute sich nicht nachzuschauen. Sie spürte die Wut in sich, Wut darüber, dass sie nun gefangen war. Sie hasste es, sich zu ergeben, doch andererseits war ihr keine Alternative geblieben. Dennis wäre liquidiert worden, wenn sie nicht aufgegeben hätte. Aber was hatte er da über Paul oder Kevin gesagt? Dass sie einen von ihnen umgebracht hätten? Woher konnte er das wissen? Sie wollte ihn unbedingt danach fragen und war versucht, ihn anzusprechen. Gerade als sie ihren ganzen Mut zusammennahm, hörte sie seine Stimme hinter sich.

»Michelle«, flüsterte er ihr zu, »ich glaub, sie sind nicht mehr hier. Bist du in Ordnung?«

»Ja, ich mach mir nur vor Angst in die Hose.«

»Kann ich verstehen.«

»Dennis, was hast du damit gemeint, Paul oder Kevin hätten sie umgebracht?«

»Das hat der Mann mir gesagt. Der Kerl, der mich erwischt hat, sagte, sie hätten einen unserer Agenten erschossen. Der hat uns die ganze Zeit ›Agenten‹ genannt. Der glaubt wohl, wir seien vom FBI.«

»Um Gottes willen«, sagte sie verzweifelt.

Da hörten sie eine dünne Stimme aus einer Ecke des Raums. »Michelle? Dennis?«

Michelle verrenkte sich den Hals und versuchte festzustellen, wer außer ihnen noch im Raum sei.

»Ich bin's, Kevin.«

»Kevin. Bist du okay?«, flüsterte sie erleichtert.

»Es tut mir so leid. Ich hab versucht, ihnen nicht zu verraten, wo ihr seid, aber als sie Paul erschossen hatten, da konnte ich einfach nicht mehr. Es tut mir alles so verdammt leid.«

Als das Telefon am Informationsschalter läutete, wollte es der Falke zunächst ignorieren, besann sich dann jedoch eines Besseren, hob ab, sagte aber nichts.

»Hier spricht Schoefield vom FBI«, hörte er den Anrufer sagen.

Der Falke dachte einen Augenblick lang nach und sagte dann knapp: »Was wollen Sie?«

»Ich will mit Ihnen über die Geiseln reden.« Schoefield wartete einen Moment, erhielt aber keine Antwort. Also wiederholte er: »Ich möchte mit Ihnen über die Freilassung der Geiseln sprechen.« Wieder machte er eine Pause in der Hoffnung, den Falken in ein Gespräch zu verwickeln, doch auch diesmal bekam er keine Antwort. Er ließ eine Weile verstreichen, dann fuhr er fort: »Es nützt Ihnen nichts, wenn Sie die Geiseln weiter gefangen halten. Sie haben doch alles, was Sie wollen, und daher besteht kein Grund, sie weiter festzuhalten.«

»Alles, was ich will?«, antwortete der Falke nun plötzlich. »Glauben Sie im Ernst, ich hätte alles, was ich will? Dann sind Sie ein Narr. Ich will sehen, dass meine Landsleute aus den jüdischen Gefängnissen entlassen werden. Ich will, dass ihr Amerikaner den jüdischen Staat als das bezeichnet, was er wirklich ist – eine illegale Besetzung unseres palästinensischen Grund und Bodens –, und gebt endlich eure Anerkennung und Unterstützung des kriminellen Staates Israel auf. Und damit wir es nicht vergessen, ich will, dass die Gefangenen in Guantánamo freikommen.«

»Ich verstehe Sie«, sagte Schoefield, »und wir arbeiten hart daran, Ihre Forderungen zu erfüllen, aber jetzt bitte ich Sie erst einmal um die Freilassung der Unschuldigen, die sich in Ihrer Gewalt befinden.«

»Mir fehlt jeder Beweis, dass irgendjemand etwas unternimmt, um meine Forderungen zu erfüllen.«

»Wir stehen in laufenden Verhandlungen, aber solche Dinge brauchen eben ihre Zeit«, sagte Schoefield.

»Das ist eine verdammte Lüge!«, explodierte der Falke. »Sie tun doch überhaupt nichts! Sie verzögern und verzögern und lachen sich über die idiotischen Araber kaputt, aber Sie werden schon sehen, was Sie davon haben. Allah ist mein Zeuge, Sie werden sehr bald erkennen, wie ernst es mir ist. Ich scherze nicht, und Sie können Ihre Spielchen mit mir nicht spielen und dabei gewinnen.«

»So glauben Sie mir doch«, versuchte Schoefield ihn zu beschwichtigen, »dass wir in der ernsten Lage, in der wir uns befinden, nicht leichtfertig handeln. Wir tun alles Menschenmögliche, um die Gefangenen auf Ihrer Liste freizubekommen, aber wir machen uns ganz besonders um die Kinder Sorgen. Die haben mit der ganzen Sache nicht das Geringste zu tun. Im Namen der Menschlichkeit bitte ich Sie, die Kinder gehen zu lassen.«

»Wenn Sie wirklich annehmen sollten, die Kinder nützten mir nichts, dann irren Sie sich«, erwiderte der Falke, legte eine kurze Pause ein und sagte dann: »Ich werde sie hinausschicken, Sie werden schon sehen. Aber ich werde sie so hinausschicken, dass sowohl Ihrem Präsidenten als auch den Israelis klar wird, dass ich meine, was ich sage.«

Wie viele der Kinder, die auf dem Boden des »Raums der Spender« lagen, war auch Jodie Schaefer vor Erschöpfung eingedämmert. Sie schreckte hoch, als eine Hand an ihrer Schulter rüttelte. Der Mann mit der Pistole bedeutete ihr, zur Tür zu gehen. Man führte sie zum Hintereingang des Museums. Einige Minuten geschah nichts, und dann fragte sie: »Was geht hier vor? Warum haben Sie mich hierhergebracht? Ich will bei den Kindern bleiben.«

»Ruhe«, sagte der Araber. »Sie warten hier.«

Während Jodie dastand und wartete, stand der Falke an der Eingangstür des Raums, ließ die Kinder einzeln herauskommen und fragte jedes nach seinem Namen. Eins nach dem anderen gingen sie an ihm vorbei, aber als Jennifer Goldman ihm ihren Namen sagte, nickte er Moussak zu, der das Kind beim Arm nahm und wegführte.

Kurz darauf erschien der Falke im Eingangsbereich. Er kam gleich auf Jodie zu, die ihn fragend anschaute und vor Nervosität auf ihrer Unterlippe kaute.

»Sie werden uns jetzt verlassen und Ihrem Präsidenten eine Botschaft übermitteln. Sagen Sie ihm, dass Sie ihm den

Beweis dafür bringen, dass man mit mir keine Späße treiben kann.«

Aus dem Inneren des Museums tauchte Moussak auf. Er trug Jennifer Goldman in seinen Armen. An der Tür übergab er das Kind an Jodie. Jodie Schaefer schaute es voller Grauen an. Die Tür wurde aufgehalten, und sie wurde fast sanft hinausgeführt. Draußen schaffte sie noch einige Schritte und begann dann, panisch zu schreien.

Ein Gewitter an Blitzlichtern durchbrach die Dunkelheit der Nacht. Der Fotograf von AP schoss Bild um Bild in dem Bestreben, eines davon würde ebenso historische Bedeutung gewinnen, wie das des Mädchens, das den toten Studenten an der Kent-State-Universität in ihren Armen wiegte, oder das des weinenden Akkordeonspielers bei Präsident Franklin Delano Roosevelts Begräbnis.

Jodie Schaefer stand vor dem Holocaust-Museum und hielt ein totes jüdisches Kind in ihren Armen. Auf ihrer Jeans waren die Blutflecke des ermordeten Mädchens zu sehen. Ihr Gesicht war in Tränen aufgelöst, und aus ihrem weit offenen Mund ertönte ein herzzerreißendes Weinen.

Atlanta, Georgia, USA

»Mach schnell, Lois!«, schrie der Regisseur über die Intercom-Anlage.

Lois Brenner zwängte sich an der Kamera zwei vorbei und stürzte mit ihrer Puderquaste auf Bobbie Diaz zu. Schnell ging sie mit der Quaste über das Gesicht der Moderatorin und schminkte die glänzenden Stellen an der Nase weg, die sich unter der Hitze der Studioscheinwerfer gebildet hatten.

Bobbie Diaz blinzelte. Feinste Spuren des Puders waren in ihre Augen eingedrungen. Sie versuchte, sich dennoch zu konzentrieren.

»Aus dem Bild, Lois, nun mach schon!«, rief der Regisseur wieder. »Achtung, Bobbie, du bist gleich drauf, wir gehen wieder nach Washington, zum Holocaust-Museum. Und denk daran, kein Wort über eine Atombombe! Dies ist eine Geiselnahme von Terroristen, die Kinder in ihrer Gewalt haben. Klar?«

Bobbie Diaz nickte. Auf dem Monitor vor ihr erschien der Kopf von Sharon Blair. An Kamera eins ging das Rotlicht an. Bobbie Diaz drehte sich so, dass sie mit dieser Kamera Blickkontakt aufnahm.

»Am Holocaust-Museum gibt es offenbar eine neue, dramatische Entwicklung«, sagte sie, »wir schalten nun wieder zu CNN-Korrespondentin Sharon Blair. Sharon, was ist geschehen?«

»Es ist mehr als dramatisch«, berichtete die Korrespondentin. »Soeben öffnete sich kurz die Tür des Holocaust-Museums, und die Leiche eines Kindes wurde herausgetragen.«

Die Kamera schwenkte hinüber zu der Tür, wo zwei Sanitäter gerade dabei waren, den toten Körper aufzunehmen und auf eine Bahre zu legen.

»Was für eine entsetzliche Tat«, sagte Sharon Blair, »offensichtlich wollten die Terroristen damit noch einmal ihre Entschlossenheit demonstrieren und zugleich ihre Forderungen bekräftigen. Neben mir steht jetzt Martha Albright, sie ist eine der Lehrerinnen, die die Schulklasse begleiteten. Sie ist gerade noch herausgekommen, als die Terroristen die Kinder als Geiseln genommen haben. Martha, Sie haben diese Geiselnehmer kurz gesehen. Was können Sie uns darüber sagen?«

Bobbie Diaz sah auf ihrem Monitor im CNN-Hauptquartier in Atlanta, wie die Kamera groß auf das Gesicht der Lehrerin zufuhr. Ein Weinkrampf schüttelte sie. »Meine Kinder …«, schluchzte sie. »Oh mein Gott, die armen Kinder …«

Sharon Blair zögerte einen Augenblick, bevor sie nachsetzte. »Entsetzlich, ganz entsetzlich, aber was können Sie uns über die Geiselnehmer sagen?«

Die Kamera blieb unbarmherzig auf dem Gesicht der Lehrerin. Sie weinte hemmungslos. Dann fasste sie sich für einen Augenblick. »Es sind insgesamt drei. Dunkelhaarig. Einer ist mir besonders aufgefallen, schlank, stechende Augen. Mittelöstlich, würde ich sagen. Er ist der Anführer.« Wieder wurde sie von einem Weinkrampf geschüttelt. »Kann denn niemand etwas tun?«, flüsterte sie. »Es sind doch nur unschuldige Kinder ...«

Bobbie Diaz griff ein. »Sharon, offensichtlich vermag Frau Albright im Moment nichts mehr zu sagen. Wie sehen im Augenblick die Möglichkeiten für die Polizei aus, die Geiselnahme zu beenden?«

»Nun, natürlich wimmelt es hier von Polizeibeamten. Das FBI hat seine Scharfschützen in Stellung gebracht, alles ist abgesperrt, aber die Wahrheit ist: Im Augenblick sieht es nicht so aus, als könne die Polizei viel ausrichten. Die Terroristen, das haben sie gerade erst wieder auf grauenvolle Weise gezeigt, sind zu allem entschlossen, und sie haben sich im Holocaust-Museum verschanzt – zusammen mit ihren Geiseln. Wir können im Augenblick nicht mehr tun, als abzuwarten«.

»Gut, Sharon, fürs Erste vielen Dank. Wir bleiben in Kontakt«, sagte Bobbie Diaz, die nun wieder die Kamera eins fixierte. »Aber zuerst eine kurze Unterbrechung.« Wieder flimmerte der Werbespot für die neueste Dosensuppe über den Bildschirm.

Washington, D.C., USA

Sein Mobiltelefon klingelte, eine unbekannte Nummer. Jurij Arbatow befreite sich aus ihrer Umarmung und nahm den Anruf an. Die Stimme kam ihm merkwürdig bekannt vor.

»General Arbatow?«, fragte sie auf Russisch.

»Ja, am Apparat«, bestätigte er.

»Präsident Tschernow hier. Hören Sie mir gut zu: Webster hat mich darüber informiert, dass diese verrückten Araber einen unserer Atomsprengköpfe in ihrem Besitz haben, Sie wissen, die Terroristen, die das Holocaust-Museum besetzt haben. Sie wollen sie hochgehen lassen. Unser Militärattaché hat mich unterrichtet, dass Sie ein Experte für diesen Typ des Sprengkopfes sind. Arbatow, Sie sind der einzige Fachmann weit und breit, der hier auf die Schnelle vielleicht eingreifen kann. Die Amerikaner sind dringend auf unsere Hilfe angewiesen ...« Tschernow machte eine Pause: »Auf Ihre Hilfe.« Wieder schwieg er für einige Sekunden. »Können Sie die Amerikaner unterstützen?«

Arbatow hielt den Atem an. »Ich ... äh ...«, versuchte er sich zu fangen. »Ich weiß nicht, ich kenne die Umstände ja nicht.«

»Wir haben keine Zeit, lange zu überlegen, Arbatow, es gibt ein Ultimatum, und, verdammt noch mal, es sieht ganz danach aus, dass sie es ernst meinen«, hörte er Tschernow sagen. »Es hat wohl keinen Sinn, Ihnen hier den Befehl zu erteilen, aber wollen Sie zulassen, dass hier alle in die Luft fliegen? Und Sie auch?«

Arbatow holte tief Luft. »Ich werde versuchen zu helfen, Herr Präsident«, sagte er schließlich.

»Gut, machen Sie sich bereit, ich werde die Amerikaner informieren, melden Sie sich beim FBI«, sagte Tschernow. Wieder machte er eine kurze Pause. »Und danke, General Arbatow.« Arbatow hörte das Klicken, als der Präsident aufgelegt hatte.

Natascha, mit der er zuvor eng aneinandergeschmiegt auf seinem Bett gelegen hatte, schaute ihn fragend an. Sie hatten sich geliebt, mit der Heftigkeit der Verzweifelten. Jurij Arbatow suchte auf dem Nachttisch nach den Zigaretten, fand aber nur eine leere Schachtel. Er musste es ihr sagen, er musste sich erklären.

Arbatow starrte an die Decke des Hotelzimmers. Er fühlte sich leer und ausgebrannt. Er wollte es sich nicht wirklich eingestehen, konnte es aber nicht länger verdrängen. Er war ratlos, ratlos und – er musste es hinnehmen – hilflos. Er fühlte sich von den Ereignissen überrollt, fühlte sich von ihnen in die Enge getrieben, in eine Situation hinein, in der es für ihn keinen wirklichen Ausweg mehr gab.

Zum ersten Mal in seinem Leben wusste er nicht mehr, was richtig und was falsch war. Es war ein unerträglicher Zustand. Begonnen hatte es auf dem Flugplatz, als er nicht in der Lage gewesen war, sich gegen Tschernow zu wehren. Seither war alles noch viel schlimmer geworden. Die plötzliche Anwesenheit Nataschas hatte ihn verwirrt, hatte ihm die innere Balance genommen, hatte das Gefühl der totalen Verunsicherung noch gesteigert.

War er nicht im Recht, fragte er sich noch einmal. War Tschernow nicht der Verräter an der russischen Sache, gerade hier, in Washington? Hatte er nicht jedes Recht, sich mit allen Mitteln dagegen zu wehren? Der Gedanke beherrschte sein Gehirn, marterte ihn. Mit allen Mitteln, wirklich mit allen Mitteln?

Seit der Geiselnahme im Holocaust-Museum hatte er irgendwie geahnt, was der Mann, der die Bombe jetzt hatte, wirklich beabsichtigte. Es war ihm bewusst geworden, dass er mit den Arabern den Plan nie wirklich zu Ende diskutiert, dass er selber die möglichen Konsequenzen nie bis ins Letzte bedacht hatte.

Und dazu noch Natascha. Er stöhnte auf. Er konnte es nicht mehr ertragen, merkte, wie sich seine Gedanken im Kreis drehten. Er tastete nach der Fernbedienung, suchte den Knopf und drückte ihn. Der Bildschirm flackerte auf, das Bild erschien. CNN berichtete vom weiteren Fortgang des Geiseldramas.

»Jetzt wird die Leiche des Kindes in ein Krankenhaus gebracht«, berichtete Sharon Blair gerade. »Wird dies das letzte unschuldige Kind sein, das bei diesem Geiseldrama umkommt, oder werden die Terroristen noch mehr Geiseln umbringen, um ihre Forderungen durchzusetzen? Das ist gegenwärtig die bange Frage hier am Holocaust-Museum.«

Natascha hatte sich aufgerichtet. Arbatow sah ihre weit aufgerissenen Augen, die auf den Bildschirm starrten. »Oh, mein

Gott«, flüsterte sie schließlich, »oh, mein Gott, diese Monster.« Sie wandte sich Arbatow zu. »Was ist nur los?«, fragte sie.

Arbatow war klar, dass er nicht mehr anders konnte. Dies war das, was man die Stunde der Wahrheit nannte, mit all dem Pathos, das damit verbunden war.

»Die Araber da in dem Museum haben unsere Bombe«, sagte er mit tonloser Stimme.

Sie brauchte einen Augenblick, um zu begreifen. Dann richtete sie sich auf. »Und wir sind schuld daran«, sagte sie mit bebender Stimme. »Hörst du, Jurij, wir sind schuld daran.«

»Du hast überhaupt keine Schuld«, versuchte er einzuwerfen.

Doch sie schrie nun, trommelte mit ihren Fäusten auf seinen Brustkorb. »Du … du hast mich dazu gebracht, diesen Wahnsinn zu glauben. Mich still zu verhalten, es einfach hinzunehmen. Dich nicht sofort davon abzubringen …« Sie schlug härter zu, die Schläge wurden zum Stakkato: »Und ich? Ich Idiot, ich verdammter Idiot habe dir geglaubt. Für Russland, hast du gesagt, alles nur für Russland. Und jetzt? Sieh doch, was deine Freunde hier machen. Mörder, wahnsinnige Mörder sind sie, nichts weiter.« Er ergriff sie bei den Handgelenken, stoppte die Schläge.

Sie wand sich und versuchte, sich aus seinem eisernen Griff zu befreien. »Du tust mit weh«, zischte sie.

Schließlich hörte sie auf, sich zu wehren. Ein neuerlicher Weinkrampf schüttelte sie. Er ließ ihre Handgelenke los. »Und ich habe geglaubt, du liebst mich. Ausgenutzt hast du mich, nichts weiter.«

Arbatow wusste nicht, was er tun sollte. »Ich … äh … ich wusste ja nicht …«, stammelte er.

Sie schaute zu ihm auf. »Gott wird uns strafen«, sagte sie leise. Ihre Augen hatten nun einen flehentlichen Ausdruck. »Jurij, wir … du musst etwas unternehmen. Du kannst doch nicht einfach hinnehmen, was da geschieht. Jurij, bitte, bitte, tu etwas, irgendetwas!«

Er schaute erneut auf den Fernseher. Noch immer liefen die Bilder vom Holocaust-Museum über den Bildschirm. Die Eltern des ermordeten Kindes waren eingetroffen. Die Kamerateams stürzten sich auf sie. Die Mutter, eine dunkelhaarige Frau Ende dreißig, brach weinend zusammen. Arbatow biss sich auf die Lippen. Seine Hand tastete nach dem Telefon, das neben ihm auf dem Nachttisch stand. Er hob den Hörer ab und wählte die Nummer des Hoteloperators.

»Geben Sie mir das FBI«, sagte er.

In seinem engen Verschlag im Presseraum des Weißen Hauses verfolgte Al Steinbrenner die Übertragung vom Holocaust-Museum. Seine Hände umklammerten die Kante des kleinen Schreibtisches vor ihm so fest, dass das Weiße an den Handgelenken durchschimmerte. Mist, dachte er, verdammter Mist.

Er beobachtete, wie Leslie Hammer wütend ein weiteres Mal den Telefonhörer auf die Gabel warf. Er konnte sich ein zynisches Grinsen nicht verkneifen. Wenigstens wusste sie nichts, noch immer nicht. Aber wie lange würde es noch dauern, bis auch sie hinter die Wahrheit kam? Würde ihr Bettgenosse es ihr nicht doch irgendwann erzählen?

Mist, dachte er wieder. Hier saß er nun, und er kannte die Wahrheit, die ganze verdammte Wahrheit. Es hätte die tollste Geschichte seiner Karriere sein können. Eine Atombombe in Sichtweite des Weißen Hauses! Und er, CNN-Korrespondent Al Steinbrenner, wusste davon! Was für eine Story!

Aber Webster hatte tatsächlich Ted Burner angerufen und ihm einen Maulkorb verpasst! Und der CNN-Chef hatte sich nicht nur darauf eingelassen, sondern die volle Kooperation zugesagt, wenn es darum ging, die Forderungen der Terroristen zu erfüllen. Sorry, Al, hatte man ihm in Atlanta gesagt, der Boss hat so entschieden. So ist die Lage, und kein Wort über die Atombombe, klar?

Al Steinbrenner blickte auf das Foto von John F. Kennedy, das er über seinem Schreibtisch aufgehängt hatte. Er hatte ihn als Teenager noch bei einer Wahlkampfveranstaltung erlebt, damals, in Iowa. Er war der Grund, warum er unbedingt eines Tages Journalist werden wollte, und er hatte es geschafft: Er war der Korrespondent von CNN im Weißen Haus geworden.

Er erinnerte sich noch gut an ein Wort des ermordeten Präsidenten: »Das Leben ist nicht fair.«

Jerusalem, Israel

Für einen Augenblick herrschte betroffene Stille im Kabinettssaal. Auch Verteidigungsminister Yossi Arat, der in den letzten Minuten ständig mit seinen Fingerkuppen auf die blank polierte Platte des langen Tisches getrommelt hatte, saß nun regungslos und starrte wie die Übrigen stumm auf den Bildschirm des Fernsehapparates, der auf einem kleinen Tisch in einer Ecke stand. Er war auf CNN International eingestellt.

Josef Honig, der Minister für innere Sicherheit, durchbrach als Erster das Schweigen der Runde. »Diese Schweine«, stöhnte er. Sein Gesicht war aschfahl. Er nahm seine Brille ab und begann hektisch, ihre Gläser mit einem Taschentuch zu polieren. Dann setzte er sie wieder auf.

Premierminister Ben Nathan fing seinen Blick auf, in dem Wut und Hass nicht zu übersehen waren. Er wusste, dass es mit Honig am schwersten sein würde. Er war für die Polizei zuständig und damit für die Sicherheit in Israel. Neben ihm saßen die übrigen Mitglieder des Sicherheitskabinetts, dem der Außen-, der Verteidigungs-, der Innen-, der Finanzminister, der Minister für innere Sicherheit und der Minister für die Infrastruktur angehörten. Ihre Gesichter sahen müde aus, es war 3.30 Uhr morgens in Jerusalem, 8.30 Uhr abends in Washington.

Ben Nathan räusperte sich. »Webster hat eben noch einmal angerufen«, sagte er. »Er lässt sich nicht abschütteln. Und jetzt beginnt er zu drohen. Wenn wir nicht mitspielen, dann will er die Militärhilfe einstellen.«

Er sah, wie Verteidigungsminister Yossi Arat rot anlief. Josef Honig sprang von seinem Stuhl auf. »Das ist Erpressung. Wir dürfen das nicht hinnehmen. Niemals!«

Er nahm wieder seine Brille ab und fuchtelte erregt damit herum. Er wies auf den Fernseher. »Ihr habt es doch gerade gesehen. Es sind Mörder, nichts als kaltblütige Mörder, die nicht einmal davor zurückschrecken, unschuldige Kinder umzubringen. Und dann sollen wir noch mehr von ihnen freilassen? Unmöglich!«

Yossi Arat nickte zustimmend. »Genau, wenn wir einmal nachgeben, dann sind wir für immer erpressbar. Das ist doch genau, was diese Terroristen wollen: der Welt zeigen, dass Israel doch in die Knie gezwungen werden kann.«

»Wir haben Jahrzehnte gebraucht, um diese Gangster hinter Gitter zu bringen. Wenn wir sie jetzt freilassen, dann werden sie von vorne anfangen. Und sie werden nicht vergessen, dass es doch einen Weg aus unseren Gefängnissen gibt. Ich sage voraus: Es wird Terror ohne Ende geben – schlimmer als das, was wir je erlebt haben!«, fügte Josef Honig hinzu.

»Und dieser Webster will uns dazu zwingen. Das ist unerhört«, sagte Yossi Arat. »Wofür all die Kriege, wofür all die Opfer? Wenn wir jetzt weich werden, dann war alles umsonst!«

»Und überhaupt«, ereiferte sich Honig jetzt, »diese Amerikaner. Immer wieder haben sie uns zu neuen Friedensabkommen mit den Palästinensern gezwungen. Und was haben wir davon? Nichts! Im Gegenteil: Die kriegen doch nie die Fundamentalisten in den eigenen Reihen unter Kontrolle. Und wir müssen dafür büßen! Immer wieder! Ich sage: Dieser ganze Friedensprozess ist eine Katastrophe für Israel!«

Joel Rabinowich, der Außenminister, meldete sich zu Wort. Er war der Älteste in der Runde, ein Mann, der mit seinem schütteren Haar und seinen dicken Brillengläsern eher wie ein Universitätsprofessor wirkte und nicht wie ein Politiker, der mit allen Wassern gewaschen war. »Es ist ganz einfach: Wir können uns noch so wehren – letztendlich werden wir doch nachgeben müssen. Machen wir uns nichts vor: Auch wenn wir noch so sehr den starken Mann spielen, ohne die Amerikaner sind wir hier im Nahen Osten ziemlich schnell am Ende. Die Araber wissen das, Webster weiß das, und alle in diesem Raum wissen das auch. Das ist die simple, nackte Wahrheit.«

Ben Nathan sah, wie Josef Honig ihm giftige Blicke zuwarf. Der Premierminister fühlte sich aufgewühlt, zerrissen. Alles in ihm schrie danach, Nein zu sagen, Nein und nochmals Nein. Israel konnte sich nicht erpressen lassen. Und dennoch wusste er, dass Rabinowich recht hatte. Es war viel zu einfach, um darüber stundenlange Debatten zu führen, die am Ende auf jeden Fall fruchtlos bleiben würden.

Die simple, nackte Wahrheit – es war genau, wie der Außenminister gesagt hatte: Seine Regierung, der stolze Staat Israel, der Gewinner aller Kriege gegen die Araber, selber eine Atommacht, vor der sich der ganze Nahe Osten fürchtete, konnte sich nicht verweigern. Konnte, vielmehr: durfte er verantworten, dass über Washington der weiße Pilz einer Atombombenexplosion aufwallen würde, mit Abertausenden von Strahlenopfern? Selbst wenn die Amerikaner mit eigenen Atomwaffen Rache nehmen wollten – an wem? Und was konnte Israel tun? Stellungen der Palästinenser im Libanon bombardieren – zum wie viel hundertsten Mal?

Vielleicht würde man hinterher einen Schlag gegen Libyen führen, wo es in diesem unübersichtlichen Land noch Kräfte gab, die mit den Terroristen kooperierten – vielleicht sogar zusammen mit den Amerikanern. Vielleicht. Aber erst einmal musste die unmittelbare Gefahr abgewendet werden. Und das bedeutete, man würde den Forderungen des Falken nachkommen müssen. Das, in der Tat, war die simple, die nackte Wahrheit.

Er schaute sich um, sah die erregten Gesichter der Männer vor ihm, die für die Sicherheit des Judenstaates verantwortlich waren. Er sah, dass alle ihre Blicke auf ihn gerichtet waren. Er war es, der letztlich entscheiden musste.

Er versuchte entschlossen zu klingen: »Wir können nicht Nein sagen. Ich kann es nicht verantworten, niemand kann es, und deshalb werden wir die Araber freilassen.«

Er wandte sich an den Minister für innere Sicherheit. »Josef, Sie sorgen dafür, dass der Abtransport aus Megiddo vorbereitet wird. Wir haben nur noch wenige Stunden. Ich werde Webster anrufen und ihm sagen, dass wir einverstanden sind.«

Die Minister packten schweigend ihre Unterlagen ein und verließen den Raum. Nur Yossi Arat blieb zurück. Er wartete, bis die Tür sich hinter den anderen geschlossen hatte. Er hatte mit Ben Nathan zusammen in der Armee gedient, vor dreißig Jahren, in einer Spezialeinheit, die zahlreiche geheime Einsätze im Libanon durchgeführt hatte. Viele Jahre später waren beide in der Politik gelandet, aber das alte Band zwischen ihnen aus der Zeit der gemeinsam durchgestandenen Gefahr war geblieben. Ben Nathan schaute auf ihn, verunsichert.

»Hör zu, Moshe, das kannst du nicht machen«, sagte Arat.
»Ich muss, Yossi, ich muss«, antwortete Ben Nathan.
»Und ich sage dir, nein, das darfst du nicht. Im Gegenteil. Das ist die Gelegenheit, es ihnen heimzuzahlen und Israel aus einer Gefahr zu befreien, der schlimmsten Gefahr überhaupt«.
»Was meinst du?«, fragte Ben Nathan, noch mehr verunsichert.
»Ganz einfach. Wer steckt hinter der ganzen Geschichte? Du weißt es so gut wie ich: der Iran. Die Mullahs haben doch nur

ein Ziel: Sie wollen uns Juden vernichten. Und deshalb, daran gibt es doch überhaupt keinen Zweifel, haben sie dem Falken geholfen, an den Atomsprengkopf zu kommen. Und sie basteln doch heimlich weiter an ihrem eigenen Atomprogramm. Wenn wir jetzt einknicken, dann werden sie sich doch nur ermutigt fühlen, auf jeden Fall weiterzumachen.«

Ben Nathan war aufgestanden und lief im Raum hin und her. Dann blieb er stehen. »Und was soll das heißen?«

»Das heißt, wir sollten jetzt endlich unseren alten Plan wahrmachen, ihr Atomprogramm zu zerstören.« Einen Augenblick war Stille im Raum. Arat hörte, wie Ben Nathan tief aus- und einatmete. Bevor er antworten konnte, sprach Arat weiter. »Wir haben doch die alten Angriffspläne da liegen. Einmal haben wir sie aufgeschoben, jetzt sollten wir sie wieder hervorholen und endlich umsetzen.«

»Aber wie soll ich das den Amerikanern erklären? Ich muss mich an ihre Forderungen halten, ich kann einfach nicht anders.«

»Erklären? Gar nicht«, sagte Arat. »Natürlich würden sie alles daransetzen, das zu verhindern. Deshalb sollten wir uns auch an die Zusagen halten, was die Freilassung der Gefangenen angeht. Zumindest nach außen. Wir lassen alles laufen, wie sie es gefordert haben. Und vielleicht trägt das ja dazu bei, dass der Falke sich umstimmen lässt und auf seinen Plan verzichtet. Umso besser. Aber gleichzeitig werden wir handeln, gerade jetzt, wenn bestimmt keiner damit rechnet. Alle, und ganz besonders die Mullahs in Teheran, werden glauben, dass Israel endlich einknickt, dass sie uns endlich einmal in die Knie gezwungen haben. Und genau in diesem Augenblick schlagen wir zu.« Ben Nathan hatte seinen Gang durch den Raum wiederaufgenommen. »Moshe«, sagte Arat, »du hast als der Ministerpräsident die Chance, Israel aus dieser schrecklichen Gefahr zu befreien! Du hast Präsident Webster selber gesagt, dass wir gegenüber dem Iran unser Schicksal in die eigene Hand nehmen werden, wenn er nichts unternimmt. Und er unternimmt nichts, rein gar nichts!« Noch immer reagierte Ben Nathan nicht. »Die Araber, vor allem die Saudis und die Scheichs in den Golfstaaten, werden jubeln, wenn Israel endlich für sie die Drecksarbeit macht und das iranische Atomprogramm angreift. Für sie ist der Iran mindestens genauso ein Todfeind wie für uns die Araber. Jetzt haben wir eine Chance, die so schnell nicht wiederkommen wird. Nutze sie!«, sagte Arat.

Ben Nathan sah auf seine Uhr und blickte dann seinen Verteidigungsminister an. Arat hielt den Atem an, jetzt musste er sich entscheiden. »Gut«, sagte Ben Nathan. Er setzte sich an den Tisch, an dem wenige Minuten zuvor noch die große Runde der Minister getagt und diese zusammen den Entschluss gefasst hatte, auf die Forderungen des Falken einzugehen. »Gut«, sagte er noch einmal. »Aber es muss unter uns bleiben. Wir beide werden die Verantwortung tragen, du und ich, wir beide, ganz alleine.«

Arat nickte. Er holte sein Mobiltelefon hervor und wählte eine Nummer. »Geben Sie mir den Chef der Luftwaffe«, sagte er. Nach einer kurzen Weile war der General offenbar in der Leitung. »Hören Sie genau zu«, sagte Arat, »ich rufe aus dem Büro des Ministerpräsidenten an. In seinem Namen erteile ich Ihnen folgenden Befehl: Die Operation ›Der Zorn Gottes‹ läuft an. Ich erwarte, dass Sie damit starten, sobald die Vorbereitungen abgeschlossen sind.«

Washington, D.C., USA

Er rasierte sich sorgfältig, dann ging er mit dem Kamm durch die Haare. Langsam und methodisch kleidete er sich an, erst die Uniformhose, dann das weiße Hemd. Er band die Krawatte, zog sie zu und rückte sie gerade, nahm anschließend die dunkelgrüne Jacke mit den Rangabzeichen eines Generals von der Garderobe, schlüpfte hinein und schloss alle Knöpfe. Dann setzte er die

Uniformmütze auf, nicht zu tief ins Gesicht, nicht zu sehr nach oben. Schließlich streifte er noch braune Handschuhe über.

Jurij Arbatow schaute an sich hinunter und überprüfte die Sauberkeit seiner Schuhe. Er wollte korrekt aussehen, ein Offizier der russischen Streitkräfte, dem man Respekt würde entgegenbringen müssen. Er sah, wie ihn Natascha beobachtete. Sie hatte einen weißen Bademantel mit der Aufschrift »The Watergate« übergestreift und lag auf dem großen Doppelbett.

Langsam stand sie auf und kam auf ihn zu. Sie schlang ihre Arme um seinen Hals. »Hilf ihnen«, flüsterte sie, ihre Augen immer noch voller Tränen. »Hilf ihnen, damit der Wahnsinn aufhört.«

Sie drängte sich an ihn, küsste ihn, erst zögerlich, dann immer leidenschaftlicher. »Oh, Jurij, ich liebe dich. Es wird alles gut werden. Bestimmt, ganz bestimmt.« Wieder küsste sie ihn.

Er stand steif da, unentschlossen. Seine Mütze war zu Boden gefallen. Schließlich legte er seine Arme um sie und drückte sie fest an sich. »Ich liebe dich auch, Natascha«, sagte er. Und dann, nach einer Pause: »Es tut mir leid, bitte glaub mir, es tut mir so leid. Du musst mir verzeihen, hörst du, bitte, bitte, du musst mir verzeihen … Ich …« Es fiel ihm schwer, den Satz zu Ende zu bringen. »Ich habe doch nur das Beste gewollt.«

Das Telefon, das neben dem Bett stand, klingelte. Arbatow befreite sich aus der Umarmung und nahm den Hörer auf. »General Arbatow?«, hörte er eine Stimme. »Hier ist die Rezeption. Ihr Wagen ist da.«

»Gut, ich komme sofort«, sagte er. Wieder nahm er sie in seine Arme und küsste sie auf die Stirn.

Sie weinte. »Sei vorsichtig, Jurij, mein Gott, pass auf dich auf«, schluchzte sie. Sie wollte ihn festhalten, aber er drehte sich um und ging mit entschlossenen Schritten auf die Tür zu. Bevor er sie hinter sich schloss, schaute er auf seine Armbanduhr. Es war 21.07 Uhr.

Der Fahrer, ein Schwarzer von etwa sechzig Jahren, stand an der Rezeption und wartete. Er rückte an seiner dunklen Mütze, als er Arbatow aus dem Fahrstuhl des Watergate-Hotels kommen sah. »Josef Johnson, vom Federal Bureau of Investigation«, stellte er sich vor. »Bitte hier lang.«

Er geleitete den General zum Ausgang, vor dem ein schwarzer Lincoln Towncar geparkt war. Johnson riss die hintere Tür auf und ließ Arbatow einsteigen. Beinahe lautlos setzte sich die schwere Limousine in Bewegung und glitt hinaus auf die Straße. Eine unwirkliche Stille lag über Foggy Botton, dem einstmals bürgerlichen Viertel mit den kleinen Reihenhäuschen, an dessen Rand das Watergate-Hotel lag.

Der Verkehr war an diesem kühlen Märzabend deutlich schwächer als sonst, die Straßen wirkten weitgehend leer. Offenbar trauten sich viele Menschen nach den Bombenanschlägen des Tages nicht mehr in das Regierungsviertel.

Nach wenigen Minuten passierten sie das Weiße Haus an der Südseite. Arbatow fiel auf, dass der Secret Service eine Reihe von Streifenwagen an allen Zugängen postiert hatte und die großen schweren Eisentore geschlossen waren. Er wusste, dass sich Tschernow noch im Weißen Haus bei Webster aufhielt.

Arbatow merkte, dass seine Hände feucht waren. Vor wenigen Stunden hätte er dies noch als eine Fahrt durch Feindesland empfunden. Die Fronten waren für ihn klar und eindeutig gewesen: Die Amerikaner wollten Russland niederzwingen, und Tschernow war der Verräter an der russischen Sache. Jetzt hatte er sich freiwillig gemeldet, um dabei zu helfen, sie von der schlimmsten Bedrohung zu befreien, die man sich vorstellen konnte: von der Atombombe, die er selber besorgt hatte.

Jurij Arbatow war bestürzt und verwirrt. Er hatte sein Leben eingesetzt, er hatte sogar das Leben seiner Offizierskameraden geopfert, um Tschernow zu schaden, um ihn möglichst von der Macht zu verdrängen. Wie konnte es sein, dass er jetzt im Auto des Direktors des FBI saß, auf dem Weg in das Hauptquartier der amerikanischen Bundespolizei? Wer war nun der Verräter?

Sein Leben lang hatte er an ein großes, starkes Russland geglaubt. War er jetzt nicht dabei, alles zu verspielen? Endgültig und unwiderruflich? Sollte er dem Fahrer nicht einfach sagen: Halt an, lass mich aussteigen? Noch war Zeit, noch glitt der Wagen durch das abendliche Washington. Aber aussteigen woraus? Was würde es bringen? Gab es einen ehrenvollen Ausweg, eine andere Lösung?

Er wusste, dass die Uhr tickte. Ein anderer hatte sie in Gang gesetzt, er hatte sie ihm ausgeliefert. Durfte er einfach passiv zusehen, wie die Uhr ablief? Er stöhnte und schlug die Hände vors Gesicht. Er sah vor sich das Bild des toten Kindes, sah die weinende Mutter. Arbatow nahm die Hände herunter. Er setzte sich aufrecht. Er wusste, was er zu tun hatte. Er konnte nicht mehr aussteigen. Es gab nur eine Lösung.

Er war der Mann, der sich mit dem russischen Sprengkopf auskannte. Er war bei seiner Entwicklung dabei gewesen. Er brauchte nur Zugang zu der Bombe zu bekommen, dann würde er sie unschädlich machen können. Vorausgesetzt, sie könnten den Falken rechtzeitig überrumpeln – natürlich.

Die schwarze Limousine war nun auf die Pennsylvania Avenue eingebogen. Wenige Augenblicke später hielt sie vor dem massigen Gebäude mit der Aufschrift »J. Edgar Hoover Building«. Josef Johnson beeilte sich, um den Lincoln herumzukommen und die Tür für Arbatow aufzureißen. Ein Mann in einem dunklen Anzug, einem weißen Hemd und einer gestreiften Krawatte wartete bereits am Eingang des FBI-Hauptquartiers. Er streckte Arbatow die Hand hin. »Mathew Andrews«, sagte er, »aus dem Büro des Direktors. Ich darf Sie gleich nach oben bringen, General Arbatow. Sie werden schon erwartet.«

Ich habe nun alles getan, was ich konnte, dachte der Falke bei seiner Runde im Erdgeschoss. Indem ich das kleine jüdische Mädchen getötet habe, habe ich diesem Herrn Webster und den

Israelis noch einmal vor Augen geführt, dass ich ein Mann bin, den man ernst nehmen muss. Nun kommt es nur noch auf sie an. Entweder gehen sie auf meine Bedingungen ein, oder aber diese Stadt wird eine neue Bedeutung des Wortes Holocaust erfahren müssen.

Auf seiner Runde hatte er bereits nach Abdullah geschaut, der den Vordereingang bewachte, und war jetzt auf dem Weg zum gegenüberliegenden Ende der großen Halle. Als er an der Garderobe vorbeikam, klopfte er Moussak auf die Schulter.

»Die Frau will mit dir reden. Ich habe ihr schon tausend Mal gesagt, sie soll ihren Mund halten, aber sie fragt immer wieder«, sagte Moussak.

Der Falke kratzte sich am Kinn und schaute auf seine Uhr. Bis zum Ablauf des Ultimatums waren es jetzt noch sieben Stunden, und er vermutete, die Amerikaner würden ihn bis zur letzten Minute hinzuhalten versuchen in der Hoffnung, er würde den Mut nicht aufbringen, seine Drohung in die Tat umzusetzen. Das wären dann sieben lange Stunden ermüdenden Wartens. Warum sollte er sich mit einer Unterhaltung nicht etwas Abwechslung verschaffen? Er hatte noch nie in seinem Leben eine Amerikanerin kennen gelernt, geschweige denn mit einer geredet.

»Bring sie zu mir an die Information«, befahl er Moussak.

»Sie wollten mich sprechen?«, fragte der Falke, der hinter der Theke des Informationszentrums saß. Seine Pistole lag auf seinem Schoß, der Ton des Fernsehers neben ihm war abgestellt.

Michelle Berry stand mit ihren auf dem Rücken gefesselten Händen vor ihm. Ihr Körper schmerzte von den Stunden, die sie auf dem Boden gelegen hatte, so als habe man sie geschlagen. Seit ihrer Gefangennahme hatte sie viel Zeit zum Nachdenken gehabt, Nachdenken über ihr Leben, ihre Ehe und über ihre

Kinder. Sie erinnerte sich, wie sie bereits in frühester Jugend entschlossen gewesen war, ein anderes Leben als das ihrer Eltern zu führen, vor allem wollte sie nicht wie ihre Mutter werden, sondern eine Frau, der man Achtung entgegenbrachte. Dieser Entschluss hatte sie zu Spitzenleistungen in der Schule und im Sport angetrieben. Es war ihr wohl bewusst, dass dies auch die Antriebskraft für ihre Ambitionen auf das NEST-Team von dem Augenblick an gewesen war, in dem sie von dessen Existenz erfahren hatte. Das war die Gelegenheit, etwas Außergewöhnliches zu erreichen, ihren ganz speziellen Beitrag zu etwas sehr Wichtigem zu leisten. Es erschien ihr jetzt merkwürdig, aber im Verlauf ihrer gesamten Karriere hatte sie sich nie vorstellen können, dass sie eines Tages einmal tatsächlich tödlicher Gefahr ausgesetzt sein würde. In ihrer Fantasie hatte sie sich immer wieder ausgemalt, sie und ihr Team würden die Bombe immer finden, und es gelänge ihnen stets, sie auch zu entschärfen. Als sie aber dort in der Garderobe auf dem Boden lag, hatte sie zum ersten Mal die Möglichkeit ihres Todes ins Auge gefasst. Sie hatte darüber nachgedacht, welche Folgen das für ihren Mann und ihre Kinder haben könnte, und war dann nach Stunden zu einer rationalen Entscheidung gekommen, wie sie mit dieser Möglichkeit in Frieden weiterleben konnte. Während all dieser Überlegungen war ihre Angst verflogen. Was blieb, war nichts als Wut.

Sie starrte dem Mann vor ihr direkt ins Gesicht. Ihre Augen waren zu Schlitzen zusammengezogen, ihre Lippen hatte sie zusammengekniffen. »Warum tun Sie das?«

Der Falke starrte zurück, als überlege er, ob er mit ihr darüber diskutieren wollte oder nicht. Endlich sagte er: »Wollen Sie das wirklich wissen, oder wollen Sie mich nur von meinem Plan abbringen?«

Bevor Michelle antwortete, musste sie sich eingestehen, dass der eigentliche Grund, warum sie mit ihm sprechen wollte, in der vagen Hoffnung lag, sie könne den Mann zur Vernunft bringen. Auf diese Frage war sie allerdings nicht vorbereitet. Wenn sie ihm die Wahrheit sagte, dann bedeutete dies mit Sicherheit das Ende der Unterhaltung, und so blieb ihr nur, das zu vermeiden.

»Ich verstehe einfach nicht«, sagte sie, »warum Sie unsere Stadt und mit ihr das Leben Hunderttausender unschuldiger Menschen zerstören wollen.«

»Wieso sind Sie denn der Meinung, dass ihr Amerikaner unschuldig seid – dass ihr keinerlei Verantwortung für das Leiden und Elend meines Volkes tragt?«

»Die amerikanische Regierung und das amerikanische Volk haben fünfzig Jahre lang versucht, im Nahen Osten Frieden zu stiften. Wie können Sie uns da vorwerfen, wir seien für das Problem verantwortlich, wenn wir doch immer diejenigen waren, die es zu lösen versuchten?«

»Ihr Amerikaner seid wie kleine Kinder – so leichtgläubig, so naiv. Ihr glaubt einer Regierung, die euch mit Lügen füttert«, gab der Falke zurück. »Sie erzählt euch, dass sie nur zu helfen versucht, aber sie lügt!«

Michelle merkte, wie der Mann sich immer mehr in seine Erregung hineinsteigerte. Der wilde Blick seiner Augen beunruhigte sie, und daher probierte sie eine andere Gesprächstaktik. »Vielleicht haben sie ja recht. Und vielleicht kenne ich auch nicht die ganze Wahrheit. Aber ich kann nicht glauben, dass meine Regierung Ihrem Volk mit Absicht Leid zufügen wollte.«

Der Falke schaute sie einen Augenblick an, stand dann auf und zog ihr einen Hocker heran. »Setzen Sie sich. Ich gebe Ihnen jetzt eine kleine Geschichtsstunde, die Ihre Meinung über eure großartige amerikanische Regierung ändern könnte.«

Michelle nahm Platz, und auch er setzte sich wieder. Dann schaute er auf den Bildschirm des Fernsehers, legte seine Waffe auf die Schaltertheke und lehnte sich mit den Ellenbogen auf seinen Knien nach vorn.

»Meine Familie lebt seit fünf Generationen in der Stadt Haifa. Seit fünf Generationen. Seit wie vielen Generationen gibt es Ihre Familie in Amerika?«

»Ich bin Amerikanerin in der dritten Generation«, antwortete Michelle.

»Bei uns waren es fünf. Seit über dreihundert Jahren leben meine Verwandten in oder um Haifa. Das Land gehörte uns. Juden gab es keine, nur Araber, die man später Palästinenser nannte. Und dann gab es den Krieg in Europa, einen Krieg, um die Juden hinauszuwerfen. Wohin sie auch immer gehen, man will die Juden hinausschmeißen. Keiner will sie, aber die zivilisierten Länder müssen einen Platz für sie finden. Einige Juden fuhren mit einem Schiff von einem Land zum anderen, aber keines der Länder wollte sie aufnehmen. Wussten Sie, dass Ihr eigener Präsident, Mr Roosevelt, gebeten wurde, sie ins Land zu lassen? Doch der war ein kluger Mann. Er wusste, was passiert, wenn man Juden in sein Land kommen lässt. Sie übernehmen es einfach. Sie wollen alles für sich haben. Also selbst Ihr großer, liberaler Präsident Roosevelt, der von den amerikanischen Juden so bewunderte Staatsmann, wollte keine mehr von ihnen aufnehmen. Auch er hat sie fortgeschickt.«

»Davon hatte ich noch nie etwas gehört«, sagte Michelle.

»Und das glaube ich Ihnen sogar. Das ist die Art von Lügen, die euch eure Regierung erzählt. Manchmal belügt sie euch schlicht, dann wieder verbirgt man die Wahrheit vor euch.«

»Dies ist eine offene Gesellschaft«, erwiderte sie. »Ich glaube einfach nicht, dass die Regierung ihr Volk so offenkundig belügt.«

Der Falke schüttelte den Kopf. »Was hat man euch denn erzählt, als man die Entscheidung traf, den Juden das Land meines Volkes zu geben? Hat die Regierung euch denn da erzählt, dass mein Volk aus seiner Heimat vertrieben wurde? Natürlich nicht! Man hat euch erzählt, man würde den Juden helfen, sich ein Heimatland aufzubauen. Hat denn da jemand einmal gefragt: Und was ist mit den Menschen, die dort leben?«

»Ich glaube, darüber haben wir nie richtig nachgedacht. Lebten dort nicht schon vor Tausenden von Jahren Juden?«

»Und eure amerikanischen Indianer, die leben doch auch schon seit Tausenden von Jahren, oder etwa nicht? Wollt ihr denen ihr Land zurückgeben? Wollt ihr den Indianern Manhattan oder Montana oder den ganzen Rest des Landes zurückgeben?«

»Aber das ist doch eine ganz andere Geschichte«, erwiderte Michelle.

»Nein!«, schrie er. »Eben nicht! Als die Europäer und Amerikaner ein Land brauchten, wo sie die Juden unterbringen konnten, da brachten sie sie nicht nach England, nach Frankreich oder nach Florida. Sie schauten sich um und fanden schließlich ein Volk, das zu schwach war, sich zu wehren, und dann sagten sie: Das ist es – dahin können wir sie bringen. Und wenn die Leute da protestieren, brauchen wir das nicht zur Kenntnis zu nehmen. Die sind doch belanglos. Sie spielen keine Rolle. Sind ohne Bedeutung.«

»Aber die Juden lebten doch immer schon in jenem Teil der Welt. Warum ist es denn für euer Volk so schwierig, das Land mit ihnen zu teilen, in Frieden zusammenzuleben?«, fragte Michelle und bereute ihre Frage sofort wieder.

»In Frieden leben?«, schrie er sie an, und seine Augen traten hervor. »Ich spucke auf diese Lüge vom friedlichen Zusammenleben! Sobald die Juden das Land unter Kontrolle hatten, haben sie mein Volk daraus verjagt. Sie zwangen uns zu gehen. Meine Familie flüchtete in den Libanon. Sie mussten flüchten, oder man hätte sie umgebracht, also liefen sie fort.«

Michelle konnte der Versuchung nicht widerstehen, sie musste es sagen: »Ich habe gelesen, dass sie geflüchtet sind, weil ihre Anführer ihnen befohlen haben, sie sollten verschwinden, sollten sich in Sicherheit bringen. Und in der Zwischenzeit würden sie die Juden töten, und dann könnten sie zurückkommen.«

Seine Reaktion war so blitzartig, dass sie nicht reagieren konnte. Mit der Rückseite seiner Hand schlug er ihr kräftig auf den Mund. »Eine Lüge«, brüllte er ihr ins Gesicht.

Ihre Ohren brummten von der Wucht des Schlags, und sie merkte, wie ihr das Blut in den Kopf stieg. Ihre Lippe war verklebt, und mit der Zunge fühlte sie den blutenden Riss. Schlimmer als die körperliche Wirkung war jedoch die psychische. Ihre Augen flatterten. Die ungezügelte Gewalt in seiner Antwort hatte ihr einen Schock versetzt.

Der Falke stand auf, ging einfach weg und ließ sie verwirrt und am Boden zerstört zurück. Als er wiederkam, näherte er sich ihr von hinten und schnitt das Kabelband durch, mit dem ihre Hände gefesselt waren. Dann reichte er ihr ein feuchtes Tuch, womit sie sich das Gesicht abwischen konnte. Michelle rieb sich die Handgelenke, bis das Blut wieder normal zirkulierte, und tippte dann mit dem Tuch auf ihre geplatzte Lippe. Sie schaute den Falken an, der wieder seinen Platz ihr gegenüber eingenommen hatte. Er hatte seinen Kopf gesenkt, so als betrachte er den Boden.

Dann schaute er zu ihr auf und sagte mit leiser Stimme: »Es … es tut mir leid. Es gibt keine Entschuldigung dafür, dass ein Mann eine Frau schlägt. Besonders eine wehrlose Frau. Vergeben Sie mir bitte.«

Michelle nahm das Tuch von ihrem Mund und blickte ihn ungläubig an. War das derselbe Mann, der sie gerade eben noch geschlagen hatte? »Ich verstehe. Ich war wohl der Geschichte Ihres Volkes gegenüber gefühllos.«

Der Falke atmete tief durch und schaute auf das Fernsehbild. Man zeigte soeben Bilder einer Überschwemmung. Nun wandte er sich ihr wieder zu. »Wissen Sie, 1948 hat meine Familie alles aufgeben müssen. Sie kamen mit nichts als dem, was sie am Leib trugen, in den Libanon. Bettelarm wohnten wir fünfzig Jahre lang in Lagern. Wir besitzen absolut nichts mehr – bis auf die Hoffnung, eines Tages in unser Land zurückkehren zu können. Erst dann werden wir wieder ein Volk sein. Ohne unser Land sind wir nichts.«

»Aber warum gebt ihr den Amerikanern die Schuld? Euren Zorn auf die Israelis kann ich ja noch verstehen, aber warum macht ihr uns verantwortlich für das Schicksal der Palästinenser?«, fragte sie.

»Die Israelis? Die sind doch nur Marionetten, die nach der Pfeife der Amerikaner tanzen. Ohne die Milliarden amerikanischer Dollar wären die Israelis ein Nichts. Wir hätten sie schon vor fünfzig Jahren ins Meer getrieben.«

»Und darum wollen Sie diese Stadt in Schutt und Asche legen?«

»Das ist es nicht, was ich will«, antwortete der Falke. »Was ich wirklich will, ist das Ende der amerikanischen Hilfe für die Juden und die Befreiung meiner patriotischen Landsleute.«

»Das sehe ich noch ein«, erwiderte Michelle, »aber auf diese Weise geht das nicht. Sie können zwar diese Stadt zerstören, doch das wird Ihnen nicht helfen, Ihre Ziele zu erreichen.«

»Und was würden Sie stattdessen vorschlagen?«

»Ich glaube, dass Sie alles erreichen können, was Sie wollen, wenn Sie verhandeln. Haben Sie denn nicht gelernt, dass Gewalt ...«

»Verhandeln! Gerede! Wissen Sie eigentlich, wie uns dieses Geschwätz anwidert?« In seinem Gesicht konnte sie erkennen, wie diese maßlose Wut wieder in ihm aufkam.

»Bitte«, sagte sie in ihrer Verzweiflung, »ich bitte Sie darum. Entschärfen Sie den Sprengkopf. Geben Sie diesen Plan auf.

Wir werden alle umkommen, und Sie bekommen Ihre Heimat trotzdem nicht zurück.«

Der Falke erhob sich und ging auf sie zu. Ohne ein Wort zu sagen, ergriff er ihren Unterarm und führte sie wieder in den Garderobenraum. Am Eingang sagte er zu Abdullah etwas auf Arabisch, drehte sich um und ging zum Informationsschalter zurück. Abdullah deutete auf das Innere der Garderobe, sie solle wieder zu den beiden Gefangenen gehen.

Weißes Haus, Washington, D.C., USA

Bill Webster hatte Anthony Blake, der vor dem Schreibtisch des Präsidenten saß, den Rücken zugekehrt und starrte in die Dunkelheit des Rosengartens. Seine Anzugjacke hing über der Lehne seines ledernen Drehsessels. Er hatte seine Hände hinter dem Rücken gefaltet. Das einzige Geräusch, das im Raum zu hören war, war des Ticken einer antiken Uhr, die auf dem Sims des offenen Kamins stand.

Blake ließ einen ihm angemessen erscheinenden Zeitraum verstreichen, räusperte sich und sagte: »Mr President?«

Webster antwortete nicht.

»Mr President, Sir. Es ist zwanzig nach eins. Die Zeit rennt uns davon. Die Hubschrauber warten darauf, die First Lady und Sie sowie einige Ihrer wichtigsten Leute zum Bunker in Virginia zu fliegen. Sie müssen eine Entscheidung treffen.«

Langsam drehte sich der Präsident herum und schaute seinen Sicherheitsberater an. Er umfasste mit beiden Händen die Lehnen seines Arbeitssessels. Blake schaute in ein von Sorgen gequältes, abgehärmtes Gesicht. Normalerweise trug Bill Webster immer ein Lächeln zur Schau, sozusagen sein Markenzeichen. Manchmal hatte Blake den Eindruck, dass der Präsident etwas zu häufig lächelte, auch bei unpassenden Gelegenheiten, doch in der heutigen Nacht war von diesem berühmten Lächeln nichts übrig geblieben. Seine Mundwinkel waren heruntergezogen, seine Kiefermuskeln zuckten. Sein Gesicht war aschfahl, dunkle Ringe hoben seine blutunterlaufenen Augen hervor. Er schaute sich im Oval Office um und ließ dann seinen Blick auf Blake ruhen.

»Und was soll mit Tschernow geschehen?«, fragte der Präsident. »Wir können ihn doch nicht einfach hier lassen.«

»Das ist alles bereits geregelt, Sir. Er wird Sie begleiten. Wir werden eine Presseerklärung abgeben, dass Sie und Tschernow wegen der Geiselnahme im Holocaust-Museum nach Camp David fliegen, um dort die Gespräche in Ruhe fortzuführen.«

»Glauben Sie, die Presse wird uns das abkaufen, Tony?«

»Offen gesagt, ich bin mir da nicht so sicher, aber es ist jetzt mitten in der Nacht, und uns bleiben nicht viele Alternativen. Sie müssen die Stadt verlassen, und zwar schnell. Wenn alles überstanden ist, wird man so erleichtert sein, dass man sich wohl kaum die Mühe machen wird, zu viele Fragen über Ihren Weggang zu stellen. Und sollte es schiefgehen, dann haben zumindest die Führer der beiden wichtigsten Atommächte der Welt überlebt.«

Blake schaute auf die Uhr. »Herr Präsident, die Zeit läuft ab. Sie müssen sich entscheiden, und Sie müssen es jetzt tun. Es liegt im nationalen Interesse, dass Sie auf der Stelle abreisen.«

»Tony, ich habe die anderen fortgeschickt, weil hier einfach zu viele waren. Was ich jetzt brauche, ist absolute Klarheit.« Er kniff sich in den Nasenrücken. »Würden Sie bitte einmal zusammenfassen, wo wir zum jetzigen Zeitpunkt stehen und welche Alternativen sich uns noch bieten.« Webster drehte seinen Sessel zu sich, nahm Platz und drehte sich Blake zu. Er stützte sich mit seinen Ellenbogen auf den Schreibtisch, legte seine großen Hände um Mund und Nase und nickte Blake zu, er möge beginnen.

Blake blickte einen Augenblick lang zu Boden, um sich zu sammeln. Der Druck der hohen Verantwortung machte sich nun auch bei ihm bemerkbar. Im Verlauf der letzten ungefähr vierzig Stunden hatte er seine Meinung über Webster doch etwas geändert. Der Mann verfügte nur über recht begrenzte intellektuelle Fähigkeiten, und wenn irgendetwas Blake beeindruckte, dann war es der Umstand, dass er jetzt diese Unzulänglichkeit kaum zu verbergen suchte. Besonders in dieser außergewöhnlichen Krisensituation musste er sich ganz und gar auf Blake verlassen, und nun kam es wirklich darauf an. Der Präsident musste die Anordnungen geben, aber Blake wusste genau, dass Websters Entscheidungen größtenteils dadurch beeinflusst werden würden, wie er selbst die Lage darstellte. Und obgleich er entschlossen war, die Dinge so ausgewogen und neutral wie möglich darzustellen, hatte er eine dezidierte Meinung darüber, was zu tun war.

Blakes Vater war 1961 noch ein Neuling im State Department gewesen, als der frisch gewählte Präsident Kennedy durch seine übereifrigen Berater förmlich in die Katastrophe der Schweinebucht getrieben worden war. Blake selbst wollte nicht als der Mann in die Geschichte eingehen, von dem es heißen würde, er habe Bill Webster in einen nuklearen Holocaust getrieben.

Er schaute wieder hoch, lockerte seine Krawatte und sagte dann: »Sir, lassen Sie mich zunächst mit der allgemeineren Situation beginnen. Wie Sie wissen, haben die Israelis klein beigegeben. Die Bilder des ermordeten jüdischen Mädchens waren der letzte Anstoß. Dreizehn Kinder befinden sich noch im Museum, und die Israelis werden den Teufel tun, die Verantwortung dafür zu übernehmen, dass eins nach dem anderen abgeschlachtet wird.«

Webster rieb sich das Gesicht und sagte: »Und Sie sind sich völlig sicher, dass der Kerl es ernst meint und das Ding wirklich hochgehen lassen will?«

»Bei allem, was wir von Interpol, den Israelis und aus unseren eigenen Akten über ihn wissen, besteht für mich kaum ein Zweifel, dass er fähig ist, seine Drohung in die Tat umzusetzen. Es handelt sich bei ihm um den ultimativen Fanatiker. Seiner Sache bis in den Tod verpflichtet, zu jedem Opfer bereit.«

»Und dieser Sprengkopf, den er da hat – ist der echt? Kann er ihn wirklich hochgehen lassen?«

»Wir müssen davon ausgehen, dass das der Fall ist«, antwortete Blake.

Bill Webster ließ sich in seinem Sessel zurückfallen und faltete die Hände hinter seinem Kopf. »Was ist mit dem Video von der getürkten Freilassung der Gefangenen? Können wir das irgendwie verwenden?«

»Wenn der Falke nicht den endgültigen Beweis dafür hat, dass sich seine Leute auf arabischem Gebiet in Sicherheit befinden, kauft er uns das nicht ab.«

»Okay, okay«, sagte der Präsident und schaute an die Decke, »und was ist mit der Lage in Guantánamo? Wie weit sind wir da?«

»Die Insassen werden dort abfliegen, sobald die Gefangenen in Israel das Land verlassen, auch sie sollen nach Libyen geflogen werden. Was die dort mit ihnen anfangen werden, muss allerdings abgewartet werden.«

»Dann wollen wir die Lage im Museum noch einmal durchgehen«, sagte Webster.

Blake zog einen gelben Schreibblock aus dem Aktenkoffer neben seinem Stuhl und überflog seine Aufzeichnungen. »Wir sind uns relativ sicher, dass sich drei – oder sind es vielleicht doch vier? – Terroristen im Museum aufhalten, und wir wissen, dass sie vier Mitglieder des NEST-Teams sowie dreizehn Kinder als Geiseln genommen haben. Die Lehrerin sagt aus, zwei weitere ihrer Schulkinder würden vermisst, und die Museumsleitung meldet eine fehlende Angestellte. Also könnte es sich um maximal zwanzig Geiseln handeln.«

»Zwanzig Geiseln«, wiederholte Webster und rieb sich die Augen.

»Was die genaue Lage des Sprengkopfs angeht, so wissen wir lediglich, dass das NEST-Team vor seiner Gefangennahme berichtete, sie hätten das Untergeschoss überprüft. Daher können wir davon ausgehen, dass er sich dort nicht befindet. Nun bleiben also vier komplette Stockwerke als Versteck übrig. Ein Sonderkommando der SWAT-Abteilung des FBI hat sich von der Staatlichen Münze nebenan auf das Dach des Museums vorgearbeitet, und die Leute sind bereit einzusteigen, aber dann müssten sie das Gebäude Stock für Stock mit Geigerzählern überprüfen, und dazu ist nicht genügend Zeit. Außerdem besteht die Möglichkeit, dass die Terroristen das Versteck bewachen.«

Webster richtete sich plötzlich kerzengerade auf. Ihm schien eine Idee gekommen zu sein. »Aber wenn da nur vier Terroristen sind, dann können sie doch nicht alle Etagen überwachen. Sie müssen die Eingänge bewachen, die Geiseln, den Sprengkopf, und das alles gleichzeitig. Dazu haben sie nicht genug Leute. Das können sie nicht alles tun. Das müssen wir ausnutzen.«

Anthony Blake richtete den Kopf auf und kniff seine Augen zusammen. »Was genau schwebt Ihnen vor, Sir?«

Zum ersten Mal seit dem Ausbruch der Krise zeigte sich der Präsident ermutigt. Ein Ansatz von Lächeln überflog seine Mundwinkel, und Blake sah einen Hoffnungsschimmer in seinen Augen. Bill Webster lehnte sich über den Schreibtisch. »Geben wir's diesem Schweinehund mit allem, was wir haben.«

»Wie bitte, Mr President?«, erwiderte Blake mit unverhohlener Skepsis. »Ich verstehe nicht recht, was Sie damit meinen.«

Webster erhob sich und ging ans Fenster zum Rosengarten. Wieder verschränkte er die Hände hinter seinem Rücken, aber diesmal schien er eine Grundsatzerklärung abgeben zu wollen. Seine Stimme klang entschlossen und zuversichtlich. »Ich möchte, dass Sie diesen Befehl weitergeben, Tony. Das FBI muss es schaffen, sie müssen es einfach, und sie können es!«

Jerusalem und Tel Aviv, Israel

Er hatte zwei Melatonin genommen, um durchzuschlafen. Der Jetlag steckte ihm immer noch in den Knochen. Sein Schlaf war bleiern, wilde Träume begleiteten ihn. Er überhörte das erste Klingeln des Telefons, das ihn sonst immer aufweckte.

Langsam schlich sich das penetrante Geräusch des Telefons in sein Unterbewusstsein, wo es sich in einen Traum voller Hektik mischte. Scheinwerfer, Kabel, Kameras, eine schreiende Producerin, Schüsse, Autos mit Blaulicht, der Geruch von Tränengas, Steine, die flogen, Molotowcocktails, rennende Soldaten in grünen Uniformen.

Und ein klingelndes Telefon. Endlich erreichte das Geräusch sein Bewusstsein, trennte sich von dem Traum. Jerry Robinson wachte auf, schweißgebadet. Er tastete in der Dunkelheit nach dem Hörer und hob ihn auf. »Hallo«, sagte er verschlafen.

»Jerry?«, meldete sich ein Mann, der eine aufreizend frische Stimme hatte. »Endlich, ich dachte schon, ich kriege dich überhaupt nicht mehr wach.«

Robinson versuchte sich zu erinnern, wo er diese Stimme schon gehört hatte. »Was ist los, verdammt noch mal?«, sagte er schließlich.

»Jerry, du musst sofort kommen, der Botschafter will dich sehen, wie gesagt, sofort.«

Der Botschafter, dachte Robinson. Dann fiel ihm ein, woher er die Stimme kannte. Daniel Goldman, der Pressesprecher der US-Botschaft in Tel Aviv.

Er schaute auf die Leuchtziffern des Weckers, der neben dem Bett stand. Der Wecker zeigte 3.00 Uhr. Er gähnte. »Bist du verrückt? Hast du eine Ahnung, wie spät es ist? Sag deinem Botschafter, ein anderes Mal. Ich muss heute früh raus. Die Palästinenser haben wieder einmal eine große Demonstration angekündigt, und wir werden darüber ausführlich berichten.

Atlanta ist ganz wild darauf. Also, ein anderes Mal gern, für heute leider nein.«

»Jerry, hör zu, leg nicht auf. Der Botschafter will dich nicht zum Kaffeeplausch sehen, nicht um diese Tageszeit. Dies ist eine Story, davon wirst du noch deinen Enkelkindern erzählen. Es geht um Leben und Tod, um viele Leben, Jerry. CNN muss dabei mitmachen. Wir brauchen dich, ich kann dir am Telefon nicht mehr sagen, aber, bitte, Jerry, komm – sofort.«

Robinson war jetzt wach. Seine Instinkte waren aktiviert. Er wusste, dass Goldman es sich nicht leisten konnte, ihn mitten in der Nacht nach Tel Aviv zu rufen, wenn es nicht wirklich eine Riesengeschichte war.

»Gut«, brummte er, »ich bin in fünfundvierzig Minuten da.«

Ein fast voller Mond hing über Jerusalem, als Robinson sein Auto bestieg. Der CNN-Mann fuhr von seiner Wohnung in Yemin Moshe durch die verlassenen Straßen. Einmal passierte er einen Geländewagen der Grenzpolizei. Die schwer bewaffneten Insassen schauten misstrauisch zu ihm herüber. Auf der rechten Seite lag die Altstadt von Jerusalem. Das Mondlicht tauchte die alten Zinnen in ein silbriges Licht. Die Kuppeln der El-Aksa-Moschee und des Felsendoms funkelten majestätisch. Verdammte Idioten, dachte Robinson, warum können sie sich nicht einigen?

Als er die Schnellstraße nach Tel Aviv erreicht hatte, gab er Gas. Der schwere Jeep Cherokee nahm auf der abschüssigen Straße Fahrt auf. Bald zeigte die Nadel des Tachos hundertdreißig Stundenkilometer. Auf beiden Seiten der Fahrbahn stiegen die Berghänge steil an. Robinson war immer wieder fasziniert von dem Gedanken, dass sich hier die israelischen Einwanderer 1948 den Zugang nach Jerusalem erkämpft hatten.

Rechts und links der Straße standen immer noch die Wracks ihrer primitiven gepanzerten Lastwagen, die damals unter dem

Feuerhagel der Araber liegen geblieben waren. Und dennoch hatten sie es geschafft. Jetzt hingen sie an ihrer Hauptstadt, taten sich schwer, sie mit den anderen zu teilen, die auch seit Jahrtausenden hier lebten.

Bald sah Robinson in der Tiefebene vor sich das Lichtermeer von Tel Aviv. Er raste am Ben-Gurion-Flughafen vorbei, auf dem er erst am Tag zuvor angekommen war. Drei Tage war er in Washington gewesen, bei der Abschlussfeier an der Highschool seiner Tochter Linda. Er hatte es nie verwunden, dass sie ohne ihn aufgewachsen war. Aber Carolyn, seine Frau, hatte ihn verlassen, sie war es müde, ihm durch die Welt zu folgen. China, London, Sarajevo, Zaire, das waren die Stationen der letzten Jahre, und jetzt seit zwei Jahren Israel. Sie sind alle meschugge hier, dachte er, aber er war gern in diesem Land, mit all seiner Verrücktheit, seinen Spannungen, seinen Widersprüchen, seiner Arroganz gegenüber dem Rest der Welt, mit all der schweren Last der Vergangenheit. Er hasste es, und er liebte es.

Er orientierte sich an dem Migdalot-Turm, einem futuristischen Apartmenthaus, der von Weitem zu sehen war und auf der anderen Straßenseite die amerikanische Botschaft an der Hayarkon-Straße weit überragte. Vor dem fünfstöckigen Botschaftsgebäude, dessen Eingangsbereich mit grauem Marmor ausgekleidet war, kam der Jeep mit quietschenden Reifen zum Stehen. Robinson sah, dass eine Reihe von Fenstern in der Botschaft trotz der nächtlichen Stunde erleuchtet waren. Daniel Goldman, ein schlanker Mann um die fünfunddreißig, wartete schon am Eingang auf ihn.

»Komm gleich mit nach oben«, sagte er und geleitete ihn zum Aufzug. Der Botschafter kam auf ihn zu und schüttelte ihm die Hand. Er wies ihm einen Platz in der Sitzgruppe an, die in der Ecke seines geräumigen Büros stand.

»Kaffee?«, sagte er und hob die Thermoskanne.

»Gerne«, sagte Robinson, »kann ich wirklich gut gebrauchen.«

Der Botschafter goss ihm ein. David Malstrom trug ein weißes Hemd, die Jacke hing über dem Stuhl. Seine Krawatte war gelockert. Sein blondes Haar war kurz geschnitten, seine Haut gebräunt. Er wirkte jünger als seine fünfundfünfzig Jahre. Man hätte ihn für einen Golfprofi halten können.

»Danke, dass Sie gleich gekommen sind«, sagte er. Robinson zog routinemäßig einen Notizblock aus der Tasche und legte ihn auf den niedrigen Tisch vor sich. »Wir haben eine schreckliche Situation. Arabische Terroristen haben eine Bombe – eine Atombombe. Sie ist in Washington, und sie wollen sie in einigen Stunden hochgehen lassen, wenn wir unsere Beziehungen zu Israel nicht abbrechen. Die Israelis sollen außerdem hundert ihrer Gefangenen freilassen. Sie können sich ja vorstellen, was das bedeutet.«

Eine Atombombe – in Washington. Die Information traf ihn wie ein Tiefschlag in die Magengrube. Linda, dachte er. Mein Gott, Linda. Sie war gerade siebzehn geworden, auf dem Weg vom Teenager zur jungen Frau, aber für ihn war sie immer noch das kleine Mädchen, seine Prinzessin, die er auf den Knien gewiegt hatte. Sie würde immer seine Prinzessin bleiben. Linda, sein einziges Kind.

»Jerry?« Der Botschafter schaute ihn an. »Können Sie mir folgen?«

»Wie? Äh ... ja, natürlich.«

»Der Präsident hat uns angewiesen, die Forderungen der Terroristen zu erfüllen. Wir fliegen sogar die Gefangenen aus Guantánamo aus. Und er hat es tatsächlich geschafft, die Israelis zu überzeugen, dabei zu kooperieren und ihre Gefangenen ebenfalls freizulassen. War schwirig genug, wie Sie sich denken können. Mehr Kaffee?«

Robinson nickte. Der Botschafter goss erneut ein. »Der Punkt ist: Die Terroristen wollen, dass CNN alles live überträgt. Verstehen Sie – damit unsere Erniedrigung in der ganzen Welt zu sehen ist. Und natürlich, damit sie selber überprüfen können, dass ihre Forderungen auch erfüllt werden. Darum habe ich Sie hergebeten. Jerry, Sie müssen mitmachen, das ist Teil des Deals, leider. Wir haben jeden Grund anzunehmen, dass sie nicht bluffen.«

Linda, dachte er wieder. Verdammt noch mal, warum konnte er jetzt nicht bei ihr sein, sie beschützen. Ein lausiger Vater bist du, dachte er. Robinson riss sich zusammen, versuchte sich zu konzentrieren.

Selbstverständlich würde er mitmachen, keine Frage. Um Lindas willen, aber natürlich: Dies war auch die Story seines Lebens. Und es war keine Frage: Atlanta würde das genauso sehen.

»Klar spiele ich mit«, sagte er.

Malstrom atmete erleichtert aus. »Danke, ich wusste, dass Sie uns nicht im Stich lassen würden.«

Er schaute auf die beiden Uhren an der Wand neben seinem Schreibtisch. Die linke zeigte die Zeit in Israel, die rechte die Zeit in Washington.

»Ich denke, es eilt. Es ist alles vorbereitet. Das Internationale Rote Kreuz hat in der Schweiz ein Flugzeug gechartert. Es wird die Gefangenen von Israel nach Libyen fliegen. Gleichzeitig mit dem Abflug werde ich hier vor der Botschaft eine Erklärung über den Abbruch der diplomatischen Beziehungen abgeben.«

Malstrom stand auf und reichte Robinson die Hand. »Viel Glück«, sagte er, »für uns alle.«

Als er wieder in seinem Jeep saß, griff Robinson zu seinem mobilen Telefon. Er wählte eine Nummer in Washington. Ungeduldig klopfte er mit der linken Hand auf das Lenkrad.

Endlich hörte er eine Stimme, die Stimme seiner Ex-Frau. »Carolyn? Ich bin's. Hör zu, pack schnell ein paar Sachen, nimm Linda und fahr mit ihr aufs Land, möglichst weit weg. Vielleicht nach Westvirginia. Es ist wichtig, verdammt wichtig. Und, Carolyn, bitte, fahrt gleich.«

»Hast du schon mal auf die Uhr geschaut? Wir sind gerade dabei, ins Bett zu gehen. Jerry, bist du wieder einmal betrunken?«

»Bitte, Carolyn, ich bin so nüchtern wie noch nie, aber ich kann dir jetzt nicht mehr sagen. Tu einfach, was ich dir sage – bitte, ausnahmsweise. Du darfst keine Zeit verlieren.« Er merkte, wie sie zögerte. Er konnte es ihr nicht einmal übel nehmen. »Bitte, Carolyn, es geht um Leben und Tod. Glaub einem alten Nachrichtenmann, wenn du schon nicht deinem Ex-Mann glauben willst.«

»Na gut, aber Gnade dir Gott, wenn das wieder einmal eine von deinen verrückten Ideen ist.« Sie legte auf. Erleichtert schaute er auf den Hörer. Dann wählte er erneut, diesmal eine Nummer in Atlanta.

»CNN Newsroom«, meldete sich eine Stimme.

»Jerry Robinson hier, gebt mir den Chef vom Dienst, aber schnell.«

»Hi, Jerry«, hörte er kurz darauf die Stimme von Don Fraser. »Spar dir lange Erklärungen. Wir stehen schon alle kopf hier. Wir hatten gerade einen Anruf vom Weißen Haus. Wir wissen also Bescheid. Der Alte hat entschieden, dass wir mitmachen. Veranlasse alles, was nötig ist – Satellitenwagen, extra Kamerateams, alles, was du brauchst. Wir haben schon einen Lear-Jet gechartert und schicken dir Verstärkung aus unserem Büro in London. Jerry, das wird ein tolles Ding. Der Alte hat gesagt, Geld spielt keine Rolle. Und sieh zu, dass du hinterher Ben Nathan kriegst, live natürlich.«

Megiddo, Israel

»Steh auf, du dreckiger Kameltreiber.« Mualem trat Amir Ben Nasar mit seinem Stiefel in die Seite. Ben Nasar lag auf einer Pritsche in einer engen Einzelzelle. »Na, mach schon«, sagte Mualem, »lass dich nicht so lange bitten. Auf geht's, zu einer Reise zu deinen Freunden in Libyen.«

Wieder trat Mualem zu. Ben Nasar kam langsam hoch. Er versuchte, ein Stöhnen zu unterdrücken. Mualem sah seinen ungläubigen Blick.

»Ja, ja, du hast richtig gehört. Du und die anderen neunundneunzig Arschlöcher, ihr fliegt nach Libyen. Der Bus wartet draußen schon. Das hast du deinem feinen Bruder zu verdanken. Der veranstaltet im Augenblick einen ziemlichen Zirkus in Washington.«

Ben Nasar setzte sich auf den Rand seiner Pritsche. Dann stand er auf, reckte seine Glieder.

Mualem schaute ihn an, mit hasserfülltem Blick. »Diesmal bist du mir noch davongekommen. Aber mach dir keine Illusionen: Dich werde ich jagen, und wenn ich den Rest meines Lebens damit verbringe, dich wieder hierherzubringen. Irgendwann, ich schwöre es dir, wirst du hier sitzen, und dann werde ich dir alle Knochen brechen, und zwar jeden einzeln.«

Ben Nasar bewegte sich langsam, noch mit unsicheren Schritten, auf die Zellentür zu, die offen stand. Er drehte sich um und spuckte vor Mualem auf die Erde. »*Allahu akbar* – Gott ist groß«, sagte er.

Tel Aviv, Israel

Kitsch, dachte er, richtiger Kitsch. Aber er liebte diese blutroten Sonnenuntergänge. Der feurige Ball begann erst langsam, dann scheinbar immer schneller über dem Mittelmeer zu versinken. Isaac Berman schaute auf die Menükarte, die ihm der Kellner in dem kleinen Restaurant am Nordhafen gebracht hatte, aber er konnte sich nicht auf das verlockende Angebot der frischen Fische des Tages konzentrieren. Berman legte die Karte beiseite.

Hier hatte er oft mit seinem Vater gesessen, und er wünschte sich jetzt, er könnte ihn noch einmal sehen, gerade heute. Aber es war ihm klar, dass das jetzt nicht möglich sein würde. Noch immer hatten sie nichts von ihm gehört. Er war oft wochenlang verschwunden. Sie hatten auch seiner Mutter nichts gesagt. Natürlich, seine Eltern waren seit Jahren geschieden, und vielleicht glaubten sie, sie seien ihr keine Rechenschaft mehr darüber schuldig, was ihr Ex-Mann so machte.

Isaac wusste, dass seine Mutter im Grunde ihres Herzens nicht seinen Vater, sondern den Mossad dafür verantwortlich gemacht hatte, dass ihre Ehe gescheitert war. Zu oft war Avi Berman weg, und wenn er da war, dann war er abwesend, erschöpft und doch immer auf dem Sprung. Einen Moment überlegte Isaac, ob er vor seinem eigenen Einsatz noch einmal zu ihr fahren sollte, aber er entschied sich dagegen. Gerade jetzt wollte er sich nicht Rebeccas besorgtem Blick aussetzen, wollte nicht ihren Fragen ausweichen müssen, die sie angesichts der schweren Krise gewiss stellen würde. Und Isaac musste sich eingestehen, dass sie in diesem Augenblick genügend Gründe haben würde, ihren einzigen Sohn zu fragen, welche Einsätze bei ihm in dieser brisanten Situation anstehen würden.

Isaac trug an diesem Abend seine kakifarbene Uniform mit den blauen Schulterstücken der Luftwaffe, die Schwingen über seiner rechten Brusttasche wiesen ihn als Piloten aus. Die Sonne war nun im Meer versunken, und die Dunkelheit breitete sich schnell aus. Isaac schaute auf die Digitaluhr, die er am Handgelenk trug. Er musste sich beeilen, um rechtzeitig auf die Basis zu kommen. Die Luftwaffenführung hatte angeordnet, dass der Flugplatz in den nächsten Tagen zu schließen sei und niemand ihn verlassen dürfe. Auch Telefongespräche seien nicht erlaubt.

Isaac erhob sich vom Tisch und kramte nach seinem Autoschlüssel. Er bemerkte die Blicke der Gäste in dem Restaurant. Allen war klar, dass Israel in dieser Krise besonders herausgefordert war, dass man jetzt wieder zusammenstehen musste, dass es vielleicht wieder auf die Soldaten ankommen würde, um die Sicherheit des Landes zu bewahren. Deshalb überraschten ihn ihre Blicke nicht. Krisen gehörten zum Lebensrhythmus des Landes dazu, jede Generation erlebte sie. Aber niemand in diesem Restaurant, da war sich Isaac sicher, konnte ahnen, wie nah Israel an einer Krise war, die in einem Maß wie lange nicht mehr das Schicksal des Judenstaates beeinflussen würde. In der langen, oft blutigen Geschichte des Landes würde in den nächsten Tagen ein weiteres dramatisches Kapitel aufgeschlagen werden, und er, Isaac Berman, würde zu den ganz wenigen zählen, die dieses Kapitel tatsächlich schreiben würden. Er stieg in sein Auto, und auf dem Weg zum Flugplatz der 110. Staffel, die sich die »Ritter des Nordens« nannte, fragte er sich, ob sein Vater Avi auf seinen Sohn Isaac stolz sein würde.

Jerusalem, Israel

Moshe Ben Nathan stand mit auf dem Rücken verschränkten Händen am Fenster und schaute hinüber auf den Herzlberg. Goldfish kam herein. Er räusperte sich. Ben Nathan drehte sich langsam um.

»Die Gefangenen sind auf dem Weg von Megiddo zum Ben-Gurion-Flughafen. Sie müssten in gut einer Stunde dort eintreffen«, sagte Goldfish.

»Danke«, sagte der Premierminister. Goldfish zog sich zurück. Ben Nathan starrte auf das Telefon auf seinem Schreibtisch. Noch war Zeit, noch konnte er ihren Abflug mit einem Anruf stoppen. Er hatte die Macht dazu. Aber hatte er sie wirklich?

Wieder nahm Ben Nathan seine Beobachtungsposition am Fenster ein. Es konnte nicht sein, dachte er, nicht wirklich, es konnte einfach nicht sein. Und warum musste es ihm, ausgerechnet ihm passieren? Diese Handlungsweise warf alles über den Haufen, woran er glaubte, womit er groß geworden war. Alle Regierungschefs vor ihm hatten so gehandelt, warum musste gerade er jetzt davon abweichen? Israel lässt sich nicht von Terroristen in die Knie zwingen – das war der Grundsatz, der alle zusammengehalten hatte. Und dennoch – in dieser Stunde war er dabei, diesen Grundsatz zu durchbrechen.

Dort oben, auf der anderen Seite des Tales, lagen sie – begraben auf dem Herzlberg. Die Gründerväter Israels, dazu seine Soldaten, die im Kampf gefallen waren, Helden sie alle. Ben Nathan fühlte sich wie ein Verräter. Aber was hätte er tun sollen? Gab es einen anderen Ausweg? Konnte er, durfte er verantworten, dass diese zum Äußersten entschlossenen Terroristen ernst machten? Wenn irgendein Land auf dieser Welt sich mit Terroristen auskannte, dann war es Israel. Und Ben Nathan hatte keinen Zweifel daran, dass der Falke den Atomsprengkopf zünden und als Märtyrer alle anderen mit in den Tod reißen würde. Das war es – die einfache, bittere Realität: Gegen einen Atomsprengkopf in der Hand von Terroristen waren auch die Regierungen machtlos, die selber über Atomwaffen verfügten.

Ben Nathan senkte den Blick. Er musste sich damit abfinden, es war nicht zu ändern. Er ging zu seinem Schreibtisch zurück und ließ sich in den Drehsessel fallen. Ben Nathan nahm die Fernbedienung und schaltete den Fernseher ein, der in einer Ecke seines Büros stand. Er sah den letzten CNN-Bericht aus Washington, die Kamera fuhr gerade wieder auf den verschlossenen Eingang des Holocaust-Museums zu, vor dem verzweifelte Eltern auf Nachrichten über das Schicksal ihrer Kinder warteten.

Zumindest diese bittere Einsicht musste er hinnehmen. Und dennoch würde er derjenige sein, der am Ende das Heft des Handelns in der Hand behielt. Denn wenn er jetzt auch die Gefangenen freilassen musste, was wirklich zählte, war der Schlag gegen diejenigen, die hinter diesem Wahnsinn standen. Und sie würden in Kürze den langen Arm Israels spüren. »Mein ist die Rache«, zitierte Ben Nathan einen Spruch aus der Bibel.

Der Falke hatte zwar auf schreckliche Weise vorgeführt, wie man sogar eine Weltmacht wie Amerika erpressen konnte. Aber jetzt würde er, Ben Nathan höchstpersönlich, zeigen, dass Israel niemals ganz aufgeben würde. Der Staat der Juden hatte immer wieder deutlich zu verstehen gegeben, dass er sich zu wehren wusste. Dieser Einsatz war besonders hoch, dachte Ben Nathan, und wie er ausgehen würde, war keineswegs sicher. Aber es musste sein. Der Premierminister stöhnte leise. Er legte den Kopf auf die Platte seines Schreibtisches und schloss die Augen.

Ramat David Air Base, Israel

Als er auf der Schnellstraße von Tel Aviv nach Haifa nach rechts abbog, in Richtung Megiddo, sah Isaac, wie sich tiefschwarze Wolken vor die dünne Mondsichel schoben. Erst waren es nur vereinzelte Regentropfen, dann wurden sie zu wahren Sturzbächen, die die Scheibenwischer seines Autos kaum noch bewältigen konnten. Isaac war froh, als er vor sich das Tor zum Flugplatz auftauchen sah. Ihm fiel auf, dass die Lichter ausgeschaltet waren. Der Wachtposten leuchtete mit einer Taschenlampe in das Auto hinein und überprüfte sorgfältig seinen Ausweis. Dann winkte er ihn durch. Isaac sah, wie hinter ihm das schwere Gittertor zugeschoben wurde, das normalerweise offen stand.

In der zweiten Nachthälfte hatte sich ein Tiefdruckgebiet vom Westen her aufgebaut. Die schweren Regenfälle verwandelten die drei kreuzförmig angelegten Runways in glitschige Rutschbahnen. Isaac fragte sich, ob das den Start gefährden könnte. Andererseits beeinträchtigte die dichte Wolkendecke die Aufklärung durch die Satelliten der Amerikaner und der Russen, und strikte Geheimhaltung blieb der Schlüssel für den Erfolg der brisanten Mission.

Noch standen die F-16 in ihren Bunkern. Soldaten in klatschnassen Overalls rangierten schwere lasergesteuerte Bomben unter die Tragflächen, Mechaniker krochen unter die Maschinen, leuchteten in die Triebwerke, kletterten in die Cockpits, überprüften die Elektronik, um sicherzustellen, dass sie startklar waren.

Eine professionelle Betriebsamkeit überdeckte die Anspannung, die sich über den Flugplatz gelegt hatte, seitdem die Außentore geschlossen worden waren und niemand mehr hinaus- oder hereindurfte. Auch innerhalb der Airbase war eine strikte Nachrichtensperre angeordnet worden. Aber es war jedem klar, dass es nicht um einen der Angriffe in Richtung Syrien gehen würde, nicht um eine der immer häufiger kurzfristig angesetzten Attacken auf einen der Waffentransporte für die Hisbollah.

Isaac hatte sich umgezogen und die Uniform gegen seinen Fliegeroverall ausgetauscht. Im Aufenthaltsraum für die Piloten lief CNN auf dem Flachbildschirm an der Wand. Isaac schüttete sich aus einer Thermoskanne einen Kaffee ein, nickte den anderen Piloten zu und setzte sich auf einen der metallenen Klappstühle.

»Seht euch das an, diese Schweine«, sagte einer der Piloten, als die letzten Bilder von der Situation am Washingtoner Holocaust-Museum über den Bildschirm flimmerten. »Wir werden es ihnen zeigen, diesen Irren, die in Teheran hinter diesen Mördern stehen. Wir haben schon viel zu lange gewartet.«

Langsam kroch ein grauer Morgen über den Horizont. Noch immer gingen schwere Regenfälle über dem Norden Israels nieder. Ausgetrocknete Wadis wurden zu Bächen, Farmer schauten besorgt auf ihre Orangenhaine.

Für 6.00 Uhr morgens hatte der Kommodore ein Briefing angesetzt. Oberst Moshe Yadlin war ein schlanker, drahtiger Mann mit einer Halbglatze, an seinem kantigen Gesicht fielen vor allem die hellen, flinken Augen auf. Die Piloten standen auf, als er den Briefingraum betrat, an dessen Vorderseite eine große Karte des Mittleren Ostens hing. An zwei Stellen waren mit Rotstift markierte Ziele zu sehen.

Yadlin zeigte mit einem Laserpointer darauf. »Das sind unsere Ziele«, sagte er, »Natanz und Fordo, die beiden wichtigen Produktionsstätten für das iranische Nuklearprogramm. Wir greifen mit je zehn Maschinen an. Die Absicht ist, trotz der Verbunkerung so viel Schaden wie möglich zu verursachen, um ihr Atomprogramm zumindest erheblich zu schwächen. Außerdem soll der Angriff die politische Botschaft verkünden, dass Israel nicht länger gewillt ist, die ständigen Angriffe, hinter denen die Mullahs stehen, noch länger hinzunehmen, die Unterstützung der Hisbollah im Libanon, die doch nur darauf wartet, uns endlich anzugreifen, und die Finanzhilfe für die Hamas im Gazastreifen. All das muss aufhören, und wir werden ihnen jetzt klarmachen, dass unsere Geduld zu Ende ist.«

Wieder zeigte Yadlin mit seinem Laserpointer auf Ziele im Iran. »Bevor die Maschinen von hier starten, werden F-15 von Tel Nof aus vorausfliegen und die Flugabwehrstellungen, vor allem ihr Radar, ausschalten, die mit russischen SM-300-Raketen ausgestattet sind. Das ist die absolute Voraussetzung für das Gelingen unseres Angriffs. Die S-300 gehören zur modernsten Generation, wir müssen sie zerstören, bevor wir die Nuklearanlagen bombardieren.«

Yadlin schaute sich in der Runde um. »Wir werden über Saudi-Arabien anfliegen. Die Saudis bekommen von uns vorab eine Information, wir werden von einem großen Manöver sprechen, ich denke, sie werden die Botschaft verstehen, was wir hier angeblich üben wollen. Dort warten auch unsere Tankflugzeuge in der Luft. Unsere Startzeit ist abhängig von der Lage in Washington. Je mehr die Weltöffentlichkeit dort abgelenkt wird, umso besser.«

Erneut schaute er sich in der Runde um. »Noch irgendwelche Fragen?«

Niemand meldete sich. Auch als der Oberst gegangen war, herrschte Stille im Raum. Jedem war klar, was dieser Auftrag bedeutete. Isaac holte sich einen frischen Kaffee. Er war schon oft ins Ungewisse gestartet. Nie hatte er dabei in Betracht gezogen, dass er nicht zurückkommen könnte. Doch diesmal, so musste er sich eingestehen, war es anders. Zum ersten Mal fragte sich Isaac, wie es sein würde, wenn er seine F-16 nicht mehr lebend verlassen konnte.

Holocaust-Museum, Washington, D.C., USA

Der Falke blickte auf seine Uhr. Es war 3.55 Uhr frühmorgens. Er spürte plötzlich einen Druck im Kopf und ein Gefühl, als ziehe sich seine Kehle zusammen. In den vergangenen drei Stunden hatte er vor dem Fernsehschirm gesessen und die Berichte über die Situation der Geiseln im Holocaust-Museum verfolgt, doch kein Bericht mit den Bildern, die er erhoffte, war ausgestrahlt worden. Kein Filmbericht über seine Landsleute, wie sie aus israelischer Gefangenschaft entlassen wurden, keine Bilder aus Guantánamo, auch keiner über den amerikanischen Botschafter, der den Abbruch der diplomatischen Beziehungen bekanntgab.

Er ballte die Fäuste und fühlte, wie sich seine Kinnmuskeln zusammenzogen. Sie denken, ich bluffe, dachte er. Sie glauben nicht, dass ich meine Drohung wahrmache. Allah sei gepriesen, sie werden ihren Irrtum erkennen. Ich bedaure nur, dass ich dann nicht mehr dabei sein werde, um Zeuge meiner Rache zu sein.

Er ließ seinen Gedanken einen Augenblick lang freien Lauf und malte sich die völlige Zerstörung dieser Stadt aus – des Machtzentrums der Feinde Allahs. Er stellte sich die Monumente aus Marmor vor, die Häuserreihen von Regierungsgebäuden – alle verschwunden, in radioaktive Trümmer verwandelt. Meilenweit nichts als Trümmerlandschaft. Selbst das Pentagon auf der anderen Seite des Flusses würde nicht verschont bleiben. Nichts würde Allahs Rache im Umkreis von fünf oder zehn Meilen entgehen, und ohne den Sitz ihrer Macht wären die

Vereinigten Staaten ein Nichts. Sie wären keine Weltmacht mehr, nicht länger in der Lage, andere zu manipulieren, unter Druck zu setzen, zu nötigen. In einem einzigen kurzen Augenblick würden sie nur noch eine Schlange sein, der man den Kopf abgeschlagen hat – die sich vielleicht noch winden, aber nicht mehr zubeißen konnte. Dieses mächtige Land würde in untereinander zerstrittene Kleinstaaten zerfallen und verkommen. In seinen Geschichtsbüchern hatte er etwas über eine Bewegung gelesen, die für die Rechte der einzelnen Bundesstaaten Amerikas kämpft. Ihr Traum würde nun in Erfüllung gehen.

Und dort, wo ein Machtvakuum entsteht, wird eine Kraft auftreten, die diese Leere ausfüllt. Ich bete zu Gott, dass es die islamische Bewegung sein möge, die diese Gelegenheit ergreift. Wie erhebend wäre es zu sehen, wie Allahs Worte die Welt beherrschen. Der Falke schloss die Augen und versuchte sich ein Europa und ein Amerika vorzustellen, die von den Gesetzen des Koran regiert würde. Massen von Männern, die sich fünfmal täglich zum Lobpreis Allahs gen Mekka verbeugten. Millionen von Frauen in traditionellen Kleidern, die sich auf die Rolle in der Familie zurückbesannen, die der Prophet ihnen zugewiesen hat. Er stellte sich eine Welt vor, die dem Irrweg des Materialismus und des Konsums abgeschworen hat und ihr Dasein dem Willen Gottes widmet – seines Gottes.

Unvermittelt schlug der Falke die Augen wieder auf, sein Gesichtsausdruck zeigte eine plötzliche Erkenntnis. Er dachte einen Augenblick lang nach und rief dann Abdullah zu, er solle Moussak herbeiholen.

Als sie sich am Informationsschalter versammelt hatten, warnte er sie: »Man wird versuchen, uns zu überrumpeln. Sie können nicht nur einfach so herumsitzen und zulassen, dass wir ihre Stadt zerstören. Wenn sie es ablehnen, unsere Forderungen zu erfüllen – und das scheint der Fall zu sein –, dann haben sie nichts mehr zu verlieren. Sie müssen nun davon ausgehen, dass wir beabsichtigen, den Sprengkopf tatsächlich zu zünden, und folglich werden sie das Risiko eingehen. Webster wird sich sagen, es gibt nur zwei Möglichkeiten, nämlich, dass sie entweder innerhalb der nächsten Stunde nichts unternehmen, was dann zur völligen Zerstörung seiner Stadt führt, oder aber, dass sie den Versuch unternehmen, uns zu überrennen. Wenn ihnen das gelingen sollte, hätten sie die Möglichkeit, die Waffe zu finden und zu entschärfen. Gelingt es ihnen nicht, so haben sie es wenigstens versucht.«

»Allah wird nicht zulassen, dass sie Erfolg haben«, sagte Moussak. »Der Allmächtige ist mit uns.«

»Gepriesen sei Allah«, erwiderte der Falke, »doch wir müssen sicherstellen, dass sie uns nicht überwältigen. Wir müssen all die Kräfte, die uns verblieben sind, für die Bewachung des Sprengkopfs einsetzen. Ich habe lange darüber nachgedacht«, fuhr er fort, »es ist möglich – wenngleich äußerst unwahrscheinlich –, dass die Amerikaner im allerletzten Moment unsere Forderungen doch noch erfüllen. Deshalb müssen wir weiterhin auf die Berichterstattung im Fernsehen achten, und aus diesem Grund bleibt Abdullah hier. Abdullah, wenn sie zeigen, dass man unsere Leute freilässt, kommst du sofort zu mir in den dritten Stock. Wir drei werden den Sprengkopf bis zum Tod verteidigen – unserem Tod und dem der Stadt.«

»Und die Geiseln?«, fragte Moussak.

»Schließ die Tür zum Raum mit den Kindern ab. Dann bring die Frau zu mir«, wies ihn der Falke an. »Sie könnte uns noch von Nutzen sein. Die beiden Männer sind außer Gefecht gesetzt. Sie stellen keine Gefahr dar und können bleiben, wo sie sind.«

Von den drei NEST-Leuten auf dem Boden der Garderobe konnte nur Michelle Berry auf den Eingang sehen. Ein paar Minuten, nachdem ihr Bewacher seinen Posten an der Tür verlassen hatte, rief sie nach Dennis, der mit dem Gesicht zur Rückwand auf der gegenüberliegenden Seite der Reihe von

Kleiderständern lag. Kevin Learys Augen waren immer noch zugeklebt, und er lag noch etwas weiter entfernt als Dennis in einer Ecke. Bevor ihr Dennis antworten konnte, hörte sie die Stimme hinter sich.

»Miss?«, fragte die Flüsterstimme.

Michelle wälzte sich herum und blickte in Annie Fullers Gesicht, das durch die einen Spaltbreit geöffnete Tür aus dem Lagerraum herausblickte.

»Was ist denn da draußen los? Sind die Männer mit den Knarren noch in der Nähe?«, fragte Annie.

Michelle traute ihren Ohren nicht. »Wer sind Sie denn? Was machen Sie hier?«

»Annie Fuller. Ich bin die Garderobenfrau. Ich hab mich hier mit zwei Kleinen versteckt.«

»Wer ist das? Wer ist denn da?«, fragte Dennis mit heiserer Stimme.

Michelle stieß ihn an, er solle ruhig sein, und wälzte sich dann wieder zurück zum Eingang des Lagerraums. »Hören Sie mir zu, Annie. Ich muss dringend, sehr dringend telefonieren. Gibt es hier ein Telefon?«

»Da unter der Theke steht eins«, antwortete Annie.

»Nützt nichts. Viel zu nah an der Tür. Gibt's kein anderes?«

Annie dachte kurz nach. »Da ist noch ein Münzfernsprecher hinten im Lagerraum. Ist, glaub' ich, nur für Angestellte, aber Sie können es ruhig nehmen.«

»Annie«, sagte Michelle in einem Ton, der deutlich machte, wie dringend es ihr war, »ich kann Ihnen überhaupt nicht sagen, wie wichtig dieser Anruf ist. Er könnte uns alle retten, und Sie müssen mir dabei helfen. Sie müssen meine Hände losbinden, und während ich telefoniere, müssen Sie sich an meiner Stelle hier hinlegen, damit der Bewacher nicht merkt, dass ich nicht da bin, wenn er nachsehen kommt.«

»Also, ich weiß nicht …«, schüttelte Annie den Kopf.

»Annie, Sie müssen das einfach tun. Das ist unsere letzte Hoffnung. Wenn ich niemanden zu Hilfe rufen kann, werden wir alle in die Luft gesprengt. Sie müssen mir helfen.«

»Mein Gott«, stöhnte Annie, stieß die Tür auf und kroch zu Michelle hinüber, um sie loszubinden.

Im Lagerraum fand Michelle die beiden neun Jahre alten Kinder, die an der Rückwand auf einer leeren Transportkiste saßen. Sie ging zu ihnen, kniete sich vor sie und legte beruhigend ihre Hände auf die kleinen Köpfe. »Ihr seid ja so tapfer. Bald ist diese schreckliche Sache vorbei, und ihr könnt wieder nach Hause gehen. Wie heißt ihr beiden?«

Als Michael und Andrea ihr ihre Namen zuflüsterten, musste Michelle an ihre eigenen Kinder denken, und sie unterdrückte ihre Tränen. Jetzt nicht, Michelle. Nicht jetzt. Du musst dich konzentrieren.

»Drückt mir die Daumen, Kinder«, sagte sie. »Tante Michelle bekommt uns schon hier raus.«

Sie stand auf, schaute sich um und sah dann den Münzfernsprecher an der Wand gegenüber. Ihr mobiles Telefon und ihre Telefonkarte hatten sie ihr abgenommen. Sie lief hinüber und kramte in ihrer Tasche nach Kleingeld. Die Hoffnung verließ sie, als sie einen Zehner, einen Fünfer und zwei einzelne Pennys herausgeholt hatte. Sie atmete tief durch und versuchte, nicht durchzudrehen. Das kann doch nicht wahr sein, schoss es ihr durch den Kopf, Washington, D.C., wird von der Landkarte wegradiert, nur weil acht Cent fehlen! Verzweifelt suchte sie nach einem Ausweg, aber es gab keinen. Sie schloss die Augen und schlug frustriert mit der Faust gegen die Wand.

»Brauchen Sie 'nen Vierteldollar?«, fragte Michael leise.

Michelle öffnete die Augen und drehte sich um. Er saß immer noch auf der Transportkiste. Annie hatte ihm wohl gesagt, er solle da sitzen bleiben, und jetzt hielt er ihr eine Fünfundzwanzig-Cent-Münze entgegen.

Ein Lächeln breitete sich auf Michelles Gesicht aus. Sie ging zu dem Jungen, nahm die Münze und küsste ihn auf die Stirn. Michael errötete, aber das nahm sie nicht wahr. Sie war bereits wieder am Telefon und wählte die Nummer der Vermittlung.

»Verbinden Sie mich bitte sofort mit dem FBI. Es handelt sich um einen nationalen Notfall.«

Gerade noch rechtzeitig, bevor Moussak sie holen kam, war es ihr gelungen, mit Annie wieder den Platz zu tauschen und sich von ihr die Hände erneut fesseln zu lassen.

Der junge Araber brachte sie zum Falken, der sie am Unterarm packte. »Wir fahren nach oben«, sagte er, und dann gingen sie in Begleitung von Moussak in Richtung des Hintereingangs.

Als sie sich dem Transportaufzug näherten, sah Michelle eine Blutspur, die sich vom Aufzug bis zur Stelle unter dem Fenster hinzog, wo Paul Newcomes lebloser Körper lag. Sie fühlte einen Brechreiz und wusste, dass er nichts mit ihrer Schwangerschaft zu tun hatte. Ein Frösteln überkam sie, und ihre Knie zitterten. Pauls Leiche war ein unmissverständliches Signal, das ihr die tödliche Gefahr, in der sie sich befanden, in aller Deutlichkeit vor Augen führte.

Die Aufzugstür öffnete sich, und sie betraten den blutbefleckten Boden der Kabine.

Randy Huang und seine Kollegen von der CIRG, der Critical Incident Response Group, einer Eingreiftruppe, die in besonders bedrohlichen Krisensituationen zum Einsatz kam, befanden sich bereits seit zehn Stunden auf dem Dach des Museums und warteten auf ihren Einsatzbefehl. Hierhin zu gelangen war für die acht Leute von der CIRG und den sie begleitenden russischen Offizier kein Problem gewesen. In ihren schwarzen Kampfanzügen und mit geschwärzten Gesichtern waren sie in das benachbarte Gebäude der staatlichen Prägeanstalt eingedrungen, waren dann auf dessen Dach gestiegen und hatten sich von dort auf das Museumsdach abgeseilt. Da sie mit Bauskizzen des Museums ausgestattet waren, hatten sie den Belüftungsschacht schnell gefunden. Sie standen nun vor der Klappe, die in das Röhrensystem der Klimaanlage führte. Neben ihrer normalen Waffenausrüstung hatte man sie für diesen Sondereinsatz mit tragbaren Geigerzählern ausgerüstet. Wenn der Einsatzbefehl gegeben würde, müssten sie die Position des Sprengkopfs ausfindig machen, den Bereich absichern und den russischen Offizier schützen, während er den Sprengsatz entschärfte.

Huang sah sich seine Kollegen an. Alle acht waren hochtrainierte Profis. Sie bildeten nun seit mehr als drei Jahren eine Einheit und hatten sich auf alle erdenklichen Krisensituationen vorbereitet. Doch die, mit der sie jetzt konfrontiert waren, gehörte nicht dazu. Wenn es um Nuklearmaterial ging, so hatten sie gelernt, dann würde man die Lokalisierung der Bombe immer den NEST-Teams oder dem Bombenräumkommando überlassen. Nun würde ihnen auch diese Aufgabe zufallen. Er fühlte ein Kribbeln unter seiner Bauchdecke. Sie mussten es einfach schaffen, dachte er, es gab keine Alternative.

Sein Blick fiel auf Jurij Arbatow, den Russen, der etwas abseits von den anderen saß und offenbar seinen eigenen Gedanken nachhing. Huang hätte gerne gewusst, was dem Mann durch den Kopf ging. Ein russischer Offizier, der sich zweifellos während seiner Dienstlaufbahn auf die Zerstörung der Vereinigten Staaten von Amerika vorbereitet hatte, der aber nun paradoxerweise hierhergeschickt worden war, um ausgerechnet die Hauptstadt dieses Landes zu retten. Welch merkwürdige Schicksalswendung, dachte sich Huang, und dennoch wohl kaum merkwürdiger als die eines Vietnamesen der zweiten

Generation, der es zum Befehlshaber der wichtigsten SWAT-Einheit des FBI gebracht hatte.

Der Einsatzbefehl mit den endgültigen Anweisungen hatte Huang vor zwei Stunden erreicht. Er hatte daraufhin seine Männer versammelt und sie entsprechend instruiert.

»So, Leute, die Sache läuft wie folgt ab«, sagte er ihnen. »Wenn die Israelis ihre arabischen Gefangenen in ein Flugzeug setzen, dessen Start im Fernsehen übertragen wird, wird der amerikanische Botschafter den Abbruch der diplomatischen Beziehungen mit Israel bekanntgeben und das Land verlassen. Die Burschen im Museum werden all das auf CNN präsentiert bekommen, aber der endgültige Beweis wird für sie sein, dass sie die Landung der arabischen Gefangenen in einem arabischen Land beobachten können, und deshalb werden sie den Countdown für die Zündung des Sprengkopfs unterbrechen. Dazu werden sie sich verteilen müssen, und um 4.30 Uhr werden SWAT-Einheiten den Hinter- und Vordereingang des Museums erstürmen, während wir von hier oben eindringen.«

Alle schauten auf die Uhr. Das Warten auf den Einsatz begann. Um 4.12 Uhr meldete sich die Stimme in Huangs Kopfhörer.

»Kommandozentrale an CIRG ... Kommandozentrale an CIRG. Die Lage der Bombe ist jetzt bekannt. Ich wiederhole. Die Lage der Bombe ist jetzt bekannt. Sie befindet sich im dritten Stock. Der Sprengsatz ist unter einem Berg von Schuhen versteckt, einem der Exponate. Falls es keine weiteren Fragen gibt, geht rein, CIRG.«

»Keine Fragen«, antwortete Huang. »Wir gehen rein.«

Jurij Arbatow zog die Skimaske über sein Gesicht. Durch die Augenschlitze sah er die anderen acht Männer, die gerade dabei waren, ihre Waffen durchzuladen.

Arbatow spürte, dass ihn die neuen Schuhe drückten, die man ihm beim FBI zusammen mit der übrigen Ausrüstung gegeben hatte. Er schaute an sich hinab. Er trug den gleichen Kampfanzug wie die anderen. Eine Hitzewelle stieg ihm in den Kopf. Er trug ihre Uniform! Einen Moment lang wollte er sich die Kleider vom Leibe reißen, sie vor ihnen auf den Boden werfen, wollte einfach gehen, weg, ganz weit weg. Er tastete nach der Armeepistole, die in seinem Gürtel steckte. Wenigstens seine eigene Waffe hatten sie ihm gelassen. Unter seiner Schädeldecke meldete sich der bekannte stechende Schmerz, das Blut pochte in seinen Ohren.

Ein kühler Nachtwind wehte vom nahen Potomac herüber und erfasste die Männer des CIRG-Teams. Arbatow fröstelte. Instinktiv suchte er mit einer fahrigen Bewegung in der Tasche seiner Hose nach einer Zigarettenpackung, griff jedoch ins Leere. Von unten, von der 14th Street her, durchschnitt das grelle Scheinwerferlicht der Fernseh-Übertragungswagen das Dunkel der Nacht.

Oben auf dem Dach herrschte für einen Moment eine unwirkliche Stille. Arbatow schaute auf die schwarzen Gestalten um ihn herum. Nur das Weiß ihrer Augen war noch zu sehen. Was für ein absurder Mummenschanz, dachte er.

Randy Huang durchbrach das Schweigen. »Los jetzt«, sagte er und zeigte auf den offenen Schacht der Klimaanlage. Er stieg als Erster ein, die anderen acht des CIRG-Teams folgten ihm. Jurij Arbatow kletterte als Letzter in den engen Schacht.

Während er auf allen vieren hinter den anderen durch den Schacht kroch, nahm das Pochen in seinem Kopf zu. Nach wenigen Metern war er in Schweiß gebadet. Noch wenige Augenblicke, und er würde auf den Mann treffen, dem er die Bombe verschafft hatte. Jetzt sollte er den Plan des Falken im letzten Moment zunichtemachen. Ausgerechnet er, Jurij Arbatow!

Arbatow keuchte. Er hatte Schwierigkeiten, mit der Geschwindigkeit der anderen mitzuhalten, die geschmeidigen Katzen gleich durch den Schacht zu gleiten schienen. Er war gezwungen, einen Moment innezuhalten, Atem zu schöpfen. Er schloss die Augen. Bilder fetzten vorbei, das strenge Gesicht seines Vaters in der Uniform eines Obersten der Roten Armee, die weichen Züge seiner Mutter, Tschernow, der ihm die Hand entgegenstreckte, die stechenden Augen des Falken, ein großes, sanftes Gesicht mit flehenden Augen, Natascha. Er wollte es in seine Hände nehmen, ihren Mund küssen, doch das Gesicht verschwand.

Erschrocken öffnete er die Augen. Er sah weit vor sich ein Licht, das sich schnell entfernte, sah die Beine seines Vordermannes, die jetzt um eine Ecke bogen. Hastig setzte er sich in Bewegung. Wenige Meter weiter stieß von unten rechtwinklig ein Abzweig der Klimaanlage an den Schacht heran, fast einen halben Meter breit. Arbatow kletterte eilig über die Öffnung. Zu eilig, denn etwas löste sich aus seinem Gürtel und fiel polternd nach unten. Erschrocken griff Arbatow an den Gürtel. Doch es war zu spät. Seine Pistole war verschwunden.

Zum dritten und letzten Mal, seit sie im Lagerraum Unterschlupf gesucht hatte, öffnete Annie Fuller die Tür einen Spalt und schaute hinaus. Die Frau war verschwunden und ebenso der Mann mit der Pistole. Die zwei Männer auf dem Boden waren noch da, und sie fragte sich, ob sie noch einmal den Mut aufbringen könnte, sich in den Garderobenraum vorzuwagen, um sie zu befreien.

Sie öffnete die Tür noch ein Stück und horchte. Sie hörte einen der Männer leise stöhnen, aber ansonsten herrschte Stille. Das muss der in der Ecke sein, dachte sie sich. Der Mann mit dem aufgeschlagenen Mund. Barmherziger Gott, ich kann nicht einfach hier herumsitzen und nichts unternehmen. Und so kam es, dass sie sich erneut auf den ihr inzwischen vertrauten Weg durch die Garderobenständer machte.

Abdullah saß am Informationszentrum, dort, wo der Falke die Berichte von CNN beobachtet hatte. Seine Augen klebten förmlich am Bildschirm. Den Lautsprecher hatte er nicht aufgedreht, da seine Englischkenntnisse nicht ausreichten, um dem Fernsehkommentar zu folgen, doch die Bilder erzählten ihm die ganze Geschichte. Voller Ehrfurcht betrachtete er den Livebericht vom Ben-Gurion-Flughafen in Tel Aviv, der zeigte, wie zwei Busladungen arabischer Gefangener zu der auf der Startbahn wartenden Maschine gefahren wurden. Ich muss das Ali berichten. Ich muss ihm diese folgenschwere Nachricht überbringen. Sie erfüllen tatsächlich unsere Forderungen! Nachdem ihn die Hoffnung fast verlassen hatte, konnte er nun mit eigenen Augen sehen, dass die Juden seine Landsleute freiließen. Gepriesen sei Allah. Nun sah er, wie sich die Flugzeugtür schloss und die Gangway weggezogen wurde. Er würde warten, nur einen Augenblick noch, bis das Flugzeug abgehoben hatte. Dann würde er zu Ali hinaufgehen und ihm berichten.

Abdullah sah das stählerne Brecheisen nicht, das Annie aus dem Lagerraum geholt hatte, und er bemerkte auch den Mann nicht, der es in seinen Händen hielt. Das Einzige, was er noch wahrnehmen konnte, war der blitzartige Schmerz in seinem Hinterkopf, der ihn hinter dem Informationsschalter zusammenbrechen ließ. Dennis Hawer ließ das Brecheisen neben den bewusstlosen Abdullah zu Boden fallen und griff nach der halbautomatischen Pistole auf der Schaltertheke.

Der Falke stieß Michelle Berry vor sich her und schlich vorsichtig am Transportaufzug vorbei den Korridor entlang bis zu der Stelle, an der er den Sprengkopf verborgen hatte. Mit schussbereiten Waffen flankierte ihn Moussak. Die drei machten sich auf den Weg durch die Fotoausstellung, in der auch »Das Ende eines Schtetl« zu sehen war. Hunderte von Gesichtern schauten sie auf ihrem Weg an, Gesichter unschuldiger Opfer der Schreckensherrschaft des Naziregimes. Langsam bewegten sie sich durch den Bereich, der die Ofentür einer Leichenverbrennungsanlage zeigte, dann an den Betonpfosten des Zauns eines Konzentrationslagers vorbei. Der Ausstellungsbereich war in gelbliches Halbdunkel getaucht, was den furchtbaren Ausstellungsstücken eine geisterhafte Ausstrahlung gab. Das Echo ihrer Schritte war das einzige Geräusch im Halbdunkel der Halle.

Knapp dreißig Meter vom Versteck des Sprengkopfs entfernt griff der Falke nach Michelles Kragen und hob seine andere Hand zum Zeichen, Moussak solle stehen bleiben. Die Bewegungen der drei erstarrten zu einem Standbild. Der Falke zog die Augen zusammen und spähte in die Dunkelheit. Er hob den Kopf, wollte sichergehen, dass er das fremdartige Geräusch wirklich gehört hatte. Doch im Korridor herrschte Grabesstille. Er gab erneut ein Handzeichen, Moussak solle entlang der rechten Wand des Ganges vorangehen. Vorgebeugt und seine Waffe in der ausgestreckten Hand haltend, schob sich der Araber zentimeterweise zur Nische mit dem Schuhberg voran. Mit äußerster Vorsicht blieb er nach ungefähr jedem Meter stehen und horchte nach Geräuschen, die aus dem Gang vor ihm kommen könnten.

Der Falke und Michelle verharrten regungslos. Da Moussak nichts hörte, bewegte er sich vorsichtig weiter, bis er endlich die Nischenecke erreicht hatte. Dann ging er noch einen Schritt weiter in das etwas hellere Licht der Nische hinein und hatte sich halb zu den anderen umgedreht, um ihnen das Signal zu geben, sie könnten ihm folgen, als die Salve von Schüssen vom anderen Ende des Korridors mit einem Krachen aufblitzte. Alle sechs Kugeln trafen ihn mitten in der Brust, wirbelten ihn herum und schmetterten ihn in die Mitte des Flurs zu Boden.

Der Falke riss Michelle mit sich zu Boden. Durch den gesamten Korridor peitschte ein wilder Kugelhagel. Das Aufblitzen des

Mündungsfeuers, das Heulen der Geschosse und das Stakkato der Feuerstöße der automatischen Waffen erfüllten die Leere der Halle.

Als der Kugelhagel allmählich nachließ und schließlich völlig erstarb, versuchte der Falke, sich einen Überblick zu verschaffen. Moussak war tot, und Michelle war durch einen Schuss an ihrer linken Schulter verletzt. Sie steckten hier zirka zwanzig Meter vor dem Sprengkopf fest, die Schützen auf dem Treppenabsatz lauerten direkt darüber. Alles hing davon ab, was er jetzt unternahm.

Er atmete tief durch. Er mühte sich, seine Gedanken zu ordnen. Fast hätten sie es geschafft, seinen Plan zu vereiteln, aber eben nur fast. Er lud seine automatische Pistole nach.

Wenn er die Eindringlinge innerhalb der nächsten fünfzehn bis zwanzig Minuten daran hindern konnte, zu dem Sprengkopf vorzudringen, würde seine Drohung wahr. Er brauchte nur zu warten.

Randy Huang und seine Leute befanden sich in einer äußerst prekären Lage. Nachdem sie durch das Lüftungssystem in den vierten Stock gelangt waren, waren sie die Treppe zum dritten hinuntergegangen. Dort im Korridor hatten sie Bewegungen im Gang vor ihnen wahrgenommen und sich auf den Treppenabsatz zurückgezogen. Sie hatten dann gewartet, bis der Mann mit der Waffe in den erleuchteten Bereich des Ausstellungsobjekts getreten war, und hatten das Feuer auf ihn eröffnet. Die nun folgende Schießerei hatte eine klassische Pattsituation ergeben. Randy und drei seiner Leute befanden sich zusammen mit dem Russen hinter einer Ecke an der Treppe. Vier weitere seiner Leute waren auf die »Brücke der Namen« ausgewichen, eine von Glas eingeschlossene Passage, die mit Namen von Opfern des Holocaust beschriftet war. Alle von Huangs Leuten befanden sich in der Schusslinie des Terroristen. Er war sich unsicher, was ihn erwartete.

Huang überprüfte die Uhrzeit. Es war jetzt 4.48 Uhr, zwölf Minuten vor dem Zündzeitpunkt des Sprengkopfs. Seit

Minuten war kein Schuss mehr gefallen. Mein Gott, dachte er, sie wollen uns hier festnageln. Alles, was sie tun müssen, ist, uns von dem Sprengkopf fernzuhalten.

Wenn etwas geschehen sollte, dann war er am Zug. Er musste schlucken und merkte, dass seine Kehle knochentrocken war. Wenn sie auf den Sprengkopf zustürmten – selbst wenn sie es alle sieben gleichzeitig täten, gäbe das nur ein einziges Gemetzel. Erreicht hätten sie damit nichts. Er musste einen Weg finden, den Terroristen hervorzulocken oder den Russen sicher zum Sprengkopf zu bringen, und er musste sich seine Strategie sehr schnell einfallen lassen.

Jurij Arbatow kroch durch die kleine Truppe, die sich in der Ecke zusammengedrängt hatte, und tippte Randy auf die Schulter. Huang wandte sich dem Russen zu. »Ich muss an den Sprengkopf ran. Es bleibt ja kaum noch Zeit«, flüsterte Arbatow.

»Ja, ich weiß«, sagte Huang. »Nur – wie sollen wir Sie da hinbringen?«

»Feuern Sie los, mit allem, was Sie haben, und ich werde versuchen, zu den anderen auf die Brücke zu kommen. Dann werde ich zu den Schuhen laufen, und Sie werden alle weiterschießen und sie so ablenken.«

»Aber hören Sie, aus diesem Winkel geht es einfach nicht ...«, wandte Huang ein.

»Wir haben keine Zeit zu diskutieren«, erwiderte Arbatow. Er legte Huang kurz eine Hand auf die Schulter. »Ich renne jetzt los. Schießen Sie sofort.«

Er schob sich durch die kleine Gruppe und rannte in Richtung Brücke. Huang und seine Männer traten um die Ecke und eröffneten das Feuer. Der Falke schoss vom anderen Ende des Gangs zurück. Nach einigen Augenblicken hörte das Stakkato der Schüsse auf. Der ätzende Geruch von Pulverdampf lag in der Luft. Einer von Randy Huangs Leuten lag tot im

Korridor, Jurij Arbatow war am rechten Oberschenkel getroffen worden, hatte jedoch die Männer an der Brücke erreicht.

»Eine Kugel hat Sie erwischt«, sagte einer der CIRG-Leute. »Ich werde die Wunde verbinden.«

»Keine Zeit«, erwiderte der Russe. »Ich laufe jetzt zum Sprengkopf, Sie müssen mir Deckungsfeuer geben.«

»Aber aus diesem Winkel können wir nicht schießen«, sagte der CIRG-Mann eindringlich. »Wir können Ihnen keine Deckung geben.«

Arbatow, das Gesicht schmerzverzerrt, schob die beiden Männer beiseite und humpelte auf den Korridor. Er zog sein verletztes Bein nach und war bereits auf halbem Wege zum Schuhberg, als der Falke wieder zu feuern begann. Ein Schuss traf Arbatow seitlich, und er ging zu Boden.

Randy Huang und die beiden, die zusammen mit ihm aus der Deckung hervorgekommen waren, um zurückzuschießen, ließen sich ebenfalls fallen.

Arbatow lag auf dem Marmorboden und spürte den brennenden Schmerz in seiner Seite. Ihm wurde schwindelig, und er kämpfte gegen die Ohnmacht an, während die Kugeln über seinen Kopf zischten. Er musste hier weg. Er musste zum Sprengkopf. Angetrieben durch reine Willenskraft und eine Energiereserve, von der er nie geglaubt hätte, dass sie in ihm steckte, begann er, auf den Schuhstapel zuzukriechen.

Zwei der CIRG-Leute aus der Nische hatten sich in die Mitte des Korridors hinter Arbatow gerobbt, um das Deckungsfeuer zu verstärken, und einer von ihnen wurde fast augenblicklich am Kopf getroffen. Jurij kroch weiter und hatte bereits die Brüstung vor dem Exponat erreicht, als eine Kugel seinen Fuß erwischte. Der brennende Schmerz, der in seinem schon verletzten Bein hochschoss, war schlimmer als der, den er in seiner Seite fühlte, aber irgendwie gelang es ihm voranzukommen. Noch fünf Meter, und er wäre in der Nische, außerhalb der

Schusslinie. Er hatte viel Blut verloren, und ein trüber Schleier hatte sich auf seine Augen gelegt. Er kniff die Augen zusammen, um wieder einigermaßen klar sehen zu können. Nur noch ein winziges Stück, dann befände er sich außer Schussweite. Er biss die Zähne zusammen und drückte sich mühsam voran, um das letzte Stück seines Weges zu bewältigen.

Der Falke beobachtete, wie der Mann auf dem Boden in die Nische kroch. Es war ihm nicht gelungen, ihn aufzuhalten. Er stellte das Feuer ein. Die Frau hatte sich an die Wand hinter ihm gedrückt und hielt sich die Schulter. Das Feuer vom anderen Ende des Korridors hatte nachgelassen und hörte schließlich ganz auf.

Jurij Arbatow hatte sich in die Nische gezogen und hielt einen Moment inne, um wieder Atem zu schöpfen. Er wischte sich mit dem Handrücken über das Gesicht, starrte eine Weile auf den Blutfleck, den sein Mund dort hinterlassen hatte. Dann schaute er auf die Uhr. 4.52 Uhr. Nur noch acht Minuten. Er streckte seine Arme nach oben, umklammerte das Geländer und zog sich hoch. Die Schmerzen, die wie Messerstiche durch seinen Körper schnitten, die Schwindelanfälle, die ihm das Bewusstsein zu rauben drohten, all das nahm er einfach nicht zur Kenntnis, und wie ein Besessener fing er an, den Schuhstapel umzugraben. Er suchte ohne jegliche Methode, ohne System. Er fühlte, wie ihn seine Kraft verließ, er zog wahllos Schuhe heraus, warf sie fort, in der verzweifelten Hoffnung, den harten Stahl der Ummantelung des Sprengkopfs zu finden, den er vor nicht allzu langer Zeit noch selbst in Händen gehalten hatte. Sein rechtes Bein war nicht mehr zu gebrauchen, und daher konzentrierte er seine gesamte Kraft darauf, sein linkes Bein auf die Umrandung des Schaukastens zu bekommen. Nur noch ein Stoß, und er fiel mitten in den Berg verrottenden Leders. Schon begannen seine Hände wieder mit dem Graben. Und dann erblickte er ihn.

Unter dem Metallgitter, auf dem der Schuhstapel aufgebaut war, lag der Sprengkopf.

Randy Huang traute seinen Augen nicht. Am anderen Ende des Korridors bewegte sich etwas. Zunächst konnte er nicht genau erkennen, was da los war, doch dann sah er, wie sich der Araber über die Mitte des Korridors hinweg auf den Schuhstapel zubewegte, wobei er seine Geisel als Schutzschild benutzte. Er rief seinen Leuten zu, sie sollten das Feuer einstellen, dann wartete er hilflos, wie sich die Dinge weiterentwickeln würden.

Der Falke hatte seinen linken Arm um Michelles Schultern geschlungen und ihren Körper gegen den seinen gepresst. Sie drückte ihre blutverschmierte Hand auf die Schulterwunde, und die beiden bewegten sich langsam die Halle hinunter. Der Araber zielte mit seiner Waffe auf die Nische. Sobald sie an der Ecke der Nische vorbei wären, hätte er den Mann, der sich am Sprengkopf zu schaffen machte, im Visier.

Huang schlich sich noch ein Stück weiter auf den Korridor in der Hoffnung, eine Position zu finden, aus der er feuern könnte. Er brauchte lediglich den Bruchteil einer Sekunde, einen Augenblick, in dem er den Araber treffen könnte, ohne die Frau zu erschießen. Eine Stimme in seinem Hinterkopf sagte ihm immer wieder: Wenn du's nicht wenigstens versuchst, sterben wir sowieso alle. Zentimeterweise bewegte er sich voran, spähte durch das Zielfernrohr und hatte den Finger fest um den Abzug gelegt.

Noch zwei Schritte, und der Falke sah den Mann im Schuhstapel. Er hatte ihm den Rücken zugewandt und war über die Stelle gebeugt, an der der Sprengkopf lag. Der Falke streckte seinen rechten Arm aus und wollte gerade abdrücken, als sich Michelle in seiner Umklammerung plötzlich nach links warf. Der Ruck brachte ihn aus dem Gleichgewicht, und sein Schuss ging ins Leere. Arbatow zuckte zusammen und schaute über seine Schulter nach dort, woher der Knall des Schusses gekommen war. Mit letzter Kraft war es ihm soeben gelungen, das Metallgitter anzuheben und beseitezuziehen, und er schüttelte den Kopf und kniff die Augen wieder zusammen, um klare Sicht zu haben.

Wieder zielte der Falke, und die Kugeln, die er abschoss, bohrten sich in dem Augenblick in Arbatows Rücken, als er das letzte Kabel aus dem Zeitzünder gezogen hatte. Der Falke schaute nach vorn und lockerte dabei einen Moment seinen Griff, sodass Michelle zu Boden fiel. Als Ali Ben Nasar sich herumdrehte, traf ihn die Schusssalve aus Dennis Hawers automatischer Pistole in Brust und Hals. Sein letztes Magazin schoss er in die Decke.

Einen Moment lang stand er da, als sei er in Gedanken verloren, dann fiel seine Waffe mit einem lauten Scheppern auf den Boden. Er griff sich mit der Hand an den Hals und starrte sie dann an, als sähe er sie zum ersten Mal. Ein Ausdruck aus Wut und Erstaunen lief über sein Gesicht. Er fasste nach der Wand, um sich abzustützen, seine blutverschmierte Hand glitt über eine Reihe von Fotografien, Bilder von Unterarmen mit eintätowierten Nummern. Unbeholfen machte er noch einen Schritt nach vorn, bevor seine Beine nachgaben, dann stürzte er vornüber auf den Boden des Museums.

Die Uhr zeigte 4.56 Uhr frühmorgens.

Ben-Gurion-Flughafen, Israel

Die beiden Busse tauchten in das Scheinwerferlicht der Fernsehteams ein. Der CNN-Satellitenwagen war im nördlichen Teil des Ben-Gurion-Flughafens aufgebaut, den die israelische Luftwaffe nutzte, weg von dem zivilen Teil des Flughafens, dessen Flugverkehr gestoppt worden war.

Soldaten hielten ihre Maschinenpistolen bereit. Zwischen den C-130-Hercules-Transportmaschinen der Luftwaffe stand eine DC-9 mit Schweizer Hoheitszeichen. Die vordere Tür war geöffnet, Soldaten hatten eine Gangway herangeschoben.

»In wenigen Minuten ist es so weit«, sagte Jerry Robinson in die Kamera des CNN-Teams. Er stand mit dem Rücken zu der DC-9, deren beide Triebwerke bereits liefen. »Es ist jetzt kurz vor Mittag hier in Israel, wenige Minuten vor fünf Uhr in Washington. Gleich werden die Gefangenen an Bord gehen, und dann wird das Flugzeug in Richtung Libyen starten. Eine schwere Stunde für Israel, das zum ersten Mal nachgeben muss. Aber offenbar hat die Regierung keine andere Wahl mehr.«

Die beiden Busse rollten an der Gangway vor. Die Gefangenen begannen auszusteigen. Amir Ben Nasar betrat als Erster die Treppe, die zu dem Flugzeug führte. Oben angekommen, drehte er sich um und riss beide Arme hoch. Er zeigte mit zwei Fingern das V-Zeichen. Dann verschwand er in der DC-9. Nach wenigen Minuten waren alle eingestiegen. Eine Stewardess zog die Tür von innen zu. Langsam setzte sich das Flugzeug in Bewegung.

»Jerry«, hörte Robinson in seinem Kopfhörer die Stimme von Bobbie Diaz, der Moderatorin in Atlanta, »dies muss doch verheerend sein für die israelische Regierung. Glauben Sie, dass Premierminister Ben Nathan das politisch überhaupt überleben kann?«

»Schwer zu sagen, Bobbie, aber natürlich wird er dem israelischen Volk genau erklären müssen, warum dies notwendig war. Das Drama jedenfalls geht hier bald zu Ende …«, erwiderte Robinson und verstummte, als Bobbie wieder das Wort ergriff: »Und es kommt noch schlimmer. Wir schalten jetzt hinüber zur amerikanischen Botschaft, wo der US-Botschafter gleich eine Erklärung abgeben wird.«

Bobbie Diaz blickte nun auf den anderen Monitor. Dort sah sie Bilder aus Guantánamo. Sie hatten es nicht geschafft, in der Kürze der Zeit dorthin einen eigenen Korrespondenten zu entsenden, aber die US-Streitkräfte hatten mit eigenen Mitteln eine Bilderstrecke aufgebaut, und die Livebilder kamen auch von dort. Zu sehen war eine C-17-Transportmaschine, zu der gerade eine Gruppe von Gefangenen hingeführt wurde, die Triebwerke liefen bereits. Offenbar stand die Maschine ebenfalls kurz vor dem Abflug.

Sie schaltete mit der Fernbedienung hin und her, erst auf das Programm des israelischen Fernsehens, dann zu CNN, dann wieder zum israelischen Sender. Auf beiden Kanälen waren dieselben Bilder zu sehen, Bilder vom bevorstehenden Abflug der arabischen Terroristen. Ruthi Berman nahm einen Schluck aus dem weißen Kaffeebecher, der vor ihr stand. Der Kaffee war kalt und schmeckte schal. Sie lief in die Küche und kam mit der Thermoskanne zurück, um sich frischen Kaffee einzugießen, aber die Kanne war leer.

Das Fenster ihres Apartments war geöffnet. Sie ging hinüber und schaute hinaus. In der Ferne sah sie das Meer, ein Segelschiff mit zwei Masten zog seine Bahn durch das satte Blau der Wellen. Aber sie hatte keinen Blick für die Schönheit des Augenblicks. Schnell wandte sie sich wieder dem Fernsehprogramm zu. War dies ein Durchbruch? War dies ein Einlenken, ein Signal, das dem Land den Frieden ein Stück näher bringen würde? Oder reagierte die Regierung mit der Freilassung der Gefangenen wirklich nur auf Druck, auf eine konkrete Erpressung? Ruthi Berman war verwirrt und bestürzt. Jahrelang hatte sie für eine Verständigung mit den Arabern gekämpft. Jahrelang hatte sie geglaubt, dass Israel auch mit den radikalen arabischen Kräften verhandeln müsste, dass es nur dann einen wirklichen Frieden geben konnte. Jahrelang hatte sie dafür Hass geerntet, Ablehnung, zumindest Skepsis, selbst in der eigenen Familie. Doch sie musste zugeben, dass sie in diesem Augenblick selber ratlos war und ein Unbehagen spürte, als sie die Palästinenser in das Flugzeug steigen sah.

Sie griff zu dem mobilen Telefon, das vor ihr auf dem Tisch lag, und wählte eine Nummer, während ihr Blick auf den Fernsehapparat gerichtet blieb. Es klingelte dreimal. Dann hörte sie die Stimme ihrer Mutter.

»Shalom, *Ima*«, sagte Ruthi.

»Shalom«, sagte ihre Mutter. Ihre Stimme klang müde. Ruthi wusste, dass sie sich nicht wieder erholt hatte und auch nicht wieder erholen würde seit der Sache mit David. Aber sie war immer ihre Vertraute geblieben, hatte nie Partei ergriffen, wenn es in der Familie zu Diskussionen gekommen war. Und jetzt brauchte Ruthi jemanden, mit dem sie reden, mit dem sie ihre Gefühle austauschen konnte. Sie hörte, dass in dem Raum am anderen Ende der Leitung im Hintergrund auch das Fernsehprogramm lief, wie vermutlich in jedem israelischen Haushalt.

»Was denkst du, *Ima*?«

»Ich ... ich weiß nicht«, antwortete sie ausweichend. Und nach einer Pause: »Ich glaube, dass die Regierung einen Fehler macht. Diese jungen Männer haben alle Blut an ihren Händen. Wer weiß, was sie tun werden, wenn sie wieder frei sind.«

Ruthi Berman klopfte nervös mit der linken Hand auf die Tischplatte vor ihr. Sie wollte Einwände erheben, wollte ihre Mutter widerlegen, doch sie konnte es nicht. Sie wusste, dass weder etwas gelöst noch wirklich zu Ende gebracht war, dass die Israelis hier Zeuge eines Ereignisses wurden, dem sie ausgeliefert waren, das sie nicht wirklich beeinflussen konnten. Sie beschloss, das Thema zu wechseln, wohl wissend, wie schwierig gerade das sein würde.

»Hast du von ihm gehört?«, fragte sie. Wieder war eine Pause am anderen Ende der Leitung. Sie waren es gewohnt, wochenlang nichts von Avi zu hören. Aber er hatte es immer wieder geschafft, auch wenn es gegen die Regeln war, irgendwie Kontakt zu Leah zu halten, ihr ein Lebenszeichen zu geben, und Leah hatte die Familie informiert. Doch diesmal war es anders, beunruhigend anders. Auch Leah war ohne Nachricht, seitdem er verschwunden war, ohne sich davor noch einmal zu melden.

»Nein«, hörte sie ihre Mutter schließlich flüstern.

Ruthi Berman wollte etwas Aufmunterndes sagen, aber es fiel ihr nichts ein. Sie schaute auf die Bilder in dem Fernsehapparat. Sie dachte an Avi. All die hundert jungen Palästinenser in diesem Flugzeug waren Avis Feinde, seine Todfeinde. Ruthi Berman suchte nach Worten.

»Er ... er wird sich schon melden.« Ihre Mutter schwieg.

»Shalom, *Ima*«, sagte Ruthi schließlich.

»Shalom, mein Kind.«

Sie schaltete das Telefon ab und legte es wieder auf den Tisch. Auf dem Bildschirm tauchte jetzt der Eingang der amerikanischen Botschaft auf.

David Malstrom schwitzte trotz des kühlen Windes, der vom Mittelmeer herwehte. Die Botschaft lag direkt am Strand von Tel Aviv, und viele Menschen waren von der Strandpromenade herübergekommen, angezogen durch die Scheinwerfer des CNN-Satellitenwagens. Malstrom las noch einmal die schriftliche Erklärung durch, die das US-Außenministerium ihm kurz zuvor übermittelt hatte. Er hatte keine Wahl. Er würde dies vorlesen müssen, im Auftrag des Präsidenten der Vereinigten Staaten von Amerika.

Er trat durch die Glastür, die hinaus zur Hayarkon-Straße führte, postierte sich vor der Kamera und schaute in das unbarmherzige grelle Licht der Scheinwerfer. Dann blickte er sich um. Immer mehr Menschen strömten herbei, Neugierige, Besorgte, Unbefangene. Sie versammelten sich im Halbkreis um das Mikrofon, vor dem ein Techniker Malstrom jetzt mit einem Ohrhörer ausstattete, der die Verbindung zur CNN-Sendezentrale in Atlanta herstellte.

Nervös rückte der Botschafter seine Krawatte gerade. Er zog einen Kamm aus der Tasche und kämmte ein weiteres Mal sein kurzes blondes Haar. Dann nahm er ein Papiertaschentuch und wischte sich den Schweiß ab. Mein Gott, dachte er, wann ist es endlich vorbei?

Er hörte das Wispern der Zuschauer um sich herum, sah in ihre fragenden, neugierigen Gesichter. Eine CNN-Producerin, die neben der Kamera stand und einen Telefonhörer an ihr Ohr gepresst hielt, gab ihm ein Handzeichen. »Sie sind drauf«, sagte sie.

Malstrom nahm das Blatt mit dem Text hoch und schaute in das Kameraobjektiv vor ihm, das ihn kalt und unbeteiligt anzustarren schien. »Dies ist eine schwere Stunde in den langen und engen Beziehungen zwischen den USA und Israel«, sagte er, »aber zu meinem tiefen Bedauern muss ich im Auftrag des Präsidenten der Vereinigten Staaten von Amerika folgende Erklärung abgeben: Die Regierung der USA sieht sich veranlasst, die diplomatischen Beziehungen zum Staat Israel abzubrechen. Sie zieht mit sofortiger Wirkung ihren Botschafter aus Tel Aviv ab. Außerordentliche und tragische Umstände zwingen sie zu diesem Schritt. Die USA waren immer ein treuer Verbündeter Israels, aber diese Entscheidung wird durch hochbrisante Ereignisse diktiert, die leider außerhalb der Kontrolle der amerikanischen Regierung liegen. So weit die offizielle Erklärung. Bitte haben Sie Verständnis, wenn ich Ihnen zur Stunde keine weiteren Fragen beantworten kann.«

Ein Raunen ging durch die Zuschauer, ungläubiges Erschrecken, dann gellten Pfiffe auf. Der Techniker befreite den Botschafter von seinem Ohrhörer. Malstrom merkte, dass er schweißgebadet war. Einige der jüngeren Zuschauer schüttelten drohend ihre Fäuste.

Einer schrie: »Verräter!« Andere nahmen den Schrei auf. Bald schallte ein Chor wütender, enttäuschter Menschen: »Verräter, Verräter, Verräter!«

Jerry Robinson hatte über seinen Ohrhörer, der ihn sowohl mit der Sendezentrale wie auch mit dem zweiten Satellitenwagen vor der US-Botschaft verband, die Erklärung mitgehört. Die CNN-Sendezentrale schaltete nun wieder zu ihm zurück.

»Was für eine Erklärung«, hörte er die Moderatorin Bobbie Diaz sagen, »Jerry, was denken Sie, was hier los ist?«

»Sicher hat das mit den gegenwärtigen Ereignissen in Washington zu tun, aber weder die israelische Regierung noch die amerikanische Regierung ist offenbar bereit, genauer zu erklären, warum dieser sensationelle Schritt notwendig ist«, sagte Jerry Robinson, der seine Worte sorgfältig wählte.

Seine Augen flackerten nervös vor der Kamera. Verdammt, dachte er, verdammt, verdammt, verdammt. Er, CNN-Korrespondent Jerry Robinson, kannte den genauen Grund – und er verschwieg ihn. Zutiefst unethisch, dachte er, ein Journalist, der die Wahrheit kennt und seine Zuschauer dennoch im Dunkeln lässt. Aber gab es nicht Situationen, wo die Wahrheit ein relativer Wert war, wo es Wichtigeres gab, als immer sofort und ganz genau zu erfahren, was Sache ist, jedes Detail live erklärt zu bekommen? War eine Atombombe, die das Leben Zehntausender bedrohte, ein solcher Grund? Könnte er die Panik verantworten, wenn er hier und jetzt die ganze krasse Wahrheit berichtete?

Linda, dachte er, war sie in Sicherheit, ausreichend weit weg von Washington? Hatte Carolyn Wort gehalten? Waren sie wirklich gefahren?

Er hatte keine Zeit, sich weiteren privaten Betrachtungen hinzugeben. Schließlich war er auf Sendung, live, und die ganze Welt schaute zu.

»Jerry«, fragte Bobbie Diaz, »was, denken Sie, sagen die Israelis dazu, die gerade die Erklärung des Botschafters gehört haben?«

Er konzentrierte sich wieder. »Ich denke, für sie ist es, als sei ganz Israel von einer riesigen Bombe getroffen worden. Ein unvorstellbarer Schock. Die Unterstützung der USA war bisher für jeden Israeli selbstverständlich, er ist damit aufgewachsen, hat es sozusagen als sein Geburtsrecht angesehen, von der großen Vaterfigur Amerika beschützt zu werden. Viele hier werden sich in dieser Stunde sehr allein gelassen fühlen, vielen wird erstmals klar werden, wie verwundbar Israel trotz seiner eigenen militärischen Stärke ohne Amerika ist«, sagte Robinson.

Die zweite Kamera verfolgte unterdessen die DC-9, die über den Taxiway in Richtung der großen Startbahn rollte, die nach Westen führte, auf das Mittelmeer zu. Am Ende des Taxiway drehte die Maschine ein, brachte sich am Anfang der langen Bahn in Startposition.

Plötzlich heulten Sirenen auf. Feuerwehrfahrzeuge rasten aus ihren Hallen auf die Runway zu, fuhren mit höchster Geschwindigkeit an mehreren Stellen auf die Bahn, einer der schweren roten Lastwagen kam mit quietschenden Reifen unmittelbar vor der DC-9 zum Stehen.

Jerry Robinson hielt den Atem an.

»Jerry, hallo, Jerry, was ist los«, hörte er Bobbie Diaz in seinem Ohrhörer fragen.

»Anscheinend will irgendjemand den Start der Gefangenen im allerletzten Moment verhindern«, sagte Robinson, »wir haben aber noch keine Informationen darüber, was der Grund dafür ist. Jedenfalls scheint eines festzustehen: Die hundert Araber, die auf dem Weg nach Libyen waren, stecken auf der Startbahn fest.«

»Danke, Jerry.« Bobbie Diaz' normalerweise unerschütterlich coole Stimme klang angespannt, einen Hauch, den nur die

Zuschauer bemerkten, die sie lange und aufmerksam auf dem Bildschirm beobachtet hatten. »Vielleicht hat das ja mit den Ereignissen in Washington zu tun, von denen wir gerade hören. Wir schalten zu Sharon Blair, die vor dem Holocaust-Museum steht. Hallo, Sharon, was gibt's dort Neues?«

Auf den Fernsehschirmen rund um die Welt erschien wieder der Kopf von Sharon Blair. Ihre Haare wirkten nach der langen Nacht verklebt, unter den Augen hatten sich dunkle Ringe gebildet. Aber ihre Stimme war wach und aufgeregt. »Hier am Holocaust-Museum überschlagen sich die Ereignisse. Eben hörten wir eine minutenlange Schießerei, Schreie aus dem Inneren, jetzt hat das Schießen aufgehört. Offenbar haben Spezialeinheiten des FBI angegriffen. Die bange Frage ist jetzt: Ist es ihnen gelungen, die Terroristen zu überwältigen?«

Die Kamera fuhr nun an ihrem Kopf vorbei auf den Eingang des Holocaust-Museums zu. Die Tür öffnete sich. Ein FBI-Agent mit einer schwarzen Kampfuniform und einer schwarzen Skimaske über dem Kopf. Er riss den rechten Arm hoch und zeigte mit zwei Fingern das V-Zeichen.

»Mein Gott«, schrie Sharon Blair in ihr Mikrofon, »es ist vorbei! Unglaublich! Es ist vorbei. Die Geiselnahme hier am Holocaust-Museum, das fürchterlichste und gefährlichste Verbrechen, das Washington je erlebt hat, ist endgültig vorbei!«

Washington, D.C., USA

George Fitzgerald legte den Hörer auf und wandte sich Zeke Schoefield zu. Schoefield blickte auf seine Füße. Seine Hiatushernie hatte sich beruhigt, und er hatte seit zwei Stunden kein Mylanta mehr einnehmen müssen. Auch die dumpfen Kopfschmerzen, die ihn während der gesamten Krise gequält hatten, waren weg, und seine Atmung hatte sich normalisiert.

Bevor er sich im Büro des Direktors meldete, hatte er geduscht, sich rasiert und ein frisches Hemd angezogen.

Fitzgerald schaute ihn über seine Lesebrille hinweg an, faltete seine Hände auf dem Schreibtisch und sagte: »Das Weiße Haus. Tony Blake war dran. Der Präsident ist euphorisch. Redet schon von der Verleihung von Tapferkeitsmedaillen.«

»Ist er denn wieder in Washington?«

»Unterwegs«, antwortete Fitzgerald. »Er und Tschernow sind gerade auf dem Rückflug aus Virginia.«

»Ich dachte, er wollte die Stadt nicht verlassen«, sagte Zeke.

»Man musste ihn dazu überreden«, entgegnete Fitzgerald. »Blake hat ihm klargemacht, dass es seine Pflicht sei, die Stadt zu verlassen. Nationales Interesse. So was in der Art.«

Fitzgerald lehnte sich zurück und legte die Hände hinter den Kopf. »Nun, jedenfalls will der Präsident eine feierliche Ordensverleihung sobald wie möglich.« Er strahlte die Selbstgefälligkeit eines Mannes aus, der gute Arbeit geleistet hat.

Zeke stellte sich dabei vor, wie der Direktor im Rosengarten stand und Präsident Webster ihm seine offizielle Belobigung aussprach. George Fitzgerald, der Mann, der so gut wie nichts zur Verhinderung der nuklearen Katastrophe beigetragen hatte, bekam die Anerkennung, die andere für ihre Leistungen verdient hätten. Zeke fühlte, wie das stechende Gefühl wieder in seiner Brust hochstieg, und er musste sich Mühe geben, diesen Gedanken beiseitezuschieben. »Unsere Leute haben ausgezeichnet gearbeitet«, sagte er nur.

»Exzellent«, sagte Fitzgerald. »Eine Operation wie aus dem Lehrbuch. Durchgeführt mit der Präzision eines Uhrwerks.«

»Nun ja«, schränkte Zeke ein, »wir hatten natürlich auch viel Glück dabei.«

»Natürlich, natürlich«, räumte Fitzgerald widerwillig ein, »aber wie sagt man doch so schön, das Glück ist auf der Seite des Tüchtigen. Rechnen wir uns als Verdienst an, was uns zusteht.

Schließlich haben wir den Sprengsatz aufgespürt, das komplizierte Geiselproblem gelöst, den Sprengkopf entschärft, und all das beim Verlust von nur wenigen Menschenleben.«

Wir, wir, wir. Zeke gefiel dieses »wir« überhaupt nicht. Wieso wir? Der Direktor hatte einfach nur an seinem Schreibtisch gesessen, Fingernägel gekaut und die anderen machen lassen.

»Nur wenige Menschenleben?«, gab er zurück.

»Nun, wenn man bedenkt, dass es möglicherweise Hunderttausende von Toten hätten sein können, sind vier Tote doch keine schlechte Bilanz – einschließlich des kleinen Mädchens und des Russen.«

Zeke verspürte den Drang, heftig mit dem Kopf zu schütteln, und den noch stärkeren Drang zu sagen, was er davon hielt. Er wollte diesem Karrierepolitiker schütteln, ihn ohrfeigen, er konnte diesen Zynismus kaum noch aushalten. Stattdessen sagte er nur: »Der Mann von NEST und unser Mann vom SWAT werden morgen auf dem Arlington-Friedhof beigesetzt.«

»Ja«, sagte Fitzgerald. »Ich werde stellvertretend für das FBI anwesend sein.«

Zeke schaute weg. Wenn einer dorthin gehörte, dann war es gewiss nicht Fitzgerald. Er war der festen Überzeugung, dass ihm die Medaille gebührte und er das FBI bei der Bestattung vertreten sollte, gleichzeitig wusste er aber auch, dass er sich von diesen destruktiven Gedanken lösen musste. Davon bekäme er sonst nur ein Magengeschwür oder noch Schlimmeres. Er schaute George Emory Fitzgerald wieder an, der nun aufrecht in seinem Sessel saß und seine Lesebrille abgenommen hatte, ein dezenter Hinweis für Zeke, dass das Gespräch beendet war.

»Und der Russe?«, fragte Zeke.

»Ach ja, der Russe«, erwiderte Fitzgerald und rieb sich die Nasenspitze. »Ihr Mann Chang ...«

»Huang«, korrigierte ihn Zeke.

»Ja, Huang. Ein äußerst scharfsichtiger junger Mann. Erinnern Sie mich daran, eine Notiz in seine Personalakte zu schreiben. Schafft die Leiche des Russen da raus, bevor die Presse Wind davon bekommt. Einfach genial.«

»Bis jetzt hat es ja funktioniert. Die Presse berichtet darüber, als sei es nur eine Geiselnahme gewesen. Niemand hat von einer nuklearen Drohung gesprochen. In allen Zeitungen und den anderen Medien wird behauptet, dass die Terroristen drohten, die Kinder eins nach dem anderen umzubringen, bis man ihre Forderungen erfüllt hätte.«

»An die politischen Folgen für Webster möchte ich nicht einmal denken, wenn bekannt würde, dass die Gefahr einer völligen Vernichtung der Stadt und ihrer gesamten Bevölkerung bestand und er das nicht bekanntgegeben hat«, sagte Fitzgerald. »Man würde ihn teeren, federn und aus dem Land jagen. Den würde man nicht einmal mehr zum Hundefänger des kleinsten Kaffs in ganz Amerika wählen.«

Zeke hätte zu gern gewusst, wie viele Menschen die Wahrheit kannten und wie viele von ihnen ihr Schweigen gebrochen hatten, um Familienangehörige und Freunde zu warnen. Er verspürte ein Gefühl von Schuld, weil er nicht einmal in Betracht gezogen hatte, Ginnie davon in Kenntnis zu setzen, sondern ihr nur erzählt hatte, er müsse für ein paar Tage verreisen. Andererseits wäre sie da draußen in Manassas vermutlich in Sicherheit gewesen. Vielleicht.

»Wie haben Sie den Russen überhaupt da rausgekriegt?«, wollte Fitzgerald wissen, als hätte er gemerkt, dass Schoefield nicht mehr bei der Sache war und er ihn besser auf den Boden der Tatsachen zurückholen sollte.

»Genauso, wie sie reingekommen sind«, antwortete Zeke. »Über das Dach und dann in die Prägeanstalt. Ein Flugzeug wird für ihn nach Andrews geschickt. Die Leute von der Botschaft spielen das Thema herunter.«

»Und der Sprengkopf?«, fragte Fitzgerald.

»Den haben sie auf demselben Weg rausgebracht und nach Aberdeen zur Entsorgung transportiert.«

»Ausgezeichnet«, sagte Fitzgerald, erhob sich und reichte Schoefield die Hand.

Zeke erhob sich nun auch, jedoch so langsam, dass der Direktor seine Hand einen peinlichen Moment lang ausgestreckt halten musste, bevor er Zeke verabschieden konnte.

Tony Blake und Peter Lynch, der Stabschef des Präsidenten, warteten auf dem Rasen des Weißen Hauses darauf, dass sich die Tür des Hubschraubers öffnete. Bill Webster stieg als Erster aus. In der linken Hand hielt er Connie an der Leine, mit der rechten half er Tschernow die kurze Leiter hinunter. Die beiden Männer lächelten und winkten den versammelten Presseleuten auf ihrem Weg zum kleinen Empfangskomitee zu. Webster trug eine karierte Wolljacke, Jeans und eine Baseballkappe, er sah aus, als käme er von einem Wochenendaufenthalt aus Camp David zurück und nicht etwa von einer Übernachtung im geheimen Präsidentenbunker, der tief in den Hügeln Virginias verborgen lag. Tschernow trug einen Anzug, jedoch ohne Krawatte.

Blake ging ihm als Erster entgegen und beeilte sich, mit Webster Schritt zu halten, als dieser zum Südeingang des Regierungsgebäudes strebte.

»Willkommen daheim, Mr President«, begrüßte er ihn und lächelte seit Tagen zum ersten Mal wieder. »Ich habe mir erlaubt, ihnen die Ereignisse der vergangenen achtundvierzig Stunden zusammenzufassen«, fügte er hinzu und überreichte ihm einen zweiseitigen Bericht in einer Papiermappe.

Webster winkte der Presse erneut zu, nahm die Mappe an sich, knickte sie in der Mitte und steckte sie in die Tasche seiner rot-schwarz-grünen Jacke. »Gute Arbeit, Tony, wirklich gute Arbeit«, sagte er, wobei er ihm anerkennend auf die Schulter klopfte. Dann schaute er an ihm vorbei nach Peter Lynch, der Mühe hatte, ihnen zu folgen. Als er sicher war, sich außer Reichweite der Mikrofone zu befinden, sagte er: »Peter, kümmern Sie sich um die Ordensverleihung an die FBI-Agenten hier im Rosengarten. Ich möchte, dass Sie die gesamte Presse auftreiben, wenn ich diesen Burschen die Tapferkeitsmedaillen ans Revers hefte. Das wird groß in den Abendnachrichten rauskommen.« Dann schaute er zu Tschernow, der zurückgeblieben war und den Reportern fröhlich zuwinkte, und fuhr dann fort: »Und dann schieben wir noch die feierliche Unterzeichnung des neuen Abrüstungsabkommens mit unserem Freund hier hinterher. Wir haben die Zeit in Virginia genutzt und sind schnell zu einer Übereinkunft gekommen. Was für ein Tag, Peter, was für ein Tag!«

Bill Webster lächelte wieder und winkte noch ein letztes Mal, bevor er durch die Tür verschwand. Dann wandte er sich wieder an Lynch. »Übrigens, Peter, um wie viel Uhr findet das Spendendinner heute Abend in New York statt? Wenn wir da gut abschneiden wollen, muss ich vorher noch verdammt viele Telefonate führen.«

Webster war inzwischen die wenigen Meter hinüber zum Oval Office gegangen, seinem Amtszimmer. Immer noch hielt er Connie an der Leine. Er löste sie jetzt, und der Hund verzog sich unter den schweren Eichenschreibtisch. Seine Sekretärin hatte ihm einen Bericht hingelegt, der die Bewegungen an der Wall Street zeigte. Die Aktienkurse waren in der letzten halben Stunde um fast zehn Prozent in die Höhe geschnellt. Was für tolle Nachrichten für seine Freunde in der Welt des Big Business, dachte Webster. Das Schicksal meinte es heute gut mit ihm, endlich. Anthony Blake war dem Präsidenten gefolgt, und Webster fiel auf, dass sein Sicherheitsberater ein ernstes Gesicht machte. Seine Stirn zeigte tiefe Falten, seine Augen gingen nervös hin und her, was Webster sonst nicht an ihm kannte. Blake war eigentlich immer sein Fels in der Brandung, beständig, ruhig, überlegt.

»Ist noch was, Tony?«, fragte Webster. Bevor Blake antworten konnte, klingelte das mobile Telefon seines Sicherheitsberaters. Webster sah, wie er es mit fahrigen Fingern aus seiner Jackentasche zog und den Anruf entgegennahm.

»Ja?«, sagte er ins Telefon. Eine Weile hörte er zu, stumm, während sich sein Gesicht weiter verfinsterte.

»Sind Sie wirklich ganz sicher?«, fragte Blake schließlich. Wieder hörte er zu. Webster war verunsichert. Er war es nicht gewohnt, dass Blake in seiner Anwesenheit so lange telefonierte.

»Ich werde es dem Präsidenten sofort berichten«, sagte Blake endlich und schaltete das Gerät aus. »Das war das Pentagon. Sie haben eine dringende Meldung der Defense Intelligence Agency, die uns in der letzten Stunde schon beschäftigt haben. Die DIA-Leute haben sehr beunruhigende Signale aufgefangen, und die CIA hat gleichzeitig eine Information von einer Quelle in Saudi-Arabien bekommen, die den Bericht zu bestätigen scheint«.

Webster blickte ihn an, jetzt ebenfalls verunsichert. »Und? Was gibt es so Dringendes, Tony?«

»Die Israelis sind mit einer Reihe von Kampfflugzeugen gestartet. Im Augenblick befinden sie sich im Luftraum von Saudi-Arabien, offenbar fliegt dort einer ihrer Tanker, um die Maschinen in der Luft aufzutanken. Sie haben die Saudis darüber informiert und sprechen von einer großen Übung.«

»Übung?«, fragte Webster. »Mitten in dieser Geiselkrise machen die eine solche Übung?«

»Das Pentagon und die CIA, beide glauben das auch nicht. Sie glauben im Gegenteil, dass alles darauf hindeutet, dass die Israelis gerade dabei sind, einen massiven Luftangriff gegen den Iran zu fliegen«, sagte Blake.

Webster umfasste ruckartig die Schreibtischkante mit beiden Händen, so, als müsse er sich festen Halt verschaffen. Sein Gesicht lief rot an. »Unglaublich! Was für eine Sauerei! Uns spielen sie vor, dass sie auf alle Forderungen eingehen, damit hier die Krise zu einem Ende kommt, und in Wirklichkeit nutzen sie die Gelegenheit, um gegen den Iran loszuschlagen – und damit die Welt in eine noch viel tiefere Krise zu stürzen. Sie werden uns in einen Krieg hineinziehen, verdammt noch mal, Tony, das dürfen wir nicht zulassen.«

Blake blieb mit hängenden Schultern vor dem Schreibtisch stehen.

»Welche Möglichkeiten haben wir, die Israelis zu stoppen?«, fragte Webster.

»Schwirig, Mr President, sie sind offenbar schon unterwegs, und man könnte sie nur mit massivem Druck daran hindern, ihr Vorhaben jetzt noch aufzugeben ...«, er machte eine Pause, »oder aber mit Gewalt.«

»Massiver Druck? Gewalt? Was soll das heißen?«

»Massiver Druck heißt, Sie müssen Ben Nathan klarmachen, dass seine Handlung massive Konsequenzen haben wird, wenn er nicht im letzten Moment einlenkt. Wir könnten zum Beispiel die Militärhilfe in Höhe von drei Milliarden Dollar einfrieren«, sagte Blake.

»Aber das dauert doch alles viel zu lange, und ich fürchte, da wird der Kongress nicht mitspielen«, fasste Webster zusammen.

»Na ja, dann sind unsere Optionen fast ausgeschöpft«, sagte Blake.

»Fast? Was meinen Sie damit?«

»Das Pentagon hat mich soeben darüber informiert, dass wir im Augenblick eine Flugzeugträgerkampfgruppe im Persischen Golf haben, darunter auch ein Aegis-Zerstörer mit hocheffektiven Flugabwehrraketen, und natürlich rund vierzig Kampfflugzeugen auf dem Flugzeugträger.«

»Sie meinen also ...?«, fragte Webster.

»Ich sage nur, welche Optionen wir haben, um diese Krise, die der Weltwirtschaft schweren Schaden zufügen würde, gar nicht erst entstehen zu lassen. Natürlich nur für den Fall, dass die Israelis stur bleiben und an ihrem Angriff festhalten.«

Webster starrte einen Augenblick auf die Schreibtischplatte. Dann blickte er zu Blake. »Nun gut, ich werde mit diesem Hurensohn Ben Nathan reden. Sie sollen mich zu ihm durchstellen. Sofort.«

Moshe Ben Nathan hatte seine Schreibtischlampe eingeschaltet. Es war die einzige Lichtquelle in seinem Büro. Sein Adjutant war angewiesen, ihn alle zehn Minuten über den Stand des Angriffs zu unterrichten. Eben hatte er mitgeteilt, dass alles planmäßig lief und die israelischen Kampfbomber sich über Saudi-Arabien befanden, wo sie in der Luft aufgetankt werden sollten.

Als das Telefon klingelte, erwartete der Premierminister eine neue Information seines Adjutanten. Die Stimme seiner Sekretärin kündigte jedoch einen anderen Anrufer an. »Präsident Webster ist dran, er will Sie sofort sprechen.«

Ben Nathan nahm das Gespräch entgegen. Bevor Webster etwas sagen konnte, kam ihm der Premierminister zuvor. »Meinen Glückwunsch zur Beendigung der Krise im Holocaust-Museum, Mr President«, sagte er. »Meiner Regierung ist es zwar nicht leichtgefallen, auf die Forderung nach Freilassung der Geiseln einzugehen, aber Gott sei Dank war das ja jetzt nicht mehr nötig. Eine ausgezeichnete Arbeit Ihrer Sicherheitsbehörden, wirklich, Mr President, ausgezeichnet.«

Statt einer freundlichen Antwort hörte er, wie Websters Stimme sich an seinem Ohr fast überschlug. »Sind Sie völlig verrückt geworden?«, schrie Webster »Wir hören da gerade von einer Aktion der israelischen Luftwaffe, und wenn wir das richtig interpretieren, dann sind Sie gerade dabei, den Iran zu bombardieren. Hinter unserem Rücken! Das ist ungeheuerlich, das werden wir nicht hinnehmen!«

Ben Nathan war schockiert. Sie hatten es also herausgefunden. Er schaute an die Decke, hielt dabei den Telefonhörer fest umklammert. Er wusste, seine Antwort musste zumindest halbwegs glaubwürdig klingen. »Wir führen lediglich kurzfristig eine große Übung durch. Im Übrigen mit der Zustimmung der Saudis. Die sind uns sogar dankbar, dass wir für alle denkbaren Fälle in unserer gemeinsamen Region üben«, sagte er, nicht überzeugt, dass Webster ihm das abkaufen würde.

»Hören Sie auf, mich auf den Arm zu nehmen!«, schrie Webster weiter. »Ich verlange von Ihnen eins, und zwar ohne Wenn und Aber: Sie werden diesen Angriff abbrechen, und zwar sofort.« Ben Nathan suchte nach einer angemessenen Antwort, kam aber nicht dazu. »Und sollten Sie sich weigern, dann werde ich den Kongress sofort bitten, das Militärhilfepaket in Höhe von drei Milliarden Dollar zu stoppen. Dann können Sie zusehen, womit Sie die neuen Jagdbomber bezahlen wollen, die Sie so unbedingt bei uns kaufen wollen.«

Ben Nathan suchte immer noch nach einer guten Antwort, doch diese Drohung ließ den Trotz in ihm aufwallen. »Sie wissen so gut wie ich, Mr President, dass unsere Freunde im Kongress das niemals zulassen werden«, sagte er.

»Seien Sie sich da nicht zu sicher«, versuchte es Webster.

»Ich hatte Sie gewarnt, Mr President, ich hatte Ihnen gesagt, wenn Sie nicht endlich gegen den Iran vorgehen, dann werden wir das Schicksal selber in die Hand nehmen«, steigerte Ben Nathan seinen trotzigen Ton noch.

Webster geriet nun völlig in Rage. »Und ich habe Ihnen gesagt, wir wollen keinen Krieg, in den Amerika ungefragt hineingezogen wird und der eine Weltwirtschaftskrise auslösen würde. Ich bin für mein Land verantwortlich, America first, wenn Sie wissen, was ich meine. Dafür bin ich gewählt worden, und daran halte ich mich.«

»Mir sind die Hände gebunden, wir können nicht zurück«, spitzte Ben Nathan den aufgeheizten Telefondialog noch weiter zu.

»Ach wirklich?«, schrie Webster wieder. »Dann hören Sie mir jetzt einmal gut zu. Wenn Sie diesen Angriff fortsetzen, dann werden Sie es bereuen. Amerika lässt sich unter meiner Führung nicht auf der Nase herumtanzen. Wir haben eine Flugzeugträgerkampfgruppe im Persischen Golf. Wenn auch nur eine Ihrer Maschinen in den iranischen Luftraum eindringt, dann werden wir sie abschießen. Und Sie tragen dafür die Verantwortung. Überlegen Sie es sich gut: Ich werde den Befehl sofort an das Pentagon geben.«

Ben Nathan hörte ein Klicken in der Leitung. Diesmal hatte der Präsident das Gespräch grußlos beendet. Eine Weile starrte Ben Nathan noch vor sich hin. Er spürte, wie sich kalter Schweiß auf seiner Stirn bildete. Was sollte er machen? Dieser Webster war unberechenbar. Aber würde er es wirklich wagen, gegen israelische Flugzeuge vorzugehen? Sicher nicht, dachte er. Dann wählte er die Nummer seines militärischen Adjutanten. »Stellen Sie sicher, dass die Operation wie geplant weiterläuft«, sagte er.

Rear Admiral John C. Muller trug kurze Shorts, ein ärmelloses Hemd und Asics-Laufschuhe. Er hatte die Geschwindigkeit auf der Instrumentenanzeige des Laufbands auf vierzehn Kilometer in der Stunde eingestellt, und jetzt war er seit achtundvierzig Minuten im Fitnesszentrum des Flugzeugträgers *USS George Washington* auf dem schmalen Gummiband unterwegs, das unter seinen Füßen lief. Er hatte sich für den nächsten Boston-Marathon angemeldet und wollte noch mindestens weitere anderthalb Stunden trainieren.

Der atomar angetriebene Flugzeugträger pflügte nördlich der Straße von Hormus mit zwanzig Knoten durch das warme Wasser des Persischen Golfs. Muller überlegte, ob er die Geschwindigkeit seiner Trainingseinheit noch erhöhen sollte. Er war der Kommandeur der Flugzeugträgerkampfgruppe, deren vornehmliche Aufgabe es war, die Verbindungen einer der wichtigsten Seestraßen der Welt offen zu halten, durch die gut ein Drittel aller Ölvorräte durch das Nadelöhr der nur dreiunddreißig Kilometer breiten Straße von Hormus auf den schweren Tankern in die ganze Welt transportiert wurden.

Trotz der gelegentlichen Provokationen durch iranische Schnellboote waren die letzten Wochen ruhig verlaufen. Muller wie auch die übrigen fünftausend Seeleute an Bord erwarteten eine eher ruhige Nacht. Muller starrte auf den Flachbildschirm vor sich und verfolgte eine Nachrichtensendung, während der Schweiß an ihm herunterlief. Eine ganze Weile bemerkte er den Fregattenkapitän nicht, der sich neben dem Laufband aufgebaut hatte. Schließlich machte der Offizier auf sich aufmerksam, indem er seinen Boss mit der Hand am Arm berührte. Irritiert schaute Muller auf den uniformierten Mann neben sich.

»Sorry, Sir«, sagte der Fregattenkapitän. »Tut mir leid, wenn ich Sie hier unterbrechen muss, aber wir haben soeben eine Meldung direkt aus dem Pentagon für Sie bekommen. Dringend.«

Muller stellte das Laufband ab, schlang ein Handtuch um den Hals und folgte dem Offizier in sein Büro. Auf dem Schreibtisch lag bereits der entschlüsselte Befehl aus Washington. Muller las ihn aufmerksam, dann, um sicherzugehen, noch einmal. Ungläubig schaute er den Fregattenkapitän an. »Meinen die das wirklich ernst?«

»Ich fürchte ja, Sir«, antwortete der Offizier. Muller rieb sich mit dem Handtuch den Schweiß aus den Augen. Er las den Text ein drittes Mal. Aber er war klar, glasklar, und ließ keine Interpretation zu. Er bezog sich ausdrücklich auf einen Befehl des Oberkommandierenden der US-Streitkräfte, den Präsidenten der Vereinigten Staaten von Amerika.

»Lösen Sie einen Alarm aus!«, ordnete Muller an. »Alle Mann auf die Gefechtsstationen. Das gilt auch für die Begleitschiffe. Zwei Staffeln sollen in fünfzehn Minuten starten«.

Isaac Berman sah in der Dunkelheit den langen Rüssel auf sich zukommen, den das Tankflugzeug hinter sich herzog. Jetzt ging es darum, in zehntausend Metern Höhe irgendwo über der Wüste von Saudi-Arabien in dieser dunklen Nacht mit dem Einfüllstutzen seiner F-16 den Rüssel mit seinem schirmartigen Verbindungsstück zu treffen, damit das Kerosin hinübergepumpt und so die Reichweite seines Kampfbombers verlängert werden konnte. Sie hatten es viele Male geübt. Eigentlich war das Tankmanöver Routine. Aber in dieser Nacht war es eben kein Manöver, in dieser Nacht war es der Ernstfall. Der Treibstoff sollte reichen, damit die Maschinen der israelischen Luftwaffe ihre Ziele im Iran erreichen und ihre tödliche Bombenlast abwerfen konnten.

Isaac Berman atmete über seine Sauerstoffmaske tief aus und ein, um sich zu beruhigen. Der Rüssel kam immer näher, in wenigen Sekunden würde die Verbindung hergestellt sein. Danach würden die Kampfbomber ihren Weg fortsetzen, der gefährliche Teil des Weges würde beginnen. Jetzt hatte der Einfüllstutzen den Rüssel getroffen, die Verbindung war da, die Treibstoffübernahme begann.

Bisher war alles planmäßig verlaufen, und Isaac Berman hatte dies als das gute Omen gewertet, hatte versucht, die ungewohnte Nervosität zu unterdrücken. Sie waren angewiesen worden, unterwegs jeden Funkverkehr zu vermeiden. Niemand sollte mitbekommen, was sich da hoch am Himmel im Mittleren Osten abspielte und wohin die Reise gehen sollte.

Wenn alles weiterhin glatt verlaufen würde, dann würde er in gut zwei Stunden wieder an der gleichen Stelle erneut zu einem Rendezvous mit dem Tanker am nächtlichen Himmel kommen, um den Treibstoff für den Rückweg nach Israel zu übernehmen – diesmal ohne die Bomben unter den Tragflächen.

Es galt weiter Funkstille. Aber alle Besatzungen kannten die Befehle, hatten den Kurs in den Bordcomputer eingegeben. Die Kompassnadel im Cockpit zeigte nach Nordosten. Berman löste die Maschine vom Rüssel des Tankflugzeugs und steuerte seine F-16 wieder auf den befohlenen Kurs. In wenigen Minuten würden sie den Persischen Golf überqueren und dann in den Iran einfliegen.

Admiral Muller hatte sich auf die Brücke der *USS George Washington* begeben. Er beobachtete, wie die ersten beiden F-18-Hornet-Jagdmaschinen von den Katapulten auf dem Flugdeck nach vorn gerissen wurden, während der Nachbrenner ihrer Triebwerke aufbrüllte und die schweren Maschinen innerhalb von Sekunden so beschleunigten, dass sie am Ende der kurzen Strecke bereits ihre Abhebgeschwindigkeit erreichten und mit einem langen, grellroten Abgasschweif in den Nachthimmel rasten.

Auch die übrigen Maschinen der beiden Staffeln waren innerhalb weniger Minuten in der Luft, gefolgt von den Flugzeugen, die als Tanker dienen sollten. Immer noch fragte sich der Admiral, ob er sich in einem Film befand, einem Thriller mit einem sehr unglaubwürdigen Plot. Denn der Auftrag der Mission, die hier gerade unter seinem Kommando ablief, war eindeutig: Die F-18-Piloten der U.S. Navy hatten den Befehl, jedes Flugzeug abzuschießen, das in den Luftraum des Iran ohne eingeschalteten Transponder und damit ohne die Möglichkeit einer klaren Identifizierung seines Kurses und der Absichten eindrang. Und offensichtlich, so war dem Schreiben des Pentagon zu entnehmen, handelte es sich um israelische Flugzeuge, die in diesen Minuten auf das Reich der Mullahs im Anflug waren.

Isaac Berman sah auf seinen Instrumenten die Küste des Iran auf sich zukommen. Seine Flughöhe betrug über vierzehntausend Meter, alle Transponder waren ausgeschaltet. Eine F-15, ausgestattet mit Geräten zur elektronischen Kriegsführung, flog voran mit dem Ziel, mit ihren starken Strahlen das feindliche Radar zu stören. Berman hoffte, dass dies gelingen würde. Sicher konnte man sich nicht sein, die Iraner waren von den Russen aufgerüstet worden.

Moshe Ben Nathan hatte einen Tee vor sich stehen. Unruhig starrte er auf das Telefon vor sich. Sein Adjutant hatte ihm gemeldet, dass die israelischen Flugzeuge in diesen Minuten den iranischen Luftraum erreichen und damit in die Endphase ihrer Operation eintreten würden. Ben Nathan nahm einen Schluck von dem bereits kalten Tee. Sicher würde Webster bluffen, ganz bestimmt sogar. Sonst hätte er längst etwas gehört, versuchte er sich zu beruhigen. Dieser Angriff musste gelingen, es war allerhöchste Zeit, dass Israel sich endgültig gegen die ständigen Provokationen aus Teheran wehrte und seinem Atomprogramm einen Schlag versetzte – auch wenn ihm seine Generale immer wieder warnend gesagt hatten, dass sie es wegen der Unterbringung in den tief gelegenen Bunkern nur schwächen, aber nicht würden ausschalten können.

Ben Nathan hatte angeordnet, dass alle Dolphin-U-Boote mit den atomar bestückten Marschflugkörpern aus dem Hafen von Haifa auslaufen und im Mittelmeer untertauchen sollten. Eine Vorsichtsmaßnahme für alle Fälle. Nicht dass er wirklich an die Notwendigkeit glaubte, einen Atomschlag auslösen zu müssen. Aber er wollte doch auf Nummer sicher gehen, für alle Fälle.

Isaac Berman sah sie als Erster. Nur knapp hundert Meter vor der spitzen Nase seiner F-16 bemerkte er plötzlich eine leuchtende Kette, die, wie auf einer Perlenschnur aufgereiht, aus einzelnen Punkten bestand, die durch den dunklen Nachthimmel zischten. Es brauchte einen Augenblick, bis er begriff, was das war. Es war Leuchtspurmunition, ein Beschuss aus einer Bordkanone, und sie galt ihm.

Einen Augenblick setzte die leuchtende Kette aus, dann flammte sie wieder auf, noch näher diesmal. Er sah einen Schatten am Himmel neben sich, die Silhouette eines Flugzeugs. Sein trainiertes Auge erkannte im Schein des Halbmondes eine F-18 Hornet, und es war ihm klar, dass es eigentlich nur eine Militärmacht geben konnte, die dieses Flugzeug an dieser Stelle einsetzen würde: die Amerikaner mit ihren Flugzeugträgern.

Als das Telefon klingelte, nahm Ben Nathan schnell den Hörer ab. Während er zuhörte, merkte er, wie die Hitze in ihm aufstieg. Verdammt, dachte er, er hat doch nicht geblufft. Webster hatte es tatsächlich gewagt, den Befehl zu geben, auf die angreifenden Maschinen des Staates Israel zu schießen. Das war ungeheuerlich, das würde Konsequenzen haben, dachte er, während die Wut in ihm aufstieg. Aber was er sollte er machen? Offensichtlich wurde bereits geschossen. Warnschüsse vor den Bug, aber doch in einer klaren Absicht. Konnte, durfte er es riskieren, dass die Amerikaner seine Piloten tatsächlich abschießen würden, und das über dem Territorium des Erzfeindes Iran? Noch war es offenbar nicht zu spät, noch konnte er das Desaster abwenden. Alles sträubte sich in ihm, aber er hatte keine Wahl. Er musste handeln, sofort.

Isaac Berman schaute aus dem Cockpit nach oben. Der Beschuss aus den Bordkanonen der F-18 hatte ausgesetzt, aber es war ihm klar, dass diese Warnschüsse jederzeit wieder beginnen konnten und die US-Piloten offenbar Anweisung hatte, die israelische Mission unter allen Umständen zu verhindern. Dann sah er den Schatten. Eine F-18 hatte sich unmittelbar über seine Maschine gesetzt, nur knapp fünf Meter über ihm. Der Pilot wackelte mit den Tragflächen.

Noch immer herrschte Funkstille. Auch die Amerikaner hatten offenbar kein Interesse daran, dass die Iraner mithören konnten, was sich da am nächtlichen Himmel hoch über ihnen abspielte. Auch sie verzichteten auf einen verräterischen Funkkontakt. Plötzlich flammte die Lichterkette wieder auf, ganz dicht vor der Nase seines Flugzeugs, bedrohlich nahe, wie Isaac einräumen musste. Am liebsten hätte er den Kampf aufgenommen, auch er hatte eine Bordkanone. Aber unter den Tragflächen hingen die schweren Bomben, er hätte in einem Luftkampf keine Chance.

Umso überraschter war Isaac Berman, als er plötzlich eine Stimme in seinem Kopfhörer vernahm, die ihm vertraut klang. Es war ganz offensichtlich die Stimme von Moshe Yadlin, dem Kommodore, der in der ersten Maschine den Einsatz leitete.

»Dies ist ein Befehl. Die Operation ›Der Zorn Gottes‹ wird mit sofortiger Wirkung abgebrochen. Ich wiederhole: Die Operation wird abgebrochen. Alle Maschinen kehren sofort zurück.«

Isaac Berman drückte den Steuerknüppel hart nach links, in einem kurzen Bogen änderte er den Kurs in Richtung Westen. Er sah, wie die Hornet über seiner Maschine in dichtem Abstand folgte. Nach einigen Minuten zeigte ihm ein Blick auf seinen Radarschirm, dass sie den iranischen Luftraum verlassen hatten.

Der Pilot der Hornet wackelte mit den Tragflächen und drehte ab. Nach wenigen Sekunden war er im Dunkel der Nacht verschwunden.

Natascha Tschechowa starrte mit leerem Blick aus dem Fenster der Botschaftslimousine, die über die South-Capitol-Street-Brücke zum Luftwaffenstützpunkt Andrews unterwegs war. Sie trug ihre Aeroflot-Uniform, die einzig angemessene Kleidung, die sie bei sich hatte, und saß so weit wie möglich entfernt von ihrem Begleiter, einem jungen Diplomaten. Sicher, er war sehr freundlich gewesen und hatte alles effizient geregelt. Nun hatte er in seinem dunkelgrauen Anzug, mit weißem Hemd und konservativer Krawatte neben ihr auf dem Rücksitz Platz genommen, schaute starr nach vorn und wirkte sehr amtlich, sehr distanziert.

Eigentlich war sie dafür dankbar. Dennoch wollte sie einfach nur allein sein. Das hatte sie von dem Augenblick an gewollt, als sie erfuhr, was mit Jurij geschehen war. Einfach nur allein sein, weinen, bis ihre Tränen versiegten.

Bitterkeit stieg in ihr auf. Sie dachte an die letzten Stunden zurück. Mein Gott, hätte ich mich nicht an die Botschaft gewandt und darauf bestanden, mit einem der Vorgesetzten zu sprechen, würde ich bis jetzt nichts erfahren haben. Sie hatte natürlich die Auflösung des Geiseldramas in ihrem Hotelzimmer im Fernsehen verfolgt, aber als alles vorbei war, hatten sie nichts über einen russischen Offizier gemeldet. Und auch nichts über einen Nuklearsprengkopf. Zunächst war ihr das merkwürdig vorgekommen, dann war sie beunruhigt, aber bald kam sie zu dem Schluss, dass den Behörden wahrscheinlich daran gelegen war, Juris Anwesenheit geheim zu halten. Sie würden den Sprengkopf zusammen mit dem Mann, der ihn entschärft hatte, aus dem Museum schmuggeln, und vor Tagesanbruch wäre Jurij wieder in ihren Armen.

Aber dann zogen sich die Stunden dahin, sie starrte auf die Tür ihres gemeinsamen Zimmers, wartete darauf, dass sie sich endlich öffnete, wartete darauf, dass er sie in seine Arme schließen würde, wartete darauf, dass alles wieder gut wäre, dass das, was zum Albtraum hätte werden können, schließlich doch ein gutes Ende nähme.

Sie saß auf dem Bett in ihrer grauen Trainingshose und einem T-Shirt mit dem Logo von »Hootie and the Blowfish« auf der Brust, das sie sich in New York auf dem Times Square gekauft hatte. Sie erinnerte sich daran, wie Jurij gelacht hatte, als sie ihm zu erklären versuchte, was es mit dem Logo auf sich hatte. Ihre Nervosität war immer stärker geworden. Eine dunkle Vorahnung überkam sie, und sie versuchte vergeblich, sie zu verdrängen.

Um kurz nach neun hörte sie, wie sich die Tür öffnete, und erschrocken setzte sie sich auf. Das Lächeln auf ihren Lippen verschwand, als sie sah, dass es nur das Zimmermädchen war, das sich entschuldigte und anbot, später wiederzukommen. Natascha winkte sie herein, setzte sich in die Ecke beim Fenster und schaute zu, wie das südamerikanische Mädchen das Bett machte und dann im Badezimmer verschwand.

Die Zigaretten waren ihr ausgegangen, und der Nikotinmangel machte sie immer unruhiger. Ihre Sorgen waren in Verärgerung umgeschlagen. Er hätte ja zumindest anrufen können. Das wäre wohl nicht zu viel verlangt. Die Zeit, ihr zu sagen, dass es ihm gut ginge, hätte er doch für sie aufbringen können. Sie kreuzte die Arme vor der Brust und schäumte. Genau das war es, was sie davon abgebracht hatte, sich wieder ernsthaft mit einem Mann einzulassen. Sie verzaubern dich, heben dich in den Himmel, und dann, wenn sie sich sicher sind, dass sie dich haben, tun sie nur noch das, was sie wollen, und kümmern sich keinen Deut mehr um dich. Nun, General Jurij Arbatow, hatte sie sich gedacht, wenn du mich auf diese Art und Weise behandeln willst, dann kannst du das gleich wieder vergessen.

Auf so einen Mann werde ich nicht wieder hereinfallen. Kein Mann wird mich je wieder mit Füßen treten.

Das Zimmermädchen hatte gerade begonnen, mit dem Staubsauger über den Teppichboden zu fahren, als Natascha plötzlich der Gedanke kam, dass Jurij wohl einfach deswegen nicht gekommen war und sich nicht gemeldet hatte, weil er nicht konnte. Er war verletzt. Er lag irgendwo in einem Krankenhausbett, vielleicht ohne Bewusstsein, und darum war er nicht hier und hatte nicht angerufen. Das Brummen des Staubsaugers schien den Raum zu füllen wie die unheilverkündende Melodie eines Kriminalfilms. Natürlich. Jurij war verletzt. Das erklärte alles. Sie musste nur herumtelefonieren, dann würde sie herausfinden, wo er war, und würde zu ihm gehen.

Natascha hatte das verwirrte Hausmädchen aus dem Zimmer gescheucht und zum Telefonbuch unter der Gideonbibel im Nachttisch gegriffen. Ihr Anruf bei der russischen Botschaft war mehrfach umgeleitet worden, bevor sie endlich mit einem Zuständigen sprechen konnte, der bereit war, ihre Fragen zu beantworten. Dann war sie gezwungen, die Frage des Verwandtschaftsgrades zu beantworten. Nein, hatte sie dem Mann gesagt, sie sei nicht mit General Arbatow verwandt. In dem Fall, hatte er ihr erklärt, sei er nicht befugt, sie über die Lage in Kenntnis zu setzen. Die Lage. Der Ausdruck war ihr merkwürdig vorgekommen. Jurij war »eine Lage«?

Sie hatte schnell ihren aggressiven Ton aufgegeben, hatte dem Mann am Telefon gesagt, wer sie war, und hatte ihn angefleht, ihr zu sagen, was mit Jurij geschehen sei. Was er ihr daraufhin mitteilte, hatte sie wie ein Keulenschlag getroffen. Er sei unglücklicherweise im Museum umgekommen. *Unglücklicherweise umgekommen*, hatte er gesagt.

Er war tot. Jurij würde nie mehr zu ihr zurückkehren. Niemals, nie wieder. Bei diesem Gedanken erstarrte sie, als hätte man die Verbindung zwischen Geist und Körper unterbrochen. Lange saß sie auf ihrem Bett, mit dem Telefonhörer in der Hand, der seine monotonen Signale aussandte, und dann kamen die Tränen.

Die Limousine bog nun in die Einfahrt zum Luftwaffenstützpunkt, wurde durch das Tor gewinkt und mit einem Polizeiwagen dorthin eskortiert, wo die Aeroflot-Maschine wartete. Als Natascha aus dem Wagen der Botschaft stieg, sah sie den schwarzen Leichenwagen zur Maschine fahren. Ein kühler Märzwind peitschte über die offene Fläche des Stützpunkts. Sie stand zitternd auf dem Rollfeld und schaute zu, wie der graue Metallsarg in das Frachtabteil eingeladen wurde.

All ihre Gedanken begannen mit »Wenn doch nur ...«. Wenn sie sich doch nur nie getroffen hätten. Wenn sie nur nicht zugelassen hätte, dass sie sich ineinander verliebten. Wenn, wenn, wenn. Aber dies war die Realität. Jurij lag in diesem Sarg. Tot. Und er würde ihr für den Rest ihres Lebens fehlen. Sie wischte sich eine Träne ab, voller Erstaunen, dass ihr noch Tränen geblieben waren, schritt die Gangway hoch und betrat die Maschine. Kurz darauf setzte sich das Flugzeug in Bewegung, rollte auf die Startbahn, drehte und röhrte auf dem Beton zum Start nach Moskau.

Michelle Berry trug das schwarze Kleid, das ihr Mann ihr aus Las Vegas mitgebracht hatte. Die dunkelblaue Schlinge, die ihren linken Arm stützte, war zum Teil durch den Regenmantel verdeckt, der über ihren Schultern hing. Zusammen mit Dennis, Kevin und den anderen Mitgliedern des NEST-Teams sowie deren Familienangehörigen und Freunden, die von Nevada hierhergeflogen waren, hatten sie sich am FBI-Gebäude versammelt und waren von dort über den Fluss zum Nationalfriedhof Arlington gefahren worden. Die Limousinen wurden in der Einfahrt geparkt, und dann gingen sie zu Fuß zu der Stelle auf dem Hügel, an der Paul Newcome bestattet werden sollte. An der Grabstelle trafen sie auf einen Kaplan und eine Schützenabteilung der Marineinfanterie.

Die Zeremonie nahm sie nur verschwommen wahr. Der Sarg wurde zum Grab gebracht, und der Kaplan hielt seine Rede. Das Krachen des Gewehrsaluts holte sie für einen kurzen Augenblick in die Realität zurück, doch als man die Flagge zusammenfaltete und sie Pauls Vater überreichte, tauchte sie wieder in die Welt ihrer eigenen Gedanken ein.

Michelle schaute zu, wie der Sarg sich in die Erde senkte, und sie sah sich selbst darin liegen – geschieden aus diesem Leben, ihren geliebten Mann zurücklassend und die Kinder, die ihr so viel bedeuteten. Dort, mit Gottes Segen. Sie erzitterte, und Jay umfasste behutsam noch fester ihre Schultern. Man brachte sie in eine andere Zeit, an einen anderen Ort. Sie war wieder die neunjährige Michelle, die zuschaute, wie man den Sarg ihrer Mutter in die Grube hinabließ, und die einzelne Rose, die sie auf das Holz gelegt hatte, verschwand in der Dunkelheit der Erde. Wieder fühlte sie den schmerzlichen Verlust, den Schrecken eines Lebens ohne Mutter – denn selbst eine Mutter, der der Alkohol mehr bedeutete als ihre eigene Familie, ja selbst mehr als ihr eigenes Leben, war besser als keine Mutter. Wiederholte sie im Grunde nicht all das, nur in anderer Form? War sie nicht ihrer Vorstellung vom Leben genauso verfallen wie ihre Mutter dem Alkohol? Ich habe kein Recht dazu, dachte sie bei sich. Kein Recht, meine Familie einer solchen Tragödie auszusetzen. Solange sie sich zurückerinnern konnte, hatte sie immer zu beweisen versucht, dass sie es mit jedem Jungen aufnehmen konnte – und mit jedem Mann.

Die Trauerfeier war zu Ende, und die Trauergäste verließen in kleinen Gruppen das Grab. Michelle stand wie gelähmt da. Sie konnte ihren Blick nicht von der künstlichen grünen Grassode abwenden, die das Loch in der Erde bedeckte. Wer ist der Richter, fragte sie sich. Wer soll entscheiden, wann ich mich bewährt habe? Sie erinnerte sich, wie in irgendeiner Late-Night-Show im Fernsehen ein Psychologe gesagt hatte, dass das wahre Zeichen von Reife sei, wenn man die, die man immer so gern zufriedenstellen möchte, in sich aufgenommen hat.

»Liebling?«

Sie antwortete ihm nicht.

»Michelle, wir müssen gehen«, sagte ihr Mann und rüttelte sie sanft an ihrer unverletzten Schulter. Sie drehte sich um, schaute ihm tief in die Augen und streichelte ihm dann über die Wange.

»Bring mich nach Hause, Dr. Berry, nach Hause zu meiner Familie. Wir müssen unser Leben gründlich verändern.«

Jay küsste seine Frau auf die Stirn. Dann gingen die beiden Arm in Arm langsam den Hügel hinab zur Limousine, die auf sie wartete.

Shatila, Libanon

Muhamed Nasar empfing die Nachricht mit der stoischen Ruhe eines alten Mannes, für den Tragödien ein Teil seines Lebens sind. Als der Bote gegangen war, zog er seinen Gebetsteppich aus dem Schränkchen in der Ecke und rollte ihn auf dem Boden aus. Nachdem er seine mittäglichen Gebete beendet hatte, legte er den Teppich sorgfältig wieder an seinen Platz zurück. Dann ging er zu dem Schrank, auf dem die Fotos seiner Kinder standen. Leila, tot seit Langem, und nun auch Ali. Und Amir immer noch im Gefängnis, in *ihrem* Gefängnis. Er nahm die Fotos und streichelte mit seiner rechten Hand über die Gesichter. Von der Straße drang der Lärm spielender Kinder durch die vorgezogenen Vorhänge. Plötzlich wurde er von einer Salve von Schüssen unterbrochen. Mit langsamen, schlurfenden Schritten und hängenden

Schultern ging Muhamed zum Eingang. Er blinzelte ins grelle Sonnenlicht.

Mitten auf der ungepflasterten Fahrbahn sah er eine Horde Jungen mit Holzstöcken, die ihnen als Schwerter in ihrem Kampf dienten. Zwischen ihnen stand ein etwas Älterer, vielleicht um die fünfzehn Jahre alt, der eine Kalaschnikow in den Händen hielt und damit wild in die Luft schoss. »Bringt sie um, die verdammten Juden!«, schrie er. Wieder gab er einen Feuerstoß ab. Seine Stimme klang schrill: »Rache, Rache für unser Volk!«

Als er den alten Mann sah, löste er sich aus der Gruppe und kam auf ihn zu, die Kalaschnikow in den Händen.

Youssefs schmales Gesicht war erhitzt, seine dunklen Augen unter dem schwarzen Haarschopf blitzten. Einen langen Augenblick stand er so da, regungslos und stumm. Der alte Mann legte seine Hand auf den Kopf des Jungen. Fast so wie sein junger Großneffe hatte Ali ausgesehen, als er in Youssefs Alter war, dachte er. Der Junge trat einen Schritt zurück und schaute fragend zu Muhamed auf. »Er ist tot, nicht wahr?«, fragte Youssef schließlich.

»Ja, er ist tot«, antwortete der alte Mann mit tonloser Stimme. Und, nach einer Pause, noch einmal: »Ja, Ali ist tot.«

Muhamed sah wieder das Aufblitzen in den Augen des Jungen, in denen sich wilder Zorn spiegelte.

»Ich werde ihn rächen«, sagte der Junge. »Ich werde den Kampf fortsetzen, den Kampf für unser Volk gegen die verdammten Juden. Allah sei gepriesen.«

»Nein«, brach es aus Muhamed hervor, »nein, nein, nein ...« Mit seiner freien Hand winkte er verzweifelt in der Luft. Seine Stimme sank zu einem Flüstern herab. »Es ist sinnlos. Schluss mit dem Töten. Es sind schon viel zu viele gestorben. Wir haben genug Opfer gebracht.« Er schaute auf den Boden. »Warum noch, warum?«

Doch der Junge stampfte trotzig mit einem Fuß auf. »Du hast kein Recht, so zu reden. Ich werde Vergeltung üben, für Ali, für Leila, für all die anderen. Unser Kampf muss weitergehen.«

»Nein, Youssef, nein. Versteh mich doch. Rache und wieder Rache und am Ende noch mehr Tote ... Ich ... ich will nicht, dass auch du noch stirbst.«

Der Junge griff nach Muhameds Hand und küsste sie. Er verneigte sich vor dem alten Mann, blieb einen Moment mit gesenktem Kopf stehen und richtete dann wieder den Blick auf ihn.

»Verzeih mir, aber es gibt keinen anderen Weg. Es geht um unsere Ehre. Wir müssen sie vernichten, und ich werde es tun – so wie Ali es getan hat. Allah sei mein Zeuge.« Er verneigte sich noch einmal respektvoll. Dann drehte er sich um und ging entschlossen davon.

Muhamed Nasar ließ sich auf einen Stuhl sinken und stützte den Kopf in die Hände. »*Ya Allah, ya Allah*«, murmelte er, wieder und wieder. »Oh mein Gott.«